LES OMBRES DU PASSÉ

ROBERT GODDARD

LES OMBRES DU PASSÉ

Traduit de l'anglais
par Catherine Orsot

belfond
216, boulevard Saint-Germain
75007 Paris

Cet ouvrage a été publié sous le titre original
INTO THE BLUE
par Bantam Press, Londres

Si vous souhaitez recevoir notre catalogue
et être tenu au courant de nos publications,
envoyez vos nom et adresse, en citant ce livre,
aux Éditions Belfond,
216, bd Saint-Germain, 75007 Paris.
Et, pour le Canada, à
Edipresse Inc., 945, avenue Beaumont
Montréal, Québec H3N IW3.

ISBN 2.7144.3024.4

A Phil Dwerryhouse

Remerciements

Toute ma reconnaissance à Tina Maskell-Feidi, pour m'avoir guidé dans mon usage du grec dans ce livre, et au commandant et au staff du Britannia Royal Naval College de Dartmouth, pour leurs informations sur la vie de cette école dans les années soixante.

1

Si elle revenait maintenant, ou même dans cinq minutes, tout irait bien. Il pourrait mettre sur le compte d'un excès de silence et de solitude l'impression confuse qu'il ne la reverrait peut-être jamais. Du reste, son bon sens lui soufflait qu'elle allait revenir d'un instant à l'autre et crier son prénom en descendant le sentier. S'il en était venu à redouter le contraire, c'était uniquement sous l'emprise de cette part de lui-même vouée au monde obscur des instincts et des sensations dont il n'aimait pas faire grand cas.

La nervosité de Harry était, somme toute, bien compréhensible. Rester trois quarts d'heure assis au milieu des pins, sur un tronc d'arbre couché à flanc de montagne pendant que, dans un silence implacable, le soleil agréablement chaud de l'après-midi faisait place à la fraîcheur du soir aurait éprouvé les nerfs de n'importe qui. Il regrettait à présent de ne pas être monté avec elle jusqu'au sommet ou de ne pas être resté dans la voiture à écouter la radio. Cela aurait mieux valu que de rester là à l'attendre.

Il écrasa sa quatrième cigarette et prit une profonde respiration. Il commençait à avoir froid dans l'ombre de la montagne même si en bas la plaine côtière était encore baignée d'une chaude lumière dorée. Ici au contraire, sous l'épaisseur des conifères, dans l'air vif et limpide, le déclin du jour avait déjà commencé.

Pourquoi était-elle si longue à revenir ? Elle n'avait tout de même pas pu se perdre. Avec le guide et la boussole, c'était impossible. Et puis, à la différence de Harry, elle était déjà venue sur le mont Prophitis Ilias. A vrai dire, sans elle, il n'y serait jamais allé. Deux heures plus tôt, il se dorait au soleil sur une terrasse d'une *psarotaverna* face à la mer, et il allumait la première cigarette de son paquet après un savoureux repas en se demandant si le serveur pouvait envier un Anglais bedonnant dans la cinquantaine, déjeunant avec une belle fille. Il n'arrivait même plus à visualiser la scène car le Prophitis Ilias possédait le pouvoir de reléguer dans un lointain nébuleux tous les souvenirs et les perceptions qui ne se rapportaient pas à lui. C'était Heather qui avait exprimé le désir d'aller sur le mont Prophitis Ilias.

« En voiture, nous pouvons être là-haut en une demi-heure, avait-elle dit. C'est un endroit fantastique. On trouve encore de vieilles maisons délabrées qui datent de l'occupation italienne. Et du sommet, on a une vue superbe. Il ne faut pas rater ça. »

Harry, pour sa part, s'en serait bien passé. Il préférait les décors d'une douzaine de cafés qu'il avait en tête à n'importe quel paysage, fût-il époustouflant. Pourtant il n'avait pas soulevé d'objection.

Ils avaient donc rejoint la route qui montait en serpentant vers le massif boisé du Prophitis Ilias. Ils avaient traversé le village de Salakos et roulé jusqu'à ce qu'il n'y ait plus d'autre voiture que la leur, avec pour uniques témoins de leur progression lente et régulière des alignements de pins à perte de vue. C'est seulement au bout de la route, en arrivant à l'hôtel fermé pour l'hiver comme c'était prévisible, que s'était révélée l'atmosphère si particulière du Prophitis Ilias.

Le silence absolu qui régnait en ce lieu y était pour beaucoup, avait songé Harry. Un silence qui avait attendu qu'ils descendent de voiture, claquent les portières puis s'avancent au cœur de la forêt pour s'imposer à eux au point que, intimidés, ils s'étaient mis à parler à voix basse. Un silence que l'hôtel déserté et les maisons en ruine semblaient amplifier. Un silence total que même la nature respectait car ici aucun souffle de vent ne passait entre les arbres, aucun oiseau ne chantait dans les feuillages, pas un écureuil ne courait de branche en branche. Deux mois plus tôt, l'hôtel était probablement encore ouvert. Il devait y avoir des enfants qui jouaient dans le parc, et parmi eux, il y en avait peut-être qui grimpaient sur le tronc même où Harry était assis. Le bruit, l'agitation et la compagnie des autres qui l'irritaient souvent lui manquaient à présent cruellement. Harry était surpris de découvrir à quel point le sentiment d'être seul pouvait se révéler pénible. S'il était bien seul. Car il se rappela soudain qu'au moment où ils s'étaient éloignés de la voiture pour admirer la vue que l'on avait depuis l'hôtel, il avait parcouru du regard les balcons en bois et les volets peints en rouge qui donnaient à la construction sa solide qualité alpine et aperçu, derrière l'une des fenêtres sans volets du premier étage, une silhouette qui s'était aussitôt évanouie. Sur le moment, il avait pensé que c'était un simple jeu de lumière mais ce souvenir qui lui revenait maintenant ne faisait qu'accroître son inquiétude.

Mais pourquoi était-elle si longue à revenir ? Elle lui avait semblé si sûre de son fait, si certaine d'être de retour avant qu'il ait le temps de s'ennuyer qu'il n'avait éprouvé aucune appréhension. L'ascension, de l'hôtel jusqu'au sentier inégal envahi par les herbes qui menait au sommet, était assez raide et Heather avait mené la marche à un rythme soutenu. Essoufflé et hors de son élément, Harry avait volontiers accepté de l'attendre près d'un arbre tombé en travers du chemin pendant qu'elle monterait jusqu'au sommet.

– Prends les clefs, avait-elle dit, au cas où tu voudrais retourner à la voiture.

Puis comme il montrait un visage soucieux, elle avait ajouté :

– Ne t'inquiète pas, je resterai sur le chemin. Et je ne serai pas longue. Je ne peux plus faire demi-tour maintenant, tu comprends ?

A ces mots, elle avait contourné le tronc d'arbre et, après lui avoir adressé un sourire, elle s'était mise en route.

Cela faisait une heure qu'elle lui avait souri en contre-haut sur la pente boisée mais Harry avait l'impression qu'un siècle déjà s'était écoulé. A dire vrai, sa tranquillité d'esprit avait disparu aussitôt après la première cigarette. Depuis ce moment, il avait eu de nombreux sujets de réflexion mais ses pensées n'avaient pu occulter ce qui prédominait dans le cadre où il se trouvait : un silence si profond qu'il croyait entendre des chuchotements dans les arbres alentour, un silence si implacable que ses sens sur le qui-vive lui donnaient la quasi-certitude d'être épié.

Harry regarda sa montre. Il était presque 4 heures. Dans un peu plus d'une heure, la nuit tomberait. A cette altitude et à cette époque de l'année, il ferait vite froid. Il s'efforça de passer en revue toutes les mesures pratiques qui s'offraient à lui. Il pouvait retourner à la voiture, au cas où Heather serait rentrée par un autre chemin. Mais, selon cette hypothèse, elle serait probablement déjà venue le chercher. Une autre possibilité était de rester où il était car c'était là qu'elle savait pouvoir le trouver. Un regard circulaire suffit néanmoins à lui rappeler qu'il ne supporterait pas de rester à cet endroit une seconde de plus. Il pouvait aussi suivre le sentier jusqu'au sommet au cas où elle aurait eu un ennui ou aurait simplement perdu la notion du temps. Cette dernière solution était la meilleure, se dit-il en conclusion.

Il souleva les jambes, pivota sur le tronc d'arbre et se laissa glisser en amont. Le chemin, encore indiqué par une double bordure de cailloux malgré des années d'abandon, montait en serpentant sous les pins. Lorsqu'il s'y engagea, il éprouva tout de suite le soulagement que procure l'action après une période d'indécision.

Bientôt, les arbres commencèrent à s'espacer et l'arête du Prophitis Ilias apparut. Harry comprit alors combien il avait été stupide de ne pas avoir insisté pour accompagner Heather. Ce n'était ni aussi loin ni aussi escarpé qu'il l'avait cru. Il ne put s'empêcher de se demander si elle ne s'était pas intentionnellement débarrassée de lui bien qu'il n'eût aucune bonne raison de penser ça. Rien dans les paroles ou les actions de Heather ne pouvait justifier cette interprétation.

Emergeant dans une tache de soleil non loin de la cime, Harry s'arrêta pour reprendre son souffle. Devant lui, sur la droite, se dressait une imposante antenne radio blanc et rouge surmontant une petite construction qui avait tout l'air d'un poste d'observation militaire apparemment inoccupé. Non qu'il ait eu l'intention d'aller s'en assurer. Neuf années à Rhodes lui avaient appris à se tenir à une distance respectueuse des militaires grecs. Heather avait-elle fait preuve de la même élémentaire prudence? Sûrement. De plus, le sentier obliquait sur la gauche et elle avait promis de ne pas s'en éloigner.

Il grimpa jusqu'au sommet et fit volte-face pour regarder le chemin par où il était venu. A ce moment-là, il prit conscience de sa position exposée et il en ressentit une angoisse plus forte que celle qui l'avait saisi dans la forêt. Il se demanda tout à coup si ce n'était pas ce qu'on avait attendu qu'il fasse et s'il ne s'était pas sans le savoir rapproché d'un piège qu'on lui aurait tendu. Se reprochant d'avoir des pensées aussi absurdes, il se força à suivre des yeux la ligne du littoral tout en bas jusqu'à l'endroit où elle s'infléchissait vers l'ouest. Cette crique chiffonnée devait être Skala Camirou ; ces dos de baleine flottant au-dessus de l'eau, les îles d'Alimia et de Halki. Ces points de repère étaient la preuve qu'un monde réel existait au-dehors du Prophitis Ilias et qu'il pourrait bientôt le rejoindre.

Mais d'abord, il devait retrouver Heather. Ne comprenant pas

pourquoi il éprouvait une réticence à crier son nom, comme si le silence dominant s'y opposait, il suivit le sentier toujours bordé de cailloux qui serpentait le long de la crête entre des affleurements rocheux et des cèdres noueux sculptés par le vent. Si Heather était restée sur le chemin, il ne pouvait pas ne pas la voir. Mais si elle s'en était écartée...

C'est alors qu'il l'aperçut, accrochée à une branche basse d'un cèdre, pendant tristement dans l'air immobile.

Quatre rayures égales rose et blanc. « Non, cerise et argent », l'avait corrigé Heather. C'était son écharpe, la longue écharpe qu'elle portait quand elle avait laissé Harry près du tronc d'arbre. Il la voyait encore la rejeter par-dessus son épaule avant de disparaître. Et maintenant l'écharpe était là. Mais pas Heather.

Harry tira sur l'écharpe, puis resta planté là, serrant l'étoffe entre ses mains, cherchant quelles déductions il pouvait tirer de sa découverte. L'avait-elle oubliée là ? Etait-elle tombée de son cou alors qu'elle courait ? Et dans ce cas, pourquoi courait-elle ? Pour fuir un danger ? Il regarda autour de lui les cèdres rabougris, les rochers blancs rugueux pareils à des crocs implantés sur l'arête herbeuse mais ils ne contenaient pas d'autre message, pas d'indication de ce qui avait pu arriver à Heather. Leur indifférence même était comme un défi.

Harry noua l'écharpe autour de son cou et il repartit à grandes enjambées sur le chemin qui franchissait le sommet d'un à-pic puis descendait dans un vallon avant de remonter. Au sud, il découvrit une vue de l'intérieur de l'île baignée de lumière. Heather avait-elle été désorientée au point de redescendre du mauvais côté ? Il s'appuya contre un rocher pour reprendre son souffle et réfléchit à cette possibilité. Non, c'était impossible. Le sentier était clairement délimité. Si elle s'en était écartée, c'était par un choix délibéré ou par nécessité. Le brusque contact de l'écharpe contre son menton lui fit craindre la seconde solution. Il se remit vivement en marche.

Lorsque Harry eut traversé le vallon et fut arrivé sur la crête suivante, son côté rationnel avait repris le dessus. Il se rappela qu'il ignorait tout de la géographie locale. Et même si cette région lui avait été familière, il n'aurait pas pu entamer des recherches tout seul. S'il était arrivé quelque chose à Heather, la meilleure façon de lui venir en aide était de donner l'alarme à Salakos avant la nuit. Il regarda sa montre. Il fallait qu'il retourne à la voiture tout de suite. Partir maintenant semblait prématuré mais c'était certainement la meilleure solution.

Il sentait pourtant qu'il devait faire une dernière tentative pour localiser Heather. Le moyen le plus efficace était celui auquel il s'était jusque-là refusé mais il savait qu'il ne pouvait pas s'en aller sans l'avoir tenté. Il devait crier son nom de toutes ses forces au cas où elle serait assez près pour pouvoir l'entendre. Du haut de la falaise sur laquelle il se trouvait, sa voix porterait loin ; il n'avait pas d'excuse. Décidé à ne pas se laisser le temps de reculer, il grimpa sur un rocher qui se trouvait là, aspira profondément et mit ses mains en porte-voix. A cet instant, juste avant que le nom de Heather ne sorte de sa gorge, le Prophitis Ilias fit entendre sa propre voix, clouant Harry sur place.

Ce fut un long sifflement strident. Cela venait de partout et de nulle part, de tout près et de très loin, au-dessus et au-dessous de lui. Puis cela s'arrêta. Les bras de Harry retombèrent lentement le long de son corps et il commença à trembler de tous ses membres. Il avait la gorge nouée. Il suffoquait. Qu'est-ce que cela signifiait ? D'où cela venait-il ? Etait-ce un signal ? Un message ? Un avertissement ? Pour lui ? Pour un autre ?

Son sang-froid céda brusquement comme une falaise sapée par la mer. Il était manipulé depuis le début. Le visage à la fenêtre, l'écharpe abandonnée, le sifflement désincarné : tout était destiné à le conduire dans un piège. La logique et la raison l'avaient abandonné. Sa seule défense était une fuite éperdue, tête baissée.

Le chemin descendait en zigzag. Mais Harry s'élança droit devant lui d'une courbe à l'autre, trébuchant sur les pierres, dérapant sur des étendues de terre meuble couverte de cailloux. Les épines d'un arbuste lui lacérèrent le visage. Il s'érafla sur le bord tranchant d'un silex. Mais il n'en avait que faire. Il n'avait plus besoin de prétexte. Tout ce qu'il voulait, c'était quitter cette montagne, être loin de la peur qu'elle distillait dans ses veines et qui lui collait au ventre comme une sangsue.

Après avoir traversé un fourré de fougères et glissé sur un rocher à moitié enterré, Harry se retrouva soudain sur un chemin en terre creusé de deux sillons parallèles formés par les roues d'un lourd véhicule. S'obligeant à se concentrer, il se rappela que la route bifurquait juste après l'endroit où ils avaient garé la voiture ; un panneau indiquait Eleousa à gauche alors que le chemin de droite s'enfonçait dans la forêt. C'était sur ce chemin qu'il devait se trouver. S'il ne se trompait pas, il n'avait qu'à le suivre pour retrouver la voiture.

Il se mit à courir malgré une sensation d'étouffement de plus

en plus douloureuse. Au détour d'un virage, il aperçut la forme blanche de la voiture et le toit de tuiles rouges de l'hôtel, plus loin derrière. Il était presque arrivé. Il ralentit instinctivement le pas. Il fit dix mètres et s'arrêta car, à la vue de l'hôtel, il repensa à la silhouette fugace derrière l'une des fenêtres et il songea avec horreur qu'il suivait peut-être encore une voie destinée à le prendre au piège alors qu'il avait cru pouvoir s'évader. Il restait où il était, le souffle court, cherchant désespérément à éclaircir ses idées. Portant la main à son cou, il s'aperçut soudain qu'il avait perdu l'écharpe quelque part en chemin. Elle avait dû tomber ou être arrachée par les branches des buissons qu'il avait traversés. Etait-ce ainsi que Heather l'avait perdue dans une course effrénée en avant, suscitée par la même terreur indicible ? Refaisait-il le même trajet qu'elle ? Non, lui répondit la voix de sa raison. Elle était encore là-haut, quelque part dans la montagne, perdue et impuissante, comptant sur lui pour aller chercher du secours. Pour son bien, il devait se ressaisir.

Il commença à marcher droit devant lui sans regarder ni à droite ni à gauche, en concentrant toute son attention sur la voiture qui grandissait dans son champ de vision. Par cette méthode, il réussit à chasser ses pires appréhensions. Comptant chacun de ses pas pour tenir son imagination en échec, il arriva à la bifurcation vers Eleousa. Puis il passa devant le panneau sur lequel était écrit le nom qu'il en était venu à redouter. ΠΡΟΦΗΤΗΣ ΗΛΙΑΣ : Prophitis Ilias. Il arriva à la voiture.

Sentant que la hâte pouvait être aussi fatale qu'une hésitation, Harry, lentement, sortit les clefs de sa poche, ouvrit la portière et se mit au volant. Le moteur démarra tout de suite et il en éprouva un soulagement incommensurable. Le bruit du moteur, qui constituait une promesse de mobilité, lui redonna quelque peu confiance. Il passa la première, avança en travers de la route, fit une marche arrière, puis termina son demi-tour et accéléra dans la descente.

Chaque mètre parcouru éloignait un peu plus Harry du mont Prophitis Ilias, diminuant d'autant l'influence que ce dernier avait exercée sur ses sens. Il fut bientôt en mesure de raisonner. Son cerveau, privé de ses stimuli normaux, lui avait joué des tours, c'était aussi bête que ça. Heather s'était perdue et avait dû se résoudre à passer la nuit à la belle étoile. En allant chercher de l'aide à Salakos, il devait pouvoir lui épargner cela. Et en mettant les choses au pire, elle serait capable de trouver un abri jusqu'au matin. Elle avait douze heures inconfortables à passer, douze heures pendant lesquelles Harry allait se faire du souci. Puis la vie reprendrait son cours normal.

Ce n'est qu'au tout dernier instant que Harry vit la chèvre. Immobile au beau milieu de la route juste après un virage en épingle à cheveux, elle semblait presque s'être couchée là pour l'attendre. Il n'était pas facile de distinguer quelque chose dans la demi-obscurité projetée par l'ombre épaisse des arbres en surplomb. Harry, qui écrasait la pédale de l'accélérateur au sortir du virage, tourna instinctivement le volant dès qu'il vit l'animal, réussissant ainsi à l'éviter de justesse. Mais son soulagement fut de courte durée. Comme la voiture dérapait en travers de la route, il comprit qu'il fonçait droit sur le précipice de l'autre côté de la route. Il était trop tard pour freiner et le garde-fou ne paraissait pas suffisamment solide pour pouvoir arrêter la voiture. La seule chose qu'il pouvait faire était de viser l'un des solides poteaux en béton et de croire en la Providence. L'instant d'après, il y eut une énorme secousse accompagnée d'un grand bruit sourd, une explosion de vapeur sous le capot et le beuglement du klaxon lorsque Harry vint frapper contre le volant.

Pendant environ une minute, il fut trop secoué pour bouger. Puis il ouvrit la portière et sortit en trébuchant. La chèvre s'était enfuie. Il entendait le tintement frénétique de la clochette venant de la forêt où elle s'était enfuie. La voiture quant à elle n'irait pas plus loin. L'avant était défoncé et la roue avant droite complètement tordue. Harry s'appuya contre le capot en jurant entre ses dents. Il saignait à la tête et avait mal aux côtes. Il aurait eu besoin d'un remontant un peu corsé mais il ne l'aurait pas avant une longue marche. Ce dernier incident n'avait pas arrangé les choses, et encore moins la situation de Heather.

Harry éprouvait une profonde lassitude et il n'était pas loin de s'apitoyer sur son sort mais ce n'était pas le moment de se laisser aller. Après un coup de pied plein de ressentiment dans la roue tordue de la voiture, il tourna les talons et commença à descendre la route d'un pas pesant.

2

Debout dans l'embrasure de la porte, l'inspecteur de police Miltiades observa Harry un moment. Puis il traversa lentement la pièce jusqu'à la table et s'assit en face de lui. Cela faisait six heures que Harry l'attendait, six heures qui lui avaient paru six jours. Il éprouvait pourtant une réticence étrange à demander ce qu'avaient donné les recherches, comme s'il pressentait déjà que la vérité serait pire que ce qu'il avait imaginé de pire.

On l'avait retenu toute la journée au siège central de la police de Rhodes, dans cette pièce presque nue. Pour se faire une idée de l'avancée des recherches, il n'avait eu d'autres repères que l'horloge sur le mur, le visage inexpressif de l'agent de police gardant la porte et l'étendue sans fin de son imagination. Plus de vingt-quatre heures s'étaient écoulées depuis qu'il avait vu Heather, et le jour qui baissait derrière la fenêtre aux volets mi-clos lui apprenait que la nuit allait une fois de plus baisser son rideau noir sans qu'il sache où se trouvait Heather. A moins, bien sûr, que Miltiades n'ait du nouveau.

Mais l'expression de Miltiades était tout à fait impénétrable. Sanglé dans un uniforme bien repassé, d'une minceur presque ascétique, les cheveux noirs, lisses et brillants, Miltiades retira avec soin ses lunettes, massa les deux points douloureux sur l'arête de son nez puis les remit en place sans quitter Harry des yeux.

Les lèvres de Harry s'entrouvrirent pour dire quelque chose mais une contraction supérieure des sourcils chez son vis-à-vis l'en dissuada. Puis s'efforçant de rester logique, il demanda :

– Qu'avez-vous à m'apprendre, monsieur l'officier?

Miltiades ne répondit pas. Il se contenta d'extraire de la sacoche qui se trouvait à côté de lui un petit magnétophone qu'il posa entre eux sur la table et alluma.

– Je pense que j'ai le droit de savoir.

Miltiades se pencha en avant, en appui sur ses coudes. Lorsqu'il prit la parole, ce fut en grec, et à l'adresse de l'appareil d'enregistrement :

– *To savato dodeka noembriou chilia enneakosia ogdonta okto, exinta tris ores.*

Puis il regarda Harry droit dans les yeux et dit :

– Qu'est-ce que vous voulez que je vous raconte, monsieur Barnett ?

– Mais, si vous avez trouvé Mlle Mallender, bien sûr, si elle va bien.

Harry entendit une note d'impatience dans sa voix mais il ne put la réprimer. Pour quelle raison cet homme prolongeait-il son agonie comme à plaisir ?

– Vous avez eu toute la journée pour fouiller le mont Prophitis Ilias, vous avez bien dû trouver quelque chose !

– Pour les besoins de cette interview, nous supposerons que nous n'avons rien trouvé.

– Que voulez-vous dire ?

– Je veux dire que vous allez répondre à mes questions avant que je réponde aux vôtres.

C'était donc ça. Le pressentiment qui avait grandi en lui au cours de la journée se trouvait confirmé : on ne le croyait pas. C'était pour cela qu'on ne l'avait pas autorisé à rester sur le Prophitis Ilias quand les recherches avaient commencé. Et c'est ce qui expliquait que Miltiades ne voulait rien lui dire : il espérait, en prolongeant l'incertitude de Harry, que celui-ci finirait par se trahir. Mais que croyaient-ils ? Qu'il avait tué Heather ? Qu'il l'avait enterrée là-haut dans la montagne ? Mais pourquoi penseraient-ils une chose pareille ? Il faudrait qu'ils aient fait une découverte qui les mène dans cette direction ? Son corps, peut-être ? Mon Dieu, c'était une pensée trop horrible.

– Vous vivez à Rhodes depuis mars 1979, monsieur Barnett ?

– Hein ?

– Vous vivez ici depuis neuf ans, je crois.

Harry n'arrivait pas à se concentrer : trop de questions se bousculaient dans sa tête. Il pouvait seulement en appeler à la bonne volonté de Miltiades.

– Pour l'amour de Dieu, dites-moi au moins si elle est vivante.

Miltiades garda un visage impassible.

– Pour les besoins de cet entretien, nous supposerons que nous n'en savons rien.

– Vous êtes inhumain...

Harry ferma les yeux, cherchant à repousser la vision qui s'était formée dans son esprit : un corps blanc étendu sur une table d'autopsie. Lorsqu'il rouvrit les yeux, le regard scrutateur de Miltiades était toujours posé sur lui.

– *Endaksi*. Nous allons commencer par le commencement. Vous vivez ici depuis le mois de mars 1979 et vous êtes le gardien de la villa ton Navarkhon située à Lindos et dont le propriétaire est un de vos compatriotes. C'est bien ça ?

La vision sinistre avait disparu. A la place, il y avait une pièce vide et stérile où allait se dérouler son interrogatoire. Il songea à la *psarotaverna* où ils avaient déjeuné, à la chaleur qu'il faisait sous l'hévéa, à la douceur des rayons du soleil dans les cheveux de Heather. Il sentit des larmes lui monter aux yeux. Il les ravala et répondit :

– Oui, c'est bien ça.

– Vous vous appelez Harold Mosley Barnett ?

– Oui.

– Mosley n'est pas un prénom courant, n'est-ce pas ?

Voilà donc ce que ce type voulait dire par commencer par le commencement ?

– Oswald Mosley était un politicien britannique de l'entre-deux-guerres. Mon père approuvait ses idées.

– A savoir ?

– C'était un fasciste, monsieur l'officier. *Enas fasistis.*

Miltiades hocha la tête.

– C'est malheureux pour vous.

– Je ne me rends pas malade à cause de ça.

C'était étrange que ce soit un policier grec qui le fasse repenser à son père.

Cela faisait des années qu'il n'avait pas songé à cette figure floue de son passé qu'il ne connaissait que d'après des photos et les souvenirs prosaïques de sa mère. Comment se faisait-il... ?

– Vous êtes né le 22 mai 1935.

– Oui. Mais...

– A Swindon, dans le comté du Wiltshire.

– Comment savez-vous tout ça ?

– C'est écrit dans votre passeport.

– Mon passeport ?

– Je l'ai ici.

Durant un moment Harry ne put dire un mot. Ils étaient allés à Lindos chercher ses affaires ! Et pendant ce temps, il était assis dans cette pièce en croyant qu'ils passaient au peigne fin le Prophitis Ilias.

– Je voulais trouver le passeport de Mlle Mallender, poursuivit Miltiades. Vous savez où il est ?

– Dans son sac à main, je suppose. Mais vous n'avez pas le droit...

– Nous avons téléphoné au propriétaire de la villa dont vous êtes le gardien, monsieur Barnett. Quand nous l'avons mis au courant de la situation, il nous a tout de suite donné son accord.

Ainsi ils avaient parlé à Dysart. Que lui avaient-ils raconté au juste ? Dieu seul le savait.

– Pourquoi vous intéressez-vous à ce point au passeport de Heather ?

Pour la première fois, Miltiades sourit.

– Maintenant, c'est « Heather », et non plus « Mlle Mallender ». Elle n'a pas fait d'objection à ce que vous l'appeliez par son prénom ?

– Mais non, pourquoi ?

– Parce qu'elle était l'invitée de M. Dysart et que vous étiez son employé.

– Je ne suis pas son employé.

– Qu'est-ce que vous êtes, alors ?

Oui, qu'était-il au juste ? La nuance était subtile, Harry était obligé de le reconnaître.

– Je surveille la villa et en échange, il me loge.

– Vous êtes son locataire alors ?

– Dans un sens.

– Vous éveillez ma curiosité, monsieur Barnett. Pourquoi ne pas nous avoir dit plus tôt quel personnage éminent est M. Dysart : député et ministre du gouvernement britannique.

– Sous-secrétaire d'Etat.

– Comment se fait-il qu'un homme aussi important vous confie sa résidence d'été sur l'île de Rhodes ?

– Qu'est-ce que cela a de si étrange ?

Pour toute réponse, Miltiades détailla Harry avec un mépris mal déguisé.

– Comment avez-vous fait la connaissance de M. Dysart ?

– Il a travaillé pour moi autrefois quand il était étudiant. Il y a longtemps. Mais qu'est-ce que cela a à voir...

– Avec Mlle Mallender? J'espérais que vous me l'apprendriez, monsieur Barnett. Son frère arrivera d'Angleterre, ce soir. Il a été surpris, et ses parents aussi, en apprenant que vous et Mlle Mallender étiez... amis. Je crois que vous avez travaillé pour le père de Mlle Mallender avant de venir à Rhodes.

– Oui.

– Et que vous avez démissionné à la suite d'irrégularités financières.

– De prétendues irrégularités financières.

– Le fait est, monsieur Barnett, que vous n'êtes pas le compagnon que le père de Mlle Mallender aurait choisi pour sa fille. Vous pourriez lui en vouloir et avoir eu envie de vous en prendre à lui ou à l'un de ses proches.

– Je me fiche pas mal de ce...

Harry ne termina pas sa phrase. C'était encore pire que ce qu'il avait imaginé. Tout ce qu'il voulait savoir, c'était s'ils avaient retrouvé Heather. S'ils l'avaient trouvée, elle devait être morte, car elle n'aurait jamais accrédité de telles inepties. Mais s'ils ne l'avaient pas trouvée...

– Vous avez cinquante-trois ans, monsieur Barnett. Vous avez déjà été marié?

– Non.

– Vous avez des enfants?

– Non.

– Vous êtes un homme seul au monde, alors?

– Si l'on veut.

– Comment faites-vous pour satisfaire vos... besoins sexuels?

Harry sentit son visage se décomposer. Soupçonnaient-ils quelque chose d'aussi infamant? Il aimait bien Heather. Il l'aimait même beaucoup. Mais, chose étrange, il avait pour elle une affection qui n'avait rien à voir avec un désir physique. Ailleurs, avec une autre femme, oui, cela aurait pu se passer. Mais pas avec Heather.

– Je bois plus que nécessaire, monsieur l'inspecteur. Et vous?

– J'ai lu avec soin la déclaration que vous avez faite à Salakos, hier soir, monsieur Barnett. Vous vous rappelez ce que vous avez dit?

– Bien sûr.

– Je vais quand même vous rafraîchir la mémoire.

Il se pencha vers sa sacoche et souleva une liasse de papiers.

– Description de Mlle Mallender : « Elle mesure environ un

mètre soixante-huit. Elle est âgée de vingt-sept ans. Elle a des cheveux de lin qui lui arrivent aux épaules. » « Des cheveux de lin » est un détail intéressant, monsieur Barnett. Je m'enorgueillis de bien connaître la langue anglaise.

– Avec raison.

– Mais je ne connais pas l'expression « cheveux de lin ». Elle est peu usitée. Il me semble qu'on doit l'employer quand la personne que l'on décrit vous a fait une grande impression.

– C'est juste une couleur.

– La couleur de quoi ? Celle du désir, peut-être ? Vous n'avez pas dit si Mlle Mallender était jolie.

Harry sentit le sang lui monter au visage. Tais-toi, se dit-il. Ne cède pas à la provocation. Il se croit très intelligent, preuve qu'il ne l'est pas.

– Est-elle grosse ? Mince ?

– Ni grosse ni mince.

– Parfaitement proportionnée, alors. Une véritable Aphrodite.

– Allez vous faire voir !

Miltiades sourit.

– Revenons à votre déclaration. Vous décrivez les vêtements qu'elle portait. « Une écharpe rose et blanc » que vous avez trouvée plus tard, bien sûr, et perdue. « Une veste noire en velours côtelé ; un pull-over rouge ; des gants en laine bleu marine ; une jupe écossaise plissée ; des chaussures de marche noires ; des bas noirs. » C'est bien ce que vous avez dit ?

– Oui.

– Des bas, pas des collants.

– Oui, des bas.

– Comment le savez-vous ?

– Comment je sais quoi ?

– Qu'elle portait des bas.

– Je n'en sais rien.

– Alors pourquoi spécifier des bas ? Dites-vous maintenant que vous ne pouvez pas en être certain ?

– Evidemment que je ne peux pas en être certain. C'était juste un mot.

– De nouveau un mot très particulier, monsieur Barnett.

– Que voulez-vous dire ?

– Je veux dire qu'il est possible que vous soyez bien placé pour savoir si elle portait des bas ou des collants.

La rage minait la résolution de Harry. Qu'avaient-ils trouvé ?

Quelque chose ou rien? Miltiades semblait décidé à ne rien dire.

– Nous avons trouvé la voiture à l'endroit que vous nous avez indiqué. Dans votre déclaration, vous disiez qu'elle était vide.

Harry eut l'impression qu'une trappe s'ouvrait sous ses pieds. La voiture. Est-ce que Miltiades voudrait insinuer que... Il n'avait pas regardé dans le coffre. Il aurait dû le faire mais il n'y avait pas songé.

– Elle n'était pas vide?

– Pas tout à fait. Il y avait quelque chose dans la boîte à gants.

Le soulagement devait se lire sur le visage de Harry.

– Quoi?

– Deux cartes postales neuves. Je les ai ici.

Il en posa une sur la table.

– Cela vous dit quelque chose?

C'était une reproduction de l'Aphrodite de Rhodes, la célèbre statue de la déesse séchant ses cheveux au soleil après être sortie de la mer.

– Oui, inspecteur, bien sûr. Il doit y en avoir des centaines comme celle-là, à Rhodes.

– Mais ce n'est pas vous qui avez acheté cette carte, alors?

– Non. Ce doit être Heather.

– Et celle-ci?

Il plaça la seconde à côté de la première. C'était la reproduction d'une autre statue : le dieu Silène, satyre moitié chèvre moitié homme, affichant un phallus démesuré en érection.

Harry ne dit rien. Que pouvait-il répondre à cela? Il avait déjà vu ces cartes postales, un peu partout dans l'île, sur les présentoirs. Il pouvait deviner pourquoi Heather les avait choisies. L'une parce qu'elle représentait une image de la beauté qui devait la séduire. L'autre, pour le mettre en boîte.

« Qui est Silène? » avait-elle demandé quand elle avait appris qu'il travaillait à la taverna Silenou. « Il vaudrait mieux que tu ne le saches pas » avait-il répondu pour plaisanter. A présent, la plaisanterie se retournait contre lui.

Il leva les yeux et rencontra ceux de Miltiades. Il n'y avait plus aucun doute sur ce que l'inspecteur pensait. Une belle jeune femme sculptée dans du marbre blanc et tendre; un vieil homme débauché moulé dans le bronze; les parallèles étaient trop frappants pour qu'on puisse résister.

– Je suppose, finit par dire Harry, que Heather voulait les envoyer à des amis en Angleterre. Je ne savais pas qu'elles étaient dans la voiture.

Miltiades respira profondément.

– Pourquoi Mlle Mallender aurait-elle trouvé amusant d'envoyer ce genre de carte postale à des amis en Angleterre? dit-il en montrant du doigt l'image obscène de Silène.

Harry hésita. Dans quelle mesure devait-il dire la vérité à cet homme rusé et patient, voilà qui était pour lui une énigme.

– Non, dit-il, en se rabattant sur la franchise. Elle n'aurait pas trouvé cela amusant. Elle a dû les acheter pour une autre raison.

– Laquelle?

– Pendant la saison, je fais le service et la vaisselle dans une taverne à Lindos. La taverna Silenou.

Miltiades hocha la tête.

– Je sais, monsieur Barnett. Le propriétaire est Konstantinos Dimitratos. Nous avons parlé avec lui. Son témoignage a été très... instructif.

– Vous avez parlé avec Kostas?

– Oui.

– Mais pourquoi? Il connaît à peine Heather.

– Il vous connaît, monsieur Barnett. Et pour le moment, cela m'est plus utile. Il m'a donné des renseignements précieux.

– Que vous a-t-il dit?

Harry savait que Kostas ne l'aurait pas délibérément noirci mais les propos irréfléchis du pauvre homme à une autorité en uniforme pouvaient malgré tout lui faire du tort.

– Beaucoup de choses. Par exemple, je sais que l'été dernier, vous avez eu des petits ennuis avec une de ses clientes. Une Danoise... à peu près de l'âge de Mlle Mallender. Elle était jolie, n'est-ce pas?

Harry pouvait entendre Kostas débiter toute l'affaire. Il avait dû vouloir dire quelque chose pour contenter Miltiades. Harry ne pouvait espérer en faire autant.

– C'était un malentendu, inspecteur, pas plus.

– Bien sûr. Avait-elle des cheveux de lin?

– Non. Et ce n'était pas non plus une « véritable Aphrodite ».

Miltiades le regarda un moment en silence avant d'ajouter :

– Aviez-vous déjà rencontré Mlle Mallender avant qu'elle vienne à Rhodes, le 17 octobre?

– Non. Enfin... je ne crois pas.

Pourtant si, il l'avait déjà rencontrée. Cela lui revint au moment où il répondait : deux filles en uniforme arrivant de l'école étaient descendues de la voiture de leur mère dans la cour de Mallender Marine pour venir voir leur père, son patron. Il faisait un temps maussade. En quelle saison était-ce? Il ne s'en souvenait pas. A l'automne peut-être. Oui, ce devait être à cette même époque de l'année quand les jours raccourcissent. Portland Harbour formait une toile de fond grise et terne. Et ces deux filles, l'une légèrement arrogante, un peu trop imbue de sa personne, presque une femme déjà ; l'autre qui portait encore des socquettes et avait un sourire aux dents écartées, ce devait être... Heather ignorant qu'un certain Harold Mosley Barnett cuvant son vin et son ennui, plus vieux qu'elle d'environ quatorze ans, l'observait.

– Vous ne croyez pas? C'est un peu vague! Cela ne me suffit pas, monsieur Barnett.

– Il se peut que je l'aie vue quand elle était petite. Je travaillais pour son père.

– Bien sûr. Je ne dois pas l'oublier. Mais quand elle est venue à Lindos, elle était comme une étrangère pour vous?

– Oui.

– M. Dysart vous avait prévenu de son arrivée?

– Non.

– Etait-ce inhabituel?

– Non. La loge de garde a une entrée indépendante. Il n'a pas besoin de me prévenir de son arrivée ni même de celle de ses amis.

– Pourquoi est-elle venue? Pour passer des vacances?

– Oui.

– Rien de plus?

– Pour se remettre.

– Se remettre de quoi? Elle avait été malade?

– Elle m'a dit qu'elle avait fait une dépression. Sa sœur est morte, l'année dernière, dans des circonstances tragiques. Son psychiatre lui a conseillé...

– Son psychiatre!

– Oui.

– Nous pouvons par conséquent supposer que sa dépression n'était pas... du chiqué.

– Je n'ai jamais dit le contraire.

– Non. Vous ne l'avez pas dit. Ainsi, Mlle Mallender est venue à Rhodes pour se remettre, grâce à la courtoisie de M. Dysart. Et vous avez fait sa connaissance?

– Oui.

– Et vous avez sympathisé?

– J'aime à le penser.

– Vous logiez dans la loge de garde et elle dans la villa?

– Oui.

– Et vous lui avez proposé de lui faire visiter l'île?

– Non. C'est elle qui en a eu l'idée. Elle a loué une voiture peu après son arrivée et elle a sillonné l'île pendant quelques jours pour voir ce qu'il y avait d'intéressant. Mercredi, elle a de nouveau loué une voiture pour faire une visite d'adieu avant de quitter l'île. Elle devait rentrer en Angleterre la semaine prochaine. Elle m'a offert de l'accompagner.

– Et vous avez pensé que l'occasion était trop bonne pour la laisser passer. Vous vous êtes dit que dans la voiture, loin de Lindos et des regards indiscrets, vous l'auriez pour vous tout seul.

Dans un sens, c'était exactement ce qu'il avait pensé mais Miltiades n'aurait pas pu ou pas voulu comprendre.

– J'ai accepté son invitation, c'est tout.

– Très bien. Mlle Mallender a loué la voiture ici à Rhodes mercredi après-midi selon les registres de la compagnie de location. Etiez-vous avec elle quand elle a loué la voiture?

– Non. Je ne savais même pas alors quelles étaient ses intentions. La première fois qu'elle m'en a parlé, c'est à son retour à la villa dans l'après-midi. C'est seulement à ce moment-là qu'elle m'a invité à venir avec elle.

– Et quand la « visite d'adieu » a-t-elle commencé?

– Le lendemain.

– Où êtes-vous allés?

– A Katavia et à Monolithos.

– Et hier?

– Le matin, nous sommes allés à Camiros. Et après le déjeuner...

– Vous êtes allés sur le mont Prophitis Ilias.

– Oui.

– Pourquoi?

– Heather y était déjà allée, mais elle n'avait pas eu le temps d'arriver au sommet. Elle ne voulait pas partir sans avoir fait l'ascension.

– Elle n'a pas donné d'autre raison?

– Si, elle a dit qu'elle aimait l'atmosphère du Prophitis Ilias.

– Et vous?

– Non.

– Pourquoi?

– L'hôtel était fermé, les maisons aussi. Il n'y avait pas âme qui vive. Et le silence avait quelque chose... d'inquiétant.
– Mais cela ne gênait pas Mlle Mallender?
– Non.
– Pas même quand vous avez cru voir quelqu'un dans l'hôtel?
– Je ne le lui ai pas dit.
– Pourquoi pas?
– Parce que je n'en étais pas sûr.
– Dans ce cas, cela vous intéressera certainement de savoir que nous n'avons trouvé aucun signe d'une présence quelconque sur les lieux.
– J'ai peut-être été le jouet de mon imagination.
– Oui, c'est bien possible.
Miltiades fit une pause avant de poursuivre :
– Vous avez commencé à monter ensemble vers le sommet, puis vous vous êtes arrêté et Mlle Mallender a continué toute seule. Pourquoi?
– J'étais fatigué.
– Vous ne l'avez pas revue après ça?
– Non.
– Vous êtes simplement resté assis sur un tronc d'arbre, à attendre, presque une heure, avant de vous inquiéter.
– Oui.
Soudain Miltiades abattit le plat de sa main droite sur le bureau. Le bruit fit sursauter Harry; même l'agent de police devant la porte tressauta.
– Vous mentez, monsieur Barnett, dit Miltiades, en haussant durement la voix, vous mentez comme vous respirez.
Pendant un instant, Harry fut trop secoué pour répondre. Une voix au milieu de son cerveau engourdi lui souffla que ce brusque changement de ton était juste un truc employé dans les interrogatoires, une démonstration d'agressivité destinée à le déstabiliser après l'alternance tranquille de questions et de réponses.
– Vous avez fait des avances à Mlle Mallender. Elle vous a résisté. Alors vous avez essayé de la prendre de force. Mais vous avez perdu votre contrôle et vous avez fini par l'étrangler avec son écharpe.
– Non!
– Puis vous avez mis en scène l'accident de voiture afin d'avoir une excuse pour ne pas donner l'alarme avant la nuit.

– Non!

– Vous l'avez tuée et vous avez laissé son corps quelque part dans la montagne.

Il se représenta de nouveau le corps sans vie de Heather couvert de bleus, les vêtements déchirés, le regard fixe, la bouche muette... Ils l'avaient trouvée. Il n'y avait plus d'espoir. Elle était morte.

– Dites-moi la vérité, Harry.

Miltiades avait changé de registre : il parlait d'une voix douce qui semblait le presser de décharger sa conscience, d'en partager le poids avec lui.

– Vous ne vouliez pas la tuer, je sais. C'est tout autant sa faute que la vôtre. C'est comme ça que ça s'est passé, n'est-ce pas?

– Où l'avez-vous trouvée?

– A votre avis, Harry? Là où vous l'avez laissée, évidemment. Prenez une cigarette et racontez-moi tout.

Miltiades lui tendit un paquet ouvert et Harry avança automatiquement la main pour en prendre une. A ce moment-là, il remarqua la marque : *Karelia Sertika*. C'étaient les cigarettes qu'il avait fumées sur le Prophitis Ilias. Il hésita. Le sourire de Miltiades était trop large, sa sympathie trop forcée. Harry regarda le magnétophone. Il ne marchait plus. Miltiades avait dû l'arrêter à un moment où il ne faisait pas attention. Mais pourquoi? Il ne pouvait y avoir qu'une seule raison : il ne voulait pas laisser sur la bande la trace d'un mensonge. Ils n'avaient pas trouvé Heather. Ils n'avaient rien trouvé, excepté des mégots de cigarette près d'un tronc d'arbre couché en travers du chemin.

– Je vous ai dit tout ce que je savais, dit Harry lentement.

Miltiades se renfonça dans son fauteuil et soupira. Puis il étendit le bras et remit le magnétophone en marche. Il ne dit rien mais à son expression, il était clair que le bluff était terminé.

– Savez-vous où se trouve Heather, inspecteur?

– Non, monsieur Barnett, je ne sais pas. Nos recherches sur le mont Prophitis Ilias ont révélé de nombreuses traces de votre présence mais de la sienne, aucune. Nous n'avons même pas retrouvé l'écharpe que vous avez prétendument découverte par hasard.

Harry ne savait pas s'il devait se sentir soulagé ou triste. Soulagé qu'elle soit peut-être encore en vie ou triste qu'ils ne l'aient pas trouvée.

– Que va-t-il se passer? demanda-t-il à la fin, certain au moins d'une chose : il y a toujours une suite à tout.

– Les recherches reprendront demain à l'aube. Cette fois, vous y participerez.

– Bien.

– En attendant, vous resterez ici en garde à vue.

– De quoi suis-je inculpé?

– De rien. Mais on peut trouver quelque chose si vous insistez. Conduite en état d'ivresse, par exemple. A moins que vous ne préfériez coopérer avec nous, auquel cas...

– Je resterai... de mon plein gré.

– J'en étais sûr.

Miltiades se pencha en avant et éteignit le magnétophone. Il jeta sur Harry un regard méprisant puis ajouta :

– Souhaitez-vous téléphoner à quelqu'un?

– Non.

– A votre avocat, peut-être?

– Je n'en ai pas.

– Très bien.

Miltiades se leva de sa chaise.

– Cet interrogatoire est terminé, monsieur Barnett.

Mais pour Harry, ce n'était pas terminé. Au cours de la longue nuit qui suivit, des questions obsédantes l'empêchèrent de dormir. Il n'en avait pas fini avec l'angoisse de plus en plus insupportable que lui inspirait l'absence prolongée de Heather. Pourquoi n'était-elle pas revenue? Il était aussi éloigné de la réponse que lorsqu'il s'était mis en route pour aller à sa rencontre.

Le matin, on lui donna un petit déjeuner frugal ainsi qu'un journal. Sur la première page, s'étalait le gros titre tant redouté. Η ΕΞΑΦΑΝΙΣΗ ΤΟΥ ΧΕΔΕΡ ΜΑΛΛΕΝΤΕΡ : Disparition de Heather Mallender. Η ΑΣΤΥΝΟΜΙΑ ΔΙΕΡΩΤΑΤΑΙ : La police est perplexe. Il ne lut pas l'article. Ce n'était pas nécessaire car il en savait plus que tout le monde, même s'il ne savait rien.

3

Harry se rembrunit en regardant le chemin sillonné par de profondes ornières. Ses sens lui disaient ce que la topographie démentait : ce n'était pas le Prophitis Ilias. En tout cas, ce n'était pas le Prophitis Ilias qu'il connaissait et redoutait, le sommet boisé et silencieux qui lui avait insufflé une peur panique et l'avait pris au piège. La forêt résonnait de voix humaines et du glapissement des limiers. Un hélicoptère vrombissait au-dessus de leur tête et une radio grésillait à proximité. Le bruit, le mouvement et la compagnie qu'il avait appelés de ses vœux deux jours plus tôt étaient réunis mais dans des circonstances qu'il avait espéré de toutes ses forces ne jamais connaître.

Des conscrits avaient été appelés en renfort pour participer aux recherches. Leurs silhouettes courbées en tenue de camouflage avançaient de front sous les arbres d'un même pas lent pour ratisser les broussailles. On aurait dit des rabatteurs dans une chasse à la grouse, se dit Harry. Il était presque sûr qu'ils ne découvriraient rien de nouveau. L'écharpe de Heather avait été retrouvée il y avait un peu plus d'une heure. Un jeune policier avait couru vers Miltiades en criant d'une voix tout excitée : « *To mantili! To mantili!* », mais cela avait été un espoir de courte durée. Harry avait maintenant la conviction profonde qu'il n'y aurait pas d'autre preuve de la présence de Heather sur la montagne. La police avait refait le chemin qu'elle avait emprunté et même ceux qui auraient pu l'éloigner du sommet. Ils avaient fouillé méticuleusement les bois mètre par mètre. Et ils n'avaient rien décelé. A vrai dire, la forêt était vaste, la zone de recherche mal définie; ils pourraient fouiller toute une semaine sans être certains d'avoir tout exploré. Mais pour Harry, c'était fini. Il ne s'attendait pas à ce que Miltiades comprenne son point de vue ni qu'il y croie. Il n'avait pas non plus envie d'y croire lui-même.

Toutefois une conclusion s'imposait : ce n'était pas seulement Heather qui avait disparu, mais aussi, avec la venue des hommes et de leurs chiens, l'atmosphère si particulière qui régnait ce jour-là. Leur zèle et leur énergie avaient chassé les secrets et le silence du Prophitis Ilias et par là même dissipé son mystère.

– Retournons à l'hôtel maintenant, dit Miltiades, en touchant le bras de Harry. Nous ne pouvons rien faire de plus ici.

Harry ne répondit pas. Ils commencèrent à descendre le chemin que Harry avait dévalé à toute allure, quarante-huit heures plus tôt.

– L'écharpe fera l'objet d'un examen minutieux. Cela nous permettra peut-être d'apprendre quelque chose.

Mais la voix de Miltiades manquait d'assurance. Manifestement, il ne s'était pas attendu à rentrer bredouille et il était dérouté. Il avait soupçonné Harry d'avoir tué Heather mais l'avait jugé incapable de dissimuler son crime.

– Heather peut être n'importe où, dit Harry. Et si ça se trouve, elle n'est plus sur l'île.

Mais ses paroles manquaient elles aussi de conviction.

– Aussi étrange que cela puisse vous paraître, répondit Miltiades, j'y ai pensé moi-même.

Il lança à Harry un regard sarcastique.

– Si Mlle Mallender avait quitté le pays, elle aurait été obligée de montrer son passeport et on aurait une trace de son départ. Ce n'est pas le cas. L'aéroport et les autorités portuaires ont été alertés. Si elle cherchait à partir maintenant, on la repérerait. Mais à mon avis, il ne faut pas trop y compter. Connaissez-vous une raison quelconque, monsieur Barnett, pour laquelle je devrais attacher plus d'importance à cette éventualité ?

– Non.

– Il y a peut-être autre chose que vous ne me dites pas?

– Qu'entendez-vous par autre chose?

– Je veux dire que vous auriez pu me parler des circonstances dans lesquelles la sœur de Mlle Mallender a trouvé la mort au lieu de me laisser l'apprendre de la bouche de votre consul.

– Je vous l'ai dit.

– Vous avez choisi de ne pas mentionner qu'elle travaillait pour votre propriétaire, M. Dysart, et qu'elle a été tuée dans un attentat terroriste qui était dirigé contre lui.

Miltiades n'avait pas été long à mettre au jour une autre coïncidence. Mais Harry savait que cela se réduisait à cela : une simple coïncidence. Il ignorait même que Clare Mallender était l'assistante personnelle de Dysart avant de lire dans les journaux anglais qu'elle était la victime innocente d'un attentat manqué de l'I.R.A. contre Dysart. Mais cela s'était passé dix-sept mois plus tôt, à l'autre bout de l'Europe, et n'avait aucun rapport avec la disparition de Heather.

– Pourquoi en aurais-je parlé? dit Harry d'un ton cassant. Cela n'a rien à voir...

– Laissez-moi en juger seul, monsieur Barnett. Cela a au moins l'avantage de nous éclairer sur l'état psychique de Mlle Mallender.

– Mais c'était du passé pour elle.

– Vraiment? N'avez-vous pas dit qu'elle était venue ici pour se remettre.

– Oui, mais...

– Et il y a encore plus troublant. M. Dysart entretient apparemment des relations étroites avec la famille Mallender, pourtant il vous a demandé d'être le gardien de la maison qu'il possède ici à Rhodes.

– Et alors?

– Pourquoi choisir justement un homme qu'un de ses amis vient de congédier pour faute professionnelle?

La recherche de nouveaux indices impliquait, semblait-il, d'en passer par de vieilles blessures.

– Parce que je suis son ami depuis plus longtemps que Charlie Mallender. Et parce qu'il n'a pas cru à l'accusation portée contre moi.

Etait-ce la véritable raison? se demanda Harry. Ou est-ce que Dysart s'était senti plus ou moins coupable de l'avoir fait entrer à Mallender Marine? Et puis, en quoi cela avait-il ou non de l'importance?

– Ce sera intéressant d'entendre l'opinion du frère de Mlle Mallender là-dessus.

Harry avait totalement oublié que Roy Mallender avait pris un avion pour Rhodes. Il se demanda comment une telle chose était possible. Roy était le genre de personne qu'il n'avait aucune envie de revoir, encore moins dans les circonstances présentes. Dix ans avaient passé mais il n'avait pas dû beaucoup changer. Harry savait par expérience qu'un salaud reste toujours un salaud.

– Quand arrive-t-il?

– Il est déjà arrivé, monsieur Barnett. Il nous attend près de l'hôtel.

Miltiades avait cherché bien sûr à créer un effet de surprise. Il avait décidé de laisser Harry dans l'ignorance de l'arrivée de Roy Mallender afin qu'il ne puisse pas se préparer pour la rencontre. Harry aperçut son vieux rival, près d'une voiture, debout entre un agent de police et un autre homme, juste derrière le panneau annonçant Prophitis Ilias. En se rapprochant, Harry le détailla. Il avait épaissi depuis la dernière fois qu'il l'avait vu. Il faisait plus vieux que l'âge que lui donnait Harry. A ses yeux, il était toujours aussi haïssable, bien sûr, sinon plus, mais ce n'était plus tout à fait le même homme, celui dont Harry s'était juré autrefois de se venger, l'homme qui l'avait pris pour un idiot et lui avait prouvé qu'il en était bien un.

– *O yos tou afentikou*, murmura Miltiades.

– Pardon?

– Le fils du patron, monsieur Barnett. N'est-ce pas ce que nous avons devant nous? Une espèce assez antipathique, je pense que vous en conviendrez.

Harry était d'accord, mais il se garda de le dire. Pour le bien de Heather, il devait faire un effort pour se montrer conciliant. Qu'importaient les vieilles querelles et sa disgrâce passée quand la vie même de Heather était peut-être en jeu?

En les voyant approcher, Roy s'arrêta de parler à l'homme qui se trouvait à son côté et fit demi-tour pour les attendre. Il regarda Harry, les yeux plissés, et sa lèvre inférieure s'avança, signes familiers d'un éclat imminent. Pour une fois, Harry pouvait lui trouver quelques excuses; il se raidit dans l'attente de l'explosion qui allait forcément se produire. Mais rien ne se passa. Déjà Miltiades s'était avancé entre eux et il tendait la main à Roy. Il sourit, se présenta et exprima poliment sa sympathie. Mais Roy ne le regarda même pas. Ses yeux restaient fixés sur Harry.

– Qu'avez-vous trouvé? dit-il sèchement.

Il avait toujours ce même ton brusque et impatient.

– Jusqu'à présent, répondit Miltiades, nous avons trouvé uniquement l'écharpe que votre sœur a...

– Est-ce que cet homme est en état d'arrestation?

– M. Barnett participe aux recherches. M. Osborne ne vous a pas expliqué la situation?

L'homme au visage mou et aux cheveux blond-roux qui se tenait debout près de Roy et que Harry prenait pour un représentant du consul britannique fit comprendre d'un regard que ses explications avaient été mal reçues.

– Non, il ne m'a rien expliqué, rugit Roy. Je connais mieux cet homme que vous, inspecteur. S'il est arrivé quelque chose à ma sœur...

– Nous n'en savons encore rien, monsieur Mallender. Pour le moment, j'enquête sur une disparition, rien de plus.

– Rien de plus? Comment pouvez-vous dire ça quand il est manifeste que cet homme ment comme il respire.

– Je ne mens pas, dit Harry. Je ne sais pas où se trouve Heather, Roy. J'aimerais le savoir, mais je l'ignore. Je suis désolé mais c'est comme ça.

Roy fit un pas vers lui.

– Tu cherches ta petite vengeance, Barnett, c'est ça, hein? Tu veux te venger d'avoir été pris la main dans le sac il y a dix ans?

– Bien sûr que non. Sois raisonnable, mon vieux. J'aime bien Heather, nom d'un chien! Je n'ai jamais voulu qu'une telle chose arrive.

– Tu ne voulais surtout pas être découvert, et aujourd'hui, c'est pareil. Les regrets, tu ne sais pas ce que c'est. Mais moi, je vais te l'apprendre. Crois-moi, tu sauras ce que c'est après ça.

Harry sentait que quelque chose sonnait faux. Les accusations de Roy étaient bien sûr à prévoir mais elles tombaient comme un cheveu sur la soupe, même pour un homme au tempérament aussi impétueux.

– Je comprends que vous soyez bouleversé, dit Miltiades d'une voix apaisante. Mais vos ressentiments ne vous seront d'aucune utilité. Nous faisons tout ce qui est en notre pouvoir pour retrouver votre sœur, monsieur Mallender. Je vous conseillerai par conséquent de retourner à Rhodes. Nous vous préviendrons dès que nous aurons du nouveau.

– C'est la solution la plus sage, ajouta Osborne.

Roy les fusilla du regard. Il fut sur le point de protester puis y renonça.

– Très bien. Je suppose qu'il n'y a rien d'autre à faire. Mais je veux être tenu régulièrement au courant.

– Vous le serez, dit Miltiades.

– Cela vaut mieux, grommela Roy.

Il se tourna vers Osborne.

– Venez. J'en ai vu assez.

Il jeta un regard mauvais à Harry, monta dans la voiture et claqua la portière. Osborne s'installa à la place du conducteur en secouant la tête d'un air de victime. Miltiades murmura quelque chose pour lui-même en grec puis le moteur ronfla et ils s'éloignèrent.

– Qu'avez-vous dit, inspecteur? demanda Harry lorsque la voiture eut disparu.

– Ce n'était pas pour vos oreilles, monsieur Barnett.

Il fit une pause puis ajouta :

– M. Mallender ne vous porte pas dans son cœur, n'est-ce pas?

– Il n'a jamais pu me supporter.

– Depuis combien de temps le connaissez-vous?

– Depuis qu'il a rejoint la firme de son père, Mallender Marine, en 1977, un an avant que je sois « pris la main dans le sac », comme il dit.

– Cela ne me dit pas grand-chose, j'en ai peur.

– J'ai été accusé d'avoir surpayé un sous-traitant pour empocher une part du bénéfice.

– Juste accusé?

– Roy a réuni assez de preuves pour convaincre les experts-comptables et son père.

– Mais vous étiez coupable?

– Non. Je n'aurais pas eu assez de cran pour ça ni assez d'imagination. J'ai été victime d'un coup monté.

– Par M. Mallender?

– Qui d'autre? Il ne faut jamais se mettre à dos le fils du patron, inspecteur. C'est une espèce très antipathique, comme vous l'avez dit vous-même.

– Et imprévisible, monsieur Barnett. Je m'attendais à trouver M. Mallender extrêmement inquiet au sujet de sa sœur. Au lieu de ça, j'ai vu un homme qui semblait uniquement très en colère contre vous. Je pensais qu'il allait insinuer que nous autres, Grecs, sommes incapables de mener des recherches efficaces. Au lieu de ça, il semble se désintéresser complètement de ce que nous faisons. J'ai trouvé son attitude déconcertante.

Harry regarda la route déserte. Il était moins surpris que Miltiades par l'indifférence apparente de Roy Mallender pour le sort de Heather. Les liens de famille comptaient plus pour le

Grec moyen que pour un Anglais égocentrique. Harry soupçonnait Roy d'être venu à Rhodes sur l'insistance de son père ou parce que c'était ce qu'on attendait de lui. La vérité, que la disparition de Heather soit un mystère, devait paraître à Roy au mieux un contretemps, au pire un désagrément. Pour venir à bout du problème, il ne pouvait trouver meilleur bouc émissaire que Harry Barnett à la réputation douteuse.

– Cela ne se reproduira plus, marmonna Harry. Je ne me laisserai pas faire aussi facilement cette fois.

– Qu'est-ce que vous dites, monsieur Barnett?

– Rien, inspecteur.

Harry sourit.

– C'était juste une promesse que je me faisais à moi-même.

4

Harry rejeta le drap, mit les pieds par terre et s'assit. Il tremblait mais ce n'était pas de froid. L'origine de ses tremblements était la bouteille vide de metaxa qui reposait sur la table dans la pièce à côté. La veille, boire lui avait paru la seule et la meilleure chose à faire. Miltiades lui ayant enfin donné l'autorisation de rentrer chez lui, il avait été reconduit à Lindos dans une voiture de police roulant à toute allure. Une fois chez lui, il avait été confronté, pour la première fois depuis la disparition de Heather, à la solitude qui lui avait paru à peine plus supportable que sur le mont Prophitis Ilias. Mais pourquoi n'était-elle pas revenue? Pendant un moment, l'alcool lui avait permis d'oublier cette question lancinante.

Harry ramassa sa montre sur la table de nuit et scruta le cadran. Elle s'était arrêtée au petit matin mais le jour et la date avaient eu le temps de s'afficher, comme s'il avait eu besoin qu'on lui rappelle qu'une troisième nuit venait de s'écouler depuis la disparition de Heather! On était le lundi 14. Les heures passaient, le rapprochant inexorablement d'un dénouement atroce.

Quelque part, de l'autre côté de l'île, sous un arbre ou derrière un rocher, dans un enclos de chèvres en ruine ou dans le lit d'un ruisseau asséché, l'affreuse vérité attendait son heure. Passer en revue tout l'éventail des possibilités, des plus improbables aux plus irréelles n'était qu'un jeu de l'esprit cherchant désespérément un réconfort.

Il se mit debout, resta un moment immobile, le temps que diminuent les élancements qui lui trouaient le crâne, puis il passa une robe de chambre, enfila des espadrilles et entra en traînant les pieds dans la salle de bains. C'était une nouvelle journée ensoleillée : les volets en treillis dessinaient des ombres en dents-de-chien sur les murs blanchis à la chaux. Il fit couler de l'eau froide dans la cuvette du lavabo, s'aspergea le visage puis risqua un premier regard dans la glace. Ce n'était pas pire que ce à quoi il s'attendait mais pire que ce qu'il avait espéré : avec des cheveux gris et des yeux soulignés de cernes rouges, son double bouffi le regardait sans aucune indulgence. *Tu n'as jamais volé bien haut, Harry, mais cette fois, tu as touché le fond.*

Pourquoi n'était-elle pas revenue? En ne revenant pas, Heather avait fait voler en éclats son petit monde. Au cours des neuf années qu'il avait passées à Lindos, il s'était senti de moins en moins concerné par la futilité de l'existence qu'il menait et de plus en plus satisfait du confort et des compensations de son mode de vie. Entre les plages de sable blanc et les rues tortueuses de cette ville de carte postale, les années, les saisons et les jours se ressemblaient. Un peu d'argent, quelques moments de franche gaieté, un peu de vin, de bons petits repas étaient les moments forts d'une existence futile dont il n'avait pas eu honte jusque-là mais qui tout à coup lui paraissait désagréablement dénuée de sens.

Harry recula devant l'image que lui renvoyait le miroir, il ouvrit les volets et, grimaçant à cause de la lumière trop vive, regarda le paysage familier qui s'offrait à sa vue. Sous sa fenêtre, un chemin pavé menait du portail de la villa aux maisons de Lindos aux façades blanches serrées les unes contre les autres dont il connaissait chacun des habitants du fait d'un long voisinage. Le ciel était d'un bleu soutenu, sans l'ombre d'un nuage. Seul un soupçon de brume suspendu au-dessus des orangeraies et qui adoucissait les pentes nues du mont Marmari, au sud de la ville, lui apprit qu'il avait dormi plus longtemps qu'il ne l'avait cru. Se penchant à l'extérieur, il regarda le port au-dessous, privé en cette saison de touristes se dorant au soleil, et vide de bateaux de plaisance. Le détachement qui le séparait de la perfection de ce panorama lui fit mal. Quelques jours plus tôt, il aurait été paniqué à l'idée même d'avoir à quitter cet endroit. A présent, il sentait qu'il pourrait partir sans regret. Cela montrait, se dit-il, à quel point la disparition de Heather l'avait affecté.

Cela faisait à peine un mois qu'il était rentré sans se presser de la taverna Silenou pour sa sieste et qu'il avait trouvé le mot de Heather coincé sous le heurtoir du portail. Elle expliquait qu'elle était une amie d'Alan Dysart et que, n'ayant trouvé personne, elle était allée visiter l'Acropole. S'il revenait entretemps, pouvait-il venir la chercher? Maudissant cette fille qu'il ne connaissait pas et qui l'obligeait à faire une telle ascension dans la chaleur de l'après-midi, il avait gravi le long escalier qui menait au château se dressant au-dessus de la ville, obtenu de ne pas payer en expliquant son cas, et finalement il était arrivé, essoufflé et trempé de sueur, au temple d'Athéna. Immunisé en temps normal contre les séductions légendaires de la gloire passée de Lindos, il avait éprouvé, ce jour-là, une émotion étrange au milieu de ces murs en ruines et de ces colonnes usées reposant dans un silence rendu plus profond par l'absence de vent; après son expérience sur le mont Prophitis Ilias, il était tenté de le définir comme un silence dans l'expectative.

Il avait reconnu tout de suite, à cause de sa pâleur, sa mince silhouette solitaire assise sur la plus haute marche du grand escalier conduisant aux propylées. En montant péniblement à sa rencontre, il avait remarqué qu'elle était légèrement voûtée, comme si elle avait peur de quelque chose. Son visage était dans l'ombre mais le soleil tombait sur ses cheveux mi-longs, blond de lin.

– Vous êtes Heather, dit-il en arrivant en haut tout essoufflé, car c'était ainsi qu'elle avait signé son mot.

– Oui, et vous, vous êtes Harry, répondit-elle avec un sourire.

Conscient soudain de ne pas s'être rasé et de ne pas avoir mis de chemise propre ce matin-là, il s'était senti ridiculement confus lorsqu'ils se serrèrent la main.

– Je suis désolée de vous avoir fait monter jusqu'ici.

– Ce n'est pas grave, dit-il en se laissant tomber à côté d'elle et en essayant d'admirer la vue splendide sur la baie d'un bleu étincelant qui, d'après ce qu'il savait, ravissait tous les nouveaux venus.

– Je ne savais pas si Alan vous avait prévenu de mon arrivée.

– Non, je n'ai pas eu de ses nouvelles dernièrement. Mais ne vous inquiétez pas. Ce n'est pas gênant. Vous prenez des vacances tardives, c'est ça?

– C'est plutôt une cure de repos en fait.

Puis elle ajouta comme si elle était impatiente de changer de sujet :

– Dites-moi, à quel endroit Alan amarre-t-il son yacht quand il vient ici?

La question aurait dû alerter Harry mais sur le moment il n'y fit pas attention.

– Là en bas, dans le port. Du moins, c'était son habitude mais je ne sais pas s'il a déjà remplacé l'*Artémis*. C'était un beau bateau.

– Vraiment?

– Vous ne l'avez jamais vu? Je croyais...

– Cela ne fait pas longtemps que je connais Alan. J'ai fait sa connaissance après l'explosion de l'*Artémis*. Et uniquement pour cette raison, je suppose.

– Je ne vous suis pas.

Elle baissa un peu le menton pour répondre:

– Clare Mallender était ma sœur.

– Oh! dit Harry gauchement en regrettant aussitôt sa maladresse.

– La femme qui se trouvait à bord de l'*Artémis* au moment où la bombe posée par l'I.R.A. a explosé.

Harry regarda le dôme de bougainvillées qui surmontait le portail au-dessous de sa fenêtre et il chercha dans la contemplation des fleurs d'un rouge flamboyant à mettre un terme aux associations que déclenchait à présent chaque coin de Lindos. Après ce début maladroit au sommet de l'Acropole, Heather et Harry avaient noué peu à peu des liens d'amitié tels qu'il pensait ne plus jamais en connaître. Maintenant qu'elle était partie, les commodités de la villa ton Navarkhon étaient autant de rappels amers de ce qu'il n'était pas en danger d'oublier: il ne trouverait plus le repos tant qu'il ne saurait pas la vérité.

Du coin de l'œil, il vit soudain quelque chose bouger. Il regarda vers la gauche la cour dallée qui séparait la loge de garde de la façade de la villa. Au début, tout lui parut exactement identique. Les urnes remplies de fleurs, les citronniers, les tuiles du toit en terre cuite et les murs blanchis à la chaux formaient un décor familier. Puis une ombre fugitive dans l'une des pièces de la villa lui apprit qu'il n'était plus seul. Un mercredi, cela aurait pu être Mme Ioanides, la femme de ménage. Mais on était lundi et elle n'avait pas la clef. Si ce n'était pas Mme Ioanides... Il retourna en courant dans la chambre, passa quelques vêtements et se précipita vers l'escalier, en se cognant dans sa hâte le genou contre la table. Mais ce n'était pas ça qui pouvait l'arrêter. Surtout s'il y avait la moindre chance... Heather avait une clef. Il en gardait une pour les visiteurs et il l'avait donnée à Heather.

Il traversa la cour à toute allure, porté par un espoir fou et un effort excessif qui faisaient battre son cœur à tout rompre. La porte était entrouverte. Il y avait une fenêtre d'ouverte. Il n'y avait pas d'erreur : elle était revenue! Il ne pouvait pas y avoir d'autre explication. Il riait presque quand il s'engouffra dans le vestibule et de là, dans la pièce où il avait vu passer une ombre.

– Bonjour, Harry!

Ce fut Alan Dysart et non Heather Mallender qui se retourna pour saluer Harry entré en trombe dans la pièce, Alan Dysart au sourire éclatant et au physique de jeune premier avec des cheveux blonds comme les blés qui avaient tellement facilité sa carrière politique et qui ne semblaient pas moins denses maintenant que lorsque Harry l'avait rencontré pour la première fois. Alan Dysart, membre du Parlement, sous-secrétaire d'Etat et propriétaire de la villa ton Navarkhon, était le visiteur auquel Harry aurait dû s'attendre mais ce n'était pas la personne qu'il avait espéré trouver.

– Tu as des petits ennuis à ce qu'il paraît, dit Alan. J'espère que je vais pouvoir t'aider.

C'était bien de lui de minimiser la gravité de la situation. Dysart avait une façon détendue d'aborder les problèmes les plus graves qui était devenue sa marque distinctive aussi bien dans la marine qu'en politique. A vrai dire, cela avait été la clef de son succès. Dysart possédait un flegme naturel qui chez d'autres aurait pu passer pour de l'indifférence mais qui chez lui s'apparentait au courage; selon un éditorialiste, Dysart était le seul représentant de la bravoure dans une génération de lâches.

– Je suis passé te voir tout à l'heure mais tu dormais comme un bébé. J'imagine que tu as dû passer un sale moment. Tu veux un verre?

Harry qui s'était arrêté net sur le seuil traversa la pièce d'un pas mal assuré, en essayant de dissimuler sa déception par égard pour cet homme à qui il devait tant, entre autres, des excuses pour avoir lancé par inadvertance la police grecque sur ses traces.

– Un verre? dit-il encore tout interdit. Oui, je boirais bien quelque chose.

Dysart lui donna une tape sur l'épaule et sourit.

– Eh bien, assieds-toi. On dirait que tu as du mal à tenir debout. Je vais nous préparer un remontant.

Harry se laissa tomber docilement sur le canapé pendant que Dysart se tenait debout près du placard à liqueurs qui se trouvait derrière lui.

– Tu as eu l'air surpris de me voir.

– Oui.

– Heather ne t'avait pas dit que je venais aujourd'hui?

– Non.

– C'est étrange.

Dysart réapparut avec deux verres. Il en tendit un à Harry puis s'assit en face de lui.

– Je lui ai téléphoné mardi dernier et lui ai demandé de te prévenir.

– Tu avais l'intention de venir avant... cette histoire, alors?

– Oui. Je voulais préparer le sommet européen du mois prochain.

– Elle ne m'en a rien dit.

– Cela a dû lui sortir de l'esprit.

Buvant à petites gorgées, ils restèrent silencieux un moment, puis Dysart jeta un regard autour de lui et dit :

– Je suis heureux de constater que la maison paraît bien tenue.

Elle l'était en effet, mais Harry n'y était pas pour grand-chose. Depuis qu'il était devenu un homme politique et surtout depuis la destruction de son voilier, Dysart venait de moins en moins souvent à la villa. Il aurait sans doute trouvé une atmosphère confinée et des meubles poussiéreux sans le long séjour de Heather qui avait eu à cœur d'entretenir la maison avec un zèle qui avait rendu inutiles les soins de Mme Ioanides. Cela rappela à Harry un autre problème que Dysart semblait peu pressé d'aborder.

– Je suis désolé de t'avoir impliqué dans tout ça, dit-il de but en blanc. Cela doit te mettre dans une situation embarrassante.

– Un peu oui, répondit Dysart avec un sourire piteux. Les journaux anglais ne parleraient pas autant de cette histoire si Heather n'avait pas été mon invitée. Mais ce n'est pas ta faute. Tu ne pouvais pas prévoir qu'elle allait disparaître.

– La police pense que j'en sais plus que je ne le dis.

– Mais ce n'est pas le cas, bien sûr.

Harry eut l'impression étrange que Dysart avait énoncé cette remarque comme s'il s'était agi d'une question.

– J'imagine que tu ne connais pas mieux Heather que moi. Je me suis senti obligé de l'aider à cause de ce qui est arrivé à Clare.

– Je comprends.

– Savent-ils que tu as travaillé autrefois pour les Mallender?

– Oui.

– Ils doivent trouver ça bizarre.

– Oui.

Moi aussi, songea Harry à part lui.

– Alors que s'est-il passé exactement?

Dysart était en droit de recevoir des explications et Harry accepta volontiers de lui raconter en détail tout ce qui était arrivé. Avec Miltiades, il avait été soumis à une succession de questions et de réponses dans un climat de méfiance. Livré à lui-même, ses souvenirs avaient été sporadiques et confus. C'était donc la première fois depuis la disparition de Heather, que Harry faisait l'effort d'ordonner logiquement les faits : l'arrivée de Heather; son affection pour elle; leur confiance croissante l'un envers l'autre; l'invitation de Heather à l'accompagner visiter l'île une dernière fois; leur excursion sur le mont Prophitis Ilias et les événements mystérieux qui s'étaient produits là-bas. Tout lui revint avec une acuité nouvelle et, à mesure qu'il parlait, il acquit la conviction d'être passé à côté de quelque chose d'important, peut-être même d'essentiel.

Pendant que Harry parlait, Dysart se leva et se mit à arpenter la pièce en tenant son verre à la main, s'arrêtant un instant pour soulever puis replacer le couvercle d'une chope décorée ou rectifier du pied l'alignement d'un tapis de laine. Harry se rappela que Dysart aimait la mobilité : que ce soit à la barre de son voilier ou au volant d'une voiture de sport. Même lorsqu'il était confiné entre quatre murs, il cherchait la concentration en marchant. Cet homme qui n'était jamais pressé mais jamais immobile, jamais évasif mais jamais transparent, s'était révélé plus d'une fois son plus fidèle allié, pourtant Harry ne pouvait se vanter de mieux le comprendre à présent que le jour où il avait fait sa connaissance.

C'était en 1966, par un après-midi de juin. Il faisait très chaud. Harry était dans son petit bureau de Barnchase Motors situé dans Marlborough Road, à Swindon. Il lisait en diagonale la lettre d'un client mécontent. Il avait trop bu au pub pendant l'heure du déjeuner et le soleil qui lui tapait sur la nuque commençait à lui donner mal à la tête. Il allait se lever pour faire un tour du côté des voitures garées dans la cour dans l'espoir de se redonner du courage quand, tout à coup, il avait remarqué une silhouette debout dans l'entrebâillement de la porte ouverte.

– Monsieur Barnett?

Le nouveau venu était un grand jeune homme d'une vingtaine d'années, bien élevé, habillé dans un style de vêtements désinvoltes mais trop chers pour la majorité des jeunes de Swindon. De plus, il avait une voix distinguée et les inflexions de ceux qui sortent d'une école privée secondaire. Harry s'était demandé ce qu'il pouvait bien lui vouloir.

– Qu'est-ce que c'est? demanda-t-il sur la défensive.

– Vous êtes bien Harry Barnett?

– Oui, c'est moi.

– Le propriétaire?

– L'un des propriétaires.

– Mais c'est vous qui embauchez?

– On peut dire ça, oui.

– Bien. Je viens pour l'annonce. Je suis étudiant et je cherche un emploi pour les grandes vacances. Je m'appelle Alan Dysart.

Harry avait terminé son récit. Il avait rapporté avec minutie tout ce qui s'était passé sur le Prophitis Ilias et les principaux événements qui avaient précédé ce jour fatidique pendant que Dysart arpentait lentement la pièce, chaque trait de son visage révélant un esprit concentré, exactement comme au cours de leur premier entretien beaucoup plus futile, à Swindon, il y avait si longtemps.

– J'ai fait un saut au consulat avant de venir ici, dit-il après une longue pause. Il paraît que la police pense qu'elle a pu être assassinée.

– Oui.

– Ont-ils une explication pour la silhouette que tu as vue derrière la fenêtre?

– Non. Ils sont convaincus que l'hôtel était vide.

– Et le sifflement?

– Des manœuvres de l'armée, peut-être. Ou un berger. Cela

pouvait venir de loin. A moins que je n'aie rêvé. La police n'y croit pas.

– Mais tu l'as bien entendu?

– Oui.

– Les cartes postales dans la boîte à gants?

– Là non plus, ils ne veulent pas de mes explications.

– Et il n'y a rien, absolument rien, que Heather ait dit ou fait qui puisse te donner à penser qu'elle avait tout préparé à l'avance?

– Rien du tout.

– Alors tu penses qu'elle a été enlevée. Ou tuée?

– Qu'est-ce que je peux croire d'autre?

– Mais les habitants de Salakos n'ont pas vu d'autre voiture que la vôtre se dirigeant vers le sommet du Prophitis Ilias, cet après-midi-là.

– Je sais.

– Et personne ne pouvait savoir que vous iriez là parce que vous n'avez décidé d'y aller qu'après que Heather te l'a proposé au cours du repas.

– Exact.

– Il y a d'autres routes, bien sûr, d'autres façons d'aller là-bas, mais même si...

– Ça ne tient pas.

– Il ne s'est rien passé d'apparemment insignifiant qui aurait pu inquiéter Heather?

– Pas à ma connaissance.

– Par exemple des touristes à Lindos lui portant une attention particulière.

– Il y a toujours des étrangers à Lindos. Je n'ai rien remarqué.

– Rien...

Dysart répéta le mot, puis alla jusqu'au placard à liqueurs et revint avec une bouteille pour remplir le verre de Harry.

– Tu es dans le pétrin, mon vieux. Un drôle de pétrin.

– Je sais. Mais c'est moins grave pour moi que...

– Pour Heather?

– Oui.

Dysart regarda sa montre.

– Malheureusement, il faut que je retourne au siège central de la police à Rhodes. J'ai beaucoup à faire et on m'attend en Angleterre mercredi.

– Tu ne restes pas?

– Non. Le consulat me tiendra au courant pour m'éviter les allers et retours.

Il eut un sourire rassurant.

– Je ne te snobe pas, Harry. Je te promets d'aller voir l'inspecteur Miltiades et de lui dire que tu as mon appui total et qu'il fait fausse route s'il te soupçonne de quoi que ce soit.

– Je te remercie.

– Mais dis-moi...

Dysart se rapprocha de la fenêtre comme pour masquer sa gêne.

– On m'a dit que tu avais eu... une histoire... avec une touriste danoise, l'été dernier.

Harry grimaça à ce souvenir.

– C'était une histoire stupide. J'étais un peu soûl, voilà tout. Rien de méchant.

– Dans les circonstances actuelles, c'est plutôt ennuyeux. Si jamais il s'est passé quelque chose de semblable...

– Qu'est-ce que tu veux dire?

– Les cartes postales y font forcément penser. Heather était... est... une jolie fille. S'il lui est arrivé quelque chose... si tu as fait quelque chose... susceptible de l'effrayer... cela pourrait expliquer...

C'était ce qui venait automatiquement à l'esprit, Harry le savait, et encore était-ce la version la moins sordide. Mais le fait que Dysart puisse envisager cette possibilité était d'une certaine façon doublement pénible.

– Je n'ai rien fait qui ait pu l'inquiéter.

– C'est la vérité vraie, Harry?

Il se détourna de la fenêtre et planta ses yeux dans ceux de Harry.

– Oui.

Dysart sourit en guise d'excuse.

– Alors je ne t'en reparlerai plus. Plus jamais.

Une heure plus tard, Harry était de nouveau seul chez lui. Dysart était retourné à Rhodes, le laissant fermer la villa, se doucher, se raser, mettre des vêtements propres et faire appel à un semblant de dignité pour affronter la suite incertaine des événements. Rester là sans rien faire tandis que se poursuivaient les recherches quelque part ailleurs, en quête d'une vérité qu'il imaginait de plus en plus sombre, était la plus dure des pénitences. Lorsqu'il se regarda, le miroir lui renvoya un reflet de lui-même un peu plus présentable qu'à son réveil, mais même ainsi il avait peu de chances de modifier l'idée que la plupart des gens se faisaient de lui, celle d'un vieux débauché porté sur la bouteille, meurtrier présumé. A moins, mais c'était très improbable, que Harry n'arrive à donner de lui une autre image.

5

Le lendemain dans l'après-midi, une de ces pluies torrentielles, fréquentes en automne, s'était abattue sur Lindos, transformant ses pittoresques rues pavées en cours d'eau et ses toits plats en lacs miniatures. Le ciel et la mer, tous deux habituellement d'un bleu éblouissant, avaient pris une teinte uniformément grise. Même les murs du château avaient perdu leur fière couleur dorée. Le couvercle de nuages posé sur la ville engendrait la mélancolie.

Sur la grande place, à la terrasse de la taverna Silenou devant laquelle les branches entremêlées de deux figuiers formaient une voûte, deux hommes dans la cinquantaine, assis à une table en métal rouillée, contemplaient tristement le rideau de pluie. Trois quotidiens de Rhodes étaient posés sur la table, coincés sous un cendrier rempli de mégots, au milieu de tasses de café vides, de verres de bière entamés et des miettes d'un petit pain. Ni Harry Barnett ni Kostas Dimitratos n'avaient dit grand-chose pendant la demi-heure qui venait de s'écouler mais ils avaient puisé un peu de réconfort dans la compagnie l'un de l'autre.

– Combien de fois devrai-je te le dire? demanda soudain Kostas en extirpant de sa bouche un cure-dent qu'il envoya d'une chiquenaude dans la flaque la plus proche. Je suis désolé, Hari. Désolé d'avoir parlé à Miltiades de... *ti Thaneza.*

C'était un petit homme boulot avec une moustache à la gauloise d'une taille disproportionnée et ridiculement luxuriante. Cet attribut qui lui donnait une apparence vaguement lugubre, même à l'époque la plus ensoleillée de l'année, s'associait à présent avec les éléments pour investir ses paroles d'une tonalité sinistre.

Harry qui était penché en avant sur sa chaise se redressa et regarda son compagnon.

– Kostas, dit-il en détachant les mots, même le meilleur de tes amis ne peut pas te demander d'être circonspect dans tes propos. Je sais de quoi je parle parce que je suis ton meilleur ami. Alors, pour l'amour de Dieu, cesse de te tourmenter. J'espérais plutôt que tu me remonterais le moral.

L'homme en face de lui se renfrogna et se gratta le ventre.

– Circonspect? répéta-t-il d'un ton dubitatif.

– *Ligomilitos.*

A son expression, il était clair que Kostas ne savait pas s'il devait prendre le mot pour un compliment ou pour une insulte. Au lieu d'approfondir la question, il dégagea l'un des journaux, regarda pour la cinquième ou sixième fois l'article parlant de l'absence de progrès dans les recherches menées par la police pour retrouver Heather Mallender puis il le reposa brutalement sur la table avec un grognement dégoûté.

– De plus, poursuivit Harry comme s'il n'avait pas remarqué le manège de son ami, tu es probablement le seul habitant de Lindos qui accepte encore de m'adresser la parole, alors je ne peux pas me permettre d'être difficile. Tu sais, quand je suis allé acheter du pain à la boulangerie, on aurait dit que j'étais l'homme invisible.

Kostas secoua tristement la tête et fit claquer sa langue.

– Je suis désolé, Hari.

– Arrête de répéter toujours la même chose.

– Ce sera différent quand...

L'attention des deux hommes fut attirée par l'arrivée d'une voiture sur la petite place et Kostas en oublia ce qu'il voulait dire. Elle arriva à toute allure en direction de la grand-rue et s'arrêta dans une gerbe d'éclaboussures. Ils ne pouvaient pas distinguer son occupant à travers le pare-brise inondé par la pluie mais il s'agissait d'une voiture de location, ce qui en soi était déjà un renseignement. Quelques instants plus tard, un homme en ciré, grand et mince, en sortit et courut vers eux.

– Bonjour, dit-il. Est-ce que l'un de vous connaît Harry Barnett?

C'était un Anglais avec cet accent distingué et traînant que Harry détestait. Il avait le visage émacié, les cheveux noirs, un regard scrutateur et une barbe de plusieurs jours qui lui mangeait le menton. Il était clair que ce n'était ni un touriste ni un fonctionnaire. Quant à savoir si Harry avait envie de faire sa connaissance, c'était moins évident.

Kostas, remarquant que son ami ne répondait pas, prit aussitôt le rôle du Grec qui ne comprend rien. Il inclina la tête et regarda l'étranger en fronçant les sourcils.

– *Parakalo ?*

L'homme éleva la voix :

– Harry Barnett !

– *Then milane anglika.*

– Hein?

– *Then milane...*

– Il dit que nous ne comprenons pas l'anglais, dit Harry. En fait, il essaie simplement d'être serviable. Je suis Harry Barnett. Qui êtes-vous et que me voulez-vous?

C'était un journaliste. Harry aurait dû s'en douter. Il s'appelait Jonathan Minter et travaillait, dit-il, pour *The Courier*, un nouveau journal du dimanche dont Harry n'avait jamais entendu parler. Il commanda une pizza que Kostas s'en alla préparer de mauvaise grâce puis, sans autre préambule, il donna la raison de sa visite.

– Nous pensons dans notre journal qu'il est temps de vous donner la parole. On a eu droit à l'histoire de la pauvre petite fille riche, amie d'un ministre et jolie de surcroît, qui disparaît sur une île de rêve pendant ses vacances, avec vous dans le rôle du méchant. Les journalistes s'en sont donné à cœur joie. Mais qu'en est-il exactement? On aimerait bien le savoir.

– Moi aussi.

Harry était sûr d'une chose : Minter ne lui plaisait pas. Il avait déjà rencontré ce genre d'homme qui affiche sa petite amie et sa carte de crédit dans Lindos dès le début de la saison. En fait, ce que Harry éprouvait n'était rien d'autre que de la jalousie, une jalousie d'un type particulier. Il avait l'impression que cela faisait des années qu'il avait rencontré un Anglais qui n'était pas plus jeune ni en meilleure santé que lui. Peut-être était-ce la raison pour laquelle il en était venu à préférer les Grecs.

– Allez, vous en savez plus que ce que vous voulez bien en dire.

– Ah oui?

– Vous avez travaillé à Mallender Marine.

– Et alors?
– Vous avez été viré pour faute professionnelle.
– Qu'est-ce que ça peut vous faire?
– Rien. Mais pourquoi laisser les Mallender dire ce qui leur chante sur votre compte? Pourquoi les laisser dire du mal de vous? Je suis sûr que vous pourriez leur assener quelques vérités bien senties si vous le vouliez.
– Qu'est-ce qu'ils racontent?
– Lisez vous-même.
Minter sortit une feuille de sa poche et la tendit à Harry. C'était une photocopie de trois articles distincts disposés sur une seule page.
– Ces articles ont été publiés le dimanche qui a suivi la conférence de presse donnée par Roy Mallender avant son départ pour Rhodes, samedi soir. Il n'a pas l'air d'avoir une très haute opinion de vous.
Harry savait à quoi s'en tenir sur les sentiments de Roy Mallender à son égard. Cela lui fit pourtant un choc de voir écrit noir sur blanc dans un journal :

« M. Roy Mallender s'est dit désagréablement surpris en apprenant que sa sœur Heather se trouvait en compagnie d'un Anglais répondant au nom de Harry Barnett au moment de sa disparition. " Cet homme, a-t-il précisé, en veut à ma famille car il a travaillé pour nous dans le passé, à Mallender Marine, mais a été licencié en 1978 pour faute professionnelle. " M. Mallender a ajouté que M. Barnett était la dernière personne au monde qu'il aurait voulu que sa sœur fréquentât. " Puisqu'il a été confirmé qu'elle était seule avec lui, on peut craindre le pire. " »

Minter se pencha en travers de la table et baissa la voix :
– Il dit pratiquement que vous l'avez assassinée.
– Il le croit peut-être.
– Mais vous ne l'avez pas tuée, n'est-ce pas?
Kostas réapparut. Il posa une bouteille, un verre, une assiette et des couverts devant Minter, puis se retira.
– Eh bien?
– Vous ne tirerez rien de moi, dit Harry. Si je vous disais quoi que ce soit, vous déformeriez mes propos pour servir vos intérêts.
– Mais on ne veut rien, Harry. Nous sommes du même côté,

vous et moi. Vous n'aimez pas plus que moi les Mallender et ce qu'ils représentent.

– Qu'est-ce qu'ils représentent?

– Les privilèges, l'hypocrisie et la corruption. Ce sont les trois piliers sur lesquels repose leur mode de vie.

Cela ressemblait à une attaque personnelle, songea Harry, mais il n'était pas loin de penser la même chose.

– Je n'ai pas touché de pots-de-vin et je n'ai pas tué Heather. Qu'est-ce que je peux dire d'autre?

– Tout. Ce qui s'est passé sur le Prophitis Ilias n'était pas aussi simple, ni aussi inexplicable que vous semblez le croire. Je pense, Harry, que vous êtes un maillon de la chaîne qui lie Roy Mallender, quelques personnes beaucoup plus haut placées et quelque chose qui sent mauvais. Et à mon avis, vous savez de quoi il retourne.

– Je n'ai aucune idée de ce que vous voulez dire.

Kostas fit une nouvelle entrée d'un pas pesant, en apportant, cette fois, une pizza peu engageante et une corbeille de pain rassis. Lorsqu'ils furent de nouveau seuls, Minter poursuivit :

– Posez-vous cette question, Harry : si Heather Mallender a vraiment été assassinée, et si ce n'est pas moi qui l'ai tuée, alors qui? Et pour quelle raison la tuer s'il ne s'agissait ni d'un vol ni d'un viol?

– Je ne sais pas.

– Elle est restée ici un mois. C'est suffisant pour apprendre un tant soit peu à la connaître. Est-ce qu'elle n'a pas dit un jour quelque chose, n'importe quoi, qui pourrait offrir un indice sur ce qui s'est passé?

Harry allait répondre quand une seconde voiture s'arrêta sur la place : une voiture de police avec deux policiers en uniforme à l'intérieur. L'un d'eux descendit et se hâta vers la taverna. Harry le reconnut : c'était un de ceux qui avaient participé aux recherches organisées par Miltiades. Il baragouina quelque chose en grec d'où Harry déduisit que Miltiades voulait le voir immédiatement.

– Qu'est-ce qui se passe? demanda Minter comme Harry se levait.

– Je pense qu'ils ont trouvé quelque chose.

– Vous voulez dire Heather?

– Je ne sais pas.

Au moment où Harry passait devant lui, Minter le prit par le bras et lui fourra un morceau de papier dans la main.

– C'est le numéro de mon hôtel à Rhodes, murmura-t-il. Réfléchissez à ce que j'ai dit. S'il se passe quelque chose, appelez-moi. Et, Harry...

– Oui?

– Si vous trouvez un autre maillon de la chaîne dont je vous ai parlé, cela pourrait vous rapporter gros.

Tandis que la voiture filait sur la route côtière en direction de Rhodes, les deux policiers se lancèrent dans une discussion animée sur le football. Harry, abandonné à lui-même sur la banquette arrière, contemplait le décor austère battu par la pluie et fouillait dans sa mémoire à la recherche d'un indice quelconque que, selon Minter, il devait pouvoir trouver. Les lieux où il était allé avec Heather et les conversations qu'il avait eues avec elle lui revenaient par fragments. Par moments, il avait l'impression d'être sur le point de mettre le doigt sur un élément important mais aussitôt ses pensées redevenaient floues. Si seulement il avait pu se défaire du sentiment de perte qui le minait depuis la disparition de Heather. Si seulement il pouvait trouver l'énergie et la concentration nécessaires pour comprendre ce qui avait pu lui arriver. N'avait-elle pas dit un jour...? Son expression n'avait-elle pas laissé présager...? Ses souvenirs et ses impressions s'effaçaient, le maillon qu'il avait cru saisir se noyait dans son esprit brumeux. Les essuie-glaces émettaient leur plainte monotone et mécanique, la pluie lavait à grande eau la vitre tout contre son visage et tous les détails révélateurs restaient insaisissables.

6

– Non, monsieur Barnett, dit Miltiades dont le visage était toujours aussi impassible, nous ne l'avons pas trouvée. C'est elle, pourrait-on dire, qui nous a trouvés.

– Que voulez-vous dire?

– Je m'explique : la mère de Mlle Mallender a reçu ce matin une carte postale de sa fille qui a été postée ici à Rhodes le 9 novembre, c'est-à-dire mercredi dernier. Elle fait part de son intention de rentrer en Angleterre le 16, c'est-à-dire demain. Ce qui est plus intéressant... Mais tenez, lisez vous-même. La police britannique m'a fait parvenir le texte par télex.

Miltiades fit glisser une feuille de papier sur le bureau. Harry put voir que c'était bien un télex provenant de Scotland Yard.

Communication transmise par Mme Mallender :
« Rhodes, mercredi 9 novembre. Maman (souligné), je quitterai Rhodes le 16, dans une semaine. Je devrais arriver en milieu d'après-midi. Je te téléphonerai d'Heathrow. J'ai hâte de rentrer. Quelque chose me déplaît ici et me donne envie de rentrer. A très bientôt. Je t'embrasse. Heather. »

– « Quelque chose me déplaît ici », dit Miltiades, en appuyant sur chaque mot. Qu'est-ce que vous dites de ça?

Pour Harry, cette carte postale était la preuve ultime qu'il avait péché par ignorance. La jeune fille qu'il en était venu à considérer comme une amie ne pouvait pas avoir écrit ces mots. « *Quelque chose me déplaît ici* »? Il n'y avait rien eu, il en était sûr, qui aurait pu lui faire penser qu'elle se sentait mal à l'aise, qu'elle était impatiente de quitter Rhodes, au contraire. Il regarda Miltiades et secoua faiblement la tête.

– Je ne sais pas. Je ne sais pas quoi dire.

– Permettez-moi de vous recommander de dire la vérité. C'est beaucoup plus simple en fin de compte.

– La vérité n'est peut-être pas ce que vous voulez entendre.

– Ça ne fait rien, je vous écoute.

Harry se laissa tomber dans le fauteuil qui se trouvait à côté de celui de Miltiades et il essaya de trouver les mots capables de décrire son désarroi. Une forte inclination le poussait à se confier à cet homme. Cela s'expliquait peut-être par le changement de décor. Après la salle d'interrogatoire nue, pleine de résonances, dans laquelle avait eu lieu leur première rencontre, ils se retrouvaient réunis dans une pièce confortable qui, avec sa table de travail en acajou, sa gravure ancienne de l'île de Rhodes sur un mur et la carte géographique sur un autre, donnait l'impression d'être le bureau d'un homme civilisé. A moins que cela ne vînt de l'attitude même de Miltiades chez qui la flamme de la colère semblait éteinte et remplacée par une curiosité patiente, légèrement moqueuse. Quoi qu'il en soit, Harry ne se sentait plus découragé par l'inanité de ses propos.

– Je me sens à la fois triste et furieux. Triste de ne pas avoir mieux compris Heather. Triste de ne pas avoir mis à meilleur profit le temps que j'ai passé avec elle. Et furieux parce que personne ne se soucie de moi. Furieux d'être le suspect numéro un, ou au mieux, un témoin. Tous les autres ont le droit de s'inquiéter librement au sujet de Heather. Moi je suis obligé de me faire du souci pour moi-même. Que pensez-vous que j'aie fait? La réponse est : rien. Je n'ai rien fait. Ce qui est pire que tout, je suppose. Quoi qu'il se soit passé sur le Prophitis Ilias, j'aurais pu l'empêcher mais je ne l'ai pas fait. Est-ce cela que vous voulez que j'avoue? Le fait que je ne sois pas intervenu même si je n'avais pas la moindre idée de ce qui était en train de se passer.

Harry se tut. Le silence retomba, le temps qu'il lui fallut pour avoir honte de ce qu'il venait de dire. Puis Miltiades se renfonça dans son fauteuil qui fit entendre un léger craquement. Il joignit le bout de ses doigts puis s'absorba dans la contemplation du plafond comme un médecin méticuleux qui va se prononcer sur le progrès d'un mal incurable.

– De la perplexité, on passe à l'espoir. Quand on s'aperçoit que cet espoir est injustifié, on éprouve une sorte de rancune toujours suivie du besoin désespéré de reporter sur un autre la responsabilité que l'on s'attribue.

Miltiades sourit et regarda Harry.

– Cela vous dit quelque chose, monsieur Barnett? C'est la conclusion de recherches récentes sur les conséquences des disparitions. Il semble que l'on retrouve toujours les mêmes symptômes.

– Vous voulez dire que d'autres cherchent à me faire porter leur sentiment de culpabilité?

– C'est inévitable, car vous êtes le dernier à avoir vu Mlle Mallender. Son frère est passé un peu plus tôt pour me demander de vous arrêter. J'ai essayé de lui expliquer qu'il n'y avait aucun élément à charge contre vous et que, tant que je détenais votre passeport, vous ne risquiez pas de quitter le pays. Mais il n'était pas satisfait. Il est clair que les parents de Mlle Mallender se reprochent de l'avoir négligée. Une façon d'apaiser cette culpabilité est de vous la faire porter. Votre problème, c'est que vous n'avez personne sur qui reporter votre propre culpabilité. Elle vous colle à la peau.

Miltiades avait raison. Harry se reconnaissait parfaitement dans la description qu'il venait de faire.

– Y a-t-il encore d'autres effets? demanda Harry d'un ton morne. Y a-t-il d'autres phases dans lesquelles nous ne sommes pas encore entrés?

– Oui, il y en a d'autres mais la découverte de la vérité peut interrompre le processus à tout moment, par exemple la découverte d'un cadavre, ou le retour de la personne disparue. Il y a une phase dont vous avez déjà fait l'expérience, pendant laquelle on a tendance à en vouloir à la personne qui a disparu. Secrètement, on espère qu'on va la retrouver morte pour que cesse enfin une incertitude insupportable. Et il est probable que vous avez déjà dû commencer à vous dire : comment a-t-elle pu me faire ça à moi? Je crains que de là à la phase suivante, il n'y ait qu'un pas.

– Quelle est la phase suivante?

– L'indifférence, monsieur Barnett. Dans quelques mois, Mlle Mallender aura été oubliée par la plupart de ses amis. Dans un an, plus personne ne pensera à elle.

– Je ne peux pas le croire.

– Vous verrez. Je le sais par expérience. Avez-vous entendu parler d'Eirene Kapsalis?

– Non.

– Alors la preuve est faite. Eirene Kapsalis était l'épouse d'Andreas Kapsalis, le magnat de la marine marchande. Elle a disparu il y a sept ans sans laisser de trace. Aujourd'hui, qui se souvient d'elle?

– Vous.

– Oui, parce que l'échec de mes tentatives pour la retrouver m'a valu d'être transféré de la police d'Athènes à celle d'ici. Dans ce cas précis, c'est moi qui ai dû porter le poids de la culpabilité d'autres personnes.

Rien dans la voix de Miltiades ne trahissait le ressentiment qu'il nourrissait encore sept ans après. Harry prit soudain conscience que la disparition de Heather avait dû lui rappeler de mauvais souvenirs.

– Peu avant de quitter Athènes, poursuivit-il, j'ai vu M. Kapsalis passer dans sa voiture conduite par un chauffeur. Il était avec sa maîtresse. Ils riaient et buvaient. Je n'ai pas eu l'impression qu'ils pensaient beaucoup à Eirene.

– Peut-être pas, mais...

– Le frère de Mlle Mallender me rappelle Kapsalis. Ils se ressemblent physiquement et sans doute aussi moralement.

Ses pensées semblèrent rester un moment attachées au passé puis il ajouta :

– Vous serez heureux d'apprendre que M. Dysart est venu ici pour prendre votre défense. Un politicien est toujours un allié de poids, n'est-ce pas?

– Qu'a-t-il dit?

– Simplement que nous avions tort de vous croire capable de tuer Mlle Mallender.

– Vous me soupçonnez encore?

– Disons que d'autres éventualités plus probables se sont présentées à nous.

Ne t'emballe pas, se dit Harry. Cela peut être une stratégie destinée à saper tes défenses.

– Quelles autres éventualités? demanda-t-il.

– Il y en a plusieurs. D'abord, il y a les explications toutes bêtes. Mlle Mallender a pu tomber, avoir un choc à la tête, perdre la mémoire et errer dans la montagne dans un état de confusion mentale. Mais sur une île aussi petite que celle-ci, on l'aurait sûrement retrouvée maintenant. Elle a pu aussi se tuer en faisant une chute ou, du moins, être gravement blessée et décéder faute de soins. Mais je pense que les recherches auraient permis de découvrir son corps. Ensuite, il y a les explications criminelles. Le fou qui tombe sur elle et la tue ou essaie de la violer ou qui veut lui prendre son argent et finit par la tuer, puis cache le corps. Mais les fous sont facilement repérables dans les villages à l'intérieur de l'île. Je pense que nous pouvons écarter cette hypothèse. Il se peut aussi que ce soit vous qui l'ayez assassinée, bien sûr : Je n'ai pas éliminé totalement cette hypothèse. Mais franchement, monsieur Barnett, je doute de vos capacités à avoir caché le corps d'une manière efficace. Si je vous sous-estime, je vous ferai des excuses quand je vous arrêterai. Elle a pu également être tuée par quelqu'un d'autre pour une raison que nous ignorons. Mais cela nécessitait un plan établi à l'avance et nous savons que votre excursion au mont Prophitis Ilias a été improvisée. De plus, qui cela pourrait-il être ? Il ne semble pas y avoir de candidat en vue. Il y a la thèse de l'enlèvement dont le seul motif plausible serait une demande de rançon. Mais la famille de Mlle Mallender bien qu'aisée n'est pas suffisamment riche pour accréditer cette thèse et de plus, il n'y a eu aucune demande de rançon. Il reste une possibilité : Mlle Mallender aurait mis en scène sa propre disparition. Comme elle a suivi récemment un traitement psychiatrique, il n'est pas inconcevable de penser qu'elle était si insatisfaite de sa vie qu'elle ait voulu s'en évader. Cela demandait aussi un minimum de préparation pour trouver une voie de sortie. Il est extrêmement difficile de quitter les îles sans se faire remarquer. Dans sa situation, si j'avais voulu disparaître, je n'aurais surtout pas choisi Rhodes. Si elle a agi sur une impulsion, sans avoir rien préparé, elle aura été confrontée à cette difficulté. Elle ne connaissait personne ici susceptible de l'héberger. Pourtant on ne possède aucun élément comme quoi elle aurait pris un avion ou un ferry. Si elle avait loué les services d'un pêcheur pour rejoindre la côte turque, par exemple, il serait sûrement venu nous trouver à présent. Mais pourquoi si telle avait été son intention, aurait-elle écrit cette phrase énigmatique à sa mère : « Quelque chose me déplaît ici » ?

Harry attendit qu'il continue mais Miltiades se taisait. Pourtant, il devait encore y avoir autre chose car il avait exclu l'un après l'autre les scénarios qu'il avait cités.

– Est-ce qu'il reste d'autres éventualités ?

Miltiades soupira.

– Maintenant, nous entrons dans un territoire dangereux. M. Mallender m'a donné plusieurs photographies de sa sœur. Regardez celle-ci.

Il plongea la main dans un tiroir de son bureau et il en sortit une photographie qu'il tendit à Harry. C'était bien le visage de

Heather mais Harry sentit qu'il ne connaissait pas la jeune fille qui était sur cette photo. Elle avait quelques années de moins, des cheveux légèrement plus courts et les joues plus pleines. Elle présentait un sourire conventionnel pour l'objectif avec l'amabilité naturelle d'une jeune fille bien équilibrée et quelconque.

– Vous la reconnaissez? demanda Miltiades.

– Oui, bien sûr. Mais...

– Qu'y a-t-il?

– C'est bien Heather, inspecteur. Mais cette photo a dû être prise avant la mort de sa sœur. Quand elle est arrivée ici, il y a un mois, elle n'était pas comme ça. Elle a changé.

– De quelle façon?

– La vie lui a lancé son premier grand défi. Elle a été secouée, mais cela l'a aussi fait grandir. Cela l'a rendue plus vulnérable mais aussi moins suffisante. Cette photo montre la jeune fille qu'elle était, pas la femme qu'elle est devenue.

Miltiades avança le bras et reprit la photo.

– Vous seriez surpris d'apprendre le nombre de personnes qui disparaissent chaque année dans toute l'Europe. Elles sont des milliers. Et il ne s'agit pas de simples vagabonds mais de gens respectables, sans problèmes financiers, des gens apparemment heureux : des maris, des femmes, des fils, des filles, des amants, des amis. Ils disparaissent un jour, comme ça, dit-il en faisant claquer ses doigts. Où vont-ils? Que leur arrive-t-il? Un certain nombre meurent ou sont tués et on ne les retrouve jamais. Un certain nombre se suicident et ne sont jamais identifiés. Un certain nombre s'enfuient et commencent une nouvelle vie sous un nom d'emprunt. Mais combien sont-ils ceux dont on peut expliquer la disparition et ceux pour qui elle demeure inexpliquée?

– Je ne sais pas.

– Il reste toujours une petite fraction d'entre eux, monsieur Barnett, pour laquelle il n'y a pas d'explication. Ils sont avec nous, et l'instant d'après, ils ont disparu. C'est la mort sans cadavre. Mme Kapsalis devait entrer dans cette catégorie. Peut-être est-ce aussi le cas pour Mlle Mallender.

– La mort sans cadavre? C'est une expression étrange dans la bouche d'un policier.

Miltiades sourit.

– Vous avez raison de me la reprocher. Les recherches reprendront dès que le temps le permettra.

Il se tourna vers la fenêtre derrière laquelle la pluie tombait toujours drue.

– L'eau, hélas! détruit les preuves.

Il secoua la tête d'une manière lugubre.

– Je ne suis pas très optimiste.

Harry attendit que Miltiades se retourne vers lui mais pendant une minute ou même davantage, il continua de regarder par la fenêtre. Il leva la main gauche à sa bouche et commença à tapoter doucement sa chevalière contre ses dents. Puis comme si cela lui venait après coup, il ajouta :

– Vous pouvez partir, maintenant, monsieur Barnett.

– Vous en avez fini avec moi?

Sur ce, Miltiades se retourna pour le regarder avec l'expression d'un homme surpris de ne pas se trouver seul.

– Oui, répondit-il. Pour le moment.

7

La pluie commençait à diminuer et le soir tombait lorsque Harry quitta le siège central de la police. N'ayant aucune envie de rentrer à Lindos où ne l'attendaient qu'une maison vide et le souvenir de Heather, il descendit vers le port et marcha jusqu'au bout du môle est, désert comme il l'avait espéré. Il s'assit au pied de la colonne surmontée d'un daim en bronze qui gardait l'entrée du port et contempla la mer et le ciel de plus en plus sombres qui se confondaient à l'horizon, puisant un réconfort dans le vent glacé qui balayait ses cheveux et la petite pluie fine qui lui fouettait le visage.

Lorsque le rideau de la nuit se fut totalement refermé sur ce tableau, il revint lentement vers les murs éclairés de la cité médiévale. Fatigué et transi de froid comme il l'était, il pourrait trouver supportable la compagnie des humains. Il s'engagea dans l'ancien quartier des Chevaliers par la porte de la Liberté, laissant son apitoiement sur soi se diluer dans le silence des rues pavées. Au milieu de la rue des Chevaliers, il entendit qu'on jouait du piano à un étage supérieur et, trouvant l'air très beau, il s'attarda une vingtaine de minutes sous la fenêtre, écoutant la mélodie se développer sur le bruit de l'eau gouttant des toits et des gouttières. Il n'était pas musicien mais Heather, elle, s'était mise quelques fois au piano à la villa ; il l'entendait jouer de la loge de garde. Il semblait impossible de ne pas penser à elle à chaque instant, et tout compte fait, il n'y voyait pas d'inconvénient, car c'était moins pénible que d'essayer d'oublier.

A la fin, il se retrouva dans le quartier turc. Les boutiques étaient encore ouvertes, la lumière et la musique engageantes.

Au bout d'une petite rue transversale qui donnait dans la rue Sokratous, il aperçut un café dont l'aspect miteux devait décourager les touristes anglais. Il s'installa à une table à l'écart, muni d'une bouteille de mavro et d'un paquet de cigarettes et il commença à puiser alternativement dans les deux, glissant peu à peu dans une humeur misanthropique qui lui permit momentanément d'oublier ses propres défauts.

Ayant fini par perdre la notion du temps, il n'aurait pas su dire si cela faisait longtemps qu'il était assis là. Quoi qu'il en soit, il pensait que la ruelle dans laquelle se trouvait le bar était un cul-de-sac, probablement à cause du fait qu'il y avait peu d'allées et venues. Cette supposition ne fit que rendre plus surprenant ce qui se produisit. Il venait de vider la bouteille de vin et passait en revue tous les avantages qu'il y avait à en commander une autre quand ses yeux furent attirés par une jeune femme qui passait devant le café en se dirigeant droit devant elle, vers ce qu'il avait pris pour une impasse. Non que ce fût la cause véritable de sa stupéfaction.

C'était Heather! Ça ne pouvait être qu'elle! Elle était vêtue d'une veste noire et d'une jupe écossaise comme le jour où ils étaient allés sur le mont Prophitis Ilias. En passant devant le café, elle rejeta en arrière ses cheveux de lin mi-longs d'un geste de la main et, à travers la porte ouverte, elle lui jeta un bref regard intense qui lui donna la certitude que c'était elle et qu'elle l'avait reconnu. Mais elle ne s'arrêta pas. Pendant qu'il restait cloué sur sa chaise, trop sidéré pour faire un mouvement, elle poursuivit son chemin d'un pas décidé et disparut à l'angle de l'immeuble suivant.

Se libérant de sa paralysie momentanée, Harry se précipita vers la porte. Il l'aurait rejointe facilement si le cafetier qui l'avait à l'œil ne l'avait aussitôt intercepté. Il perdit des secondes précieuses en cherchant dans ses poches assez de drachmes pour apaiser le maudit bonhomme. Quand il émergea enfin dehors, elle prenait la rue Sokratous. Une angoisse sans nom à l'idée qu'elle pouvait se fondre parmi les gens faisant leurs courses activa ses jambes comme des pistons et ne lui laissa pas le temps de se demander pourquoi elle ne s'était pas arrêtée.

Il arriva au coin de la rue. Elle était sur le trottoir d'en face à l'entrée d'une autre rue. Mon Dieu, faillit-il crier tout haut, faites qu'elle ne disparaisse pas une nouvelle fois. Et s'élançant derrière elle, il heurta de plein fouet un homme construit comme une barrique qui vomit à son adresse une bordée d'injures tandis qu'il repartait à toutes jambes vers la rue qu'elle avait prise. Il plongea dans un monde obscur plein de voûtes obturant le commerce de la rue. En l'espace de trente mètres, il y avait deux ruelles sur la gauche et une sur la droite puis la rue obliquait brusquement à angle droit. Pourquoi ici? se dit-il dans le flot confus de ses pensées. Pourquoi avoir choisi ce labyrinthe de passages et de cours pour se montrer? A moins que... non. C'était impensable.

Toutes les ruelles étaient vides. Il n'y avait que la lumière se reflétant dans les flaques d'eau, et rien que les formes mobiles des chats filant entre les ombres noires des contreforts.

Il suivit ce qui lui paraissait être la rue principale; après un coude à droite puis un autre à gauche, là, une fois de plus, au milieu d'une rue toute droite, il la vit. Il cria son nom et les murs autour le répercutèrent. Elle se retourna et le vit. Mais elle continua d'avancer. Alors même qu'il courait vers elle, ses pieds battant follement les pavés, elle ne s'arrêta pas. Sans donner l'impression de presser le pas, elle marchait droit devant elle, puis tout à coup, elle s'évanouit dans une rue sur la droite.

Quand il s'y engagea à sa suite, il était si oppressé qu'il pouvait à peine respirer. Il s'attendait presque à une nouvelle déception. Mais non, cette fois, le passage se déroulait en ligne droite et il était mieux éclairé que la plupart des autres à cause des fenêtres des maisons encastrées en hauteur dans les murs de chaque côté. Elle avait ralenti et allait sans se hâter d'un rond de lumière à l'autre.

– Heather!

Elle s'arrêta mais ne se retourna pas. Il la vit se voûter en entendant son nom comme si elle s'attendait à recevoir un coup mais elle ne fit pas demi-tour. Il marcha vers elle, résistant à la tentation de courir et de lui parler avant qu'il n'ait rencontré son regard. A l'instant où il avançait la main pour lui toucher l'épaule, il avait déjà commencé à formuler dans sa tête les questions qu'il voulait poser. C'est alors qu'elle se retourna vers lui dans la pleine clarté d'une fenêtre sans rideaux. Harry laissa son bras retomber le long de son corps.

Ce n'était pas Heather. Le visage était différent, plus dur, plus vieux, trop maquillé. Elle avait à peu près la même taille et la même corpulence, mais ses traits et l'expression de son visage étaient si différents que sa méprise était absurde sinon grotesque.

Ils se dévisagèrent pendant un moment, frappés de stupeur,

puis elle ouvrit la bouche et, pour couronner le tout, elle parla en grec.

– *Ti thelete?*

Harry était complètement ahuri. Il ne savait que dire ni que faire, il ne savait pas s'il devait s'excuser de l'avoir accostée ou l'accuser de l'avoir trompé. Les Grecques aux cheveux de lin ne sont pas légion, assurément. Cela, ajouté aux vêtements qu'elle portait, laissait pressentir une imposture délibérée.

– *Then sas ksero!*

Elle protestait qu'elle ne le connaissait pas d'une voix qui trahissait son énervement. Si elle était innocente, il ne pouvait pas lui en vouloir.

– *Lipame,* dit-il en manière d'excuse mais sans conviction. *Ena lathos.*

Oui, il s'agissait bien d'une méprise. Mais qui était responsable? Il ne pouvait pas croire que ce simulacre vivant de Heather fût un caprice de la nature, mais il ne pouvait pas se résoudre à s'en assurer.

– *Pou inai Heather?* dit-elle en fronçant les sourcils.

Qui est Heather? C'était une question à laquelle Harry ne pouvait plus répondre avec certitude.

– *Then pirazi.*

Harry secoua la tête. Il ne pouvait pas supporter plus longtemps de parler avec cette femme. Déguisement ou pure coïncidence, cela n'avait pas d'importance : elle était à la fois trop semblable et trop dissemblable pour sa tranquillité d'esprit. La note de sympathie dans sa dernière remarque l'avait en outre révolté d'une façon qu'il ne s'expliquait pas. Marmonnant une dernière excuse, « *Signomi* », il fit demi-tour et s'éloigna à la hâte le long de la ruelle.

Il repartit en direction de la rue Sokratous, essayant en vain d'oublier ce qui venait de se passer. Il avait dû prendre ses désirs pour la réalité, une vague ressemblance avait donné corps à un espoir fou. Peut-être ne l'avait-elle même pas regardé en passant devant le bar? Quoi qu'il en soit, un verre dans une ambiance conviviale lui ferait du bien. Il entra dans le premier bar venu, une salle basse de plafond, enfumée et bruyante, où il commanda un cognac.

En entendant la voix de Harry, une silhouette penchée sur le comptoir fit aussitôt volte-face. C'était Roy Mallender. A la vue de sa mine rouge et de son air menaçant, Harry comprit qu'il venait de commettre sa seconde erreur de la soirée.

– Barnett ! s'écria-t-il d'une voix épaissie par l'alcool et l'animosité.

– Je ne cherche pas d'histoires, Roy. Tu étais ici le premier, je m'en vais.

– Non, pas d'accord. J'ai un mot à te dire.

– Eh bien, ce sera pour une autre fois.

Harry fit un mouvement vers la porte, mais Roy l'agrippa par le bras.

– Si la police n'arrive pas à te faire cracher la vérité, moi j'y arriverai peut-être, dit-il d'une voix grinçante. Pourquoi est-ce que tu serais libre d'aller à ta guise quand ma sœur gît, morte, quelque part ?

– On ne sait pas si elle est morte.

– Tu sais bien que si. Tu le sais parce que tu l'as tuée.

– Pourquoi est-ce que j'aurais fait ça ?

– Ce n'est pas nécessaire de mettre les points sur les i. On te connaît.

Ils ne parlaient pas de Heather. Harry devina que ce qui les dressait l'un contre l'autre était une haine viscérale que deux êtres humains éprouvent parfois l'un envers l'autre sans avoir forcément de bonnes raisons pour ça. Par le passé, Roy avait construit de toutes pièces de faux prétextes afin de pouvoir décharger sa haine pour Harry, maintenant que les circonstances s'y prêtaient, l'occasion était trop bonne pour la laisser s'échapper.

– Lâche-moi, dit Harry en essayant de ne pas s'énerver et de calmer le jeu.

Une sorte de joie triomphante déformait les traits de Roy.

Harry voulait simplement se libérer. Mais il dégagea son bras si violemment que Roy, déséquilibré, tituba en arrière et alla heurter une table autour de laquelle étaient installés des joueurs de trictrac. La planche, les dés, les jetons et les cendriers volèrent dans toutes les directions à la fois au moment où Roy s'affalait entre deux hommes qui lâchèrent une bordée d'injures. Harry n'attendit pas que Roy se relevât. Il se rua dans la rue.

Il faisait frais et humide et par bonheur tout était paisible. Derrière lui, des voix se mêlaient à la musique enregistrée de bouzouki ; devant lui, s'étendait l'anonymat de la vieille ville dans laquelle il pouvait se perdre. Pourquoi ne s'éloigna-t-il pas plus vite ? Il ne le savait pas. Roy Mallender n'était pas homme à se laisser humilier sans réagir, néanmoins Harry se dirigea vers l'ouest sans se presser. Il avait atteint le périmètre clos d'une mosquée dont le dôme disparaissait dans l'obscurité et il s'apprêtait à descendre une volée de marches entre la palissade et le mur aveugle d'un bâtiment lorsque Roy le rejoignit. Etant donné ce qui venait de se passer, Harry n'aurait pas dû être surpris et pourtant il sursauta.

– Espèce de salaud ! cria Roy en le saisissant par l'épaule et en le faisant pivoter. Tu ne te tireras pas d'affaire comme ça.

– Quelle affaire ?

– Ce qui s'est passé sur cette montagne.

– Il ne s'est rien passé.

– Tu penses que je vais te croire ?

– Non.

– Qu'est-ce que tu lui as fait ? Dis-le-moi avant que je te réduise en bouillie.

A ce moment-là, Harry comprit que l'autre avait peur. Il en avait déjà eu l'intuition lors de leur rencontre sur le Prophitis Ilias sans pouvoir mettre un nom dessus. La peur émanait de Roy comme une odeur, infectant chacune de ses actions et rabaissant chacune de ses paroles. La vérité qu'il réclamait à cor et à cri était un mensonge qu'il voulait forcer Harry à dire, un mensonge avec lequel il pourrait mettre une croix sur la vérité.

– Eh bien, je t'écoute !

Harry sourit.

– Elle voulait fuir quelque chose, n'est-ce pas ? Elle voulait fuir ta...

Roy le frappa dans l'estomac avant qu'il ait eu le temps de terminer sa phrase. Ses côtes le faisaient souffrir depuis son accident de voiture et le coup le laissa plié en deux, la respiration coupée. Comme il se relevait, il vit, à travers ses yeux embués de larmes, son adversaire qui attendait, le poing levé, prêt à frapper, les dents serrées dans une concentration sauvage. Une pensée absurde lui traversa l'esprit : est-ce que quelqu'un ne lui avait pas dit un jour que Roy Mallender avait boxé pour Millfield ? Un coup de poing à la mâchoire, cette fois, l'envoya bouler dans l'escalier. Cette punition était en partie méritée, pensa-t-il dans un petit coin de son cerveau que la douleur n'avait pas encore obscurci. Puis un objet métallique contondant s'écrasa sur sa nuque, le faisant sombrer dans un oubli miséricordieux.

8

Il y eut des moments où le rêve et la réalité se confondirent. Au cours de l'un de ces intermèdes mal définis, Harry vit Alan Dysart penché au-dessus de lui, la main posée sur son épaule, le visage soucieux, remuant les lèvres pour dire quelque chose qu'il n'arrivait pas à comprendre. Le plus souvent, cependant, il flottait dans un monde nébuleux étrangement rassurant. Des draps rêches et des bruits isolés lui avaient appris où il se trouvait avant même qu'il ait pu tenir un raisonnement logique.

Harry n'avait pas mis les pieds dans un hôpital depuis qu'il avait été opéré de l'appendicite en 1946. Il en avait gardé un souvenir détestable et était fermement décidé à ne pas renouveler l'expérience. Il s'étonna par conséquent de trouver agréable son nouvel environnement ; c'était peut-être le signe qu'il vieillissait. Bien sûr, à Swindon, juste après la guerre, il n'avait pu bénéficier d'une chambre pour lui tout seul ni des attentions d'une infirmière grecque d'une beauté étonnante ; les ressources hospitalières de Rhodes semblaient visiblement supérieures à l'idée qu'il s'en était faite.

Un docteur vint le voir peu après qu'il eut repris connaissance. Il lui apprit qu'on l'avait retrouvé la veille au pied d'un escalier, dans la vieille ville, sans connaissance et la tête sérieusement entaillée ; un pansement à cet endroit confirmait ses dires. Harry avait aussi la mâchoire meurtrie et deux côtes cassées, d'où le bandage étroitement serré autour de son thorax. La radio avait permis d'établir qu'il n'y avait pas de lésion mais une commotion cérébrale devait toujours être traitée avec le plus grand soin surtout chez un homme de son âge (une pique qui toucha Harry au vif). Plusieurs jours d'observation et d'immobilité complète étaient nécessaires. Harry protesta. Il se sentait suffisamment bien pour partir tout de suite mais le docteur lui assura qu'il changerait d'avis quand les calmants auraient cessé d'agir. Harry fut obligé d'avouer ce qui le tourmentait : ses moyens ne lui permettaient pas de s'offrir un long séjour à l'hôpital. Il apprit alors que les frais d'hospitalisation seraient pris en charge par M. Alan Dysart qui s'était montré inflexible sur ce point. Et Harry n'était pas en mesure de discuter de cette question avec lui car M. Dysart avait repris l'avion pour l'Angleterre le matin même. Le médecin termina par un petit sermon sur les méfaits de l'alcool auquel il semblait attribuer les blessures de Harry, une injustice que celui-ci supporta en silence.

Une heure plus tard, l'infirmière réveilla Harry d'un somme pour dire que l'inspecteur Miltiades désirait le voir. Elle lui laissa entendre qu'il pouvait différer cette visite s'il le souhaitait, mais il choisit de ne pas le faire, car il était résolu à se venger de Roy Mallender par tous les moyens possibles.

Miltiades parut. Harry le trouva changé. Il avait l'air de quelqu'un pris en faute. Après avoir échangé quelques mots à mi-voix avec l'infirmière, il s'approcha et s'assit à côté du lit, en tenant à la main sa casquette d'uniforme d'un geste embarrassé.

– Bonnes nouvelles, inspecteur, dit Harry en voulant lui adresser un sourire sarcastique mais le pansement sur le sommet de sa tête rendit la chose quasi impossible. C'est un cas facile.

– De quoi parlez-vous, monsieur Barnett ?

– D'une plainte pour coups et blessures.

– Vous voulez porter plainte contre quelqu'un ?

– Exactement.

– Avant, laissez-moi vous rappeler deux choses. Premièrement, l'un des symptômes de la commotion cérébrale est de ne pas se souvenir précisément des événements ayant immédiatement précédé le choc.

– Mes souvenirs sont très clairs.

– Deuxièmement, M. Roy Mallender a quitté Rhodes ce matin et il est fort improbable qu'il y revienne.

– Hein ?

– Il n'est plus ici, monsieur Barnett. Et il ne reviendra pas. Aussi l'accuser de quoi que ce soit serait une perte de temps et un effort inutile.

Harry voulut frapper le matelas en signe de protestation mais un élancement douloureux dans la poitrine l'en empêcha. Il se contenta de lancer un regard noir à Miltiades.

– Mais pourquoi...? dit-il.

Puis une pensée lui traversa l'esprit.

– Mais comment savez-vous qu'il s'agissait de Roy Mallender?

Miltiades sourit.

– Je vous dois des excuses, j'en ai peur. Pas pour avoir laissé M. Mallender quitter Rhodes mais pour avoir tenté une petite expérience sur vous, hier soir.

– Une expérience?

– La femme qui ressemblait à s'y méprendre à Mlle Mallender était un de mes agents. Elle portait une perruque blonde et était habillée selon la description que vous nous avez donnée.

Harry laissa échapper un soupir d'exaspération. Ainsi c'était bien ça. Ce n'était ni un spectre ni un simulacre mais un policier déguisé.

– Je vous avais prévenu que je n'avais pas exclu la possibilité que vous ayez tué Mlle Mallender. J'ai pensé qu'un meurtrier confronté au fantôme de sa victime pourrait se trahir alors que...

– Si je disais la vérité, je me laisserais prendre par la ressemblance.

– Tout à fait. Et vous vous êtes laissé tromper par les apparences, monsieur Barnett. Je ne vous soupçonne plus d'avoir assassiné Mlle Mallender. Vous devriez être content.

– Alors vous m'avez fait suivre quand j'ai quitté votre bureau, hier?

– Oui. Pas à pas. Jusqu'à ce que l'occasion semble favorable. Et après aussi. Pas d'assez près, malheureusement pour qu'on puisse intervenir à temps dans votre altercation avec M. Mallender mais au moins on ne vous a pas abandonné à votre triste sort.

– Vous êtes trop bon.

– Vous devez vous demander pourquoi j'ai laissé M. Mallender partir alors qu'un de mes officiers a été témoin de son agression contre vous.

– C'est le moins qu'on puisse dire.

– A la vérité je l'ai fait arrêter mais une autorité supérieure a estimé que M. Mallender devait être relâché. Une accusation lui aurait prétendument attiré la sympathie du public, surtout en

Angleterre, ce qui aurait pu entraîner une réaction hostile vis-à-vis de la Grèce. Pour M. Mallender, vous étiez encore considéré comme le suspect numéro un dans la disparition de sa sœur. Sa réaction, même un peu violente, était somme toute compréhensible de la part d'un frère. Je crois savoir que M. Dysart a fait dans l'intérêt de M. Mallender des démarches diplomatiques qui se sont révélées décisives. Ils sont partis ensemble ce matin.

Harry ne pipa mot. Il aurait dû le prévoir. Il aurait dû le lire sur le visage flottant penché à son chevet. C'était typique de Dysart, l'instinct du politicien pour les compromis : payer les frais d'hôpital de Harry; escorter Roy en Angleterre; et corrompre les fonctionnaires qu'il fallait. Il agissait comme un délégué de classe ayant à cœur de régler une dispute entre deux élèves. Ce qui dans un sens était justifié car sans Dysart il n'y aurait pas eu de dispute pour commencer. Sans Dysart, réflexion faite, Harry ignorerait jusqu'à l'existence des Mallender.

Au Glue Pot, en 1972, une dizaine de jours avant Noël, l'heure du déjeuner avait été calme et on s'apprêtait à fermer. Harry venait juste de se servir discrètement un double scotch. Lorsqu'il se retourna, il découvrit Alan Dysart qui lui souriait de l'autre côté du bar, habillé en civil, l'air prospère et presque trop soigné de sa personne.

– Bon sang! Alan! Que fais-tu ici?

– Je viens voir un vieux copain. Tu me sers la même chose que toi?

– Tout de suite, dit Harry avec un sourire penaud.

Harry remplit un autre verre pour Dysart puis il proposa qu'ils aillent s'asseoir à une table. Le seul autre client se consacrait tout entier à un bock de bière; il n'avait pas l'air d'avoir besoin d'autre chose.

– Je suis d'abord allé au garage, dit Dysart après avoir avalé une goutte de son scotch.

Harry rougit. Expliquer ou excuser ce qui s'était passé était au-dessus de ses forces.

– On m'a dit que vous aviez fermé au mois d'août.

– Exact, dit Harry avec un sourire piteux.

– On m'a parlé de... faillite.

Harry prit une profonde aspiration.

– Oui.

– Forcée?

Un hochement de tête fatigué.

– Totale conviendrait mieux. Barry a senti le vent tourner. Il a filé en Espagne quelques semaines avant en prenant tout le liquide disponible et en me laissant les dettes sur le dos.

– Bon Dieu!

– Jackie est partie avec lui.

– Ça ne m'étonne pas.

– Tu avais raison à son sujet.

– Alors qu'est-ce que tu vas faire, maintenant?

– Je me débrouille. J'ai un boulot ici jusqu'à Noël.

– Et puis?

– Je ne sais pas. Je trouverai bien quelque chose.

L'optimisme de Harry sonnait faux, Dysart n'avait pas dû s'y laisser prendre. A vrai dire, Harry n'avait pas grand-chose à espérer. Que Dysart prenne la peine de chercher à le voir était déjà une heureuse surprise. Après tout, Harry ne lui avait jamais fait de faveur quand il travaillait à Barnchase Motors pendant ses vacances. Maintenant qu'il était un jeune officier de marine à l'avenir prometteur, il n'y avait pas de raison qu'il s'intéresse à la situation lamentable de son ancien patron. Au deuxième verre, il s'avéra cependant qu'elle ne lui était pas si indifférente que ça.

– Tu as déjà pensé à quitter Swindon, Harry?

– Oui, souvent. Mais pour aller où?

– Le capitaine du premier navire sur lequel j'ai servi, qui est un bon ami à moi, a pris sa retraite il y a trois mois. Il a monté une petite société d'électronique maritime à Weymouth. En vérité, j'ai fourni une partie du capital. Il cherche des gens de confiance pour son personnel d'encadrement. Je pourrais lui parler de toi.

– Tu ferais ça?

– Avec plaisir.

– Mais quelqu'un qui a fait faillite et n'a pas été réhabilité...

– J'ai travaillé avec toi, Harry, tu te souviens? Je ne ferais pas juste ça en souvenir du passé. Je suis sûr que tu ferais du bon boulot à Mallender Marine.

Durant les quelques jours d'immobilité et de sobriété forcée qu'il passa à l'hôpital de Rhodes, Harry songea à sa vie plus lucidement qu'il ne l'avait jamais fait. Tous ses besoins satisfaits et privé de ses passe-temps habituels, cela lui parut étonnamment facile de considérer les cinquante-trois années de son existence comme un enchaînement logique : aux faux espoirs du passé avaient succédé les déconvenues prévisibles du présent. Son histoire n'était pas très brillante, il fallait le reconnaître. Ce n'était pas une succession glorieuse de réussites. Sa vie ressemblait plutôt à une longue suite d'échecs. Pourtant, malgré tout ça, c'était sa vie à lui et il y tenait encore.

De l'avis de son ancien maître d'école, les dispositions de Harry étaient « gâchées par un manque de résolution et une tendance à l'autodépréciation »; l'annotation sur son dernier rapport scolaire était restée gravée dans sa mémoire ainsi que l'air désapprobateur de son auteur. Le jugement d'oncle Len était moins tendancieux et plus succinct : « Si tu traites la vie à la rigolade, elle te rendra la pareille. » Oncle Len disait à qui voulait l'entendre que l'absence de père était un handicap pour le développement d'un garçon. A une époque, il avait aspiré à tenir ce rôle auprès de Harry mais la vie en avait décidé autrement : elle l'avait retiré de l'arène si brusquement et si bêtement qu'on aurait pu y voir un message caché. C'était étrange que les deux frères Barnett soient morts tous les deux dans un accident. Stan, le père de Harry, avait été tué par une roue qui lui était tombée dessus dans l'atelier de montage de la Great Western Railway. Oncle Len avait été mortellement touché par la bicyclette d'un livreur, chargée de viande, dont les freins avaient lâché dans Prospect Hill. Cela expliquait peut-être pourquoi Harry n'avait jamais pris la vie aussi au sérieux que certains pensaient qu'il l'aurait dû.

A quinze ans, Harry passa directement de l'école dans la gueule émolliente du conseil municipal de Swindon, sa mère jugeant un travail de bureaucrate infiniment préférable à toutes les notions fantasques de Harry. Et, à part deux années de service militaire, il y était resté quinze ans, quinze ans d'une routine ennuyeuse et immuable mal récompensés; excellente préparation, avait-il toujours soutenu, pour devenir vieux, triste, cynique et désagréable avant l'heure. Mais sans Barry Chipchase, son copain du temps du service militaire, parasite et spéculateur, il y serait probablement resté vingt-trois ans de plus. Quand Barry lui avait proposé de prendre un garage avec lui, Harry avait vu dans ce projet un moyen d'échapper à la bureaucratie. C'est ainsi qu'était né, par une heureuse combinaison de leurs deux noms, Barnchase Motors. Leur association se révéla à la longue la meilleure et la pire des décisions qu'eût jamais prises Harry. La meilleure parce qu'elle lui avait fait connaître Alan Dysart, la pire parce qu'il avait perdu tout ce qu'il avait dans la débâcle.

Pendant ses études à Oxford, Dysart passa six fois ses vacances universitaires à travailler à Barnchase. Au début, pompiste et laveur de voitures, il s'occupa ensuite d'un grand nombre de tâches administratives. Au départ, il avait cherché un travail à Swindon pour se rapprocher de sa petite amie qui habitait à Wootton Bassett. Par la suite, il continua à faire les cinquante kilomètres depuis Oxford parce qu'il s'était attaché à la petite entreprise. En regardant en arrière, Harry se rendait compte que beaucoup de ses conseils commerciaux avaient été très judicieux. Harry les avait d'ailleurs souvent repris à son compte. Si Dysart avait continué à travailler pour eux, Barnchase Motors aurait peut-être pu échapper à la catastrophe. La dernière fois que Harry avait entendu parler de Barry Chipchase et de la femme dépensière qu'il avait insisté pour prendre comme associée, celui-ci dirigeait une compagnie de voitures de location à Alicante. Harry leur souhaitait tout le mal possible car même sa maison était tombée aux mains des créanciers de Barnchase Motors. Partageant avec sa mère la petite maison de cheminot où il était né, considérant à travers les brumes de l'alcool le bilan désastreux de sa vie, il ne pouvait pas se permettre de faire la fine bouche quand Dysart proposait de parler de lui à Mallender Marine.

Au début, ça s'était bien passé, Harry ne pouvait pas dire le contraire. Les relations de Charlie Mallender dans la marine et au ministère de la Marine, et la proximité de la base navale de Portland, assurèrent à Mallender Marine des commandes régulières tandis que Harry s'occupait de vendre sur le marché les gadgets de la navigation de plaisance, ce qui n'était pas si différent finalement du monde des pièces de rechange dans l'automobile. Harry s'installa à Weymouth, trouva une chambre meublée et il se mit à croire que des jours meilleurs allaient se lever.

Mais lorsque Roy Mallender vint travailler avec eux, Harry commença à déchanter. On disait du fils de Charlie qu'il avait voulu faire la même carrière que son père dans la marine, mais sans succès. Quoi qu'il en soit, il supportait mal de ne pas bénéficier de toute la considération à laquelle il estimait avoir droit. Le fait que Harry refuse de se couler dans le moule du subalterne servile aurait suffi à ce qu'il le prenne en grippe, mais les deux hommes conçurent immédiatement l'un pour l'autre une vive antipathie. De la même façon que Harry n'avait pas su repérer à temps la duplicité de Barry Chipchase, il était trop tard, quand il comprit jusqu'où Roy était capable d'aller pour se débarrasser de lui. En le congédiant, Charlie Mallender lui avait dit qu'il avait de la chance de ne pas faire l'objet de poursuites judiciaires; le vieil homme était loin de se douter que le véritable fraudeur était son fils.

Une fois encore, Alan Dysart était venu au secours de Harry. Il avait acheté une villa à Lindos et il cherchait quelqu'un de confiance pour la surveiller. Habiter dans la loge de garde en échange de quelques petites tâches de gardiennage faisait l'affaire de Harry. Sans travail au cours du dur hiver de 1978 qui avait mis ses finances et son moral à zéro, Rhodes résonna à ses oreilles comme la terre promise : du soleil, peu de dépenses, peu d'obligations, et à mille lieues de tous ses embêtements.

Harry ne fut pas déçu. S'occuper de la villa était bien sûr une sinécure. Mme Ioanides faisait le ménage, M. Ioanides peignait, faisait les réparations nécessaires et jardinait. Harry était l'Anglais au visage familier accueillant Dysart et ses invités, libre de gagner assez d'argent comme barman ou comme guide durant la saison pour avoir de quoi vivre l'hiver. Il adopta la conception grecque de la vie : pourquoi faire aujourd'hui ce qu'on peut remettre à demain? Ou encore mieux, comme ils disaient : *perasmena, ksehasmena* : les choses du passé sont des choses oubliées. A Lindos, Harry était simplement l'Anglais bedonnant qui suivait son petit bonhomme de chemin en pantalon de flanelle de cricket usé, chemise et chapeau de soleil, lorgnant les baigneuses aux seins nus et buvant plus que nécessaire, une silhouette de rigolo marrante et une source d'amusement. Ce qu'il avait été en Angleterre ne tirait pas à conséquence; son ardoise était effacée, sa réputation sans tache. Aussi simple, voire primitif, que fût son mode de vie à Lindos, il lui offrait tout ce dont il avait besoin. C'était sa seconde patrie, son havre de paix, son amnésie, l'acceptation sans douleur de sa défaite. Bref, cela lui suffisait, jusqu'à l'arrivée de Heather.

Le troisième jour de son hospitalisation, dans l'après-midi, Harry fut autorisé à quitter son lit quelques heures. Il en profita pour aller téléphoner à Jonathan Minter car l'idée lui était venue que les circonstances entourant le brusque départ de Roy Mallender de Rhodes pouvaient l'intéresser; après tout, il avait parlé d'honoraires substantiels. Harry marcha à pas prudents jusqu'à la cabine de téléphone qui se trouvait dans le couloir et composa le numéro que Minter lui avait donné.

– Hôtel Astir Palace.
– J'aimerais parler à M. Jonathan Minter.
– Un instant, je vous prie.
Il y eut un silence puis une voix répondit :
– M. Minter n'est plus chez nous, monsieur.
– Plus chez vous ?
– Il est parti hier.
– A-t-il dit où il allait ?
– En Angleterre, je crois, monsieur.

Ainsi Minter s'était envolé. Comme Dysart. Comme Roy Mallender. Et comme Heather. Ils étaient tous partis. Ils l'avaient abandonné à un destin obscur qu'il ne souhaitait plus. Ils l'avaient laissé retomber dans le somnambulisme de l'exil. Pourtant Harry ne pouvait plus garder les yeux fermés.

Le lundi suivant, Harry eut enfin l'autorisation de quitter l'hôpital. Kostas vint le chercher dans son vieux tacot et, dès qu'ils furent sortis de Rhodes, il lança à Harry un quotidien du matin qu'il lut pendant le trajet jusqu'à Lindos. Η ΕΞΑΦΑΝΙΣΗ ΤΟΥ ΧΕΔΕΡ ΜΑΛΛΕΝΤΕΡ : La disparition de Heather Mallender ; il y avait encore un article en première page mais en caractères plus petits et il était en bas de page, à côté d'une publicité pour une discothèque. La nouvelle la plus lugubre était toute contenue dans le sous-titre : Η ΑΣΤΥΝΟΜΙΑ ΕΓΚΑΤΑΛΕΙΠΕΙ-ΤΙΝ ΑΝΑΖΗΤΗΣΗ : La police abandonne les recherches.

9

En ouvrant le portail pour laisser entrer Mme Ioanides, Harry avait espéré qu'il ne la reverrait pas de la journée ; elle pouvait très bien ressortir toute seule. Pourtant moins d'une heure plus tard, elle tapait avec un balai à la porte de la loge de garde pour avoir son avis sur un problème domestique : devait-elle ranger la chambre de Mlle Mallender et enlever tout ce qui lui appartenait ?

C'était la première fois que Harry pensait aux affaires de Heather laissées sans doute en désordre par le passage des policiers. Elles se trouvaient dans la petite chambre orientée au sud qu'elle avait choisie de préférence à deux autres chambres plus spacieuses et revenant de droit, supposa-t-il, à la famille Mallender. Imaginer Mme Ioanides s'affairer avec indifférence dans la chambre qu'avait occupée Heather lui donna un pincement au cœur, aussi insista-t-il pour s'en charger lui-même. Mme Ioanides le prit mal, évidemment, et l'accusa, lui qui s'était plaint récemment de douleurs dans les côtes et de maux de tête d'être *enas psevthomartiras*. Par chance, Harry ne comprit pas ce que cela voulait dire et il se garda bien de le demander. Il réussit à se débarrasser d'elle dans l'entrée de la villa et monta seul au premier.

Dès qu'il pénétra dans la pièce, il comprit pourquoi il avait été si réticent à venir jusque-là. Un tapis tressé couvrait le plancher et les murs blanchis à la chaux étaient nus, à l'exception d'une assiette de Lindos. Le mobilier était fonctionnel et impersonnel : un lit avec un cadre en cuivre, une table de nuit, une armoire, une coiffeuse, une chaise en bois. Il n'y avait pas de lampe en dehors de celle qui pendait au plafond, juste un chandelier surmonté d'une bougie, sur la table de nuit. De la fenêtre, le regard englobait les pentes nues qui montaient vers l'Acropole et un morceau de mer triangulaire d'un bleu intense. Malgré sa simplicité, cette pièce était celle où Heather avait dormi et s'était réveillée chaque jour qu'elle avait passé à Lindos. Sa présence semblait encore tangible et son absence y était plus difficile à supporter.

Harry se dirigea vers l'armoire et ouvrit la porte. Les vêtements de la jeune femme étaient pendus les uns derrière les autres sur des cintres. La jupe qu'elle portait le premier jour sur l'Acropole, la robe qu'elle avait mise pour dîner avec lui dans la loge de garde; il avait préparé une moussaka parce que c'était la seule chose qu'il savait faire et elle avait fait semblant de se régaler. Au fond de l'armoire, il y avait le sac à dos dans lequel il allait devoir ranger ses affaires. A cette pensée, il fut saisi d'une vive émotion. Il referma la porte et appuya la tête contre le bois le temps de dominer une absurde et irrésistible envie de pleurer, puis il se retourna.

Sur la coiffeuse, il y avait l'habituel assortiment d'objets spécifiquement féminins – brosse à cheveux, miroir, poudres, lotions, crèmes, shampooing, parfum, mascara, brillant à lèvres – conservant eux aussi le souvenir de Heather. Quelques-uns de ses cheveux si blonds étaient retenus dans les poils de la brosse. Et quand Harry ouvrit distraitement le petit pot de brillant à lèvres, il vit un fragment de son empreinte imprimée sur la surface cireuse.

Il traversa la pièce jusqu'à la table de nuit. Un réveil de voyage reposait à côté du bougeoir. Inclinant le cadran vers lui, il fut presque soulagé de voir qu'il s'était arrêté. Soudain quelque chose attira son attention sous l'oreiller. Lorsqu'il le souleva pour voir ce que c'était, une vague de tristesse le submergea. C'était la chemise de nuit de Heather, brodée de myosotis. Il se laissa tomber sur le dessus-de-lit et enfouit son visage dans ses mains. C'était trop horrible. Il aurait mieux fait de laisser Mme Ioanides se charger de tout, mieux fait de fermer cette pièce à clef et de ne jamais y mettre les pieds.

Il ôta les mains de son visage. Rien n'avait changé. De l'autre côté de la fenêtre, le soleil écrasait avec la même indifférence le paysage parsemé de broussailles. A l'étage au-dessous, le bourdonnement de l'aspirateur de Mme Ioanides s'était tu. Harry tendit le bras machinalement et ouvrit le tiroir de la table de nuit. A l'intérieur, il y avait une boîte d'allumettes, un lexique de grec, un paquet de mouchoirs en papier et un livre de poche tout écorné : *La Psychopathologie de la vie quotidienne* de Sigmund Freud. Il le souleva, le soupesa, et regarda la couverture avec le sentiment étrange que ses actes avaient une signification cachée. Entre les mains de Harry, le livre s'ouvrit et le morceau de papier qui avait marqué la page tomba par terre.

Harry approcha le livre plus près. Heather avait peut-être lu le passage qu'il avait sous les yeux la veille de sa disparition sur le Prophitis Ilias. Il s'agissait d'une sorte de conclusion argumentée. Les connaissances de Harry sur la théorie freudienne étaient celles du profane qui n'a jamais rien lu de Freud et n'a aucune envie de commencer. Son regard balaya les paragraphes au hasard, s'arrêtant sur des phrases séparées de leur contexte. « La coïncidence singulière qu'il y a à rencontrer une personne à laquelle on vient juste de penser est familière. » « Une rencontre dans un endroit déterminé, après une attente préalable, n'est autre chose qu'un rendez-vous. » Cela ne disait rien à Harry mais il gardait l'espoir de se faire une idée de l'état d'esprit de Heather. Il y reviendrait plus tard, lorsqu'il aurait plus d'énergie pour cette tâche. Il s'arrêta pour ramasser le morceau de papier qui avait servi à Heather de marque-page.

Et Harry se retrouva en train de regarder un récépissé numéroté sur lequel une adresse et une date avaient été marquées à l'aide d'un tampon : Δ. Ψαμβίκης, Φωιογράφος, Πλατ, Κύπρου, Ρόδος, 7/11/88 : D. Psambikis, photographe, Platia Kiprou, Rhodes, le 7 novembre 1988. Aussitôt, sa mémoire trouva une prise : quelques souvenirs lui revinrent. La date apposée sur ce reçu prouvant que Heather n'avait pas retiré les photos qu'elle avait données à développer était antérieure de quatre jours à sa disparition. C'était le lundi. Elle était allée à Rhodes par le car de 10 h 30; Harry se rappelait qu'elle lui avait demandé s'il avait besoin de quelque chose. Et la veille, le dimanche, il avait fait un temps beau et chaud qui incitait à la paresse. Heather avait préparé le repas et ils avaient déjeuné dans le jardin. Elle avait pris une photo de lui. Et il avait pris une photo d'elle. « Pour finir la pellicule, avait-elle dit. Je la porterai demain à développer. Je suis impatiente de les voir. Il y a tellement de choses dessus. Et maintenant tu y es aussi. »

« Il y a tellement de choses dessus. » Deux heures plus tard, Harry était assis sur un banc près du bureau de poste de la ville de Rhodes. M. Psambikis avait remis sans difficulté les photos à Harry qui s'apprêtait à les regarder. Vingt-quatre photos en couleurs prises avec l'appareil de Heather. L'appareil photo et sa propriétaire s'étaient évanouis. Mais les photographies étaient là. Anodines et futiles ou, peut-être, d'une importance capitale. Harry ouvrit la pochette.

Ce n'était pas des photos de vacances, pas seulement en tout cas. Elles étaient rangées dans l'ordre inverse où elles avaient été prises et Harry eut un choc en voyant la photo sur le dessus du paquet. C'était Heather dans le jardin de la villa, portant un toast à Harry, un verre de retsina dans une main et un morceau de poulpe frit dans l'autre, souriante et vêtue d'un tablier, légèrement floue comme si elle s'apprêtait déjà à disparaître. Il l'examina longtemps en essayant de se souvenir de la douce insouciance qu'il ressentait au moment où il avait pressé sur le bouton, puis il passa à la deuxième photo. Elle avait été prise dans les mêmes circonstances, mais cette fois, la photo était nette et le sujet se trouvait être Harry, légèrement soûl à en juger par le large sourire chiffonné et le verre de retsina qu'il serrait contre son ventre, sa main libre à moitié soulevée dans un geste de dérision, avec la toile de fond rose des géraniums. C'était le Harry désœuvré et complaisant qui se croyait à l'abri : c'était le Harry qu'il avait cessé d'être et ne serait jamais plus.

Suivaient trois vues prévisibles de Lindos. Le port tel qu'on le découvrait de la villa ; deux ou trois bateaux à l'ancre sur la surface bleu outremer, avec le promontoire rocheux derrière. Puis une photo de la villa prise de la plage, les fleurs des cactus dépassant du mur blanc du jardin, le soleil accrochant un rayon de lumière à l'une des fenêtres de Harry, les tuiles en terre cuite se détachant nettement sur le fond des maisons aux façades blanches, la pente rocailleuse qui s'élevait derrière à travers les cyprès majestueux vers les hauts murs de la forteresse. Et pour finir, le port, le promontoire et la côte ridée s'étendant vers le nord, pris de l'Acropole, probablement du haut du grand escalier car les dernières marches étaient visibles dans le coin gauche et les colonnes en ruines alignées au premier plan étaient certainement celles de la stoa dorique. La photo avait pu être prise le premier après-midi de Heather à Lindos, à l'endroit exact où il l'avait trouvée en train de l'attendre. En regardant de plus près, on pouvait distinguer une silhouette indistincte effacée par l'ombre de la chapelle byzantine en ruine un peu plus bas sur la pente, une silhouette trébuchante vêtue de blanc qui ne pouvait être que Harry, saisi sur la pellicule quelques secondes avant que Heather sût qui il était. Cette intuition soudaine déclencha chez Harry un phénomène curieux. Il se surprit à réciter des dates. « Le 6 novembre » : ils avaient déjeuné ensemble à la villa. « Le 18 octobre » : jour de leur première rencontre. Les photos agissaient comme un aimant l'attirant toujours plus dans le passé, avant la disparition de Heather, avant leur rencontre, avant qu'elle n'arrive à Lindos, avant...

Le Prophitis Ilias. Nom redouté et lieu plus redoutable encore. Harry savait que Heather y était allée une fois toute seule. Il n'en fut pas moins bouleversé de retrouver ses couleurs et ses contours familiers sur la photo suivante ; son sommet rocheux aux arêtes blanches, recouvert d'un maigre lichen, d'herbes et de fougères mortes, ombragé de cèdres rabougris, avec la côte et la mer au-dessous, incroyablement loin, floues et hors de portée. Là, il l'avait cherchée en vain. Là, elle avait soulevé le viseur à son œil et fixé pour des raisons qui n'appartenaient qu'à elle l'image de ce lieu, des raisons qu'il ne pouvait deviner et sur lesquelles il ne pouvait la questionner.

Puis les photos reprirent un caractère touristique : les moulins à vent du port du Mandraki ; le profil crénelé du Palais des grands maîtres. Après l'ambiguïté énigmatique des premières photos, ces clichés de cartes postales lui parurent dénués d'intérêt. Ils étaient suivis par d'autres de la même veine, pris, supposa Harry, pendant les deux jours que Heather avait passés à Athènes avant de venir à Rhodes. Lui-même ne s'était jamais arrêté dans la capitale, sauf pour changer d'avion, mais il reconnut facilement le Parthénon et une vue de la ville depuis le Lycabette. Il avait déjà regardé presque la moitié des photos et son intérêt diminuait.

A la suivante, il se trouva brusquement transporté en Angleterre. La lumière grise, humide et réprobatrice ne pouvait pas le tromper ni la tombe dans le style anglican sur laquelle était gravé en lettres d'or : FRANCIS DESMOND HOLLINRAKE. NÉ LE 19 SEPTEMBRE 1915. DÉCÉDÉ LE 14 AVRIL 1973. Francis Desmond Hollinrake : il lui semblait avoir déjà entendu ce nom, il y avait très longtemps. A quelle occasion, il n'aurait su le dire, mais ce nom avait laissé une trace dans sa mémoire.

Les photos suivantes montraient plusieurs bâtiments plus ou moins importants, tous anglais et situés à la campagne, qui ne disaient rien à Harry. Il y avait une élégante maison en torchis en forme de L avec un toit en ardoise et ce qui ressemblait à une écurie à l'arrière; un petit château victorien à pignons en brique rouge au milieu d'un parc bien entretenu, avec un certain nombre d'écriteaux et de voitures garées, qui donnait à penser qu'il s'agissait d'un hôpital ou d'un hospice; une maison en pierre foncée recouverte de lierre et abritée par des arbres, au bout d'une allée en courbe; une église de campagne écrasée par son clocher à créneaux dans laquelle Harry reconnut vaguement le style gothique; un ensemble de constructions victoriennes en brique rouge se dressant sur le flanc d'une colline boisée, avec de grands escaliers et un H blanc dans le lointain formé par les poteaux de but d'un terrain de rugby : ce devait être une école ou un collège; un manoir de style Tudor, qui à cause du grand nombre de voitures visibles ne pouvait être une maison privée, et des maillets de croquet disposés de manière un peu trop voyante. S'il y avait un thème commun dans le choix de ces motifs, Harry était incapable de s'en faire une idée.

La photo suivante ne représentait apparemment qu'une petite route de campagne : le macadam luisant après la pluie, des champs verts de chaque côté, des murets bordant la route, un croisement avec une route plus importante, visible au pied de la colline à l'endroit où la route faisait une courbe. C'était un lieu impossible à situer. Ensuite venait un vieux pub de village à l'air accueillant avec ses murs de pierre chauffés par le soleil et ses jardinières garnies de fleurs aux couleurs vives mais Harry ne put lire le nom sur l'enseigne suspendue au-dessus de l'entrée. Il ne réussit pas non plus à situer la petite cour austère en pierre grise de la photo suivante. Les rangées de fenêtres entourant le carré de gazon avaient un petit air universitaire : il aurait pu s'agir d'un collège d'Oxford ou de Cambridge mais rien ne permettait à Harry d'en être sûr. Les dalles étaient mouillées par la pluie, comme si cette photo avait été prise le même jour que celles de la petite route de campagne et du pub. Mais c'était une hypothèse qui ne l'avançait à rien. Seule Heather aurait pu lui dire pour quelle raison et quand elle s'était rendue en chacun de ces lieux et ce qui l'avait poussée à en conserver une trace.

Il ne restait plus que quatre photos. La première représentait un autre bâtiment : une maison blanche au toit en ardoise avec des volets noirs bien assise dans un jardin boisé entouré de haies avec, sur l'arrière, un garage d'apparence plus moderne. Le soleil brillait mais les arbres avaient une forme tourmentée, un air de guingois qui faisaient songer que la côte n'était pas loin. Harry ne connaissait pas davantage cette maison. Mais son sentiment d'être dans le noir le plus complet cessa avec la dernière photographie.

Nigel Mossop était entré à Mallender Marine juste en sortant de l'école. Harry l'avait d'abord considéré comme une mauvaise recrue comparée à d'autres postulants. Il était bien intentionné et désireux de plaire, mais timide, lourdaud et profondément ennuyeux. Harry ne pouvait nier qu'il lui avait parfois rendu la vie infernale. Mais quand Roy Mallender avait commencé à en faire sa tête de Turc, Harry s'était rapproché de lui bien que ses efforts pour le soutenir se fussent révélés inutiles. Mossop devait avoir une trentaine d'années à présent mais il faisait plus que son âge avec ses lunettes sobres et ses vêtements sombres. Il souriait nerveusement comme s'il ne savait quelle attitude prendre devant l'objectif. Heather ne lui avait jamais dit qu'elle connaissait Mossop, pourtant il était là indiscutablement, debout sur le bord d'un estuaire anonyme, avec dans le fond, sur la rive opposée, des champs et des bois paraissant assez luxuriants pour que la photo ait été prise en plein été. Un yacht descendait le courant en direction de la mer. Harry n'avait aucune idée de l'endroit où c'était mais, en scrutant la photo à la recherche d'un indice quelconque, une toute petite tache blanche, sûrement une maison, attira son attention; cela aurait pu être la maison de la photo précédente vue de l'autre côté de la rivière. C'était au moins un endroit que, avec l'aide de Mossop, il devait pouvoir localiser.

L'avant-dernière photo montrait une autre tombe ou plutôt une plaque commémorative car aucune tombe n'était visible et les autres pierres autour étaient si serrées que cela faisait plutôt penser au cimetière d'un crématorium. Cette fois, les motifs de Heather étaient faciles à comprendre : il s'agissait de sa sœur. CLARE THOMASINA MALLENDER, 1959-1987. C'était tout. Pas de verset, pas de phrase touchante, pas d'allusion d'aucune sorte à la façon dont elle était morte. Tout ce que Harry savait des circonstances de sa mort, il l'avait lu dans les journaux de l'époque. Après son élection au Parlement, Dysart avait acheté un cottage dans sa circonscription électorale, au bord de la rivière Beaulieu dans le Hampshire, un mouillage idéal pour l'*Artémis*, lui permettant de combiner travail et loisir pendant les week-ends qu'il passait là. Sa réputation de héros de guerre après son comportement dans le conflit des Falklands comme capitaine de frégate puis sa nomination comme sous-secrétaire d'Etat au ministère de la Défense nationale avaient fait d'Alan Dysart une cible privilégiée des terroristes irlandais, selon la logique tordue de l'I.R.A.

Un discours de Dysart dans lequel il évoquait la défaite militaire de l'I.R.A. l'avait définitivement condamné aux yeux de l'organisation terroriste. Mais c'était Clare Mallender, et non Alan Dysart, qui était montée à bord de l'*Artémis* en ce jour fatal et qui était morte à sa place. Ce qu'avait éprouvé le membre du Parlement à propos de la mort de son assistante et le fait d'avoir échappé *in extremis* au même sort, Harry ne pouvait que s'en faire une idée car, depuis cet accident, Dysart était venu moins souvent à Rhodes et toujours en coup de vent. Harry ne savait pas non plus grand-chose sur les sentiments de Heather sur ce drame. Elle lui avait laissé entendre que la mort de Clare avait été à l'origine de sa dépression et Harry n'était pas revenu sur ce sujet après sa façon si maladroite d'aborder la question lors de leur première rencontre.

En revenant sur les deux photos précédentes, Harry fut tenté de conclure que la rivière qui coulait derrière Mossop n'était autre que la Beaulieu et la maison blanche, le cottage de Dysart. Si c'était exact, il n'était pas difficile de comprendre pourquoi Heather avait pris ces trois photos. Ce pouvait être une façon de commémorer le souvenir de sa sœur, une tentative pour surmonter sa douleur. Ce qu'il s'expliquait mal, c'était le choix de Mossop.

La dernière photo qui était en fait la première sur la pellicule représentait les bâtiments de Mallender Marine. En reconnaissant la construction allongée d'un gris indéfinissable, Harry fut frappé de découvrir à quel point il n'avait toujours pas digéré les circonstances dans lesquelles s'était produit son renvoi dix ans plus tôt. Il pouvait voir la porte derrière laquelle il avait fulminé et la cour qu'il avait traversée une dernière fois par un après-midi maussade d'octobre 1978. Cela avait été la fin de ses dernières illusions.

Comme Harry rangeait les photographies dans leur ordre chronologique et les regardait à nouveau l'une après l'autre, il eut la nette impression que, derrière cette succession de tableaux sans lien apparent, se cachait un message. « Il y a tellement de choses dessus », avait dit Heather en parlant de ses photos. Harry était tenté de croire qu'il y avait bien un message à déchiffrer. Mais comment le prouver? Il n'y avait aucun indice solide à tirer de ces photos, à moins que...

Le Prophitis Ilias. Dès qu'il regarda de nouveau la photo, il se dit qu'il aurait dû le remarquer tout de suite. C'était une vue du sommet. Pas de l'hôtel ni des pentes de la montagne ni même de l'arbre tombé. Heather avait dit qu'elle n'avait pas eu le temps de monter au sommet. Cette photo prouvait le contraire. Elle ne s'était pas aventurée dans l'inconnu le jour où ils y étaient allés ensemble. Elle était revenue sur ses pas. Elle avait menti en lui assurant le contraire.

Brusquement, d'autres perspectives s'ouvrirent pour Harry. Jusqu'à cet instant, Heather avait simplement disparu. Maintenant, pour la première fois, il était possible de croire qu'elle avait mis en scène sa disparition. Avant d'avoir pris connaissance des photos, Harry trouvait ce mystère insondable. A présent, il entrevoyait la possibilité d'une solution. Il suffisait de trouver la signification de chacune des photos prises par Heather.

Dans le car qui le ramenait à Lindos, Harry s'efforça de prendre en considération le fait que les photos pouvaient n'avoir aucun sens caché ou du moins aucun rapport avec la disparition de Heather. Après tout, si elles avaient été si importantes que ça pour elle et si elle avait su ce qui allait se passer sur le mont Prophitis Ilias, pourquoi aurait-elle laissé le récépissé du photographe qui permettait à Harry ou à n'importe qui d'autre d'aller les chercher? Pourquoi n'était-elle pas allée les retirer elle-même? Parce qu'elles n'étaient pas prêtes, bien sûr! Auquel cas, soit les photos étaient moins importantes pour Heather qu'elle ne l'avait laissé entendre soit elle n'avait pas du tout projeté de disparaître.

Environ à mi-parcours, il trouva une autre explication plausible. Heather n'avait peut-être pas l'intention de disparaître lorsqu'elle avait porté le film à développer à Rodhes, le lundi 7. Mais le mercredi 9, quand elle avait loué la voiture et proposé à Harry de faire une dernière visite de l'île, son plan devait être arrêté. Dans ce cas, chacune de ses actions devenait énigmatique et Harry devenait sa dupe, un témoin à emmener sur le mont Prophitis Ilias à seule fin qu'il rende compte des circonstances déconcertantes de sa disparition et encourage l'hypothèse de sa mort.

Mais pourquoi? Pourquoi aurait-elle eu besoin non seulement de disparaître mais de faire croire à un acte criminel? Et pourquoi ce désir ou ce besoin serait-il né si soudainement? En repassant dans son esprit les journées au cours desquelles selon cette hypothèse Heather avait pris sa décision, il ne pouvait rien se rappeler d'anormal, rien qui même, après coup, aurait pu soutenir sa théorie.

De retour à la villa, il fut heureux de voir que Mme Ioanides était partie. Seul dans son appartement, il étala les photos sur la table de la cuisine et les examina une nouvelle fois attentivement l'une après l'autre en cherchant des détails révélateurs qu'il aurait pu négliger. Les premières photos semblaient avoir été prises en été, mais sur la dernière photo de la série prise en Angleterre, celle montrant la tombe de Francis Hollinrake, les feuilles avaient la couleur de l'automne : Heather avait donc dû la prendre peu avant son départ pour Rhodes. Quant aux photos suivantes, Harry pouvait les dater plus précisément. Moins de trois mois avaient dû s'écouler entre la première et la dernière. En dehors de cela, à moins d'aller en Angleterre, il ne pourrait en savoir davantage.

Son raisonnement l'entraînait vers une conclusion inéluctable. Il ne pourrait pas ignorer toutes les perspectives que sa découverte ouvrait. Il ne pouvait pas faire semblant de ne pas avoir trouvé les photos ni d'avoir commencé à s'interroger sur leur signification. C'était une piste qu'il devait essayer de suivre même si cela ne le menait nulle part. La fierté et la curiosité allaient le ramener là où, jusqu'à ce jour, elles l'avaient toujours empêché de rentrer. En Angleterre. Chez lui. Le dernier endroit sur terre où il aurait voulu retourner.

10

Le lendemain matin, lorsque Harry passa au siège central de la police, l'inspecteur Miltiades n'était pas libre. En revanche, au consulat britannique, M. Osborne consentit à lui accorder dix minutes et il écouta patiemment la requête de Harry en le considérant d'un regard indolent par-dessus un drapeau miniature du Royaume-Uni planté dans un socle en liège posé sur son bureau.

Lorsque Harry eut terminé, Osborne garda le silence pendant presque une minute avant de répondre :

– Pourquoi êtes-vous si pressé de récupérer votre passeport, monsieur Barnett ?

– Parce que je souhaite quitter Rhodes le plus tôt possible.

– Pour aller où, si ce n'est pas indiscret ?

– En Angleterre.

Osborne releva un sourcil.

– C'est un choix pour le moins étrange.

– Je suis anglais.

– Depuis quand n'êtes-vous pas retourné là-bas ?

– Depuis dix ans, à part deux ou trois visites éclairs.

– Mais cette fois, vous comptez rester plus longtemps ?

– Je ne sais pas.

Osborne se frotta le menton d'un geste qui disait son indécision.

– Je crois que Miltiades veut vous garder sous la main au cas où il y aurait du nouveau dans l'affaire Mallender.

– Mais, selon le *Rhodian* de lundi, la police a abandonné les recherches.

– Oui. Strictement entre nous, monsieur Barnett, les problèmes de sécurité pour le sommet européen du mois prochain doivent les accaparer.

– Alors, où est la difficulté? Je ne pense pas, ajouta Harry en baissant la voix, que vous ayez envie que je fasse des histoires avec tous ces journalistes qui arrivent pour le sommet, n'est-ce pas?

Une sorte de petit sourire las flotta un instant sur les lèvres de M. Osborne.

– Je vais voir ce que je peux faire pour vous, monsieur Barnett.

– Merci.

Harry fit mine de se lever.

– Dix ans, vous m'avez dit?

– Que je ne suis pas retourné en Angleterre? Oui.

– Vous constaterez de grands changements.

– En bien?

– Cela m'étonnerait que ce soit votre impression.

Le sourire était revenu.

– Oui, cela m'étonnerait beaucoup.

Harry passa le reste de la journée et toute celle du lendemain à la villa car il ne voulait pas contrarier Osborne en lui demandant trop tôt où les choses en étaient. Personne ne savait pour quelle raison Harry était soudain si impatient de quitter Rhodes et il n'avait pas envie d'expliquer pourquoi. Que ce soit par prudence ou toute autre considération moins méritoire, il avait décidé de ne pas parler des photos. Ce serait un secret entre lui et Heather, un terrain sacré sur lequel personne d'autre ne pourrait s'introduire.

Trouvant le temps long, il se mit à lire le livre dans lequel il avait découvert le récépissé des photos. Le passage que Heather lisait était environ à la moitié d'un chapitre intitulé « Déterminisme, croyance au hasard et superstition ». Au début, il avança lentement, butant sur la terminologie et se perdant dans les récits de cas mais, après s'être reporté à l'introduction de l'éditeur, il commença à saisir de quoi il était question. Il souscrivit même, pour une large part, à la thèse de Freud selon laquelle les trous de mémoire, les lapsus et les actes manqués ont une signification cachée. Harry essaya d'appliquer cette théorie à l'oubli de Heather : pourquoi avait-elle laissé le récépissé des photos dans un endroit si accessible? N'avait-elle pas eu le désir inconscient que quelqu'un le trouvât? Mais ce point de vue n'avait de valeur, songea-t-il, que si elle avait bien disparu de son plein gré. Dans le cas contraire, c'était simplement un livre de chevet sans signification particulière.

A part le fait, bien sûr, qu'il donnait une indication précieuse sur les centres d'intérêt de la jeune fille. Dans le passage qu'elle était en train de lire, Freud parlait de la superstition qu'il définissait ainsi : « La superstition signifie avant tout attente d'un malheur et celui qui a souvent souhaité du mal à d'autres mais qui, dirigé par l'éducation, a réussi à refouler ces souhaits dans l'inconscient, sera particulièrement enclin à vivre dans la crainte perpétuelle qu'un malheur ne vienne le frapper à titre de châtiment pour sa méchanceté inconsciente. » Heather se serait-elle sentie menacée? Avait-elle cherché à se rassurer en se reportant à ce chapitre qui pouvait lui permettre de se dire que ses pressentiments pouvaient avoir une cause psychologique? Mais elle avait pu découvrir à cette occasion que l'impression de courir un danger était la conséquence de sentiments malveillants. Mais dirigés contre qui? Harry se dit tout à coup que, si Heather avait cru à cette explication, cela avait pu lui être néfaste. Elle avait peut-être délibérément ignoré les signes d'un danger réel. Mais lesquels? Quels avertissements aurait-elle négligés? Harry n'avait rien remarqué de particulier.

Il revint à plusieurs reprises sur les pages qu'elle avait marquées. Il était question de rêves prophétiques et de cette « coïncidence singulière » qui consiste à rencontrer une personne à laquelle on vient juste de penser. Freud démontrait de façon convaincante qu'il s'agit le plus souvent de phénomènes illusoires. Les rêves prophétiques ne se réalisent pas, ou alors on ne s'en souvient qu'une fois qu'ils se sont réalisés, et la rencontre avec une personne à laquelle on est en train de penser n'est jamais tout à fait une pure coïncidence dans la mesure où notre subconscient, nous ayant déjà alerté de la présence de cette personne, nous oblige en quelque sorte à penser à elle.

Etait-ce un rêve ou une rencontre que Heather avait interrogé à la lecture de ces pages? Etait-ce là l'avertissement que Heather avait résolu d'ignorer? Si Harry avait raison, il fallait en conclure qu'elle avait prévu ce qui se passerait sur le Prophitis Ilias et qu'elle s'y était rendue en connaissance de cause afin de se prouver que ses peurs n'avaient pas de base réelle. Cela expliquerait son désir de se faire accompagner jusque-là, mais pas plus loin, et son stratagème pour convaincre Harry de la laisser poursuivre seule : elle l'avait amené pour qu'il serve de témoin, pas pour qu'il intervienne. Dans ce cas, Heather était aussi courageuse et altruiste qu'il voulait le croire. Sa seule erreur avait été de penser, par la faute de quelque psychiatre trop imprégné de Freud, que les menaces qu'elle sentait peser sur elle étaient purement imaginaires.

Aussi fragile fût-elle, cette hypothèse redonna du courage à Harry. Comme elle était de loin préférable à ses autres suppositions qui faisaient de Heather une menteuse et de Harry une dupe, il s'y accrocha comme un homme qui se noie s'agrippe à une branche. Cette pensée le réconforterait, il en était sûr, et peut-être même Heather, car il avait commencé à nourrir l'espoir qu'il ne l'avait pas, malgré tout ce qui s'était passé et ce qu'il pouvait redouter, perdue à jamais.

Le samedi matin de bonne heure, Harry reçut une visite. Quand il entendit frapper, il pensa que c'était le facteur qui venait apporter un paquet. Il descendit en trébuchant, ouvrit la porte et se retrouva nez à nez avec l'inspecteur Miltiades, plus que jamais l'air hautain et soigné de sa personne.

– *Kalimera*, monsieur Barnett. Vous avez l'air surpris de me voir.

– En effet.

– M. Osborne m'a fait part de votre requête.

– J'aurais pu aller chercher moi-même mon passeport à Rhodes. Ce n'était pas nécessaire de vous déranger.

– Je ne joue pas au facteur. Je veux m'assurer que votre retour en Angleterre est justifié.

Harry avait espéré pouvoir échapper à une explication avec Miltiades mais il était clair qu'il n'y couperait pas. Il l'invita à monter dans son appartement et lui offrit un verre, invitation que Miltiades déclina après avoir jeté un regard circulaire dans la pièce. Harry se lança alors dans un petit discours préparé à la hâte dans lequel il énuméra les raisons pour lesquelles il voulait rentrer en Angleterre : depuis la disparition de Heather, il s'était senti comme un pestiféré à Lindos (vrai) ; il avait le mal du pays (faux) ; sa mère voulait le voir avant de mourir (vrai, mais pour le moment, elle se portait comme un charme).

Lorsque Harry eut terminé, Miltiades l'observa un moment avant de prendre la parole.

– Vous êtes un menteur, monsieur Barnett, dit-il. Et de surcroît, un piètre menteur, ce qui a joué en votre faveur dans mon enquête sur la disparition de Mlle Heather. Je vous soupçonne en outre d'être un mauvais fils. Et le mal du pays se déclare en général après une durée d'incubation inférieure à neuf ans.

– Vous ne me croyez pas?

– Si, je crois que vous voulez retourner en Angleterre. La question est : pourquoi?

– Je n'ai pas d'autre raison à vous donner.

– Alors je vais vous en donner une. Vous espérez apprendre la vérité sur la disparition de Mlle Mallender.

Devant tant de perspicacité, Harry décida de jouer franc jeu.

– Et si c'était le cas? Je crois savoir que vous avez abandonné les recherches.

– Nous avons concentré nos efforts ailleurs, c'est vrai.

– Y a-t-il un motif pour lequel vous voulez me retenir ici?

Miltiades sourit.

– Aucun, monsieur Barnett.

Il sortit un passeport britannique de la poche de sa tunique et le tendit à Harry.

– Vous êtes libre de rentrer dans votre pays.

Harry remarqua tout de suite qu'on avait glissé quelque chose à l'intérieur du passeport. C'étaient les cartes postales représentant Aphrodite et Silène que Miltiades avait trouvées dans la voiture.

– Ces cartes m'ont donné à réfléchir, poursuivit Miltiades. Je pense que vous avez bien vu les raisons qui ont poussé Mlle Mallender à les acheter mais cela n'explique pas pourquoi elle les a laissées dans la boîte à gants de la voiture. Cela ressemble à un acte délibéré comme si ces cartes contenaient un message.

Harry s'était déjà dit la même chose mais cela ne l'avait mené nulle part.

– Quel message, inspecteur?

– Je ne sais pas, mais vous formiez une paire à Rhodes, comme les cartes. C'est intéressant, n'est-ce pas? La déesse et le satyre. Ce sont des symboles courants mais des symboles de quoi? Au début, j'ai pensé qu'il ne fallait pas chercher autre chose que ce qu'elles représentaient. La beauté féminine et le désir viril. La jeunesse et la vieillesse. La séduction et la concupiscence.

Il marqua une pause. Harry voulut saisir l'occasion pour dire quelque chose mais Miltiades leva la main pour le faire taire.

– Laissez-moi continuer. Je me suis rendu au musée archéologique dernièrement pour revoir l'Aphrodite de Rhodes. Vous y êtes allé ?

– Non, je ne suis pas un fanatique des musées.

– Je m'en doutais. Cette statue date d'une époque où la précision anatomique était sacrifiée au plaisir des yeux. C'est pourquoi, elle est esthétiquement parfaite mais spirituellement éteinte. Ce n'est qu'un objet qui ne nous apprend rien.

– Que devrait-il nous apprendre ?

– Que les gens ne sont pas des statues. Que ce que nous voyons d'eux n'est qu'une image. Belle ou laide, là n'est pas la question. Aphrodite ou Silène, cela ne change rien. Je pense que le message vous est destiné, monsieur Barnett, mais je ne suis pas sûr de son contenu. Emportez ces cartes. Vous comprendrez peut-être un jour.

Quelques minutes plus tard, Harry disait adieu à Miltiades à la porte de la villa. L'intuition soudaine qu'il ne le reverrait plus jamais lui inspira une sympathie étrange pour cet homme distant et pondéré.

– Avez-vous réellement refermé le dossier de Heather, monsieur l'inspecteur ? demanda-t-il comme Miltiades faisait un pas dans la rue.

– Officiellement, non, monsieur Barnett. Mais en fait...

– Je vois.

– Une dernière chose avant que nous nous quittions. Savez-vous qui était Silène dans la mythologie grecque ?

– Non.

– C'était le tuteur de Dionysos avant que celui-ci ne soit élevé au rang de divinité. On peut considérer que c'est déjà une belle réussite d'être responsable de l'éducation d'un dieu, pourtant dans les textes anciens, on ne dit jamais de bien de lui. D'après Euripide, il était incapable de discerner la vérité du mensonge. Un lourd handicap, vous n'êtes pas de mon avis ?

Etait-ce là ce que Heather avait voulu lui faire comprendre ? Qu'il était aveugle à ce qu'elle était réellement et qu'il ne savait pas faire la différence entre les faits et la fiction ? Ce ne serait pas un message encourageant. Mais comprendre cela était déjà une façon de le réfuter.

– *Pathima, mathima*, monsieur Barnett. La souffrance est une leçon.

Miltiades sourit comme s'il avait lu dans les pensées de Harry.

– Quand partez-vous?

– Le plus tôt possible.

– Alors, bonne chance.

Sur ce, il se retourna et s'en alla. Il n'y eut pas de poignée de main, pas d'au revoir. Pourtant Harry ne put s'empêcher de penser que Miltiades l'avait chargé d'une mission. Il avait le sentiment qu'ils avaient compris l'un et l'autre que l'enquête n'était pas terminée. Elle avait simplement changé de mains.

11

Le lundi matin, Harry prit le car des ouvriers pour aller à Rhodes. Il retira le peu d'argent qu'il avait sur son compte à la Banque commerciale de Grèce et greva lourdement son budget en achetant un aller pour Londres sur un vol Olympic Airways. Partir vite coûtait cher mais au moins, dans deux jours, il aurait quitté Rhodes.

Il n'y avait pas loin à marcher jusqu'à l'Office des télécommunications d'où il téléphona à sa mère, à Swindon, pour la prévenir de son arrivée imminente. Exception faite d'un télégramme, quinze jours plus tôt, dans lequel il lui disait de ne pas s'inquiéter, il ne lui avait pas donné signe de vie depuis la disparition de Heather, bien qu'il n'ignorât pas qu'elle prendrait mal son silence. Téléphoner d'une cabine téléphonique présentait un avantage : il pourrait dire qu'il n'avait plus de monnaie avant qu'elle se mette à lui faire des reproches. Malheureusement, Harry avait oublié que la Grèce était en avance de deux heures par rapport à l'Angleterre, un détail qui envenima dès le début leur brève conversation.

– C'est Harold, maman. (Sa mère n'avait jamais aimé les diminutifs.)

– Qui ça ?

– Ton fils.

– Harold ?

– Oui.

– Est-ce que c'est une heure pour téléphoner ? Il n'est même pas 7 heures.

– Excuse-moi.

– Tu en as de bonnes. Tu me laisses des semaines sans nouvelles, et puis tu m'appelles à une heure impossible.

– Je suis vraiment désolé. Ecoute : je vais rentrer en Angleterre.

– Tu quoi ?

– Je serai en Angleterre, mercredi.

– Mercredi ?

– Je serai à la maison en fin d'après-midi.

– Tu veux dire...

Le bip-bip retentit à point nommé.

– Je n'ai plus de pièces, maman. A mercredi après-midi, d'accord ?

– De toute façon, ce que je peux dire ou pas, c'est la même chose.

– Ne fais rien à manger...

La ligne fut coupée.

Déprimé par sa bêtise, Harry se replia dans un bar où il commanda un café et parcourut un journal d'un regard morne. Le nom de Heather avait disparu de la première page qui réservait ses colonnes au prochain sommet européen. Miltiades l'avait prédit : on l'avait déjà oubliée.

Mais pas Harry. Lorsque le musée archéologique ouvrit ses portes, à 9 h 30, il fut le premier visiteur. Il voulait voir une seule chose : l'Aphrodite de Rhodes.

Elle trônait à l'intérieur d'une vitrine ornementale, plus petite qu'il ne l'avait imaginée, et d'une douceur un peu mièvre, comme Miltiades l'avait laissé entendre, par contraste avec les statues plus expressives qui l'entouraient. L'Aphrodite semblait minauder derrière sa paroi de verre protectrice. Maintenant qu'il la voyait, il ne l'aimait pas. C'était une belle image mais un objet déplaisant. Le marbre poli rendait la plasticité de la chair et l'imprécision du modelé la souplesse des membres. La déesse, surprise pendant ses ablutions, était à la fois sublime et obscène, inaccessible et offerte. On retrouvait chez elle la lascivité de Silène. Le message et la signification étaient identiques : l'apparence était tout.

De retour à Lindos, Harry alla directement dans la villa. Il monta dans la chambre de Heather et empaqueta ses affaires dans le sac à dos le plus soigneusement possible. Fais-le bien mais vite, se dit-il, ne pense pas au sens que cela peut avoir. Il téléphona à Dysart pour lui annoncer son départ mais il tomba sur le répondeur de son appartement londonien et décida de rappeler le lendemain, puis il retourna chez lui et commença à faire ses bagages, tâches pratiques et nécessaires du dernier jour d'un exil qu'il avait cru pouvoir prolonger toute sa vie.

– Pourquoi est-ce que tu veux retourner là-bas? demanda Kostas quand Harry lui fit part de sa décision.

– C'est mon pays.

– Tu es trop vieux pour rentrer, Hari.

– On n'est jamais trop vieux.

A ces mots, Kostas se référa à ce qu'il pensait le mieux connaître de l'Angleterre bien qu'il n'y fût jamais allé : le temps.

– *Vrehi poli.*

– On s'habitue.

– *Kani krio.*

– La question est : est-ce que tu veux bien m'emmener demain à l'aéroport?

Mais Kostas n'avait pas encore abandonné la partie.

– Tu fais une bêtise, Hari. Une grosse bêtise.

Il a raison, songea Harry. Je fais une bêtise, peut-être la plus grosse de ma vie.

– Tu veux bien m'emmener à l'aéroport?

– Tu le regretteras, mais alors ce sera trop tard.

– C'est ma vie.

– Tu t'en voudras de ne pas m'avoir écouté.

– C'est bien possible.

– Tu ferais mieux de rester.

– Tu m'emmèneras à l'aéroport, oui ou non?

Kostas plissa les yeux et regarda un point droit devant lui.

– *Ti ora fevgi to aeroplano?*

C'était sa façon de dire oui.

Harry rappela Dysart. Il tomba de nouveau sur sa voix enregistrée. Cette fois, il bredouilla un message embrouillé.

Au moment où il allait quitter la villa, il crut entendre un bruit à l'étage au-dessus, comme un clapotis ou un bruissement. Il s'immobilisa au pied de l'escalier et écouta attentivement. Tout était silencieux. Ses oreilles ou ses nerfs avaient dû le tromper. Il s'apprêta à partir.

Au même instant, il perçut de nouveau le même bruit. Cette fois, il en était sûr. C'était un bruit d'eau, au-dessus de lui, à l'intérieur de la villa. Le sang battant à ses tempes, il gravit doucement l'escalier. Dehors, le jour baissait rapidement. C'était cette heure entre chien et loup pendant laquelle on ne peut se fier à rien.

Il entendit un ruissellement puis un bruit d'eau qui tombe en cascade comme si quelqu'un sortait du bain. Une sorte d'ombre liquide frissonna au plafond. Etait-ce un message ou une rencontre prédestinée? Point n'était besoin d'aller plus loin. Il n'était pas nécessaire d'y croire, pas nécessaire non plus, à présent qu'il était arrivé en haut des marches, de tourner la tête et de regarder le long du couloir en direction de la porte ouverte de la salle de bains.

Heather, nue, sortait de la baignoire en passant ses mains dans ses cheveux; l'eau coulait sur son corps en épousant chacune de ses courbes, gouttant des coudes et des genoux, dessinant des colliers de perles transparentes sur ses seins et ses hanches. Une peau claire, des mystères offerts et un sourire aussi froid que le marbre.

« *Ne t'inquiète pas. Je resterai sur le chemin. Et je ne serai pas longue. Je ne peux plus faire demi-tour, maintenant, tu comprends ?* »

Harry tendit le bras et arrêta la sonnerie du réveil qui avait dissipé son rêve. Il ne savait pas s'il avait réellement entendu quelque chose en quittant la villa la nuit dernière : il n'était pas resté pour vérifier.

Il était 5 heures du matin et il faisait nuit noire en ce dernier jour de novembre. L'heure du départ avait sonné. Il était temps de réveiller Kostas et de prendre l'avion pour l'Angleterre, temps de mettre fin à une rêverie qui durait depuis neuf ans et de se mettre pour de bon à la recherche de Heather. Harry se leva avec un brusque sentiment d'exaltation.

12

Ce n'est qu'une fois installé dans l'avion que Harry commença à prendre conscience de ce qu'il avait fait. Deux Grecs près de lui parlaient de politique. De l'autre côté de l'allée, deux Anglais jonglaient avec des chiffres d'affaires. Les Alpes glissaient majestueusement au-dessous. Harry, qui sirotait du gin détaxé en contemplant le décor en plastique de l'avion et les sourires artificiels des hôtesses, se sentait peu à peu envahi par une forte impression d'étrangeté. La vitesse n'était qu'une fiction sur un cadran à affichage numérique, une procession de paysages couverts de neige. Il n'allait nulle part, encore moins chez lui. C'était trop rapide, trop facile.

Pourtant, moins de deux heures plus tard qu'il n'avait pas vu passer, il attendait ses bagages près d'un tapis roulant à l'aéroport d'Heathrow, dégrisé par la saleté et le bruit, les idées brouillées par la brièveté de son voyage. Nom de Dieu, Kostas avait raison, se dit-il, il y a des exils qui ne devraient jamais finir.

Avec le sac de Heather sur le dos, sa valise dans une main et un sac en plastique d'une boutique hors taxe dans l'autre, Harry, déboussolé, passa à la douane puis il traversa le chaos synthétique des magasins, des escalators, des snack-bars et des tapis roulants, clignant les yeux à cause des enseignes trop brillamment éclairées, stupéfait à la vue de la cohue grouillante de ses compatriotes. Etait-ce cela l'Angleterre? se demanda-t-il. Comment avait-il pu oublier ce à quoi ressemblait son pays? Comment avait-il pu supposer qu'il s'y sentirait chez lui?

Il fit la queue pour changer ses drachmes en livres sterling.

Puis il fit la queue afin d'acheter un ticket de métro pour Paddington. Dans le wagon, il remarqua tout à coup que le passager à sa gauche lisait un journal arabe, celui de droite un guide de Londres en allemand et que les deux jeunes gens en face de lui se parlaient dans une langue qui ressemblait au suédois. Harry regarda l'emblème bleu et rouge du métro apposé sur le carreau entre les têtes des deux jeunes gens et essaya de se rappeler à quoi ressemblait l'Angleterre neuf ans plus tôt. Non, ce n'était pas mieux à cette époque, se dit-il en conclusion, ni tellement différent. Sa réaction était simplement celle d'un homme tiré brutalement de la torpeur engourdissant Lindos en dehors de la saison. Il ferma les yeux, avec l'intense désir de voir au moment où il les rouvrirait un ciel immuablement bleu.

Le bruit d'un moteur qui s'arrête, un courant d'air et la lumière jaunâtre du jour le réveillèrent. Il sortit en titubant sur le quai et lut le nom de la station : Cockfosters. C'était le terminus. Puis il se rendit compte qu'il lui manquait quelque chose. S'être endormi était déjà suffisamment ennuyeux comme ça, sans se faire voler en plus les bouteilles de gin et de retsina qu'il avait achetées dans l'avion! Il décocha un coup de pied dans le socle d'un banc en plastique et marmonna entre ses dents : Bienvenue dans ta patrie, Harry.

8 heures du soir n'était pas la fin d'après-midi. Harry en était tout à fait conscient. Il savait aussi que, s'il avait voulu mettre sa mère de mauvaise humeur, il ne s'y serait pas pris autrement : se présenter à sa porte avec plusieurs heures de retard et soûl. Comme il descendait Station Road, dans Swindon, en s'efforçant sans succès de marcher droit, il se demanda pourquoi il avait fait une telle bêtise. La faute, se dit-il, en était à l'ouverture des pubs toute la journée, et aussi à l'excellence de la bière anglaise, un des bons côtés de sa terre natale que le passage du temps n'avait pas altérés. C'était peut-être le seul comme il s'était plu à le répéter à qui voulait l'entendre dans les pubs où il avait passé l'après-midi.

Le haut mur d'enceinte de l'atelier de construction des chemins de fer se trouvait toujours là, sur la droite, et il en tira une sombre consolation. Sa mère lui avait parlé dans une de ses lettres de la fermeture de l'usine mais il n'en voyait aucun signe. L'entrée principale, fermée à cette heure bien sûr, n'avait pas changé, et de l'autre côté de la rue, se dressait la masse rassurante de l'Institut de la mécanique, où enfant, il s'était égosillé devant les spectacles de Noël. Traversant Emlyn Square et résistant à l'envie d'entrer au Glue Pot en souvenir de l'ancien temps, il dirigea ses pas vers la demeure familiale.

Falmouth Street s'étalait sans vie sous ses yeux. Il y avait des lumières aux fenêtres mais dehors, pas âme qui vive. Harry descendit sur la chaussée et marcha au milieu de la rue, écoutant résonner le bruit de ses pas, jetant des regards à droite et à gauche, énumérant mentalement le nom des occupants de chacune des maisons qui habitaient là au moment où il habitait à Swindon. Lorsqu'il était écolier, il avait écrit un poème où figuraient leurs noms à tous. Il n'y avait pas de rimes bien sûr, mais la scansion était assez bonne.

Soudain, il se trouva devant le numéro 37. Il posa sa valise et chercha instinctivement la clef dans sa poche. A cet instant, il se souvint de toutes les fois, toutes les centaines de fois où il avait fait ce geste : en uniforme d'écolier ; en costume de fonctionnaire ; en veste de sport le dimanche ; dans son uniforme de la Royal Air Force au cours de ses permissions. Il glissa la clef dans la serrure. Il était chez lui. Là d'où l'on part, comme dit le poète. Il était de retour de l'école avec du temps devant lui pour faire du thé avant que sa mère ne rentre de la blanchisserie, de retour du bureau avec un verre dans le nez, de retour d'un terrain d'aviation battu des vents dans le Lincolnshire en compagnie du peu recommandable Chipchase. Au moment où il poussa la porte, il revenait de partout à la fois, à toutes les époques de sa vie mais le battant heurtant la chaîne de sécurité l'empêcha d'entrer.

– Je ne peux pas prendre de risques à mon âge, Harold. Il y a des gens bizarres de nos jours. Mais tu as l'air en forme, dis-moi. Le soleil a blanchi tes cheveux. Cela te donne l'air plus... sérieux.

– Plus vieux, maman.

Elle leva la main et lui pinça la joue.

– Si tu es vieux, qu'est-ce que je suis ? Une antiquité ? Bon, défais-toi pendant que je vais chercher le repas. C'est dans le four depuis deux heures alors je ne sais pas si tu vas beaucoup te régaler.

– Je t'avais dit de ne rien faire, dit-il comme elle s'en allait d'un pas lourd vers la cuisine.

– Assieds-toi, dit-elle d'une voix qui se mêlait à présent à un bruit de casseroles et d'assiettes. J'ai mis le couvert.

Harry se soumit humblement. C'était la même vieille table anglaise; les mêmes chaises utilitaires, toutes simples; les mêmes couverts en métal argenté; les mêmes sets de table des évêchés de l'Angleterre : il se demanda si Rochester avait beaucoup changé. Le chauffage au gaz grésillait comme autrefois derrière lui. L'odeur de la cuisine de sa mère, saine, simple et unique monta à ses narines comme un souvenir depuis longtemps oublié.

Bravement, il reprit plusieurs fois du ragoût congelé pendant que sa mère buvait du thé et cherchait les signes prouvant qu'il s'était laissé aller, ce dont elle ne doutait pas évidemment. Elle ne fit pas allusion à son haleine qui empestait la bière, ce qui était de sa part une concession d'importance, ni à la raison de son départ à Rhodes, ce qui était sa manière habituelle de traiter tous les événements « déplaisants ». Harry de son côté était surpris de la trouver aussi alerte. Il ne l'avait pas revue depuis son bref séjour à Rhodes trois ans plus tôt, en été. Il l'avait trouvée très affaiblie à ce moment-là mais il songea qu'elle avait peut-être simplement souffert d'une fatigue passagère due à la chaleur.

Contrairement à ce qu'avait cru Harry, l'atelier de construction des chemins de fer avait bien fermé ses portes, il y avait déjà plusieurs mois de cela. « On a démoli l'atelier où ton cher père a été tué. » « D'après l'*Advertiser* », l'Institut de la mécanique devait laisser la place à un hôtel de luxe. Et le conseil municipal voulait vendre le terrain à un propriétaire (« sans nous consulter »), ce qu'elle prenait pour un affront personnel. Elle avait vécu toute sa vie dans le quartier des cheminots. Elle était née au coin d'Exeter Street et, jeune mariée, cinquante-six ans plus tôt, elle avait déménagé à Falmouth Street et n'en était jamais partie. Maintenant qu'elle était vieille, « un propriétaire sans scrupule » allait la mettre à la porte. Harry essaya de se montrer rassurant bien qu'il n'eût aucune bonne raison de l'être.

En emportant les assiettes, elle remarqua les bagages dans le couloir.

– C'est ta valise, Harold?

– Oui, maman.

– Et ton sac à dos?

– Euh... non.

– C'est à qui, alors?

Il se racla la gorge.

– C'est le sac de Heather Mallender.

Elle revint dans la pièce et le dévisagea.

– Il contient toutes ses affaires. J'ai l'intention de les rapporter à ses parents.

Elle revint avec les assiettes, les posa sur la table, s'assit et planta droit ses yeux dans ceux de Harry d'un air résolu. Reconnaissant les signes d'une déclaration imminente du type « Je te le dis une bonne fois pour toutes », il garda le silence.

– Je te le dis une bonne fois pour toutes, Harold. Je suis certaine, absolument certaine, que ce qu'on a écrit dans certains journaux est faux. *The Courier* a été le pire de tous mais je veux que tu saches que je prendrai toujours ta défense. Maintenant, ça suffit. Je ne reviendrai pas là-dessus.

Sur ce, elle repartit d'un air affairé dans la cuisine.

The Courier, le torchon pour lequel Minter travaillait ? Il se leva et partit à la recherche de sa mère dans la cuisine.

– Qu'est-ce qu'ils ont dit dans *The Courier*, maman ?

– Je n'ai jamais acheté ce journal, dit-elle. Tu crois peut-être que je peux dépenser cinquante pence tous les dimanches pour du papier ?

– Qu'est-ce qu'ils ont dit ?

– Je n'en aurais rien su si Joan Tipper n'avait pas tellement insisté pour me le montrer. Tu peux être sûr qu'elle a regretté d'avoir voulu m'embêter.

– Qu'est-ce qu'ils ont dit ?

– Je ne me le rappelle pas.

– Allez, maman.

Abandonnant l'évier un moment, elle se retourna et le regarda en face.

– Je te l'ai déjà dit et je suis très sérieuse : je ne parlerai plus de cette histoire. J'ai dit tout ce que j'avais à dire. Maintenant, va t'asseoir, je vais t'apporter le dessert.

– Il y a un dessert ?

– Un pudding, bien sûr.

Oui, bien sûr ! Harry battit en retraite. Il n'essaya pas d'aider sa mère à débarrasser ni à faire la vaisselle ; il la connaissait trop bien pour ça. La laissant à ses occupations domestiques, il entra d'un pas pesant dans le petit salon. Il se sentait fourbu et l'estomac lourd. Il alluma la télévision puis retourna dans le couloir, marcha jusqu'à la rangée de patères où sa veste était suspendue et sortit de la poche tournée contre le mur la petite bouteille de whisky qu'il s'était achetée avant de quitter

Londres. Il savait qu'il n'en trouverait pas chez sa mère qui n'avait à offrir que du xérès qu'elle continuait à faire elle-même.

De retour dans le petit salon, Harry vit sur l'écran enfin allumé les images d'un studio de télévision ouvert au public où se déroulait un débat politique. Il estima que c'était aussi bien qu'autre chose et chercha les verres mais ils ne se trouvaient pas à leur place habituelle, ou plutôt le meuble dans lequel ils étaient rangés d'habitude avait disparu. Cherchant son nouvel emplacement, Harry remarqua une serviette ouverte à côté du fauteuil de sa mère. Du papier à en-tête de l'école publique était visible sur le dessus. Sa curiosité éveillée, il s'agenouilla près de la serviette et souleva le rabat. Comme il l'avait déjà deviné, les lettres S.R.B. étaient frappées sur le cuir craquelé. C'était la vieille serviette de son père, dépositaire du plus loin qu'il remontât dans ses souvenirs des papiers de la famille. Harry sourit. Prévenue de son arrivée, sa mère avait dû aller la chercher dans sa chambre pour regarder les documents se rapportant à l'enfance de son fils. Il y avait ses bulletins scolaires attachés ensemble et classés par ordre chronologique, et aussi son certificat de baptême : Eglise St. Mark, septembre 1935. « Tu as crié du début à la fin. » Et aussi...

L'*Evening Advertiser* du samedi 22 mars 1947. Harry souleva le journal jauni, le déplia et lut le récit du seul petit moment de gloire dans sa vie :

« Un bébé abandonné a été sauvé par un écolier de Swindon. Il était un peu plus de 4 heures quand Harold Barnett, onze ans, habitant 37 Falmouth Street, rentrait chez lui après l'école. Posté dans le cimetière de l'église de St. Mark pour regarder passer les trains, il remarqua une boîte en carton sur la voie ferrée à environ huit cents mètres de la gare de Swindon. Comprenant ce que contenait la boîte au moment où un express à destination de Cardiff sortait de la gare et prenait rapidement de la vitesse, le jeune Harold fit preuve d'une remarquable présence d'esprit : il se glissa à travers une brèche dans la clôture du cimetière et courut ramasser la boîte et son contenu sans défense, évitant de justesse une tragédie. Le bébé, âgé de quelques jours seulement, se porte bien et se trouve maintenant à l'hôpital de Victoria. La police a lancé un appel pour que sa mère vienne le chercher le plus vite possible. On pense que le bébé a dû être jeté d'un train ou placé délibérément sur la voie

dans un but criminel. Les policiers ont félicité le jeune Harold et l'ont décrit comme " un garçon courageux et débrouillard, à l'esprit vif, qui fait honneur à son école et à sa famille ". »

Que s'était-il passé ensuite? se demanda Harry. A quel moment et pour quelle raison avait-il perdu son esprit vif, sa débrouillardise et sa présence d'esprit? Car il avait bien fallu qu'il les perde quelque part en chemin sinon il n'aurait jamais quitté l'école pour devenir employé de bureau; il n'aurait pas présidé à la faillite de Barnchase Motors; il n'aurait pas laissé Roy Mallender se jouer de lui. A cette pensée, un tiraillement douloureux lui vrilla les côtes et il se mit debout avec peine. Soudain la voix d'Alan Dysart se mêla aux réflexions amères de Harry. Se retournant, il le vit sur l'écran de télévision. Assis dans un fauteuil pivotant entre deux politiciens apparemment de familles politiques différentes, il expliquait avec son aisance coutumière la position du gouvernement sur une question d'actualité.

« J'ai écouté les remarques de Denis Rodway avec beaucoup d'attention et d'intérêt, disait-il, sur le ton à fois mordant et indolent qui lui était si particulier. Je suis convaincu que tous ceux qui ont comme moi la sécurité de leur pays à cœur lui seront reconnaissants de nous rappeler de façon aussi magistrale toutes les raisons pour lesquelles nous devons éviter à tout prix que son parti soit un jour en mesure d'imposer sa politique à la nation. Nous crions moins fort mais nous pensons plus loin que Denis et la plupart de ses collègues. Nous sommes persuadés que le patriotisme n'est ni démodé ni déshonorant. En fait... »

Des applaudissements crépitèrent dans les rangs du public obligeant Dysart à se taire. Il se renversa légèrement dans son fauteuil et inclina la tête. Il ne sourit pas mais ne se défendit pas. Sa réaction mesurée était un compromis réussi entre la fierté et l'humilité. Rodway, du moins celui que Harry prenait pour Rodway, laissa percer son ressentiment. Dysart n'avait rien à prouver ni à nier. Héros de guerre, cible des terroristes, penseur lucide, dialecticien passé maître dans l'art de la discussion, honnête, élégant, patriote, il était tout cela et ses opposants ne pouvaient le nier.

Harry se laissa tomber dans le fauteuil et il but une rasade de whisky à même le goulot de la bouteille. Quel était le secret du succès de Dysart? D'avoir reçu une fortune en héritage? C'était incontestablement un atout. La chance? Cela devait aussi entrer en ligne de compte. Ou bien était-ce autre chose encore? Quoi que cela puisse être, Harry n'en avait pas reçu sa part ou alors il l'avait gaspillée. Le triste record de sa vie s'accordait mal avec l'esprit vif, la débrouillardise et la présence d'esprit. Et le courage? Il porta un toast silencieux en souhaitant pouvoir ranimer le peu qui lui en restait peut-être.

13

A l'endroit où se dressait autrefois un atelier, il n'y avait plus qu'un amas de décombres légèrement fumants. Dans la grisaille d'une matinée froide, Harry contemplait ce triste spectacle depuis l'entrée située dans Rodbourne Road. Il avait du mal à croire que cette sombre et vaste construction, indissolublement liée à la vie de la ville, ait pu disparaître ainsi du jour au lendemain.

De l'autre côté de la rue, l'atelier de chaudronnerie était toujours là, mais il était désert et cerné par les mauvaises herbes, conscient, semblait-il, du sort qui l'attendait. Quant aux ouvriers, coiffés de casquette et en bleu de travail qui bloquaient la circulation quand ils s'engouffraient en flots continus, à pied ou à vélo, à travers les grilles, plus jamais ils ne reviendraient.

Déprimé par l'importance des changements intervenus dans sa ville natale, Harry repartit vers le centre. Les voitures et les camions semblaient venir de partout à la fois, dégageant un bruit et une fumée tels qu'il s'étonnait que les résidants les tolèrent. Et dire qu'il s'était plaint de quelques motocyclettes à Lindos ! Kostas avait raison : il ne connaissait pas son bonheur.

Le centre Brunel offrait un abri contre la circulation, mais à quel prix ! Les trottoirs étaient obstrués par les gens qui faisaient leurs achats pour Noël, les chants de Noël électroniques augmentaient le tumulte de la rue et Harry avait du mal à s'orienter entre les queues qui se formaient devant les boutiques. Au coin d'une rue, un vieil homme desséché jouait un concertino, presque inaudible à cause d'un tintement synthétique de cloches de traîneaux, à proximité. Persuadé sans raison logique qu'il s'agissait d'un ancien ouvrier de l'atelier de construction mécanique, Harry laissa tomber une pièce de cinquante pence dans son chapeau avec un regard amical qui resta ignoré du vieillard.

Harry voulait se rendre à la bibliothèque municipale qui se trouvait au sud de la ville, mais quand il émergea enfin de la masse des piétons, il comprit qu'il s'était dirigé vers l'est. Devant lui, se dressait une chose dont sa mère lui avait parlé au petit déjeuner mais qu'il avait eu du mal à se représenter. *Les Blondinis* étaient une statue en bronze de deux trapézistes, un homme et une femme, d'environ trois mètres de haut. L'homme semblait s'avancer sur une corde raide : la femme assise sur ses épaules tenait une ombrelle à pois posée en équilibre sur son front. Ils étaient vêtus tous deux de collants roses et d'un justaucorps jaune. Harry supposa qu'ils avaient dû être fondus dans la fonderie de l'usine en guise d'adieu juste avant la fermeture.

Il devait être perdu dans la contemplation de cette statue depuis un petit moment déjà quand il entendit une voix de femme juste derrière lui.

– Harry ?

Il se retourna.

– Mais oui, ça alors, c'est Harry. Ma parole, je ne rêve pas.

Il ne la reconnut pas tout de suite. C'était une femme d'une quarantaine d'années essayant avec un certain succès d'en paraître dix de moins, sanglée dans un tailleur à rayures roses et un chemisier blanc à volants, savamment maquillée, avec des cheveux blonds bouclés, le parfait look de la femme d'affaires ultra-sophistiquée. Mais cette voix ? Elle lui était familière et jurait avec le reste. C'était la voix de Jackie Fleetwood, la secrétaire en éternelle minijupe qui avait été la maîtresse de Barry Chipchase avant de devenir sa femme puis sa complice.

– J'ai entendu parler de toi dans les journaux, Harry. Alors comme ça, on a été un vilain garçon ? Si tu me racontais tout ça devant une tasse de café ?

Pourquoi était-il incapable de raviver la colère qui le dévorait seize ans plus tôt, Harry l'ignorait. Pourtant, il avait bien devant lui, enveloppée de parfum Chanel, Jackie Oliver, anciennement Chipchase et plus anciennement encore Fleetwood, qui avait disparu de Swindon avec Barry au cours de l'été 1972, le laissant seul face aux créanciers. Harry, qui avait imaginé les pires châtiments pour ceux qui l'avaient lâchement laissé tomber, ne savait pas s'il devait rire ou pleurer, applaudir devant tant d'impudence ou réclamer des excuses.

Jackie s'assit en face de lui dans un coin, à une petite table, sous la lumière crue du café. Ses jambes croisées très haut laissaient voir plusieurs centimètres de cuisses bien faites, gainées de bas extra-fins. Elle sirotait un capuccino et fumait des cigarettes extra-longues en se débrouillant pour qu'il ait constamment sous les yeux sa bague de fiançailles incrustée de diamants. Toute son attitude était celle d'une femme s'attendant à ce que ses formes épanouies et son aisance lui épargnent les récriminations à défaut de commander l'admiration.

– J'ai plaqué Barry dès que j'ai compris qu'il ne pouvait pas s'empêcher de peloter les *senoritas*. J'ai tenu un magasin franchisé à Benidorm pendant quelques années puis je suis rentrée en Angleterre. J'ai épousé Tony en 83 et, quand il a cherché à s'installer, j'ai pensé tout naturellement à ma ville natale. Je travaille pour mon compte maintenant : j'ai ouvert un salon de coiffure : Jacoranda Coiffure. C'est juste au coin. Tu l'as peut-être vu ?

– Non, je ne crois pas.

– Tu ne veux pas venir faire un essai ? Une coupe ne te ferait pas de mal et ce serait aux frais de la maison. En souvenir du bon vieux temps, hein ?

Elle lui décocha un grand sourire peint en rouge et il se surprit à essayer de se rappeler si elle avait les dents aussi blanches et régulières le jour où elle était entrée en minaudant dans sa vie.

– Non, je ne crois pas que j'irai, mais merci quand même.

– Comme tu veux. Au fait... (Elle se pencha en avant, laissant voir la naissance de ses seins dans l'échancrure du chemisier boutonné avec insouciance.) Est-ce que tu as vu Al hier soir à la télé ?

– Al ?

– Alan Dysart. Il est d'une beauté diabolique, tu ne trouves pas ?

– On peut dire ça, oui.

– Si seulement il y a vingt ans, j'avais su qu'il allait devenir une sommité de ce pays...

Il y avait comme un regret dans son regard, le regret, supposa Harry, d'avoir choisi le mauvais cheval à Barnchase Motors.

– C'est drôle, hein? poursuivit-elle. Tous ceux qui ont travaillé à Barnchase Motors ont fini par s'en sortir, sauf...

– Moi, tu veux dire?

Elle sourit.

– Si tu le dis, Harry. Mais je ne crois pas que tu as fait tout ce qu'on a raconté dans les journaux. Après tout, avec moi, tu n'as jamais essayé.

– Non, Jackie, jamais.

Et ce n'est pas faute d'y avoir été invité, ajouta-t-il à part lui.

Le regard de Jackie insinua qu'il n'aurait pas été déçu s'il avait tenté sa chance, puis elle s'adossa contre sa chaise et exhala la fumée de sa cigarette.

– Est-ce qu'ils ont quelque chose contre toi au *Courier*? demanda-t-elle.

– Pas que je sache.

– Ah, je croyais, vu ce qu'ils ont écrit sur toi l'autre jour.

– Qu'est-ce qu'ils ont dit?

– Tu ne l'as pas lu?

– Non.

Marquant sa surprise, ses sourcils se relevèrent.

– Vraiment? (Puis elle regarda sa montre en or.) Mon Dieu, il est déjà aussi tard? Il faut que je file.

Harry qui avait décidé qu'il préférait rester seul ne fit pas mine de vouloir terminer son café. Jackie se leva, elle ouvrit son sac à main et en sortit un billet de cinq livres qu'elle glissa sous la soucoupe.

– C'est moi qui t'invite, dit-elle.

Harry écouta le claquement de ses talons hauts décroître en direction de la porte et regarda se dissiper la fumée de sa cigarette. Il sentait qu'il aurait mieux valu qu'ils parlent franchement du passé ou alors qu'ils fassent semblant de ne pas se reconnaître. Rien ne pouvait être pire que de se rendre compte qu'il était incapable d'exprimer une rancœur justifiée et que même Jackie Fleetwood se croyait obligée de lui faire l'aumône.

A la bibliothèque de Swindon, dans la salle des ouvrages à consulter, Harry trouva ce que tout le monde à part lui semblait avoir déjà lu sur son compte. En page cinq du *Courier* du dimanche 20 novembre, figurait un article titré L'ESPOIR DE RETROUVER LA JEUNE ANGLAISE DISPARUE SUR UNE ILE GRECQUE DIMINUE DE JOUR EN JOUR, signé Jonathan Minter :

« C'est long une semaine en politique, mais quand on recherche une personne disparue, c'est une éternité. La jeune institutrice Heather Mallender passait ses vacances à Rhodes dans la villa que lui avait obligeamment prêtée Alan Dysart, député et sous-secrétaire d'Etat à la Défense, quand elle a mystérieusement disparu sans laisser de trace sur l'un des massifs montagneux à l'intérieur de l'île, le 11 novembre, et on peut craindre qu'elle ne soit destinée à rejoindre les rangs de tous ceux qu'on n'a jamais retrouvés. Pendant ce temps, la seule personne susceptible d'apporter des renseignements précieux pour nous permettre de comprendre ce qui est arrivé à Heather Mallender, l'homme à tout faire d'Alan Dysart, Harry Barnett, cinquante-cinq ans, ne lève pas le petit doigt pour faciliter les recherches. La semaine dernière, à Rhodes, j'ai parlé avec Barnett, dans le café où il passe la plupart de son temps. Il m'a donné l'impression d'un homme plus soucieux de ne pas se compromettre que d'aider ceux qui n'ont pas abandonné l'espoir de retrouver la jeune fille dont il se prétend l'ami. S'il est réticent à parler de ce qui s'est passé quand il est parti en voiture avec Mlle Mallender l'après-midi où elle a disparu, il est moins désireux encore de parler de son passé peu reluisant ou de ses activités actuelles plus ou moins suspectes. Bref, Harry Barnett est un homme qui a beaucoup de choses à cacher... »

Harry replia le journal. Il n'avait pas besoin d'en lire davantage. D'ailleurs, il ne l'aurait pas supporté. Les inexactitudes n'étaient pas ce qui lui faisait le plus mal. Elles étaient inévitables. Non, ce qui le piquait au vif, c'était plutôt les traits du genre : « Un homme qui a beaucoup à cacher » ; « Plus soucieux de ne pas se compromettre ». Etait-ce réellement ce que Minter pensait de lui ? Harry ne pouvait pas le croire. Mais pour quelle raison l'aurait-il noirci délibérément ?

Pendant tout le chemin qu'il dut parcourir pour aller de sa table au bureau de la bibliothécaire puis jusqu'à la sortie, Harry sentit tous les regards fixés sur lui. Il avait le sentiment que tout le monde savait qui il était et pourquoi il avait demandé *The Courier* du 20 novembre. C'était absurde, bien sûr, parce que sa photo n'était pas dans le journal et que personne à Swindon, excepté Jackie Oliver, n'aurait pu le reconnaître mais l'impression était plus forte que la logique. Au moment où il sortait de la bibliothèque en ressassant sombrement l'injustice de la vie, il faillit buter contre quelqu'un qui venait vers lui. A sa grande surprise, il reconnut Alan Dysart.

– Bonjour, Harry, dit Dysart qui sourit en lui donnant une tape sur l'épaule. Je ne croyais pas qu'on se reverrait si vite.

Harry fit un effort pour lui rendre son sourire.

– Moi non plus.

– Tu te demandes comment j'ai fait pour te trouver?

– Euh... oui.

– Je suis allé à Falmouth Street, bien sûr. Ta mère m'a dit qu'elle t'avait parlé de l'article du *Courier* et que cela t'avait remué, alors j'ai pensé que tu voudrais le lire. Je suis arrivé ici juste au moment où tu entrais.

Il eut un autre sourire puis ajouta :

– J'ai pensé qu'il valait mieux que j'attende un peu.

Dysart avait vraiment le don de prévoir les réactions des gens, songea Harry. Peut-être était-ce le secret d'un succès que Harry avait cherché en vain à percer la veille. Peut-être était-ce ce qui donnait à ses paroles et à ses actes cette insouciante assurance.

– J'ai réservé une table au Goddard Arms pour le déjeuner, poursuivit Dysart. Tu veux bien te joindre à moi?

Le Goddard Arms était un bon choix et un ironique retour des choses. C'était une auberge typiquement anglaise, à la façade couverte de lierre dans le vieux Swindon où Harry conduisait autrefois les plus gros clients de Barnchase. La roue avait tourné : aujourd'hui, Dysart invitait Harry qui n'avait plus les moyens de payer.

– Ma voiture est juste au coin. On peut y aller tout de suite, si tu veux.

Une fois de plus, Harry ne put résister à la générosité de Dysart.

Le serveur fit la grimace à la vue de l'allure débraillée de Harry, mais reconnaissant en Dysart une personnalité, il ne souleva pas d'objection. Une table fut rapidement dressée près de la fenêtre et, quelques minutes plus tard, Harry dégustait un chablis et savourait du saumon fumé, variante luxueuse de ses habitudes alimentaires.

– J'ai eu ton message, dit Dysart. Je ne te reproche pas d'avoir quitté Lindos. J'imagine que l'atmosphère devait y être devenue irrespirable.

– Oui.

Harry ne tenait pas à révéler la vraie raison de son départ.

– Je suis désolé de laisser la villa comme ça.

– Ne t'inquiète pas pour ça. Je suis sûr qu'on peut compter sur Kostas. Quand as-tu l'intention de retourner là-bas?

– A vrai dire, je n'en sais rien.

– Rien ne presse. Alors qu'est-ce que ça fait de revoir son pays?

– C'est difficile à dire. Je me sens un peu perdu. J'ai l'impression que l'Angleterre d'aujourd'hui n'est pas celle que j'ai quittée.

– Tu as raison, Harry, l'Angleterre a changé. Elle a fait un bond en avant prodigieux qui l'a menée bien plus loin que les neuf années écoulées. Tu as quitté l'Angleterre mal dégrossie de l'après-guerre et tu retrouves une entreprise de pointe sur un fond de culture high-tech. Personne ne t'avait prévenu?

Dysart souriait pour montrer qu'il se moquait de lui-même autant que de la confusion de Harry.

– Tu m'as vu à la télévision hier soir?

– Oui. je t'ai trouvé impressionnant. Comme toujours.

Dysart se pencha par-dessus la table et baissa la voix :

– Tu parles. J'ai été brillant, spirituel, savant. Mais c'est juste une question d'entraînement, Harry, rien de plus. Tout dans la tête, rien dans le cœur. Nous sommes devenus des publicitaires, tu ne t'en es pas aperçu?

– Des publicitaires?

– L'image est tout. McLuhan avait raison; le message est un moyen d'expression.

– Tu es sérieux? Et le patriotisme? Tu as dit hier soir...

– Que le patriotisme n'était ni démodé ni déshonorant? Une belle phrase, n'est-ce pas? La vérité, Harry, c'est que le patriotisme est une cage d'où l'oiseau s'est envolé depuis longtemps. Je ne me plains pas, cela m'a permis de devenir député, mais ne...

Dysart se tut. Il se laissa aller contre le dossier de sa chaise et observa un moment par la fenêtre l'animation de la grand-rue. Harry avait été plusieurs fois témoin de ces sortes d'absences qui survenaient chez Dysart quand il parlait de lui-même, comme s'il était mécontent de lui ou perdait momentanément confiance. Comme ces absences cessaient aussi brusquement qu'elles étaient apparues, Harry attendit patiemment que son compagnon retrouvât le fil de ses pensées.

– Mais laissons la politique, dit Dysart à la fin. Parlons plutôt de toi. Tu as dit sur mon répondeur que tu ne pouvais pas rester à Lindos en attendant que le temps fasse son œuvre et que tout le monde ait oublié Heather.

– Oui.

– J'espère que tu ne penses pas que j'ai encouragé ce processus en facilitant le retour de Roy. Comment va ta tête à ce propos ?

Harry sourit d'un air penaud.

– Bien. Je voulais te remercier...

Dysart leva la main.

– Je t'en prie. C'était le moins que je pouvais faire. Je me sentais plus ou moins responsable de ne pas avoir prévu la réaction de Roy.

Puis il regarda Harry d'un air interrogateur.

– J'espère que tu n'es pas revenu pour chercher à te venger.

Harry secoua la tête.

– Non, mais moins je verrai Roy Mallender, mieux je me porterai.

– Alors que comptes-tu faire pour qu'on n'oublie pas Heather ?

– La retrouver si je peux ou du moins, essayer d'apprendre ce qui lui est arrivé.

Dysart parut surpris, comme s'il découvrait chez Harry quelque chose qu'il ne s'attendait pas à trouver. Il sortit la bouteille de chablis du seau à glace, remplit leurs deux verres puis dit doucement :

– C'est pour cela que tu es rentré en Angleterre, Harry ? Tu espères pouvoir la retrouver ?

– Oui.

– Mais Heather a disparu à Rhodes. Pourquoi la chercher en Angleterre ? A moins que...

Il marqua une pause suffisamment longue pour laisser penser qu'il avait deviné pourquoi.

– A moins, bien sûr, que tu ne saches quelque chose que la police ignore, que tu aies un indice quelconque... quelque chose...

– Non, non, rien de tout ça.

Harry sourit et haussa les épaules mais il sentit qu'il n'avait pas réussi à donner le change. Il avait été trop prompt à répondre. Le regard pénétrant de Dysart n'allait plus le lâcher jusqu'à ce qu'il ait trouvé ce qu'il cherchait.

– Alors pourquoi commencer tes recherches en Angleterre?

C'était une bonne question. Harry sentit que sa réponse n'était pas convaincante.

– Parce que ses amis vivent en Angleterre. C'est ici que je pourrai parler avec ceux qui la connaissent le mieux.

Dysart se caressa le menton d'un air songeur.

– Qu'espères-tu apprendre d'eux?

– Dans quel état d'esprit elle est partie à Rhodes. Il est clair que je me suis fait une fausse idée d'elle.

– Tu le penses vraiment?

– Je croyais que ses problèmes psychologiques étaient du passé.

– Qu'est-ce qui te fait penser que ce n'était peut-être pas le cas?

– Cela pourrait expliquer qu'elle ait fait une fugue, non?

– S'il s'agit bien d'une fugue. Mais tu as raison, ce n'est pas impossible. Je lui ai proposé l'usage de la villa parce que je pensais qu'elle s'était enfin remise du choc que lui avait causé la mort de sa sœur. Je suppose que je me sentais responsable de ce qui était arrivé à Clare (ce qui entre nous soit dit est toujours le cas). Je voulais aider Heather à sortir de son deuil. Elle a dû regretter que je ne sois pas monté le premier à bord de l'*Artémis* ce matin-là, à la place de Clare, même si elle n'en a jamais rien dit. En tout cas, il m'a semblé que je devais lui apporter toute l'aide dont elle pouvait avoir besoin.

Dysart, jusqu'à ce jour, n'avait jamais parlé des circonstances de la mort de Clare Mallender. Cela n'avait pas surpris Harry car Dysart avait fait preuve de la même réserve à propos de ses rendez-vous manqués avec la mort dans l'Atlantique Sud. Pour une fois, il semblait désireux de sortir de son silence.

– Les survivants se sentent toujours un peu coupables. Sur le moment, tout va très vite. Plus tard, on revit les choses au ralenti en imaginant toutes les façons dont on aurait pu sauver ceux qui ont été tués ou empêcher l'accident. C'est une activité inutile mais inévitable. Heather voulait savoir dans le détail comment sa sœur est morte. Je lui ai tout raconté, ce qui était probablement une erreur de ma part. Cela a pu concourir à la déstabiliser.

« Cela a eu lieu en pleine campagne électorale. J'avais passé le dimanche à Tyler's Hard à écrire des discours pour la semaine suivante. Clare est arrivée de Londres en voiture le lundi matin pour que nous les revoyions ensemble. Nous devions déjeuner avec mon agent. Le dimanche, il avait fait beau, j'avais travaillé à bord de l'*Artémis*. Je pense mieux sur l'eau, c'est l'un de mes points faibles. Lorsque Clare est arrivée, à l'heure du petit déjeuner, je me suis souvenu que j'avais laissé mes papiers à bord. Elle est allée les chercher. Au moment de l'explosion, je me trouvais dans la cuisine avec Mme Diamond, la femme de ménage. L'*Artémis* a volé en éclats et la moitié du ponton avec. Clare a dû être tuée sur le coup, c'est la seule consolation. La bombe avait été fixée de façon à exploser au moment où la porte de la cabine s'ouvrirait. Si je m'étais souvenu plus tôt que j'avais laissé mes feuilles à bord ou si Clare n'avait pas proposé d'aller les chercher... La vie et la mort tiennent parfois à peu de chose.

« A mon avis, le vrai problème, c'est que, quand on commence à trop penser à notre vulnérabilité et au fait que nous sommes totalement dépendants du hasard, heureux ou malheureux, l'esprit est complètement déséquilibré. Heather n'a pas fait une dépression parce que la douleur d'avoir perdu sa sœur était insupportable ni même à cause des circonstances absurdes dans lesquelles Clare a trouvé la mort. A mon avis, elle n'a pas fait de dépression du tout. Je pense qu'elle a simplement cessé d'observer les conventions sociales qui régissent nos paroles et nos pensées. On dit souvent que la précarité de la vie rend tous les projets d'avenir dérisoires. Mais combien sommes-nous à nous en souvenir chaque jour ? Combien sommes-nous à penser que la mort n'est jamais très loin ? A vivre dans le présent, on se rend compte que c'est uniquement par vanité que nous jouons notre rôle jusqu'à la mort. Dans l'Atlantique Sud, j'ai vu de bons soldats en prendre conscience. Et Heather est passée par là, elle aussi. Le chemin pour sortir de cet état d'esprit est long et douloureux. Je croyais que Heather avait fait le voyage du retour, malheureusement...

– Elle a disparu sur le mont Prophitis Ilias ?

– Oui. Je ne suis pas un spécialiste de l'âme humaine. Pour savoir où en était Heather, il serait préférable que tu voies son psychiatre.

– C'était mon intention. Mais il y a peu de chances qu'il accepte de me livrer des informations confidentielles sur une de ses patientes et de plus, les Mallender ne voudront certainement pas me donner son nom.

Dysart sourit.

– Tu n'auras pas besoin de le leur demander. Il s'appelle Kingdom : Peter Kingdom. Il a un cabinet à Londres. Je ne connais pas son adresse mais Heather disait qu'elle allait le voir à Marylebone. Si tu penses que cela vaut la peine d'essayer, tu dois pouvoir trouver l'adresse dans l'annuaire.

Harry éprouva une pointe de ressentiment à l'idée que Heather s'était plus confiée à Dysart qu'à lui. Mais il n'était pas en position de donner libre cours à sa jalousie. Une fois de plus, il était redevable à Dysart.

– Oui, je crois que cela vaut la peine d'essayer, dit-il en affichant un sourire plein de gratitude. Je le contacterai le plus tôt possible.

Lorsqu'ils quittèrent le Goddard Arms, Dysart proposa à Harry de faire un tour dans la campagne. Harry s'étonna de ce qu'il n'ait pas de travail urgent qui l'appelle mais il ne protesta pas. Ils roulèrent vers le sud, traversèrent Wroughton et montèrent sur les collines de Marlborough. En haut de Barbury Hill, Dysart gara la voiture face à la route par laquelle ils étaient arrivés. La vallée du Cheval blanc s'étendait au-dessous d'eux et un vent vif couchait les touffes d'herbe que broutaient les moutons de l'autre côté du pare-brise. Harry, qui aurait nié énergiquement avoir un quelconque lien sentimental avec la nature, se sentit pourtant ému par ce tableau. C'était sans doute, songea-t-il, parce que les tours d'habitation de Swindon au loin représentaient pour le meilleur ou pour le pire son point d'attache dans le monde. Dysart qui n'était pas originaire de ce coin semblait néanmoins partager la même émotion.

– Pendant la guerre des Falklands, dit Alan, je rêvais à ce genre de paysage : une miniature de l'Angleterre dans des tons pastel. C'est le pire des dangers. Cela donne le mal du pays. Maintenant que je vis ici, je ne pense presque jamais à la beauté de cette campagne.

Il fit une pause puis reprit :

– Clare et Heather se promenaient ensemble sur la route des crêtes quand elles étaient étudiantes. Heather ne te l'a pas dit ?

– Non.

– Ce doit être la dernière chose qu'elles ont faite ensemble.

Il se tut un moment.

– Je pense que Heather se sentait inférieure à sa sœur. Clare était plus âgée, plus intelligente, elle avait mieux réussi. Elle donnait l'impression de lui être supérieure en tout. Elle avait pour elle le charme, l'intelligence, la beauté. Sans elle, je ne suis pas sûr que j'aurais été élu en 83. Une jeune institutrice devait se sentir intimidée et mal dans sa peau à côté d'une femme sportive, diplômée d'Oxford, qui avait devant elle un brillant avenir politique. A la mort de Clare, personne n'a dit : « Quel dommage que ce soit la plus douée des deux qui soit morte », mais Heather était persuadée que tout le monde le pensait, ce qui revenait au même.

– Tu penses que cela a été à l'origine de la dépression de Heather ?

– J'en suis sûr. A propos, tu t'es peut-être demandé à m'entendre chanter les louanges de Clare si elle n'était pas quelque chose de plus que mon assistante.

Harry se l'était demandé mais il n'était pas prêt à l'avouer.

– Je ne t'en voudrais pas de te poser la question. C'est assez fréquent dans le milieu politique. Mais ma relation avec Clare n'a jamais dévié du cadre professionnel.

Un silence s'installa. Dysart n'avait pas fait l'erreur de trop insister et Harry n'avait pas de raison de douter de ses paroles. Mme Dysart n'avait pas souvent accompagné son mari à Rhodes mais cela pouvait s'expliquer par le fait qu'elle n'aimait pas la voile. D'après ce que Harry savait, leur mariage avait résisté aux tensions de la vie politique et aux séparations imposées par la marine militaire. Harry avait été invité à leur mariage dans le Devonshire, dix-huit ans plus tôt, et il supposait qu'une union qui durait aussi longtemps était forcément stable. Il repensa à ce jour-là : une église de village, des officiers de marine et des auxiliaires féminines de la marine royale britannique en uniforme, l'aristocratie terrienne du comté portant une fleur à la boutonnière, une grande tente rose plantée dans le parc d'un manoir, du champagne coulant en abondance... Soudain, sur les franges obscures d'un petit coin de sa mémoire, quelque chose de familier, quelque chose d'important clignota imperceptiblement. Mais quoi ? Qu'avait-il vu ou entendu dont il aurait fallu qu'il se souvienne ? Comme il cherchait à se concentrer, Dysart reprit la parole et sa voix effaça tout.

– Je suis heureux que nous ayons pu avoir cette conversation, Harry. Je craignais de ne pas te voir car je pars ce soir aux Etats-Unis pour une réunion de l'O.T.A.N. Heureusement, mon avion part de Brize Norton, ce qui m'a permis de faire une halte à Swindon. Je serai absent une semaine. A mon retour, j'aimerais bien savoir ce que tu as pu tirer de Kingdom.

On aurait dit, pensa Harry, que Dysart ne cherchait pas seulement à l'aider mais le poussait dans une direction donnée. Il ne savait plus avec certitude lequel des deux avait le premier suggéré d'aller voir Kingdom.

– Tu l'as déjà rencontré? demanda Harry d'une voix neutre.

– Oui, en passant, seulement je préfère garder mes impressions pour moi afin de ne pas t'influencer. Je me souviens que nous ne partageons pas les mêmes idées politiques, mais cela ne l'empêche pas forcément d'être un bon psychiatre.

Dysart eut un léger sourire.

– Au fait, Harry, tu es en fonds en ce moment?

Ce n'était pas dit explicitement mais Harry comprit que Dysart était prêt à lui proposer de l'argent.

– Je suis solvable, merci.

– Si tu as besoin d'un prêt, n'hésite pas à m'en parler.

– Non, ça va.

– Les amis servent à cela. Je suis riche et l'argent est aussi bien entre tes mains que dans celles de mon comptable.

– Même si...

Dysart leva la main pour montrer qu'il comprenait la répugnance de Harry.

– Je ne te presse pas. Si tu as besoin de quoi que ce soit, tu sais que tu peux faire appel à moi, c'est tout.

Il jeta un coup d'œil à sa montre.

– Il est temps que j'y aille.

Ils redescendirent la colline en silence, bercés par le ronronnement de la Daimler glissant sur les petites routes en direction de Swindon. Harry songea que son retour en Angleterre avait le mérite de clarifier sa relation avec Dysart. Harry était sa mascotte; il lui rappelait des temps moins glorieux et lui donnait à voir ce que devient un homme quand il n'a pas de chance, pas d'argent et pas de talent. Harry avait vu un jour un film dans lequel un général victorieux, de retour à Rome, conduisait ses légions à travers les rues. Comme le général saluait de son char la foule qui l'acclamait, un homme insignifiant vêtu d'une tunique en crin de cheval, debout à son côté, lui murmurait à l'oreille : « Souviens-toi que tu n'es qu'un homme, tu n'es pas immortel ; tu n'es pas infaillible, tu es un homme comme les autres. » Harry comprit que c'était le rôle qu'il jouait dans le triomphe à la romaine d'un Dysart couvert de lauriers. Il servait à rappeler à cet homme qui allait de succès en succès qu'un échec était toujours possible.

Comme ils dévalaient la route humide entre des champs gris-vert au-dessus desquels battaient des ailes des freux noirs, Harry regarda son reflet dans le pare-brise. Ce qu'il voyait et reconnaissait sans plaisir était le visage de l'homme qu'il n'était plus : le gardien porté sur la bouteille de la villa ton Navarkhon n'existait plus. Harold Mosley Barnett s'était remis en marche vers ce qu'il était destiné à devenir.

14

En quittant Swindon le lendemain, Harry se contenta de dire à sa mère qu'il allait à Weymouth pour remettre aux Mallender les affaires de leur fille et qu'il resterait peut-être absent un jour ou deux. Il préférait ne pas parler de ce qu'il attendait de ce voyage car il ne le savait pas bien lui-même.

Il arriva à Londres à 10 heures du matin par un temps froid et humide. Il trouva l'adresse du docteur Kingdom dans l'annuaire comme Dysart l'avait prévu. De la gare de Paddington, ce n'était pas trop loin; il pouvait y aller à pied. Les fenêtres du cabinet situé au premier étage donnaient sur Crawford Street. La plaque en cuivre du médecin apposée à côté de la porte était éclipsée par les insignes en platine d'une société commerciale du Moyen-Orient qui avait ses bureaux au rez-de-chaussée. Au premier étage, la salle d'attente était vide mais, dans une pièce adjacente, Harry trouva une secrétaire qui tapait à la machine un enregistrement sur cassette.

– Excusez-moi. Pourrais-je voir le docteur Kingdom?

La secrétaire était une jeune femme asiatique, élégante et l'air un rien condescendant. Après un silence calculé, elle enleva son casque et le considéra de ses grands yeux noirs que ses lunettes faisaient paraître plus grands encore.

– Vous n'avez pas rendez-vous, dit-elle.

C'était plus une constatation qu'une question, et la légère contraction des sourcils insinuait qu'étant donné son apparence miteuse, il ne devait pas avoir les moyens de payer les honoraires du médecin.

– Oui, je sais, mais...

– Vous vous appelez?

– Barnett. Harry Barnett. Le docteur Kingdom ne me...

– Vous n'êtes pas un patient du docteur Kingdom.

De nouveau, c'était plus une affirmation qu'une question.

– Non. Mais...

– Il ne prend pas de nouveaux patients à moins qu'ils ne soient envoyés par leur généraliste.

– Laissez-moi vous expliquer.

Avec un sourire qui se voulait désarmant, il s'assit sur le bord d'une chaise près du bureau.

– Je ne viens pas pour une consultation. Je veux parler au docteur Kingdom d'une de ses patientes, une amie à moi, qui a disparu récemment. Vous avez peut-être entendu parler d'elle dans les journaux. Il s'agit de Heather Mallender.

L'expression impassible de la secrétaire ne parvint pas à cacher son trouble. On aurait dit que le nom de Heather évoquait beaucoup plus pour elle que celui de n'importe quelle autre patiente. Mais elle ne dit rien qui aurait pu réfuter ou confirmer l'impression de Harry.

– Vous avez lu ce qu'on a écrit sur elle dans les journaux?

La réponse fut circonspecte et accompagnée comme à regret d'une réticence.

– Oui.

– Dans ce cas, mon nom doit vous dire aussi quelque chose.

– Barnett?

Elle fronça les sourcils puis fit un nouveau signe de tête affirmatif.

– Oui. C'est vous qui étiez avec elle quand elle a disparu. En Grèce, il y a un mois.

– Et c'est une patiente du docteur Kingdom?

– Oui.

– Alors il aura peut-être envie de parler avec moi. Après tout, il doit être inquiet.

– Le docteur Kingdom est à l'étranger pour le moment. Il ne rentrera que lundi.

– Ah, je vois.

Soudain, elle sembla se rappeler quelque chose.

– Il y avait un article sur vous dans *The Courier*, monsieur Barnett. Oui, je me souviens, maintenant.

Son regard se fit plus intense comme si elle décidait en son âme et conscience, maintenant qu'il se trouvait devant elle, si Minter avait vu juste. Harry trouva que c'était une nouvelle preuve de l'injustice de la vie qu'il ne pût faire un pas sans tomber sur un lecteur du *Courier*.

– Etes-vous vraiment un homme qui a beaucoup de choses à cacher? demanda-t-elle après un temps de réflexion.

– Il ne faut pas croire tout ce qu'on raconte dans les journaux, mademoiselle...

– Labrooy. Mlle Labrooy.

Elle sourit pour la première fois : un bref sourire radieux qui la métamorphosa.

– Je ne me fie jamais à ce qu'on raconte dans les journaux.

Harry éprouvait une sensation étrange. C'était comme si la secrétaire de Kingdom prenait avec lui une position d'analyste au même titre que le docteur Kingdom.

– A la vérité, mademoiselle Labrooy, je me fais beaucoup de souci pour Heather. Quoi qu'en disent certains journalistes, je ne sais pas où elle est ni comment elle va mais je veux faire tout ce qui est en mon pouvoir pour le découvrir. J'espérais que le docteur Kingdom pourrait me dire si sa disparition pouvait avoir une explication psychologique. Voilà ce qu'elle lisait juste avant de...

Il fouilla dans le sac à dos et en sortit *La Psychopathologie de la vie quotidienne*.

– Les relations du docteur Kingdom avec ses patients sont strictement confidentielles. Il ne pourra rien vous dire.

– Il y a des circonstances exceptionnelles.

Elle réfléchit un moment puis regarda le livre qu'il tenait à la main et dit :

– Vous savez quel chapitre elle lisait?

– « Déterminisme. Croyance au hasard et superstition ». Page 327.

Elle griffonna l'information sur un carnet.

– Merci. Le docteur Kingdom trouvera peut-être ce renseignement utile.

– Est-ce que cela veut dire qu'il me recevra?

– Je ne sais pas.

Elle ébaucha un sourire puis ajouta :

– Je le lui demanderai.

Le ton sur lequel Mlle Labrooy prononça ces mots fit comprendre à Harry qu'elle obtiendrait gain de cause. Il se sentit soudain réconforté à la pensée qu'ici, au moins, il pourrait avoir une alliée.

Les bureaux du *Courier*, suite anonyme de baies vitrées, se trouvaient loin de Fleet Street, la rue de la presse. Harry avait lu quelque part qu'une vraie révolution avait secoué la presse britannique durant son absence et il en vit une preuve dans cet « exil ». Ce fut à vrai dire une visite qu'il aurait pu s'épargner car un garde chargé de la sécurité l'informa poliment que Minter avait pris un jour de congé. Non, il ne pouvait pas communiquer son numéro de téléphone.

Harry se retira dans le pub le plus proche, se procura un stock de pièces de dix pence et entreprit de faire le numéro de tous les J. Minter inscrits dans l'annuaire. A la quatrième tentative, il tomba sur la voix qu'il cherchait. C'était un message enregistré mais c'était bien la voix aigre du correspondant du *Courier*. Une demi-heure plus tard, après un autre verre, il appela une nouvelle fois Minter. Cette fois, il eut plus de chance. Au moment où le répondeur entamait son refrain, quelqu'un le fit taire en décrochant. Mais personne ne dit rien. Harry prit son courage à deux mains pour affronter le ton sarcastique de Minter mais seul le silence lui répondit.

– Bonjour, dit-il dès qu'il eut abandonné l'espoir que Minter parlerait le premier. Est-ce que...

La personne au bout du fil raccrocha doucement comme si Harry n'avait pas su trouver le mot de passe.

Déjà irrité par ce que Minter avait écrit sur lui, Harry était maintenant furieux. Il nota l'adresse, apprit du barman que c'était à vingt minutes de marche du pub, avala un autre verre et s'y rendit sans plus attendre.

Londres avait changé au point que Harry avait l'impression de se trouver dans une ville étrangère. On avait construit des appartements dans d'immenses entrepôts aux façades redessinées en forme de Porsche. Partout où il allait, Harry découvrait une prospérité matérielle qui aiguisait son ressentiment. Les privations qu'il avait connues enfant pendant la guerre et les années sombres de rationnement de l'après-guerre lui paraissaient plus amères par comparaison avec le gaspillage qui semblait avoir suivi. Pour cette raison autant que pour l'article dans *The Courier*, Harry était résolu à demander des comptes à Minter.

L'entrée de Kempstow Wharf où habitait Minter était protégée par un système d'interphone. A la pensée que Minter pouvait tout simplement refuser de lui ouvrir, Harry eut un moment de découragement. Comme il réfléchissait à la meilleure façon de s'annoncer, la porte en verre teinté s'ouvrit de l'intérieur et une jeune fille en survêtement et tennis, portant une raquette de squash et un sac de sport, sortit en laissant se refermer la porte qui pivota lentement sur ses gonds tandis qu'elle s'éloignait à grands pas. Sans attendre la fermeture complète, Harry se glissa à l'intérieur.

L'appartement de Minter se trouvait au troisième étage. Depuis la fenêtre du palier où Harry fit une pause pour reprendre son souffle, on avait une vue imposante sur la Tamise qui glissait en serpentant vers Tower Bridge. *The Courier* payait bien, semblait-il.

L'absence d'un œil à la porte lui donnait une chance. Il frappa une première fois. Il n'y eut pas de réponse, mais il entendait de la musique à l'intérieur. Il frappa une nouvelle fois, plus fort.

Un instant plus tard, la porte s'ouvrit. La personne qui l'avait ouverte était invisible; Harry entrevit simplement un couloir menant à un grand salon aux fenêtres panoramiques et, de nouveau, Tower Bridge, au loin.

– Excuse-moi, Jon, dit une voix de femme. J'avais oublié que j'avais mis le loquet...

Soudain, il la vit devant lui. Grande, plus grande que Harry, nue sous une courte serviette de bain coincée sous les bras, de longues mèches de cheveux mouillés collées à son cou, des gouttelettes d'eau brillant sur ses épaules et ses cuisses. Elle n'était ni jeune ni vieille : c'était une femme mûre, sûre de plaire, avec des pommettes saillantes et un nez aquilin. Une expression horrifiée remplaça son air joyeux, mais Harry était tout aussi horrifié qu'elle : c'était Virginia, la femme d'Alan Dysart.

– Mais qui êtes-vous, bon sang? dit-elle en le fusillant du regard.

Se pouvait-il qu'elle ne le reconnût pas? Harry avait de la peine à le croire mais ce n'était pas impossible après tout; elle n'était pas quelqu'un à perdre son temps avec des gens comme lui. De plus, cela faisait des années qu'ils ne s'étaient pas vus.

– Je vous ai demandé qui vous êtes.

– Je cherche Jonathan Minter.

– Il n'est pas là. Comment êtes-vous entré?

– La... euh, la porte d'entrée n'était pas fermée.

– Alors fermez-la derrière vous.

Sur ce, elle lui ferma la porte au nez. Elle ne la claqua pas, elle la ferma, remarqua-t-il en se souvenant de son coup de fil un peu plus tôt.

Harry prit le bateau de Tower Bridge à Charing Cross avec l'intention de faire à pied le reste du chemin jusqu'à la gare de Waterloo. Il s'assit sur le pont et contempla la ligne altérée des toits de Londres, en se demandant quels enseignements il pouvait tirer de sa dernière découverte. Minter n'avait pas eu de mots trop durs pour dénoncer les privilèges, l'hypocrisie, la corruption. Et voilà que Harry les trouvait devant sa porte. Minter en congé; Dysart en Amérique; et Virginia Dysart dans le lit de Minter. Le séducteur qui l'avait calomnié; le mari trompé qui l'avait pris en amitié; et la femme adultère qui l'avait oublié formaient à eux trois un des maillons de la chaîne qui le mènerait forcément, comme Minter l'avait prédit, à quelque chose qui devait sentir mauvais.

Dans le train pour Weymouth, Harry buvait une canette de bière en regardant défiler le Surrey et le Hampshire dans la grisaille de l'après-midi. Il avait pris les photos de Heather avec lui pour voir à quoi Nigel Mossop ressemblait maintenant et il les regarda une nouvelle fois. Lorsqu'il arriva à la photo de la tombe de Francis Hollinrake, il se demanda de nouveau ce que cet homme signifiait pour Heather. C'était d'autant plus mystérieux que Heather n'avait jamais parlé de lui et qu'elle ne devait pas avoir plus de onze ans au moment où il était mort.

Puis tout à coup, cela lui revint. Hollinrake. Mais bien sûr! Il connaissait ce nom depuis plus de quinze ans. C'était le père aux joues rubicondes de la mariée, qui lui avait broyé la main, à l'entrée de la tente. « Heureux de vous voir, avait-il grommelé d'un ton affable. Je suis Frank Hollinrake. » Oui, c'était ça. Hollinrake était le nom de jeune fille de Virginia Dysart. Frank Hollinrake était son père.

15

La nuit prématurée d'une journée grise de décembre descendait déjà sur Weymouth lorsque Harry arriva. De la gare au meublé qu'il occupait autrefois dans Mitchell Street, il suivit un itinéraire gravé dans sa mémoire. Il croisa des bandes d'écoliers qui flânaient dans les rues en s'amusant et passa devant des vitrines décorées brillamment éclairées. Ici aussi, un orgue électronique jouait des chants de Noël pour accueillir le fils prodigue.

A l'écart de l'animation de la rue principale, quelques mouettes attardées se disputaient un morceau de pain en tournoyant. Au coin d'une rue menant à la baie, une bouffée d'air marin emplit les poumons de Harry. Le flanc élancé d'un ferry-boat amarré devant Custom House semblait bloquer le bout de la rue, et ses cheminées dépassant au-dessus des toits faisaient paraître toutes petites les maisons serrées les unes contre les autres.

Harry tourna dans Mitchell Street et passa sur l'autre trottoir. A cette époque de l'année, les Love ne devaient pas avoir de pensionnaire. Avant l'arrivée de Harry, ils comptaient sur les vacanciers et ceux qui prenaient le ferry et on pouvait supposer qu'ils avaient retrouvé leur ancienne clientèle. Ils avaient d'abord dit à Harry qu'il devrait partir à la Pentecôte mais finalement, il était resté cinq ans. Beryl l'avait pris en affection. Ernie avait fini par le supporter, et Harry, même s'il avait pu s'offrir quelque chose de plus luxueux, ne s'était pas donné la peine de chercher ailleurs.

Sur la porte, il n'y avait pas d'écriteau : CHAMBRE À LOUER. Et lorsque Harry sonna, ce ne fut pas Beryl qui vint lui ouvrir mais Ernie, plus petit, l'air plus sombre et plus pauvre que Harry n'en avait gardé le souvenir. C'était un homme rabougri aux petits yeux de furet, avec une cigarette collée sur sa lèvre inférieure, et disparaissant dans un gilet trop grand comme s'il voulait pleurer misère.

– Bonjour, Ernie. Vous vous souvenez de moi?

Ernie se tapa le front.

– Y en a encore dans ce crâne, crois-moi. Ah ça! Sacré diable de Harry Barnett. Qu'est-ce que tu viens faire ici?

– J'aimerais loger une ou deux nuits dans mon ancienne chambre si elle est libre. Beryl est là?

– Beryl! Elle est dans ce putain de cimetière à Weymouth. Le cancer. Il y a trois ans. Je prends plus de locataire depuis.

Beryl était morte : une femme qui avait toujours le mot pour rire, travaillait comme quatre, et avait le cœur sur la main. Et son fainéant de mari, un monstre d'ingratitude et gai comme une porte de prison vivait encore. Harry aurait dû s'en douter : si elle avait le choix, la vie était le plus souvent injuste.

– Merde alors, dit Ernie. Ça t'en fait de l'effet!

– Je ne pensais pas...

Cette tristesse supplémentaire que le destin lui avait réservée lui entra dans le cœur comme un poignard et Harry chercha un soutien contre le montant de porte.

– Une nuit ou deux, tu dis?

Une douceur imperceptible s'était glissée dans l'expression d'Ernie, un peu comme une fleur éclose sur une falaise en granite.

– Oui, mais...

– Ben, entre. En souvenir de Beryl.

Harry le suivit dans l'étroit couloir encombré et il enregistra en passant que l'odeur des oignons grillés avait remplacé l'odeur de cire d'abeille du temps de Beryl. Ernie fit une pause sur le seuil du petit salon, il se retourna vers Harry et dit :

– Elle t'a toujours traité mieux que moi, tu sais.

On eût dit qu'il voulait corriger immédiatement la note d'affectivité contenue dans sa remarque précédente, comme si le moins dévoué et soumis des maris était décidé à prouver qu'il n'était pas devenu un veuf sentimental.

Dans la petite salle de séjour, régnait un fouillis indescriptible. Une épaisse couche de poussière recouvrait les animaux en porcelaine et les pots de Beryl. La cendre débordait des cendriers et il y en avait jusque sur le canapé jonché de journaux.

Les appuis-tête brodés étaient déchirés et sales, les plantes vertes ratatinées et mal en point. Les rideaux à moitié tirés endeuillaient ce tableau déjà sombre. Le contraste avec ce que Harry avait connu était accablant.

– Tu veux une tasse de thé?

– Euh, non merci.

– Une bière?

– Non, vraiment, je dois sortir.

En prononçant ces mots, Harry eut l'impression qu'il ne pouvait aller nulle part dans ce pays qu'il disait être le sien, sans trouver son passé piétiné, ses souvenirs déflorés, ses attentes déçues. Beryl morte, sa maison négligée, son mari sur le déclin : s'il avait su, Harry aurait passé son chemin.

– Pourquoi es-tu revenu?

– Je ne sais pas exactement.

– Quelqu'un au Globe a dit qu'on avait causé de toi dans les journaux. A propos de cette histoire...

– Est-ce que... Beryl a beaucoup souffert?

Le regard d'Ernie condensa sa pensée mieux que des mots : le sujet était tabou.

– Pour la chambre, ce sera... cinq livres la nuit. Payables d'avance.

Harry fit glisser le sac à dos de ses épaules et le déposa derrière la porte. Puis il prit dans son porte-monnaie un billet de dix livres qu'il fourra dans la main tendue d'Ernie. Il connaissait l'avarice du vieil homme mais il soupçonnait que c'était autre chose qui l'avait poussé à parler du prix de la chambre. L'argent était destiné à mettre entre eux une distance, à purger leur relation de tout ce qui pourrait ressembler à de la compassion. Ernie n'avait besoin de personne.

– Où tu vas?

– Euh... à Mallender Marine.

L'éternel froncement de sourcils d'Ernie s'accentua.

– Ils t'ont repris?

– Non. Je veux juste aller voir quelqu'un qui travaille là-bas. Je serai absent quelques heures.

– A ton retour, passe voir au Globe, il y a des chances que j'y sois.

Harry hocha la tête.

– D'accord, dit-il.

Tout compte fait, c'était une aubaine, se dit Harry, dix minutes plus tard dans le bus qui l'emmenait vers Portland, qu'Ernie Love soit un vieil ours mal léché ne s'intéressant qu'aux conversations des bureaux de P.M.U. Lui, au moins, ne devait avoir lu aucun article du *Courier*.

Le bus avançait lentement à travers les embouteillages des heures de pointe. Une pluie fine glissait sur les carreaux. Harry avait beau avoir fait ce trajet des centaines de fois, de Town Bridge à Mallender Marine, il avait beau avoir vécu des années à Weymouth en croyant qu'il n'en partirait jamais, il n'éprouvait pour cette ville aucun attachement particulier.

Puis, avec une sorte de répugnance, conscient de faire peut-être une bêtise, Harry se leva. Il appuya sur le bouton pour demander l'arrêt, descendit et regarda la forme illuminée du bus continuer le long de la route toute droite en direction de la presqu'île de Portland, laissant ses yeux et sa mémoire situer la masse lointaine de la base navale éclairée au néon dont les lumières se réfractaient dans les eaux noires invisibles du port. Puis il traversa la route et pénétra d'un pas décidé à l'intérieur d'une nouvelle enceinte de son passé. Mallender Marine était situé dans un immeuble de deux étages. Devant, il y avait un parking et derrière, un atelier et une baie de chargement. C'était la quintessence du lieu de travail rébarbatif que tous les hommes connaissent : gris, terne, utilitaire et quelconque.

Mais pour Harry Barnett qui se tenait à l'extérieur sous le crachin, ce lieu était devenu pour le meilleur ou pour le pire le point de départ de son enquête sur la disparition mystérieuse de Heather Mallender. Mallender Marine, la première des photos prises par Heather, était aussi le premier point de rencontre de leurs deux destinées. Comme Harry l'avait espéré, le parking était presque vide. La moitié seulement des bureaux étaient éclairés. Un vendredi, à cette heure relativement tardive, Harry estimait que seuls les plus désespérés et les plus consciencieux seraient encore au travail. Roy Mallender serait parti depuis longtemps. Mais si Harry avait bonne mémoire, Nigel Mossop, laborieux et timoré, serait encore à son bureau.

Harry emprunta le chemin qui passait devant les bureaux du rez-de-chaussée. Par chance, la fenêtre de son ancien bureau n'était pas éclairée : il pouvait s'éviter la vue des aménagements opérés par ses successeurs. Dans la pièce suivante, deux filles qu'il ne reconnut pas plaisantaient avec une femme de ménage. C'était étrange de les regarder sans qu'elles aient conscience d'être observées. Suivaient ensuite un bureau vide et deux fenêtres sombres. Puis, comme il s'y attendait, une pièce comportant quatre bureaux. Seul l'un d'entre eux était occupé, mais c'était celui de Nigel Mossop.

Vêtu d'un costume gris, les cheveux en désordre, maigre et voûté comme s'il pliait sous le poids de sa médiocrité, penché au-dessus de feuillets épars qui le jetaient manifestement dans la plus grande perplexité, le front soucieux, Nigel Mossop apparut, à Harry, fidèle à l'image qu'il avait gardée de lui : sérieux, consciencieux, plein de bonnes intentions et généreux mais handicapé par son manque d'assurance et un esprit étroit. Ce n'était pas un homme à inspirer spontanément une grande sympathie, ni quelqu'un sur qui l'on pouvait compter dans une situation difficile, mais il accompagnait Heather au moment où elle avait pris quelques-unes de ses photos, ce qui faisait de lui un témoin précieux.

Harry se rapprocha de la fenêtre. Il n'était pas à plus de un mètre de Mossop même si celui-ci ne pouvait pas le voir. Il pouvait reconnaître tous les symptômes d'un homme resté identique à lui-même : désordonné, enclin à la panique, consumé par le doute. Le front alourdi par une concentration stérile, il tapait sur les touches d'une calculatrice. Harry tendit la main et frappa un coup sec contre le carreau.

Mossop sursauta comme un lapin entendant un coup de fusil. Il bondit en arrière sur sa chaise, la bouche ouverte, les yeux exorbités. Tournant la tête, il aperçut le visage de Harry mais il était clair qu'il n'en croyait pas ses yeux. Puis Harry lui fit signe d'ouvrir la fenêtre. Mossop regarda autour de lui comme s'il avait peur d'être surveillé bien qu'il n'y eût personne dans la pièce. Après des hésitations, il étendit le bras et entrouvrit la fenêtre.

– Harry ! dit-il, troublé au point d'en avoir le souffle coupé. Qu'est-ce que tu... Je veux dire... Ce n'est pas...

– Salut, Nige. Surpris de me voir ?

– Si je m'attendais... Mais... mais qu'est-ce que tu fais ici ?

– J'avais envie de parler un peu avec toi.

– Ah... vraiment ? De... de quoi ?

– De Heather.

Une convulsion altéra l'expression de Mossop.

– Heather ? Tu veux dire H-Heather... M-M-M...

– Heather Mallender, dit Harry en finissant la phrase de Mossop à sa place, comme il l'avait toujours fait quand le bégaiement du jeune homme devenait trop important.

– Je... je n'ai pas, en fait, je... je ne c-connais pas du tout... Heather.

– C'est vrai ce mensonge, Nige?

– Je dis la... v-vérité.

Harry sortit le paquet de photos de sa poche, il choisit celle de Mossop et la lui mit sous le nez.

– Ça ne te dit rien, cette photo?

Mossop en resta bouche bée.

– Oh... Oh si...

Il tendit la main pour la prendre mais Harry recula la sienne plus vite.

– Tu me laisses entrer?

Mossop jeta un nouveau regard anxieux par-dessus son épaule.

– Non... Je veux dire... Je préfère s-sortir.

Le jeune homme fourra dans sa serviette quelques papiers et une boîte à sandwichs, puis il enfila un anorak et gagna la porte sans oublier d'éteindre la lumière en partant. Comme il faisait le tour pour rejoindre l'entrée principale et venir à sa rencontre, Harry se demanda s'il fallait voir une signification particulière dans cette façon furtive de se déplacer qui le faisait paraître plus timide encore. Harry comprenait fort bien que Mossop ne souhaitât pas qu'on le vît en compagnie de l'ennemi juré de Roy Mallender, mais sa tentative pour nier qu'il connaissait Heather trahissait une inquiétude beaucoup plus profonde.

Mossop apparut sous le porche au moment où Harry arrivait mais il poursuivit son chemin sans même lui jeter un regard. Il se hâta vers sa voiture, ouvrit la portière et monta dedans, puis il fit signe à Harry de le rejoindre. Dès que celui-ci eut pris place sur le siège du passager, Mossop mit le moteur en route et sortit la voiture du parking dans un vrombissement qui annulait toutes ses précautions préalables pour éviter d'attirer l'attention.

– Où allons-nous, Nige?

Ils roulaient vers le sud en direction de Portland. A l'époque où Harry travaillait à Mallender Marine, Mossop vivait à Radipole, chez sa mère, et il n'avait probablement pas déménagé.

– Euh... eh bien... Je pense qu'il vaudrait mieux aller dans un endroit discret.

– C'est par mesure de discrétion que tu roules tous feux éteints?

– Oh, mon Dieu !

Mossop alluma les phares d'un geste fébrile et Harry remarqua qu'il tremblait comme une feuille.

– D-désolé.

– Ce n'est pas la peine de t'excuser. Dis-moi seulement pourquoi tu es si nerveux.

– Je n-ne suis... p-pas nerveux.

– Si tu le dis.

Mossop essaya de changer de sujet.

– B-beaucoup de choses... ont ch-changé... d-depuis que tu as quitté la société.

– Je m'en doute.

Se contentant de cet encouragement laconique, Mossop se lança dans une description volubile et bredouillante des changements intervenus à Mallender Marine durant les dix années qu'avait duré l'absence de Harry. Il parla des nouveaux venus et de ceux qui étaient partis, de la réussite des uns et des échecs des autres, rien qui dans l'ensemble n'avait de quoi surprendre Harry. Charlie Mallender s'était mis volontairement au second plan, laissant Roy imposer ses propres conceptions dans la compagnie qui se résumaient à diminuer les risques en cherchant avant tout des contrats avec le ministère de la Défense aux dépens de la spéculation commerciale dans la navigation de plaisance. Cela réclamait un personnel flagorneur et bosseur de préférence à des gens possédant une forte dose de flair et d'individualité. Non que la politique de Roy se fût révélée désastreuse. Mallender Marine s'était bien développé. Quant à Mossop, s'il regrettait de toute évidence les premiers temps et qu'il n'eût pas gagné grand-chose avec Roy, son humilité invétérée lui interdisait de se plaindre.

Le bavardage de Mossop cessa à Portland Bill, là où la route prenait fin. Il se gara sur le parking vide devant le phare, éteignit le moteur et sembla enfin, dans cet endroit éloigné de tout et à l'abri des yeux indiscrets, recouvrer un peu de calme.

– N-nous avons tous entendu... enfin... lu... ce qui s'est p-passé pour toi et Heather.

– Ah oui ?

– Je n'ai pas cru... ce qu'on a insinué. J-jamais. P-pas un instant.

– Qui a insinué quelque chose ?

– Eh bien, les journaux, bien sûr... et...

– Roy Mallender?

– Il ne t'a j-jamais aimé, Harry... tu le sais...

– Il ne t'a jamais porté dans son cœur non plus.

– Non... non, il ne m'aime pas... Mais... ç-ça va mieux.

– Ah oui?

– Oui,... bien sûr.

– Il sait que tu sortais avec Heather.

– Je... n-ne sortais pas avec elle.

Le calme relatif de Mossop disparut d'un coup. Le sang qui enflamma ses joues apprit à Harry qu'il transpirait dans le froid qui descendait.

– Allez, Nige. Rappelle-toi la photo que je t'ai montrée.

– Où as-tu...? C-comment?

– Après sa disparition, j'ai fait développer le rouleau de pellicule qui se trouvait dans son appareil photo. Ne t'inquiète pas. Je n'en ai parlé à personne. Pas encore.

– Qu'est-ce que tu-tu veux dire?

– Je veux dire que logiquement, je devrais remettre les photos de Heather à la police. Ils voudront probablement savoir pourquoi elle t'a photographié.

– C'est... juste une photo.

– Qui a été prise quand, je peux le savoir?

– C'était... cet été.

– Où ça?

– Oh... je ne sais p-pas vraiment. Je ne peux pas...

– Tu ne te souviens pas? Je peux peut-être t'aider. Je pense que la maison que l'on voit dans le fond est Tyler's Hard, la maison d'Alan Dysart dans la New Forest. Tu as entendu parler d'Alan Dysart, n'est-ce pas?

– Euh,... oui, bien sûr.

– Alors qu'est-ce que vous êtes allés faire là-bas?

– Rien d-de spécial. C'était juste... une pro-promenade.

Harry eut soudain pitié de son compagnon. Le pauvre Mossop supportait mal la pression à laquelle il était soumis. Mais Harry ne pouvait pas se permettre de faire le délicat.

– Si Roy découvre que vous étiez amis, toi et Heather, cela pourrait te faire du tort, tu ne crois pas?

Mossop eut un cri étouffé et sa tête s'affaissa sur sa poitrine.

– Je n'avais jamais pensé... pas une seconde...

Sa voix s'était voilée comme s'il retenait ses larmes.

– Allez, raconte-moi tout, Nige.

La voix douce et persuasive avec laquelle il dit ces mots rappela à Harry le ton de Miltiades : c'était la même sympathie implicite, la même invitation à avouer.

– Oui, je... je ferais aussi bien, dit Mossop d'une voix moins étranglée qu'au début.

Il avait abandonné la lutte par trop inégale.

– Tu sais que Heather a eu... une dépression... et qu'elle a quitté l'enseignement ?

– Oui.

– Eh bien, quand elle s'est s-sentie mieux... elle est venue travailler à Mallender Marine. C'était p-provisoire, bien sûr,... le temps qu'elle se réhabitue à la vie sociale... enfin, je suppose. Ils l'ont mise dans le... le même bureau que moi... Ce devait être en avril... Alors, comme on t-travaillait ensemble, on a fait connaissance, tout naturellement.

Au fur et à mesure que Mossop parlait, sa voix s'affermissait et devenait plus fluide.

– Nous sommes allés boire un pot quelques fois le vendredi soir, après le travail, c'est tout... Il n'y avait rien d'autre... Je pense qu'elle aimait p-parler avec moi parce que je, eh bien, euh, je ne posais pas de questions n-ni sur sa sœur, ni sur sa d-dépression. Elle m'aimait bien parce que peut-être... je n'étais pas... une menace pour elle, tu comprends ?

– Oui, je comprends, Nige.

Cela ressemblait de façon troublante à ce qui avait pu attirer Heather chez Harry.

– A la fin du mois d'août... un dimanche... elle m'a demandé si je voulais bien l'emmener en voiture dans la New Forest. Elle a dit qu'elle v-voulait voir où sa sœur était morte... à Tyler's Hard. Elle ne voulait pas y aller seule et elle ne voulait pas mettre sa f-famille au courant. C'est pour ça... qu'elle m'a demandé de l'emmener.

– Que s'est-il passé ?

– Rien. Nous sommes allés là-bas... nous avons déjeuné à Beaulieu... et nous avons regardé l'estuaire, à l'endroit où le b-bateau a explosé. Puis nous... sommes rentrés.

– C'est tout ?

– Oui... b-bien sûr.

– Quoi d'autre ?

Le bégaiement de Mossop l'avait trahi.

– Allez, Nige. Qu'est-ce que vous avez fait, à part ça ?

– Eh bien, nous... nous sommes allés rendre visite à des

gens. Une femme qui... ah oui!, qui faisait le ménage chez Dysart. Mme D-Di...

– Mme Diamond?

– Oui. Heather avait son adresse. Elle... voulait la voir.

– Pourquoi?

– Je ne sais pas. J'ai... attendu dans la v-voiture.

– Et qui d'autre?

– Oh... l'homme à tout faire de Dysart. Je ne peux pas... je ne peux pas me rappeler son nom. Nous l'avons trouvé... chez lui. Mais il n'avait pas assisté à l'explosion. Heather n'a pas pu tirer grand-chose de lui.

– Qu'est-ce qu'elle voulait savoir?

– Je ne sais pas. Je te jure, Harry, je ne sais pas.

– Et après?

– Après? Rien... rien du tout. Heather a quitté Mallender Marine en octobre et... d-depuis, je ne l'ai pas revue.

Un silence tomba. Harry regarda le pare-brise obscur. Si Mossop disait la vérité, sa visite à Tyler's Hard avec Heather avait été une fin en soi, et non le commencement d'une enquête. Mais Mossop n'avait pas vu les photos suivantes. Et il devait ignorer les raisons profondes qui avaient incité Heather à se rendre à Tyler's Hard, à la recherche des témoins de la mort de sa sœur.

– Est-ce que... cela t'éclaire un peu, Harry?

– Oui, mais ce n'est pas suffisant, Nige. J'ai un service à te demander.

– Quel... quel service?

– Je voudrais que tu me conduises à Tyler's Hard comme tu as fait pour Heather, et partout où tu l'as emmenée. Je veux voir Mme Diamond... et l'homme à tout faire de Dysart. Je veux voir tout ce qu'elle a vu ce jour-là.

– Mais pourquoi?

– Si je le savais, nous n'aurions pas besoin d'y aller.

– Euh, c'est... un peu difficile. M-ma mère...

– Demain ou alors dimanche, c'est comme tu veux.

Le silence retomba une fois de plus. Harry n'avait pas besoin de rappeler à Mossop pourquoi il ne pouvait pas refuser de lui rendre ce service. Il fallait juste lui laisser le temps d'accepter l'inévitable.

– D-dimanche, alors. Je vais souvent observer les oiseaux, le d-dimanche. Ma mère ne s'étonnera pas... que je sorte toute la journée.

– Rendez-vous devant l'horloge du Jubilé, à 9 h 30.

– Bien. J'y... s-serai.

– Cela vaut mieux pour toi. N'oublie pas : je compte sur toi.

Harry sentit toute l'ironie de cette phrase car, connaissant Mossop comme il le connaissait, il savait que ce n'était pas quelqu'un à qui on pouvait se fier.

16

– C'est gentil de m'emmener, Ernie, dit Harry.

L'embrayage de la vieille camionnette poussa un nouveau cri de protestation déchirant.

– Et comment t'aurais fait, sinon?

– Je ne sais pas.

Ernie prit un virage sur les chapeaux de roue qui arracha à la suspension des grincements inquiétants. Harry serra les mâchoires en regrettant d'avoir fait l'économie d'un taxi.

Quand il ne jouait pas aux courses, Ernie était plombier dépanneur, mais il avait avoué à Harry que les affaires ne marchaient « pas fort » depuis la mort de Beryl, ce qui expliquait que son nom sur le côté de la camionnette soit devenu à peu près illisible, l'état lamentable du véhicule et l'aspect rouillé des robinets à flotteur et des fixations de robinets qui cliquetaient derrière le siège de Harry.

– Nous arrivons, dit Harry en essayant de cacher son soulagement à la vue du panneau annonçant Portesham.

La veille, au milieu de son septième Mackeson, Ernie avait proposé spontanément de le conduire en voiture, et joueur dans l'âme, il avait insisté pour tenir son engagement. Ils quittèrent Bridport Road dans le crissement exaspérant des roues et s'engouffrèrent dans la grand-rue étroite du village.

– Tu es déjà venu ici? demanda Ernie le plus calmement du monde en oubliant de ralentir.

– Une fois, oui.

C'était un soir d'hiver, il faisait froid et cela faisait à peine un an qu'il travaillait à Mallender Marine. Charlie Mallender avait invité quelques-uns de ses employés à pendre la crémaillère à Sabre Rise, sa nouvelle maison de campagne tout juste terminée, située à Portesham. C'était Warner, un de ses collègues qui l'avait conduit là-bas. Harry avait trop bu. Il avait raconté à Mme Mallender une blague d'assez mauvais goût qui ne l'avait pas du tout fait rire, puis il avait donné des conseils à Lambert, le chef d'exploitation au sourire mielleux. Quinze ans après, ce souvenir le rendait encore mal à l'aise. Il se demanda où se trouvait Heather, ce soir-là. En pension? Chez une amie? Peut-être était-elle tout simplement dans sa chambre au premier, en train d'écouter les adultes qui bavardaient à l'étage au-dessous. Peut-être même avait-elle...

– Arrête-toi, ici, Ernie, nous pouvons demander le chemin au pub.

Sabre Rise n'était, paraît-il, pas très loin. Etant donné les circonstances, Harry n'était pas mécontent de laisser Ernie siroter de l'alcool au Half Moon. Il hissa le sac de Heather sur son dos et partit à pied dans la direction indiquée par la patronne. C'était un jour gris et tranquille. Les maisons dispersées des faubourgs de Portesham étaient discrètes dans le style bon chic bon genre d'un village anglais cossu. Harry grimpa lentement la route sinueuse, préparant ce qu'il dirait, répétant dans sa tête les condoléances qu'il présenterait, ignorant encore quelles questions il poserait.

Soudain, un grand break bleu foncé, occupant toute la largeur de la route, déboucha d'un virage. Harry eut juste le temps de se plaquer contre la haie. La voiture passa devant lui dans une brusque accélération, provoquant un violent courant d'air et faisant gicler l'eau d'une flaque sur les jambes de Harry sans lui laisser le temps d'apercevoir autre chose que le profil indifférent du conducteur. Mais un coup d'œil suffisait, se dit Harry en essuyant son pantalon. La veste, le chapeau en tweed, la pipe au fourneau épais, l'expression décidée et sanguine d'un *self-made man* étaient bien ceux de Charlie Mallender. Il n'avait pas remarqué Harry, ce qui n'avait rien d'étonnant, les piétons faisant partie pour lui des classes inférieures qu'il considérait comme quantités négligeables. Le sac de golf logé à l'arrière de sa voiture était de bon augure : c'était l'assurance qu'il serait absent de chez lui un certain temps : une mère inquiète était plus conciliante qu'un père outragé.

Cinq minutes plus tard, il arrivait à Sabre Rise. Un mur de pierre entourait la maison. Derrière le portail en bois verni, s'étendait une vaste pelouse immaculée, une allée de gravier en courbe et au bout, une maison en brique rouge respirant l'argent neuf. Les fenêtres étaient trop grandes, les alentours trop nus, l'architecture ostensiblement trop coûteuse pour un petit coin tranquille du Dorsetshire. Harry jugea que ce n'était pas une maison dans laquelle Heather pouvait se sentir bien. Elle, qui était douce et réservée, ne pouvait pas se reconnaître dans cette affirmation écrasante de la prospérité de sa famille.

Harry ouvrit le portail et remonta l'allée en écoutant le crissement de ses semelles sur le gravier. Un dalmatien apparut à l'une des fenêtres du rez-de-chaussée et se mit à aboyer. Dans une des pièces du premier étage, une main invisible écarta un rideau. Arrivé à la porte, Harry sonna.

Une jeune femme ouvrit. Son jean, son tablier et son accent du Dorsetshire indiquaient qu'elle s'occupait des soins du ménage. Avant que Harry ait eu le temps de s'expliquer, une silhouette apparut en bas de l'escalier. Le visage était maigre et sévère, saisi d'un tremblement imperceptible, mais on retrouvait les pommettes saillantes de sa fille. Elle reconnut immédiatement Harry à qui elle réserva un accueil glacé.

– C'est bon, Jean, vous pouvez nous laisser, dit-elle d'une voix blanche et tremblotante.

Comme Jean, docile, se retirait, le dalmatien se matérialisa dans l'embrasure de la porte. Harry déposa le sac à dos sur le paillasson. Marjorie Mallender s'en approcha lentement.

– Qu'est-ce que vous voulez, monsieur Barnett? Vous êtes bien monsieur Barnett, n'est-ce pas?

– Oui.

Harry essaya de sourire mais le regard hostile qu'elle lui décocha l'en découragea.

– J'ai... j'ai pensé que je devais vous rapporter les affaires de Heather, ses vêtements, ses bijoux, tout ce qui...

– Tout est dans le sac à dos?

– Euh, oui.

– Bien, vous pouvez le laisser là.

Elle n'en dit pas plus, mais Harry sentit que tout son être était tendu dans l'attente de son départ. En d'autres circonstances, il aurait été heureux de lui donner satisfaction, mais là, c'était impossible.

– Si vous voulez mes remerciements, vous les avez, monsieur Barnett. C'est tout?

– Non. Je...

Le silence se coula entre eux comme une tierce personne. Pourquoi cette femme manquait-elle à ce point de curiosité? se demanda Harry. Malgré tous les mensonges que son fils avait dû lui raconter sur lui, il était le dernier homme à avoir vu sa fille et une mère inquiète était toujours avide de nouvelles. Pourtant, elle ne semblait vouloir ni l'accuser ni le questionner.

– Je pensais... que vous auriez peut-être envie de parler.

– De quoi?

– De Heather.

Le nom de sa fille la fit tressaillir mais elle se ressaisit aussitôt.

– Pourquoi êtes-vous venu ici, monsieur Barnett?

– Je viens de vous le dire.

Elle fit un pas en avant et agrippa la porte comme si elle avait l'intention de la lui claquer au nez.

– Je vous en prie, partez.

– Je suis à la recherche de Heather, s'écria-t-il pour toute réponse.

Elle se figea sur place. Voyant que ses paroles lui avaient permis d'obtenir un sursis, Harry poursuivit :

– Madame Mallender, quoi que puisse penser Roy, je n'ai pas tué Heather, je ne l'ai pas enlevée, et je ne lui ai jamais inspiré la moindre frayeur. Je suis juste la personne qui se trouvait là quand elle a disparu. Je suis juste un ami qui fait tout son possible pour la retrouver.

– La retrouver?

– Je suis persuadé qu'elle est encore en vie. Je suis décidé à le prouver en suivant toutes les pistes qui peuvent me conduire jusqu'à elle.

– La police pense qu'elle est morte.

– Mais vous?

– Tout le monde pense...

Elle se tut mais, dans ses yeux, une lueur d'espoir s'était allumée.

– Pensez-vous vraiment ce que vous dites, monsieur Barnett?

– Oui.

Elle le dévisagea un moment.

– Entrez, dit-elle finalement en ouvrant la porte pour le laisser passer.

Il la suivit dans un grand salon aux baies vitrées dans lequel le mobilier et la décoration semblaient impuissants, malgré leur luxe, à remplir l'espace disponible. Des bûches brûlaient dans la grande cheminée à capuchon de cuivre sans parvenir à réchauffer l'atmosphère glaciale qu'aucun thermomètre ne pouvait mesurer et qui enlevait tout confort à l'épaisse moquette et aux canapés somptueux. Le dalmatien montait la garde près de la porte pendant que sa maîtresse traversait la pièce vers une desserte où étaient disposées des bouteilles. Elle se servit un grand gin-tonic sans penser à offrir à boire à Harry, puis elle se retourna pour le regarder.

– Nous étions loin de nous douter que l'ami qu'elle s'était fait à Rhodes, c'était vous, dit-elle avec une pointe d'hostilité.

– Elle vous a donc dit qu'elle s'était fait un ami ?

– Oui. Elle en a parlé dans ses cartes postales.

– Elle pensait peut-être que cela vous ennuierait de savoir qu'il s'agissait de moi.

– Peut-être. Alan aurait dû nous dire que vous étiez le gardien de sa villa.

– Je suis parfaitement inoffensif, madame Mallender. Vous devez pouvoir vous en rendre compte vous-même.

– Mais mon mari vous a renvoyé.

– C'était il y a dix ans. Pensez-vous sérieusement que je lui en veuille encore ou que j'aurais pu me venger sur Heather si c'était le cas ?

– Roy m'a dit qu'il y avait déjà eu des problèmes avant cette affaire : une des employées de Mallender Marine se serait plainte de vous.

Ainsi Roy n'hésitait pas à inventer n'importe quoi pour le noircir. Cela n'aurait pas dû surprendre Harry, pourtant d'une certaine façon, il tombait des nues. Il comprenait maintenant les réticences de Marjorie Mallender à parler avec lui et surtout à le laisser entrer mais cela n'expliquait pas pourquoi elle s'était laissé fléchir ni pourquoi elle répétait d'une voix mal assurée ce que son fils avait dit. Devinant que sa meilleure tactique était d'ignorer les allégations de Roy, Harry ne chercha pas à se défendre. Il préféra s'en tenir à un raisonnement logique.

– Je crois, madame Mallender, qu'il y a trois explications possibles à la disparition de Heather. Tout d'abord, pardonnez-moi de l'évoquer, elle a pu être assassinée et le meurtrier a pu cacher son corps quelque part.

– C'est ce que croient mon mari et mon fils.

– Mais pas vous ?

Pour toute réponse, elle se contenta d'un regard neutre.

– On a pu aussi l'enlever et la retenir prisonnière dans un endroit secret contre sa volonté. Je me demande...

– Oui ?

– D'après ce que je sais, il n'y a pas eu de demande de rançon mais, dans certains cas, les familles des personnes kidnappées gardent secrets les contacts qu'ils ont avec les ravisseurs pour ne pas mettre en danger...

– Il n'y a pas eu de contact, monsieur Barnett. Vous avez ma parole d'honneur.

– Alors il ne reste qu'une possibilité : elle a disparu volontairement. Elle a préféré s'enfuir plutôt que d'être obligée de...

– Etre obligée de quoi ?

Marjorie Mallender respirait à présent avec difficulté ; le gin n'était pas l'unique cause de ses joues en feu. Soit elle avait entendu dans les propos de Harry une insinuation qu'il n'y avait pas mise, soit il avait posé le doigt sur quelque chose sans le savoir.

– Je ne sais pas. Elle devait rentrer en Angleterre quelques jours plus tard. Elle semblait heureuse à Rhodes et peu désireuse de partir. Mais j'ai pensé que c'était juste la fin des vacances qui la rendait un peu mélancolique. Je ne la connaissais que depuis quelques semaines. C'est votre fille, vous êtes mieux placée que moi pour savoir ce à quoi elle aurait pu vouloir échapper.

Marjorie Mallender alla jusqu'au canapé et s'assit. Elle prit une cigarette dans une boîte en or sur la table basse, l'alluma avec un énorme briquet en onyx puis elle laissa son regard errer sur le décor antipathique conçu à grands frais qui l'entourait. Pendant une minute ou deux, elle sembla abîmée dans des réminiscences ou des réflexions que les paroles de Harry avaient éveillées, au point d'en oublier sa présence. Au moment où il commençait à se demander ce qu'il devait faire, elle le regarda.

– Vous savez qu'elle a fait une dépression ? dit-elle.

– Oui. Elle m'en a parlé.

– Elle n'arrêtait pas de s'excuser, monsieur Barnett, pour la gêne que cela nous causait. C'était ridicule, bien sûr ; on ne devrait pas avoir besoin de s'excuser de ce genre de choses auprès de ses parents. Mais elle estimait que c'était nécessaire, car en plus de sa douleur qui était bien compréhensible, elle se reprochait d'être encore en vie alors que Clare nous avait été enlevée. C'était complètement injustifié bien sûr mais d'autant plus difficile à lui ôter cette idée de la tête. Après sa dépression, quand elle a abandonné l'enseignement, elle est devenue dépendante de nous financièrement, au moins pour un temps, et cela n'a fait qu'empirer les choses. En tout cas, je suis sûre que cela a été une des causes de la rechute qu'elle a faite en octobre.

– Une rechute?

– Oui. C'est pourquoi elle a quitté Mallender Marine. Travailler là-bas était une idée stupide à mon avis. Ce qu'il lui fallait, c'était une coupure avec la famille, c'est pourquoi j'étais si contente qu'elle accepte d'aller à Rhodes comme le lui avait proposé Alan.

Harry s'assit doucement dans le fauteuil en face d'elle.

– Croyez-vous qu'elle ait voulu éviter de rentrer... dans sa famille?

Cette fois, il n'y eut ni regard furieux ni fierté outragée.

– Non, je ne crois pas. Je trouvais que cela lui ferait du bien d'être un peu loin de nous mais elle ne l'aurait jamais admis. Il y avait chez elle un profond besoin de plaire, le besoin de nous prouver qu'elle serait à la hauteur de ce qu'on attendait d'elle. Je ne peux pas croire qu'elle se soit enfuie en nous laissant imaginer le pire.

Marjorie Mallender jeta un coup d'œil sur une photo encadrée posée devant elle sur la table basse. Harry vit son regard se voiler comme si ce qu'elle voyait entraînait une fois de plus ses pensées ailleurs. Elle se pencha en avant, prit le cadre dans ses mains et examina attentivement la photo pendant plusieurs secondes en secouant lentement la tête. Puis, croisant le regard interrogateur de Harry, elle tourna la photo vers lui.

– Cette photo a été prise pour les vingt et un ans de Clare : le 24 août 1980. J'avais deux belles filles, ce jour-là. Maintenant...

Elle soupira et ne termina pas sa phrase.

Par politesse plus qu'autre chose, Harry se pencha pour regarder. C'était une photo de famille traditionnelle prise dans le jardin derrière la maison : Marjorie Mallender entourée de ses filles. Il reconnut tout de suite Heather. Clare, impeccable, était la version sophistiquée de sa sœur. A droite de Heather, se tenait Roy. De l'autre côté, un parent ou un ami que Harry ne connaissait pas tenait Clare par la taille. Son visage lui disait pourtant quelque chose... Soudain, la mémoire lui revint. Cela semblait à peine croyable, pourtant la preuve était là sous ses yeux.

– Cela ne va pas, monsieur Barnett?

– Si, si. Mais... qui est la cinquième personne sur la photo?

– Oh! le petit ami de Clare. Je devrais plutôt dire son fiancé car...

– Son fiancé?

– Oui, mais leurs fiançailles ont été rompues moins d'un an après. J'étais désolée que Clare n'épouse pas Jonathan. Il aurait fait un excellent mari. Il est si charmant.

– C'est Jonathan Minter, n'est-ce pas?

– En effet. Vous avez entendu parler de lui, monsieur Barnett? Je crois qu'il est devenu journaliste. Clare l'avait rencontré à Oxford.

Harry regarda de nouveau la photo et le sourire prosaïque que Minter avait préparé pour l'objectif. De nouveau, Harry le retrouvait là où il n'aurait pas dû se trouver. Minter, fiancé de Clare Mallender, l'amant de Virginia Dysart!

Les jappements affectueux du chien et les battements de sa queue contre la porte signalèrent à Harry qu'ils n'étaient plus seuls. Quand il leva les yeux, il vit Charlie Mallender debout dans le salon, le visage déformé par la colère.

– Je ne t'attendais pas si tôt, dit Marjorie.

– Je l'ai croisé en partant, dit Charlie en montrant Harry du doigt. Sur le moment, je ne l'ai pas reconnu. C'est seulement en arrivant au club que j'ai retrouvé la mémoire. J'ai deviné qu'il venait ici. Alors je suis rentré tout de suite.

A sa voix, on sentait qu'il faisait des efforts pour se contrôler en présence de sa femme.

– Je vous demande de sortir d'ici, Barnett. Sur-le-champ.

– Mais Charles...

– Ne te mêle pas de ça.

Charlie avait déjà perdu son sang-froid : il avait un ton tranchant.

– Barnett!

Jugeant qu'il n'y avait rien à gagner à contester son ordre, Harry se leva et se dirigea vers la porte. Comme il arrivait à l'angle du canapé, Marjorie accrocha son attention et lui fit comprendre par un regard appuyé et un léger hochement de tête qu'elle au moins était disposée à le croire de bonne foi.

Aussitôt que Harry se trouva dans l'entrée, Charlie Mallender ferma la porte du salon derrière eux et attaqua :

– Qu'est-ce qui vous prend de venir ici et de mettre ma femme dans tous ses états?

– Elle n'est pas dans tous ses états.

– Moi, si. Maintenant, fichez le camp.

Il marcha d'un pas brusque jusqu'à la porte et l'ouvrit toute grande.

– Eh bien? Qu'est-ce que vous attendez?
– Ecoutez, Charlie...
– Pas un mot de plus! Décampez immédiatement.
Charlie était prompt à prendre la mouche mais avait l'esprit lent comme patron; Harry aurait dû se douter qu'il ne serait pas différent en privé. Charlie Mallender avait sa philosophie à lui : méprisant vis-à-vis de ses inférieurs, flagorneur envers ses supérieurs; la catégorie dans laquelle il plaçait Harry ne faisait aucun doute.
– Sortez, espèce de saligaud!
Harry marcha jusqu'au seuil puis il se tourna vers Charlie et dit :
– Je pourrais vous aider à retrouver Heather. Cela ne vous intéresse pas? Cela intéresse votre femme, en tout cas.
– Heather est morte et nous essayons de nous y résigner. Ma femme n'a pas besoin de faux espoirs et de promesses mensongères. Et c'est tout ce que vous avez à offrir.
– Comment pouvez-vous être si sûr qu'elle soit morte? Elle peut avoir fait une fugue?
– Elle n'avait aucune raison de fuguer. Elle avait tout ce qu'elle pouvait désirer.
Sauf un père chaleureux, pensa Harry à part lui.
– Il y a quelque chose qui m'échappe. J'ai presque l'impression que vous préféreriez que Heather soit morte plutôt que...
La brusque accélération de la respiration de Charlie, ses yeux exorbités et la vitesse avec laquelle il lança en arrière son bras droit comme pour décocher un coup de poing laissèrent Harry pantois. Ils se dévisagèrent un moment en silence, chacun d'eux évoquant l'éventualité de la violence mais reculant finalement devant ce que cela pourrait impliquer. Puis Charlie Mallender dit d'une voix terriblement adoucie qui la rendait plus menaçante encore :
– Il y a dix ans, j'aurais dû vous livrer à la police, Barnett, au lieu de me contenter de vous mettre à la porte. Je regrette de m'être montré si clément.
– Vous savez bien que c'est Roy qui a tout manigancé.
Pourquoi ces vieilles querelles et ces vieux différends prenaient-ils plus d'importance que ce qui touchait la sécurité de Heather? Harry n'avait pas la réponse, c'était un fait, voilà tout.
– Alors vous vous décidez à partir? dit Charlie d'un ton égal. Ou dois-je téléphoner à la police comme j'aurais dû le faire autrefois?

L'arrivée de la police ne pourrait que rendre la vie plus difficile pour Harry. Il franchit le seuil de la maison. Comme il se retournait pour lancer une dernière pique, la porte lui claqua au nez avec une force qui fit vibrer le heurtoir et la boîte aux lettres.

Des portes qui claquent, des regards qui se détournent, des questions sans réponse : chaque échec était en soi une victoire, songea Harry en s'éloignant dans l'allée. Les faux-fuyants et le découragement l'attendaient à chaque tournant mais cela ne faisait que renforcer sa certitude : il était sur la bonne piste. Il n'abandonnerait pas : son entêtement et sa curiosité sauraient l'en empêcher.

17

Le lendemain matin, Harry prit congé d'Ernie Love. Il arriva vingt minutes à l'avance devant l'horloge du Jubilé où il avait rendez-vous avec Mossop. A cette heure-là, un dimanche, la promenade était déserte. Seules les mouettes donnaient de la voix. Elles criaient au-dessus de lui en montant en flèche dans les tourbillons de vent. Assis dans l'abri le plus proche de l'horloge, Harry regardait les vagues crêtées d'écume, tout étonné de se sentir heureux.

Malgré une situation pour le moins embrouillée, il envisageait la suite avec optimisme. Les résistances et les réactions de rejet auxquelles il s'était heurté depuis le début de son enquête lui confirmaient qu'il était sur la bonne voie. Non que la pensée qu'il fût peut-être le seul à détenir la clef du mystère de la disparition de Heather expliquât à elle seule son étrange euphorie. Les deux nuits qu'il avait passées sous le même toit qu'Ernie y étaient aussi un peu pour quelque chose car le vieil homme était le symbole d'une oisiveté misérable dans laquelle Harry aurait pu sombrer si le désir de retrouver Heather ne lui avait enfin donné un but. Il n'était pas certain cependant que ses motivations inconscientes soient d'avoir un but dans la vie. Quelque chose de plus personnel était en jeu, une volonté opiniâtre de mettre un terme à son penchant à dévaloriser la vie.

Un coup de klaxon l'arracha à ses réflexions. Mossop aussi était en avance.

– Je n'ai pas bien d-dormi, avoua Mossop dès que Harry eut grimpé dans la voiture. J'étais inquiet.

– Pourquoi ça?

– J-je ne sais pas.

Il eut un sourire crispé.

Sur la banquette arrière, il y avait un imperméable, une boîte à sandwichs, un guide d'ornithologie et une paire de jumelles. Mossop avait fait tout son possible pour donner le change à sa mère mais Harry soupçonna que ses battements de paupières et son bégaiement plus fort avaient dû le trahir.

– Alors… où on va?

– Là où tu es allé le dimanche 28 août, Nige. Je m'en remets à toi.

La route que prit Mossop, celle-là même qu'il avait empruntée trois mois plus tôt, corroborait tout à fait les suppositions faites par Harry à l'examen des photos. Mossop avait retrouvé Heather à Portsham dans Bridport Road, et non à Sabre Rise; on pouvait donc en conclure qu'elle avait voulu tromper une éventuelle surveillance. Ils étaient revenus à Weymouth puis ils avaient pris le chemin du crématorium où Heather était entrée juste assez longtemps pour prendre une photo.

Leur première étape serait donc le sujet de la première photo. Laissant Mossop dans la voiture, Harry fit lentement le tour de la chapelle en brique rouge érigée sur un sommet dominant la ville, au milieu de pelouses et de parterres de fleurs bien entretenus. Les cendres de Beryl Love avaient dû être dispersées quelque part par là, sous un buisson de roses. Harry connaissait trop Ernie pour penser qu'il avait pu faire les frais d'une plaque commémorative. Pour Clare Mallender, c'était différent. Dans le cimetière, dans la troisième rangée de stèles, il trouva l'endroit où Heather avait soulevé son appareil pour prendre la deuxième photo du rouleau. CLARE THOMASINA MALLENDER, 1959-1987. C'était un sujet bien naturel pour une jeune femme en deuil de sa sœur, le point de départ logique de son périple et par conséquent de celui de Harry.

Ensuite, Mossop se dirigea vers l'est. Ils roulèrent en silence. Harry observait avec une acuité tranquille le paysage qui défilait comme si c'était la seule façon d'arriver à comprendre le raisonnement de Heather. Ils arrivèrent à midi à Beaulieu, un village à la lisière de la New Forest établi sur un fleuve côtier où Mossop et Heather s'étaient arrêtés pour déjeuner mais Harry était trop impatient pour cela; ils continuèrent donc à rouler vers le sud, du côté ouest de l'estuaire. Là, ils laissèrent la voiture et allèrent à pied jusqu'au bord du fleuve, à l'endroit exact où Heather avait pris la troisième photo.

Le paysage de la photo était le même que celui qu'il avait sous les yeux, à l'exception des quelques modifications apportées par l'hiver. Les arbres étaient nus à présent, le ciel maussade, les roseaux gris. Mais à part cela, avec Mossop à ses côtés, mal à l'aise et jacassant, Harry pouvait facilement imaginer la même scène quelques mois plus tôt. Maintenant que les arbres avaient perdu leurs feuilles, on distinguait mieux, sur l'autre rive, le ponton de Tyler's Hard, le cottage aux murs blancs où Dysart venait de temps en temps passer la fin de semaine dans sa circonscription. Heather lui avait emprunté ses jumelles, disait Mossop, et elle avait observé le cottage pendant un moment. Peut-être voulait-elle savoir si Dysart était chez lui, se dit Harry. De là, elle aurait pu voir sa voiture ou quelque signe de sa présence. Elle n'avait probablement rien vu qui aurait pu la dissuader d'aller y faire un tour. Mais Mossop lui apprit qu'elle n'était pas allée directement à Tyler's Hard. Ils avaient repris la voiture et continué vers l'est, au-delà des dernières bruyères de la New Forest, jusqu'aux lotissements bordant la raffinerie de pétrole de Fawley où vivait Molly Diamond, la femme de ménage de Dysart.

Mossop ne se souvenait plus de l'adresse et ils tournèrent un moment avant de retrouver la maison, toute pareille aux autres, bâties en bordure des champs clos d'oléoducs. Mossop, fidèle à ses préférences et à l'histoire, resta dans la voiture tandis que Harry remontait la petite allée en essayant d'ignorer les aboiements féroces du berger allemand de la maison d'à côté qui de rage s'en prenait à la palissade séparant les deux bouts de jardin.

Un jeune homme couvert de taches de graisse ouvrit la porte d'où s'échappèrent un flot de musique rock et une odeur de graisse. Harry demanda si Mme Diamond était chez elle. Le jeune homme recula dans le couloir en traînant les pieds et cria « M'man » de toutes ses forces, puis il poursuivit son chemin sans changer d'allure vers une motocyclette à moitié démontée que Harry apercevait par la porte du fond.

De la cuisine, une silhouette en tablier détailla Harry puis vint vers lui d'un air affairé en s'essuyant les mains à un torchon. C'était une femme dans la cinquantaine, peu soignée. Elle donnait l'impression d'avoir été autrefois une fière jeune femme menant une lutte inégale contre celle qui avait maintenant le teint gris et les mains rougies par les travaux ménagers, mais il restait au fond de ses yeux une petite étincelle d'ambition. Elle semblait décidée à envoyer promener son visiteur mais, à la mention du nom de Heather, elle s'adoucit et le fit entrer dans la pièce de devant où régnait un silence relatif.

– J'ai appris sa disparition dans les journaux, dit-elle. Je peux dire que ça m'a remuée quand ils ont dit qu'elle devait être morte. Une si jolie jeune femme et si bien élevée. Vous êtes un parent?

– Euh, non. Un ami. Mon nom est Barn... Harry hésita puis il prit le risque d'un mensonge. Horace Barnes.

– Que puis-je pour vous, monsieur Barnes?

– Eh bien, les amis et les parents de Heather se sont réunis pour chercher ce qui avait pu lui arriver et je me suis souvenu qu'elle était venue vous voir, il y a quelques mois.

– C'est elle qui vous a dit ça?

Mme Diamond eut une moue incrédule.

– Oui.

– Ça m'étonne.

– Vraiment? Pourquoi?

– J'avais l'impression qu'elle voulait que personne ne le sache. Elle m'a dit...

Elle eut une hésitation qui se transforma en un silence buté. Les plis de sa bouche s'accentuèrent.

– Qu'est-ce qu'elle vous a dit?

– Je ne sais pas si je peux le dire.

Harry essaya de prendre un air engageant.

– Votre discrétion est tout à votre honneur, madame Diamond. En temps normal, je ne vous demanderais pas de me faire des confidences. Mais les circonstances sont tout à fait exceptionnelles, vous devez en convenir.

Les sourcils froncés, elle réfléchit un moment puis elle eut cette réponse laconique :

– Oui, c'est juste.

– Est-ce que cela vous rassurerait de savoir qu'elle m'a confié qu'elle était venue ici mais qu'elle n'en a pas soufflé mot à sa famille?

Mme Diamond releva le défi.

– Elle vous a dit quoi exactement?

– Elle voulait voir où sa sœur était morte et parler à tous ceux qui avaient été témoins de l'explosion.

– C'est tout ce qu'elle a dit?

– Oui. Vous voulez dire qu'il y avait autre chose?

– Non...

Un petit encouragement semblait nécessaire.

– Si cela peut vous aider à prendre une décision, madame Diamond, sachez que je suis plus un ami de Heather qu'un ami de la famille... si vous voyez ce que je veux dire.

– Ce n'est pas eux qui me...

Elle se tut, le regarda intensément pendant un instant puis ajouta :

– Que savez-vous sur moi, monsieur... monsieur Barnes ?

– Rien, excepté que vous faites le ménage chez Alan Dysart, à Tyler's Hard.

– Je ne le fais plus.

– Oh, je ne savais pas. Mais pourquoi ?

– J'ai arrêté l'année dernière au mois de juin.

– Vous voulez dire après la mort de Clare Mallender ?

Elle fit un signe de tête affirmatif mais ne manifesta pas le désir d'en dire plus.

– J'imagine que ce devait être très pénible.

– C'est pas pour ça que j'ai arrêté, dit-elle d'un ton brusque.

Harry avait l'impression qu'ils s'écartaient de l'essentiel. Il voulait essayer de ramener la conversation sur la visite de Heather au mois d'août quand Mme Diamond, qui avait atteint la limite de ses résistances, lâcha tout à trac ce qu'elle avait dû également révéler à Heather.

– M. Dysart me donnait largement pour le ménage, alors mon Wilfrid m'a dit que j'étais folle d'arrêter mais croyez-moi, j'étais heureuse de partir, heureuse de quitter cette maison. Ce qui s'est passé l'année dernière, le 1er juin, ce n'était pas juste une tragédie, oh non ! Ce n'était tout simplement pas normal. C'était pas du tout comme tout le monde l'a cru. Et je sais ce que je dis car j'y étais. Vous vous rappelez ce qu'on a raconté dans les journaux et à la télé, monsieur Barnes ?

– Pas vraiment. J'ai compris...

– La belle Clare Mallender est morte à la place de M. Dysart à cause d'un attentat de l'I.R.A. Ça m'a donné beaucoup à penser. J'ai trouvé ça admirable. La secrétaire modèle. C'est pas le souvenir que j'ai d'elle. Une garce, oui, c'était, vous pouvez me croire. Elle était dure et sournoise. M. Dysart a dit qu'elle avait su se rendre indispensable. Je ne m'en étais pas aperçue. Ils se détestaient. Ça crevait les yeux. Ils passaient leur temps à se chamailler comme des chiffonniers. Même ce matin-là, ils ont eu une dispute horrible juste avant qu'elle monte sur le bateau et parte en fumée. Dieu ait son âme. Mais est-ce qu'on en a parlé à l'enquête? Non, pas un mot. Est-ce qu'on m'a appelée comme témoin? Non. Qu'est-ce que vous pensez de ça, hein, monsieur Barnes?

– Je ne sais pas, madame Diamond. Je suppose que personne ne veut dire du mal de quelqu'un qui est mort.

– Ah oui! En tout cas, Morpurgo, lui, il ne s'est pas gêné.

– Morpurgo?

– Le gardien de M. Dysart ou l'homme à tout faire, appelez-le comme vous voulez. Il vit à Tyler's Hard, au-dessus du garage; il a toute la place pour lui quand M. Dysart n'est pas là, ce qui veut dire presque tout le temps.

Harry n'avait jamais entendu parler de cet homme mais son statut ressemblait de façon troublante au sien.

– Est-ce que Morpurgo était là quand Clare Mallender a été tuée?

– Bien sûr qu'il était là. Il s'éloigne jamais beaucoup de Tyler's Hard. Quand c'est arrivé, M. Dysart et moi, on était dans la cuisine, et Morpurgo dans le jardin. J'ai vu Mlle Mallender marcher sur le ponton pour aller au bateau puis j'ai quitté la fenêtre des yeux pour surveiller le café de M. Dysart, et alors il y a eu un bruit énorme. Toutes les fenêtres de ce côté de la maison ont volé en éclats puis, pendant au moins trente secondes, il y a eu un silence affreux. On pouvait entendre des morceaux de bois tomber dans la rivière. Une partie du ponton a pris feu et aussi une partie de l'épave. J'ai regardé M. Dysart, il m'a regardée, et nous avons compris ce qui s'était passé sans avoir besoin d'aller voir. Il avait reçu un morceau de verre sur le front mais à part ça, on n'avait pas une égratignure. Instinctivement, on savait déjà que Mlle Mallender avait été tuée.

– Cela a dû être horrible, dit Harry sans conviction. Mais quel rapport avec...

– On est sorti en courant mais il était trop tard. Il ne restait plus rien du bateau et encore moins de Mlle Mallender, ce qui est une bénédiction, dans un sens. M. Dysart est quand même allé voir ce qu'il pouvait faire pendant que je rentrais téléphoner à la police. En chemin, j'ai croisé Morpurgo. Il arrivait en courant du jardin et nous avons failli nous rentrer dedans. C'est pour ça que j'en suis sûre, vous voyez. Il avait une expression que je ne suis pas près d'oublier. Il souriait, monsieur Barnes, il souriait comme un chat à qui on donne du lait; il souriait comme s'il était content de ce qui venait de se passer. J'ai été secouée à un point, je peux pas vous dire. Ça m'a fait froid dans le dos. Depuis ce jour, je n'ai pas remis les pieds à Tyler's Hard. Je ne l'aurais pas supporté. Ce n'est pas à cause de l'explosion; ce n'est pas un choc après coup ou quelque chose comme ça. C'est parce que dans toute cette histoire, ce n'était pas comme les gens pensaient, il y avait quelque chose de pas normal.

Ce que Mme Diamond entendait par « pas normal » était aussi impénétrable qu'irréfutable. Harry se sentait enclin à mettre une telle appréciation sur le compte d'une nature hystérique mais Mme Diamond n'était ni assez riche ni assez impressionnable pour avoir quitté un boulot bien payé sur un mouvement d'humeur. Elle parlait de sa réaction à la mort de Clare avec une sincérité qui obligeait Harry à en tenir compte. Il était facile d'imaginer quel effet ces révélations avaient dû produire sur Heather qui cherchait à sortir de sa dépression.

– L'an passé, j'ai dit quelques mots à Mlle Heather, aux funérailles de sa sœur. J'ai cru que ça ne l'intéressait pas, mais l'été dernier, un jour vers la fin du mois d'août, elle est venue me voir, oui, et elle m'a demandé de lui raconter tout ce qui s'était passé le jour de l'explosion. Je m'en souvenais comme si ça venait de se passer. Tout était encore gravé dans ma tête. Le bruit de l'explosion, énorme, écœurant. Et les flammes tout autour du ponton. Et plus tard, les hurlements des sirènes de police, les clignotements de leurs lumières bleues, les parasites des radios. Mais tout ça, ce n'était rien comparé au sourire de Morpurgo.

– Pourquoi souriait-il, à votre avis?

– Pourquoi? Ben, si je le savais, monsieur Barnes, j'aurais su ce qu'il y avait de pas normal ce jour-là.

– Vous ne pouviez pas le lui demander?

– On voit que vous le connaissez pas. Mais justement je lui ai demandé d'une manière détournée un peu plus tard dans la journée.

– Qu'a-t-il dit?

– Rien.

– Rien du tout?

– Il a juste souri, monsieur Barnes. Le même sourire qu'il avait eu le matin, comme s'il était très content. C'est ça qui m'a chiffonnée : Mlle Mallender qui était morte depuis quelques heures à peine et Morpurgo qui souriait.

Ce n'était pas nécessaire de demander à Mossop où Heather lui avait demandé de l'emmener en quittant Fawley. Les propos de Mme Diamond avaient dû éveiller chez elle la même curiosité que celle qui le tenaillait à présent. Qui était Morpurgo? Pourquoi avait-il souri? Qu'est-ce qui n'était pas normal, ce jour-là? Ils roulèrent lentement sur les routes étroites en direction de l'estuaire de la Beaulieu River en se fiant aux souvenirs de Mossop. Ils longèrent des forêts, des paddocks, des prés et des chaumières d'un rouge velouté.

– Tu es t-très silencieux, dit Mossop après qu'ils eurent parcouru en silence quelques kilomètres.

Harry ne répondit pas. Il espérait que le jeune homme retomberait dans son mutisme et qu'il pourrait contempler en paix cette campagne préservée, réservée à des privilégiés, les pur-sang choyés broutant de l'autre côté des barrières et entrevoir, au bout de longues allées, les belles demeures de leurs propriétaires, masquées par des rideaux de sapins. Il sentait qu'il pourrait trouver dans ses associations d'idées le fil qui le mènerait peut-être à la réponse qu'il cherchait.

– C'est vraiment... bizarre. Pendant le déjeuner... Heather était... assez bavarde... mais, après sa visite à Mme Diamond, elle était comme... comme toi maintenant.

Harry essaya de faire sortir de sa tête la voix trébuchante de Mossop pour se concentrer sur les paroles de Heather, les dernières paroles qu'elle ait dites : « *Je ne peux plus faire demi-tour, maintenant, tu comprends ?* » Etait-ce là, se demanda-t-il, le long de cette route humide et froide, bordée de pins, qui menait à Tyler's Hard qu'elle avait compris pour la première fois qu'il n'y aurait pas de retour en arrière possible, qu'elle ne pouvait plus stopper la dynamique qui l'entraînait inexorablement vers ce qui l'attendait sur le mont Prophitis Ilias?

Une Range Rover tirant un van et roulant au milieu de la chaussée déboucha à toute vitesse d'un virage, obligeant Mossop à faire une embardée sur le bas-côté bourbeux. Le bruit d'eau projetée contre la roue et les éclaboussures sur le pare-brise rappelèrent à Harry le ruissellement qu'il avait entendu à la villa ton Navarkhon et qui avait enflammé son imagination, l'attirant au premier étage comme dans un rêve lui donnant à voir des statues de chair et de sang, des messages cachés dans des images, des rencontres qui n'étaient autres que des rendez-vous donnés sans le savoir.

Ils étaient arrivés. Une petite route les avait conduits à travers un taillis à un méandre saumâtre de la Beaulieu River et Mossop avait arrêté la voiture juste devant la propriété de sorte qu'ils pouvaient voir sans être vus le cottage, le jardin, l'appontement envahi par les mauvaises herbes et le doigt ombragé du ponton qui s'avançait dans l'eau.

– Tu y es allée avec elle, Nige?

– N-non. J'ai attendu ici. Elle ne v-voulait pas que je l'accompagne.

– Je comprends.

Harry descendit de voiture, ferma la portière le plus doucement possible et commença à avancer. Il était gêné d'être venu à Tyler's Hard à l'insu de Dysart mais sa curiosité était la plus forte. Observant le cottage depuis le portail, il reconnut immédiatement la quatrième photo de Heather. Elle avait dû la prendre à l'endroit précis où il se trouvait. Seul le début de l'hiver apportait de légères modifications. Une allée sur sa droite conduisait au garage doté dans sa partie supérieure d'un logement auquel on accédait par un escalier extérieur. L'ensemble était de construction récente mais conçu pour s'harmoniser avec le cottage que Harry avait devant les yeux, et parfaitement entretenu, même en l'absence du maître des lieux. A la route, succédait une allée de gravier qui faisait une courbe le long de la haie pour desservir la jetée. En regardant attentivement le ponton, il remarqua la tache plus claire du bois neuf à son extrémité, seule trace visible, au milieu de toute cette solitude domestiquée, de la tragédie qui avait eu lieu, dix-huit mois plus tôt.

Harry ouvrit le portail et entra. Puis il hésita, ne sachant s'il devait aller vers le cottage, vers le garage ou dans le jardin. Des volutes de fumée s'élevant derrière la maison résolurent la question. En suivant le chemin qui menait dans cette direction entre des buissons aux branches nues et d'autres à feuilles persistantes, il imagina qu'il allait trouver en Morpurgo une réplique de lui-même, une sorte de double inventé par Dysart et qu'il avait installé chez lui en Angleterre alors que Harry était banni à Rhodes. Il passa sous une arche en treillis couverte de lierre et, à la vue de l'homme qui rassemblait à l'aide d'un râteau les feuilles mortes et les brindilles pour les mettre dans un incinérateur, il comprit combien son idée était absurde. Il n'y avait rien de commun entre eux.

Morpurgo, car Harry ne doutait pas que ce fût lui, formait une vision étrange avec son béret, son bleu de travail crotté et ses caoutchoucs. Il dépensait plus d'énergie que nécessaire pour alimenter l'incinérateur, poussant les paquets de feuilles accrochées au râteau dans la bouche enfumée avec une délectation gênante qui fit pressentir à Harry que quelque chose n'allait pas.

Harry se rapprocha mais Morpurgo ne leva pas la tête. Il continuait son travail avec le zèle et la concentration de quelqu'un tout entier absorbé par sa tâche. La fumée qui sortait de l'incinérateur fit tousser Harry et il cligna les yeux mais elle semblait ne pas importuner Morpurgo, penché au-dessus.

– Excusez-moi... monsieur Morpurgo?

Il n'y eut pas de réponse.

– Monsieur Morpurgo?

Enfin, l'autre réagit. Maintenant en place, avec les dents du râteau, le dernier chargement destiné à l'incinérateur, Morpurgo tourna lentement la tête et regarda Harry par-dessus son épaule gauche. Harry fit un bond en arrière puis il rougit, honteux d'avoir trahi son dégoût par un frisson irrépressible. A l'endroit où aurait dû se trouver l'œil gauche de Morpurgo, il n'y avait qu'un amas de chair plissée dont la vue soulevait le cœur. La pommette et une grande partie de la moitié gauche du visage avaient également disparu dans cette crevasse aux contours mal délimités, distordant d'horrible façon le nez et la bouche. Le béret rabattu dissimulait une zone peut-être plus hideuse encore, à proximité de l'oreille et de la tempe. Quant à l'œil droit, d'un bleu vif, il vous regardait de dessous une touffe solitaire de sourcil.

– Bon... bonjour.

D'un brusque mouvement de torsion en avant, Morpurgo libéra le râteau de l'incinérateur. L'espace d'un instant, Harry se demanda si l'autre n'allait pas l'attaquer. Un fragment d'une tragédie de l'époque de Jacques Ier lui revint en mémoire : « *Dans mon jardin, lorsque je contemple l'eau des mares, je crois voir une chose armée d'un râteau, prête à me frapper.* » La respiration bruyante, Morpurgo planta l'instrument par terre et il s'appuya dessus en posant sur Harry son regard de cyclope. Non seulement il était défiguré, mais il souffrait visiblement de quelque infirmité.

– Je m'appelle... enfin, peu importe, dit Harry.

Un mensonge lui vint à l'esprit.

– Je cherche Alan Dysart.

En prélude à une réponse, la bouche de Morpurgo avait commencé à se tordre affreusement. Lorsqu'il parla, ce fut en détachant chaque mot dans une sorte de sifflement. Il répondit à la première remarque de Harry comme s'il n'avait pas encore eu le temps d'assimiler la seconde.

– Je – m'appelle – Morpurgo.

– Ah, formidable!

Se maudissant de paraître aussi condescendant, Harry sentit une vague de pitié l'envahir. Morpurgo devait être quelque pauvre hère inoffensif de la circonscription de Dysart à qui ce dernier avait procuré un travail et un logement. A moins que ce ne fût un vétéran des Falklands grièvement blessé pendant qu'il servait à bord du navire commandé par Dysart. En tout cas, le sourire qui avait inquiété Mme Diamond n'était que le sinistre héritage d'une chirurgie drastique. Ce qui n'était « pas normal » venait simplement de la difficulté à articuler d'un être handicapé.

– Bon-jour.

– Bonjour.

Harry sourit bêtement.

– Alan – n'est – pas – ici.

– Oh! je vois. Une autre fois alors peut-être.

– Oui. Une – autre – fois.

Harry esquissa un geste du bras en guise d'adieu, puis il fit demi-tour. Il était persuadé que cela ne servait à rien de prolonger la conversation. Heather avait dû sentir comme lui qu'il n'y avait pas de quoi fouetter un chat. Il revint sur le sentier, se reprochant de s'être laissé influencer par le besoin de dramatiser de Mme Diamond. Peut-être avait-elle conçu un préjugé contre Morpurgo à cause de son apparence horrible. Peut-être...

Harry s'arrêta net. Cela lui était revenu en se représentant Morpurgo, un petit détail, qui méritait d'être vérifié. Il revint sur ses pas. Morpurgo n'avait pas bougé. Il était encore appuyé sur son râteau, le regard tourné dans sa direction. Même à plusieurs mètres de distance, Harry vit qu'il ne s'était pas trompé. Sous son bleu de travail, Morpurgo portait une chemise et une cravate. La chemise était défraîchie et tachée. Mais c'était la cravate qui avait retenu l'attention de Harry. Son motif était simple : de larges bandes diagonales rose et blanc. « Cerise et argent », avait rectifié Heather. Cerise et argent comme l'écharpe qu'elle avait perdue sur le mont Prophitis Ilias. « C'était à ma sœur. » Cette phrase de Heather, sortie d'un contexte dont il ne se souvenait plus s'imposa à lui.

– Autre – chose? demanda Morpurgo.

– Non. C'est... c'est votre cravate : elle m'a frappé.

– Ma – cravate?
– Oui. Elle est très... particulière.
Morpurgo sortit le bout de sa cravate de son bleu de travail et il la regarda d'un air perplexe.
– Où l'avez-vous eue? On vous l'a offerte?
Morpurgo le regarda.
– Non, dit-il avec emphase.
– Ce n'est pas un cadeau?
– Non. Pas – un – cadeau. C'est – à – moi. Je – l'ai – gagnée.
– Vous l'avez gagnée?
– Oui. A – l'u-...
Il fit une pause et essaya encore une nouvelle fois :
– A – l'université.
– Quelle université?
– Oxford.
Harry entrevit tout à coup un enchaînement logique. L'écharpe appartenait à Clare Mallender. Elle ressemblait à une écharpe de collège. Clare Mallender avait fait ses études à Oxford. Elle avait rencontré Jonathan Minter là-bas. Peut-être faisaient-ils partie du même collège : le collège aux couleurs cerise et argent. Et Morpurgo aussi y était allé. Et il avait souri le jour où Clare avait été tuée.
Car il souriait à présent. Comme il dégageait la cravate de son bleu de travail et en caressait le nœud, une fierté enfantine le faisait sourire : un sourire d'intense satisfaction à vous faire froid dans le dos : le même sourire, sans aucun doute, que celui qui avait inquiété Mme Diamond.
– Au – revoir, dit-il à Harry qui se dépêchait de partir.
Lorsque Harry arriva au portail, il en était sûr. La tentation avait dû être trop forte, d'ailleurs les photos étaient là pour le prouver. Morpurgo devait porter la même cravate le jour où Heather était venue à Tyler's Hard. Peut-être la mettait-il chaque jour. En tout cas, la cour sur la photo suivante, la cinquième prise par Heather, était sûrement la cour d'un collège d'Oxford aux couleurs cerise et argent où dans le passé s'était noué un lien entre trois personnes venues d'horizons différents.
Selon Mossop, Heather n'avait pas desserré les lèvres pendant le trajet de retour jusqu'à Weymouth. Elle ne lui avait rien dit de son entretien avec Mme Diamond ni de sa rencontre avec Morpurgo et il ne lui avait pas posé de questions. Il l'avait laissée devant le pub du Half Moon à Portesham, avait échangé avec elle quelques banalités sur la semaine de travail qui allait

commencer, puis il était rentré à Radipole, à temps pour prendre le thé avec sa mère. Il n'avait plus repensé à leur excursion jusqu'à la disparition de Heather puis la visite de Harry.

Harry n'était pas surpris. Heather avait dû être aussi réticente à sc confier à Mossop qu'il l'était lui-même. Elle avait juste eu besoin de lui pour une action ponctuelle. Harry demanda à Mossop de le laisser à la gare de Brockenhurst où il commença son voyage de retour vers Swindon, heureux d'être seul parmi des voyageurs anonymes pour pouvoir enfin réfléchir tranquillement à ce qu'il avait découvert et aux déductions qui en découlaient.

Morpurgo était trop vieux pour être un contemporain de Clare Mallender. Il était plutôt de la même génération que Dysart. Alan avait fait ses études à Oxford ; Morpurgo était peut-être un ancien ami à lui. Ils avaient pu servir ensemble dans l'armée, ce qui expliquerait l'infirmité de Morpurgo et la générosité de Dysart. Si Clare avait fréquenté le même collège qu'eux, c'était peut-être tout simplement parce que Dysart le lui avait recommandé, à la demande de son père, Charlie Mallender. Il n'y aurait donc rien d'inquiétant dans tout cela. Les photos montraient pourtant que, si Heather avait pu suivre sans peine le même raisonnement que lui, sa curiosité avait été la plus forte : elle était allée à Oxford.

Le voyage en train jusqu'à Swindon nécessitait pas moins de trois changements : à Southampton, à Basingstoke et à Reading. Dans l'enfilade des souterrains où les pas résonnaient et sur les quais en plein courant d'air, Harry finit par remarquer, malgré ses préoccupations, qu'un homme monté dans le train avec lui à Brockenhurst prenait les mêmes couloirs de correspondance. Au début, il n'y fit pas attention car il n'était pas si rare que deux voyageurs suivent un moment le même chemin. Qu'il prenne deux fois le même train que lui et monte dans le même wagon, cela pouvait être un simple concours de circonstances. Mais la troisième fois, Harry trouva cela si bizarre qu'il fut distrait de ses supputations captivantes sur le raisonnement de Heather. Il n'en demeurait pas moins qu'il s'agissait certainement d'une coïncidence et que leur chemin se séparerait à Reading.

Mais non. A moins de dix mètres de Harry, sur le quai où était attendu le train pour Swindon, il retrouva le même homme qui examinait les livres de poche devant un kiosque à journaux. Mince, les épaules tombantes, en imperméable, ce pouvait être un inoffensif voyageur du dimanche soir mais à présent, Harry n'arrivait plus à s'en convaincre.

Le train de Swindon arriva. Harry monta dedans. L'inconnu le suivit et choisit un siège à quelque distance de Harry mais face à lui. Il ne semblait pas profiter de sa position pour l'observer. Il gardait les yeux fixés sur les pages du livre de poche qu'il avait acheté à Reading. C'était un livre plus ou moins pornographique d'après la couverture représentant une fille en dessous noirs qui paraissait accaparer toute l'attention de l'homme. Ce mauvais goût eut pour effet de rassurer Harry qui, estimant qu'il avait besoin de se calmer les nerfs, se rendit au buffet où il commanda un scotch qu'il but au comptoir et une bière qu'il emporta.

En revenant à sa place, Harry ne put s'empêcher de jeter un coup d'œil sur le livre. L'homme était en train de tourner la page et ce faisant, il exposa momentanément la couverture que Harry jusqu'à présent n'avait vue que de loin. Il sursauta : la fille en sous-vêtements noirs était étendue sur un divan, étranglée avec une écharpe nouée autour de son cou.

Harry retourna à son siège en trébuchant. Pourquoi était-ce justement une écharpe? se demanda-t-il. Pourquoi au moment où il commençait à croire que cet homme ne s'intéressait absolument pas à lui, avait-il choisi ce livre parmi des dizaines d'autres? La coïncidence était plus que troublante... Soudain, Harry se rendit compte que le train ralentissait. Regardant par la fenêtre, il vit qu'ils arrivaient à la gare de Didcot, le dernier arrêt avant Swindon. Une solution à son dilemme se présenta aussitôt à son esprit. Cédant à une impulsion, il se leva et se hâta vers la porte.

L'homme ne le suivit pas. Comme Harry regardait le train quitter lentement la gare, il pouvait voir à travers la fenêtre brillamment éclairée l'homme toujours plongé dans son bouquin, indifférent semblait-il au départ de Harry. C'était stupide, se dit-il, d'avoir supposé qu'on le suivait. L'heure d'attente qu'il s'était imposée dans une gare humide et froide à attendre le prochain train pour Swindon n'était pas complètement inutile. Cela lui donnait la preuve qu'il n'était pas suivi comme il avait pu le croire, la preuve absolue.

18

Harry n'avait pas pensé qu'il retournerait aussi vite à la bibliothèque de Swindon. Il voulait, cette fois, éplucher les journaux du 2 juin 1987 dans l'espoir de découvrir quelque chose qui avait pu lui échapper lors de sa visite à Tyler's Hard.

Mais les articles sur l'attentat manqué contre Alan Dysart se ressemblaient tous et Harry avait l'impression de les connaître par cœur. Il ne trouva nulle part d'informations susceptibles d'éclairer un tant soit peu ce que Mme Diamond avait qualifié de « pas normal ».

« *L'I.R.A. a revendiqué hier l'attentat à la bombe contre Alan Dysart, député et sous-secrétaire d'Etat, dans son cottage de la New Forest...* »

« *L'I.R.A. a reconnu hier avoir placé une bombe à bord du yacht de M. Dysart, sous-secrétaire d'Etat à la Défense, qui a coûté la vie à son assistante, Clare Mallender...* »

« *Les terrorristes de l'I.R.A. ont battu hier leur triste record en brisant la paix de la New Forest...* »

« *Alan Dysart, sous-secrétaire d'Etat à la Défense, a déclaré hier que les attentats dirigés contre lui ne l'empêcheraient pas de dénoncer ceux qui cherchent à renverser la démocratie en Irlande du Nord...* »

En pages intérieures, il y avait les hommages des amis et des parents : « *Clare Mallender, la très jolie et très talentueuse jeune femme qui a trouvé la mort dans un odieux attentat, était l'assistante modèle...* »; « *Il est très difficile de croire qu'une femme dotée de tant de vitalité soit à jamais perdue pour nous* »; Dysart était cité : « ... *cela me fait mal de penser que ma position contre le terrorisme a pu être pour quelque chose dans la mort de Mlle Mallender.* » Mais Charlie Mallender luttant pour refouler ses larmes, selon un reporter, était venu au secours de Dysart : « *Malgré notre douleur, nous trouvons une consolation à la pensée que Clare a soutenu sans réserve la campagne d'Alan Dysart...* » Et les éditoriaux étaient unanimes : « *Cet acte ignoble ne fera pas dévier la politique du gouvernement, ni la résolution de M. Dysart : le rejet de principe des objectifs des auteurs de ce crime reste à l'ordre du jour...* » Ni Morpurgo ni Mme Diamond n'étaient cités et il n'y avait aucune allusion à quoi que ce soit de louche.

Une nuit de sommeil et cette maigre récolte dans les journaux avaient considérablement ébranlé la confiance de Harry en ce qu'il faisait. Les photos n'étaient peut-être qu'un miroir aux alouettes, l'incitant à marcher sur les traces d'une jeune femme névrotique. On ne pouvait pas bien connaître quelqu'un en l'espace de quelques petites semaines. Il ne pouvait pas se fier à l'impression que Heather lui avait faite dans le décor très particulier de Rhodes. Des hypothèses échafaudées à partir de deux cartes postales et d'une série de photos n'étaient pas plus solides que le sentiment confus d'avoir été suivi la veille.

Désabusé, Harry rentra à pied à Falmouth Street. Absorbé dans ses pensées, il ne remarqua pas la berline pourpre garée au coin de la rue, juste avant le numéro 37. Comme il passait devant, la porte du conducteur s'ouvrit brusquement, lui bloquant le passage.

Un jeune homme aux traits sévères descendit de voiture et s'adressa à lui en plantant ses yeux droit dans les siens :

– Harry Barnett?

– Euh, oui, c'est moi.

– Police, dit l'homme en brandissant une carte sous son nez. Montez derrière.

– Mais je...

– Montez!

Harry obéit. Le siège sur lequel il prit place était le seul inoccupé. A sa gauche était assis un homme costaud aux cheveux grisonnants qui regardait droit devant lui, tout comme celui qui était au volant. L'homme, à la place du passager, se retourna et sourit à Harry avec une hostilité glacée.

– Belle journée pour la saison, hein? dit-il alors qu'il faisait un temps froid et humide déprimant.

– Mais qu'est-ce que...
– Vous arrivez de Rhodes, il paraît?
– Oui, mais...
– Vous avez rapporté des choses que vous n'auriez pas dû?
– Que voulez-vous dire?
– De la drogue, par exemple?
– Bien sûr que non.
– On ne trouvera donc aucune substance suspecte si on fouille chez votre mère?
– Evidemment. Qu'est-ce qui vous fait...
– La ferme!
C'était l'homme aux cheveux gris assis à côté de Harry qui avait parlé. Il tournait vers lui son visage à la mâchoire carrée, grêlé par la petite vérole.
– Ecoute-moi, Barnett. La police grecque ne pouvait pas te coffrer pour des broutilles mais on n'est pas aussi pointilleux. D'un autre côté, on sait se montrer raisonnable. On ne se sent pas obligé de te chercher des poux, mais si tu nous y forces, on trouvera quelque chose de coton, tu peux me croire. Alors suis mon conseil : ne nous y oblige pas.
– Comment est-ce que je peux...
– Ta gueule!
Il regarda Harry un moment en silence puis reprit :
– Si la famille Mallender entend encore parler de toi une seule fois, directement ou indirectement, que ce soit au téléphone, par courrier, ou de n'importe quelle façon, on te tombera dessus à plusieurs et après ça, tu ne te reconnaîtras plus dans la glace. La drogue n'est qu'un moyen parmi d'autres. Ta vieille maman pourrait voler à l'étalage. Tu pourrais essayer de violer une fille dans le parc qui serait une femme policier en civil. On trouvera toujours le moyen de te dérouiller, pigé? Si t'as compris, fais un signe de tête.
Harry savait qu'il aurait dû s'indigner de cette preuve grossière de l'ingérence de Charlie et de Roy Mallender et éprouver une certaine satisfaction à l'idée qu'ils en aient senti la nécessité, mais tout ce qu'il éprouvait était une angoisse indicible qui lui donnait envie de vomir. Des policiers impitoyables dans une voiture banalisée faisaient partie d'un univers de violence et d'intimidation dans lequel il n'avait jamais souhaité entrer. Il se sentit très vulnérable et rien que d'y penser, il en eut l'estomac retourné. Sonné, il hocha la tête.
– Alors descends, dit avec un sourire celui qui occupait le siège du passager.

Harry se retrouva sur le trottoir. La portière claqua derrière lui et la voiture s'éloigna. Harry la regarda s'éloigner et, quand elle eut disparu à l'angle d'Emlyn Square, il se remit en marche, les jambes toutes flageolantes. Il ne s'arrêta pas au numéro 37. Après ce qui venait de se passer, une autre direction lui semblait plus appropriée.

Deux heures plus tard, imbibé de bière et l'âme fortifiée, Harry contemplait le reflet que lui renvoyait le miroir du Glue Pot en se disant que, même si le retour à la sobriété entamait son courage, il n'abandonnerait pas. Si Roy et Charlie Mallender avaient voulu lui faire peur, ils avaient réussi. Mais leur impatience à lui faire lâcher prise avait indiqué à Harry qu'il était sur la bonne voie. La peur ne suffirait plus à l'arrêter. Elle était venue trop tard pour être réellement efficace. Il était décidé à aller jusqu'où le mèneraient les photos.

19

Oxford n'était qu'à une cinquantaine de kilomètres de Swindon, mais Harry n'y était allé que deux fois : à l'Ashmolean Museum avec l'école et pour un voyage d'affaires à Morris Motors. Pourtant, s'il connaissait mal cette ville, ce n'était pas par indifférence. Dans le passé, il avait souvent rêvé qu'il rejoignait les rangs privilégiés des étudiants d'Oxford, et que, après trois années d'études ponctuées de succès universitaires et de conquêtes féminines, il commençait une vie heureuse et insouciante dont ses origines sociales et une éducation insuffisante l'avaient exclu.

Harry avait souvent pensé qu'il aurait pu faire un peu la même carrière qu'Alan Dysart, s'il avait pu bénéficier des avantages que procurait la possibilité de faire ses études à Oxford. Lui aussi, si son père avait été aussi riche que celui de Dysart, aurait pu être un gentleman et devenir officier. Si seulement il avait été plus appliqué à l'école, si seulement...

Mais la vie, comme Harry l'avait appris, ne fonctionnait pas selon le principe de plaisir. La vie exigeait qu'on prenne des décisions irrévocables avant même de pouvoir en mesurer les conséquences. Dans la vie, il n'y avait pas de retour en arrière possible, pas d'aiguillages à plusieurs voies, pas de moyen d'échapper à un avenir tracé d'avance. Dans les rues d'Oxford illuminées pour les fêtes de Noël, au-dessous des flèches dorées et des coupoles arrogantes d'un monde qui l'avait rejeté, il n'était pas davantage en son pouvoir de s'opposer à la force irrésistible qui l'entraînait vers un nouveau maillon de la chaîne.

Il trouva ce qu'il cherchait au milieu de High Street, à la devanture d'un tailleur, parmi un large choix d'écussons des différents collèges. Harry entra, se renseigna et obtint, sans plus qu'un sourcil en accent circonflexe, le catalogue complet des articles universitaires disponibles chez Sheperd & Woodward. Il attendit d'être dehors pour se retourner vers les couleurs des collèges exposées dans la vitrine car il avait besoin de la solitude d'un trottoir grouillant de monde pour faire une découverte qui, pour être prévisible, n'en était pas moins bouleversante.

Quatre bandes d'égale largeur, cerise et argent, verticales pour l'écharpe et diagonales pour la cravate, étaient les couleurs de Breakspear College : le collège de Dysart ; celui de Clare Mallender ; celui de Minter ; et celui de Morpurgo. Il y avait bien un lien entre toutes ces personnes qui ne se réduisait pas à une simple coïncidence. Dysart parlait souvent de son vieux collège quand il travaillait à Swindon. « *Je fais mes études à Breakspear. Pourquoi tu ne viendrais pas me voir pendant le trimestre, Harry ?* » Harry n'y était jamais allé, bien sûr. Il aurait eu du mal à supporter le contraste entre l'existence facile dévolue à Dysart et la sienne. Mais il se souvenait du nom du collège et de tout ce qui y était associé. Heather avait remonté cette piste avant lui. Elle avait vu et compris ce qu'il allait voir d'ici peu et comprendrait peut-être. Il devinait déjà où elle avait pris la cinquième photo.

Breakspear était moins imposant et moins prétentieux que la plupart des autres collèges. Harry aurait pu dépasser sans la voir l'entrée basse et voûtée qui donnait sur l'une des rues étroites reliant High Street à Broad Street. Fondé en 1259 et ouvert aux visiteurs dans la journée, Breakspear College affichait la modestie d'une institution sûre de sa valeur. Dans la première cour, la plus ancienne, Harry découvrit ce qu'il cherchait. Un autre que lui n'aurait vu que des dalles polies par le temps et une pelouse rectangulaire détrempée, entourée par des murs gris, des fenêtres à tout petits carreaux et les échelons inférieurs d'un escalier en spirale derrière une porte entrouverte. Mais pour Harry, c'était à la fois une confirmation et un encouragement.

Il fit demi-tour, marcha jusqu'à la loge du gardien et frappa au carreau. Un homme ouvrit la fenêtre et le regarda d'un air interrogateur : il avait le teint brouillé, les cheveux enduits de brillantine. Sa constitution, l'expression de son visage et sa respiration asthmatique le faisaient ressembler à un bouledogue surveillant ce qui se passait depuis sa niche d'un air renfrogné. Avec un soulagement manifeste, il dirigea Harry ailleurs.

– Vous feriez mieux de vous adresser à Mme Notley, monsieur, la secrétaire du collège. Son bureau se trouve au pied de l'escalier K.

Suivit l'examen minutieux d'une montre de gousset en or.

– A cette heure-ci, vous devriez pouvoir la trouver.

Mme Notley était en effet à son poste. Elle tapait sur le clavier d'un ordinateur, seule concession manifeste de Breakspear College au monde moderne. Harry s'aperçut vite qu'elle était insensible à son charme mais le sens du devoir l'empêcha néanmoins de se dérober.

– Entre 1965 et 1968, dites-vous?

Harry avait donné comme référence les années où Dysart avait fait ses études à Breakspear.

– Morpurgo n'est pas un nom courant, ce ne devrait pas être difficile. Voyons.

Elle prit un gros volume placé sur une étagère à côté d'elle et le feuilleta.

– Voilà, j'y suis. Morpurgo, W.V. Il a résidé ici dans ces années-là, en effet. Il a eu une licence de langues vivantes non classifiée.

– Non classifiée? Pourquoi cela?

– Il peut y avoir plusieurs raisons. Pour cause de maladie, peut-être.

Oui, on pouvait peut-être appeler ça comme ça.

– Est-ce que vous voudriez bien regarder si Clare Mallender a fait aussi ses études ici, à la fin des années 1970.

Mme Notley accepta.

– Mlle C.T. Clare Mallender. Résidente de 1977 à 1980. Licence de philosophie et d'économie politique avec mention très bien.

Le nom commençait à lui rappeler quelque chose.

– Je me demande si je n'ai pas entendu parler d'elle récemment...

– Un dernier, je vous prie, dit Harry. Jonathan Minter, vers la même période.

Mais cette fois, ses déductions se révélèrent fausses. Minter n'était pas à Breakspear en même temps que Clare Mallender, ni même quelques années plus tôt ou plus tard. Ce n'était pas très important. Harry savait de la bouche de Marjorie Mallender que Clare avait rencontré Minter pendant qu'elle faisait ses études à Oxford mais il se pouvait très bien qu'il ait été inscrit dans un autre collège. Malgré tout, Harry se sentait guetté par le découragement car le fil qu'il avait cru tenir s'effilochait encore une fois. Il retourna dans la cour en se demandant tristement ce qu'il allait faire ensuite.

Il lui restait toujours les photos. Tirant l'enveloppe de sa poche, il chercha celle de Breakspear College et il l'examina un moment. En promenant son regard sur les murs entourant la cour, il était possible de calculer l'endroit exact où Heather se trouvait quand elle avait pris la photo : l'angle sud-ouest. Il se dirigea vers ce point, se retourna et embrassa la scène du regard. Les angles et les perspectives étaient identiques à ceux de la photo. Pourtant, il avait beau les examiner attentivement, ils refusaient de livrer leur secret.

Comme Harry s'attardait, perdu dans ses pensées, le portier auquel il avait parlé un peu plus tôt sortit de la loge en faisant cliqueter un trousseau de clefs. A la vue de Harry, il s'arrêta, fronça les sourcils puis vint à sa rencontre.

– Mme Notley vous a dit ce que vous vouliez savoir, monsieur?

– Euh, oui, merci.

– Alors comme ça, vous vous intéressez à l'histoire de ce collège?

– Dans un sens, oui.

– Nous avons un guide si vous voulez.

Il fit s'entrechoquer les clefs.

– Il ne coûte pas très cher.

– Je ne pense pas que j'y trouverai le genre d'histoires qui m'intéresse.

– Qu'est-ce qui vous intéresse?

Il paraissait plus aimable, plus disposé à rendre service. Peut-être espérait-il un pourboire, se dit Harry.

– Depuis combien de temps travaillez-vous ici?

– Vingt-six ans, monsieur. Depuis que j'ai quitté la marine.

Harry reprit espoir : vingt-six ans, c'était suffisant pour ce qu'il cherchait.

– Dans ce cas, vous devez vous souvenir d'Alan Dysart, le ministre qui a fait ses études ici.

– Bien sûr que je m'en souviens. Un jeune homme très bien élevé, très sympathique.

– Et vous vous souvenez peut-être aussi d'un autre étudiant qui était dans ce collège à la même époque, Morpurgo?

– Morpurgo? Oh oui. C'était un ami de M. Dysart.

Il secoua la tête.

– Une bien triste histoire que celle de M. Morpurgo. Il a été grièvement blessé dans un accident de voiture, au cours de sa dernière année.

Puis il leva la main à sa tempe d'une façon significative.

– Il s'est jamais tout à fait remis après ça, j'en ai peur.

– Un accident de voiture, vous dites?

– Oui, monsieur. Vous savez comment sont ces jeunes gens quand ils se mettent au volant.

Il eut un profond soupir.

– Et ça s'est passé au cours de sa dernière année?

– Oui, en 1968, au dernier trimestre, triste époque pour Breakspear.

– A cause de l'accident de voiture, vous voulez dire?

– Non, monsieur, pas seulement à cause de ça.

– Quoi alors?

– Eh bien, c'est bizarre que vous vous posiez cette question justement à cet endroit, monsieur.

– Pourquoi?

– Parce que, vers la même époque, M. Everett s'est tué dans cette partie de la cour. Il est tombé d'une fenêtre du deuxième étage et il s'est écrasé sur le pavé, presque là où vous êtes. C'est pour ça que je dis que c'était une mauvaise époque.

Harry était loin d'être attristé par les souvenirs du portier. Heather n'avait pas choisi ce coin de la cour au hasard. Elle avait voulu avoir une trace de la relation qu'elle avait établie entre la mort de sa sœur et celle d'un camarade de Morpurgo survenue vingt ans plus tôt. Avait-il souri aussi ce jour-là? se demanda Harry.

– Lequel des deux accidents a eu lieu le premier? demanda-t-il en s'efforçant de ne pas paraître trop impatient de connaître la réponse. La chute ou l'accident de voiture?

– La chute, monsieur.

– Comment est-ce arrivé?

– On n'a jamais bien su. Il était soûl, la fenêtre était ouverte, il s'est penché pour prendre l'air, il est tombé; c'est ce que tout le monde a conclu.

– Et l'accident de voiture?

– Ça s'est passé sur une route de campagne. M. Morpurgo revenait d'un pub avec deux autres étudiants. Il était ivre, bien sûr, et il roulait à tombeau ouvert comme ils font tous.

– M. Dysart était dans la voiture?

– Je ne crois pas, monsieur, non. Il y avait... Eh bien je suis presque sûr que le docteur Ockleton y était. Oui, j'en suis certain. Quant à l'autre...

– Le docteur Ockleton?

Quelque chose dans la voix du portier indiquait qu'il s'agissait d'une personnalité.

– Oui, monsieur. Il ne parle pas souvent de cette époque, mais...

– Vous voulez dire qu'il est encore ici?

– Oh oui! A l'époque, il était étudiant, bien sûr, mais il est resté pour son doctorat et maintenant, il est chargé de cours. Un vrai gentleman, le docteur Ockleton. Très estimé de ses collègues.

– Et il est d'un abord facile?

Le portier sourit.

– D'un abord facile? demanda-t-il de sa voix sifflante en prenant un ton légèrement équivoque. Oh oui, le docteur Ockleton est très abordable.

20

En début d'après-midi, Harry retourna à Breakspear. Dans la matinée, il avait eu la déception de ne pas trouver le docteur Ockleton, mais alors qu'il frappait à la porte de son appartement, une jolie fille en tenue de jogging était arrivée en descendant l'escalier d'un pas élastique et elle avait sautillé assez longtemps sur place pour lui dire que le docteur faisait cours le mardi matin et que Harry aurait plus de chance après le déjeuner.

Pour passer le temps, Harry s'était replié dans un petit pub, bas de plafond, dans Broad Street. Il s'était installé près de la fenêtre et, tout en buvant de la bière, il avait observé les allées et venues des clients : vieux poivrots plus bas que lui sur l'échelle de la décadence et petits groupes d'étudiants volubiles aux visages lisses énonçant des opinions faussement sages d'un air faussement naïf. Ne sachant ce qu'il enviait le plus de leur extrême jeunesse ou de leur assurance, Harry reconnut en lui tous les symptômes de l'apitoiement de l'ivrogne sans arriver à s'y soustraire. Où était Heather ? Pourquoi n'était-elle pas revenue ? Que n'aurait-il donné pour être près d'elle et oublier en sa compagnie le ressentiment qu'il éprouvait de l'amitié des autres. Sombrant dans un amer défaitisme, il en était arrivé à la conclusion que la vérité se trouverait pour toujours hors de sa portée.

Mais lorsqu'il retourna à Breakspear en suçant un bonbon à la menthe, Harry était dans une tout autre disposition. Il se réjouit de constater que ce n'était pas le même portier qui était de service à la loge. Il traversa la première cour aux pavés bosselés par sept siècles d'érudition, arriva dans la cour suivante, légèrement moins ancienne, et monta dans l'appartement du docteur Ockleton. Cette fois, la porte d'entrée était ouverte et, quand il frappa, une voix sonore répondit.

Cyril D.G. Ockleton, docteur ès lettres, qui devait avoir la quarantaine, comme Dysart, faisait plus jeune que son âge. Alors que Dysart avait la démarche et les traits d'un homme de trente ans, Ockleton n'aurait eu qu'à enfiler des culottes courtes et tenir un lance-pierres pour ressembler à un élève chahuteur. Harry se demanda si Breakspear n'était pas une sorte de fontaine de jouvence qui donnait à ceux qui y passaient quelques années la jeunesse éternelle, une exposition prolongée entraînant une régression à l'âge du biberon.

La toison noire comme jais d'Ockleton, ses joues rondes et ses lunettes qui avaient glissé sur le bout de son nez, sa toge déchirée et son nœud de cravate mal fait donnaient une impression d'immaturité. Il ressemblait à un bébé élevé dans une bulle qui aurait grandi trop vite. Sa voix, elle, donnait l'impression qu'il habitait l'Olympe d'une autre planète d'où ses phrases les plus triviales vous parvenaient comme autant de jugements profonds.

– Que puis-je pour vous? Je ne crois pas que nous nous soyons déjà rencontrés.

Le ton limpide était celui d'un évêque s'adressant à un mendiant. Harry aurait pu l'écouter réciter l'annuaire des heures sans se lasser mais un coup d'œil sur son apparence ridicule suffisait à rompre le charme.

– Je m'appelle Harry Barnett.

Ockleton sourit en découvrant largement ses dents.

– J'avoue que cela ne me dit pas grand-chose.

Harry sentit qu'il serait inutile d'essayer de tergiverser.

– Je suis un ami d'Alan Dysart.

Ockleton bondit de sa chaise, se dirigea d'un pied marin entre les piles de livres et de papiers qui jonchaient le sol et tendit une main moite à Harry.

– Monsieur Barnett, tous les amis d'Alan Dysart... vous connaissez la suite. Qu'est-ce qui vous amène à Oxford?

– Heather Mallender.

– Je crains que vous n'ayez une fois de plus l'avantage sur moi.

– Elle a disparu le mois dernier pendant son séjour dans la villa d'Alan à Rhodes.

– Ah oui, cette histoire!

A l'entendre, la disparition de Heather était un sujet seulement bon à alimenter les conversations au réfectoire, à l'heure du petit déjeuner. Si un ancien de Breakspear n'y avait pas été indirectement mêlé, il n'en aurait jamais été question. Peut-être ne lisait-on pas *The Courier* dans la salle des professeurs.

– Je crois que vous connaissez Heather.

– Ah, vous pensez?

Ockleton décrivit avec aisance une courbe majestueuse pour éviter les nombreux obstacles placés sur sa route et il termina sa course face à la fenêtre d'où il contempla un moment le pan d'un pignon et la moitié de la rotonde de la bibliothèque Radcliffe Camera. Puis il se retourna et regarda fixement Harry avec les yeux d'un aigle centenaire qui aurait encore toutes ses plumes.

– Et vous, vous êtes le gardien de la villa d'Alan à Rhodes?

– Exact.

– La dernière personne à avoir vu Mlle Mallender avant sa disparition.

– Oui.

– Elle... vous a parlé de moi?

– Non.

– Alors...

– Elle est venue vous voir, il y a environ trois mois. A la fin du mois d'août ou au début du mois de septembre. Vous lui avez dit quelque chose qui était important pour elle.

Ockleton, visiblement déconcerté, réfléchit un moment avant de dire :

– Si Mlle Mallender n'a jamais parlé de la visite qu'elle m'a rendue, monsieur Barnett, qu'est-ce qui vous fait penser qu'elle est venue me voir?

– Je sais qu'elle est venue à Oxford et je suis certain qu'elle est venue à Breakspear College. Elle ne serait pas repartie sans vous avoir vu.

– Pourquoi?

– Parce que vous avez fait vos études en même temps qu'un dénommé Morpurgo et que vous vous trouviez avec lui, au printemps 1968, lorsqu'il a été grièvement blessé dans un accident de voiture. Parce que, quelques semaines avant cet accident, un autre étudiant s'est tué en tombant d'une fenêtre dans la première cour. Et parce qu'il y a une relation entre ces deux drames et la mort de la sœur de Heather en juin dernier.

Ockleton fronça les sourcils.

– Etonnant, dit-il.

Puis il sourit.

– Je vous félicite pour ce raisonnement, monsieur Barnett. Je m'avoue vaincu. Vous suivez manifestement la même piste que Mlle Mallender.

– Vous reconnaissez qu'elle est venue ici?

– Je ne l'ai jamais nié.

Il alla jusqu'à un bureau en désordre et extirpa du fouillis un journal qu'il se mit à feuilleter.

– Voilà. Samedi 3 septembre. Oui, c'est ça. Il pleuvait, je me souviens. Mlle Mallender est passée à 11 heures. Elle voulait me parler de sa sœur. Clare a été une de mes étudiantes, aussi ai-je été bouleversé en apprenant les circonstances de sa mort et il m'a semblé naturel de témoigner à Heather toute ma sympathie. Je l'ai trouvée moins brillante que sa sœur, intellectuellement et physiquement, mais par voie de conséquence peut-on dire, elle était aussi moins arrogante. Clare lui avait manifestement parlé de moi. Au début, surtout quand j'ai su qu'elle avait eu une dépression nerveuse, j'ai cru qu'elle cherchait simplement à trouver un réconfort dans le fait de bavarder avec l'ancien directeur d'études de sa sœur.

– Mais elle voulait autre chose?

– On dirait que vous savez déjà ce qu'elle voulait de moi, monsieur Barnett : des informations sur Willy Morpurgo.

– Vous savez que Morpurgo travaille pour Alan Dysart?

– Oui. Heather me l'a dit. Je pense que c'est un peu grâce à moi qu'Alan a pris Willy à son service.

– Comment ça?

– Depuis son accident de voiture, Willy n'avait plus toute sa tête, c'est le moins qu'on puisse dire. Il a souffert de lésions cérébrales comme vous avez dû le remarquer. C'est pitié si l'on pense que c'était un garçon excessivement doué. Mais le cerveau de ce pauvre Willy s'est écrasé contre un mur dans les Costwolds et il n'a pas été possible de recoller les morceaux. On lui a donné sa licence, par pure charité, puis ses parents se sont occupés de lui mais, à leur mort, Willy s'est retrouvé seul au monde, et il est revenu tourner dans Oxford. Il est devenu l'un des clodos les plus notoires de la ville. Il braillait et faisait la manche à tous les coins de rue. Personne ne peut dire que je n'ai pas été généreux avec lui : je lui donnais une livre sterling chaque fois que je le rencontrais. Il y a cinq ans environ, à l'époque où Alan faisait campagne pour entrer au Parlement, il a accepté de participer à un débat organisé par les étudiants de Breakspear. Bref, nous avons dîné ensemble et j'en suis venu tout naturellement à parler de la situation dramatique de ce pauvre Willy. Alan n'a rien dit sur le moment, mais un peu plus tard, Willy a disparu d'Oxford. D'après ce que m'a raconté Heather, j'en ai conclu qu'Alan l'employait chez lui en souvenir du bon vieux temps.

Il y avait quelque chose chez Ockleton qui commençait à déplaire fortement à Harry. Malgré son extérieur affable, ses remarques spirituelles dénotaient une certaine dose de cruauté. La façon condescendante dont il parlait de Morpurgo (la pièce donnée par charité) contrastait avec son obséquiosité vis-à-vis de Dysart, mais il ne paraissait pas en avoir conscience. Il avait de la logique à revendre mais il manquait pour le moins de sensibilité.

– Voilà en deux mots la triste histoire de Willy Morpurgo, monsieur Barnett. J'ai dit la même chose à Heather Mallender. La question est de savoir si cela présente un intérêt.

L'avantage de l'esprit cloisonné et analytique d'Ockleton, c'était sa transparence. A la différence des parents de Heather, c'était quelqu'un qui n'avait rien à cacher. Harry chercha à profiter au mieux de cette franchise.

– C'est tout ce que vous a demandé Heather?

– Pas tout à fait. Elle semblait s'intéresser davantage à la période qui a précédé l'accident de Willy. Elle voulait tout savoir sur la société Tyrell à laquelle nous appartenions, Willy, Alan et moi.

– La quoi?

– La société Tyrell. Un club où les étudiants de Breakspear de même confession, partageant les mêmes préjugés et les mêmes prétentions, pouvaient se retrouver pour manger, boire et discuter. Je cite de mémoire la conclusion de notre réunion inaugurale. C'est Alan qui avait eu l'idée de créer cette société. C'était notre façon à nous d'exprimer notre révolte contre la culture prévalente de l'époque. La méditation et le maoïsme, ce n'était pas pour nous. Nous préférions stimuler notre imagination avec quelque chose d'un peu plus baroque, d'un peu plus traditionnel esthétiquement parlant. A voir votre air, je devine que pour vous, tout ça, c'est du charabia pseudo-intellectuel. Il est indéniable que la nature de nos débats nous rapprochait plus des Sybarites que de Socrate. Néanmoins...

– Qui était Tyrell?

– Tyrell?

Ockleton parut fâché qu'on oriente ses réminiscences vers une voie aussi prosaïque.

– Vraiment, vous n'en avez aucune idée, monsieur Barnett?

– Non, pourquoi? Je devrais?

– Oui, parce que vous avez été à l'école comme tout le monde. Walter Tyrell est l'homme qui passe pour avoir tué d'une flèche, délibérément ou par accident, le fils de Guillaume le Conquérant, le roi Guillaume II le Roux dans la New Forest, le 2 août de l'an 1100.

Ockleton sourit devant l'air ahuri de Harry.

– Cela ne vous dit rien, j'imagine. Pour nous, l'important dans cette histoire est que la vérité n'a jamais été établie. Tyrell reste un personnage mystérieux. Etait-il un assassin ou un innocent? Un régicide téméraire ou un archer maladroit? Nous ne le saurons jamais. Ce genre de questions insolubles qui se posent dans le passé mais aussi dans l'histoire contemporaine nous fascinait. Lorsque Alan a proposé d'appeler notre club la société Tyrell, nous avons été tout de suite d'accord. C'était un nom approprié et plus encore que nous ne l'imaginions comme la suite l'a démontré.

– Que voulez-vous dire?

– Tout à l'heure, vous avez évoqué la fin tragique de Ramsey Everett. En fait, les circonstances de sa mort ne sont pas plus claires que l'affaire Tyrell.

– Je pensais qu'il était tombé par la fenêtre un jour qu'il était soûl.

– C'est bien ça. Ce serait absurde si ce n'était invraisemblable. Comme j'ai dit à Heather... mais attendez : je vais vous montrer quelque chose qui sera plus parlant qu'un simple énoncé des faits.

Ockleton dut déplacer un fauteuil pour atteindre un placard d'angle dans le bas d'un mur. Il resta plusieurs minutes accroupi devant pour examiner le contenu avant de prononcer un triomphant : « Voilà ! » en extirpant une grande photo encadrée. Il souffla sur le dessus, ce qui souleva un nuage de poussière, puis il posa la photo sur le bureau et invita Harry à la regarder. Une douzaine de jeunes gens à l'allure décontractée étaient regroupés autour d'un banc, sur une pelouse ensoleillée; ils portaient des pantalons de flanelle au pli impeccable et des blazers à fines rayures : l'antithèse de la mode estudiantine dans les années 1960. Harry reconnut Dysart parmi les trois jeunes gens assis sur le banc. Ockleton, debout à l'arrière, serrait maladroitement une bouteille de champagne dans ses mains.

– Vous avez reconnu Alan, n'est-ce pas, et moi aussi? demanda Ockleton après un moment.

– Oui.

– A ma gauche, c'est Willy.

– Mon Dieu!

Harry ne pouvait pas croire que ce grand et beau jeune homme à côté d'Ockleton fût l'homme qu'il avait vu à Tyler's Hard. Si Morpurgo avait été moins racé, le contraste aurait été moins choquant.

– Quelle chute, n'est-ce pas? Voici Ramsey.

Ockleton montra du doigt un autre garçon du groupe. Plus trapu que Morpurgo, le front moins lisse et réservant à l'objectif un mépris à peine déguisé, Ramsey Everett semblait de tous le plus enclin à mettre en question leur droit à agir comme bon leur semblait.

– Et voici Jack Cornelius et Rex Cunningham.

Ockleton montra du doigt un homme large d'épaules au sourire conventionnel et un autre à côté de lui, petit et charnu, levant un verre comme s'il portait un toast.

– Qui est-ce?

– Patience, monsieur Barnett, patience. D'abord, j'ai quelques questions à vous poser. Comment avez-vous rencontré Alan Dysart? Ne le prenez pas mal, mais vous êtes assez différent du genre de personnes qu'il fréquente habituellement.

– Il a travaillé pour moi pendant ses vacances universitaires.

– Il a travaillé pour vous?

– Oui. J'avais un garage à Swindon.

– Swindon? Ah oui, ça me dit quelque chose. Mais comment en êtes-vous venu à être l'employé d'Alan?

– La vie réserve parfois des revers douloureux. Vous ne savez peut-être pas ce que c'est.

Ockleton sourit.

– Alan semble être un homme très charitable.

– Oui.

– Et qu'espérez-vous en retraçant les mouvements de Heather de cette façon?

– La retrouver.

– Vous pensez donc qu'elle est toujours en vie?

– Oui.
– Alors vos intentions sont louables. Elle m'a fait l'impression d'être une jeune fille charmante. Tellement plus naturelle que sa sœur. Clare était l'étudiante type de Breakspear : trop perspicace pour son bien. Mais Heather ? C'est une chance pour elle de ne pas être tombée entre nos griffes. Elle est restée... intacte.

Ils se dévisagèrent un moment en silence, surpris de se découvrir un intérêt commun. Les mystères qu'ils avaient à cœur de résoudre avaient un lien entre eux, même s'ils s'étaient produits à vingt ans de distance.

– Etes-vous pressé, monsieur Barnett ?
– Non.
– Alors si vous voulez bien, je vous emmène faire un tour en voiture. Je vous conduirai là où j'ai conduit Heather. Et je vous montrerai ce que je lui ai montré.

Loin des hauteurs célestes de Breakspear et privé de sa toge de professeur, Cyril Ockleton n'était plus tout à fait lui-même : il avait l'air moins puéril, comme s'il devinait qu'il ne pouvait s'aventurer dans le vaste monde sans un déguisement minimal. Prenant vers l'ouest, à la sortie d'Oxford, avec un mépris allègre pour le code de la route, il refusa de dire à Harry où ils allaient, se contentant de spécifier que c'était là où Morpurgo avait eu son accident. Il donna en revanche à Harry un compte rendu détaillé de la mort de Ramsey Everett qui reprenait, semblait-il, presque mot pour mot ce qu'il avait dit à Heather.

– Dans la société Tyrell, nous montrions avec ostentation que nous étions de bons patriotes. Le jour de la Saint-George était donc pour nous un jour important. Tous les ans, le 23 avril, nous avions un dîner en l'honneur du saint patron de l'Angleterre, et les abus n'étaient pas seulement de règle, ils étaient obligatoires. En 1968, nous savions que, pour beaucoup d'entre nous, ce serait la dernière grande réunion de ce type, et nous avions donné à l'événement un éclat particulier. A une heure avancée, alors que nous étions tous passablement soûls, Ramsey Everett s'est rendu dans une pièce qui se trouvait au deuxième étage et donnait sur la plus ancienne des cours. Il faisait chaud pour la saison cette nuit-là et la plupart des fenêtres étaient grandes ouvertes. Ramsey a dû se pencher pour prendre l'air. D'après les conclusions de l'enquête, il aurait voulu se soulager par la fenêtre au lieu de descendre aux toilettes au sous-sol.

Cela n'aurait pas été la première fois que cela se serait produit quand un étudiant avait un verre de trop. Quoi qu'il en soit, Ramsey a perdu l'équilibre et, comme la fenêtre descendait très bas, il a basculé dans le vide. Il aurait pu atterrir sur l'herbe mais il a fallu qu'il tombe sur les pavés, la tête la première; résultat : une fracture du crâne et la colonne vertébrale brisée. La mort a été instantanée.

« Ce terrible accident a été un grand choc pour tous les membres de la société Tyrell comme vous pouvez l'imaginer. Ramsey était parfois un peu suffisant, mais tout le monde l'aimait bien. Un accident aussi stupide rendait sa mort encore plus difficile à accepter. Pour aggraver les choses, les autorités du collège y virent une conséquence indirecte du fonctionnement de notre club et ils exigèrent sa dissolution immédiate.

« La société Tyrell a cessé officiellement d'exister le jour de l'enterrement de Ramsey. Alan, je me souviens, en fut particulièrement affecté. Naturellement, nous avons continué à nous réunir en petit comité, perpétuant ainsi dans l'ombre la tradition de la société Tyrell même si elle ne portait plus ce nom. Mais la mort de Ramsey avait jeté un froid. Nous n'éprouvions plus le même plaisir insouciant à jouir de la vie.

« Certains espéraient qu'une fois l'enquête terminée, tout redeviendrait comme avant. Elle devait commencer le 20 mai. La date approchant, ceux d'entre nous qui devaient témoigner étaient de plus en plus nerveux et déprimés, surtout Willy, ce que je trouvais étrange car il était souvent en désaccord avec Ramsey. Quelques jours avant, Jack Cornelius a proposé que nous fassions un tour dans la campagne pour nous remonter le moral. La voiture d'Alan était chez le garagiste, alors Willy le seul, à part Alan, à posséder une voiture, a accepté de nous emmener. Seulement dans sa mini Austin, nous ne pouvions monter qu'à quatre. Alan a laissé sa place. Il restait Willy, Jack, Rex Cunningham et moi. Le vendredi 17 mai, souvenez-vous de cette date, nous nous sommes mis en route. C'était une belle matinée de printemps. Notre destination était la même qu'aujourd'hui : la petite ville de Burford. »

Ils roulaient à présent à toute vitesse sur l'A 40. Le paysage devenait de plus en plus vallonné à mesure qu'ils se rapprochaient des Costwolds, le pâle soleil d'hiver réchauffant les pierres couleur miel des fermes et des murs de clôture. Pourquoi Burford? Et pourquoi le 17 mai? Ockleton donna les réponses avant que Harry ait eu le temps de poser les questions.

– Connaissez-vous l'histoire du XVIIe siècle, monsieur Barnett? Est-ce que votre mémoire est rouillée ou n'a-t-elle jamais entendu parler de cette période? Vous devez au moins avoir entendu parler des « niveleurs », nos sans-culottes. C'était les membres les plus dignes de mérite et les plus déférents de l'armée levée par le Parlement pour s'opposer aux partisans du roi pendant la guerre civile. Ils croyaient que leur victoire amènerait la naissance d'un Etat démocratique. Inutile de dire que cette ambition n'était pas partagée par les généraux, tous d'impassibles propriétaires terriens. Ils firent quelques concessions, mais ce fut par pure tactique. Dès que les circonstances s'y prêtèrent, ils usèrent de représailles. Ils envoyèrent les régiments de « niveleurs » en Irlande et leur ôtèrent tous leurs droits durement gagnés. Ceux qui tentèrent de résister furent accusés d'être des mutins et traités comme tels. La dernière mutinerie fut réprimée à Burford le 13 mai 1649 par Cromwell en personne. Il enferma pendant trois jours trois cent quarante mutins condamnés à mort dans l'église de Burford. Puis le 17, il leur fit grâce, à l'exception de trois meneurs qu'il exécuta à l'intérieur même de l'église en obligeant les autres à assister à leur châtiment. Ainsi finit la mutinerie de Burford.

« Vous devez vous demander quel lien il y a entre cet épisode et la société Tyrell? Eh bien, c'est son ambiguïté. Cromwell avait volontairement uni sa destinée à celle des " niveleurs " au moment où cela l'arrangeait, deux ans plus tôt, aussi lorsqu'il se retourna contre eux, ils le considérèrent ni plus ni moins comme un mutin. Pourtant à Burford, en l'espace de quelques jours, il convertit à sa cause tous les officiers rebelles. L'atmosphère de duplicité qui a entouré ces négociations laisse à penser que, dans le compte rendu qui en a été donné, on a dénaturé les faits. Qui a trahi qui? Et pourquoi? Nous ne le saurons jamais. C'est pourquoi Burford était un but d'excursion si approprié. Nous célébrions l'anniversaire de ce que nous avions le plus adoré : le mystère. »

A Burford, ils quittèrent la rue principale et descendirent High Street. Harry entrevit les devantures de salons de thé traditionnels aux toits d'ardoise et les magasins d'antiquités aux murs crème. C'était une ville des Costwolds vivant dans l'aisance. Puis Ockleton tourna dans une rue étroite et, quelques instants plus tard, ils s'arrêtaient devant l'église.

– Ce fut notre première étape, ce jour-là, poursuivit Ockleton en descendant de voiture.

Prenant les devants, il se dirigea vers l'église.

– Willy, poursuivit-il, a discouru sur les voûtes romanes et les nefs en style gothique perpendiculaire comme s'il était heureux de pouvoir oublier un moment l'enquête. Rex a traîné autour des tombes en demandant à quelle heure nous irions déjeuner. Jack et moi, nous nous sommes intéressés à l'histoire de cette église. Les « niveleurs » étaient sympathiques à Jack à cause de son sang irlandais. Il faut savoir que les Irlandais n'ont jamais pardonné à Cromwell les massacres de Drogheda. J'avais l'esprit ouvert à d'autres idées que les miennes. C'est toujours le cas, d'ailleurs. Je n'aurais pas pu supporter la politique des « niveleurs » bien sûr, mais la trahison laisse toujours un goût amer dans la bouche, vous ne pensez pas?

Ils pénétrèrent à l'intérieur de l'église : vaste et haute de plafond, dotée de plusieurs chapelles, ses caveaux et ses monuments funéraires reflétaient la richesse passée et présente de Burford. Harry suivit Ockleton, médusé comme toujours à la vue des bancs d'église encaustiqués et des plaques étincelantes. Ils arrivèrent devant les fonts baptismaux. Debout à côté d'Ockleton, Harry remarqua des graffiti vieux de plusieurs siècles gravés sur le rebord en plomb. Ockleton en désigna un du doigt et lut tout haut :

– « Anthony Sedley. 1649. Prisonnier. » Je ne l'aurais pas remarqué si Jack ne me l'avait pas montré. Je suppose que c'est l'un des « niveleurs » enfermés ici sur l'ordre de Cromwell qui a gravé cela. Le pauvre n'était pas très fort en orthographe. C'est encore plus émouvant, n'est-ce pas?

Ockleton avait dit cela d'un ton sarcastique mais Harry était sincèrement ému. Sedley avait mal dessiné les « n » et oublié le « o » de « prisonnier » mais cela ne rendait que plus poignant son message. En sortant de l'église, Harry prit sur le présentoir une carte postale reproduisant l'inscription de Sedley. Il se surprit à glisser scrupuleusement dans la boîte la somme indiquée et, en logeant la carte dans l'enveloppe où se trouvaient déjà celles d'Aphrodite et de Silène, il se demanda ce qui l'avait poussé à la prendre.

– Il n'y a rien de mieux, monsieur Barnett, pour vous ouvrir l'appétit, que de déambuler dans une vieille église froide. Après cette visite, nous sommes allés déjeuner tous les quatre, Jack, Willy, Rex et moi, au Lamb Inn où nous avons englouti autant de bières, et de tourtes à la viande de bœuf que quatre jeunes gens peuvent désirer. J'ai invité Heather à déjeuner là. Malheureusement – il regarda sa montre –, c'est fermé à cette heure-ci. Par conséquent, je vous propose...

– J'aimerais quand même voir le pub où vous avez emmené Heather.

Ockleton était à juste titre intrigué par la demande de Harry mais il ne fit pas d'objection.

– Très bien. Nous ferons le détour.

Le Lamb Inn se trouvait de l'autre côté de la ville de Burford, dans une petite rue latérale donnant sur la rue principale. En le voyant, Harry se sentit aussitôt rassuré. C'était, sans le moindre doute, le pub dont il n'avait pas réussi à lire le nom sur la sixième photo prise par Heather, ce qu'Ockleton lui confirma.

– C'est étrange que vous ayez voulu voir ce pub. Lorsque nous sommes sortis, après avoir déjeuné, Heather a pris une photo. C'est intéressant mais pas spécialement photogénique, vous ne trouvez pas?

– Heather devait penser le contraire.

Ockleton se rembrunit.

– Vous n'êtes pas plus communicatif que Heather, monsieur Barnett. Je vous fais faire à tous deux une visite guidée de mon passé et vous restez silencieux comme des carpes. J'ai comme la nette impression que vous voyez des choses qui m'échappent complètement.

Harry ne répondit pas et Ockleton n'insista pas. Les photos étaient les seuls points de repère de Harry et il avait résolu de les montrer le moins possible. Une décision que pouvait justifier la plus élémentaire prudence mais il y avait au fond de lui le désir têtu de préserver une sorte d'intimité avec Heather, le désir de taire non seulement qu'il avait ses photos en sa possession mais aussi qu'il cherchait à en découvrir le sens caché.

Ils quittèrent Burford par le nord, franchirent le vieux pont sur la rivière Windrush puis suivirent la route qui montait dans les collines. Au bout d'environ deux kilomètres, Ockleton quitta la nationale qui allait à Chipping Norton et prit vers l'est une petite route qui menait au sommet surplombant la vallée de la Windrush.

– Lorsque nous avons quitté le Lamb Inn, monsieur Barnett, nous étions tous aussi soûls les uns que les autres, mais Jack était larmoyant comme seuls les Irlandais peuvent l'être quand ils ont trop bu. Il tenait absolument à retourner dans l'église pour s'imprégner de son atmosphère : communier avec l'esprit des « niveleurs », ce genre de bêtise. Les autres voulaient rentrer à Oxford. Jack nous a proposé de partir sans lui. Il a dit que de toute façon il préférait être seul pour visiter l'église et qu'il prendrait un car pour rentrer à Oxford quand il se sentirait mieux. Pendant le repas, Rex et moi l'avions un peu provoqué en critiquant les « niveleurs » et, comme il n'y avait pas moyen de le raisonner quand il était d'humeur pharisaïque, nous l'avons laissé là.

« Je me suis allongé sur la banquette arrière, Rex s'est assis devant et Willy s'est mis au volant. Willy était aussi soûl que les autres, sinon plus. A la sortie de Burford, il a pris la mauvaise direction, puis il a essayé de revenir sur l'A 40 par cette route-ci. Comme vous pouvez le voir, elle est presque toute droite jusqu'à cette arête puis environ trois cents mètres plus loin, ça descend tout à coup vers le fond de la vallée. Je dormais à ce moment-là. Willy conduisait bien trop vite, mais cela n'est devenu manifeste qu'au moment où il a abordé la descente de la colline. »

La route sinueuse descendait à présent en pente raide et Ockleton avait ralenti. Dans le second virage, Harry vit deux choses en même temps : une signalisation pour céder le passage, au pied de la colline, et un paysage qui lui était déjà familier pour l'avoir vu sur la septième photo. Ockleton arrêta la voiture le long des haies bordant la route, à trente mètres de l'intersection comme il y en a tant à la campagne. Les haies, au mois de mai, devaient gêner la visibilité. Le mur de l'autre côté avait l'air d'une solidité implacable. Vingt ans après, les ingrédients de l'accident étaient toujours là.

– Je n'ai pas senti venir le danger. Selon Rex, à la vitesse à laquelle nous roulions, nous n'avions aucune chance de négocier le virage, encore moins de nous arrêter. La voiture est partie en diagonale vers le mur de l'autre côté de la route. Mais au lieu de le percuter, elle a heurté un tracteur tirant une remorque qui venait de la gauche. J'ai été réveillé par le choc et par le bruit de la collision, un crissement sinistre de tôles déchirées.

« Je m'en suis bien tiré, monsieur Barnett. J'ai eu juste un bras de cassé, quelques côtes fracturées, des entailles et des hématomes divers. Willy et Rex qui se trouvaient à l'avant de la voiture ont tout pris. Les jambes de Rex sont restées prisonnières des tôles qu'on a dû découper pour pouvoir le dégager. Willy a traversé le pare-brise et s'est écrasé contre le mur : c'est pour ça que ses blessures à la tête ont été si graves. Le conducteur du tracteur s'en est sorti sans une égratignure. Rex est resté paralysé de la taille jusqu'aux pieds et Willy, comme vous le savez, souffre de lésions cérébrales.

« C'était notre faute à tous, bien sûr. Nous étions coupables de ne rien nous refuser et d'une immaturité criminelle. Mais malgré tous nos défauts, je ne crois pas que nous méritions une punition aussi cruelle. Ramsey était mort, Willy et Rex handicapés à vie. Les autres avaient la vie devant eux pour se reprocher ce qui s'était passé. Jack ne s'est jamais pardonné d'avoir pris l'initiative de cette équipée. Je pense que nous avons tous essayé d'oublier mais à mon avis, personne n'y a réussi, sauf Willy. Et encore ce n'est pas sûr. »

Le pâle soleil hivernal avait rejoint l'horizon et, à travers les champs silencieux, le crépuscule s'avançait déjà à leur rencontre. Harry frissonna mais ce n'était pas à cause du froid. Vingt ans plus tôt, en cet endroit précis, avait commencé à prendre corps le mystère de la disparition de Heather Mallender. S'il restait opaque, on pouvait lui donner un nom. Ockleton l'avait livré sans le savoir. Harry devinait qu'il en retrouverait la trace indélébile sur ceux qui en avaient été victimes et ceux qui s'en étaient rendus coupables. Le nom de son gibier était : la trahison.

21

Le lendemain matin, Harry se réveilla à Breakspear College, dans une chambre d'amis qu'Ockleton avait mise gentiment à sa disposition. Leur discussion s'était prolongée si tard dans la soirée qu'il n'était plus question pour Harry de pouvoir attraper le dernier train pour Swindon et il avait accepté avec joie l'hospitalité d'Ockleton pour la nuit. Mais au premier mouvement qu'il fit, il ressentit un affreux mal de tête, héritage d'une demi-bouteille de porto spécialement exportée pour le collège et il commença à regretter sa décision.

Ils étaient rentrés de Burford en début de soirée. A Oxford, dans une table d'alcôve de l'Eagle and Child, le pub favori d'Ockleton, ils avaient parlé des circonstances de la disparition de Heather à Rhodes en se demandant s'il fallait voir dans cet événement un rapport avec sa visite à Oxford quelque deux mois plus tôt. Ockleton, fidèle en cela à sa formation universitaire, était tenté d'écarter l'idée même d'une telle relation. Pourtant il n'avait pu nier, surtout lorsque son raisonnement sous l'effet de l'alcool avait commencé à se relâcher de sa rigueur, que le vif intérêt de Heather pour l'histoire d'Everett, de Morpurgo et de la société Tyrell était inexplicable, à moins qu'il n'y eût une relation de cause à effet entre ces histoires anciennes et sa disparition.

Pressé par Harry de dire ce qu'il savait des carrières respectives de ses anciens camarades de la société Tyrell, Ockleton n'avait rien appris de nouveau à Harry en ce qui concernait Dysart et Morpurgo. Quant à Jack Cornelius, il était retourné à ses racines, en Irlande, où il était devenu professeur. Ockleton avait entendu dire qu'il enseignait à présent dans un pensionnat catholique dans l'ouest du pays. Bien qu'il fût cloué dans un fauteuil roulant, Rex Cunningham avait bien réussi. Il était propriétaire d'un hôtel restaurant de campagne dans le Surrey.

– C'est curieux, avait dit Ockleton à Harry qui devait faire un effort pour entendre dans le bruit et la fumée qui augmentaient au fur et à mesure que l'heure de la fermeture approchait, Heather semblait surtout s'intéresser à Rex. Lorsque j'ai nommé son restaurant, le Skein of Geese, elle a tout de suite dressé l'oreille. Le principal du collège y a dîné le trimestre dernier. D'après lui, c'est astiqué comme dans un bordel et on y mange mal. Mais c'est un homme aux goûts plébéiens. En tout cas, quand j'en ai parlé à Heather, elle m'a demandé de répéter le nom du restaurant. Puis elle a sorti de son sac une de ces pochettes d'allumettes qu'on trouve dans ce genre d'endroit et elle m'a dit : « C'est ce restaurant ? » C'était bien ça. Trois oies en plein vol ainsi que le nom et l'adresse du restaurant étaient imprimés sur le rabat de la pochette. Naturellement, j'ai tout de suite pensé qu'elle y était déjà allée mais elle m'a dit que non. On avait dû lui donner cette pochette d'allumettes qu'elle gardait sur elle depuis.

Mais pourquoi Cunningham ? se demanda Harry en se levant du lit étroit de la chambre d'amis et en commençant à s'habiller. A quoi rimait cette succession de tragédies passées et de petits détails ? Heather avait peut-être une bonne raison de se lancer dans cette voie, mais Harry voyait moins que jamais ce que cela pouvait être. Qu'elle se rende après la mort de sa sœur à Tyler's Hard, même à Oxford, était assez naturel mais les photos montraient qu'elle ne s'était pas arrêtée là. Elle était allée plus loin que ne le justifiait son chagrin d'avoir perdu sa sœur.

En chemin, Harry était tombé sur une énigme concernant son propre passé. De retour dans l'appartement d'Ockleton à Breakspear, assis près d'une bonne flambée et buvant à petites gorgées le meilleur porto qu'il se souvenait d'avoir bu, Harry avait demandé à Ockleton de lui expliquer sa réaction en apprenant que Dysart avait travaillé autrefois dans son garage à Swindon.

– C'est que nous pensions tous qu'Alan n'avait absolument pas besoin de travailler, monsieur Barnett. Son père est mort pendant sa première année d'études à Breakspear en lui laissant une très grosse fortune. Il n'avait absolument pas besoin de trouver un emploi pendant les vacances. Et s'il avait voulu trouver une occupation quelconque pour tuer le temps, pardonnez-moi, mais il aurait pu trouver mieux que de faire l'idiot dans un garage.

– Ce n'était pas un travail idiot!

Ockleton leva la main dans un geste d'apaisement.

– Pardonnez-moi, monsieur Barnett, d'avoir égratigné votre sensibilité. Reconnaissez pourtant que c'est étrange. Nous n'avons jamais compris pourquoi il tenait tant à ce travail. Personnellement, j'optai pour une explication psychologique. Cela me rappelait le cas de T.E. Lawrence renonçant au sommet de la gloire à son grade de colonel et qui servit comme simple soldat ou bien encore à Anthony Asquith, le metteur en scène, passant ses week-ends derrière le comptoir d'un routier dans le Yorkshire. Pour dire les choses carrément, c'était comme s'il avait voulu manger de la vache enragée. D'une manière moins abrupte, il y avait peut-être chez lui un désir d'échapper momentanément sous l'habit de l'ouvrier à une vie plus glorieuse mais aussi plus exigeante. Alan était conscient de ses capacités et du rôle qu'elles pourraient l'amener à jouer mais je ne suis pas sûr que l'idée de devenir un leader le rendait totalement heureux. Je pense que ses « vacances à Swindon » étaient une façon d'oublier ce que l'avenir lui réservait.

Sur le moment, Harry avait ri de la théorie d'Ockleton. Maintenant, comme il allait d'un pas lourd à la fenêtre, il se rendait compte que son incrédulité masquait un profond ressentiment, ressentiment que son amitié avec Dysart puisse avoir une origine à laquelle il n'avait jamais songé. En lui tendant une main secourable chaque fois qu'il l'avait pu, Dysart avait simplement voulu se rappeler ce que c'était que de manger de la vache enragée.

Harry tira les rideaux et grimaça à cause de la clarté douloureuse d'un matin glacé. La condensation ruisselait sur les carreaux qu'il essuya avec le poignet de sa chemise pour regarder dehors. Sa chambre était située au premier étage du collège et donnait sur une petite rue étroite. Droit devant lui, s'élevait le mur aveugle d'un autre collège. Soudain, comme il regardait attentivement à travers le carreau couvert de buée, quelque chose près de la base du mur noirci attira son attention : des lettres écrites avec une peinture blanche, formant des mots dont il se refusait à comprendre le sens. Soulevant violemment le châssis, il se pencha pour mieux voir.

ΠΡΟΦΗΤΗΣ ΗΛΙΑΣ. Les caractères grecs, impossibles à ne pas reconnaître le saluèrent! *Prophitis Ilias!* A Oxford! Un message qui l'attendait et destiné à le confondre. Prophitis Ilias. Cette fois, il ne pouvait pas appeler le hasard à sa rescousse pour atténuer la conclusion qui s'imposait. Il était suivi, traqué! Le Prophitis Ilias l'avait retrouvé.

Quelques minutes plus tard, Harry se tenait sur le trottoir au-dessous de sa chambre, regardant de l'autre côté de la rue le message grossièrement tracé. Il prit conscience qu'il aurait beau se creuser la tête toute la journée, il ne pourrait pas trouver d'explication rationnelle. Personne en dehors d'Ockleton savait qui il était et pourquoi il se trouvait à Oxford. Pourtant celui qui avait formé ces deux mots sur le mur savait ce qu'ils signifieraient pour lui et pas pour un autre occupant de Breakspear College.

Un homme en salopette apparut à l'entrée du collège à sa droite en portant une brosse en chiendent et un seau plein de liquide à l'odeur âcre. Attirant l'attention de Harry, il balança la tête et dit d'un air piteux :

– Ah, ces fichus étudiants!

– Vous pensez que ce sont les étudiants qui ont fait ça?

– Qui d'autre voulez-vous que ce soit?

– C'est en grec, vous savez.

– Ah oui? Eh bien, c'est la preuve que ce sont des étudiants!

– Pourquoi?

– Qui d'autre connaît le grec?

Oui, qui d'autre? Comme l'homme traversait la rue et se mettait au travail, Harry rentra au collège. Il voulait bien croire que quelque étudiant de lettres classiques avait été pris d'une envie de scribouiller sur les murs sous l'emprise de l'alcool, mais pas qu'il choisisse par hasard deux mots sans signification classique juste sous la fenêtre de Harry. Il ne pouvait pas croire non plus qu'il avait été suivi à Oxford par quelqu'un qui aurait laissé cette carte de visite à son intention, car il aurait dû en tirer des conclusions trop angoissantes. Il ne restait donc qu'une seule explication logique et plus tôt il en aurait le cœur net, plus vite il recouvrerait son calme.

Harry trouva Ockleton dans le réfectoire où il prenait son petit déjeuner en compagnie de trois ou quatre autres professeurs du collège assis autour d'une haute et grande table sous une demi-douzaine de toiles sombres de maîtres anciens. Ils eurent, comme il se doit, l'air interloqué par cette irruption et marmonnèrent leur désapprobation pendant que Harry demandait avec insistance à Ockleton de le suivre dehors. Ockleton, le visage rouge de colère et d'embarras, finit par accepter, répétant comme ils traversaient la cour ce qu'il avait déjà dit durant leur altercation à mi-voix dans le réfectoire.

– Gardez votre sang-froid, monsieur Barnett. Premièrement, je ne suis pas un helléniste. Deuxièmement, si vous pensez que je me suis glissé à pas de loup cette nuit pour barbouiller des graffitis sur le mur en face de votre chambre, vous vous trompez lourdement. Troisièmement, vous devez vous rappeler que je vous ai accompagné à votre chambre à 23 h 30. Comme les portes du collège ferment à minuit, j'aurais dû réveiller le portier de garde pour qu'il me laisse sortir et qu'il me laisse rentrer, ce qu'il ne saurait manquer de confirmer. Quatrièmement, je considère que vos allégations sans fondement me récompensent mal de l'hospitalité que je vous ai prodiguée. Et cinquièmement...

Ils étaient arrivés dans la rue et regardaient la silhouette en salopette bleue qui s'activait à nettoyer le mur. Le détergent liquide qu'il utilisait était très efficace. Les lettres s'étaient estompées et bientôt on ne les verrait plus. Certaines s'étendaient au point d'être méconnaissables. A présent, le Π ressemblait plus à un M et le Φ à un Q. La preuve se dissipait sous leurs yeux et, une fois qu'elle eut totalement disparu, Harry n'était plus certain d'avoir bien vu.

Une demi-heure plus tard, Harry quittait Breakspear College sans même un regard à ce qui n'était plus qu'une tache floue sur le mur d'en face. Il marcha d'un pas rapide vers l'ouest, impatient de quitter la scène de son humiliation. Message ou mirage? Des gargouilles le regardaient avec un sourire grimaçant. En haut des piliers autour du Sheldonian Theatre, les bustes d'empereurs romains portaient leur regard aveugle sur sa silhouette battant en retraite. Harry hâtait le pas, se consolant à la pensée qu'il détenait encore un avantage secret sur ceux qui pensaient avoir le dessus sur lui.

Au coin de Broad Street et de Magdalen Street, il entra dans une librairie. Parmi le fatras des livres destinés aux touristes, il trouva exactement ce qu'il cherchait : un guide complet des hôtels et des restaurants en Angleterre, avec pour chacun une brève description de l'établissement et une petite photo. Il alla directement à la partie concernant le Surrey puis tourna les pages l'une après l'autre jusqu'à ce qu'il voulait.

« Skein of Geese, *Haslemere, Surrey. Propriétaire : M. R. Cunningham. 3 étoiles. Cette auberge située dans un cadre séduisant est un havre de paix attachant, alliant le grand confort moderne au charme d'autrefois. Cuisine de haute école. Toutes les chambres sont équipées de...* »

La photo était plus parlante que cette prose bavarde et baveuse. A cause de l'échelle réduite, elle était un peu floue et l'angle n'était pas le même mais il n'y avait pas de doute : le Skein of Geese était le sujet de la huitième photo prise par Heather.

22

Sa volonté bien arrêtée, Harry arriva à Haslemere au début de l'après-midi. Il prit un taxi et en descendit un quart d'heure plus tard, de l'autre côté de la route qui passait devant le Skein of Geese, à quelques kilomètres au sud-est de la ville. Mais une fois arrivé là, il sentit subitement sa résolution faiblir.

Non qu'il eût devant lui quelque chose qui n'était pas ce qu'il avait espéré trouver, au contraire. A part les arbres dépouillés de leurs feuilles en cette saison, et les maillets de croquet rangés pour l'hiver, le Skein of Geese était exactement comme Heather l'avait photographié. C'était une gentilhommière blanc et noir de style Tudor séparée par un parking en gravier d'une annexe moderne de deux étages, censée ressembler à une écurie. Derrière, des pelouses descendaient en pente douce vers les flancs boisés des collines du Surrey. Le drapeau de St. George pendait mollement en haut d'un mât. Un écriteau annonçait le nom de l'hôtel en lettres majuscules ornées de fioritures avec en surimpression le vol de trois oies. Un panache de fumée s'élevait à la verticale des cheminées. Dans l'après-midi froid et sans vent, les briques veloutées et l'herbe pastel formaient un tableau représentant tout ce que Harry avait le plus aimé et détesté dans son pays. Mais ce n'était pas la raison de son hésitation.

Si Harry marquait un temps d'arrêt, c'était à cause du Prophitis Ilias. Jusque-là, ses souvenirs de Heather, nourris par les photos qu'il avait en sa possession, lui avaient donné du courage et de l'espoir, ce qui ne lui était pas arrivé depuis des années. Pourtant le massif montagneux du Prophitis Ilias, qu'il y repensât à tête reposée ou qu'il trouvât son nom inscrit contre toute logique sur un mur d'Oxford, restait le symbole d'un échec. C'était là-bas qu'il était parti trop tard à la recherche de Heather. Et c'était là-bas également, le sentiment déprimant de son incompétence le lui assurait, que sa recherche trouverait une issue amère.

Il traversa la route pour s'obliger à ne pas penser à ce qu'il avait déjà accepté : il n'y avait pas de retour en arrière possible. Chaque pas qu'il faisait, aussi anodin fût-il, rendait sa retraite de plus en plus difficile.

La réception de l'hôtel se trouvait à l'intérieur du bâtiment moderne tout en lumières tamisées, cuir souple, bois teinté, musique de chambre anesthésiante. Malgré les tarifs exorbitants, Harry s'entendit demander une chambre pour la nuit. La réceptionniste, d'un petit air guindé, le conduisit jusqu'à sa porte.

La chambre était confortable mais dénuée du luxe dont il était fait état dans le guide. De la fenêtre du rez-de-chaussée, on avait vue sur le parking désert. Une gravure représentant des chevaux à la manière de Stubbs ornait le plus long des murs. Le porte-clefs était décoré du logo de l'hôtel ainsi que la pochette d'allumettes offerte gracieusement par la maison, qui était placée dans un cendrier sur le dessus de la télévision. Harry glissa le livre dans sa poche en se demandant qui avait donné à Heather la pochette qu'elle transportait avec elle dans son sac. Puis autant par réaction au regard désapprobateur que lui avait jeté la réceptionniste que par désir de mettre de l'ordre dans ses pensées, il se déshabilla et prit un bain.

Une heure plus tard, Harry était allongé sur le lit, baigné, rasé de près, détendu, enveloppé dans le seul peignoir de l'hôtel, les trois oies omniprésentes brodées sur la poche de poitrine. Si le bain l'avait délassé, il n'en avait pas pour autant trouvé l'inspiration et il se demandait vainement ce qu'il devrait faire, quand un bruit de pneus sur le gravier, suivi d'un échange verbal, vint à point nommé à son secours.

– La réunion s'est bien passée, monsieur Cunningham?

– Horrible, Ted, si tu veux le savoir.

Harry sauta aussitôt sur ses pieds. A travers le rideau, il vit un portier aider l'occupant de la voiture à s'asseoir dans un fauteuil roulant. Rex Cunningham était la preuve vivante que Breakspear College n'était pas, comme Harry avait pu le penser, un élixir de jouvence, du moins pas pour tous. Cunningham semblait d'une autre génération que Dysart et Ockleton. Il avait le visage rouge et ridé, les cheveux gris. Il respirait avec peine en prenant place dans son fauteuil. Les événements du 17 mai 1968 avaient laissé sur lui une trace aussi indélébile que sur Willy Morpurgo.

Harry se dépêcha d'ôter son peignoir et d'enfiler quelques vêtements. Un nouveau coup d'œil à travers le rideau lui montra Cunningham poussé sur une rampe menant à la réception. Attrapant sa clef au vol, Harry sortit en hâte de la chambre et suivit la galerie en pensant qu'il arriverait à temps pour pouvoir lui adresser la parole. Mais quand il arriva, les deux hommes avaient disparu. Il plongea son regard dans un autre couloir qui était vide, puis dans un autre, juste à temps pour apercevoir le portier sortant par la troisième porte.

– M. Cunningham est là? demanda Harry avec désinvolture.

– Oui, monsieur. Vous avez rendez-vous?

– Si l'on veut.

Il frappa et entra sans attendre la réponse.

– Oui?

Cunningham, assis à son bureau, leva les yeux d'un air irrité. De près, il paraissait moins décrépit que noceur. Il avait le visage congestionné du débauché impénitent. Les risques du métier de restaurateur pouvait-on penser. Mais il avait aussi les cheveux coupés court et frisés, un mince cigare qui tombait de sa bouche très large et une cravate turquoise trop voyante qui tranchait sur le fond noir du costume.

– Bonjour. Je m'appelle Harry Barnett. Je dors ici cette nuit. Vous êtes le propriétaire, je crois : Rex Cunningham?

– Oui, seulement...

– Vous ne me connaissez pas, mais nous avons un ami commun : Alan Dysart. Je suppose que vous avez appris par les journaux la disparition de la jeune fille à qui il avait prêté sa villa à Rhodes. J'étais son gardien.

Cunningham enleva lentement le cigare de sa bouche et le posa délicatement dans un cendrier. Sa bouche était trop grande pour son visage. Lorsqu'il mangeait, il devait donner l'impression d'engloutir.

– « Etais »?

– Je ne le suis plus.

– Que faites-vous, maintenant?

Harry ignora la question.

– Vous connaissez Heather Mallender, je crois.

– Connaissez? Ne voulez-vous pas dire « connaissiez », monsieur...

– Barnett. Vous ne niez pas alors?

– Pourquoi cette question?

– J'essaie de la retrouver et je pense que vous pouvez m'aider.

– De quelle façon?

– Elle est venue ici il y a environ trois mois et elle vous a parlé, n'est-ce pas?

Cunningham éloigna son fauteuil du bureau et posa sur Harry un regard narquois sans qu'il fût possible de dire si c'était parce qu'il préférait ne pas répondre ou parce que la question le déroutait.

– Peut-être, dit-il. Pour qui faites-vous cette enquête, monsieur Barnett?

– Pour personne.

– Pas pour Alan Dysart?

– Non. Pas pour Alan Dysart.

– Et que voulez-vous savoir précisément?

– Ce qui s'est passé quand elle est venue ici.

– Je n'ai pas dit qu'elle était venue ici.

– Non, mais je sais qu'elle est venue.

– Comment le savez-vous?

– Par déduction.

– Alors vous devez être meilleur logicien que vous n'en avez l'air.

Cunningham dirigea son fauteuil du côté du bureau où se trouvait Harry, s'arrêta devant lui et leva les yeux pour le dévisager. La méfiance peinte sur le visage, trop manifeste, était peut-être un masque destiné à cacher quelque chose, se dit soudain Harry.

– Heather Mallender a dîné effectivement ici, il y a environ trois mois, monsieur Barnett. Et après? Il y a cinquante personnes tous les soirs. Le Skein of Geese est réputé pour sa cuisine. Je ne me suis souvenu d'elle qu'au moment où j'ai appris sa disparition dans les journaux.

– Mais elle est venue spécialement ici pour vous rencontrer?

– Comment le saurais-je? Je fais toujours un tour dans la salle du restaurant pour voir si tout va bien. Il se peut que j'aie échangé quelques mots avec elle mais c'est tout.

– Elle était seule?

– Non. Son chevalier servant était avec elle.

– Qui était-ce?

– Je n'en ai pas la moindre idée.

Cunningham eut un sourire provocant. Harry comprit alors qu'il n'apprendrait rien de cet homme sans lui offrir quelque chose en échange.

– Ils ont passé la nuit ici?

– Je ne pense pas.

– Alors pourquoi ont-ils fait un si long voyage? Rentrer en voiture le soir à Weymouth est presque impossible.

– Weymouth?

– C'est là où elle habitait, monsieur Cunningham, vous devez le savoir.

– Ah oui!

– Elle voulait vous parler de sa sœur, n'est-ce pas? Clare Mallender.

Ce n'était qu'une supposition mais pas si absurde et la réaction de Cunningham confirma qu'il avait visé juste.

– Je ne vois pas pourquoi je vous raconterais ce qui s'est passé entre nous, monsieur Barnett.

– Et ça?

Harry frappa avec le bout de sa chaussure la plate-forme du fauteuil roulant de Cunningham.

– Que voulez-vous dire?

– Je veux parler de l'accident de voiture dans lequel vous avez perdu l'usage de vos jambes et Willy Morpurgo celui de son cerveau.

Cunningham en resta tout interdit. Heather, songea Harry, ne lui avait peut-être pas parlé de sa visite à Oxford ou de ce qu'elle y avait appris.

– Votre vieux copain, Cyril Ockleton, s'est montré plus...

– Ockleton?

C'était donc vrai alors : pour une raison ou une autre, Heather avait laissé Cunningham dans le noir.

– Oui. J'ai vu Ockleton comme Heather avant moi et ce qu'il m'a dit m'a amené ici comme cela avait été le cas pour elle avant moi.

Quelque chose qui ressemblait à un éclair de compréhension passa sur le visage de Cunningham. Puis il dit d'une voix qui s'était raffermie :

– Peut-être pourrions-nous discuter de tout cela. Que diriez-vous de dîner avec moi, monsieur Barnett? Je serais moins occupé que maintenant, plus disponible pour me rappeler les détails de la visite de Mlle Mallender.

– Très bien.

– Disons à 19 h 30 au bar?

– Parfait.

Harry se retourna pour partir.

– Oh! monsieur Barnett...

– Oui?

– La clientèle de notre restaurant est très sélecte. Je vous conseille de vous arranger un peu, sinon mon maître d'hôtel risquerait de ne pas vous laisser entrer.

23

Le bar du Skein of Geese était le genre de débit de boissons que Harry détestait. De petites coupes remplies de noix de cajou et d'olives étaient disposées sur les tables. Un barman efféminé le regardait comme s'il était une sorte de sauvage tout droit sorti de la jungle. La lumière tamisée ne permettait pas de compter sa monnaie. Un disque de Glenn Miller lui faisait regretter la musique abâtardie de Vivaldi qu'on entendait du côté de la réception.

Harry était arrivé en avance à son rendez-vous avec Cunningham et il le regrettait déjà. La cravate qu'il avait déterrée au fin fond de la poche de sa veste était toute chiffonnée et portait des taches de ce qu'il soupçonnait fort être de la taramosalata. Pis, mettre une cravate l'avait obligé à boutonner le col de sa chemise, un exercice qui avait attiré son attention sur le bourrelet de graisse qui n'y était pas la dernière fois que s'était présentée une occasion semblable. Cette découverte à laquelle il fallait ajouter la bière exécrable du Skein of Geese et la conversation, surprise entre deux femmes sifflant du gin, sur les mérites des jupes courtes, le plongeait dans un abattement profond.

Jetant un coup d'œil à sa montre, il venait de calculer qu'il lui faudrait endurer encore deux fois *Little Brown Jug* avant l'arrivée de Cunningham quand une femme se hissa sur le tabouret à côté du sien.

– Bonjour, Harry, dit-elle d'une voix rauque, comme s'ils étaient de vieux amis.

– Je ne crois pas...

– Nadine Cunningham. Vous avez rencontré mon mari tout à l'heure.

Elle avait à peu près dix ans de moins que Cunningham. Jolie, blonde, mutine, les yeux brillants, un joli sourire et de beaux pare-chocs, comme aurait dit Barry Chipchase, moulés dans une robe en laine noire. Harry n'avait aucune idée de ce que les deux femmes pensaient de sa robe qui lui arrivait à mi-cuisse, mais en ce qui le concernait, le frôlement de genoux gainés de bas noirs contre la grosse toile bise de son pantalon n'était pas pour lui déplaire.

– Comme d'habitude, Vince, dit-elle au barman, et tu remets la même chose à monsieur. Vous avez du feu, Harry?

– Euh... oui.

Il sortit la pochette d'allumettes marquée Skein of Geese et alluma la cigarette d'un geste maladroit.

– Rex sera peut-être un peu en retard. Il m'a demandé de vous distraire en attendant.

Elle exhala la première bouffée de sa cigarette avec un sourire qui voulait montrer que sa remarque était sciemment ambiguë.

– Je suppose que vous essayez de retrouver Heather Mallender, dit-elle sans s'embarrasser de préliminaires.

– Oui, mais...

– Mon mari m'a tout dit, Harry. Enfin, presque tout.

– Alors vous savez que Heather est venue ici il y a trois mois. A votre santé! ajouta-t-il en buvant une gorgée de la bière qu'elle lui avait offerte.

– Elle a dîné ici le samedi 10 septembre. J'ai vérifié sur le registre.

Cette fois, son sourire venait du plaisir que lui donnait son efficacité.

– La réservation a été faite à son nom mais la note a été réglée par son chevalier servant : un certain P.R. Kingdom selon le reçu de la carte de crédit.

Le samedi 10 septembre : le samedi qui avait suivi la visite de Heather à Oxford. La date ne le surprit pas. En revanche, l'identité de son compagnon avait de quoi l'étonner.

– Je vous suis reconnaissant, madame Cunningham, mais...

– Appelez-moi, Nadine.

– Très bien, Nadine. Qu'est-ce qui vous a donné l'idée de vérifier?

– Pour être honnête...

Elle se pencha vers lui et baissa la voix.
– Je suis inquiète, Harry.
– A propos de quoi?
– Je ne peux pas en parler ici. On pourrait peut-être se voir... un peu plus tard.
– Très bien.
– Quel est le nom de votre chambre?
Harry dut sortir la clef de sa poche pour s'en souvenir. Au Skein of Geese, au lieu d'un numéro, les chambres présentaient la particularité exaspérante de porter des noms se rapportant à la vie des oies. Le nom de sa chambre était Troupeau. Nadine hocha la tête et il remit la clef à sa place. Pourquoi avait-il l'impression qu'ils venaient de décider de coucher ensemble, il n'aurait su le dire. C'était peut-être parce qu'il émanait de cette femme une invitation sensuelle au plaisir comme d'autres sentent le parfum et à cause de sa façon de tout suggérer du regard et du geste sans rien proposer.
– Rex m'a dit que vous avez travaillé pour Alan Dysart.
Elle s'était redressée et avait repris le ton de la confidence.
– Je l'ai vu deux ou trois fois. Il est aussi séduisant en chair et en os qu'à la télévision. C'était un bon patron?
– Ce n'était pas vraiment mon patron à Rhodes.
– Ah oui?
– En fait, nous nous connaissons parce qu'il a d'abord travaillé pour moi, quand il était étudiant.
– Vraiment?
Elle parut soudain très attentive.
– A Oxford?
– Non. A Swindon. J'avais un garage. Malheureusement, j'ai fait faillite ...
Il se tut. Nadine le regardait avec une fascination entièrement disproportionnée à ce qu'il disait et qui ressemblait presque à un état hypnotique.
– Ça ne va pas?
– Si, si...
Elle hocha la tête sans conviction pour valider sa réponse. Il se rendait compte qu'il était responsable de sa stupeur mais il se demandait bien pourquoi.
– Ah!
Les yeux de la jeune femme se fixèrent sur la porte avec une sorte de gratitude.
– Voici Rex, je ne pensais pas qu'il arriverait si tôt. Je vous laisse.

Avant que Harry ait pu ajouter quoi que ce soit, Nadine avait glissé en bas du tabouret pour aller à la rencontre de son mari. Elle posa la main sur son épaule, lui dit quelque chose que Harry ne put entendre et quitta le bar d'un pas vif sans un regard en arrière. Cherchant encore à comprendre ce qui s'était passé, Harry la suivait des yeux quand Cunningham, qui l'avait rejoint, lui dit :

– Une vraie gazelle, n'est-ce pas?

– Pardon?

– Ma femme, Barnett. Elle bouge bien, n'est-ce pas?

– Euh... oui.

– Ne vous inquiétez pas, dit-il avec un sourire. Je ne suis pas du genre mari jaloux.

De quel genre faisait partie Rex Cunningham, Harry ne parvint pas à s'en faire une idée très nette au cours du dîner qui suivit. Généreux, affable, appréciant le son de sa propre voix, l'hôte de Harry était spirituel et doué d'un appétit gargantuesque. Le tout donnait l'image d'un homme chaleureux attaché aux biens de ce monde, le type même, pensa Harry, de l'hôtelier aristocrate des comtés entourant Londres. A mi-chemin de l'intimité et de la retenue, sa façon d'être devait séduire les clients les plus exigeants.

Mais Harry ne s'y laissa pas prendre. Même si Cunningham avait cessé de lui donner du Monsieur, il devinait que l'homme distant et irascible qu'il avait rencontré au milieu de l'après-midi était plus authentique que l'hôte obligeant et souriant du restaurant lambrissé du Skein of Geese. Durant le repas savoureux accompagné de vins fins, à la lueur des chandelles, Cunningham parla à Harry de son passé sur un fond de réminiscences fiévreuses, sans réussir à être très convaincant.

– Alors Ockleton vous a tout dit sur la société Tyrell? A vrai dire, Barnett, la seule chose qui nous intéressait, c'était manger et boire. Tout le reste – la philosophie, l'histoire, la politique – c'était de la frime. Enfin, peut-être pas la politique. Nous votions *tory* quand c'était démodé, pas comme ces jeunes gens suffisants d'aujourd'hui. Mais malheureusement, nous avons dépassé la mesure. Everett a fait un plongeon sur les pavés de l'ancienne cour. Morpurgo a failli nous tuer dans ce foutu accident de voiture. C'étaient des symptômes du même problème : la grosse tête mais pas de plomb dans la cervelle. Vous voyez ce que je veux dire? Sans doute pas. Ne le prenez pas mal, Barnett, mais à moins d'être dans une université, une bonne, bien sûr, je ne parle de ces endroits mal famés en brique rouge, vous ne pouvez pas concevoir ce que cela signifie de se savoir un être à part. On appelle ça l'élitisme maintenant, mais ça ne dit pas grand-chose. Reprenez un peu de vin, Barnett. Le vin, c'est comme le sang, vous ne trouvez pas? Le sang du cerveau, dans un monde anémique.

« Qu'est-ce qu'Ockleton vous a dit à propos de l'accident de voiture? De toute façon, on ne peut pas se fier à lui. Il n'a pas le sens de l'observation. Il ne l'a jamais eu. De plus, il était ivre mort sur la banquette arrière lorsque c'est arrivé. Moi aussi, j'étais soûl et Morpurgo encore plus, six ou sept verres de trop, vous savez comment c'est. Si vous aviez vu l'endroit où l'accident s'est produit, vous comprendriez tout de suite. On roulait à toute allure et bang! Seigneur, ce que j'ai souffert, vous ne pouvez pas imaginer. »

Pour renforcer son propos, il posa ses doigts sur la flamme de la bougie qui se trouvait entre eux.

– Vous voyez, une souffrance comme celle-là vous immunise. Cela vous rend différent à tout point de vue.

Harry commença à soupçonner que Cunningham jouait un numéro destiné à donner le change. Mais pourquoi? Soit il s'était créé un personnage au fil des ans pour tenir à distance la compassion des corps robustes, soit il cachait quelque chose de beaucoup plus gênant qu'une jeunesse autodestructrice. Quoi qu'il en soit, évoquer la visite de Heather au Skein of Geese le 10 septembre ne semblait pas lui faire peur. Au fromage, du Stilton arrosé de porto, il aborda spontanément le sujet qui intéressait le plus Harry.

– Si vous croyez, Barnett, que la fille des Mallender s'intéressait à ces bêtises vieilles de vingt ans, vous vous trompez beaucoup. Elle n'en a même pas parlé. J'ai fait le tour des tables ce soir-là comme d'habitude, en faisant de mon mieux pour que tout le monde se sente bien. Quand je suis arrivé près de Heather, elle s'est présentée comme la sœur de Clare Mallender. Je connaissais bien Clare. Elle venait de Londres, parfois juste pour dîner, parfois pour se détendre quelques jours, seule ou avec un soupirant. Elle était jolie et intelligente en plus de ça. Un véritable atout pour Dysart. La femme idéale pour distraire à sa place les personnages influents mais ennuyeux. J'avais beaucoup d'admiration pour elle. L'année dernière, quand j'ai appris que ces fous d'Irlandais l'avaient tuée, j'ai été profondément affecté.

« Enfin bref, Heather voulait tout savoir sur ce qui s'était passé la dernière fois que Clare est venue ici. Il se trouve que je m'en souvenais très bien, pas seulement parce que c'est la dernière fois que je l'ai vue mais à cause d'un détail étrange. C'était le 16 mai 1987, un samedi. Vous pouvez remercier ma femme pour la date. Elle est très douée pour ce genre de choses. Le 16 mai, c'est-à-dire deux semaines avant la mort de Clare. A l'époque, elle était engagée à fond dans la campagne électorale et Dysart l'avait amenée dîner ici. Je suppose qu'ils avaient besoin tous les deux de quelques heures de détente, loin de la pression de Londres.

« Je me suis souvent demandé ce qu'il y avait entre Dysart et cette fille, Barnett, je peux bien vous le dire. Personne n'aurait pu en vouloir à Dysart de tenter sa chance, n'est-ce pas? Surtout avec une femme aussi frigide que la sienne. Clare était très désirable et ils devaient passer beaucoup de temps ensemble, à écrire des discours ou dans toutes sortes d'activité qui échoient aux politiciens. J'ai toujours eu l'impression qu'elle n'aurait pas refusé de coucher avec lui mais je n'ai jamais eu l'ombre d'une preuve qu'il y a eu quelque chose entre eux. En fait, comme je l'ai dit à Heather, j'ai découvert ce soir-là quelque chose qui m'a fait penser que j'étais complètement à côté de la plaque.

« Dysart avait été appelé au téléphone au milieu du repas. Vous connaissez la vie des politiciens, on ne les laisse jamais en paix. On en arriverait à croire qu'ils en rajoutent pour convaincre leurs idiots d'électeurs qu'ils travaillent jour et nuit. Bref, il est allé au téléphone en me demandant en chemin de tenir compagnie à Clare pendant son absence qui risquait de durer un certain temps. Toujours enthousiaste à l'idée de passer un moment avec cette créature de rêve, j'acceptai volontiers.

« Clare ne m'avait pas vu et elle ne m'entendit pas arriver. Les roues font moins de bruit que les chaussures, c'est bien le seul avantage qu'on peut leur trouver. Elle était assise, le dos tourné vers moi, et perdue dans la contemplation d'un objet qu'elle tenait à la main. En arrivant derrière elle, j'ai pu voir ce que c'était. Je dois avouer que cela m'a fait un choc. Pour d'autres, cela aurait été un petit fait anodin mais pas pour moi. C'était une photo en noir et blanc d'un homme souriant, pas le genre photo d'identité, plutôt le genre de photo que porterait sur soi un parent ou un ami, ou encore une femme amoureuse.

« Ce fut ma première pensée. Son sac à main était ouvert sur la table et elle en avait sorti un petit portefeuille en cuir contenant plusieurs poches en plastique pour des cartes bancaires et ce genre de choses. J'ai eu l'impression, très fugace, je vous l'accorde, qu'elle venait de sortir la photo d'une des poches pour la regarder, comme une jeune fille amoureuse pensant à son Roméo. Vous me direz, qu'est-ce que cela a de tellement remarquable? Un homme mystérieux dans sa vie aurait expliqué beaucoup de choses. Le fait qu'elle ne soit pas la maîtresse de Dysart, par exemple. Mais ce n'est pas là où je veux en venir, Barnett. Je me félicitais en silence d'avoir enfin percé son secret quand j'ai compris qui était l'homme qu'elle contemplait ainsi. Tout à coup, je l'ai reconnu et j'en suis resté tout interdit, je n'ai pas peur de le dire. Surpris n'est pas le mot qui convient. »

Cunningham tira sur son cigare et, les yeux brillants, il fit une pause pour accentuer son effet, mais Harry avait déjà deviné la suite. Les photos de Heather lui auraient soufflé la réponse même si l'intuition lui avait fait défaut car la photo suivante de la série représentait une école ou un collège et il y avait un membre de la société Tyrell dont on n'avait pas encore parlé et qui faisait partie du petit noyau qui avait si vivement intéressé Heather (quoi que pût en penser Cunningham). Quelqu'un qui n'était ni mort ni handicapé et qui avait proposé le 17 mai 1968 une excursion à Burford mais qui n'était pas rentré avec les autres en voiture. Selon Ockleton, il enseignerait à présent dans un pensionnat, dans l'ouest du pays.

– La photo était celle d'un homme dont vous semblez avoir entendu déjà parler, monsieur Barnett. Un vieil ami à moi qui a fait ses études à Breakspear College. Jack Cornelius.

24

Harry rentra dans sa chambre peu avant minuit, moins soûl qu'il n'en avait l'habitude depuis quelque temps. Rex Cunningham s'était révélé un buveur de la vieille école. Il vidait une bouteille là où des hommes ordinaires se seraient contentés d'un verre. Harry avait vite compris qu'il devait garder la tête claire s'il voulait pouvoir se rappeler tout ce qu'il entendait. Il avait donc limité sa consommation d'alcool au moment où Cunningham avait commencé à tomber dans l'excès.

Un employé obligeant avait ramené Cunningham jusqu'à son lit quand il eut atteint cet état d'ébriété larmoyant qui pour les autres est le plus pénible de tous à supporter. Harry, quant à lui, ne tenait pas à dormir tout de suite : il avait trop de choses à penser pour que le sommeil lui paraisse attrayant. Cunningham l'avait renforcé dans sa conviction : s'il suivait pas à pas les indices donnés par chacune des photos de Heather, il découvrirait la vérité et, par conséquent, Heather. Tout ce qu'il avait à faire était de réfléchir à sa prochaine étape.

Il n'arrivait pas à ouvrir la porte de sa chambre. Après un moment d'irritation, il fut obligé de consacrer toute son attention au problème, et il se rendit compte qu'il avait fait un tour de trop au lieu de déverrouiller la serrure car la porte n'avait tout simplement pas été fermée à clef. Fouillant dans sa mémoire pour retrouver ce qu'il avait fait en quittant la chambre, il se rappela avec précision qu'il avait pris la peine de vérifier que la porte était bien fermée. Après l'agacement, une angoisse le saisit.

Pourtant une fois à l'intérieur, après avoir allumé, il découvrit que tout était en ordre. Il n'y avait pas de tiroirs ouverts, pas d'armoires béantes. Seul le drap de dessus avait été rabattu. La femme de ménage avait dû oublier de fermer à clef en partant. Il alla se chercher un scotch dans le mini-bar et, lorsque le téléphone sonna quelques minutes plus tard, il n'y pensait plus.

– Harry ? C'est Nadine. Rex dort comme un bébé. Est-ce que nous pourrions avoir cette conversation que vous m'avez promise ?

– Euh, oui, bien sûr.

– Je viens tout de suite.

Elle portait la même robe noire moulante mais ne paraissait pas avoir passé une bonne soirée à en croire les cernes noirs sous ses yeux et la mèche folle qui s'était échappée de sa coiffure encore impeccable quelques heures plus tôt. Ces petits détails la rendaient à la fois plus vulnérable et plus séduisante, plus susceptible d'accepter et de comprendre les besoins et les faiblesses des autres. Harry lui versa à boire. En tenant une allumette allumée devant sa cigarette, il remarqua que sa main tremblait.

– Comment trouvez-vous Rex ?

– Généreux, aimable, c'est un hôte exemplaire.

– C'est ce que vous pensez ? dit-elle en lui lançant un regard malheureux.

Le sourire qu'elle semblait vouloir ajouter resta lettre morte.

– Vous n'avez pas besoin de prendre des gants avec moi, Harry.

– Je suis sincère.

– Il joue la comédie. Vous l'avez forcément remarqué. Surtout vous.

– Pourquoi surtout moi ?

– A cause de ce que vous êtes. A cause de ce que vous savez.

– C'est-à-dire ?

Au lieu de répondre, elle commença à arpenter la chambre tout en jetant des regards énigmatiques sur la gravure accrochée au mur et en rejetant de petites bouffées de fumée vers le plafond. Il ne comprenait pas pourquoi elle avait perdu l'assurance qui avait l'impressionné un peu plus tôt dans la soirée. Il n'avait rien dit qui aurait dû la mettre mal à l'aise. Il se surprit à suivre la marque laissée sur le tapis par ses talons hauts, à observer le raidissement alterné des muscles de ses mollets. Elle lui avait dit qu'elle était inquiète, et maintenant il la croyait. Il était sûr qu'elle ne jouait pas la comédie.

– Je suis un pauvre type, Nadine, je ne sais rien de rien. C'est la vérité, croyez-moi.

– Ce n'est pas vrai.

– Qu'est-ce qui vous fait dire ça?

Elle pivota sur les talons et lui fit face, les yeux plus brillants que jamais.

– Pourquoi êtes-vous venu ici, Harry?

– Je vous l'ai dit. Je pensais que votre mari pourrait m'aider à retrouver Heather.

– Il y a autre chose, n'est-ce pas?

– Non.

– Je ne vous crois pas.

– Pourquoi?

Elle ne répondit pas. Elle écrasa sa cigarette d'un air résolu et s'assit sur le lit, adossée aux oreillers.

– Quand je vous ai dit tout à l'heure qu'Alan Dysart avait travaillé autrefois pour moi, vous avez eu l'air... surprise. Pourquoi?

– Je ne m'y attendais pas, voilà tout.

Nadine parlait plus calmement à présent, d'une voix basse et lointaine, les yeux fixés au plafond.

– Alan Dysart ne travaille que pour lui.

– Je pensais que vous ne le connaissiez pas.

– C'est vrai. Mais Rex le connaît, ce qui veut dire que je le connais aussi. Lui et ses pareils. Rex m'a parlé plus d'une fois de la société Tyrell et de leurs activités. Ce n'est pas terminé pour lui, tous ces enfantillages de sa jeunesse. Il appelle ça l'esprit de corps universitaire. Il dit que, si l'on n'a pas vécu ça, on ne peut pas savoir ce que c'est. Surtout pas une femme. Evidemment la mixité n'existait pas encore à son époque. Je pense que son éducation a été un plus gros handicap que son accident de voiture. Je ne pourrai jamais m'approcher de lui, même pas à un mètre. Je ne veux pas dire physiquement, mais mentalement. C'est un livre fermé. Une porte verrouillée. Dieu sait si j'ai essayé de le comprendre. Je croyais que j'étais trop maligne pour me laisser supplanter par ses copains, mais je me suis trompée, Harry, à un point que c'en est comique.

Mais elle ne rit pas. Elle semblait plus proche des larmes.

– Depuis combien de temps êtes-vous mariés?

– Sept ans. J'étais serveuse dans l'hôtel qu'il avait avant, à Godalming. C'était plus petit qu'ici et moins luxueux. Il voulait s'agrandir, alors il avait besoin d'une femme qui puisse lui être utile dans son métier. Je faisais l'affaire. Moi, cela m'évitait de devoir gagner ma vie en débarrassant les tables mais je croyais que cela signifiait plus que ça. Je me suis trompée.

Elle fit une pause pour boire son whisky.

– En fait, Rex est obnubilé par cet accident de voiture d'il y a vingt ans et ce qui s'est passé avant. C'est compréhensible, vous me direz. Mais l'accident n'est pas ce qui l'intéresse le plus, oh non! Ce sont les semaines qui ont précédé. Les semaines qui ont suivi un dîner de la Saint-George où...

– Ramsey Everett s'est tué.

Elle le regarda, à peine surprise.

– Vous savez ça? J'avais raison alors. Il y a une relation.

– Une relation avec quoi?

– Avez-vous dit à Rex qu'Alan Dysart a travaillé pour vous à Swindon pendant ses vacances universitaires?

– Non. Ça ne s'est pas présenté.

Nadine fit claquer sa langue et sourit pour la première fois.

– Vous voyez, Harry, Rex adorait la société Tyrell et tout ce que cela représentait. Il affirme maintenant que ce qui l'intéressait, c'était juste les grandes bouffes, mais c'est faux. Il n'était peut-être pas aussi engagé intellectuellement que les autres, mais il croyait dur comme fer à leur vision du monde. La société Tyrell était toute sa vie. Sa dissolution après la mort d'Everett a été un coup terrible pour lui. Quand il est ivre, ça ressort nettement.

« C'est bien de Rex de mettre tous ses ennuis sur le dos de ce pauvre garçon qui s'est tué en tombant. Ramsey Everett n'était pas tout à fait comme les autres, d'après lui. Il n'était pas aussi convaincu que le monde leur devait tout. D'après Rex, c'était le ver dans le fruit. Sa mort a été le commencement de la fin, la cause de son infirmité. C'est comme ça que Rex voit les choses. Ne me demandez pas pourquoi, je n'en sais rien. Il y croit, c'est tout. Il a même un nom pour ça : la défenestration de Ramsey Everett. J'ai dû chercher le sens de ce mot dans un dictionnaire. Vous savez ce que ça veut dire, Harry?

– Défenestration?

Le sens de ce mot devait se trouver quelque part, enfoui très loin au fond de sa mémoire. Il eut soudain la vision d'une salle de classe. Des grains de poussière tournoyaient dans les rayons du soleil. Il lui sembla entendre la voix râpeuse de Cameron-Hyde, le professeur d'histoire borgne. Il parlait des origines de la guerre de Trente Ans. La défenestration de Prague (oui, c'était ça) : aussi importante d'une certaine façon que l'assassinat de l'archiduc Ferdinand à Sarajevo. Mais au moment vital où il en était de son explication, Harry avait dû préférer l'équipe de cricket d'Angleterre représentée sur la couverture de son cahier. Cameron-Hyde avait parlé dans le vide.

– J'ai oublié, Nadine. Qu'est-ce que ça veut dire?

– Défenestrer, c'est faire tomber quelqu'un d'une fenêtre. Comme pour Ramsey Everett.

On avait tué Ramsey Everett? La leçon de Cameron-Hyde lui revint brusquement. A Prague, en 1618, dans des circonstances que Harry avait oubliées, on avait jeté des gens par une fenêtre et cet épisode avait été à l'origine d'un conflit qui ensanglanta l'Europe pendant trente ans. Une petite étincelle avait mis le feu aux poudres. Quelqu'un aurait donc poussé Everett d'une fenêtre en 1968! Et vingt ans plus tard, Harry recherchait les conséquences de ce crime qui était peut-être la source du mystère entourant la disparition de Heather sur le mont Prophitis Ilias. Les photos étaient les jalons d'un chemin menant vers la réponse. Et la réponse devait permettre de retrouver Heather.

– Vous pouvez aller me chercher un autre verre, Harry?

Nadine parlait d'une voix d'ange consolateur comme si elle avait lu dans ses pensées.

– Oui, bien sûr.

Il prit son verre, alla jusqu'au mini-bar, le remplit et revint près du lit. Leurs doigts se touchèrent quand elle lui prit le verre des mains. Il reprit le sien et s'assit sur le bord du lit, à côté d'elle.

– Vous êtes amoureux d'elle, Harry?

– De qui?

– De Heather?

Est-ce qu'il était amoureux? Sûrement pas. Son principal objectif était de laver son nom du soupçon qui y était entaché. L'amitié prenait une pauvre seconde place et l'amour... Mais en se rappelant ses motivations, il les trouva aussi peu convaincantes qu'elles devaient apparaître aux autres. Il sourit d'un air piteux.

– Je ne sais pas, murmura-t-il. Je ne suis pas sûr.

– Vous avez déjà fait l'amour avec elle?

– Non.

– Vous avez essayé?

– Non.

– Même pas quand vous vous sentiez seul?

– Non.
– Alors vous n'avez pas besoin d'être fidèle?

Il se retourna pour la regarder. Elle était belle. Une tristesse émouvante flottait sur son visage de lutin, des nuages assombrissaient son front. L'alcool et la lumière douce la rendaient plus attirante encore. Elle tenait le verre de whisky sur sa poitrine, et le liquide ambré tremblait légèrement au rythme de sa respiration.

– Pourquoi posez-vous cette question? dit Harry, la voix assourdie par le sentiment de sa solitude.

– Parce que moi non plus je n'ai pas besoin d'être fidèle.

Harry entrevit en cet instant ce qui se passerait s'il lui enlevait le verre des mains et embrassait ses lèvres entrouvertes. Le noir de sa robe était plus sombre, semblait-il, que les ombres plus profondes qui les entouraient. Il se vit relever le tissu le long de sa chair blanche comme s'il regardait la scène dans un miroir et il sentit aussi clairement que s'il en avait déjà eu l'expérience la douceur de son corps se refermant autour de lui. La nuit l'avait laissé sans défense. Il avait été seul trop longtemps.

En fait, ce fut Nadine qui prit le verre des mains de Harry et le plaça à côté du sien sur la table de chevet. Elle le regarda avec un sourire nerveux et sembla sur le point de dire quelque chose mais elle se pencha en avant et l'embrassa. Au moment où leurs lèvres se rencontrèrent, l'urgence de leur désir se libéra. Haletants, ils retombèrent sur les oreillers. La main de Nadine desserrait le nœud de sa cravate, la sienne remontait le long de la courbe frissonnante de sa cuisse. Elle roula sur le côté pour l'aider à baisser la fermeture Éclair de sa robe. Il ouvrit les yeux pour la faire glisser.

Brusquement, sa main se figea. Son regard venait d'embrasser l'espace compris entre le bord du lit et la table de nuit où leurs verres reposaient sous la lampe. De cet angle, il pouvait voir ce qu'il n'avait pas remarqué avant : le tiroir de la table ouvert de quelques centimètres, et à l'intérieur, nettement visible dans la lumière de la lampe de chevet, une enveloppe sur laquelle étaient écrits en grec deux mots : ΧΑΡΗ ΜΠΑΡΝΕΤΤ. Harry Barnett.

– Qu'est-ce qu'il y a? dit Nadine.

Harry n'entendit pas. Il tendit la main et ouvrit le tiroir. C'était une enveloppe à l'en-tête de l'hôtel avec trois de ces satanés volatiles imprimés sur un épais papier vélin couleur crème.

Le nom de Harry était écrit à l'encre noire! ΧΑΡΗ ΜΠΑΡΝΕΤΤ. Rien d'autre. Juste son nom. En grec! En Angleterre! Un violent tremblement le parcourut. Il saisit l'enveloppe, sentit l'épaisseur d'une feuille à l'intérieur, souleva brutalement le rabat et sortit la feuille.

C'était un simple papier à lettres, vierge à l'exception de l'adresse de l'hôtel préimprimée. Pas de message. Pas d'autres mots, ni en grec ni dans une autre langue. Rien que son maudit nom et la dérision en filigrane.

– Qu'est-ce qui se passe, Harry? Qu'est-ce que c'est?

Nadine s'était assise à côté de lui et regardait l'enveloppe. Elle était dans le coup, il en était sûr. Cela ne pouvait pas être autrement. La porte ouverte. Le coup de téléphone. Son petit jeu de séduction. Avait-elle calculé le moment exact où il ferait sa découverte morbide?

– Qui vous a dit de faire ça? demanda-t-il.

– De quoi parlez-vous?

– De ça!

– Qu'est-ce que c'est?

Son air à la fois inquiet et dérouté était plutôt convaincant mais Harry n'était déjà plus accessible à la raison.

– Mon nom, en grec!

– Je ne comprends pas.

– C'est votre mari, Nadine? Il vous a dit de mettre cette enveloppe dans ma chambre pendant qu'il m'offrait à dîner? Il vous a envoyée ici ce soir pour se payer ma tête?

– C'est...

– Oui ou non?

Elle voulut se lever, mais Harry la saisit par les poignets et elle retomba sur le lit en poussant un cri de douleur.

– Lâchez-moi!

– Pas tant que vous ne m'aurez pas dit la vérité.

– Quelle vérité? Vous êtes fou!

– Quand je suis rentré ici ce soir, la porte n'était pas fermée à clef. J'ai cru que c'était un oubli de la femme de ménage. Mais ce n'était pas la femme de ménage. C'était vous, Nadine. Vous êtes venue ici pour mettre cette enveloppe quelque part où vous saviez que je serais obligé de la voir. Obligé de la voir parce que vous aviez préparé toute la mise en scène de ce petit tableau touchant.

– Vous êtes fou!

– Non. C'est ce que vous voulez me faire croire. Mais cela ne marchera pas. Vous allez me dire qui a manigancé tout ça. Et pourquoi ?

– Personne n'a rien manigancé.

– Si. Vous le savez très bien.

La bouche de Nadine se durcit. Elle respirait avec peine et, dans un compartiment de son cerveau, Harry réfléchit que cela pouvait être la conséquence de trois émotions complètement différentes : la passion qu'elle avait simulée, la peur qu'elle s'efforçait de contenir, la colère.

– Ecoutez-moi, Harry, dit-elle d'une voix glacée. Si vous n'arrêtez pas, vous le regretterez. Ils pensent que vous avez tué Heather, n'est-ce pas ? Ils pensent que vous l'avez violée puis tuée ; pas moi, mais eux si. Que se passera-t-il si vous me frappez ? Vous ne pensez pas qu'on croira que c'était pour la même chose ?

Le silence et, dans son sillage, un calme déconcertant, se refermèrent autour d'eux. Nadine avait raison. Personne ne le croirait. Les Mallender, la police, les journalistes, ils penseraient tous qu'ils avaient vu juste. Le regard de défi de Nadine lui disait ce qu'il aurait déjà dû comprendre. S'il tentait de lui arracher de force la vérité, il n'en résulterait qu'une humiliation plus grande. Il lui lâcha les poignets.

– Partez, murmura-t-il.

Il se retrouva seul. Sans un mot, elle avait tiré derrière elle la porte qui se ferma avec un déclic. Il sortit la pochette d'allumettes du Skein of Geese de sa poche, en craqua une et la tint contre l'enveloppe jusqu'à ce que la flamme entamât le papier. Au moment où son nom commença à trembler sous l'effet de la chaleur, il laissa tomber l'enveloppe dans le cendrier et la regarda se consumer, puis il en fit de petits morceaux avec l'allumette éteinte. Une fois la preuve détruite, il pouvait faire semblant de croire qu'elle n'avait jamais existé. Mais cela n'était pas nécessaire. Harry se connaissait : désormais, rien ne pourrait le faire lâcher prise.

25

– Vous voulez bien me préparer ma note ? dit Harry.

– Vous ne prenez pas de petit déjeuner ? dit la réceptionniste d'un ton enjoué.

– Non.

– Très bien, monsieur.

Harry pouvait lire sur son visage comme dans un livre : elle ne voyait pas l'utilité de continuer à faire des efforts de conversation avec un tel client.

– Vous avez passé des coups de téléphone, ce matin ?

– Non.

– Pris quelque chose dans le mini-bar ?

– Non. (Harry avait décidé que payer les consommations de Nadine Cunningham aurait dépassé la mesure.)

– Alors cela fait soixante-quatorze livres et soixante-dix pence, monsieur.

Harry grimaça.

– Je croyais que le prix de la chambre était de soixante-cinq livres la nuit.

– C'est bien ça, monsieur, mais il faut ajouter la T.V.A.

Il soupira, prit un autre billet de dix livres et posa l'argent sur le comptoir en calculant qu'à Lindos, pour cette somme, il aurait pu manger et boire comme quatre pendant deux semaines. Il mit la monnaie dans sa poche et fit demi-tour pour partir.

– Oh ! monsieur Barnett...

– Oui ?

– M. Cunningham a demandé si vous vouliez bien lui consacrer quelques minutes avant de partir. Vous le trouverez dans son bureau.

Le premier mouvement de Harry fut d'ignorer l'invitation de Cunningham. La seule chose qu'il voulait, c'était quitter au plus vite le Skein of Geese et ne plus jamais y remettre les pieds. Il n'avait pas envie de revoir Cunningham, ni sa femme. Mais la curiosité l'emporta. Au moins il pourrait les laisser en leur disant quelques vérités bien senties.

– Ah, Barnett! Vous êtes un lève-tôt, je vois.

Cunningham, assis à son bureau, feuilletait le *Financial Times* au milieu de la fumée d'un cigare, comme quelque nabab du cinéma, sans paraître affecté le moins du monde par les incidents de la nuit. Une tasse vide et une assiette maculée de jaune d'œuf avaient trouvé à se loger parmi ses papiers, révélant qu'il avait l'estomac aussi solide que les nerfs.

– Que voulez-vous? dit Harry.

– Ah! Votre ton acide confirme mes pires soupçons. J'ai peur de m'être laissé aller, hier soir. Je suis inexcusable. Je voulais faire la paix avec vous avant votre départ.

Ces propos prirent Harry au dépourvu.

– C'est tout? dit-il d'un ton brusque.

– Cela me semble suffisant. Je ne peux quand même pas m'excuser indéfiniment. J'espère seulement que je n'ai rien dit qui puisse vous offenser.

Se pouvait-il, se demanda Harry, que Cunningham soit encore plus dupe que lui? Sûrement pas. Mais c'était une éventualité qui méritait d'être vérifiée.

– Vous n'avez rien dit qui aurait pu m'offenser, monsieur Cunningham.

– Vraiment? Cela m'ôte un poids, croyez-moi.

– Mais vous m'avez donné à penser. Vous souvenez-vous de m'avoir parlé de la défenestration de Ramsey Everett?

– Mon Dieu!

Cunningham porta la main à sa tête.

– Je vous ai raconté cette histoire?

– Vous croyez vraiment qu'il a été assassiné?

– Mais non, Barnett. C'est une simple hypothèse. Ma femme me prend pour un paranoïaque. Elle a peut-être raison. Evidemment, quelqu'un aurait pu tuer Everett, rien n'était plus simple, étant donné les circonstances, mais je crois sincèrement que c'était un accident, pas vous?

– Je ne sais pas. Vous y étiez, vous êtes mieux placé que moi pour le savoir.

– Nous y étions tous : Ockleton, Morpurgo, Cornelius, Dysart et une demi-douzaine d'autres trop soûls pour les citer. Il y avait tant d'allées et venues que n'importe lequel d'entre nous aurait pu s'absenter un moment sans que les autres s'en aperçoivent. Nous n'avons même pas remarqué qu'Everett avait disparu. Il a fallu que ce soit le concierge qui bute contre son corps dans la cour. En théorie, tout est possible. Un mobile, des circonstances favorables, la combinaison classique, n'est-ce pas?

– Quel pouvait être le mobile?

– A mon avis, Everett était trop curieux pour son bien. Il voulait devenir criminologiste et il avait commencé à s'entraîner aux dépens de ses amis et de ses relations. Il n'avait rien trouvé de mieux que de vérifier les références des uns et des autres. Untel travaillait-il aussi bien qu'il le proclamait? Le père de tel autre était-il vraiment un héros de guerre? Ce genre de choses. Il en a embarrassé plus d'un avec ses découvertes, je peux vous le dire. Je me souviens d'avoir pensé qu'il allait finir par déterrer un véritable scandale, pas seulement de petits détails embarrassants. Et il se prenait au sérieux. Il n'aurait pas hésité à ruiner la réputation de n'importe qui s'il en avait eu l'occasion. Vous ne pensez pas que c'était suffisant pour lui attirer de sérieux ennuis?

– Si.

– Et cela soulève toutes sortes de questions à propos de l'accident de voiture, n'est-ce pas?

Cunningham commençait à se laisser emporter par son sujet. Une rougeur fiévreuse colorait ses joues comme s'il avait enfin trouvé l'auditoire attentif dont il avait toujours rêvé.

– D'ailleurs, était-ce bien un accident? N'oubliez pas que cela s'est passé trois jours avant l'enquête sur la mort d'Everett. Une coïncidence étrange, vous ne trouvez pas?

– Mais c'était un accident. Vous étiez tous ivres. Morpurgo conduisait trop vite. Vous l'avez dit vous-même.

– Morpurgo conduisait vite, c'est vrai, et il était ivre, je ne peux pas le nier. Mais il aurait pu arrêter la voiture s'il avait freiné suffisamment fort. Comme je dormais et Ockleton aussi, nous ne pouvons pas savoir s'il a freiné ou pas, ou s'il a freiné et découvert que les freins ne fonctionnaient pas. Il n'y a que Morpurgo qui le sait, mais il est incapable de nous le dire. Et la voiture était dans un tel état que personne n'aurait pu retrouver un câble de frein scié.

– Vous pensez que la voiture a été sabotée?

– Je suggère qu'elle a pu l'être, oui.

– Mais pourquoi ?

– Suppression de preuve, Barnett. Suppression de preuve.

Il s'appuya contre le dossier de son fauteuil roulant avec le sourire satisfait d'un homme fier de sa propre ingéniosité. Puis il éclata de rire et tira une bouffée de son cigare.

– A moins que ce ne soit que le fruit trop mûr d'une imagination suspicieuse. Grâce à ce machin, ajouta-t-il en tapant sur le bras du fauteuil, j'ai eu tout le temps de peaufiner ma théorie de la conspiration. C'est peut-être ma façon de faire face aux conséquences d'un accident absurde. C'est l'opinion de ma femme. Vous pouvez faire votre choix.

Ce n'était pas un accident. Une demi-heure plus tard, sous un ciel gris, Harry marchait lentement en direction de Haslemere en récapitulant tous les indices les plus minces soutenant la théorie de Cunningham et il en conclut que la logique et la vraisemblance n'étaient pas primordiales. S'il avait la conviction qu'Everett avait été tué, c'était pour la même raison que Cunningham : il avait besoin d'y croire.

Passe au crible tous les éléments nouveaux jusqu'à ce que tu trouves la réponse, s'exhortait Harry. Suppose que quelqu'un ait tué Everett pour sauver la réputation d'un étudiant de Breakspear. Suppose qu'un de ceux qui se sont rendus à Burford trois semaines plus tard, ou même plusieurs d'entre eux, aient été témoins du meurtre d'Everett ou aient su ce qu'il avait découvert. Suppose que la voiture ait été sabotée pour faire disparaître des témoins gênants. Dans ce cas, il y en a au moins un parmi ceux qui se trouvaient dans la voiture de Morpurgo au moment de l'accident qui connaît la réponse. Le plus vraisemblable, c'est que c'est Morpurgo parce que, même s'il est encore en vie, il a été réduit au silence, alors que Cunningham et Ockleton auraient toujours pu témoigner par la suite, à moins qu'ils n'aient été suffisamment effrayés pour le faire. Restait Cornelius. Sa volonté de ne pas rentrer avec les autres en voiture avait-elle été un heureux hasard ? Les soupçons de Harry commencèrent à se porter sur lui car Clare Mallender avait été vue au Skein of Geese en train de regarder sa photo, deux semaines avant sa mort. Mais il existait une autre éventualité qu'il ne pouvait ignorer : et si le sabotage de la voiture avait eu pour but de tuer l'assassin d'Everett au lieu que ce soit ce dernier qui ait voulu se débarrasser du ou des témoins de son crime? Et si le motif du sabotage était la vengeance et non la volonté de réduire au silence un témoin gênant? Cela impliquerait...

Une BMW d'un bleu étincelant le dépassa et s'arrêta à une dizaine de mètres plus loin. Comme Harry s'en rapprochait, la vitre avant gauche s'ouvrit automatiquement. Jetant un coup d'œil à l'intérieur de la voiture, il vit Nadine Cunningham qui lui souriait.

– Vous voulez que je vous emmène, Harry?

– Non, merci.

– Où allez-vous?

– A la gare.

– C'est loin.

– Je sais.

– Alors, montez.

Elle portait un survêtement noir et souriait avec chaleur comme si elle allait au solarium et s'était arrêtée en chemin pour rendre service à un voisin.

– Je voudrais vous dire quelque chose.

La fierté, se rappela Harry, était un luxe qu'il ne pouvait pas s'offrir. Il grimpa à l'avant et ils démarrèrent.

– Je vous écoute, dit-il d'une voix neutre.

– Je vous dois des excuses.

– C'est vrai, mais je ne me fais pas d'illusions.

– Je comprends votre réaction hier soir. Cela a dû vous faire un choc, cette lettre avec votre nom en grec.

– Oui. Vous pouvez vous féliciter d'avoir réussi votre coup.

– Mais je n'y suis pour rien. C'est ce que j'ai essayé de vous expliquer. Ce n'est pas moi qui ai fait ça. J'ai interrogé la femme de chambre. C'est quelqu'un de sûr. Elle est certaine d'avoir fermé la porte à clef derrière elle. Quelqu'un a dû crocheter la serrure. S'ils avaient eu une clef, ils s'en seraient servis, non?

– Vous usez votre salive pour rien.

– Mais vous ne comprenez donc pas, Harry? Je n'ai rien à voir dans cette histoire et le personnel de l'hôtel non plus. Cela doit être quelqu'un de l'extérieur.

– Ce n'est pas la peine de vous fatiguer.

Ils tournèrent brusquement à gauche pour prendre une longue route droite bordée de chênes et de hêtres. Ce n'était pas le chemin que Harry se rappelait avoir pris en venant en taxi mais il ne protesta pas.

– J'ai parlé à votre mari ce matin. Il a fait semblant de ne pas savoir que nous nous étions vus.

– Il n'a pas fait semblant, Harry. Il n'en sait rien. Je voulais vous remercier de ne pas l'avoir mis au courant.

– Vous voulez que je gobe ça.

– Oui. Je veux aussi que vous sachiez que je ne cherchais pas seulement à passer un bon moment. Il y avait autre chose.

– Ah! Et on peut savoir quoi?

– Oui. Après ce qui s'est passé, je vous dois bien ça. Voilà, on m'a offert une grosse somme d'argent en échange d'informations qui pourraient discréditer Alan Dysart; n'importe quel renseignement à caractère scandaleux concernant son passé ou le présent. Rex m'a dit que ses amis à l'université n'avaient jamais compris pourquoi il travaillait à Swindon pendant ses vacances, aussi quand j'ai su qui vous étiez, j'ai pensé que vous pourriez m'apprendre quelque chose.

Elle lui adressa un bref sourire sans rougir ni de sa duplicité ni de sa franchise. Il ne comprenait pas pourquoi il ne se sentait pas plus en colère. Peut-être était-ce parce que la confession qu'il venait d'entendre avait un accent de sincérité. Peut-être était-ce parce qu'il savait au fond qu'il aurait voulu obtenir de leur rencontre autre chose qu'une satisfaction passagère.

– Ne prenez pas cet air inquiet, Harry. Si on en vient à forcer des portes et à envoyer des lettres anonymes, je préfère me retirer du jeu. Je ne suis pas à la hauteur. Cet argent m'aurait...

– Combien vous a-t-on proposé?

– Le prix était négociable. Cela dépendait de ce que je découvrirais.

– Et qui vous a fait cette offre?

– Vous êtes sûr de vouloir le savoir?

– Oui.

– C'est un journaliste qui écrit dans un journal du dimanche.

Harry avait déjà deviné de qui il s'agissait.

– Jonathan Minter?

– Oui. Comment le savez-vous?

Ruiner la réputation d'un politicien en vue pour alimenter la presse à sensation était donc le but visé par Minter. Cela expliquait son intérêt pour la disparition de Heather et son offre de rémunération pour tout renseignement compromettant. C'était peut-être aussi la raison de sa liaison avec Virginia Dysart.

– Il est venu nous voir l'année dernière, un peu avant la mort de Clare Mallender. Il avait l'air de la connaître. Il a dit qu'il voulait faire un article sur Alan Dysart et qu'il aimerait poser quelques questions à Rex sur l'époque où ils faisaient leurs études à Oxford. Quand Rex a compris que Minter cherchait surtout le scandale, il a refusé. Ce gouvernement compte plus pour Rex que l'argent. Alors, il a envoyé promener Minter. Mais il est revenu à la charge il y a quelques semaines en s'adressant à moi cette fois. Je lui ai parlé de la défenestration de Ramsey Everett et il m'a donné cinq cents livres. Il a dit que c'était un acompte et qu'il pourrait me donner jusqu'à cinquante mille livres si je lui communiquais quelque chose de plus intéressant. Le problème, c'est que je n'avais rien à lui dire jusqu'à ce que vous arriviez.

Ils montèrent une côte et redescendirent lentement vers la ville. A partir de là, les arbres devinrent plus clairsemés et des toits de propriété apparurent au milieu d'un paysage qui sentait l'opulence. Ce fut une surprise pour Harry d'apprendre que, même dans ce coin d'Angleterre, on pouvait acheter des confidences exclusives et compromettantes avec de l'argent.

– Je devine ce que vous pensez : est-elle désespérée au point de vouloir cinquante mille livres ? La réponse est oui. Je n'ai pas d'argent à moi, Harry. Tout appartient à Rex. Si je le quitte, j'ai besoin d'un capital. Vous pouvez penser que c'est une façon sordide d'envisager le problème, mais en tout cas, c'est rapide.

– Vous voulez le quitter ?

– Oui. Mais pas dans n'importe quelles conditions.

– Pourquoi ?

– Les raisons habituelles. Je ne l'ai jamais aimé, mais maintenant je commence à le détester car il a fait de moi une garce. Je sais que ce n'est pas une excuse mais la paralysie de Rex au-dessous de la taille n'est pas un vain mot.

Ils avaient atteint le centre de Haslemere et ils roulaient au ralenti parmi un encombrement de voitures de livraison et de piétons. Le chant d'un orgue électrique se mêlait au bruit des moteurs et Harry, regardant par la fenêtre les vitrines décorées pour les fêtes, se demandait si ce n'était pas cette omniprésence de l'esprit de Noël qui faisait paraître les gens si mesquins.

– Ce n'est pas un beau conte de fées, n'est-ce pas, Harry ? Je suis vraiment désolée. Ne pensez pas trop de mal de moi. Une femme doit songer à l'avenir, vous savez.

– Vous perdez votre temps avec Minter, Nadine. Il ne vous aurait pas donné un clou pour ce que vous auriez pu tirer de moi. Alan Dysart n'a rien à cacher.

– Je croyais que tout le monde avait au moins quelque chose à cacher.

– Eh bien, c'est l'exception qui confirme la règle.

L'idée qu'il pouvait se tromper effleura Harry. Il connaissait Dysart depuis longtemps et il l'aimait bien. Cela le mettait-il pour autant au-dessus de tout soupçon? En tout cas, malgré son acharnement, Minter n'avait rien pu trouver contre lui. S'il s'était tourné vers Nadine Cunningham alors qu'il avait Virginia Dysart dans sa poche, qu'elle soit sa complice ou sa dupe, c'est que ses efforts n'avaient toujours rien donné.

– Dites-moi, dit Harry comme ils approchaient de la gare, si je n'avais pas trouvé cette lettre hier soir et que je ne vous aie pas mise à la porte, est-ce que vous m'auriez raconté tout ça?

– Non.

– Alors pourquoi maintenant?

– Parce que j'aimerais que vous transmettiez un message de ma part à Minter. Vous allez le voir, n'est-ce pas?

– Oui, mais...

– Je m'en doutais. Dites-lui que je ne peux pas l'aider et que c'est inutile qu'il cherche à me revoir. Vous ferez ça pour moi?

– Très bien. Mais pourquoi autant d'intransigeance?

– Parce que cette lettre était un avertissement, Harry, et, contrairement à vous, je n'ai pas l'intention de l'ignorer.

Ils s'arrêtèrent sur le parking de la gare. Nadine laissa le moteur tourner mais Harry ne fit pas mine de bouger.

– Vous avez peur? demanda-t-il, incrédule.

– Oui. Pas vous?

– Non. De quoi aurais-je peur?

– Cela devrait vous sauter aux yeux. Heather Mallender posait le même genre de questions que vous et voyez ce qui lui est arrivé. Jusqu'à hier soir, je ne prenais pas les choses au sérieux, mais je n'ai pas un tel besoin de cinquante mille livres. Pour dire les choses carrément, Harry, je n'ai pas envie de disparaître. Vous si?

Quelques minutes plus tard, tandis qu'il regardait la BMW se mêler à la circulation, Harry avait encore en tête les dernières paroles de Nadine. Elle avait fait mouche. Dans son enquête pour retrouver Heather, Harry reproduisait fidèlement les mouvements de la jeune fille et, par là même, sans doute aussi ses erreurs. En suivant les mêmes indices qu'elle, il y avait de grandes chances que leur destin soit le même.

26

Dans les trains, Harry pensait bien : le mouvement régulier l'aidait à se concentrer et la vue du monde qu'ils offraient – des terres en friche au pied des talus aux jardinets ornés de nains en pierre aux abords des villes – formait une toile de fond en harmonie avec le cours de ses pensées. Cela venait sans doute, se dit-il, de l'air rancunier des structures vieillissantes des chemins de fer associé à une succession ininterrompue de tableaux montrant ce qui était le plus souvent ignoré : terres à l'abandon, maisons tombant en désuétude, toutes les choses envahies par les mauvaises herbes et hors d'usage, dépourvues d'intérêt.

Harry ne valait pas beaucoup mieux. C'était sans doute là la source de son affinité avec les trains. D'une certaine façon, il était aussi démodé que les vieilles locomotives qu'il collectionnait avec passion lorsqu'il était enfant. La fumée, la vapeur et les sifflets étaient partis à la casse. On avait même rasé les ateliers où l'on fabriquait autrefois les chaudières. Mais Harry possédait sur eux un atout considérable : il avait le pouvoir de ne pas disparaître sans rien dire. Etant donné son âge et sa situation, il aurait dû se sentir las et au bout du rouleau, mais non. Il aurait dû avoir peur, mais non. Quelque part entre Guilford et Woking, il éprouvait au contraire un étrange renouveau d'énergie. Il sentait qu'il pouvait gagner son pari fou : retrouver Heather ! A la gare de Waterloo, il téléphona aux bureaux du *Courier* et à sa surprise, il se trouva tout de suite en communication avec Jonathan Minter. Encore grisé par la certitude d'être à la hauteur du défi qu'il s'était lancé, Harry essaya de ressembler le plus au possible à l'image que son interlocuteur devait avoir de lui.

– Je, euh, je parle bien à Jonathan Minter?

– Lui-même.

– Ah... c'est Harry Barnett à l'appareil.

– Salut, Harry. Qu'est-ce que je peux pour vous?

– Eh bien, vous m'avez dit quand on s'est vu à Rhodes...

– C'est de là que vous m'appelez? (Ainsi Minter ne savait pas qu'il avait quitté Rhodes, ni par conséquent tout ce qu'il avait découvert depuis son retour en Angleterre, sur lui en particulier.)

– Non. Je... je suis à Londres.

– Ah oui? Depuis combien de temps êtes-vous là? (Sa curiosité n'était pas difficile à comprendre : il voulait savoir si Harry avait lu ou non l'article dans lequel il l'avait chargé de tous les maux.)

– Oh! quelques jours seulement.

– Vous avez quelque chose pour moi?

– Ça se pourrait.

Harry s'obligea à faire une pause assez longue pour aiguiser l'appétit de son interlocuteur, puis il reprit d'une voix hésitante :

– Euh, c'est juste un des maillons de la chaîne... comme vous avez dit.

– Ah oui? (La voix de Minter était plus réveillée tout à coup.)

– C'est à propos d'Alan Dy...

– C'est pas nécessaire de me raconter ça au téléphone, Harry. On pourrait se retrouver quelque part pour en parler, hein, qu'est-ce que vous en dites? (Il paraissait nerveux, à présent.)

– Je veux bien, mais... où?

– Vous pouvez venir ici?

– Oui, je pense.

– Parfait. Disons à midi. Au Grapes. C'est ce pub dans Limehouse, près de la Tamise. Vous pensez que vous pourrez trouver?

– Oui.

– Alors, rendez-vous là-bas. Soyez à l'heure.

– Ne craignez rien.

Puis Harry téléphona au docteur Kingdom, à Marylebone. En dehors du fait que le psychiatre de Heather pouvait la connaître mieux que personne, Kingdom avait accompagné

Heather au Skein of Geese, le 10 septembre. Harry n'avait pas manqué de se demander si une telle initiative avait une visée uniquement thérapeutique.

– Cabinet du docteur Kingdom. (A son léger accent, il reconnut tout de suite la secrétaire médicale.)

– Mademoiselle Labrooy, c'est Harry Barnett à l'appareil. Je suis venu...

– Ah, monsieur Barnett! Oui, je me souviens de vous.

– Je me demandais...

– Le docteur est rentré lundi et je lui ai expliqué pourquoi vous teniez à le voir. Etant donné les circonstances tout à fait exceptionnelles, il est prêt à vous recevoir. (Mlle Labrooy avait dû plaider avec éloquence la cause de Harry.)

– Ah formidable! Quand pourrais-je...?

– Son carnet de rendez-vous est plein pour plusieurs semaines mais il pourrait vous consacrer quelques minutes, un soir.

– Aujourd'hui, par exemple?

– Un moment, s'il vous plaît. (Il l'entendit tourner des pages.) Son dernier patient a rendez-vous à 16 heures. Si vous passez à 17 heures...

– Je serai là.

Minter et Kingdom, à quelques heures d'intervalle; enfin Harry avançait.

Un peu plus d'une heure plus tard, Harry avait l'impression, pour la première fois depuis la disparition de Heather, de dominer un peu la situation. Il était assis avec Minter à une table placée dans l'étroite fenêtre en saillie du Grapes. A cette heure d'affluence où les bavardages et les rires se noyaient dans le tumulte général, personne ne faisait attention à eux. Minter était arrivé vingt minutes plus tôt en affichant un petit air sûr de lui et méprisant. A présent, il entamait sa troisième cigarette en regardant Harry avec circonspection, d'un air de chien battu.

– Si vous n'avez rien pour moi, pourquoi diable m'avoir fait croire le contraire? Nous perdons tous les deux notre temps. Si vous pensez que vous allez pouvoir me convaincre de retirer ce que j'ai écrit sur vous, vous êtes plus...

– Ce n'est pas ce que je vous demande.

– Alors quoi?

– Tout ce que je veux, c'est savoir ce que vous avez fait de l'information que Nadine vous a vendue.

– Rien parce que ça ne valait rien.
– Mettons. Mais qu'est-ce qui vous a poussé à aller au Skein of Geese?
– L'intuition.
Minter lança le mot comme s'il décochait une flèche.
– Et pourquoi y êtes-vous revenu après votre retour de Rhodes?
– Le menu m'avait plu.
Le jeune homme lança à Harry un regard plein d'animosité. Il n'aimait pas jouer le premier rôle dans « Tel est pris qui croyait prendre ». Il se pencha par-dessus la table et ajouta en baissant la voix :
– Ecoutez-moi, Barnett, Si vous êtes le M. Propre dans cette histoire, parfait. Je vous ai pris pour une canaille, il se peut que vous soyez bête, tout simplement. Mais en ce qui me concerne, j'achète les informations, je ne les vends pas.
– Je n'offre pas de vous payer.
– Je n'en fais pas cadeau non plus.
Harry commençait à s'amuser. Il prenait un réel plaisir à pousser Minter dans ses derniers retranchements. Il répondit en baissant aussi la voix :
– Ce que je vous propose, c'est de répondre à quelques questions en échange de mon silence.
– Votre silence sur quoi?
– Sur votre liaison avec Virginia Dysart.
Pendant une fraction de seconde, les yeux de Minter s'agrandirent démesurément. Puis il tira sur sa cigarette pour essayer de cacher ce que Harry avait eu le temps de percevoir : le choc de quelqu'un qui voit le danger trop tard.
– C'est vous qui êtes venu chez moi? dit-il d'une voix éteinte.
– Oui.
– Ça ne prouve rien, bien sûr.
– Ce n'est pas nécessaire. Alan Dysart a confiance en moi. Si je lui dis ce que je soupçonne et pourquoi, vous ne pensez pas que ça lui suffira?
– Si.
Minter eut un petit sourire comme si l'ironie de la situation le frappait soudain.
– Que voulez-vous savoir?
– Tout ce que vous avez découvert.
– Si je vous le dis, quelles garanties aurai-je que vous ne me dénoncerez pas à Dysart de toute façon?

– Vous avez ma parole.

Le sourire s'élargit.

– Vous trouvez ça suffisant?

Minter s'appuya contre le dossier de sa chaise et il observa un moment Harry comme s'il avait devant lui quelque spécimen d'une espèce animale en voie de disparition. Puis son expression devint plus difficilement déchiffrable.

– Eh bien, quelques vérités bien senties sur Alan Dysart, haut fonctionnaire et héros national, vous feront peut-être admettre qu'il a la femme qu'il mérite. Je me rends. Demandez-moi ce que vous voulez.

– Vous avez fait vos études à Oxford en même temps que Clare Mallender?

– Oui. Elle était à Breakspear College, et moi, à Queen's.

– Et vous étiez amants.

– Je l'aimais. Pour Clare, l'amour n'était pas essentiel dans le choix de ses partenaires.

– Mais vous vous êtes fiancés?

– Sur mon insistance, oui. Mais je savais que ça ne durerait pas. Elle avait jeté son dévolu sur une plus grosse prise que moi.

– C'est-à-dire?

– Un politicien. Personne en particulier, vous comprenez. N'importe qui de suffisamment puissant et d'influent aurait fait aussi bien l'affaire. C'était une femme de tête, notre Clare. Elle pensait que coucher avec un député était une voie express pour arriver en politique quand on est une femme. Elle n'avait peut-être pas tort. Elle a jeté son dévolu sur Dysart qui était un ami de son père. Il lui avait conseillé de faire entrer sa fille à Breakspear College quand la mixité a été instaurée. Lorsqu'il a quitté la marine avec l'auréole des héros, elle a dû penser qu'avec lui, elle pourrait réaliser son rêve.

– Vous pensez qu'elle est devenue sa maîtresse.

– Pas vous?

– Non.

– Seul un homme qui donne sa parole comme garantie peut être aussi naïf. C'est vrai que Clare ne l'a jamais admis et je ne peux pas le prouver, mais pour moi, ça ne fait aucun doute.

– Qu'est-ce qui vous a incité à fouiller dans le passé de Dysart? La jalousie?

– Non. Si c'était ça, je n'aurais pas attendu la mort de Clare.

– Alors, c'est quoi?

– Cela peut paraître bizarre, mais c'est venu de Clare. Elle m'a téléphoné deux jours avant sa mort. Je suis tombé des nues car on ne s'était pas parlé depuis des mois. Elle m'a demandé si on pouvait se voir. J'étais surpris qu'elle puisse me consacrer du temps au milieu de la campagne électorale et j'en ai conclu que ce devait être vraiment urgent. Nous nous sommes vus le soir même et elle m'a demandé de but en blanc si je serais intéressé par un scandale mettant en cause un ministre du gouvernement. Avec les élections quinze jours plus tard, c'était une mine d'or. Mais Clare a refusé de m'en dire plus. Elle préférait que je parle d'abord avec le directeur du journal. Elle voulait deux cent cinquante mille livres. Cela peut vous sembler une somme faramineuse mais pour une information solide qui peut faire tomber un gouvernement, ce n'est pas cher payé, croyez-moi. Nous nous sommes donné rendez-vous trois jours plus tard. J'avoue que j'aurais aimé que le ministre en question soit Dysart. Je me suis demandé s'ils s'étaient disputés mais je n'ai rien pu savoir. Elle devait me remettre les informations une fois le marché conclu. J'ai fait ce qu'il fallait pour ça, mais la veille de notre rendez-vous, elle a été tuée et l'histoire s'est arrêtée là.

Minter se tut en laissant planer dans son silence une allusion implicite.

– Vous ne voulez pas insinuer, dit Harry, qu'on a tué Clare pour l'empêcher de parler ?

– En tout cas, c'est ce que j'ai pensé.

L'air confus de Harry le fit sourire.

– Les faits m'ont obligé à écarter cette hypothèse, poursuivit-il. La bombe était l'œuvre de l'I.R.A. et c'est Dysart qui était visé en tant qu'ancien militaire, ministre de la Défense, et défenseur convaincu de l'Union. J'étais enclin à soupçonner autre chose mais force m'a été de reconnaître que Clare avait été victime de la malchance.

Il se pencha un peu plus sur la table et ajouta d'une voix à peine audible :

– Mais je n'ai pas arrêté là mon enquête parce que Dysart a été trop souvent favorisé par le sort, à mon goût. J'admets que ce n'est pas sa faute si Clare a été tuée, ou qu'elle ne m'aimait pas autant que je l'aimais. Ce que je n'admets pas en revanche, c'est qu'il mène la belle vie pendant que d'autres se décarcassent pour lui et paient à sa place. J'ai décidé, pour l'amour de Clare mais surtout pour ma satisfaction personnelle, de faire tout ce qui était en mon pouvoir pour briser cet homme. Je suis persuadé que c'est le ministre que Clare avait l'intention de dénoncer, alors j'ai cherché à découvrir moi-même quel secret pouvait cacher cet homme.

– Mais vous avez échoué?

– Je n'ai pas encore de preuves. Mais je ne le lâcherai pas, croyez-moi.

L'envie que lui inspirait la réussite d'un autre se lisait sur son visage, et elle était assez forte pour le stimuler malgré l'absence de preuves.

– Vous connaissez bien Alan Dysart, Harry?

– Autant que vous, je suppose.

– J'en doute. J'ai étudié sa vie avec un soin tout particulier. J'ai assemblé sa biographie pierre par pierre juste pour avoir le plaisir de la démolir ensuite. Il est né, il y a quarante et un ans, à Birmingham. Son père, originaire d'Ecosse, avait monté une affaire dans cette ville. L'ingénierie Dysart a été l'une des grandes réussites de la puissance industrielle des West Midlands après la Crise de 1929 et, en tant que fils unique de Gordon Dysart, le jeune Alan s'est trouvé très haut placé sur l'échelle de la vie avant même d'avoir perdu ses dents de lait. Il est allé à Oundle puis à Oxford. Dès le début, il était promis à un destin exceptionnel. Au moment où il a commencé ses études, les Dysart étaient allés s'installer à la campagne. Le vieil homme s'était fait construire une maison dans un charmant village du Warwickshire, à quelques kilomètres de Stratford, avec l'Avon serpentant dans leur jardin. Cela ne leur réussit pas car Mme Dysart s'est noyée dans la rivière en 1963 et Gordon ne s'en remit pas. Il mourut deux ans plus tard. Alan qui était en première année à Oxford devint du jour au lendemain un jeune homme riche. Mais chose étrange, quand il quitta Oxford, il liquida la firme familiale et entra au Royal Navy College alors qu'il aurait pu vivre confortablement de ses rentes. Il pensait peut-être qu'être nommé officier était une bonne façon de commencer une carrière politique. J'ai toujours eu l'impression qu'il planifiait sa vie dans les moindres détails. C'est comme si la première chose qu'il avait faite, dès qu'il avait su tenir un stylo, était d'écrire un brillant *curriculum vitae*. Bref, à Dartmouth, il a rencontré Virginia...

– Je me demandais quand vous en parleriez, dit Harry. C'est elle qui vous a raconté tout ça?

– Non. Dysart est très discret sur sa vie, même avec ses proches. Je me suis pas mal démené pour apprendre tout ça.

– Par exemple, en séduisant sa femme?

Minter sourit.

– C'est plutôt elle qui m'a couru après. Dysart n'est pas un mari rigolo, vous savez. Il est plus intéressé par l'autre sexe.

– Comment le savez-vous ?

– Parce que Virginia me l'a dit. Selon elle, ce n'est pas si rare dans le cas des couples où il y a un marin. Les marins s'habituent à la compagnie d'autres hommes. S'ils pensent aux femmes, c'est pour une seule raison. Et de fil en aiguille... vous savez ce que c'est.

– Non.

A vrai dire, Harry comprenait Minter mieux qu'il n'était prêt à l'admettre. Sans la générosité que Dysart lui prodiguait depuis des années, il aurait abondé dans son sens. Mais il y avait quelque chose chez lui qu'il ne supportait pas : sa nature suspicieuse et sa rancœur contre le monde en général.

– Ecoutez-moi, Barnett, dit Minter d'une voix vibrant de colère. C'est uniquement parce que cela pourrait me gêner dans mon enquête que je ne vous invite pas à rapporter à Dysart l'infidélité de sa femme. Ne croyez pas que j'en ressente la moindre gêne. C'est tout ce que vous vouliez savoir ?

– Non, j'ai encore une question à vous poser. Pourquoi êtes-vous allé voir les Cunningham, l'année dernière ?

– Parce que Clare m'avait dit qu'elle avait dîné au Skein of Geese et que Cunningham était un ancien de Breakspear. Je pensais qu'il pourrait me donner des renseignements précieux sur l'époque où Dysart était à Oxford. Mais j'ai perdu mon temps. Ce type est trop séduit par la politique menée par Dysart pour m'aider en quoi que ce soit...

– Pourtant vous y êtes retourné, il n'y a pas très longtemps.

– Oui et j'ai appris de la bouche de sa femme ce qu'il avait refusé de me dire. Une histoire à dormir debout sur quelqu'un qu'on aurait poussé par une fenêtre, il y a vingt ans de ça. Je lui ai donné cinq cents livres dans l'espoir qu'elle trouverait mieux.

– Mais pourquoi y êtes-vous retourné ?

– Parce qu'il y a trois mois, Heather m'a téléphoné pour me demander si j'avais emmené Clare au Skein of Geese, quinze jours avant sa mort. Je ne voyais pas pourquoi cela l'intéressait mais je lui ai répondu que je n'avais pas emmené Clare dîner là-bas, ce qui est la stricte vérité. D'après la belle Nadine, c'est Dysart qui était le chevalier servant de Clare, ce soir-là. Cela n'a rien de si étonnant. Lorsque Heather a disparu, j'ai pensé que c'était une piste qui valait la peine d'être suivie, mais j'ai fait chou blanc. La société Tyrell et tout ce cinéma autour de pseudo-intrigues à Oxford sont hors sujet, vous ne pensez pas, Harry ? Le secret de Dysart, son point faible, on ne le trouvera pas dans le passé mais dans le présent. C'est Virginia qui m'a mis la puce à l'oreille. Dans la marine, les hommes mariés sont plus loyaux envers leurs compagnons de bord qu'envers leurs amis, leur famille ou leur patrie. Et Charlie Mallender n'est autre qu'un ancien compagnon de bord pour Dysart. Pour être précis, c'était le commandant de bord du premier navire sur lequel a servi Dysart. Alors j'ai mené ma petite enquête sur l'entreprise des Mallender et devinez ce que j'ai découvert ?

– Je suis tout ouïe.

– Au début des années 80, Mallender Marine a rencontré des difficultés : manque de commandes, créances irrécouvrables, pertes de plus en plus grandes. Ils ont réussi à se redresser parce qu'ils ont décroché plusieurs contrats lucratifs à long terme avec le ministère de la Défense, juste après la nomination de Dysart comme sous-secrétaire d'Etat à la Défense, il y a trois ans. Je vais vous dire le fond de ma pensée. A mon avis, Dysart passe des secrets commerciaux à son vieux compagnon de bord, Charlie Mallender, et Clare l'avait découvert. Comme elle travaillait pour Dysart et qu'elle était la fille des Mallender, elle était on ne peut mieux placée pour découvrir le pot aux roses.

Harry s'adossa contre sa chaise et réfléchit à la théorie de Minter. Cela ne lui paraissait pas impossible que Dysart ait profité de son poste de haut fonctionnaire d'Etat pour sauver un [illegible]mi de la faillite. Cela confirmait que pour lui, l'amitié [illegible] un vain mot. Harry était bien placé pour le savoir. Si [illegible]t, il serait mis au ban de la société. On ne lui trou-[illegible] circonstance atténuante même s'il avait agi au nom [illegible] fidélité en amitié et non par appât du gain. Harry, pour sa part, ne pouvait pas lui jeter la pierre. Il n'était pas convaincu que Dysart méritait d'être cassé par la jeune femme intransigeante que semblait avoir été Clare Mallender, ni par le journaliste sans scrupule qu'était Jonathan Minter. De plus, Minter était le premier à reconnaître qu'il n'avait pas trouvé l'ombre d'une preuve pour corroborer sa théorie.

– Lorsque j'ai appris que vous aviez été renvoyé de Mallender Marine, poursuivit Minter, j'ai pensé que vous pourriez peut-être m'apporter les preuves qui me manquent. Si vous savez quelque chose, mon offre tient toujours. Je suppose qu'un peu d'argent ne vous ferait pas de mal.

Minter avait raison, Harry était à court d'argent, mais il se trompait s'il croyait que cela le rendait prêt à tout.

– Je ne peux pas vous aider, dit-il.

Et c'était vrai. Même si Dysart était coupable de ce dont il l'accusait, cela n'avait rien à voir avec la disparition de Heather. Minter avait suivi une fausse piste. Harry, lui, avait les photos de Heather pour rester sur la bonne voie.

– Comme vous voulez.

– Je n'ai pas envie de vous aider à ruiner la réputation d'un homme que j'admire.

– Alors pourquoi toutes ces questions ?

– J'espérais que vous pourriez me dire quelque chose qui me conduirait vers Heather.

Minter eut un petit ricanement.

– Je vous répondrai la même chose. Je ne peux pas vous aider. Je ne sais pas où elle se trouve, ni même si elle est encore en vie et, à vrai dire, je m'en fiche. Pour moi, elle n'a jamais été que la petite sœur de Clare, timide et insignifiante. Elle est assez névrosée pour avoir fait une fugue ou même pour se faire tuer. Qu'est-ce que ça change ? N'ayant rien trouvé à Rhodes, il a bien fallu que j'écrive quelque chose pour rembourser mes frais de voyage, alors je vous ai pris comme bouc émissaire. Je pensais aussi que cela pourrait vous inciter à me donner des informations sur les Mallender. Vous avez travaillé pour eux, après tout.

– Il y a dix ans. Je n'ai aucun souvenir concernant cette période qui pourrait confirmer vos soupçons.

– Comme vous voulez.

Minter regarda sa montre.

– Je dois y aller. Je suppose que vous en avez entendu

– Oui.

– Une dernière chose. S'il vous prenait l'envie de parler de Virginia et de moi à Dysart, n'oubliez pas qu'il suffirait de quelques articles dans *The Courier*, du style : « Le meurtrier de Heather Mallender court toujours » pour vous rendre la vie en Angleterre très désagréable. Vous voyez ce que je veux dire ?

Harry ne répondit pas. Lorsque la porte du pub se referma derrière Minter, quelques instants plus tard, il eut un soupir de soulagement puis il avala une grande rasade de bière. C'était toujours quelque chose de savoir que son antipathie instinctive pour Minter était justifiée. Sa haine déclarée pour Dysart ne méritait pas le beau nom de revanche. Non, ce qui motivait

Minter, c'était une animosité irrationnelle que nourrissent certaines personnes devant la réussite des autres. Mais voilà, en négligeant la société Tyrell, Minter était passé à côté d'un renseignement précieux que Rex Cunningham aurait pu lui donner : le nom de l'homme dont Clare Mallender portait la photo sur elle. S'il l'avait appris, il aurait pu orienter ses recherches dans une autre direction.

Comme Harry se frayait un chemin à travers la foule des consommateurs pour commander une autre bière, il ne put réprimer un sourire. Malgré son zèle et sa détermination, malgré tous les moyens d'investigation à sa disposition, Minter était encore loin du but. La vérité se trouvait quelque part ailleurs. Et Harry savait où.

27

La confiance, l'un des sentiments humains les plus inconstants, avait de nouveau déserté Harry. A défaut d'une interprétation logique, il attribuait ce phénomène à l'effet que faisait sur lui une rencontre, la première de sa vie, avec un psychanalyste. Pourtant, le divan traditionnel était absent du cabinet du docteur Kingdom. Seul un fauteuil placé près de la fenêtre était susceptible de tenir ce rôle. Il était néanmoins assez confortable et la musique enregistrée pour clavecin suffisamment soporifique pour qu'on s'y sente bien et saper les défenses de presque n'importe qui, mais pas celles de Harry.

Kingdom était peut-être la cause de son malaise. Cet homme au sourire flottant qui avait de faux airs de Cary Grant jeune, ne correspondait pas à l'image qu'il se faisait des psychiatres. Les lèvres pincées et d'un œil d'expert-comptable mécontent, il consultait une fiche (sans doute celle de Heather), sans montrer ni la chaleur ni la perspicacité indispensables, songea Harry, pour mener une analyse. Plus gênant, l'expression et la voix de Kingdom lui rappelaient vaguement quelque chose : il avait l'impression de l'avoir déjà rencontré alors qu'il savait pertinemment que c'était impossible.

Un mal de tête lancinant et une gorge sèche et douloureuse accentuaient son malaise. Il avait peut-être trop bu au Grapes, à moins qu'il n'ait pris froid. En tout cas, il lui fallait faire un énorme effort pour se concentrer et une discussion un peu serrée aurait exigé un esprit plus clair que le sien. Il avait eu l'intention d'écarter toutes les réserves que Kingdom pourrait émettre en vertu du secret professionnel en lui faisant remarquer que ce qui importait avant tout était de retrouver Heather mais il s'était senti brusquement démuni et soumis, prêt à accepter avec reconnaissance le peu que Kingdom voudrait bien lui donner.

– J'aimerais beaucoup vous aider, monsieur Barnett, dit Kingdom après un long silence mais, hélas! c'est impossible. Si, comme je l'espère, Heather est encore en vie, elle est en droit d'attendre de moi que je respecte le serment d'Hippocrate. J'ai les mains liées.

– Tout ce que je veux savoir...

– Ce que vous voulez savoir est justement ce que je ne peux pas vous révéler : est-ce que sa maladie récente pourrait expliquer de quelque façon sa disparition? Parler librement à un membre du corps médical n'est pas un mince obstacle, monsieur Barnett. Il serait carrément insurmontable si on n'avait pas la certitude que ce qu'on dit ne tombera pas dans les oreilles d'autres personnes... J'espère que vous comprenez ma position.

– Puis-je au moins vous poser quelques questions?

– Essayez toujours. Je vous répondrai si je le peux.

Harry prit une profonde respiration et s'efforça de formuler quelques propositions qui ne froisseraient pas les principes de déontologie médicale de Kingdom.

– Heather a bien eu une dépression l'année dernière, après la mort de sa sœur?

Cela au moins semblait recevable.

– Oui, répondit Kingdom prudemment.

– Et elle a passé quelque temps dans une institution?

– Elle était résidente volontaire dans un hôpital où j'ai une consultation.

– Vous l'avez suivie depuis ce moment?

– Oui.

– La mort tragique de sa sœur a dû être un choc pour elle, mais est-ce qu'il n'y avait pas autre chose...?

Kingdom leva la main.

– Non, monsieur Barnett. Je peux donner des faits. Pas de détails cliniques.

Harry se renversa dans le fauteuil. Son mal de tête empirait.

– Mais pourquoi avoir accepté de me recevoir? dit-il d'une voix lasse. C'est totalement inutile.

– Je ne dirais pas ça. Je vous suis reconnaissant de m'avoir appris ce que Heather lisait à Rhodes. Je voulais vous remercier. C'est peut-être très révélateur.

– Mais vous ne pouvez pas me dire en quoi cela pourrait l'être?

– Je crains que non.

– Ni si cela peut laisser supposer qu'elle a rencontré à Rhodes quelqu'un dont elle avait peur?

– Pas davantage.

– Alors, je perds mon temps.

– Pas nécessairement.

La voix de Kingdom avait changé. Harry ne le regardait plus mais il était sûr qu'il s'était penché sur son bureau comme si leur discussion prenait le tour qu'il souhaitait.

– Je ne vous cache pas que je suis très inquiet pour Heather. Et vous êtes la dernière personne à l'avoir vue. Le serment d'Hippocrate ne s'applique pas à vous, monsieur Barnett. Vous pouvez parler franchement.

– Parler franchement de quoi?

– De vos sentiments pour Heather, de votre opinion sur elle, de ce que vous espériez gagner de votre amitié avec elle.

– Cela pourrait servir à quelque chose?

– Peut-être.

Quand on ne voyait pas le visage scrupuleux et indifférent du docteur Peter Kingdom, ses paroles avaient une suavité apaisante, presque séductrice. Etait-ce cela la clef de la psychanalyse, se demanda Harry, le massage mental?

– Il était évident que Heather avait traversé des moments difficiles mais elle semblait totalement rétablie. Rhodes lui a peut-être fait du bien. Je l'ai tout de suite bien aimée.

– De quelle façon l'aimiez-vous?

Comment répondre? Harry regarda le plafond et suivit des yeux le dessin de la voussure.

– Nous nous entendions bien, répondit-il sans conviction. Malgré la différence d'âge, nous nous sommes découvert un nombre étonnant de points communs. En fait, nous sommes tous les deux des inadaptés.

– Vous êtes un inadapté?

– Oui. C'est ce que mon retour en Angleterre m'a appris. En dehors de ma mère, je n'ai pas de famille, je n'ai pas de travail, pas d'argent, pas de perspectives d'avenir. Je n'ai rien à moi. L'Angleterre ne réserve pas un bon accueil aux fils prodigues dans mon genre.

– Est-ce que vous n'avez pas tendance à vous apitoyer sur vous-même?

– C'est possible. Comme personne ne se soucie de mon sort, j'ai tendance à me plaindre pour quatre.

– Vous voulez dire que vous vous sentez exclu. Vous avez l'impression que les changements qui se sont produits vous ont laissé au bord de la route. Vous manquez d'affection.

C'était un tableau trop succinct mais Harry ne répondit pas moins dans un souffle :

– Oui.

– Vous pensez que Heather ressentait la même chose?

– A votre avis?

– Vous savez bien que je ne peux pas répondre.

Derrière la fenêtre, les branches supérieures d'un platane se balançaient doucement sous une brise légère. Harry leur trouvait un air fier et mélancolique. On aurait dit qu'elles ployaient sous le poids des souvenirs. Il se demanda si Heather qui avait été assise avant lui dans ce fauteuil devant le même tableau n'avait pas induit chez lui cette pensée ou si c'était l'une des formes que prenait son penchant à l'apitoiement que Kingdom avait repéré. Mais à la fin, il eut la certitude que Heather, assise face à cet arbre, avait ressenti la même chose que lui. Lorsqu'il parla, il eut l'impression que c'était elle qui parlait à travers lui.

– Il m'a semblé qu'elle était lasse de mener une vie pour laquelle elle n'était pas faite. On lui avait demandé d'être belle, talentueuse et indépendante, mais elle n'était rien de tout ça, résultat : sa famille ne la comprenait pas, sa carrière ne la satisfaisait pas, et elle n'était pas acceptée par les gens de sa génération.

– Mais vous, vous l'avez acceptée telle qu'elle était?

– Je pense que oui. Du moins, j'ai essayé.

– Et elle y a été sensible?

C'était une question à laquelle Harry ne pouvait pas répondre avec sincérité. Sa compréhension relative de la personnalité de Heather n'avait pas précédé mais suivi sa disparition. L'admettre aurait été admettre qu'il n'avait pas plus compris que les autres dans quelles difficultés elle se débattait. C'est pourquoi il mentit :

– Je ne comprends pas ce que vous voulez dire.

– Alors prenons les choses par un autre bout. Heather devait rentrer chez elle peu de jours après votre excursion sur le mont Prophitis Ilias, c'est bien cela?

– Oui.

– Est-ce qu'elle avait envie de quitter Rhodes?

– Non, je ne pense pas.
– Alors pourquoi devait-elle partir?
– Toutes les vacances ont une fin, je suppose, et elle était attendue en Angleterre.
– Vous voulez parler de sa famille et de ses amis en Angleterre qui ne la comprenaient pas?
Le tour que prenait leur conversation commençait à déplaire à Harry. Il ne savait pas où Kingdom voulait en venir mais déjà il était clair qu'il l'entraînait sur une voie qu'il n'avait pas choisie.
– Euh... oui, répondit-il d'une voix hésitante.
– Est-ce que vous vouliez qu'elle s'en aille?
– Non, pas du tout.
– En fait, vous vouliez qu'elle reste?
– Eh bien... oui, bien sûr.
– Elle voulait prolonger son séjour à Rhodes et vous ne vouliez pas qu'elle parte mais aucun de vous deux n'était prêt à l'admettre, c'est bien ce que vous dites?
Il aurait été plus juste de dire qu'il préférait cette version des événements à une autre mais un petit mensonge l'avait poussé à dénaturer les faits.
– Oui, je suppose.
– Ainsi en empêchant Heather de partir vous auriez agi dans votre intérêt à tous deux?
– Pardon?
– Et l'excursion sur le mont Prophitis Ilias était votre dernière chance de la ramener à la raison, n'est-ce pas?
La silhouette de Heather s'éloignant sous les pins apparut à nouveau sur la ligne invisible qui passait entre eux. Harry eut chaud tout à coup. Un cercle de plomb se resserra autour de son crâne. Il dut défaire le col de sa chemise. Il savait qu'il n'avait rien fait, qu'il était innocent en actes et en pensées. Et pourtant, et pourtant... Depuis qu'il avait rêvé de Heather la dernière nuit qu'il avait passée à Lindos, depuis qu'on lui avait mis en tête les images d'Aphrodite et de Silène, le savoir et la certitude ne suffisaient plus.
– Il y a eu quelque chose, Harry? Il y a eu un malentendu? Une lutte? Vous avez paniqué?
Regarde. Elle est là, à l'endroit où elle est tombée. Tu ne peux pas courir. Dieu merci, ses cheveux de lin en travers du visage empêchent de voir les traits pétrifiés. Sa peau est blanche. La jambe gauche tendue, le pied encore arc-bouté contre le sol, le

talon levé, les orteils enfoncés dans le fouillis des feuilles comme pour chercher un point d'appui. La jambe droite pliée, le genou rouge à cause du choc, le mollet couvert d'une terre noire comme si elle avait essayé de courir dans sa chute. L'image était figée, elle ne partait pas : la rondeur de la hanche, la courbe du ventre, le poing refermé sur une motte de terre froide. Harry était paralysé. Il était incapable de dire si cette vision était un souvenir ou un pur fantasme.

– Que s'est-il passé, Harry? Dites-le-moi.

La question de Kingdom tomba comme un flot de lumière crue dans la chambre noire d'un photographe. L'image surgie du néant qui avait été sur le point de se fixer s'évanouit à l'instant même où Harry comprit ce que Kingdom attendait de lui, c'était une confession comme lui en faisaient spontanément la plupart de ses patients. Mais dans son cas, ce qu'il fallait avouer, c'était un meurtre.

– Vous croyez que je l'ai tuée? dit-il d'une voix blanche.

– Eh bien, si en effet, vous l'avez...

La colère fit sortir Harry de sa torpeur. Pour qui se prenait-il ce petit médecin poseur?

– Si vous pensez que je suis venu ici pour soulager ma conscience, vous vous trompez.

– Pourquoi êtes-vous venu alors?

– Je vous l'ai dit : j'essaie de retrouver Heather. Et on dirait que tout le monde cherche à m'en empêcher.

– Je ne vous en empêche pas.

– Est-ce que vous pensez que vous me facilitez la tâche en refusant de me répondre?

– Je vous ai expliqué...

– A moins que ce ne soit vous qui ayez besoin de soulager votre conscience?

Piqué dans son amour-propre par les questions de Kingdom, Harry contre-attaqua avec la seule arme dont il disposait et que l'autre homme ne soupçonnait pas.

– Vous avez emmené Heather au Skein of Geese à Haslemere le 10 septembre, n'est-ce pas, docteur Kingdom?

– Comment...

– Est-ce qu'il y a eu beaucoup de ces petits dîners aux chandelles? D'autres excursions à la campagne? Vous m'avez interrogé sur la nature de mes sentiments pour elle. Et vous, docteur, de quelle façon aimiez-vous Heather?

– Je vous interdis de me parler sur ce ton, dit Kingdom en bondissant sur ses pieds.

Le masque de la réserve professionnelle était tombé, révélant le caractère irritable de l'Anglais moyen.

– Ou est-ce une question à laquelle Heather n'avait peut-être pas envie que vous répondiez?

Décidé à ne pas laisser plus longtemps l'avantage à Kingdom, Harry s'était levé de son fauteuil.

– Je ne me laisserai pas questionner par vous, monsieur Barnett, dit Kingdom en abattant violemment le plat de la main sur son bureau. C'est intolérable!

Brusquement, cela lui revint. C'était la même phrase, la même expression fanfaronne, la même explosion de colère dérisoire, redonnant à Harry l'impression d'avoir déjà vu cet homme, plus forte cette fois. Il fouilla dans sa mémoire et remonta à la surface un souvenir sous forme d'une image ne nécessitant aucun effort de son imagination pour prendre corps car cette fois, c'était un fait réel, irrécusable.

Le dimanche 6 novembre à Lindos, le ciel bleu illuminait l'une des dernières journées d'insouciance de Harry : le mont Prophitis Ilias et la disparition de Heather étaient déjà tapis dans l'ombre mais restaient invisibles, à presque une semaine de là. Cela avait été une journée particulièrement réussie avec en particulier le déjeuner en compagnie de Heather à la villa. Puis il avait passé la fin de l'après-midi à boire sans excès à la taverna Silenou et il se sentait d'humeur inhabituellement tolérante envers la horde de touristes qui débarquaient chaque week-end à Lindos. Il revenait à la villa en suivant une rue pavée et sinueuse, grimaçant à cause du soleil. Comme il passait d'un pas nonchalant devant la boutique de bibelots tenue par Papaioannou, il sourit en entendant un touriste anglais opposer une résistance farouche à la technique de vente insistante pour laquelle le patron était célèbre. Jetant un coup d'œil à l'intérieur, il aperçut une haute silhouette qui se détourna nerveusement du comptoir. L'homme était un peu trop élégant pour un vacancier mais ce qu'il disait était clair.

– C'est intolérable, vous m'entendez?

Il frôla Harry en sortant en trombe de la boutique mais ne s'excusa pas comme s'il était trop en colère pour y faire attention et s'éloigna d'un pas rapide vers la place principale. Harry échangea un sourire complice avec Papaioannou, puis il continua son chemin. Quelques minutes après, il avait oublié l'incident. Et il ne s'en serait pas souvenu si le hasard ne l'avait pas remis en présence du même homme, très loin de Lindos.

« C'est intolérable, vous m'entendez ? » Kingdom avait dit bien d'autres choses encore et conclu en demandant à Harry de quitter les lieux sur-le-champ mais cette phrase avait déclenché dans la tête de Harry des échos multiples qui l'absorbaient tout entier tandis qu'il se dirigeait distraitement vers la porte. Le docteur Peter Kingdom était l'homme qui était sorti comme un ouragan de la boutique de Papaioannou, à Lindos, cinq jours avant la disparition de Heather. Cinq petites journées. « Une rencontre dans un endroit déterminé après une attente préalable n'est autre chose qu'un rendez-vous. » C'était une phrase tirée de la page que Heather était en train de lire. Harry avait pensé que cela pouvait être une rencontre mal interprétée, un avertissement ignoré, un défi au danger. Maintenant, il en avait la preuve. Kingdom était allé à Rhodes là où il n'avait aucune raison d'être, où il n'avait aucune raison de craindre d'être reconnu, encore moins qu'on se souvienne de lui. Mais Harry l'avait vu. Il avait cherché quel pouvait être le présage que Heather avait voulu considérer comme inoffensif. Il l'avait trouvé.

28

A la station Marylebone, sur la ligne Bakerloo en direction du nord, deux trains déjà s'étaient arrêtés le long du quai mais Harry n'était monté ni dans l'un ni dans l'autre. La foule compacte des heures d'affluence s'était dispersée et il était seul sur le banc, à présent, et peu pressé de partir. Les bouches noires du tunnel, l'air chaud confiné, la voix plaintive et lointaine d'un saxophone restaient des sensations lointaines tant il était absorbé à rassembler les éléments épars d'un événement dans lequel il avait joué un rôle sans même s'en douter. Il savait que c'était une tâche presque aussi impossible que d'ordonner les pièces d'un puzzle géant sans l'aide du modèle, mais il n'y travaillait pas moins avec acharnement.

A Rhodes, Heather était à ses yeux une jeune fille simple et sympathique : un peu gauche et manquant peut-être un peu d'assurance mais sans plus. Il se rendait compte à présent qu'il était passé à côté de l'essentiel. Ou il s'était montré très mauvais observateur ou elle l'avait trompé sciemment. La mort de sa sœur, ses parents, son psychiatre, la société Tyrell, le yacht piégé de Dysart, le passé, le présent, l'avenir avaient été pour Heather autant de sujets d'inquiétude occupant ses pensées à chaque instant. La neuvième photo représentait une école. Harry tira l'enveloppe de sa poche pour la regarder. C'était l'école où enseignait Jack Cornelius, il en aurait mis sa main au feu. C'était là que Heather était allée après le Skein of Geese. C'était là qu'il devait se rendre à son tour. C'était en toute logique l'étape suivante. Mais l'étape suivante d'un itinéraire qui menait où ? Sur le sommet du mont Prophitis Ilias. Si seulement il n'avait pas eu si mal à la tête. Les élancements qui lui trouaient le crâne l'empêchaient de réfléchir. Si seulement...

– Monsieur Barnett! dit soudain une voix à côté de lui. Que faites-vous là?

Il sursauta, se dépêcha de ranger la photo dans la pochette et tourna la tête. Sur le banc, à côté de lui, était assise la secrétaire de Kingdom. Vêtue d'un imperméable, un foulard sur la tête, elle souriait gaiement mais son regard avait une gravité étrangement intimidante. Avant que son silence ne tourne à l'impolitesse, Harry songea que c'était la première fois qu'il rencontrait une femme qui avait de si grands yeux, et un regard tout à la fois direct, impassible et secret.

– Vous avez quitté le cabinet, il y a presque une heure. C'est une surprise de vous retrouver ici. Vous ne m'avez pas dit que vous habitiez à Swindon?

– J'ai dit ça? Euh, oui c'est exact, mais...

– Alors vous allez à Paddington?

– Euh... oui.

– Dans ce cas, nous allons voyager ensemble pendant deux stations. Le voilà!

Un train arrivait en effet. Il émergea du tunnel dans une vague d'air chaud et s'arrêta dans une secousse. Harry suivit docilement Mlle Labrooy dans le wagon et s'assit en face d'elle. En jetant un coup d'œil sur quelques-uns des passagers, Harry comprit sa joie d'avoir un compagnon. Elle devait faire le même trajet tous les jours à travers ce boyau bruyant et sale qui la menait d'une des banlieues déprimantes dont les noms s'inscrivaient sur la carte du réseau au-dessus de sa tête, au bureau du docteur Peter Kingdom, pour taper des lettres à la machine et répondre au téléphone. Elle devait connaître les secrets de ses patients aussi bien que lui.

– Je n'ai pas pu m'empêcher de remarquer, dit Mlle Labrooy comme le train s'ébranlait, que le docteur Kingdom semblait plutôt énervé après votre départ. J'espère qu'il n'y a pas eu de frictions entre vous.

Harry s'obligea à sourire.

– Disons que nous n'avons pas les mêmes priorités. Pour moi, retrouver Heather est plus important que le serment d'Hippocrate. Votre patron pense le contraire.

– Oui, j'ai bien pensé que cela pourrait créer un problème. Le docteur Kingdom se trouve vraiment dans une position délicate, vous savez.

– Moi aussi. On m'accuse de choses pour lesquelles je suis innocent et mon amie me manque.

– Vous voulez parler de Heather?

– Oui, mademoiselle Labrooy. De Heather.

Le train s'arrêta dans une suite de vibrations à Edgware Road. Dans la curieuse accalmie qui suivit pendant laquelle personne ne sembla monter ni descendre, Mlle Labrooy se pencha en avant et dit :

– Savez-vous pourquoi j'ai décidé de vous aider quand vous êtes venu au cabinet, la semaine dernière, monsieur Barnett? C'est parce que vous avez parlé de Heather au présent comme si vous croyiez sincèrement qu'elle était encore en vie.

– Mais je le crois.

Le train démarra.

– J'espère que vous avez raison. Heather était, enfin je veux dire, elle est aussi mon amie.

– Vraiment?

– Elle m'a aidée à un moment où j'en avais vraiment besoin. Elle a été si gentille, je ne l'oublierai pas. Alors si je peux faire quelque chose pour vous aider...

Une lueur d'espoir réchauffa le cœur de Harry. La gratitude de Mlle Labrooy envers Heather pourrait être plus forte que sa loyauté envers Kingdom.

– Tout ce que vous pourrez me dire me sera utile, dit-il avec prudence. Par exemple, la façon dont le docteur Kingdom a réagi à l'annonce de sa disparition?

– Il était très inquiet. Mais je ne l'ai vu que plusieurs jours après, alors je ne peux pas bien...

– Que voulez-vous dire par « plusieurs jours après »?

– Il était en Suisse quand les journaux en ont parlé. Il n'est rentré que la semaine suivante, le mardi, je crois.

– De Suisse?

– Il est psychiatre consultant dans un hôpital psychiatrique, l'institut Versorelli à Genève, spécialisé dans les cas difficiles. Il y va régulièrement.

– Combien de temps est-il resté?

– Je ne suis pas sûre de pouvoir...

– Vous avez dit que vous vouliez m'aider.

Le train s'était une nouvelle fois arrêté. Ils étaient arrivés à Paddington. Mais Harry ne fit pas un geste.

– C'est votre station, monsieur Barnett.

– Cela ne fait rien. Je continue.

Elle se pencha encore un peu plus en avant et baissa la voix :

– Je ne crois pas que le docteur Kingdom aimerait que j'aie ce genre de discussion avec vous. Ma position est délicate.

– Et Heather, mademoiselle Labrooy?

Harry sentit qu'il n'aurait pas besoin d'insister beaucoup pour venir à bout de ses scrupules.

– Est-ce que Heather ne se trouve pas dans une position plus délicate encore?

Les portes se fermèrent dans un chuintement et le train commença à bouger.

Le combat que Mlle Labrooy livrait avec sa conscience pouvait se lire sur son visage.

– Que voulez-vous savoir?

– La durée du séjour du docteur Kingdom à Genève.

Elle eut une autre hésitation puis elle dit :

– Il a pris l'avion pour Genève le vendredi 4 novembre et il est rentré le lundi 14.

Harry eut du mal à dissimuler un sourire. Cela confirmait ses soupçons.

– Est-ce qu'il reste chaque fois aussi longtemps?

– Non, un peu moins en général.

– Et comment savez-vous qu'il est allé à Genève?

– C'est moi qui ai fait les réservations. Et cette semaine-là, il m'a téléphoné deux fois de l'institut.

Cela ne changeait rien. Harry ne s'était pas vraiment attendu à entendre autre chose. Genève, le 4. Rhodes le 6. C'était un itinéraire compliqué mais ce n'était pas infaisable. La question cruciale était de savoir où se trouvait le docteur Kingdom le 11.

– Vous savez quels jours il vous a téléphoné?

– Lundi, je pense... et mercredi.

Ainsi il n'avait pas parlé à sa secrétaire le jour où il était allé avec Heather sur le Prophitis Ilias. Non que cela eût prouvé quelque chose s'il en eût été autrement. On pouvait très bien prétendre qu'on téléphonait d'une clinique à Genève et se trouver dans un hôtel à Rhodes. Le train freina dans un fracas de vaisselle cassée. Mlle Labrooy posa sur Harry son beau regard sombre et pénétrant.

– Pourquoi me questionnez-vous sur les déplacements du docteur Kingdom, monsieur Barnett? demanda-t-elle.

– Parce que j'ai l'impression qu'il met en avant le secret professionnel afin de cacher quelque chose. De plus, lança-t-il à tout hasard comme le train redémarrait, je pense que vous êtes de mon avis.

Elle garda les yeux fixés sur lui sans ciller, mettant dans son regard un assentiment plus net que le silence qui l'accompagnait. Ce qu'il lui demandait de faire réclamait une confiance qu'il avait trop peu de temps pour espérer gagner. Le train arriva à la station Maida Vale où il fit un nouvel arrêt. Alors elle parla :

– Le problème de Heather était qu'elle ne se sentait à sa place nulle part, monsieur Barnett. Elle avait toujours l'impression d'être une étrangère, que ce soit dans sa famille ou dans la société.

– Je vois que vous la connaissez bien.

Mlle Labrooy sourit.

– Toujours cet entêtement à utiliser le temps présent. Votre optimisme est admirable, monsieur Barnett, d'autant plus que je vous soupçonne d'être d'un naturel plutôt pessimiste. N'êtes-vous pas un Anglais en exil dans son propre pays?

– Si, plus ou moins.

– C'est un peu la même chose pour moi. Je suis née au Sri Lanka mais j'ai reçu une éducation anglaise. Ma mère était la fille d'un officier anglais dans la police indienne. Elle est tombée amoureuse d'un humble clerc de Jaffna qu'elle a eu la témérité d'épouser. Les deux communautés n'ont jamais vraiment accepté le fruit de cette union. Ainsi, ni Heather ni vous ni moi ne nous sentons vraiment chez nous en Angleterre et pourtant c'est notre pays. Cela explique peut-être pourquoi Heather se sentait plus à l'aise avec des gens comme vous et moi qu'au milieu de ses parents et des amis qu'ils ont choisis pour elle.

Le train s'arrêta à Kilburn Park et le dernier passager du wagon à portée de voix descendit. Harry se demanda ce que Heather avait fait pour Mlle Labrooy mais dans un sens il préférait ne pas le savoir. C'était déjà beaucoup d'avoir découvert une vraie amie de Heather dont le témoignage était fiable. Comme le train accélérait au sortir de la station, elle lui dit ce qu'il voulait entendre :

– Vous avez raison, monsieur Barnett. Le docteur Kingdom cache quelque chose... seulement je ne suis pas sûre qu'il en soit conscient. Et Heather ne s'en est peut-être pas rendu compte non plus. Mais pour moi qui les connaissais tous les deux, cela sautait aux yeux. Heather est entrée à sa demande à l'hôpital de Challenbroke, près de Maidenhead, l'année dernière au mois de novembre. Le docteur Kingdom s'est occupé d'elle. Quand elle a quitté l'hôpital au mois de mars de cette année, il a continué à la suivre régulièrement afin de s'assurer de son complet rétablissement. Mais les mois ont passé et j'ai compris qu'il y avait autre chose.

– Que voulez-vous dire?

Le train ne roulait plus sous terre à présent. La nuit noire collée aux fenêtres clignotait de feux orange tels des yeux d'animaux fixés sur des voyageurs solitaires au fin fond d'une forêt.

– Il est tombé amoureux d'elle, monsieur Barnett, jusqu'au jour où la pensée de Heather ne l'a plus quitté. C'est toujours un risque pour les médecins, je suppose. Ils doivent se montrer chaleureux et instaurer une relation de confiance tout en gardant une distance. L'équilibre est difficile à maintenir, surtout quand on est amené à connaître les malades intimement. Je ne saurais pas vous dire ce que le docteur Kingdom trouvait de si ensorcelant chez Heather mais après tout, même les plus grands philosophes n'ont pas su percer le mystère de l'attirance que peut exercer un être humain sur un autre. Ce dont je suis sûre en revanche, c'est que, à partir du printemps et durant tout l'été, son comportement avec Heather était de moins en moins celui d'un médecin.

– Est-ce que le docteur Kingdom est marié?

– Non. Il est célibataire. Beaucoup de femmes doivent le considérer comme un bon parti. C'est en effet un parti très acceptable. Il n'y aurait rien eu d'ennuyeux à ce qu'il fasse la cour à Heather si elle n'avait pas été sa patiente. D'ailleurs, le fait qu'il ne l'adresse pas à un autre psychiatre m'a persuadée longtemps que j'avais mal interprété la situation. Je travaille pour lui depuis plus de trois ans et j'ai beaucoup d'admiration pour lui, comme homme et comme praticien. Jusque-là, il avait toujours été irréprochable. C'est pourquoi sa conduite avec Heather m'a tellement déroutée. A la fin, j'ai conclu qu'il était en proie à une attraction à laquelle il ne pouvait pas résister.

Il y eut un autre arrêt : Queen's Park. Un jeune homme dégingandé avec un Walkman et des chaussures de base-ball qui avaient des semelles plus épaisses que Harry n'en avait jamais vu s'assit à côté de lui et commença à frapper son genou en cadence avec la musique qu'il était le seul à entendre. Les portes du train restaient ouvertes et laissaient entrer l'air nocture, incitant Harry à parler tout bas :

– Avez-vous une preuve de ce que vous avancez, mademoiselle Labrooy?

– Non. Je n'ai que la preuve de mes sens. Le docteur Kingdom est devenu de plus en plus préoccupé et distrait, partagé, j'imagine, entre ses sentiments et le devoir professionnel. Heather n'a pas deviné ce qui se passait mais moi, cela me faisait mal au cœur de voir ça.

– C'est juste une impression alors?

– Pas tout à fait.

Les portes se fermèrent, se rouvrirent puis se fermèrent de nouveau.

– Il y a autre chose.

Le train repartit dans une secousse.

– Mes soupçons ont été confirmés le jour où le docteur Kingdom a cessé de me donner les fiches de Heather. Je tape la plus grande partie de ses notes, ses rapports et sa correspondance mais l'été dernier, il s'est mis à taper lui-même tout ce qui concernait Heather.

– Quelle raison vous a-t-il donnée?

– Aucune. Et je ne me suis pas senti le courage de lui en demander une. Heather et moi étions amies à ce moment-là. Nous déjeunions souvent ensemble après sa consultation hebdomadaire. Le docteur Kingdom aurait pu invoquer cette relation pour expliquer une discrétion qui se justifiait. Tous les fichiers des patients sont gardés sous clef dans son bureau, aussi je ne vois que ce qu'il me demande de taper.

– Mais je ne comprends pas. Pourquoi aurait-il voulu garder secrètes ses notes sur Heather?

– Vous devriez connaître la réponse, monsieur Barnett. Vous avez eu un mois à Rhodes pour faire la connaissance de Heather. Cela ne vous paraît pas évident?

Au moment où ils arrivaient à Kensal Green, elle jeta un coup d'œil par la fenêtre.

– C'est ici que nos chemins se séparent. Je descends là.

– Mais nous ne pouvons pas arrêter comme ça.

Mlle Labrooy ne répondit pas. Elle se leva vivement et descendit sur le quai lorsque les portes s'ouvrirent. Harry se lança derrière elle. En entendant ses talons marteler sèchement le quai, il se demanda ce qu'il avait fait pour mériter une telle réaction de sa part. Avait-il manqué de finesse? S'était-il montré trop inquisiteur? Il allait l'appeler quand elle s'arrêta brusquement et pivota pour lui faire face. Dans la lumière pâle, il vit sa lèvre inférieure trembler légèrement comme si sa résolution l'avait brusquement abandonnée.

– Qu'y a-t-il?

– Il se peut que je vous en aie trop dit. J'ai peut-être abusé de la confiance que le docteur Kingdom a placée en moi.
– Je ne vous ai pas forcée à me dire tout ça.
– Non.
– Mais maintenant que vous avez commencé...
– Je ne peux plus me taire, c'est ça ? Vous avez raison, bien sûr, mais ça dépend...
– De quoi ?
– De ce qui s'est réellement passé sur le Prophitis Ilias, le 11 novembre. Je sais ce qu'il y avait dans les journaux et je n'y crois pas. Mais vous, monsieur Barnett, que dites-vous pour votre défense, quelle est votre version des faits ?
– Je ne sais pas ce qui s'est passé. Si je le...
– Mais vous étiez là-bas. Vous étiez avec elle les jours et les semaines qui ont précédé. Vous seul pouvez me dire ce que j'ai besoin de savoir. Vous seul pouvez m'aider à être sûre. Vous voulez bien ?

Enfin Harry comprit ce qu'elle voulait de lui. Depuis son retour en Angleterre, il souhaitait rencontrer quelqu'un qui soit véritablement l'ami de Heather Mallender. Il n'aurait jamais pensé qu'il trouverait en la personne de la secrétaire du docteur Kingdom l'amie qu'il cherchait. Il était temps d'abandonner la méfiance dont il s'était fait un maître mot, comme aussi sans doute Mlle Labrooy. S'il y avait un risque, il méritait d'être couru. Pour le bien de Heather, ils devaient se faire confiance.
– Racontez-moi tout, Harry. Je voudrais savoir exactement ce qui s'est passé dans les jours qui ont précédé la disparition de Heather. Alors je saurai peut-être si mes craintes sont fondées ou non.

Ils s'éloignèrent de la gare à travers un dédale bordé de petites maisons misérables. De la musique s'échappait de pièces aux rideaux trop fins. Des chats fouillaient dans les tas de détritus entassés dans de petits jardins envahis par les mauvaises herbes. Des planches étaient clouées en travers des fenêtres, des portes condamnées. C'était le décor d'une ville dans un état d'abandon et de décrépitude extrêmes. Au milieu de la mal nommée Foxglove Road, plongée dans une obscurité charitable et où personne, songea Harry, ne méritait de vivre, Zohra Labrooy introduisit une clef dans une serrure bancale et elle souhaita à Harry la bienvenue chez elle.

Une lumière tremblotante éclaira un étroit couloir. Installation électrique douteuse, pensa Harry. Ce devait être un symptôme répandu dans ce quartier. Sur leur gauche, une porte entrebâillée révélait le fouillis d'un salon. Une vieille femme à la respiration sifflante était assise dans un vaste fauteuil élimé au milieu de bibelots en cuivre et en ivoire, dans l'épaisseur d'un châle, un petit radiateur électrique braqué sur ses pieds. A la vue de Zohra, elle montra un soulagement manifeste. Elle avait l'air morose et avachi de quelqu'un qui, après une vie bien remplie, reste seul avec ses souvenirs comme un galion dont les voiles pendraient mollement le long des mâts là où autrefois le vent les gonflait avec majesté.

– C'est moi, madame Tandy, dit Zohra en se penchant dans la pièce. Je suis avec un ami.

– Oui, je vois.

La vieille dame adressa à Harry le sourire d'une duchesse douairière saluant le soupirant de sa petite-fille.

Après les présentations d'usage quelque peu embarrassées, Zohra s'excusa en promettant de descendre pour le chocolat à l'heure habituelle, puis elle conduisit Harry au premier.

– Mme Tandy se souvient encore de Kensal Green du temps où c'était un quartier agréable, expliqua-t-elle comme ils arrivaient devant sa porte. Elle a tendance à me traiter parfois comme si j'étais la bonne d'enfant qu'elle avait en Inde dans son enfance, mais à part ça, c'est une logeuse adorable.

L'appartement de Mlle Labrooy déconcerta Harry. Au lieu du décor oriental auquel il s'attendait, il découvrit un mobilier sobre qu'aurait pu choisir n'importe quelle jeune mariée des comtés entourant Londres et, au lieu de lui proposer une tasse de thé, elle lui offrit du gin. Assis sous un lampadaire, un verre à la main, un tableau impressionniste et d'épais rideaux tirés sur le mur en face de lui, il aurait pu se croire n'importe où ailleurs.

Sur le mont Prophitis Ilias, par exemple. Zohra Labrooy était l'auditrice idéale. Ni impatiente ni distraite, elle savait rester silencieuse et vigilante. Et tandis qu'il reconstituait ces événements lointains, les grands yeux noirs posés sur lui l'adjuraient de ne rien passer sous silence, de raconter chaque incident aussi insignifiant fût-il, chaque phrase aussi triviale fût-elle.

Il lui dit tout, tout ce qu'il pouvait formuler clairement, à l'exception d'une chose : qu'il avait vu Kingdom cinq jours avant la disparition de Heather car il ne voulait pas encore mettre trop durement à l'épreuve la loyauté de Zohra.

Quand il eut fini, elle garda le silence un moment sans cesser de le regarder comme si elle cherchait encore une assurance qu'elle avait voulu trouver.

– Eh bien? dit-il enfin.

Elle eut un profond soupir.

– C'est bien ce que je craignais. Ce n'est pas si simple.

– Vous pensiez que ce le serait?

– La dernière fois que j'ai vu Heather, elle ne m'a pas du tout donné l'impression d'avoir besoin de suivre un traitement psychiatrique. Elle était calme, résolue et pleine d'assurance, du moins c'est le sentiment que j'ai eu.

– Pourtant elle voyait encore le docteur Kingdom.

– Oui. J'ai pensé que c'était pour cela qu'il s'était mis à taper lui-même les notes qu'il prenait à chacune des séances avec elle. J'en ai même touché un mot à Heather. Parce qu'elle était totalement rétablie et qu'elle n'avait plus besoin du soutien d'un psychiatre. Le rôle du docteur Kingdom dans sa vie aurait dû prendre fin mais je pense que pour lui c'était trop difficile. Je crois qu'il a continué à la suivre alors même qu'elle n'en avait plus besoin, qu'il lui a fait croire que c'était nécessaire et qu'il maquillait ses notes en conséquence.

Harry soupira. Ce n'était pas impossible, bien sûr, et d'autres éléments ignorés de Zohra pouvaient étayer son hypothèse. Mais si Kingdom était venu à Rhodes animé d'intentions malveillantes, abuser de Heather, par exemple, ou bien l'enlever, que devenaient les photos? Elles ne représentaient plus que les obsessions mentales d'une jeune femme trop influençable et pouvaient faire douter de son bon équilibre psychique, contrairement à ce que pensait Zohra.

– Je n'ai rien dit parce que personne ne me croirait. La parole d'un médecin vaut plus que celle d'une secrétaire et puis...

– Oui?

– Il se peut que je me trompe et, même si l'attachement que portait le docteur Kingdom à Heather dépassait le cadre strictement médical, cela n'a pas forcément de rapport avec la disparition de Heather.

– Mais il ne se trouvait pas en Angleterre au moment où elle a disparu.

– Non, mais il était en Suisse, très loin de Rhodes.

Le moment était venu de lui dire car il aurait besoin de son aide s'ils devaient aller plus loin. Il fallait qu'elle sache.

– Ce n'est pas si loin que ça. Vous avez dit qu'il était parti à Genève, le vendredi 4 novembre. Le dimanche 6, je l'ai vu à Lindos.

Son visage trahit la surprise et le choc que peut produire la confirmation d'un soupçon.

– Je l'ai rencontré tout à fait par hasard. Il ne s'en souviendrait pas. Je ne m'en serais pas souvenu non plus s'il ne s'était pas mis en colère tout à l'heure. Ce jour-là aussi, il était furieux. C'est comme ça que je l'ai reconnu.

L'expression de Zohra Labrooy s'était figée et elle restait assise sans bouger. Harry songea que cela avait peut-être quelque chose d'effrayant pour elle de découvrir que ses suppositions pouvaient se révéler justes. Elle tendit la main pour prendre un verre et le vida presque d'un trait.

– S'il vous a dit qu'il était à Genève, il a menti.

– Il me l'a dit.

Sa langue était engourdie, maladroite, comme si elle abandonnait à regret l'idée qu'elle avait peut-être mal jugé l'homme qui l'employait.

– Il a pu vous téléphoner ailleurs que de Genève.

– Oui, ce n'est pas impossible.

– Il a pu rester à Rhodes jusqu'au 11. Il aurait pu rencontrer Heather sur le mont Prophitis Ilias, après lui avoir donné rendez-vous ou s'y rendre pour la surprendre.

– C'est possible, oui.

– C'était peut-être la rencontre à laquelle elle s'attendait. Le rendez-vous qui lui inspirait une peur qu'elle cherchait à rationaliser en recourant à la lecture de Freud.

– Oui, Harry, cela se peut.

Elle hocha imperceptiblement la tête et mouilla ses lèvres puis elle le regarda intensément.

– Mais vous n'avez aucune preuve, n'est-ce pas?

– Aucune, répondit-il d'une voix éteinte.

Un autre lourd soupir pour s'armer de courage, cette fois.

– Je pourrais essayer d'en trouver une.

– Comment ça?

– Je connais quelques secrétaires de l'institut Versorelli. Je pourrais leur demander des détails sur le passage du docteur Kingdom au mois de novembre. Je pourrais prétexter qu'il a perdu des papiers et qu'il aimerait retrouver les dates et les heures de son emploi du temps, le nom des patients qu'il a vus, etc., pour compléter ses archives. Je ne pense pas qu'elles se méfieraient.

Elle se rembrunit pourtant en imaginant les conséquences que cela pourrait avoir avant d'ajouter :

– Je suis sûre qu'elles ne demanderont pas à lui parler. Elles répondront à mes questions sans faire de difficultés.

– Vous êtes prête à le faire?

– S'il n'y a pas d'autre solution, oui.

Il n'y avait pas d'autre solution. Le regard qu'ils échangèrent était explicite.

– Combien de temps pensez-vous qu'il faudra?

– Je ne sais pas. Quelques jours. Je saisirai la première occasion qui se présentera.

Un silence se fit pendant lequel ils considérèrent la voie sur laquelle ils allaient s'engager. Ils savaient l'un et l'autre que cela ne se terminerait pas avec les informations que Zohra obtiendrait de l'institut Versorelli.

– Ce sera risqué, dit Harry en remarquant qu'il avait abandonné l'emploi du conditionnel pour le futur. Si Kingdom découvre...

Il y avait de la dignité et de la détermination dans le regard qu'elle posa sur lui pour lui intimer silence.

– Je n'ai pas le choix, Harry. Heather est mon amie. Si le docteur Kingdom est coupable envers elle de quoi que ce soit... Non, je n'ai pas le choix.

29

Harry se réveilla en sursaut. Il comprit tout de suite qu'il avait dû dormir profondément contrairement à son habitude car il aurait été incapable de dire combien de temps avait duré son somme ni où, par conséquent, il se trouvait. Pendant plusieurs secondes, son cerveau se refusa à fonctionner et il s'opposa à tous les efforts de Harry pour essayer de se repérer dans le temps et dans l'espace. Des frissons lui secouaient les épaules et il se sentait trop faible pour se lever. Il porta une main tremblante à son front. Il était couvert de sueur. Il essaya d'avaler mais sa gorge le fit cruellement souffrir. Il y avait du bruit et du mouvement tout autour de lui, une vibration continue qui l'entraînait irrésistiblement. Il leva la tête prudemment et regarda autour de lui.

Il était dans le métro. Oui, il se souvenait maintenant. Comment avait-il pu l'oublier, ne fût-ce qu'un instant? Il allait à Paddington. Il était monté à Kensal Green après avoir découvert enfin une amie de Heather en la personne de Zohra Labrooy qui se disait prête à l'aider. Pour se persuader que leur rencontre n'avait pas été le fruit de son imagination, il s'efforça de fixer son attention sur ce qu'elle avait accepté de faire.

Elle allait se renseigner auprès de ses collègues à l'institut Versorelli pour savoir dans le détail ce qu'avait fait Kingdom lors de son séjour là-bas en novembre : quel jour il était arrivé, quel jour il était parti, combien de temps il s'était absenté. Et quand elle aurait reconstitué son emploi du temps... eh bien, il serait fait! Harry n'avait plus qu'à rentrer à Swindon et à attendre le coup de fil de Zohra. Elle avait promis de lui téléphoner, à la fin de la semaine suivante, pour le tenir au courant de ses progrès et il était sûr qu'il pouvait compter sur elle car c'était une femme de parole. Il le pensait du moins. Mais que savait-il d'elle au fond? Heather n'avait jamais parlé de son amie Zohra Labrooy ni d'aucune autre amie d'ailleurs. Pourtant, en dehors de l'amitié, à quelle étoile pouvait-il se fier? Dysart était son ami, Heather aussi, Zohra pouvait à son tour devenir son amie.

Le train commençait à ralentir. Il pensa soudain avec horreur qu'il avait peut-être laissé passer sa station et qu'il lui faudrait, si c'était le cas, refaire le trajet en sens inverse depuis quelque lointaine station de la ligne de Barkerloo. Son extrême fatigue se révoltait à cette perspective et il jeta un coup d'œil à travers la fenêtre en face de lui pour chercher un indice qui pourrait lui permettre de se situer mais il aperçut quelque chose de tout à fait différent.

L'homme assis sur la banquette opposée était mince, blafard et vêtu d'un imperméable. Ses cheveux noirs grisonnants étaient étalés sur un crâne à moitié chauve. Il était si commun qu'il en sortait de l'ordinaire. Il fixait sur Harry ses petits yeux brillants pareils à ceux d'un rongeur. Ce n'était pas possible et pourtant si, c'était bien... l'homme qu'il avait vu dans le train à Reading. D'ailleurs, il avait entre les mains le livre de poche avec en couverture une fille en sous-vêtements noirs gisant en travers d'un divan, étranglée avec une écharpe.

Le train avait commencé à freiner mais Harry n'arrivait pas à penser assez vite. Quelle était la probabilité de ce genre de coïncidence? Presque nulle. Il se reprocha brusquement de n'avoir pas, dans leur intérêt à tous deux, parlé à Zohra des avertissements qu'on lui avait adressés, des messages qu'il avait délibérément ignorés.

Ils étaient entrés dans la station et le train avait suffisamment réduit sa vitesse pour que Harry puisse lire le nom : Warwick Avenue, le dernier arrêt avant Paddington. Dieu merci, il n'avait pas raté l'arrêt. Que faire? Descendre ici? Ou mijoter dans sa sueur froide? Il se sentait incapable de prendre une décision, mais cela ne fut pas nécessaire. Devant Harry qui n'en croyait pas ses yeux, l'homme s'en allait. Il glissa le livre dans sa poche, se leva et se dirigea vers la porte.

Les lumières de la station défilaient à présent au ralenti. L'homme se tenait à la hauteur de son épaule gauche dans l'attente de l'arrêt complet du train. Il aurait suffi que Harry tende le bras pour l'arrêter mais il était comme paralysé. Il se souvint d'avoir lu un article dans le journal sur des gens qui se réveillent sur une table d'opération, tout engourdis par l'anesthésie, conscients de ce qui se passait autour d'eux et de la douleur mais incapables de protester. Le train s'était presque arrêté mais il ne pensait qu'à une chose : à combien d'avertissements avait-il droit ? Combien de chances lui restait-il ?

Le train stoppa dans un crissement. Les portes s'ouvrirent. L'homme ne bougea pas. C'était comme s'il chronométrait ses gestes au centième de seconde près. Il regarda Harry et dit :

– *Kalinichta, kirie Barnett.*

Sur ce, il se glissa à travers les portes qui commençaient à se refermer. D'un pas souple, il prit pied sur le quai, tourna les talons et s'éloigna. Harry galvanisé par ces paroles se rua sur la porte mais trop tard : une barrière de verre et de métal le séparait de son gibier. Le train démarra brusquement, le projetant contre un pilier en acier auquel il se raccrocha pour ne pas tomber. Se baissant, il aperçut une silhouette qui quittait le quai puis le tunnel noir de suie l'engloutit.

– Bonne nuit, monsieur Barnett.

30

– C'est la grippe, madame Barnett. Un cas classique. Ça n'arrête pas en ce moment.

Le sourire professionnel du docteur Allsop, large et chiffonné comme un melon écrasé, était immuable, qu'il présentât ses félicitations ou des paroles de réconfort. Harry s'en souvenait comme si c'était hier.

– C'est à cause du temps. Il fait trop doux. Les virus se multiplient comme des lapins. Et vice versa.

Le rire rocailleux lui était familier également.

– Vous m'avez dit qu'il vivait en Grèce. Le climat a dû diminuer ses défenses, sans parler des petits extra qu'on se permet plus facilement dans les pays chauds.

Les petits extra? S'il ne s'était pas senti aussi mal, Harry aurait dit à ce type ce qu'il pensait de son humour vaseux. D'ailleurs qu'est-ce que ce vieux schnock faisait encore dans la médecine? Car c'était bien lui qui lui avait fait subir une opération de l'appendicite d'une nécessité douteuse, il y avait quarante-deux ans de ça. Mon Dieu, il devait avoir soixante-dix ans bien sonnés.

– Repos. Aspirine. Whisky. En grande quantité. Cela devrait faire l'affaire.

Le docteur Allsop marcha d'un pas pesant vers la porte, la mère de Harry sur ses talons.

Bon débarras, pensa Harry qui considérait le fait d'être malade comme un contretemps désagréable qu'il fallait endurer stoïquement. Comme il lui fallait encaisser l'ironie du sort qui le clouait dans son ancienne chambre transformée en musée. Le papier peint, la chaise, le petit bureau, le lit étroit : tout y était, rien n'avait changé. La photo de groupe prise en septembre 1948 à l'école communale était toujours sur le mur. Et Harry, qui avait piqué un sprint dans le fond pendant que l'appareil photo s'enclenchait, y apparaissait deux fois. On le voyait, sourire aux lèvres et les cheveux bien peignés, à l'extrême gauche; souriant et les cheveux ébouriffés, à l'extrême droite. Il était étrange de penser que le temps avait passé alors même que l'objectif enregistrait cette assemblée d'enfants placés avec soin. Les photographies donnaient en général l'illusion que l'on pouvait, l'espace d'un instant, suspendre le temps, seulement voilà...

La porte d'entrée claqua. Allsop était parti, emportant avec lui ses sermons rebattus et ses placebos. Harry prit appui sur un coude et ouvrit le tiroir de sa table de nuit. La pochette de photos et l'enveloppe contenant les trois cartes postales étaient toujours là : il n'avait pas rêvé. Il y avait aussi son agenda. Il le prit et consulta le petit carnet d'adresses, à la lettre Z. Zohra Labrooy, 78 Foxglove Road, Kensal Green. 01-986-4316. Après 18 heures. Il existait une réalité plus fiable que ses deux reflets de lui-même sur la photo de classe. Il laissa tomber l'agenda dans le tiroir, le referma et retomba sur les oreillers. Zohra allait lui téléphoner. Elle lui apporterait la preuve qu'il avait raison. Mais cet homme dans le train? Peut-être avait-il eu des visions? Le docteur Allsop le lui aurait peut-être confirmé si Harry lui avait posé la question. « Des hallucinations? Avec la grippe, c'est fréquent. Prenez ces cachets. Deux ou trois avant les repas et les symptômes devraient disparaître, sinon, appelez-moi. »

Des pas pesants montaient l'escalier. Sa mère allait réapparaître. Il la soupçonnait d'être heureuse au fond qu'il soit confiné dans son lit, entièrement dépendant de ses soins. Bah, quelques jours de patience et il serait de nouveau sur pied, d'attaque pour se remettre en campagne. Il tira les draps jusqu'à son menton et ferma les yeux dans l'espoir qu'elle le croirait endormi. Ce fut peine perdue.

– Eh bien, Harold? Tu as entendu ce que le docteur a dit?

– Oui, maman. Du repos, de l'aspirine, du whisky. Cela me paraît excellent, à part l'aspirine.

– Des sornettes, oui. Le vieux fou ne sait pas de quoi il parle.

– Alors pourquoi l'as-tu appelé?

– Pour confirmer mon diagnostic. Il n'y a qu'une seule façon de guérir la grippe et ce n'est certainement pas avec de l'alcool.

Le père de sa mère était un baptiste scrupuleux. Harry pensa qu'il portait une lourde responsabilité.

– Qu'est-ce qui est bon pour la grippe?

– Du bouillon de viande, bien sûr. Je vais de ce pas en chercher chez M. Sturch.

Sturch était boucher depuis aussi longtemps qu'Allsop était médecin. L'idée que ce n'était pas deux métiers si différents traversa l'esprit de Harry.

– Mais maman...

– C'est pour ton bien, Harold!

Il était trop las pour discuter.

– Oui, mère.

Pendant qu'elle serait partie, il pourrait au moins dormir.

Trois jours après le début de sa maladie, Harry reçut son premier visiteur : Alan Dysart. La mère de Harry, en le reconnaissant, réagit comme si le prince de Galles en personne était passé à l'improviste. Devant l'accueil respectueux et intimidé qu'elle fit à son ami, il se demanda si elle se rappelait qu'il avait été autrefois l'employé de son fils. De la gêne que cette attitude lui causa, Harry déduisit qu'il allait mieux. Quant à Dysart, il fit comme si de rien n'était.

– Encore au lit, Harry? On dirait que cela devient une habitude.

Il n'avait pas changé depuis leur dernière rencontre, le jour de son départ aux Etats-Unis : posé mais soucieux de la santé de Harry, attentif mais réservé, c'était le modèle parfait du politicien réfléchi. Harry ne savait pas pourquoi mais il lui faisait pitié. C'était peut-être parce qu'il le voyait assis sur une chaise inconfortable ou plutôt le fait d'avoir appris que, malgré son charme et ses dons indiscutables, Dysart avait une femme qui le trompait ou pis, le trahissait, une femme qui était la dupe de Minter ou sa complice.

– Comment as-tu su que j'étais malade?

– Je ne le savais pas. Je suis rentré de Washington vendredi. J'ai profité de mon premier moment de libre pour venir te voir et savoir si tu avais avancé.

– Dans mon enquête sur la disparition de Heather, tu veux dire?

– A moins que tu n'aies abandonné?

– Non.

Quoi dire? Dysart était depuis des années son plus fidèle ami.

Il méritait bien que Harry lui raconte tout ce qu'il avait découvert. De plus, si Dysart était passé à Tyler's Hard, Morpurgo avait dû lui décrire l'inconnu qui était venu le samedi d'avant et il aurait sans doute compris qu'il s'agissait de Harry.

– J'ai essayé de reconstituer autant que possible les mouvements de Heather. Le 28 août, elle est allée à Tyler's Hard avec Nigel Mossop, un employé de Mallender Marine. Je m'y suis rendu, samedi dernier. J'espère que ça ne t'ennuie pas.

– Pas du tout, dit Dysart avec un sourire. Willy m'en a parlé. Je t'avoue que ça m'a étonné mais maintenant, je comprends. Comment as-tu deviné que Heather avait été là-bas?

L'existence des photos était la seule chose que Harry ne voulait dévoiler à personne.

– Elle m'avait parlé de Mossop comme d'un ami. C'est quelqu'un que j'ai connu quand je travaillais à Mallender Marine, alors je suis allé le voir et il m'a raconté leur excursion.

– Je vois, dit Dysart en hochant la tête.

Harry se demanda ce qu'il voyait au juste. En tout cas, il ne posa pas les questions auxquelles Harry aurait eu du mal à répondre. Pourquoi Mossop s'était-il montré si coopératif? Pourquoi Heather lui avait-elle demandé de l'accompagner?

– Tu as vu Mme Diamond, Harry?

– Oui.

– Qu'est-ce que tu en penses?

Harry n'avait plus repensé à cette femme dès le moment où il avait conclu que ses soupçons à propos du sourire de Morpurgo le jour de la mort de Clare Mallender n'étaient pas fondés. Mais l'expression de Dysart lui rappela quelque chose qu'elle avait dit : Dysart et Clare s'étaient disputés juste avant l'explosion; depuis quelque temps, ils s'entendaient mal.

– Une brave femme mais une terrible commère.

– Crédible?

– Comme témoin? Pas vraiment.

Dysart sourit. C'était ce qu'il voulait entendre. Ils savaient tous les deux ce que Mme Diamond avait dit, mais ni l'un ni l'autre ne souhaitait donner à ses propos l'importance qu'une discussion leur conférerait. Si Dysart s'était brouillé avec Clare, ce n'était pas quelque chose à raconter sur les ondes et à l'antenne après sa mort.

– Je crois que Mme Diamond n'a jamais aimé Willy, dit-il. Certaines personnes ne peuvent pas surmonter l'horreur que leur inspirent les infirmes.

– Cyril Ockleton m'a raconté comment Morpurgo est devenu ce qu'il est aujourd'hui.

– Ah oui?

– Heather est allée le voir à Oxford, le 3 septembre. Il l'a emmenée à Burford pour lui montrer l'endroit où s'est produit l'accident de voiture.

Dysart fronça les sourcils.

– Pourquoi se serait-elle intéressée à cette histoire?

– Je ne sais pas. J'essaie de le découvrir.

Soudain Harry fut saisi d'un éternuement suivi d'une quinte de toux. Il fit un signe à Dysart qui versa une cuillerée de sirop (vendu avec courtoisie par le pharmacien contre l'avis du docteur Allsop) et il resta à côté de lui pendant qu'il l'avalait. Au bout d'un moment, Harry retrouva l'usage de la parole.

– Excuse-moi, Alan. Je crois que tu ferais mieux de garder tes distances.

– Ne t'inquiète pas. Les politiciens sont totalement immunisés. J'espère seulement que je ne te fatigue pas. Ta mère ne me pardonnerait jamais que tu fasses une rechute à cause de moi. Où as-tu attrapé ce virus?

– Je ne sais pas. Jeudi matin, je me sentais déjà mal fichu en quittant Haslemere. Heather y est allée le 10 septembre pour voir Rex Cunningham.

– Qu'est-ce qu'elle lui voulait?

– D'après ce que je sais, elle attachait une certaine importance au fait que Morpurgo, Ockleton, Cunningham et toi, êtes tous d'anciens membres de la société Tyrell. Quelqu'un a dû lui donner une pochette d'allumettes venant du Skein of Geese. Peut-être sa sœur parce qu'elle savait que tu avais dîné là-bas avec Clare, l'année dernière, peu avant...

– Peu avant que Clare soit tuée à ma place.

Dysart termina la phrase de Harry d'une voix inhabituellement lugubre.

– Je l'ai amenée là parce que c'était la dernière soirée où nous pouvions nous détendre avant de nous lancer dans la campagne électorale. En fait, dit-il, le front plissé dans un effort de concentration, je me rappelle qu'à un moment, elle a glissé une pochette d'allumettes dans son sac à main en disant que c'était pour Heather qui en faisait la collection. Elle a ajouté en plaisantant qu'elle avait donné à sa sœur les plus belles pochettes d'allumettes de sa collection. Elle trouvait amusant d'être devenue l'esclave du hobby de sa sœur.

Ce souvenir heureux éclaira un instant son visage que l'ombre des regrets assombrit de nouveau presque aussitôt.

– Mais quel est le problème? Je vois Cyril Ockleton chaque fois que je retourne à Breakspear. Il m'a dit un jour que Willy était sans ressources. J'avais les moyens de lui fournir un emploi et un logement. Quant à Rex Cunningham, il dirige un bon restaurant : quel meilleur endroit où aller dîner avec Clare qui était aussi une ancienne de Breakspear?

Quelque chose parut soudain attirer son regard : la photo de groupe de l'école publique sur le mur au-dessus du bureau. Il se leva, fit deux pas en avant et regarda attentivement l'alignement des visages d'écoliers.

– Tu es dessus, Harry, n'est-ce pas? Quel âge avais-tu? Que dit la légende? 1948?

– Treize ans.

– Ah, ah! Treize ans. Laisse-moi voir.

Au bout d'une minute d'un examen minutieux, il dit :

– Ça y est, je t'ai repéré. Au bout de la troisième rangée. Debout.

– Mes cheveux sont comment?

– Tes cheveux? Ils sont bien peignés. Pourquoi?

– Regarde à l'autre bout.

Une seconde plus tard, comprenant la farce d'un écolier, vieille de quarante ans, Dysart éclatait de rire.

– Très bon, Harry. Très bon. Il y avait des types qui faisaient la même chose à Oundle.

– Pas toi?

– Non.

Il se retourna vers Harry.

– Je ne crois pas que j'aurais aimé me voir deux fois sur la même photo. J'aurais trouvé cela plutôt... angoissant, un peu comme si j'étais traqué par mon fantôme, comme si...

Il rit pour dissiper la gravité de ses réflexions et se rassit.

– En tout cas, cette photo n'a pas plus de rapport avec nos difficultés présentes que la société Tyrell. Je saisis mal ce qui a pu intéresser Heather dans tout ça. L'accident de voiture? La mort de Ramsey Everett? Ce sont de vieilles tragédies qu'il vaut mieux oublier.

– Je ne comprends pas non plus sa curiosité pour ces histoires, mais une chose est sûre : cela l'intriguait beaucoup.

– Tu dis qu'elle est allée au Skein of Geese le 10 septembre. Elle y a dîné?

– Oui.
– Seule?
– Non. Le docteur Kingdom l'accompagnait.
– Vraiment? Tu l'as rencontré, Harry?
– Oui.
– Quelle impression t'a-t-il faite?
– Il est d'un abord assez froid mais il prend vite la mouche.
– Tu penses qu'il cache quelque chose?
– J'en suis sûr. Je l'avais déjà vu à Rhodes. Il était à Lindos cinq jours avant la disparition de Heather.

Harry relata sa rencontre avec Kingdom devant la boutique de bibelots de Papaioannou. Dysart écouta attentivement puis il reporta son regard sur la photo de groupe.

– Tu sais, Harry, lorsque j'ai vu le docteur Kingdom, je l'ai trouvé un peu trop maître de lui pour être sincère. Ce que tu dis confirme mon impression. Il montre aux autres l'image d'un homme toujours bien coiffé, mais tu l'as surpris dans un moment où il était ébouriffé.

Dysart sourit et ajouta :

– Que vas-tu faire?
– Il se trouvait soi-disant à l'institut Versorelli à Genève, du 4 au 14 novembre. Je connais quelqu'un qui devrait pouvoir me dire quels jours exactement il se trouvait là-bas.
– Tu penses qu'on découvrira qu'il était absent le 6 et le 11?
– C'est possible.
– Il aurait pu rendre visite à Heather sur le coup d'une impulsion, dit Dysart d'un air songeur, sans avoir pour autant de mauvaises intentions. Il était en droit de se faire du souci pour son ex-patiente. Qu'elle ne t'en ait pas parlé n'est pas forcément inquiétant. Mais s'il n'était pas à l'institut le jour où elle a disparu... ce serait différent. Si tu apprends que c'était le cas, j'aimerais que tu me le dises tout de suite.

Alan avait un visage grave.

– Tu me préviendras, Harry, n'est-ce pas? Où que je sois. Cela pourrait changer beaucoup de choses.
– Oui.

Dysart avait de nouveau quitté sa chaise. Cette fois, il se tenait debout près de la fenêtre et contemplait le décor que Harry avait eu sous les yeux chaque matin à son réveil durant son enfance : les arrière-cours, le dos des maisons donnant sur Bristol Street et, dans le fond, les toits des ateliers des chemins de fer. C'était un décor fait de briques, d'ardoises, de cheminées et de panaches de fumée, un paysage familier au point d'en être ennuyeux et néanmoins précieux.

– Tu as découvert encore autre chose? dit Dysart sans tourner la tête vers lui.

– Oui.

Autre chose dont il pouvait parler en tout cas.

Ce qu'il aurait aimé, c'était dire à cet homme, son meilleur et plus ancien ami, qu'il ne devait pas faire confiance à sa femme mais il avait donné sa parole qu'il se tairait.

– Tu es retourné au Skein of Geese depuis que tu y as emmené Clare, l'année dernière?

– Non.

– Et tu as reparlé avec Rex Cunningham?

– Non.

– Alors tu ne sais pas ce qu'il a dit à Heather.

Dysart se retourna et regarda Harry d'un air interrogateur.

– Qu'a-t-il dit?

– Pendant que tu t'es absenté pour aller répondre au téléphone, il a surpris Clare en train de regarder tendrement la photo d'un homme qui n'est autre qu'un ancien membre de la société Tyrell : Jack Cornelius.

Un mouvement des sourcils fut la seule manifestation de surprise que se permit Dysart.

– Jack Cornelius.

– Oui. Je me suis demandé si tu les avais présentés l'un à l'autre.

– J'ai invité Jack à deux ou trois réceptions auxquelles Clare assistait aussi mais de toute manière...

– Cela semble avoir encouragé Heather à penser que la société Tyrell jouait un rôle important.

Dysart, perplexe, fronça les sourcils.

– Je ne vois vraiment pas pourquoi. La société Tyrell n'était qu'un club parmi les douzaines d'autres existant à Breakspear il y a vingt ans. On y passait surtout son temps à manger et à boire. Elle regroupait des étudiants issus du même milieu et qui partageaient les mêmes idées. Il n'y a rien d'étonnant à ce que ces gens fréquentent aujourd'hui encore les mêmes cercles. Il se peut que Clare soit tombée amoureuse de Jack Cornelius mais je n'ai jamais rien soupçonné. Tu me diras, c'est peut-être mon sens de l'observation qui laisse à désirer. Mais Rex Cunningham a pu aussi tirer des conclusions trop hâtives. Cela a toujours été une habitude chez lui. Et puis même si c'était vrai? Clare était libre. Et si Heather pensait qu'il y avait quelque chose qui l'inquiétait dans la relation de sa sœur avec Jack Cornelius, pourquoi ne m'a-t-elle jamais demandé si j'étais au courant ?

– Parce que tu étais aussi un membre de la société Tyrell.

– Ah oui, bien sûr.

Dysart s'assit au pied du lit.

– Comment expliques-tu l'obsession de Heather pour un club d'étudiants depuis longtemps tombé dans l'oubli, Harry ?

– Je n'en ai pas la moindre idée, à moins qu'elle n'ait pensé que la société Tyrell avait eu une influence néfaste : Ramsey Everett, l'accident de voiture, sa sœur.

Dysart hocha la tête, il réfléchit un moment puis ajouta :

– Cela pourrait être le signe qu'elle n'était pas aussi bien remise que nous l'espérions.

– Oui.

– J'ai du mal à croire que Jack Cornelius ait pu séduire Clare. Il m'a toujours donné l'impression d'être plutôt misogyne. Mais après tout, les misogynes ont aussi du succès. Jack a ce charme irlandais de l'homme inflexible qui peut attirer certaines femmes. Clare était peut-être de celles-là.

Dysart regarda Harry et ajouta :

– A ton avis, qu'est-ce que Heather a fait après que Cunningham lui a mis cette idée dans la tête ?

– J'imagine qu'elle est allée voir Jack Cornelius.

– Et tu as l'intention de faire la même chose ?

– Oui. Dès que j'aurai découvert où il enseigne.

Dysart sourit.

– A l'abbaye de Hurstdown, près de Taunton. C'est un pensionnat catholique rattaché à un monastère bénédictin. Très sélect et très cher. Ce n'est pas tout à fait Eton ni Harrow sous un nuage d'encens, mais presque. Jack y est depuis une dizaine d'années. Il enseigne l'histoire et c'est aussi l'entraîneur de rugby : ses deux grandes passions.

– Tu le connais bien ?

– Oui, bien sûr. Après avoir quitté Oxford, il est retourné en Irlande où il a commencé à enseigner. Il était à Belfast au moment où les troubles ont débuté puis il est parti en Italie. A son retour, il est entré à Hurstdown. Il y a deux ans, il a insisté pour que je parle du problème irlandais devant ses classes de première et de terminale. Il semblait bien intégré mais moi, tous ces moines rôdant partout, cela me mettait assez mal à l'aise. J'ai pensé que c'était étrange qu'il se sente bien dans cet endroit.

– Pourquoi ?

– Parce que autrefois en Irlande, avant d'entrer à Oxford, il a été moine novice. C'était le plus vieux parmi nous à Breakspear parce qu'il a essayé pendant plusieurs années de suivre sa vocation religieuse avant de se tourner vers l'enseignement. Il parlait toujours avec tant d'amertume de son expérience de moine que j'ai trouvé cela curieux qu'il reste dans cette atmosphère. Mais le temps est un grand guérisseur, n'est-ce pas ?

Harry n'en était pas si sûr.

– Oui, va le voir, Harry. Si Heather y est allée, nous devons savoir ce qu'il lui a dit. Je lui parlerais bien moi-même mais...

Harry fut secoué par une seconde crise d'éternuement qui, cette fois, ne se termina pas par une quinte de toux. Dysart adressa un sourire amical à Harry qui jeta une boule de mouchoirs en papier dans la corbeille près de son lit puis en arracha une poignée d'autres de la boîte.

– Je pense qu'il est temps que je te laisse te reposer.

– Je me sens tout à fait bien.

Mais à sa respiration gênée et à sa voix rauque, Harry savait que ce n'était pas encore ça.

– Quand tu seras remis, va voir Jack Cornelius et n'oublie pas de me dire ce que tu apprendras sur les déplacements du docteur Kingdom. En attendant...

Dysart se dirigea vers le petit bureau et se pencha au-dessus. Il avait tiré quelque chose de la poche de sa veste et Harry vit qu'il écrivait.

– Qu'est-ce que tu fais ?

– Je sais bien que tu m'as dit que tu n'avais pas besoin d'argent mais je n'en suis pas si sûr. L'enquête que tu mènes pour retrouver Heather m'intéresse autant que toi, il est donc juste que je participe à tes dépenses. Le Skein of Geese n'est pas un hôtel particulièrement bon marché...

– Non, mais...

– Tu as le temps et moi j'ai de l'argent, Harry, dit Dysart en se retournant avec un grand sourire. Alors ne discute pas.

Il glissa un chèque sous la lampe de chevet.

– De plus, j'y mets une condition pour que tu ne penses pas que c'est un cadeau.

– Quelle condition ?

– Si tu découvres quelque chose qui peut faire penser que Heather est encore en vie, si tu apprends où elle pourrait se trouver ou bien qu'elle court un danger, contacte-moi aussitôt, d'accord ?

Harry ne pouvait qu'acquiescer.
– Oui, dit-il d'une voix lasse. D'accord.
– Elle compte peut-être sur nous. Il ne faut pas la laisser tomber.
– Je n'en ai pas l'intention.
Harry regarda pour la première fois le chèque qui se trouvait à côté de lui, sous le pied de la lampe. Mille livres. C'était plus qu'il n'avait besoin mais il en trouverait facilement l'usage. Il se demanda quelle différence il y avait entre l'argent offert par Dysart pour couvrir ses dépenses et le pot-de-vin proposé par Jonathan. Certains diraient que c'était la même chose mais Harry savait que cela n'avait rien à voir. Un cadeau de Dysart était un geste d'amitié; de la part de Minter, c'était un acte de corruption.
– Juste un mot encore avant de partir, Harry.
– Oui?
– Cette photo que Rex Cunningham aurait vue entre les mains de Clare, celle de Jack Cornelius, n'y attache pas trop d'importance.
Dysart ne savait pas que tout près de lui se trouvaient les photos que Heather avait prises et sur lesquelles il comptait, si le reste échouait.
– Comme l'expérience a dû te l'apprendre, poursuivit Dysart en regardant la photo encadrée d'un groupe d'écoliers prise au mois de septembre 1948, croire que l'objectif ne ment jamais est une erreur. Il n'a pas l'intention de mentir, mais il y réussit parfois. Il voit tout mais ne comprend rien.
Dysart regarda Harry et sourit.
– Alors écoute mon conseil : ne crois pas tout ce que tu vois sur les photos.

Le lendemain, Harry se sentait déjà beaucoup mieux. Le mardi, il fut capable de se risquer dehors pour la première fois depuis le jeudi soir où il était rentré si mal en point chez sa mère. Une expédition au Glue Pot le convainquit qu'à part une opiniâtre toux sèche et une fatigue générale, il était de nouveau lui-même.
Le mercredi, il avala sa fierté, encaissa le chèque de Dysart et s'acheta une voiture avec presque tout ce qui lui restait de l'argent qu'il avait apporté avec lui de Rhodes. Son passage à Barnchase Motors l'empêcha de se laisser abuser par le boniment du patron du *Sapphire Garage* : « Premier point de vente

des meilleures voitures d'occasion du Wiltshire. » Une Vauxhall Viva repeinte en une couleur mandarine indescriptible destinée à dissimuler une multitude de taches de rouille et décrite selon ses termes comme « un cheval de labour robuste et sain » lui faisait plus penser à un canard boiteux près de rendre l'âme. Mais pour deux cent cinquante livres, il ne pouvait pas demander la lune. Il pensait qu'elle pourrait lui rendre service pendant au moins quelques semaines.

Lorsque Harry rentra à Falmouth Street dans sa nouvelle acquisition qui se rebiffait déjà en première, il énuméra mentalement toutes les bonnes raisons qu'il avait eues d'acheter une voiture : mobilité, confort, souplesse. Il en ferait la démonstration dès le lendemain en allant avec à l'abbaye de Hurstdown. Et bien sûr, dans une voiture, il serait à l'abri de l'homme du train. Il serait enfin débarrassé de lui. Mais il n'était pas du tout prêt à s'avouer que cela avait pesé un tant soit peu dans sa décision.

31

Harry arrêta le moteur et ouvrit la fenêtre. Il sortit de sa poche les photos et chercha la neuvième. La ressemblance entre l'image miniature de l'abbaye de Hurstdown sur papier glacé et la réalité sous une lumière hivernale était parfaite. Il descendit de voiture, claqua la portière et s'y appuya, le temps de s'imprégner du lieu et du cadre.

Les maisons grises du village de Hurstdown étaient dispersées de chaque côté de la route qui allait de Taunton à Williton. Un pub, un bureau de poste, un garage, un monument aux morts, une mangeoire remplie de détritus et une église paroissiale anglicane, dont la taille et les proportions étaient plus celles d'une chapelle non conformiste, constituaient tout le village. Ce n'était pas grand-chose mais il n'y avait pas besoin de chercher loin pour comprendre pourquoi. L'abbaye de Hurstdown, temple gothique, datant de l'époque victorienne, doté de fenêtres cintrées et d'arcs-boutants, s'élevait au-dessus du village dans toute sa superbe, laissant tout le reste se blottir humblement à ses pieds. Autour de l'abbaye étaient rassemblés les cloîtres, les cours, les réfectoires, les dortoirs et les terrains de sport de l'école s'étendant jusqu'au pied des collines de Quantock. Les créneaux et les hauts murs semblaient proclamer que la puissance de l'Eglise n'appartenait pas à une époque reculée mais était toujours une réalité.

Harry traversa la route, passa sous une porte voûtée et remonta l'allée en direction de l'école. Ce qu'il avait pris sur la photo pour des briques était en fait la pierre de Quantock, d'un rouge profond, qui avait servi à la construction de l'abbaye et de tous les bâtiments environnants. Cette couleur associée à l'hiver lugubre, à l'architecture sans grâce et aux cours plantées de hêtres, conspirait à créer une atmosphère que Harry trouvait oppressante. Il avait l'impression que les obscures traditions de l'abbaye pesaient sur ses épaules et qu'il se recroquevillait sous leur poids.

Au bout d'une centaine de mètres, l'allée se divisait en deux. D'un côté, elle menait à un bâtiment scolaire, de l'autre, elle se déployait en éventail dans une cour où des voitures étaient garées de chaque côté de l'entrée principale. Harry avait pensé à se présenter à Cornelius par l'intermédiaire d'un secrétaire ou d'un administrateur. Il avait fait en sorte d'arriver peu après midi en se disant que, à l'heure du déjeuner, les professeurs devaient disposer d'un peu de temps libre. Mais, une fois dans la place, l'idée de s'adresser à un membre de cet établissement suffisant ne l'enthousiasmait pas. Il traversa la cour d'un pas hésitant sans savoir précisément ce qu'il allait faire.

C'est alors qu'il vit ou plutôt entendit, car ce furent les crampons de leurs chaussures qui attirèrent tout d'abord son attention, une file de garçons en tenue de foot avançant le long d'une galerie couverte en direction des terrains de sport situés derrière les bâtiments de l'école. Au moment où Harry allait les croiser, il se rappela que Dysart avait dit que le rugby était l'une des « deux grandes passions » de Cornelius. Il était peu probable que ces garçons jouent au foot. Les jeunes gens de Hurstdown devaient mépriser un sport aussi populaire. De plus, le garçon qui fermait la marche, plus vieux et plus grand que les autres, le responsable du groupe, manifestement, serrait un ballon de rugby contre sa poitrine. S'avançant vers lui, Harry demanda de son air le plus innocent s'il pouvait trouver M. Cornelius quelque part.

– Oui, monsieur. Il est sur le terrain d'entraînement.

Remarquant l'embarras de Harry, il ajouta :

– Wynne-Thomas sera heureux de vous y conduire. Wynne-Thomas !

Le guide de Harry était un petit garçon aux cheveux blonds ; son maillot pourpre et orange lui arrivait presque aux genoux. Il enfila une succession d'allées, monta une volée de marches puis sortit pour traverser une étendue apparemment illimitée de terrains de rugby et de hockey fraîchement tondus qui s'échelonnaient à flanc de coteau.

– M. Cornelius est là-bas, dit Wynne-Thomas en indiquant

deux hommes sur le terrain d'à côté, l'un grand, des cheveux gris mais large d'épaules, portant un volumineux maillot de cricket sur un pantalon gris bouffant. L'autre en bleu de travail se tenait debout près d'une machine servant à tracer des lignes blanches. Les deux hommes semblaient en train de discuter de leur tracé.

– Ce sera tout, monsieur? demanda Wynne-Thomas qui pensait sans doute qu'il n'était pas nécessaire de préciser lequel des deux hommes était Jack Cornelius.

– Oui, merci.

Harry ne put réprimer un sourire devant tant de politesse. Il fut tenté d'ajouter quelque chose mais se retint.

– Tu peux t'en aller, maintenant.

En s'avançant vers les deux hommes, Harry savoura l'occasion qui lui était donnée de les observer un moment à leur insu. Dysart avait dit que Cornelius était plus âgé que les autres étudiants de sa promotion à Breakspear. Cet homme semblait en effet avoir plutôt cinquante ans que quarante. Des cheveux gris indisciplinés encadraient un visage émacié aux pommettes saillantes; le front assez bas et le nez recourbé ajoutaient un côté prédateur à ses traits souriants et détendus. Il donnait à Harry l'impression d'être très fort physiquement et très intelligent : c'étaient réunis en un seul homme le sportif corinthien et le patricien lettré avec quelque ingrédient diabolique.

Confirmant la vivacité d'esprit que Harry lui supposait, Cornelius le vit approcher le premier. Interrompant sa conversation avec l'autre homme, il adressa à Harry un sourire contraint en guise de bienvenue. Avant même qu'il ait eu le temps de trouver quelque préambule, Harry entendit :

– Vous êtes certainement M. Barnett.

La situation était renversée. Harry se retrouvait victime de la surprise qu'il avait espéré exploiter.

– Oui, c'est moi, bredouilla-t-il, mais...

– Alan Dysart m'a téléphoné il y a quelques jours.

Cornelius serra la main de Harry d'un geste ferme et assuré, ajoutant :

– Il m'a dit que vous viendriez me voir.

La cordialité et la netteté de l'articulation n'étaient troublées que par un très léger accent italien et une certaine affectation. Harry perçut de l'agacement chez son interlocuteur et une dureté de caractère masquée derrière le savoir-vivre de l'homme du monde.

– J'ai la réputation imméritée d'être un peu brusque, monsieur Barnett. Je suppose qu'Alan a voulu faciliter notre rencontre.

Harry ne se rappelait pas que Dysart avait laissé entendre qu'il préviendrait Cornelius mais, fiévreux comme il était, cela lui était peut-être sorti de la tête.

– Il vous a dit pourquoi je voulais vous voir?

– Vous voulez me parler de Heather Mallender, je crois.

Les faux-fuyants étaient impossibles.

Cornelius poursuivit :

– Je peux vous consacrer une demi-heure avant que ma présence ne soit réclamée au réfectoire. Venez donc dans mon bureau.

Sans plus de cérémonie, il partit en direction de l'école. Harry lui emboîta le pas en ayant du mal à ne pas se laisser distancer par ses longues foulées.

– J'ai appris par les journaux la disparition de Heather Mallender et le rôle que vous avez joué. Cette histoire a mis Alan dans une situation difficile. Les journaux ne peuvent rien trouver contre lui mais cela laisse quand même une sorte de vide dans sa carrière.

Harry, essoufflé par le rythme trop rapide de leur marche, fut pris d'un accès de toux. S'arrêtant pour laisser passer la crise, il eut l'impression que Cornelius le détaillait d'un œil perçant pour déceler toutes les facettes de sa personnalité, et en particulier ses faiblesses et ses points forts, avant d'engager le combat.

– C'est une mauvaise toux, dit Cornelius sèchement quand Harry se fut arrêté de tousser.

– Je sors d'une grippe, dit Harry, pantelant.

– Vous auriez peut-être mieux fait de vous reposer plus longtemps.

Harry le regarda et il pensa voir ce qui miroitait sous la surface affable de ses remarques. Ses paroles marquaient son mépris, le mépris de quelqu'un conscient de son pouvoir envers quelqu'un qui visiblement l'ignorait.

– C'est toujours une erreur de se surmener, monsieur Barnett, vous ne pensez pas? Il ne faut jamais outrepasser ses forces.

Maintenant, Harry en était sûr. Cornelius ne parlait pas seulement du temps qu'il faut à un homme dans la cinquantaine pour se remettre d'une grippe.

– Si vous êtes prêt, allons-y.

Ils descendirent quelques marches, entrèrent dans une salle de classe par une porte latérale et suivirent des couloirs où se bousculaient des groupes d'écoliers en blazer pourpre. Lorsque leurs regards se posaient sur Cornelius, ni affection ni hostilité ne se lisaient sur leur visage, mais quelque chose que Harry n'aurait jamais pensé trouver chez des enfants : une crainte révérencielle. Jack Cornelius était soit un diable soit un dieu. Du coup, Harry douta fort de s'en sortir à son avantage.

Un large escalier les conduisit dans un vestibule lambrissé où régnait un profond silence. Ici, semblait-il, les élèves n'avaient pas l'autorisation de s'aventurer. Les seuls visages à les accueillir étaient ceux d'abbés défunts les regardant du haut de vieux tableaux aux teintes sombres. Cornelius arriva à une lourde porte en chêne sur laquelle était écrit CONSEILLER D'ORIENTATION. Il l'ouvrit et s'effaça pour laisser entrer Harry.

– Comme si je pouvais décider pour eux de ce qu'ils feront plus tard, dit-il.

Harry se souvint de l'expression des garçons qu'ils avaient croisés.

– Ils pensent peut-être que vous en êtes capable.

Pour toute réponse, Cornelius eut un sourire allusif. Il refusait de se laisser entraîner sur le terrain de la provocation.

La pièce était grande et meublée par un homme riche et cultivé. Le bureau, les chaises et la bibliothèque paraissaient avoir été travaillés à la main dans un bois qui semblait être de l'acajou. Il y avait aussi une tapisserie sur l'un des murs et plusieurs peintures dans des cadres très ornés. Une chaise longue et deux fauteuils à oreilles complétaient le décor. Les hautes fenêtres à meneaux surmontées de vitraux pourpre et or assortis aux couleurs de l'école regardaient sur la cour que Harry avait traversée un peu plus tôt.

– Je bois généralement un peu de sherry avant le déjeuner, dit Cornelius. Vous prendrez un verre avec moi ?

Malgré son peu de goût pour le sherry, Harry s'entendit accepter. Un verre vint se loger dans sa main, un siège lui fut avancé et il se retrouva assis près de la fenêtre, face à Cornelius, comme un élève de terminale venu demander s'il était préférable d'entrer à Oxford, à Cambridge ou dans les régiments de la garde royale.

– Laissez-moi vous faire gagner du temps, monsieur Barnett. Heather Mallender est venue me voir ici, le dimanche 18 septembre. Elle voulait savoir, et j'imagine que vous allez me le demander aussi, quelle était la nature de ma relation avec sa sœur décédée quelques mois plus tôt. Je lui ai dit, comme je suis heureux de vous le redire, que j'ai rencontré Clare Mallender à trois ou quatre occasions, toujours en compagnie d'autres personnes dans des réceptions auxquelles Alan m'avait invité ainsi qu'à une conférence pédagogique. Nous étions de vagues connaissances, rien de plus.

La voix de Cornelius sonnait juste et pourtant, Harry avait du mal à le croire.

– Heather semblait aussi sceptique que vous. Rex Cunningham lui avait dit qu'il avait vu Clare en possession d'une photo de moi et il en avait conclu que nous étions très intimes. Eh bien, ce cher Rex a menti ou alors il s'est mépris. Il n'y a jamais rien eu de ce genre entre Clare et moi. Je ne peux pas affirmer avec une certitude absolue que Clare Mallender ne possédait pas de photo de moi mais ce que je peux vous assurer, c'est qu'il n'y avait aucune raison pour qu'elle en ait une.

Cornelius était un acteur trop expérimenté pour laisser transparaître sa suffisance. Elle n'en était pas moins tangible : on ne pouvait pas le prendre en défaut. Heather n'avait pas dû en tirer grand-chose et Harry partirait lui aussi bredouille.

– Vous mettez en doute l'affirmation de Rex Cunningham, dit-il sans conviction.

– Rex est capable de se tromper en toute bonne foi, répondit Cornelius avec un sourire. Il est aussi capable de mentir. Je ne me risquerai pas à trancher ce qu'il en est dans cette affaire.

– Est-ce que vous en avez parlé avec lui ?

– Pourquoi le ferais-je ? Il ne changerait pas d'avis quoi que je puisse dire.

– Mais si ce n'est pas vrai...

– Ce n'est pas vrai, croyez-moi, monsieur Barnett. De plus...

Il jeta un regard oblique par la fenêtre comme s'il ruminait quelque question philosophique.

– De plus je me suis demandé si Rex n'avait pas voulu conduire délibérément Heather sur une fausse piste afin de l'empêcher de découvrir qu'il avait une liaison avec Clare.

L'hypothèse était si improbable qu'elle en était presque comique mais cela montrait que, s'il y était obligé, Cornelius n'hésitait pas à inventer une douzaine de théories différentes sous lesquelles la vérité resterait à jamais enfouie.

– C'est tout ce que Heather voulait savoir ? demanda Harry, détectant dans sa voix une pointe d'exaspération.

– Non.

Cornelius signala par une contraction des sourcils qu'il savait que Harry s'était attendu à ce qu'il dise le contraire.

– Elle m'a aussi demandé de lui raconter les circonstances dans lesquelles s'est produit l'accident de voiture qui a handicapé à vie le pauvre Willy Morpurgo, en mai 1968.

Ce menteur chevronné savait aussi, semblait-il, utiliser la franchise à bon escient.

– Connaissez-vous cette triste histoire, monsieur Barnett?

– Oui.

Cornelius, l'homme qui avait proposé à ses amis une promenade en voiture à Burford qui allait leur être fatale, l'homme qui n'avait pas voulu rentrer à Oxford avec eux, était assis devant Harry, vingt ans après, offrant une mine souriante, mélange de candeur et de duplicité. D'après Ockleton, il était devenu « aussi larmoyant que les Irlandais peuvent l'être quand ils boivent trop ». Mais maintenant, en regardant ce visage ridé révélant un savoir consommé de la dissimulation, Harry avait tendance à croire qu'il avait joué la comédie.

– Vous avez eu beaucoup de chance, ce jour-là, n'est-ce pas? dit Harry d'une voix hésitante. Je veux dire de ne pas faire partie du voyage du retour.

– Moi aussi, j'étais soûl, monsieur Barnett. J'étais fidèle à ma réputation d'Irlandais.

Soûl? Harry avait l'impression que cet homme ne l'avait jamais été de sa vie. Il se maîtrisait trop pour laisser l'alcool le trahir.

– A votre avis, pourquoi Heather voulait-elle tout savoir sur ces événements lointains?

– Elle supposait que cela pouvait avoir un rapport avec la mort de Clare. Comment une idée aussi bizarre lui est venue, cela me dépasse. En tout cas, je lui ai dit ce que je savais. Elle m'a remercié et elle est partie.

Heather était-elle partie aussi facilement? Le sourire de Cornelius derrière la tache de lumière grise qui se coulait entre eux scintilla comme une mouche sur la ligne d'un pêcheur. Harry n'apprendrait rien. Ou alors, il serait déjà trop tard.

– Vous êtes historien, je crois, monsieur Cornelius. N'avez-vous aucune idée de ce qui pouvait éveiller l'intérêt de Heather pour ces vieilles histoires?

Le sourire s'élargit.

– A quelles histoires faites-vous allusion, monsieur Barnett?

A celle de Walter Tyrell? A la mutinerie de Burford? Ou à un banal accident de voiture survenu le 17 mai 1968?

Le thème de la trahison dont Harry avait compris toute l'importance à Burford lui revint en mémoire : c'était le lien qui nouait entre eux des événements très espacés dans le temps et le fil que Heather Mallender avait cherché à suivre : une flèche dans la forêt; un mensonge dans un lieu saint; un homme poussé dans le vide; des hommes ivres qui riaient et parmi eux celui qui en savait plus long que les autres; une route de campagne rendue glissante par la pluie; le crissement des pneus; la peur. Mais pas de traces de dérapage, pas de preuve, à moins que Heather n'en eût trouvé une.

– En fait, dit-il avec le sentiment de s'aventurer sur un terrain dangereux, je pense à une défenestration, pas la fameuse défenestration de Prague mais une autre, plus proche de nous.

Cornelius émit un petit rire triste dans lequel il admettait que Harry avait joué plus fin qu'il ne s'y attendait.

– Votre connaissance de l'histoire m'impressionne, monsieur Barnett. Vous comprenez peut-être, contrairement à beaucoup, que non seulement le passé nous suit toute notre vie mais qu'il est la cause et le contexte de chacun de nos actes. Nos actions sont motivées par ce à quoi nous croyions il y a une minute, un an ou un siècle. Vous n'êtes pas de cet avis?

Anthony Sedley. Prisonnier du passé. Etait-ce pour lui que Cornelius les avait conduits à Burford, ce jour-là? Pour illustrer une morale? Ou se rendre coupable de trahison?

– Si, je suis d'accord.

– Alors vous pourrez peut-être m'aider à résoudre un petit problème de méthodologie?

– Pardon?

– Je voudrais savoir ce qui vous a permis de savoir que Heather Mallender était venue me voir ici?

– Cela allait de soi...

– Soyez précis!

La voix de Cornelius s'était durcie comme si le travail d'un de ses élèves souffrait d'un défaut de logique.

– Vous n'avez pas déduit que Heather Mallender était venue ici. Vous le saviez, c'est évident. La question est : comment l'avez-vous su?

Harry ne savait quoi répondre. Un mensonge ne lui serait d'aucun secours face à un maître en la matière, mais il devait taire la vérité, seul espoir pour lui de gagner la partie. Le regard fixe de Cornelius le remplissait de confusion, et il se demanda s'il ne s'était pas trahi en tapotant machinalement sa poche pour s'assurer que les photos y étaient toujours. Cornelius n'avait pas de raison de soupçonner leur existence, pourtant... Soudain, on frappa à la porte. Harry se retourna avec soulagement pour voir un garçon d'une classe de terminale, à en juger par sa taille, qui glissait la tête dans la pièce d'un air interrogateur.

– Excusez-moi, monsieur. Je pensais que vous étiez seul.

– Qu'y a-t-il, Appleby ?

– Eh bien, je voulais parler avec vous des travaux pratiques de grec de cette semaine.

– Hmmm.

L'expression de Cornelius s'adoucit.

– Très bien. Attendez-moi dehors. Je serai à vous dans un instant. M. Barnett et moi avons presque terminé.

– Merci, monsieur.

Appleby se retira.

– Je crois que nous avons fait le tour de la question, n'est-ce pas ? dit Cornelius quand la porte se fut refermée.

Un instant plus tôt, Harry paraissait à sa merci. A présent, Cornelius était content de le laisser partir, de le rejeter à l'eau comme une prise insignifiante.

– Euh, oui.

Harry se leva, impatient de ne pas laisser passer une telle occasion de s'échapper. Il n'avait en ce moment qu'une envie : se soustraire au regard pénétrant et dédaigneux de cet homme. Ce ne fut qu'après avoir parcouru presque tout l'espace de la pièce derrière Cornelius qu'il saisit la signification de ce qui venait de se passer.

– Mais je croyais que vous étiez professeur d'histoire ?

– En effet, répondit Cornelius, s'arrêtant et se retournant pour lui faire face.

– Mais vous êtes aussi professeur de grec ?

– De grec ancien, pour les quelques latinistes que cela intéresse. Il n'y en a pas beaucoup. Les origines bénédictines de Hurstdown nous obligent à mettre l'accent sur la langue du catholicisme au détriment de celle de l'Église orthodoxe. Mais chaque année, un ou deux garçons entreprennent l'étude du grec en vue de passer une licence de lettres classiques.

– Et vous êtes capable de les aider ?

– Oui.

Les mots en grec sur le mur; son nom sur l'enveloppe; la phrase énoncée par l'homme dans le train : tout cela commençait à prendre un sens.

– Vous trouvez la connaissance du grec utile, alors?

– Quelquefois.

Cornelius sourit et tendit la main pour ouvrir la porte.

– Vous conviendrez avec moi, monsieur Barnett, que cela peut servir.

32

Le pub Rose and Crown à Hurstdown ne faisait pas bon accueil aux étrangers. Une demi-douzaine d'hommes monopolisaient la cheminée. A en juger par la prédominance du tweed, des coudes en cuir, des cravates d'uniforme et par la prononciation irréprochable, ils formaient un échantillon représentatif des enseignants de l'abbaye. A l'autre bout du bar, deux ou trois fermiers marmonnaient entre eux d'un air morne. Quelque part dans le *no man's land* glacé entre les deux groupes, Harry commanda une bière et sortit la dixième photo de sa poche.

– J'ai un hobby : l'architecture ecclésiastique. Un ami m'a recommandé cette église.

Il tint la photo levée devant les yeux du barman.

– Pourriez-vous me dire si elle se trouve près d'ici?

L'expression du barman indiquait qu'il trouvait aussi facile de prendre Harry pour un étudiant en architecture ecclésiastique que pour un inspecteur des poids et mesures. Il jeta un coup d'œil sur la photo pendant une demi-seconde avant de déclarer :

– Ça se pourrait bien.

– Vous savez où exactement?

Un nouveau coup d'œil, un peu plus long cette fois, puis un reniflement ostentatoire.

– On dirait que c'est l'église de Flaxford. Le prochain village vers le nord. C'est à environ cinq kilomètres, sur la gauche. Vous ne pouvez pas vous tromper.

Lorsque Harry descendit de voiture devant l'église de Flaxford, le silence s'éleva des champs de bruyère et des arbres aux branches dénudées. Elle se dressait à moins d'un kilomètre du village et du croisement avec la grand-route. Le vallon humide et froid dans lequel elle avait été construite rendait plus sombre encore la pierre d'un rouge foncé. Dans ce cadre, la tour grande et élancée tout en superpositions de fenêtres ajourées, d'arcs-boutants, de pinacles et de créneaux, paraissait ridiculement mal proportionnée au point qu'il aurait pu croire que c'était une illusion d'optique. Mais la photo dans sa main lui prouvait le contraire.

Il franchit le porche du cimetière et remonta le court chemin de gravier. Une herbe drue poussait entre les tombes de guingois. Des dentelles de lichen recouvraient les inscriptions. Le passage du temps et les intempéries avaient poli les croix celtiques, mais il n'y avait rien de particulier. C'était un cimetière de campagne abandonné comme il en existait des centaines d'autres. Il tourna la poignée de la lourde porte en fer et l'ouvrit.

A l'intérieur, une odeur d'humidité rivalisait avec celle de la cire, l'obscurité avec les colonnes de lumière tombant des fenêtres en ogive. Le clocher, les fonts baptismaux, les bas-côtés. Les bancs, la chaire, le chœur, l'orgue, l'autel. Où était la clef? Le bruit de ses pas résonnait sur les dalles en pierres inégales. Il y avait de lourdes tentures en velours, le ton chaud du bois. Rien ne le mettait sur la trace de Heather. Et pourtant, et pourtant... Anthony Sedley, prisonnier. Quel était ce bruit? Une souris dans le jubé? Ou un autre prisonnier gravant son nom pour la postérité? Son nom à lui... ou celui de Heather.

Sur une table, juste devant la porte, étaient disposés des dépliants sur les missions, des guides sur l'histoire de l'église, une affiche appelant à donner pour la restauration de la tour et un livre d'or maintenu ouvert par une bande en caoutchouc. Un stylo à bille était attaché à un cordon. Avec une fébrilité soudaine, Harry enleva la bande de caoutchouc et tourna les pages précédentes. Heather était venue là le 18 septembre. Il le savait parce que Cornelius le lui avait dit. Il le savait parce que Heather lui avait donné un bon moyen de le savoir. Chaque page se divisait en quatre colonnes, intitulées respectivement « Date », « Nom », « Adresse » et « Commentaire ». Il fit courir son doigt le long des dates. 15 septembre 1988. 16 septembre 1988. Enfin, il reconnut l'écriture de Heather : « 18 septembre 1988. Heather

Mallender. Sabre Rise, Portesham, Dorsetshire. Je n'ai pas trouvé de fantômes, pas même celui de celle qui a laissé son nom avant moi. » Celle qui a laissé son nom avant moi ! Heather, suivant son instinct, était venue ici en quittant l'abbaye de Hurstdown, son intuition lui avait soufflé que c'était là qu'elle aurait la preuve que Cornelius mentait. Si Clare n'avait été pour lui qu'une « vague connaissance », Heather ne serait jamais allée à Hurstdown, encore moins à Flaxford. Elle n'aurait pas eu de raison de venir ici, ni de laisser son nom.

L'église de Flaxford n'avait, semble-t-il, pas attiré beaucoup de visiteurs, car Harry n'eut qu'une demi-douzaine de pages à tourner pour revenir dix-huit mois en arrière. Pourquoi regarda-t-il d'abord à la date du 16 mai 1987, il ne le savait pas au juste ; c'était le jour où Clare et Dysart avaient dîné au Skein of Geese, un point de départ comme un autre. Cette fois, il chercha dans la colonne des noms. Au bout de la première page, il trouva ce que Heather avait découvert avant lui.

« 22 mai 1987. Clare Mallender. Londres. » C'était tout, pas de commentaire, pas d'éloges des vitraux, pas de message au-delà de la tombe ; juste une date, un nom, un lieu et un menteur démasqué.

33

Les hypothèses, le flair et la logique formèrent un curieux amalgame dans lequel Harry acquit la certitude, comme s'il la tenait de Heather en personne, que le sujet de la onzième photographie n'était pas très loin. Heather n'aurait pas voulu quitter Flaxford sans chercher une preuve supplémentaire de la venue de Clare. D'ailleurs, la photo suivante, une sombre maison de pierre au bout d'une allée bordée d'arbres, avait toute l'apparence d'un presbytère de campagne. Une carte dans le porche de l'église disait de s'adresser pour tout renseignement au révérend F.J. Waghorne, licence de théologie, au presbytère de Flaxford, une adresse qui ne se révéla pas difficile à trouver. Entourée de mauvaises herbes, la masse énorme du presbytère se dressait dans un parc de l'autre côté du village. Harry le reconnut immédiatement.

Une petite fille blonde, en tee-shirt blanc et pantalon jaune vif, les pieds perdus dans une paire de chaussures à talons hauts, vint lui ouvrir. Elle regarda Harry avec des yeux grands comme des soucoupes et annonça d'une voix solennelle :

– Vous n'êtes pas M. Clatworthy.

– Non.

Harry essaya d'avoir un sourire avenant.

– Est-ce que ton papa est là ?

– Maman pensait que c'était M. Clatworthy.

– Eh bien, comme tu vois, je ne suis pas M. Clatworthy. Est-ce que ton papa...

Mais ce fut peine perdue. L'enfant battit en retraite le long du couloir dans ses chaussures trop grandes.

– Maman! Ce n'est pas M. Clatworthy!

Harry apercevait au bout du couloir la porte ouverte de la cuisine. Une silhouette agitée, en tablier et en jean, les cheveux retenus par un bandeau, apparut dans l'encadrement lointain de la porte.

– Hein? Mais, Victoria, comment es-tu accoutrée...? Oh!

Elle prit soudain conscience de la présence de Harry et sourit pour la forme.

– Excusez-moi. Nous attendons le plombier. Pour être franche – elle regarda avec appréhension dans la direction d'où venait un bruit d'eau –, nous prions le ciel pour qu'il arrive vite.

Elle s'essuya les mains à un torchon.

– Que puis-je pour vous?

– J'aurais souhaité parler au pasteur.

– Il est plutôt occupé en ce moment.

– C'est assez urgent.

Elle fronça les sourcils puis parut renoncer à discuter.

– Suivez-moi, dans ce cas.

Harry s'aventura dans le couloir. Dans l'encadrement d'une porte ouverte sur sa droite, il aperçut un petit garçon allongé sur le plancher qui lisait une bande dessinée d'un air maussade au milieu de voitures de course. Lorsque Harry arriva à la cuisine, la petite fille avait pris la place de sa mère et contemplait, médusée, l'eau qui jaillissait sauvagement à l'autre bout de la pièce. Mme Waghorne, pendant ce temps, s'était avancée dans un petit couloir latéral. Passant la tête à travers une porte, elle murmura des explications à quelqu'un qui se trouvait de l'autre côté.

– Tu as un visiteur.

– Qui est-ce? dit une voix lasse.

– Je ne sais pas.

– Tu n'as pas demandé?

– Non, dit Mme Waghorne. Est-ce que tu te rends compte dans quel état est la cuisine?

– Clatworthy n'est pas encore arrivé?

– Bien sûr que non. Je me demande quand... Oh! dit-elle en s'apercevant que Harry se tenait derrière elle, vous êtes là!

– Désolé de vous avoir fait peur. Mon nom est Barnett. Harry Barnett.

– Cela ne me dit rien, dit une voix languissante arrivant par-dessus l'épaule de Mme Waghorne. Ce n'est pas un de mes paroissiens. Il vaut mieux qu'il voie le bedeau.

Mme Waghorne sourit sans desserrer les lèvres.

– Pouvez-vous me dire ce qui vous amène, monsieur Barnett ?

Le traitement de choc semblait le seul espoir.

– J'aimerais parler à votre mari des sœurs Mallender, Clare et Heather.

A ces mots, Mme Waghorne perdit contenance. Le nuage noir de la suspicion ferma son visage. Elle ouvrit la porte toute grande et passa avec raideur devant Harry pour retourner à la cuisine en marmonnant :

– Il est à vous.

– Bonjour, dit Harry à la vue du pasteur au fond de la pièce au plancher recouvert d'un épais tapis.

Comme il disait ces mots, il entendit un hymne funèbre sortant de haut-parleurs invisibles. Près de l'œil stéréophonique de ce chœur de voix désincarnées, le pasteur de Flaxford trônait derrière un grand bureau jonché de papiers. Une mèche grisonnante sur le front, une barbe de plusieurs jours lui mangeant le menton, il cillait légèrement des paupières derrière l'écran de fumée de sa cigarette et observait Harry sans sourire. Il portait un volumineux gilet en mohair sur une chemise et un faux col.

– Pasteur Waghorne ?

– Oui.

– Puis-je entrer ?

– Je pense que ce serait aussi bien.

Une fois qu'il eut refermé la porte derrière lui, Harry rejoignit le pasteur dans son monde clos de tabac et de motets funèbres, coupé des problèmes de plomberie et des joies de la paternité. Il alla jusqu'à un fauteuil que lui avait indiqué son hôte d'un geste de la main sans poser sa cigarette et entendit sa voix plonger dans un murmure respectueux :

– J'ai vu votre nom à l'église. Je voulais vous parler au sujet de...

– De Clare et de Heather Mallender, dit le pasteur en hochant la tête. Oui, j'ai entendu.

– Vous les connaissez alors ?

– Pas aussi bien que ma femme semble le penser, dit-il avec un sourire las. Mais oui, on peut dire que je les connais.

– Vous avez entendu parler de la disparition de Heather Mallender, le mois dernier ?

– Oui.

– Je rends visite à toutes les personnes qui pourraient savoir quelque chose susceptible d'expliquer ce qui lui est arrivé.

– Vous pensez que je sais quelque chose?

– Peut-être. Heather est venue ici le dimanche 18 septembre, n'est-ce pas?

D'étonnement, les sourcils du pasteur se soulevèrent.

– Oui, c'est exact, mais comment...

– Elle voulait savoir si vous aviez vu sa sœur, l'année précédente, le 22 mai, et si vous pouviez lui expliquer la raison de sa visite ici.

Les sourcils du pasteur restaient suspendus en accents circonflexes tandis que sa lèvre inférieure s'abaissait lentement, accentuant son expression de surprise.

– Vous êtes de la police? demanda-t-il après un moment de réflexion.

– Non.

– Un détective privé alors, engagé par la famille Mallender?

– Non. Juste un ami de Heather. J'essaie de la retrouver.

Les traits du pasteur se détendirent.

– Et comment vous appelez-vous déjà?

– Barnett.

– Est-ce que je vous connais?

– Je suis la dernière personne à avoir vu Heather avant sa disparition.

– Ah oui, bien sûr.

Le pasteur rejeta en arrière une mèche de cheveux rebelle.

– Le vilain de la pièce selon certains journaux populaires. Vous ne semblez pas fait pour le rôle qu'on vous a donné, monsieur Barnett.

– C'est parce que ce n'est pas le mien.

– C'est le rôle de qui alors?

Le pasteur se pencha en avant et écrasa sa cigarette dans un cendrier. Il farfouilla dans les papiers qui se trouvaient devant lui, dénicha un paquet de cigarettes et une boîte d'allumettes qu'il agita à l'adresse de Harry, puis devant le refus muet de celui-ci, en alluma une pour lui. Pendant ce temps, l'œil de Harry fut attiré par la feuille de papier la plus proche de lui, sur laquelle il lut écrit à la main en capitales « QUATRIÈME DIMANCHE DE L'AVENT ». Au-dessous, plusieurs lignes étaient rayées et enfin sur les cinq lignes suivantes, revenait le même mot, également en capitales. « BREBIS ».

– C'est aussi bien que vous ne soyez pas de l'évêché, dit le pasteur en voyant la direction de son regard. Que voulez-vous de moi, exactement, monsieur Barnett?

– Juste quelques renseignements.

– Pas un sourire éternel? Pas une épaule pour pleurer? Pas un texte de consolation?

Une vapeur de fumée bleue s'élevait autour du révérend Waghorne tandis qu'il parlait, et l'odeur âcre se mêlait à l'amertume de ses paroles.

– Dans ce cas, je peux peut-être vous être utile.

– J'aimerais savoir ce que vous avez dit à Heather quand elle est venue ici le 18 septembre.

– En tout cas, c'était un dimanche de septembre. Pour ce qui est de la date exacte, je m'en remets à vous.

Le regard perdu dans le vague, le pasteur tira sur sa cigarette en cherchant dans ses souvenirs.

– C'était pendant les heures de tranquillité dont je dispose entre l'office du matin et celui du soir, si on peut parler de tranquillité. Non que cela m'ait ennuyé de parler à une brebis appartenant au troupeau d'un autre berger.

Il sourit.

– Un agneau, poursuivit-il, pas une brebis. Je lui ai offert du thé dans cette pièce. Comme vous semblez déjà le savoir, elle voulait savoir si sa sœur était bien venue à Flaxford l'année dernière, le 22 mai et elle pensait que je pouvais le lui dire. Elle avait trouvé la date à l'église, dans le livre d'or. Comme vous, n'est-ce pas?

– Oui.

– Je devrais peut-être arracher cette page, dit-il avec un sourire piteux. Heather m'a dit qu'elle avait des raisons de penser que Clare avait visité l'abbaye de Hurstdown peu avant sa mort et qu'elle en était partie très déprimée. Elle n'avait pas tort. Elle pensait aussi que sa sœur avait pu avoir envie de se rendre dans une église pour prier. Elle est donc allée à Flaxford où se trouvait l'église la plus proche et la signature de Clare dans le livre d'or a confirmé ses soupçons. Puis elle s'est dit que Clare avait pu avoir envie de se confier à un prêtre. D'où sa visite ici.

Le pasteur fit une pause pendant laquelle le silence se remplit des voix plaintives des choristes. Soudain des bruits lourds et sourds semblèrent ébranler toute la structure de la maison. Cette protestation des canalisations récalcitrantes eut pour effet de raviver les souvenirs du révérend Waghorne. Il reprit sur un ton plus triste.

– Heather a deviné juste, monsieur Barnett. L'intuition d'une sœur, je suppose. L'an dernier au printemps, un vendredi après-midi, le 22 mai exactement, j'ai rencontré une jeune femme à l'église. Elle m'a dit s'appeler Clare Mallender et elle m'a demandé si je pouvais la conseiller sous le sceau du secret à propos d'un dilemme d'ordre moral. Comprenez bien, elle ne voulait pas se confesser, ni recevoir l'absolution de ses péchés, elle souhaitait simplement que je l'écoute et que je lui donne un avis. Naturellement, j'ai accepté. Nous sommes allés dans la sacristie où elle m'a expliqué ce qui la tourmentait. J'ai répondu du mieux que j'ai pu en réussissant, me semble-t-il, à me montrer à la fois positif et bienveillant. Puis elle est partie et neuf jours après, j'ai appris à la radio qu'elle était morte.

– Vous l'avez dit à Heather?

– Oui. Elle a insisté pour que je lui dise quel était le problème de Clare. Au début, je ne voulais pas pour la bonne raison que ni la mort de Clare ni le fait que Heather était sa sœur m'autorisaient à trahir la confiance qu'elle avait placée en moi. Mais Heather a eu vite fait de me faire changer d'avis.

– De quelle façon?

– En me faisant remarquer que Clare m'avait trompé. Elle m'avait laissé entendre qu'elle était une étrangère ici et ne connaissait personne dans le coin. C'est ce qui m'avait permis de lui donner un avis complètement impartial. Jamais je n'aurais pensé...

– Qu'elle connaissait intimement un professeur de l'abbaye de Hurstdown?

Le révérend Waghorne blêmit.

– Vous êtes au courant?

– Oui. Il s'agit de Jack Cornelius. Professeur d'histoire, entraîneur de rugby et professeur de grec ancien.

– Je n'ai jamais rencontré M. Cornelius. Je ne le souhaite pas. Ce n'est pas loyal, Clare aurait dû me prévenir.

Le pasteur se leva brusquement. Il marcha jusqu'à la fenêtre, appuya son coude sur le rebord et tourna la tête vers Harry.

– Malgré tant d'efforts depuis des siècles pour les détruire, les ordres monastiques continuent de prospérer, monsieur Barnett, imperméables dirait-on aux faiblesses qui nous tourmentent, nous autres, pauvres mortels. Là-haut, dit-il en indiquant d'un geste vague la direction de l'abbaye de Hurstdown, ils proclament avec suffisance que rien, absolument rien, n'ébranlera jamais leur...

Il s'interrompit.

– Excusez-moi. Je m'égare. Jack Cornelius n'est pas un moine. C'est tout le problème.

– Sur quoi Clare Mallender voulait-elle votre avis?
– J'ai commis une erreur en répondant à Heather qui m'a posé la même question, monsieur Barnett. Le fardeau partagé a été dans ce cas un fardeau redoublé. Croyez-moi, je n'ai pas l'intention de recommencer la même bêtise.
– Tout ce que j'essaie de faire est de retrouver Heather. Je veux l'aider.
– Vous voulez dire que je ne l'ai pas fait.
– Je n'ai pas dit ça.
– Vous pensez vraiment que tout cela peut avoir un rapport avec sa disparition.
– Oui.
Le révérend Waghorne ne répondit pas tout de suite. Il regarda par la fenêtre le jardin humide et froid sur lequel le crépuscule posait déjà ses ombres. « Au milieu de la vie, la mort nous guette, entonnèrent les choristes, qui nous secourra? »
Il pressa deux doigts sur sa paupière gauche pour arrêter un tic nerveux, puis poussa un profond soupir.
– Comme vous voulez, murmura-t-il. Clare Mallender a été la goutte d'eau qui a fait déborder le vase de ma vocation sacerdotale.
Il revint d'un pas pesant jusqu'au bureau et se laissa tomber dans son fauteuil.
– Son problème était somme toute assez banal, monsieur Barnett. Elle attendait un enfant.
Clare enceinte! Mais bien sûr! Non pas de son patron, de son ex-fiancé ou de l'un de ses admirateurs londoniens sans doute nombreux, mais de l'homme dont elle gardait une photo dans son sac, photo qu'elle contemplait six jours avant de chercher l'avis impartial du pasteur de Flaxford. Elle avait quitté l'abbaye de Hurstdown le 22 mai 1987, peut-être après une dispute avec Cornelius, peut-être après lui avoir annoncé qu'elle attendait un enfant de lui et, dans sa détresse, elle était allée se réfugier dans l'église de Flaxford pour confier son secret au pasteur à la foi chancelante. Mais pourquoi? Cornelius avait-il refusé de l'épouser? L'avait-il exhortée à avorter? Avait-il nié être le père? Qu'avait-il fait que l'on ne pouvait confier qu'à l'oreille d'un pasteur inconnu?
– Quand elle m'a dit qu'elle était enceinte, j'ai tout de suite pensé que c'était encore la même histoire : le père était marié; l'idée d'un avortement la rebutait; elle n'osait pas annoncer la nouvelle à ses parents. Mais non, ce n'était pas cela. Le père

n'avait pas l'intention de l'abandonner, elle était décidée à mener à bien sa grossesse et elle avait déjà prévenu ses parents.

Déjà prévenu. Ainsi Charlie et Marjorie Mallender étaient au courant. Roy aussi probablement. Et Heather? Si elle l'avait su, elle n'aurait pas eu besoin du témoignage de Waghorne.

– Quel était le problème alors?

Le pasteur laissa échapper un long soupir.

– Clare venait de découvrir que l'homme dont elle attendait un enfant était irrémédiablement homosexuel. Il était prêt à l'épouser mais ne pourrait jamais l'aimer. Et elle se sentait incapable de l'aimer depuis qu'elle avait appris la vérité.

Voilà donc quelle était la réponse. Jack Cornelius, que les femmes trouvaient si séduisant, était attiré par les hommes et vivait au milieu de moines et d'écoliers. Il était prêt à épouser Clare si elle insistait mais après avoir appris ses préférences, elle ne pouvait plus l'aimer.

– Quel conseil lui avez-vous donné?

– Le conseil habituel : de pieuses paroles sur le lien qui unit les parents d'un enfant, la nécessité de résoudre le problème à deux, la foi en Dieu.

Le révérend Waghorne sourit.

– A quoi vous attendiez-vous? A quoi s'attendait-elle? Quand j'ai eu fini mon récital de platitudes, elle m'a regardé comme si elle s'était tournée vers un vieux professeur respecté et découvrait subitement qu'il était devenu gâteux depuis la dernière fois qu'elle l'avait vu. Elle m'a quitté sans un autre mot. Et neuf jours plus tard, elle était morte.

« Je n'avais pas la moindre idée, monsieur Barnett, pas le moindre pressentiment que l'homme dont Clare parlait enseignait à l'abbaye de Hurstdown. C'est Heather qui me l'a dit lorsqu'elle est venue ici. Alors seulement j'ai compris que Jack Cornelius était le père de l'enfant que Clare attendait. »

Il écrasa sa cigarette avec une énergie excessive.

– J'ai essayé de le voir. Juste une fois. Le jour où j'ai appris la disparition de Heather. Ce nouveau coup du sort me rendait insupportable ce qu'elle m'avait appris. Je crois que je voulais me décharger de mes tourments sur ses épaules pour qu'il souffre comme je souffrais d'avoir été de si mauvais conseil. Ma femme a tenté en vain de m'en dissuader. Ce matin-là, je me suis rendu d'un pas décidé au pensionnat et j'ai demandé à le voir. Mais il était absent. Permission exceptionnelle pour raisons familiales. Il devait rentrer le lendemain. Mais à ce moment-là...

– Comment ? Que dites-vous ?

Harry avait trouvé le défaut de la cuirasse chez Cornelius et cette découverte jetait sur la disparition de Heather une lumière aussi limpide et froide que celle qu'on trouvait au sommet du Prophitis Ilias.

– Il était absent depuis une semaine ?

– Je crois, oui, mais je ne me souviens pas...

– Essayez de vous souvenir, c'est important ! Depuis combien de temps était-il absent ?

Le révérend Waghorne eut un mouvement de recul face à la véhémence de Harry.

– Eh bien, voyons..., dit-il lentement. J'ai parlé à une secrétaire. Autant que je me rappelle, elle a dit qu'il avait eu un congé exceptionnel de quelques jours, non, d'une semaine. En tout cas, il était attendu à l'école, le lendemain. C'était un mardi. J'étais à l'école le lundi matin quand les journaux ont parlé pour la première fois de la disparition de Heather.

Une permission exceptionnelle d'une semaine se terminant le 15 novembre. Il était donc parti le mardi 8 novembre. Le 11 novembre, il n'était pas à son poste. La preuve était faite. Jack Cornelius était absent de l'abbaye de Hurstdown le jour de la disparition de Heather.

– C'est ce que vous vouliez savoir, monsieur Barnett ?

– Oui. C'est ce que je voulais savoir.

34

Harry était sûr d'une chose tandis qu'il rentrait à Swindon en ménageant sa voiture : il tenait la vérité par un bout. Jack Cornelius était d'une façon ou d'une autre impliqué dans la disparition de Heather. Pour son bien, elle avait appris trop de choses concernant sa relation avec sa sœur; c'est de lui qu'étaient venues les menaces qui l'avaient inquiétée à Rhodes et que pour son malheur elle avait décidé d'ignorer. La présence du docteur Kingdom à Lindos le 6 novembre ne faisait que brouiller les pistes mais, comme Dysart en avait émis l'hypothèse, il était peut-être venu à Rhodes tout simplement pour s'assurer que Heather allait bien. Les recherches de Zohra devraient apporter la preuve que Kingdom était occupé ailleurs le jour de leur excursion sur le mont Prophitis Ilias, à la différence de Jack Cornelius.

Harry arriva à Swindon en se demandant ce qu'il devait faire. En toute logique, il aurait dû aller voir Charlie Mallender pour lui demander sa version des faits mais le souvenir des mines patibulaires de policiers en civil dans une voiture banalisée était encore assez vivace pour lui en ôter l'envie. L'heure était peut-être venue que Dysart fasse quelque chose à un niveau officiel. Autant de questions en suspens qui faisaient que Harry écoutait d'une oreille discrète le récit fébrile que lui faisait sa mère de sa journée.

– A mon âge, mon nom ne devrait plus figurer dans l'annuaire.

– Pour quelle raison, maman?

– Eh bien, cela me mettrait à l'abri des détraqués. Six fois, ce maudit téléphone a sonné aujourd'hui. J'ai décroché, j'ai dit : « Allô », et puis rien, juste un silence, « Allô », j'ai répété et alors on a raccroché.

– Oui, c'est désagréable.

– Tu pourrais montrer un peu plus d'intérêt pour ce que je raconte, Harold.

– Que veux-tu que je fasse?

– Rappeler le seul qui ait dit quelque chose, dit-elle en lui glissant un papier dans les mains. Un certain Kingdom, un vrai monsieur. Il veut que tu le rappelles.

Harry tomba des nues. Qu'est-ce qui pouvait pousser Kingdom à lui téléphoner? On aurait pu croire qu'il savait déjà ce que Harry avait découvert. Pour épaissir le mystère, le numéro qu'il avait donné n'était pas celui de son cabinet à Marylebone. Harry se sentait ridiculement nerveux quand il composa le numéro.

– Ici le 940 2406.

– Docteur Kingdom?

– Ah, monsieur Barnett! Merci de votre appel. Comment allez-vous?

– Bien, mais...

– Je voulais m'excuser pour ce qui s'est passé la semaine dernière. J'y ai repensé et je trouve que je n'ai aucune excuse. Vous aviez raison de vous mettre en colère.

– Eh bien, je...

– A vrai dire, je crois que notre différend nous a empêchés d'échanger des informations qui auraient pu se révéler fort utiles. Comme vous l'avez fait remarquer à juste titre, la sécurité de Heather doit passer avant tout. Nous devrions coopérer au lieu de nous chercher querelle.

– Oui, nous...

– Est-ce que nous pourrions nous voir pour discuter de tout cela? Je peux vous assurer que les fausses notes de la semaine dernière ne se reproduiront pas.

– Très bien.

– Je travaille chez moi en ce moment. Je vous propose de venir ici plutôt qu'à mon cabinet. Un changement de décor pourrait être bénéfique, vous ne pensez pas?

– Oui, sans doute.

– Demain, ce serait possible?

– Euh, oui.

– Bien. J'habite tout près de Kew Gardens. Heather me

retrouvait souvent là au lieu d'aller jusqu'à Marylebone. Nous pourrions nous donner rendez-vous devant la grille, à 11 heures demain matin.

Avant que Harry puisse faire mieux qu'articuler un bref acquiescement, Kingdom avait raccroché. Harry reposa lentement le combiné en se demandant ce que ce cher docteur mijotait. A peine avait-il raccroché que la sonnerie du téléphone retentit de nouveau. En décrochant, il repensa aux plaintes de sa mère à propos des appels anonymes.

– Oui? dit-il sur la défensive.

– Salut, Harry. C'est ta vieille copine Jackie à l'appareil.

– Jackie?

Mais oui, Jackie Oliver! Que pouvait bien lui vouloir cette femme?

– Harry?

– Oui?

– Tu pourrais avoir l'air plus content de m'entendre.

– Que puis-je pour toi?

– Je me suis dit que ça pourrait être chouette de parler ensemble du bon vieux temps.

– Ah oui?

– Oui. Pourquoi tu ne viendrais pas déjeuner chez moi, dimanche prochain? Je fais bien la cuisine et on pourrait échanger nos impressions sur la vie. Tu as l'air un peu déprimé, je pourrais essayer de te remonter le moral.

Déjeuner un dimanche en compagnie de Jackie et de son nouveau mari était la dernière chose capable d'amuser Harry mais il ne put trouver l'énergie pour refuser.

– Qu'est-ce que tu décides?

– Très bien. J'arrive.

– Nous habitons au 7 Chelsea Drive. C'est un bon bout de chemin pour toi. Tu veux que je passe te prendre?

– Non. Je suis motorisé.

– Formidable. Je t'attends vers midi alors.

Harry ne comprenait pas pourquoi il était tout à coup si demandé mais le fait était là. Il n'avait pas fait trois pas dans le couloir qu'à sa grande stupéfaction, le téléphone sonnait de nouveau. Il décrocha avec humeur mais cette fois il eut une heureuse surprise : la personne au bout du fil était quelqu'un qu'il avait hâte d'entendre.

– Harry? C'est Zohra Labrooy à l'appareil. J'ai les renseignements que nous voulions.

– Vraiment ?

– Oui. Mais maintenant que je les ai, je ne sais pas ce qu'il faut faire.

Elle semblait inquiète, ce qui dérouta Harry, convaincu que son enquête mettrait son esprit en repos.

– Pourriez-vous venir à Kensal Green, samedi matin ? Il faudrait que nous parlions ensemble.

– Oui, mais...

– Je vous attends vers 11 heures.

– Très bien, mais, Zohra...

– Oui ?

– Je pense que j'ai soupçonné à tort le docteur Kingdom. L'institut Versorelli a confirmé qu'il était avec eux le 11, n'est-ce pas ?

Il n'y eut pas de réponse.

– Zohra ?

– Vous vous trompez, Harry.

Elle paraissait plus calme, à présent.

– Il s'est absenté entre le jeudi 10, à midi, et le samedi 12, à midi. Personne ne sait où il se trouvait, le vendredi 11.

Cela ne tenait pas debout. Comment expliquer que Jack Cornelius et Peter Kingdom aient été tous les deux absents sur leur lieu de travail le jour de la disparition de Heather ? En toute logique, ils ne pouvaient pas être impliqués tous les deux dans cette histoire.

– Harry ?

– Oui ?

– Je ne sais pas comment c'est possible mais à mon avis, il sait que nous sommes sur sa piste.

35

En arrivant à Kew Gardens un quart d'heure à l'avance, Harry voulait se donner le temps nécessaire pour réfléchir et préparer son entrevue avec Kingdom. Mais après avoir pris son billet au guichet, il comprit combien il avait été naïf de croire qu'il pouvait se montrer plus malin qu'un psychiatre habitué aux ruses et aux stratégies de ses semblables. Kingdom était déjà là. Il l'attendait, assis sur un banc à côté de l'entrée, souriant. Harry avait été devancé.

– Heureux que vous ayez pu venir, monsieur Barnett, dit Kingdom en se levant du banc et en lui tendant la main. Vous êtes en avance.

– Un peu oui, répondit Harry.

Mais pas suffisamment, c'était évident.

– Vous connaissez ce jardin?

– Non pas du tout.

– Je vais vous montrer le chemin.

Ils prirent une grande allée qui passait entre des serres derrière lesquelles s'étendaient de vastes espaces boisés. Il faisait un temps doux et gris. Les jardins sous les couleurs de l'hiver étaient solennels et silencieux. On aurait dit qu'on les avait préparés tout spécialement à leur intention. Kingdom était tiré à quatre épingles : le pli de son pantalon tombait droit comme un fil à plomb, ses chaussures étaient bien cirées, les fers de ses talons résonnaient avec suffisance à chacun de ses pas. Il respirait profondément comme pour savourer l'air et promenait ses regards autour de lui à la façon d'un châtelain sur ses terres. A côté de lui, dans ses vêtements mal ajustés et ses souliers aux semelles usées qui laissaient pénétrer l'humidité, Harry souffrait d'un complexe d'infériorité, voulu, soupçonna-t-il, par le docteur.

– Heather adorait ce jardin en cette saison, dit Kingdom. Comme j'habite tout près, elle préférait me voir ici plutôt qu'à Marylebone. Un des avantages du métier de psychiatre par rapport aux autres branches de la médecine, c'est qu'on a le choix du cadre. Nous prenons le chemin de la rivière ?

– Comme vous voulez.

Harry se moquait bien de la direction qu'ils prenaient. La présence de Kingdom à ses côtés et toutes les questions en suspens suffisaient amplement à l'occuper.

– J'espère, monsieur Barnett, que le fait que vous ayez accepté de me rencontrer signifie que nous pouvons oublier le malentendu de la semaine dernière. Je n'avais aucune raison de vous interroger de façon aussi agressive, ni de m'emporter comme je l'ai fait lorsque vous vous êtes à juste titre rebiffé.

– Si je suis venu, c'est parce que vous avez dit que la sécurité de Heather devait passer avant tout.

– C'est exact. Et pour cela, il me semble nécessaire de poser comme hypothèse que vous en savez plus sur sa disparition que ce que vous croyez savoir.

– Comment cela ?

– La suppression d'une expérience traumatique par le conscient est un phénomène fréquent, monsieur Barnett. On peut avoir accès au matériel refoulé par plusieurs méthodes : hypnose, analyse, thérapie. Mais toutes requièrent du temps et une certaine dose de confiance. Je dois avouer que j'ai voulu sauter les obstacles.

Il adressa à Harry un sourire chaleureux.

– Pour le bien de Heather, j'aimerais essayer de rétablir ma réputation de thérapeute.

– Vous voulez que je devienne votre patient ?

– Je suggère que nous mettions nos ressources en commun, c'est-à-dire votre mémoire, vos souvenirs et mon expérience afin de découvrir ce qui est arrivé à notre amie commune, Heather Mallender.

– C'est comme ça que vous pensez à elle ? Comme à une amie ?

Kingdom eut un petit rire.

– Vous voulez sans doute faire allusion à mon explosion de colère quand vous avez insinué que notre relation pouvait avoir débordé le cadre strictement médical. Eh bien oui! je considérais et je considère encore Heather comme une amie comme tous les patients que je suis pendant longtemps. Et si je l'ai emmenée au Skein of Geese le 10 septembre, ce n'était pas dans l'intention de la séduire mais parce qu'elle m'avait demandé de l'accompagner.

– Pourquoi avoir accepté de l'accompagner si ce n'était pas dans le but de la séduire?

– Pour confirmer ou infirmer une de ses convictions que j'interprétais pour ma part comme un pur fantasme, un symptôme de sa maladie, si vous voulez, mais qu'elle s'obstinait à ne pas considérer comme tel.

– Vous ne pouvez pas me dire quelle était cette conviction, bien sûr, dit Harry.

– Au contraire, répondit-il avec un petit sourire de reproche. Si je vous ai demandé de venir ici aujourd'hui, c'est pour vous le dire. A condition que vous acceptiez de m'aider dans toute la mesure de vos moyens.

Harry n'avait pas l'intention d'aider un homme qui était un menteur et peut-être pire. Mais une promesse n'était pas cher payer les informations qu'il pouvait en retirer, aussi se hâta-t-il d'accepter.

– Très bien, j'accepte.

– Bien. Que savez-vous de la dépression de Heather, monsieur Barnett?

– Pas grand-chose. Elle n'en a presque pas parlé. J'ai pensé qu'elle avait mal supporté la mort de sa sœur.

– C'était plus grave que ça, je le crains. Heather a fait une dépression assez sérieuse l'année dernière au mois de décembre. Elle souffrait de troubles de la personnalité associés à de nombreux éléments de schizophrénie. Elle a été admise dans un hôpital où je suis psychiatre consultant et c'est moi qui ai été chargé de son cas. Lorsque son état s'est stabilisé, il est apparu clairement que la mort de sa sœur, bien qu'elle soit survenue cinq mois avant sa dépression, était la cause de son déséquilibre psychique. Sa dépression n'a pas été déclenchée par la douleur insurmontable d'avoir perdu un être cher se manifestant après coup. Tout est venu de l'incapacité de Heather à mener une vie normale en étant privée de l'image en miroir d'une sœur brillante à quoi s'ajoutait malheureusement la croyance que sa famille et ses amis auraient préféré secrètement que ce soit la moins belle et la moins douée des deux sœurs qui parte. C'était un cas difficile car ce qu'elle sentait n'était pas tout à fait sans fondement. Sa famille, autant que j'aie pu en juger, manquait de chaleur. Néanmoins au bout de quelque temps, elle a commencé à faire des progrès très encourageants. Elle a pu quitter l'hôpital au mois de mars de cette année et reprendre une vie sociale relativement normale. J'avais espéré que quelques mois de consultations régulières amèneraient un rétablissement complet et définitif mais elle n'arrivait pas à se défaire d'une idée fixe. Dans l'espoir de l'en débarrasser, j'ai employé les grands moyens en acceptant de l'emmener au Skein of Geese, le 10 septembre dernier.

Harry ne pouvait nier que Kingdom avait un grand pouvoir de persuasion. Harry l'aurait trouvé totalement convaincant sans toutes les bonnes raisons qu'il avait de se méfier de lui : est-ce que Zohra ne lui avait pas dit que cet homme nourrissait pour Heather une véritable passion ? Et Harry l'avait vu, de ses yeux vu, à Lindos, sans compter qu'il ne se trouvait pas à Genève le jour de la disparition de Heather. Ils traversaient à présent une clairière émaillée de rhododendrons ; après avoir fait une pause pour permettre à un jardinier muni d'une brouette de passer, Kingdom reprit :

– Le fantasme le plus résistant de Heather était que sa sœur n'avait pas été la victime d'un attentat terroriste comme tout le monde le pensait. Sans avoir l'ombre d'une preuve, elle soutenait que Clare avait été bel et bien assassinée et non victime de la fatalité. Elle avait essayé de refouler cette idée dans les semaines qui ont suivi la mort de sa sœur mais cela n'a fait qu'aggraver sa dépression. Je n'ai donc pas été étonné que ce soit le symptôme le plus opiniâtre de ses troubles psychiques. Je lui ai proposé une interprétation évidente : donner une connotation sinistre à l'issue tragique de sa sœur permettait d'une certaine façon d'en diminuer l'horreur. En d'autres termes, je voyais dans ce fantasme une ruse de son subconscient pour tenir à distance le sentiment d'infériorité vis-à-vis de sa sœur, seul à l'origine de sa maladie. Elle a accepté cette interprétation sans pouvoir se résoudre à abandonner sa théorie. J'espérais que la visite au Skein of Geese pourrait y mettre un terme.

Ils débouchèrent du chemin bordé d'arbres sur une pelouse qui offrait une belle vue sur l'un des méandres de la Tamise. Sur la rive opposée, les hectares déserts de Syon Park s'étalaient vers la masse distante de Syon House. Des bancs étaient disposés sur la pelouse. Kingdom marcha d'un pas désinvolte vers l'un d'eux et s'assit en attendant que Harry le rejoigne pour continuer.

– La dernière fois que j'ai rencontré Heather ici, c'était le 6 septembre, le jour où elle m'a pour ainsi dire sommé de l'emmener au Skein of Geese afin de mettre à l'épreuve sa théorie sur la mort de sa sœur. Elle savait que Clare avait dîné là peu avant sa mort et elle était convaincue que, si elle pouvait découvrir ce qui s'était passé ce soir-là, elle aurait la preuve qu'elle avait vu juste.

– Clare avait dîné là avec Alan Dysart.

– Oui. Un événement somme toute assez innocent. J'espérais que Heather pourrait le comprendre. Je pense qu'elle y serait arrivée sans Rex Cunningham, le propriétaire de l'auberge, qui lui a raconté une histoire à dormir debout : il aurait vu sa sœur en contemplation devant une photo qu'à son avis seule une femme amoureuse pouvait avoir sur elle. Comme Cunningham et Dysart, l'homme de la photo était un ancien de Breakspear College. Pour Heather, il n'en fallait pas plus, c'était lui le coupable. Dès que Cunningham s'est mis à raconter ses sornettes, j'ai su qu'elle s'y laisserait prendre.

– Et alors? dit Harry comme le silence de Kingdom se prolongeait.

Kingdom se retourna vers lui avec un sourire timide.

– J'ai votre assurance que vous ne me cacherez rien vous-même?

– Oui.

– Très bien. Heather pensait que Clare était enceinte quand elle a été tuée. Je n'ai pas su dire si cette croyance a précédé ou suivi sa dépression. Elle soutenait que Clare le lui avait annoncé l'année dernière à la mi-mai, c'est-à-dire moins de deux semaines avant sa mort, en lui demandant de garder le secret, mais sans dire qui était le père. Trois jours avant sa mort, elle aurait fait part à Heather de son intention d'avorter. Après la mort de Clare, Heather a essayé de savoir si ses parents étaient au courant de la grossesse de sa sœur, mais il semblait que non. Quand cette question a été soulevée au cours du traitement de Heather, j'ai parlé avec le médecin de Clare. Selon elle, Clare n'était pas enceinte. Bien sûr, il n'est pas rare qu'une femme célibataire cache ce genre de choses à son médecin, aussi n'est-ce pas un témoignage suffisamment probant, mais en tenant compte de la volonté de Heather de prouver coûte que coûte que Clare avait été assassinée, on pouvait penser qu'elle avait inventé de bonne foi cette histoire afin de donner plus de poids à ses arguments. Un esprit malade est étonnamment rusé, monsieur Barnett. Il trouve toujours de nouveaux subterfuges.

– Vous avez persuadé Heather qu'elle se trompait?

– A ma propre satisfaction, oui. Mais sa disparition a jeté un jour nouveau sur cette affaire. Cela peut signifier qu'elle ne s'était pas remise aussi bien que je l'avais espéré ou bien qu'elle courait réellement un danger. Ce que je voudrais vous demander, c'est si elle vous a fait des confidences ou si vous avez découvert quelque chose qui pourrait faire penser que Clare Mallender était réellement enceinte au moment où elle a été tuée.

Un signal d'alarme résonna dans la tête de Harry : Heather avait lutté pendant plus d'un an pour accepter l'interprétation de Kingdom selon laquelle ses souvenirs n'étaient que des constructions fantasmatiques. Puis, le 18 septembre, au presbytère de Flaxford, elle avait appris qu'elle était dans le vrai. A partir de ce jour, elle avait cessé de se confier au docteur Kingdom. Il l'avait reconnu lui-même. Harry devait suivre l'exemple de Heather.

– Je n'ai pas de raison de penser que Clare était enceinte.

Kingdom soupira sans cacher sa déception.

– J'espérais que vous auriez trouvé quelque chose.

– J'ai bien peur que non. Cunningham m'a parlé de la photo qu'il a vue entre les mains de Clare mais je ne sais pas si on peut le croire. D'après lui, l'homme sur la photo est un professeur d'histoire. A ma connaissance, il n'avait pas de relation avec Clare Mallender.

Kingdom hocha tristement la tête.

– Mon enquête a donné le même résultat.

Il pressa une main gantée sur son front.

– Laissez-moi vous poser une autre question, monsieur Barnett. Quand Heather m'a retrouvé ici le 6 septembre, ce qu'elle m'a dit m'a fait craindre une rechute imminente. En dehors de son insistance pour que nous allions ensemble au Skein of Geese, elle a déclaré qu'elle avait eu la preuve que la société de son père, Mallender Marine, dans laquelle elle travaillait à mi-temps depuis avril, était coupable de corruption à un haut niveau. Avez-vous trouvé quelque chose qui pourrait aller dans ce sens?

– Non, rien du tout.

– Alors je suis obligé de conclure que j'avais vu juste. Des allégations de cette nature pourraient être de nature schizophrénique. Quelques semaines plus tard, Heather semblait prête à admettre qu'elle s'était trompée. Elle était heureuse d'aller en vacances à Rhodes comme le lui avait offert Dysart. Elle était convaincue qu'une fois là-bas, elle pourrait oublier ses obsessions.

Un nom s'était soudain imposé à Harry, celui de Nigel Mossop. Au début, il n'avait pas compris pourquoi Heather l'avait choisi pour aller à Tyler's Hard. Maintenant il commençait à y voir clair. Ils avaient travaillé dans le même bureau. Le vendredi soir, ils prenaient un pot et bavardaient. Le 28 août, ils étaient allés ensemble dans la New Forest. Et huit jours plus tard, Heather avait dit à Kingdom qu'elle avait la preuve d'irrégularités financières à Mallender Marine. La relation de cause à effet était évidente : c'était Mossop qui lui avait apporté la preuve de ce qu'elle avançait.

– Que pourrait-on déduire, dit Harry en essayant de prendre le ton d'une personne plongée dans les profondeurs de la pure spéculation, que pourrait-on déduire si nous avions la preuve que Clare était enceinte et que Mallender Marine était coupable de malversations ?

Kingdom tourna la tête vers Syon House.

– Nous pourrions en déduire, monsieur Barnett, que les croyances de Heather n'étaient pas les simples produits d'une imagination fantasque. Et dans ce cas, la théorie selon laquelle sa sœur aurait été tuée ne serait pas si invraisemblable et l'assassin de Clare pourrait avoir joué un rôle dans la disparition de Heather.

Kingdom avait raison. Il présentait ce raisonnement comme une simple supposition mais Harry sentait qu'il touchait du doigt la vérité vraie. Pourquoi donnait-il de son plein gré autant de renseignements ? Désireux soudain de pouvoir se faire un allié, Harry demanda :

– Quand avez-vous vu Heather pour la dernière fois, docteur Kingdom ?

– Mmm ?

Le ton de Kingdom laissait entendre que cela n'avait pas grand intérêt. Pour Harry, au contraire, c'était d'une importance capitale. Kingdom se trouvait à Lindos le 6 novembre, de cela Harry était sûr car il l'avait vu et entendu. Il n'avait pu aller à Rhodes pour d'autres raisons que pour voir Heather. Sa visite pouvait avoir, ce n'était pas impossible, une explication innocente. Dans ce cas, il n'en ferait pas mystère. Sinon il fallait en conclure qu'il prétextait avoir besoin de l'aide de Harry à seule fin de savoir ce que ce dernier savait et s'il représentait une menace sérieuse.

– Quand l'ai-je vue pour la dernière fois? répéta-t-il d'un air perplexe.

– Oui. Je me demandais dans quel état d'esprit elle était la dernière fois que vous l'avez rencontrée.

– Mais je vous l'ai déjà dit, monsieur Barnett. Elle commençait à admettre qu'elle avait fait fausse route en s'accrochant à l'idée que sa sœur avait été assassinée. Cela a été la matière de notre dernier entretien, à Marylebone, le 11 octobre, deux jours avant son départ pour la Grèce. C'est la dernière fois que nous nous sommes vus.

Kingdom s'était condamné lui-même. Harry eut froid dans le dos en se disant que cet homme bien habillé, au langage châtié et aux bonnes manières, assis près de lui dans le décor précieux de Kew Gardens, avait peut-être tué Heather.

– La vraie question, monsieur Barnett, est celle-ci : êtes-vous prêt à chercher dans votre subconscient un indice que votre conscient n'aurait pas pu révéler? Vous pouvez avoir vu ou entendu quelque chose, entrevu ou reçu une impression ou une autre capable de nous mettre sur la voie de ce qu'il est advenu de Heather.

Harry se dit que s'il n'avait pas vu Kingdom à Lindos, si les propos de Zohra ne l'avaient pas prévenu contre lui, il se serait probablement laissé convaincre. Et en acceptant de se soumettre pour le bien de Heather à l'expérience de Kingdom, il se serait probablement trahi lui-même.

– Qu'est-ce que je dois faire? demanda-t-il en s'efforçant de ne manifester qu'une réserve bien naturelle.

– Etant donné les circonstances, je crois que seule l'hypnose peut nous être de quelque utilité. Elle lève les inhibitions et ramène dans le conscient la totalité des souvenirs.

– L'hypnose?

– Je comprends votre réticence mais vous devez savoir qu'elle est souvent très efficace dans ce genre d'applications. Vous êtes la seule personne à avoir parlé avec Heather dans les jours qui ont précédé sa disparition. Vous pouvez avoir oublié ou refoulé des détails cruciaux capables de nous faire comprendre ce qui a pu se passer.

Ou nécessaires à Kingdom pour se faire une idée du danger

que pouvait représenter Harry. Car Harry en était sûr, c'était pour Kingdom le seul intérêt que représentait pour lui cette expérience.

– Je ne sais pas, dit-il d'une voix hésitante. Cela semble une bonne idée à première vue, mais...

– Réfléchissez.

Kingdom sourit à Harry comme Harry ne doutait pas qu'il souriait à tous ses patients avant de leur extirper leurs secrets.

– Vous pourriez venir à mon cabinet la semaine prochaine. Le plus tôt sera le mieux mais je comprends que vous ayez besoin d'un délai de réflexion.

– En effet, je vais y réfléchir.

Et Harry se jura qu'il mettrait à profit ce délai pour réunir de quoi confondre ce médecin si sûr de lui. Mais pourquoi, si Zohra avait raison de penser que Kingdom les surveillait, faisait-il preuve d'autant de patience?

– C'est cela, monsieur Barnett, réfléchissez.

Le sourire plus large du docteur Kingdom n'apporta pas à Harry la réponse à ses questions.

– Je crois vraiment que vous comprendrez toute la sagesse de ma proposition. Dès que vous serez décidé, faites-le-moi savoir.

36

La nuit était déjà tombée lorsque Harry arriva à Weymouth. Il gara la voiture à une trentaine de mètres de l'entrée de Mallender Marine, attendit que sa montre indiquât 17 h 45, heure à laquelle il supposait que la plupart des employés seraient partis, puis il entra d'un pas décidé. Le long des couloirs chichement éclairés, il ne croisa qu'une femme de ménage qui ne fit pas attention à lui. Le bureau de Mossop était vide mais il ne devait pas être loin : sa veste était encore sur le dossier de son fauteuil et sa serviette sous le bureau. Harry s'installa derrière le bureau qui faisait face à celui de Mossop, observa le décor qui constituait autrefois son environnement pendant ses heures de travail : classeurs décrépits, placards surchargés, panneaux recouverts de cartes marines, bureaux jonchés de notes.

Dix ans avaient passé depuis son départ infamant de Mallender Marine, dix ans qui avaient mis un terme à sa longue familiarité avec ces lieux mais n'avaient pas réussi à assécher ses rancœurs; elles avaient simplement hiberné en attendant de pouvoir refaire surface. Avec ce que Kingdom lui avait appris, le moment était venu. Onze ans plus tôt, Roy Mallender avait été l'accusateur et Harry l'accusé. Maintenant les rôles étaient sur le point de s'inverser.

– Harry !

Mossop sursauta si violemment en entrant dans la pièce que presque tout le contenu de l'arrosoir qu'il était allé remplir se renversa par terre.

– P-Pour...

– Ferme la porte, Nige et assieds-toi. J'ai un mot à te dire.

Mossop réussit tant bien que mal à claquer la porte, il heurta un meuble de rangement avec l'arrosoir et s'affaissa dans son fauteuil.

– Si je, dit-il, si je... m-m'attendais à te r-revoir...

– Si tôt? dit Harry en reprenant sa vieille habitude de terminer les phrases de Mossop. Tu espérais t'être débarrassé de moi, hein?

– N-non... Pas... pas du tout.

– Allez, Nige. Tu pensais que tu t'en étais bien tiré.

– Je... je...

– Tu t'es cru très malin en m'emmenant seulement dans la New Forest. Tu pensais m'avoir fait croire que Heather y était allée avec toi uniquement pour avoir le plaisir de ta compagnie.

– N-non. Je n'ai j-jamais dit...

– Où est la preuve, Nige?

– Qu-quelle preuve?

D'un doigt tremblant, Mossop remonta ses lunettes sur son nez. Des gouttes de sueur perlaient sur son front, signe que lui au moins ne ferait jamais un bon menteur.

– Tu aimais bien Heather, n'est-ce pas? Ne fais pas ton timide. Tu voulais l'impressionner, c'est ça? Tu voulais lui montrer que tu étais plus qu'un type insignifiant relégué à un travail d'écritures, plus qu'un objet de risée pour son frère. Alors tu lui as montré quelque chose – un registre rangé quelque part et oublié dans les dossiers – qui prouvait que sa famille n'était pas d'une moralité aussi immaculée qu'elle le supposait.

Harry se pencha sur le bureau et planta ses yeux dans ceux de Mossop.

– Tu ferais mieux de me le dire, Nige. Je le découvrirai de toute façon.

– Quoi donc?

La voix était dure et tonitruante, tout de suite reconnaissable. Lorsque Harry leva les yeux, il vit Roy Mallender debout dans l'encadrement de la porte, habillé comme l'homme d'affaires respectable dont il voulait donner l'image, mais son regard glacé et sa poitrine bombée trahissaient une nature belliqueuse et agressive mal contrôlée.

– Salut, Roy.

Harry prit un ton aussi faussement aimable que possible en sachant pertinemment que cela le blesserait plus qu'une insulte.

– Tu travailles encore à cette heure-ci?

Un simple tressaillement trahit toute la rage de Roy. Il fit trois enjambées vers le bureau et souleva Mossop de sa chaise en l'attrapant par le col.

– Rentre chez toi, Nigel, cria-t-il. Et lundi matin, passe me voir dans mon bureau.

Nigel Mossop ne se le fit pas dire deux fois : il saisit au vol sa veste et sa serviette, et sortit précipitamment de la pièce. En le voyant partir, Harry eut pitié de lui. Peut-être avait-il été injuste. Peut-être aurait-il dû le ménager. En tout cas, le mal était fait. Il faudrait plusieurs jours avant que Mossop ne redevienne compréhensible et surtout communicatif.

Roy marcha jusqu'à la porte, la ferma d'un coup de pied et fit volte-face.

– Tu dois être plus bête que je ne le pensais pour débarquer ici comme ça, Barnett.

Harry était prêt à faire des concessions car il savait qu'il n'était pas tout à fait prêt pour cette confrontation. Il se leva et commença à marcher lentement vers la porte mais Roy se mit en travers.

– Bon Dieu, j'aurais mieux fait de t'achever à Rhodes, j'aurais rendu un fier service au monde.

De près, les traits gonflés et haïs de Roy rappelèrent à Harry une foule de mauvais souvenirs. Dieu sait combien il avait enduré de vexations et d'injustices. En regardant Roy, Harry songea que dix ans le séparaient des pires moments qu'il ait connus dans sa vie de par la faute de cet homme.

– Qu'est-ce que tu lui voulais à Nigel?

– C'est personnel.

– Rien de ce qui se passe ici n'est personnel.

Roy planta un index autoritaire dans la poitrine de Harry.

– Ce n'est pas la peine d'essayer de m'intimider, Roy. Je ne suis plus à ta solde.

Harry prit une profonde respiration. Un temps viendrait où il se vengerait de toutes les humiliations que cet homme lui avait fait subir, mais il devait attendre encore un peu.

– J'aimerais partir si tu veux bien.

Roy ne bougea pas. Pendant un instant, Harry pensa qu'il avait vraiment l'intention de finir ce qu'il avait commencé à Rhodes. Mais non : il prenait son temps parce que, comme tous les durs, il ne voulait jamais laisser à son adversaire le dernier mot.

– On t'avait prévenu, Barnett. Venir ici ce soir veut dire que tu n'en as pas tenu compte.

Sur ce, il s'écarta pour laisser passer Harry.

– Mais ne crois pas que tu t'en tireras comme ça. Tu le regretteras, crois-moi.

Harry n'en doutait pas. Mais chose étrange, en cet instant, il s'en moquait. Quelles que soient les mesures de rétorsion, il était sûr qu'elles viendraient trop tard pour l'arrêter. En sortant à grands pas du bâtiment, il se sentait porté par une confiance nouvelle qui l'étonnait lui-même. En dépit de toutes les embûches semées sur sa route, il avait réussi à démêler l'écheveau embrouillé de l'existence de Heather et il était trop près du but à présent pour abandonner. Il lui fallait juste encore un peu de temps et une lueur de compréhension.

37

A midi sous un ciel gris, Harry et Zohra étaient assis sur un banc dans le cimetière de Kensal Green. Les tombes penchées et les mausolées d'une nécropole victorienne au toit défoncé étaient répartis le long d'allées envahies par les mauvaises herbes et frangées de mousse. A une trentaine de mètres devant eux, il pouvait voir la petite silhouette courbée de Mme Tandy qui nettoyait la plaque de marbre sous laquelle son père, sa mère, plusieurs oncles et tantes et deux de ses grands-parents avaient été enterrés successivement depuis le début du siècle. Aucune autre âme vivante n'était en vue dans le périmètre des tombes à l'abandon. A l'abri des oreilles indiscrètes, c'était l'endroit idéal pour la discussion que Harry et Zohra tenaient.

Pendant que Mme Tandy, qui avait exprimé avec une grande volubilité sa reconnaissance d'être conduite en voiture au cimetière, s'affairait à remplir des vases pour les fleurs qu'elle avait achetées en chemin, Zohra avait raconté à Harry tout ce qu'elle avait appris par les secrétaires de l'institut Versorelli. Le docteur Kingdom était arrivé à Genève le vendredi 4 novembre. Ce soir-là, il avait dîné avec le directeur de l'institut. Le lendemain, il avait assisté à une réunion, après quoi on ne l'avait revu que le lundi 7 novembre dans l'après-midi. Il avait eu le temps par conséquent de faire une visite éclair à Rhodes, le dimanche 6 novembre. Zohra avait contacté les lignes aériennes et appris que c'était faisable. Puis le docteur Kingdom avait eu une série d'engagements à l'Institut jusqu'au jeudi matin 10 novembre. Il s'était de nouveau absenté pour rentrer le samedi 12 novembre, à temps pour déjeuner avec les médecins consultants. Les secrétaires n'avaient rien trouvé d'étrange à cet emploi du temps. Le docteur Kingdom pouvait user de son temps libre comme bon lui semblait. Pour Harry et Zohra, ces absences prenaient une signification particulière car ils savaient où Kingdom s'était rendu durant le premier intervalle de quarante-huit heures et ils devinaient que c'était là qu'il était retourné la seconde fois. Quant à ce qui l'avait attiré là-bas et ce qu'il y avait fait, ils n'avaient pas de preuve mais des soupçons à la pelle. Ils savaient déjà qu'il avait pu se trouver à Rhodes, et même sur les pentes du mont Prophitis Ilias, le jour de la disparition de Heather. Cela leur suffisait.

L'attitude même de Kingdom ne pouvait que renforcer leurs soupçons. Zohra le trouvait de plus en plus secret : il travaillait chez lui et lui confiait de moins en moins de choses à faire. La semaine précédente, il avait redoublé de vigilance comme s'il avait deviné ou découvert que Zohra avait vérifié son emploi du temps. Pourtant elle était sûre que les secrétaires de l'institut Versorelli ne l'avaient pas mis au courant de sa démarche auprès d'elles. Zohra s'était renseignée avec naturel. Personne n'aurait pu se douter qu'elle agissait pour son propre compte. Quant à Harry, après sa rencontre avec Kingdom à Kew Gardens, il était plein d'admiration pour son habileté mais certain de sa duplicité. L'offre de soumettre Harry à des séances d'hypnose attestait l'une et l'autre. Si Harry refusait, il montrerait qu'il n'avait pas confiance en Kingdom. S'il acceptait, il pourrait révéler bien davantage. Mais il lui faudrait bientôt donner une réponse. Zohra et Harry devaient en savoir plus sur lui pour le bien de Heather et peut-être même pour leur propre sécurité. Il n'était plus temps de se perdre en conjectures ; il fallait à présent quelque chose de plus substantiel.

– Il y a un moyen de savoir à quoi s'en tenir sur le docteur Kingdom, dit doucement Zohra, après qu'ils eurent gardé le silence un moment pour réfléchir chacun de leur côté à ce qu'ils pourraient faire. Cela fait quelques jours que j'y pense. En fait, depuis que j'ai appris les dates de ses absences de Genève.

– C'est quoi ?

– Eh bien, comme je vous l'ai dit, il garde tous les dossiers de ses patients dans une armoire fermée à clef qui se trouve dans son bureau. Je n'y ai pas accès en temps normal, mais j'ai remarqué qu'il la laisse souvent ouverte pendant la journée et même quand il s'absente quelques minutes. Je pourrais peut-être...

– Examiner les fiches sur Heather ?

– Ou les photocopier, dit Zohra, le visage sombre tout à coup.

Ce serait risqué. Téléphoner à l'institut Versorelli, c'est une chose, mais fouiller dans une armoire où je n'ai rien à faire en est une autre. S'il revenait à l'improviste et qu'il me surprenne...

Il n'était pas nécessaire de préciser. Zohra risquait sa place et, si le docteur Kingdom était aussi dangereux qu'ils avaient commencé à le soupçonner, elle courrait un réel danger. Harry ne pouvait pas accepter qu'elle prenne ce risque.

– Etes-vous certaine que ce que nous découvririons justifie de vous mettre dans une situation aussi périlleuse?

– Non. Mais le fait qu'il a cessé de me donner à taper les notes qu'il prenait sur Heather me fait penser qu'elles doivent contenir quelque chose qu'il veut cacher. Si j'ai raison...

– Si vous avez raison, ce pourrait être une cause valable pour que je joue au voleur.

– Comment vous y prendriez-vous?

– J'irai là-bas à la nuit venue. Je forcerai le meuble.

Zohra fronça les sourcils.

– Il comprendra tout de suite ce qui est arrivé. Ce que je propose peut nous permettre d'avoir ses notes sur Heather sans qu'il se doute de rien.

Zohra avait raison. Sa méthode était préférable à un cambriolage maladroit. Pourtant Harry ne pouvait pas supprimer un sentiment de révolte à l'idée qu'elle allait frôler un danger alors qu'il attendrait à l'abri.

– Je ne suis pas sûr de pouvoir vous laisser faire ça. C'est trop vous demander.

– Mais vous ne me le demandez pas. C'est Heather.

Ses yeux noirs se posèrent sur lui, lui donnant, s'il en était besoin, la preuve de sa sincérité.

– De plus je connais les habitudes du docteur Kingdom mieux que personne. Il n'y a pas de raison que ça se passe mal.

– Quand essaierez-vous?

– Dès que les circonstances seront favorables.

– Et vous ne prendrez pas de risques inutiles?

– Non. Ne vous inquiétez pas.

– C'est plus fort que moi.

Un rapide sourire éclaira le visage de Zohra.

– Eh bien, c'est déjà ça de savoir que quelqu'un se fait du souci pour moi. En fait c'est une sensation plutôt agréable.

Elle regarda au loin.

– Je crois que Mme Tandy a fini. Nous allons la rejoindre?

Sans plus protester, Harry suivit Zohra le long d'un étroit

chemin qui se faufilait entre le fouillis des tombes vers la concession de la famille de Mme Tandy où la vieille dame attachait des tiges de fleurs fanées. Tout en marchant, Harry se dit que Heather, quelles que soient ses infortunes par ailleurs, avait été plus heureuse en amitié que lui ; personne, il en était certain, dans des circonstances semblables, n'aurait fait pour lui ce que Zohra était prête à faire pour Heather.

– Je vous appellerai dès que j'aurai quelque chose, dit-elle comme ils passaient entre des monuments aux morts d'une autre génération.

– J'attendrai de vos nouvelles avec impatience, répondit Harry. J'espère...

Brusquement, il se tut. Quelque part sur sa gauche, il avait entendu un petit bruit sec. Cela aurait pu être un écureuil craquant une noix sans le léger timbre mécanique qui faisait terriblement penser au déclic d'un appareil photo. Il fit volte-face et vit au milieu des tombes, à moins de vingt mètres, un homme serré dans un imperméable qui abaissait un appareil photo le long de son corps. Harry, à l'instant où il le reconnut, fut frappé d'horreur. C'était l'homme du train à Reading, l'homme qui lui avait souhaité bonsoir en grec à la station Warwick Avenue.

– Qu'y a-t-il? demanda Zohra en remarquant sa pâleur soudaine.

Harry ne put répondre. Cet inconnu pauvrement mis dont le sourire insipide aurait convaincu n'importe qui qu'il était absolument inoffensif avait le don de lui communiquer une peur paralysante. C'était irrationnel mais incontournable. Et chaque fois, c'était pire.

– Mais qu'y a-t-il? répéta Zohra.

– Bonjour, dit l'étranger d'une voix flûtée qui était comme Harry aurait pu le prévoir celle d'un nigaud à qui personne ne prêterait attention. Les monuments funéraires ont beaucoup de charme, n'est-ce pas? Et ils sont très photogéniques.

– Oui, répondit Zohra.

Harry comprit qu'elle s'était laissé prendre aux apparences.

– Vous venez souvent ici?

– Aussi souvent que j'en ressens le besoin. On peut dire que je hante littéralement ce lieu.

Cela aurait pu être la blague d'un amoureux des cimetières. Harry savait que lui seul pouvait percevoir le sous-entendu.

– Excusez-moi, je dois prendre quelques photos tant qu'il y a de la lumière.

Sur ce, il pivota et se dépêcha de partir, sa silhouette grise disparaissant parmi la forêt de croix et de colonnes brisées.

Zohra toucha le coude de Harry comme pour essayer de le sortir d'une transe.

– Ça va? dit-elle, manifestement troublée par sa réaction.

– Oui, oui.

Il prit une profonde respiration, força ses muscles tendus à se détendre.

– Je suis désolé, c'est juste ce... J'aurais juré que j'avais déjà vu cet homme.

– Où?

– Dans le train, quand je vous ai quittée la semaine dernière.

– C'est possible. Il habite probablement dans le coin. Quel est le problème?

– Vous ne pensez pas que c'était plutôt nous qu'il photographiait?

– Il m'a paru honnête. Les cimetières attirent les photographes amateurs.

Harry n'essaya pas de discuter. Il savait que l'incident était assez banal pour tout autre que lui. Reading, Oxford, Haslemere, Kensal Green : on le suivait à la trace. On prévoyait chacun de ses mouvements. Il aurait dû le dire à Zohra. Il aurait dû l'informer des pièges qui les attendaient. Mais s'il lui en parlait maintenant, le croirait-elle? Et si elle le croyait, oserait-elle encore prendre le risque de chercher des preuves de la culpabilité de Kingdom? Face à tant d'incertitudes, il n'avait qu'une solution : reprendre le contrôle de lui-même et tenir sa langue.

– Et même si l'on nous prenait en photo, poursuivit Zohra, qu'est-ce que cela prouverait?

– Je ne sais pas.

Il se tourna vers elle et lui sourit.

– Rien, sans doute. Vous avez raison. Oublions cette histoire.

Mais une voix intérieure lui disait de faire exactement le contraire. Grave cet instant dans ta mémoire, lui dictait-elle. Enregistre-le fidèlement afin d'être en mesure, lorsque tous ces incidents auront fini par aboutir au moment décisif que tu attends autant que tu le redoutes, de nommer l'heure et le lieu où tu as réussi enfin à surmonter ta peur.

Le sang-froid que Harry avait recouvré ne lui servirait peut-être à rien mais cela aurait au moins l'avantage de le soutenir jusqu'au bout, quoi qu'il arrive et où que ce soit.

38

– Il faut regarder les choses en face, dit Jackie avec un sourire malicieux en tendant à Harry une tasse de café tandis que son genou effleurait sa cuisse, on est trop vieux pour prendre un nouveau départ dans la vie.

– Je pensais que ton retour à Swindon était une façon de repartir de zéro, répondit Harry en prenant la tasse et en reculant dans le coin du canapé.

– Pas du tout.

Le sourire, un moment figé, disparut. Jackie alluma une cigarette, exhala la première bouffée vers le plafond garni de spots puis elle se laissa aller sur les coussins.

– Ce n'est pas du tout pour ça, ajouta-t-elle.

– Je suis désolé d'avoir manqué ton mari.

Harry ne savait pas pourquoi il se donnait la peine de dire ce genre de choses. A en juger par la maison au luxe tapageur qu'il avait achetée dans la banlieue sud-est de Swindon et l'expression combative dénuée de charme qu'il exhibait sur ses photos de mariage, Tony Oliver, entrepreneur et athlète, n'était pas quelqu'un que Harry avait envie de rencontrer. Mais il était clair que son voyage d'affaires imprévu à Francfort laissait pour sa femme, sujette à l'ennui, un vide à remplir. Harry avait l'impression gênante que Jackie voyait en lui un bon moyen de passer le temps. Déjeuner et bavarder poliment de tout et de rien semblait de moins en moins ce qu'elle avait eu à l'esprit en l'invitant.

– Il doit s'absenter souvent?

– Au moins une fois par mois.

– Ce doit être ennuyeux.

Jackie jeta sur Harry un regard las disant qu'elle s'était attendue de sa part à mieux qu'à des banalités.

– Toi, tu n'as jamais pensé à te marier?

– Si, j'y ai pensé. C'est justement pour ça que je suis resté célibataire.

Jackie éclata de rire.

– J'aurais dû faire comme toi.

– Pourtant le mariage t'a plutôt gâtée, on dirait, dit Harry avec un geste du menton en direction du salon tapissé d'une moelleuse moquette crème. On est loin de la boutique de quincaillerie que ton père tenait dans Wood Street.

– Ça ne m'étonne pas de toi que tu te souviennes de ça.

– On a fait un bon bout de chemin ensemble, Jackie, tu l'as dit toi-même.

Cela devait être en 1968, au printemps, à peu près à l'époque où Ramsey Everett s'était tué en tombant d'une fenêtre d'un collège d'Oxford que Jaqueline Fleetwood, arborant de longs cheveux blonds et des jupes criminellement courtes, avait commencé à l'âge de dix-neuf ans à déployer à Barnchase Motors ses charmes inversement proportionnels à ses talents de secrétaire. C'est Harry qui l'avait engagée et de ce fait, il portait une part de responsabilité dans la relation qui s'était nouée entre elle et son coureur d'associé.

– Tu as des nouvelles de Barry? dit-il en prenant conscience une seconde trop tard de l'indélicatesse de sa question.

– Non.

Jackie sourit et son visage parut prendre une expression mélancolique.

– Nous nous sommes complètement perdus de vue. Au moment du divorce, il s'était lancé dans une affaire de multipropriété dans les îles Canaries. Il y a cinq ans de ça. Depuis, néant.

Elle dit cela avec l'air de s'en moquer. Harry reconnut à part lui qu'elle avait beau friser la quarantaine, elle était aussi attirante qu'à dix-neuf ans. Le pull moulant en cachemire, la jupe courte et les longues jambes lui en donnaient la preuve.

– Et toi, Harry? Qu'est-ce que tu fabriques depuis que tu es rentré?

– Pas grand-chose. J'essaie encore de m'acclimater.

– Tu as revu Alan Dysart?

Surpris par la question, il répondit malgré lui :

– Euh, oui, je l'ai vu.
– Vous êtes toujours en bons termes, alors?
– Oui.
– C'est ce que je pensais.
Jackie se pencha en avant pour boire son café, elle fit glisser d'un air pensif son index à l'ongle rouge vif autour de la soucoupe puis s'appuya sur les coussins et tira longuement sur sa cigarette.
– Tu as de la chance d'avoir un ami aussi influent.
– Oui.
– Tu penses qu'il se souviendrait de moi?
– Oui, certainement.
Jackie cessa de regarder le plateau en verre de la table basse pour reporter son regard sur Harry qu'elle dévisagea un moment d'un air pensif.
– Tu pourrais peut-être nous présenter, dit-elle enfin.
– Pardon?
– Arranger une rencontre entre Alan et moi.
Qu'est-ce que Jackie mijotait? Harry avait du mal à croire, même venant d'elle, que la réponse était ce qu'il était tenté de conclure. Son second mari était-il déjà bon à mettre au rancart? Avait-elle invité Harry à déjeuner en son absence pour qu'il la mette sur la voie d'un avenir brillant en l'aidant à devenir l'épouse ou la maîtresse d'un homme célèbre?
– Barry n'aimait pas Alan, ajouta-t-elle. Il n'avait pas confiance en lui. Je ne sais pas pourquoi. J'avais l'impression qu'il s'était passé quelque chose entre eux mais je n'ai jamais su ce que c'était. Enfin, c'est le problème de Barry, hein? Ça ne nous concerne pas.
– Non, dit Harry indécis.
– Alors tu pourrais arranger quelque chose?
– Je ne sais pas.
– Ce ne devrait pas être très difficile.
Elle fit passer sa cigarette dans sa main droite et fit glisser la gauche sur les coussins dans sa direction.
– Je te le rendrais bien.
Son sourire qui s'élargissait lentement et la proximité de ses ongles carmin laissaient suggérer que sa gratitude n'aurait pas de bornes.
– Tu peux me croire.
Avant le repas, elle avait fait faire à Harry le tour du propriétaire, toute fière du luxe de son intérieur. Il repensa à la

chambre du maître agrémentée d'un épais tapis et de miroirs. Pendant l'espace d'un instant, il vit Jackie étendue en travers du lit, nue, la main tendue vers lui pour l'inviter à la rejoindre. A ce moment précis, la sonnerie du téléphone se déclencha comme celle d'un énorme réveil.

– Oh zut, excuse-moi! C'est peut-être important.

Jackie traversa rapidement la vaste étendue du salon pour aller répondre, ses longues jambes frottant légèrement l'une contre l'autre, sa jupe épousant une chair ronde et ferme. Harry se sentit plus soulagé que déçu par cette interruption.

– Allô?... Qui?... Oh, je vois... Ne quittez pas...

Elle revint vers le canapé en portant le téléphone.

– C'est pour toi, Harry, dit-elle avec une moue de dédain. C'est ta mère.

La proposition de Jackie ne serait pas, semblait-il, la seule surprise de la journée.

– Allô, maman?

– C'est toi, Harold?

– Oui, bien sûr, c'est moi.

– Est-ce que tu peux rentrer tout de suite?

– Mais je...

– Il y a un jeune homme ici qui veut te parler de toute urgence.

Elle baissa la voix et ajouta dans un murmure :

– Il a l'air complètement affolé, Harold. Il refuse de partir sans te voir.

– Comment s'appelle-t-il?

– Il bégaie tellement que je n'ai pas bien compris.

– Je serai là dans dix minutes. Ne le laisse pas partir.

– C'est important, alors?

– Oui, je crois.

39

Le thé fort dans lequel Harry avait versé subrepticement une dose de whisky semblait avoir un effet apaisant sur Nigel Mossop. La sueur avait cessé d'inonder son visage, son bégaiement s'était stabilisé et ses membres avaient perdu leurs mouvements saccadés. Harry, assis en face de son visiteur dans la pénombre rassurante du petit salon, attendait patiemment qu'il soit redevenu suffisamment maître de lui, sinon de sa destinée. Finalement sa patience fut récompensée.

– D-désolé de faire irruption ch-chez toi,... Harry.

C'était sa première remarque cohérente depuis que Harry était arrivé.

– C'est moi qui m'excuse, Nige, de t'avoir mis dans de sales draps avec Roy.

– J'aurai d-dû... me d-défendre.

C'était une proposition tout à fait irréaliste mais ce n'était pas le moment de rappeler à Mossop ses faiblesses.

– C'est peut-être ce que tu fais en venant ici.

– J'-j'espère bien. Tu vois... si je r-retourne demain... il va m'in-m'interroger... et tu le sais... si Roy me m-menace, et il le fera, je n'aurai j-jamais le... cou-courage de te parler.

Chose curieuse, le courage était justement ce dont Mossop faisait preuve à présent, un courage frisant la témérité comparé à son passé de timide prêt à toutes les bassesses.

– Ne t'inquiète pas pour Roy. J'irai le voir.

– Je v-voudrais... b-bien te croire.

– Mais pourquoi es-tu venu?

– Eh bien, j'ai ré-réfléchi... depuis que Roy m'a jeté d-dehors vendredi... En fait, Harry... j-je dois te dire...

Tous les muscles de Mossop étaient tendus à l'extrême. Ses yeux brillaient comme un sémaphore envoyant des signaux de détresse. Mais, en même temps, il y avait en lui une détermination farouche dont Harry ne l'aurait jamais cru capable.

– Je suis v-venu... pour te dire la v-vérité... je le dois à... Heather, Harry... T-tu comprends?

– Oui, Nige, je comprends. Pourquoi ne pas commencer par le commencement?

– Comme toutes les b-bonnes histoires... tu veux dire?

Mossop essaya de sourire.

– Eh bien v-voilà, ... tu avais rai-raison... à propos d-de Heather... Je l'aimais... b-beaucoup. On ne rencontre pas s-souvent des gens gentils... v-vraiment gentils... Mais Heather, elle, c'était une chic fille. Elle est arrivée dans la s-société en avril... On p-partageait le même bureau... Je m-me suis mis à l'aimer... c-comme un fou... mais je savais... qu'elle m'ai-m'aimait juste comme un co-copain... je s-savais qu'elle avait juste p-pitié de moi.

Il inclina la tête un instant puis, plus calme, reprit :

– Ne t-t'inquiète pas, Harry. Ce n-ne sera pas une... histoire à l'eau de rose. Est-ce qu'on avait dé-déjà loué Cambridge Road... quand t-tu étais là?

Par Cambridge Road, Mossop voulait parler d'un petit entrepôt dans la zone industrielle, juste à la sortie de Weymouth, que Mallender Marine avait acquis sur l'initiative de Roy pour augmenter les capacités d'entreposage. A l'époque, Harry avait mis en doute sa viabilité mais on ne l'avait pas écouté.

– Oui, Nige, je m'en souviens.

– Eh bien, on s'y est cram-cramponnés... même si, autant que je sache, on n'en avait p-pas besoin.

Harry devinait pourquoi : reconnaître ses erreurs n'avait jamais été le fort de Roy.

– Il sert de d-décharge maintenant... pour les machines cacassées et les vieilles écritures que p-personne n'a envie de trier... C'est un vrai... ca-capharnaüm.

– J'imagine.

– Personne n'y va jamais. Mais l'été d-dernier..., tu sais comme c'est, on tra-travaille moins... A la fin d-du mois de juillet, Pickard a eu une b-bonne idée.

Mossop fronça les sourcils.

– Tu te souviens de Pickard?

Pickard était un bon à rien mais assez flagorneur pour se faire bien voir de Roy Mallender. Il avait été nommé chef de bureau peu avant que Harry ait été congédié.

– Comment pourrais-je l'oublier?

– Eh bien, il a décidé qu'il fallait trier les r-registres qui se trouvaient à Cambridge Road. Et il a désigné... Heather et moi pour ce travail. Alors... on y est allés. C'était v-vraiment chouette... Juste nous deux à fouiller dans de vieux papiers... sans personne sur notre dos. Presque tout était bon à jeter. Il y avait des pa-paperasses qui avaient des années. J'ai même vu des notes de ta main, Harry. Cela m'a-m'a poussé à dire à Heather de quelle f-façon Roy s'y était pris p-pour te mettre à la porte, juste parce qu'il ne p-pouvait pas te sentir. L'idée que son frère pouvait se conduire... comme ça... l'a ch-choquée. Mais elle a eu un choc encore plus grand a-après. Parmi les papiers plus récents... il y avait une pile de d-dossiers de l'année dernière sur le contrat Phormio. Phormio est une sorte de zone d'aménagement de la marine à P-Portland. Strictement top secret. Mais en fait... il n'y avait rien de secret dans le dossier, juste des d-détails... sur l'offre de Mallender Marine pour fournir une partie de... l'électronique. Rien... de spécial. Nous avions obtenu le contrat. Un des plus lucratifs d-depuis des années... Mais là n'est pas l-la question. Parmi les documents... j'ai d-découvert des mémos échangés entre Roy et Charlie pour fixer leurs prix... Et sur l'un d'eux, Roy avait ajouté une note à la main... m-montrant clairement... qu'il y avait eu...

– Un dessous-de-table?

– Oui. Enfin... n-non... pas un de-dessous-de-table, plus grave.

– Corruption?

Mossop rougit sous l'effort qu'il devait faire pour s'exprimer.

– Oui, co-corruption, ça ne pouvait pas être autre chose. Le mémo était d-daté du 22 juin... et l'offre devait être soumise à la fin du mois. Au-dessus du prix f-fixé pour chaque partie du contrat... Roy avait écrit un mot à son père d-daté du 23 juin, juste avant d-d'envoyer le mémo... je suppose.

– Qu'est-ce qu'il avait écrit?

Mossop réussit un sourire.

– C'était assez court p-pour que je m-me souvienne de chaque mot. « Ces prix, il était marqué, nous placeront d-devant tous nos concurrents dans la plupart des catégories d'après... d'après... »

– D'après qui, Nige?

– Il y avait juste... juste des initiales, Harry, c'est tout... Ça ne me disait rien... sauf que c-ce n'était pas les initiales de quelqu'un de la compagnie. Un informateur, j'ai pensé... J'ai montré le m-mémo à Heather parce que je voulais noircir Roy le plus possible... c'est tout ce-ce que je voulais... Je déteste Roy... je voulais que Heather le déteste aussi... Mais elle a reconnu les initiales, Harry... Elle a compris qui c'était... et l'importance d-de ma découverte... Si j'avais su, je ne le lui aurais j-jamais montré.

– Quelles étaient les initiales, Nige?

En guise de réponse, Mossop débita de mémoire sans un accroc la note que Roy Mallender avait écrite à son père :

« Ces prix nous placeront devant tous nos concurrents dans presque toutes les catégories d'après A.D. »

Harry accusa le coup. A.D. ne pouvait être autre qu'Alan Dysart, membre du Parlement, sous-secrétaire d'Etat au ministère de la Défense, héros de guerre décoré, cible des terroristes, ami charitable... Et laquais des Mallender. Vingt-trois jours après que la fille de Charlie Mallender eut été tuée sur son yacht, Dysart avait passé des secrets commerciaux au fils de Charlie Mallender. Personne ne pouvait être mieux placé pour faire gagner ce contrat à Mallender Marine que l'homme qui était à la tête des fonctionnaires chargés de les attribuer. Mais pourquoi? Pourquoi risquer ainsi sa réputation? Un vague sentiment de culpabilité dans la mort de Clare Mallender ne pouvait suffire à expliquer un tel geste. Il devait y avoir autre chose.

– Je vois que tu reconnais les initiales, poursuivit Mossop. Alan Dysart, le po-politicien. Heather m'a dit tout de suite que ça d-devait être lui. L'homme pour qui sa sœur travaillait. J'étais aba-ba-sourdi. Je savais... je savais que Dysart avait s-servi avec Charlie dans la marine et avait fait à la société une ou deux f-faveurs, mais pas ce genre de choses. C'était... incompréhensible.

– Qu'a dit Heather?

– C'était le plus bi-bizarre. On aurait dit que ça-ça confirmait quelque chose pour elle. Je ne sais pas quoi exactement, mais cela avait un rapport avec sa dépression. Elle a dit que ça p-prouvait qu'elle avait eu raison à propos de sa sœur. Elle n'a pas voulu en dire plus... Elle pensait que c'était mieux pour moi de ne pas savoir.

Qu'est-ce que Heather avait pu déduire de cette note? Cela

devait avoir un rapport avec sa conviction que Clare était enceinte au moment de sa mort, conviction que d'autres avaient mise sur le compte d'un symptôme dépressif. Et par hasard, voilà qu'elle découvrait dans les archives la preuve que Dysart avait acheté le silence de sa famille, moins d'un mois après la mort de Clare. Pour quelle raison Dysart aurait-il eu besoin d'acheter leur silence si ce n'est parce qu'il était le père de l'enfant que portait Clare? Heather ne pouvait pas savoir à ce moment-là que les choses n'étaient pas aussi simples.

– Qu'est-ce que tu as fait de cette note, Nige?

– J'aurais... j'aurais voulu... la dé-détruire. Mais Heather a décidé d'aller demander des explications à Roy. Pour lui prouver, je suppose, qu'elle n'était pas si folle que ça de p-penser ce qu'elle pensait sur sa sœur. Après, elle a cessé de venir. On m'a dit qu'elle était m-malade. Roy m'a fait venir dans son bureau et il m'a dit que j'avais été pr-promu. Je ne c-comprenais pas pourquoi. Il n'a pas p-parlé... de ce que nous avions trouvé. Il a dit qu'il me récompensait pour mes bons et loyaux services. On voulait me-me faire taire... bien sûr... je le savais... Mais que p-pouvais-je faire? Sans Heather... et la preuve... que pouvais-je faire?

– Rien, Nige, continue. Que s'est-il passé ensuite?

– Eh bien, Heather est revenue d-dix jours... après. Elle semblait très... d-docile... Elle n'a pas reparlé de ce qui s'était passé. Elle me p-parlait à peine. J'ai p-pensé... qu'elle ne voulait pas d-discuter de cette affaire avec moi, aussi je n'ai pas insisté. Mais un vendredi à la fin du mois d'août... elle m'a invité à p-prendre un pot avec elle après le travail. C'était la première fois que nous étions seuls ensemble... depuis Cambridge Road. C'est là qu'elle m'a raconté... ce qui s'était passé avec Roy quand elle lui avait montré le mémo. Il l'a emmenée tout de suite chez le vieux et ils l'ont p-persuadée de le leur rendre. Ils lui ont dit qu'elle interprétait mal la situation, qu'elle ne comprenait rien aux affaires, et devait faire sortir cette histoire de sa tête, sinon... si elle r-racontait n'importe quoi, les gens pen-penseraient qu'elle était folle. Elle a accepté... parce qu'elle avait peur qu'ils la f-fassent interner. Mais elle avait d-décidé de mener sa propre enquête... quand les choses se seraient calmées, sans refaire l'erreur d'en parler à sa famille. Elle m'a demandé de la c-conduire à Tyler's Hard pendant le week-end. Je crois qu'elle avait vu la f-femme de ménage de Dysart à l'enterrement de Clare et qu'elle voulait vérifier quelque chose que cette femme avait dit. Roy et Ch-Charlie devaient penser qu'ils l'avaient suffisamment effrayée et qu'elle s-se tiendrait à carreau, mais... ils se trompaient, Harry. Elle était plus d-décidée que jamais. On aurait dit qu'elle partait en croisade. J'ai bien vu que c'était inutile d'essayer de l'arrêter. Alors le d-dimanche, je l'ai conduite à Tyler's Hard comme je te l'ai dit. Elle ne m'a plus rien demandé après ça. Elle a soutenu... que c'était mieux pour moi de ne pas savoir ce qu'elle faisait et que comme ça, je p-pourrais dire que je ne savais rien.

– C'était un bon conseil, Nige.

– Mais toi... tu as dé-découvert ce qu'elle cherchait, n'est-ce pas, Harry ?

– Oui.

La séquence était complète, en effet. Roy et Charlie avaient dit à Heather qu'elle se trompait si elle pensait que Clare était enceinte au moment de sa mort et qu'elle était folle d'imaginer qu'on avait pu l'assassiner. Mais leur réaction devant la preuve déterrée par Mossop l'avait confirmée dans son raisonnement. Au début, elle avait dû soupçonner Dysart. Puis à un moment donné, quand elle était allée de Mme Diamond à Willy Morpurgo, de Cyril Ockleton à Rex Cunningham, la cible avait pris le nom de Jack Cornelius. Heather avait dû se dire que la corruption à Mallender Marine était une fausse piste. Il y avait eu ensuite le témoignage du révérend Waghorne apportant la preuve que Clare attendait un enfant de Jack Cornelius. Heather avait vu Waghorne le 18 septembre. Pourtant, Kingdom avait affirmé que, le 11 octobre, Heather avait reconnu qu'elle avait fait fausse route. Une cure de repos à Rhodes était à l'ordre du jour. Comment expliquer un tel revirement ?

– Dis-moi, Nige, quand as-tu vu Heather pour la dernière fois ?

– Eh bien, quand elle a quitté Mallender Marine... au début du mois d'octobre. Je ne me souviens pas d-de la date exacte, mais ce d-devait être dans la première semaine d'octobre.

Soudain Harry se rappela les propos de Marjorie Mallender à propos du départ de sa fille de la société familiale. « Elle a fait une rechute en octobre... c'est pour ça qu'elle a quitté Mallender Marine. »

Mais quelle rechute ? Kingdom n'en avait jamais parlé. Etrange rechute que celle qui reste ignorée du médecin. Et après le presbytère de Flaxford, Heather avait pris en photo un bâtiment qui ressemblait fort à un hôpital : il y avait des panneaux, des voitures garées, des allées... Harry aurait dû y penser plus tôt! Il sortit en hâte les photos de sa poche, chercha fébrilement celle qu'il voulait, alluma la lampe à côté de son fauteuil et regarda de plus près. Ce n'était pas n'importe quel hôpital. Il y avait des barreaux aux fenêtres.

Moins d'une heure plus tard, ils y étaient. La Vauxhall qui était dans un bon jour avait avalé la M 4 à un train d'enfer. L'hôpital de Challenbroke était une construction austère en brique rouge édifiée sur un terrain boisé dominant la Tamise, à l'est de Maidenhead. Visites sur rendez-vous uniquement, disait la pancarte au bout de l'allée. Mais Harry n'avait pas besoin d'entrer. Même à une distance de plusieurs centaines de mètres, il pouvait voir que l'hôpital de Challenbroke était le sujet de la douzième photo.

– Pourquoi... pourquoi sommes-nous venus ici? dit Mossop.

– Parce que c'est avec ça qu'ils sont arrivés à dompter Heather. C'est de ça qu'ils l'ont menacée. Ils lui ont promis de la faire enfermer ici si elle n'admettait pas qu'elle avait tout inventé. Si tu crois ça, alors tu es folle et nous serons obligés de t'interner, ma fille, voilà ce qu'ils ont dû lui dire. Et elle a eu raison de les croire.

– Je ne c-comprends pas.

– Cela ne fait rien, Nige. Comme Heather te l'a dit, cela vaut mieux pour toi.

La grisaille de l'hiver rendait le site encore plus sinistre. Sur la photo, on pouvait voir qu'il faisait gris aussi le jour où Heather était venue voir ce qui l'attendait si elle persistait à chercher la vérité.

– Je leur ferai payer ça, murmura Harry. Je le jure.

– Hein?

– Rien, Nige.

– M-mais... qu'allons-nous faire maintenant?

Harry tapota l'épaule de Mossop dans un geste de réconfort.

– Nous n'allons rien faire. Tu vas rentrer chez toi et si tu veux mon avis, demain, fais-toi porter malade. Cela nous donnera quelques jours de répit. Va à la pêche. Lis un bouquin. Va au cinéma. Fais ce qu'il te plaît mais ne retourne pas à Mallender Marine avant d'avoir de mes nouvelles.

– Ce s-sera quand?

– Dès que Dysart m'aura donné sa version des faits. Je lui dois beaucoup. Mais cette fois, c'est lui qui me doit quelque chose.

40

Quarante-huit heures s'étaient écoulées avant que Harry se soit vu accorder une petite place dans l'emploi du temps surchargé de Dysart où se succédaient réunions et discours à un rythme trépidant. Mais, derrière le sbire en costume noir finement rayé de blanc qu'il suivait le long des couloirs rectilignes du ministère de la Défense, il avait l'impression d'être porté en avant par un mouvement d'accélération de l'histoire comme si aucun retard, aucun obstacle ne pouvait plus l'arrêter. Dans ce lieu où il aurait dû se sentir particulièrement mal à l'aise, où le bruissement des portes et les échanges à mi-voix étaient les symboles d'un pouvoir rarement utilisé mais tout-puissant, susceptible de se retourner contre lui, une détermination farouche et une énergie grisante l'habitaient tout entier. Cette sensation qui arrivait si tard dans sa vie devait, se dit-il, ressembler à ce qu'éprouvent les hommes chargés d'une mission.

Harry traversa une salle d'attente, rencontra un secrétaire aux manières affectées, puis il entra dans une autre pièce où présidait cette fois un fonctionnaire froid et distant, et enfin, ce fut « le bureau de M. Dysart », lambrissé de bois sombre, tapissé d'une moquette foncée, avec des plateaux en teck recouverts de piles de papiers, des livres montant jusqu'au plafond derrière des panneaux vitrés, la note grave d'une pendule ancienne et trois grandes fenêtres d'où l'on pouvait voir le crépuscule se posant doucement sur Londres et un chapelet de points lumineux sous un voile de bruine.

– Bonjour, Harry.

La poignée de main était aussi ferme qu'à l'habitude, le sourire aussi chaleureux. Seuls les cernes gris et le regard quelque peu irrésolu pouvaient faire penser qu'il devinait ce que Harry était venu lui dire.

– Je suis désolé de n'avoir pu te recevoir, hier. Il y a eu toute la journée des débats importants auxquels je me devais d'assister.

– Ça ne fait rien.

– Mais j'ai compris que c'était urgent.

D'un mouvement des sourcils, Dysart invita Harry à le démentir s'il se trompait.

– Assieds-toi. Tu veux boire quelque chose?

– Non, merci.

Harry voulait rester sobre. Il se laissa tomber dans un fauteuil et sentit aussitôt la richesse du cuir l'envelopper.

– Tu m'avais demandé de te prévenir dès que j'aurais du nouveau, commença-t-il d'un ton mal assuré.

– Sur ce bon docteur Kingdom?

– Non. Pas sur Kingdom. Pas encore, en tout cas. Je suis tombé sur... quelque chose d'autre.

– Si cela concerne Jack Cornelius...

– Non. C'est à propos de...

Harry fixa son regard dans le fond de la pièce où le mur était presque entièrement caché par un tableau au cadre orné, si sombre qu'on aurait dit l'entrée d'une caverne.

– Cela te concerne, Alan.

Dysart, qui était resté debout à côté d'un fichier en bois placé non loin de la fenêtre, s'adossa au meuble sans mot dire, il leva légèrement la tête et croisa les bras. Harry devrait, semblait-il, se débrouiller seul. Il ne recevrait de la part d'Alan ni encouragement ni interruption.

Il exposa ses dernières découvertes le plus sobrement possible : d'après le témoignage du révérend Waghorne, Clare Mallender était enceinte de Jack Cornelius et, à en croire Nigel Mossop, Dysart avait passé des secrets commerciaux à Mallender Marine. Il n'exagéra rien. Il n'omit rien. Quand il eut terminé, il leva les yeux pour regarder Dysart qui, un petit sourire en coin, semblait goûter une plaisanterie personnelle. Ce que Harry avait dit pouvait entraîner la ruine de cet homme élégant, riche, et intègre, et pour toute réponse, il souriait.

– Tu te rends compte de ce que je dis?

– Naturellement.

Dysart se tourna vers la fenêtre et fit signe à Harry de venir le rejoindre.

– Savoure ce spectacle un moment.

Le crépuscule se faisait nuit au-dessus des lumières ambrées de Londres. La Tamise n'était qu'un golfe noir derrière les feux mobiles de la circulation sur les quais et au sud, la silhouette familière et illuminée de Big Ben se découpait au-dessus du Parlement.

– Tu dois savoir, Harry, dit Dysart doucement, que la corruption a toujours eu sa place dans ce palais de la démocratie, sous différents noms : détournements de fonds, malversations, forfaitures. On n'imagine pas le nombre de gens qui en sont coupables.

– Je sais, je ne suis pas naïf à ce point. D'ailleurs, je ne t'accuse pas d'avoir pris un pot-de-vin et je suis sûr que Heather ne le pensait pas non plus, je me trompe?

– Non.

Dysart prit une profonde respiration.

– Bois quelque chose, Harry. Nous en avons tous les deux besoin.

– Volontiers.

Après avoir rempli les verres, Harry retourna s'asseoir pendant que Dysart, tenant le verre contre sa poitrine, se mettait à marcher de long en large.

– Heather est venue me voir un jour, expliqua-t-il posément, un peu comme toi aujourd'hui, pour me demander de lui expliquer ce qui lui paraissait si inexplicable. J'avais cru que je pourrais éviter de lui dire la vérité sur sa sœur et je suppose que j'espérais pouvoir te la cacher à toi aussi. Dans les deux cas, j'ai eu tort. Peut-être aurais-je dû t'en parler plus tôt. Alors, excuse-moi.

– Clare était enceinte?

– Oui. De Jack Cornelius, à ce qu'elle m'a dit. Je n'avais pas idée qu'ils étaient aussi intimes. Par une ironie du sort, c'est moi qui les avais présentés l'un à l'autre, quatre ans plus tôt, à l'occasion d'une conférence. Avant que Heather ne m'apprenne la vérité sur leur relation, j'aurais juré qu'ils n'étaient que de vagues connaissances. Quand Clare m'a appris qu'elle était enceinte, je n'ai pas supposé un instant que Jack pouvait être le père de son enfant.

– Quand t'en a-t-elle parlé?

– Au Skein of Geese, la dernière fois que nous y sommes allés. Ce fut une surprise pour moi, mais rien de plus : sa vie privée n'était pas mon affaire. C'est ce que je pensais, du moins.

Mais il est vite apparu que ses intentions ne se limitaient pas à me demander un congé de maternité. Il faut que tu saches qu'à une époque, il y a quelques années de cela, notre relation aurait pu évoluer différemment. Virginia et moi traversions une crise. La pression du travail était telle que je voyais plus souvent Clare que Virginia. Clare était l'une des personnes les plus ambitieuses que j'ai jamais rencontrées. Devenir ma maîtresse aurait pu servir ses intérêts, mais cela n'est jamais arrivé. Pour être clair, nous n'avons jamais couché ensemble. J'insiste sur ce point parce que cela te permettra de comprendre mon étonnement quand Clare m'a annoncé non seulement qu'elle était enceinte mais que, si je ne me montrais pas coopératif, elle déclarerait publiquement qu'elle attendait un enfant de moi. C'était, pour lui rendre justice, un ultimatum astucieusement combiné. Les élections générales devaient avoir lieu moins d'un mois plus tard. Grâce à Minter, elle était sûre d'avoir la première page dans les journaux du dimanche. Je pouvais nier, bien sûr, et les tests sanguins auraient démontré qu'elle mentait mais entre-temps, j'aurais perdu toutes mes chances d'être élu et d'obtenir un poste ministériel. Ce qu'elle voulait, c'était une somme d'argent substantielle, et après un avortement discret, mon soutien pour lui trouver une circonscription facile à gagner afin d'obtenir un siège au Parlement. Voilà. Comme je te l'ai dit, c'était une femme ambitieuse.

– Qu'est-ce que tu as fait?

– Le duc de Wellington aurait été fier de moi, Harry. Je lui ai dit de publier son histoire si ça lui chantait et d'aller au diable. En fait, j'étais plutôt désolé pour elle. J'étais sûr que c'était Minter qui tirait les ficelles et presque sûr qu'il était le père de son enfant. J'avais largement les moyens de lui donner la somme qu'elle voulait et je n'aurais pas eu de scrupule à la proposer pour un siège vacant aux Communes mais je refusais de céder à un chantage. Jusqu'où serait-elle allée? Je lui ai dit qu'elle pouvait toujours essayer. Mais j'avoue que, pendant deux semaines, j'ai vécu dans l'angoisse en me demandant ce qu'elle allait faire. J'ai essayé plusieurs fois de la raisonner, même le dernier jour, à Tyler's Hard. J'ai eu le sentiment qu'elle voulait revenir sur sa décision. Mais ce n'est qu'une impression. Et puis il y a eu l'explosion. Elle a été tuée sur le coup avec l'enfant qu'elle portait.

– Quelle relation entre cette histoire et Mallender Marine?

– Une fois morte, Clare est devenue la propriété de tous. On en a fait une martyre, une héroïne, une sainte. On a parlé d'elle comme de la secrétaire dévouée qui sacrifie sa vie pour son patron, irréprochable et au-dessus de tout soupçon. Je n'ai pas cherché à m'insurger contre cette image peu conforme à la réalité. J'étais sincèrement affecté par ce qui s'était passé. C'est la pire chose qui pouvait arriver. J'ai essayé d'oublier les différends qui nous avaient dressés l'un contre l'autre. Je suis allé à son enterrement à Weymouth. J'ai même pris la parole. J'ai fait ce qu'on attendait de moi. Je lui ai rendu l'hommage que tout le monde attendait. Puis, juste après l'enterrement, Roy m'a pris à part et il a continué le chantage commencé par sa sœur. Clare aurait écrit à sa mère quelques jours avant sa mort pour lui annoncer qu'elle était enceinte en disant que j'étais le père et que je lui demandais d'avorter. Elle avait dû commencer à poser des jalons pour son grand déballage. Tu connais Roy : aussi brut que sa sœur était ambitieuse. Il m'en a toujours voulu d'avoir fait la plupart des choses que Charlie aurait voulu qu'il fasse, s'il en avait été capable. Il tenait enfin une occasion de se venger. Il m'a menacé de communiquer la lettre de Clare aux journaux si je ne donnais pas à Mallender Marine le contrat Phormio sur un plateau. Cela allait beaucoup plus loin que les menaces de Clare. Je ne pouvais plus rien réfuter. Et en plus, tout démenti de ma part serait apparu comme une trahison à l'égard de quelqu'un qui avait trouvé la mort à ma place. Et les élections étaient à moins d'une semaine. J'avais été prêt à défier Clare de son vivant, mais je n'avais aucune chance dans un combat avec sa mémoire.

– Alors tu as accepté les conditions de Roy?

– J'ai fini par accepter, oui. Mais avant, je suis allé voir Charlie. Je l'ai supplié de faire revenir Roy à la raison. Mais quoi qu'il ait dit en public, Charlie ne pouvait s'empêcher de m'en vouloir à cause de ce qui était arrivé à sa fille. En outre, la situation financière de Mallender Marine était catastrophique. Obtenir le contrat Phormio était pour eux la seule façon de garder leurs créanciers à distance. Même s'il l'avait voulu, il ne pouvait pas se permettre d'être miséricordieux. Je n'avais que deux solutions : abandonner les affaires publiques et mes ambitions politiques ou accorder à Mallender Marine cette faveur, peu de chose, à vrai dire, en vue de toutes les transactions plus ou moins honnêtes auxquelles donnent lieu les contrats du ministère de la Défense. Roy et Charlie savaient tous les deux que j'étais responsable de l'attribution du contrat Phormio. Ils savaient aussi que je pouvais facilement leur faire gagner ce contrat. J'ai accepté. Quelques semaines plus tard, ils ont obtenu le contrat et, en échange, j'ai reçu la lettre de Clare à sa mère. Je l'ai détruite et j'ai essayé d'oublier ce cauchemar. Je croyais sincèrement que je n'en entendrais plus parler.

– Mais c'était compter sans Heather?

– Oui. Et ses parents n'avaient pas prévu cela non plus. Après la dépression de Heather, il est apparu que Clare lui avait confié qu'elle était enceinte. Mais les Mallender voulaient lui faire croire que c'était faux pour qu'elle n'en vienne pas à se demander pourquoi la grossesse de sa sœur avait été passée sous silence. Je n'ai pas su tout de suite que Heather était victime d'une véritable conspiration du silence. Je savais seulement qu'elle était malade. J'ai appris l'enquête qu'elle menait quand elle est venue me demander des comptes. Apparemment, elle a suivi la même piste que toi mais elle n'a pas voulu dévoiler la façon dont elle s'y était prise. Elle avait eu la preuve de la grossesse de Clare; elle avait appris le rôle que j'avais joué dans l'obtention par Mallender Marine du contrat Phormio et elle avait découvert que Jack Cornelius était l'amant de Clare. Il n'y avait qu'une chose qu'elle n'avait pas trouvée et qui, à mon avis, était ce qui l'intéressait le plus : la preuve que Clare avait été tuée. Mais ses découvertes étaient déjà assez embarrassantes comme ça pour ses parents et ils l'ont menacée de la faire interner si elle persistait à croire à ces inepties. Quand elle est venue me voir, ce n'était pas en accusatrice mais pour me demander de l'aider.

– Et tu l'as aidée?

– Oui, dans la mesure de mes moyens. Je lui ai dit la vérité sur sa sœur. Je lui ai dit aussi que j'avais favorisé Mallender Marine. Je l'ai amenée à Tyler's Hard pour qu'elle puisse rencontrer Willy Morpurgo et se rendre compte par elle-même qu'il ne ferait pas de mal à une mouche. J'ai même arrangé pour elle un rendez-vous avec l'officier de police qui avait mené l'enquête sur la mort de Clare pour que la responsabilité de l'I.R.A. lui apparaisse clairement. Je l'ai invitée à passer un week-end avec Virginia et moi dans le Devonshire pour qu'elle puisse voir que nous nous entendions bien et que je n'aurais pas pris le risque de briser mon mariage pour le plaisir de passer un moment avec Clare. J'ai promis d'intervenir si sa famille essayait de la faire interner. Je lui ai fait entendre que, dans notre intérêt à tous, il était préférable qu'elle laisse tomber cette histoire. Et je lui ai offert de passer des vacances dans ma villa à Rhodes pour qu'elle prenne un peu de recul et réfléchisse à tête reposée. La dernière fois que je l'ai vue, quelques jours avant son départ pour Rhodes, elle semblait disposée à suivre mon conseil.

– Et puis ?

– Et puis ? Elle est arrivée à Rhodes. Elle t'a rencontré. Le 11 novembre, elle a disparu. Et nous n'avons toujours pas la moindre idée de ce qui a pu se passer ce jour-là.

41

Harry longeait lentement vers le nord Victoria Embankment. Le froid, plus vif avec l'arrivée de la nuit, et le crachin qui tombait de plus en plus serré lui transperçaient les os. Sur sa gauche, le flot des voitures s'écoulait avec indifférence. Sur sa droite, la Tamise étalait généreusement ses eaux noires. S'il s'était donné la peine de se retourner, il aurait pu voir une lumière brillant à une fenêtre élevée du ministère de la Défense. Et droit devant? C'était le royaume des ténèbres et des incertitudes.

Alan Dysart n'était pas une canaille. C'était clair. Mais il n'était ni aussi vertueux ni aussi perspicace que Harry l'avait cru. D'un côté, Harry était soulagé de découvrir que la peur pouvait amener Dysart à faire comme n'importe qui des choses dont il avait à rougir. D'un autre côté, il était déçu d'apprendre que le seul homme qu'il avait cru infaillible était loin de l'être.

Non que Harry en voulût tellement à Dysart d'avoir cédé aux exigences de Roy Mallender. Dans les mêmes circonstances, il aurait probablement fait la même chose. La faute était bénigne : les contribuables n'étaient pas lésés; ni la vie ni l'avenir de personne n'était en jeu. Et Dysart avait fait de son mieux pour se racheter : il avait apporté son soutien à Heather; il avait fait l'aveu de sa culpabilité; il avait démontré que sa réputation n'était pas usurpée : c'était un homme qui avait le cœur sur la main.

« J'aurai une discussion avec mon homologue au ministère de l'Intérieur, Harry. Tu n'auras plus à redouter d'interventions intempestives de la part de la police. Quant au jeune Mossop, je peux le proposer pour le recrutement dans la fonction publique.

Un changement de carrière lui sera bénéfique. Et je ferai comprendre à Roy que je ne tolérerai pas qu'il exerce des pressions sur toi ou sur Mossop. »

Cela s'était réglé ainsi entre un whisky soda et un fauteuil confortable, une pièce à la lumière tamisée où se concluaient des accords depuis des décennies. Influence, patronage, compromis, favoritisme, n'existait-il rien d'autre en ce monde? Si Harry n'avait pas eu Dysart pour ami, comment s'y serait-il pris pour apprendre ce que Dysart s'était proposé de découvrir sans avoir d'autre effort à faire qu'une question murmurée dans la bonne oreille?

« Si les allées et venues de Kingdom, le 11 novembre, restent dans le vague, il est temps d'y prêter plus d'attention. Nous disposons ici des moyens d'établir s'il était à Rhodes le jour de la disparition de Heather, dans l'hypothèse où il a pris l'avion et voyagé sous son vrai nom. Quant à Jack Cornelius, il est facile de mener une enquête discrète à l'abbaye de Hurstdown pour connaître la raison de son absence cette semaine-là et pour la vérifier. C'est à peu près tout ce que je peux faire à mon niveau, mais cela suffira, tu ne penses pas? »

Oui, cela suffisait. A vrai dire, les moyens d'information sophistiqués dont disposait Dysart rendaient dérisoires les recherches maladroites de Harry. C'était peut-être ce qui le contrariait le plus : l'idée implicite qu'il en était arrivé à un point où il valait mieux remettre l'affaire entre des mains expertes, qu'il en avait fait suffisamment pour qu'on le retire de la ligne de tir et qu'on le récompense par une invitation.

« Pourquoi ne viendrais-tu pas dans le Devonshire après Noël, Harry? Tu n'es jamais venu à Strete Barton, n'est-ce pas? Virginia serait ravie de te revoir. »

L'enthousiasme de Virginia à l'idée de recevoir Harry ne devait exister que dans l'imagination de Dysart. Harry avait malgré tout accepté son invitation car c'était le moyen de rester fidèle au but qu'il s'était fixé au départ. Refaire pas à pas le chemin parcouru par Heather en suivant les directions données par les photos. Cette piste passait maintenant par la maison de Dysart dans le Devonshire. C'est pourquoi l'invitation tombait à pic.

Comme il traversait la rue en direction de l'endroit où il avait garé sa voiture, Harry se consolait d'être déchargé d'une partie du travail qu'il estimait lui revenir de droit : il aurait bientôt à sa disposition, pour comprendre les intentions cachées du docteur

Kingdom, quelque chose de beaucoup mieux qu'un rapport établissant qu'il avait pris ou non l'avion de Genève à Rhodes le 10 novembre. Si Zohra arrivait à photocopier les fiches de Kingdom sur Heather, s'ils obtenaient ainsi la preuve que Kingdom était, comme Zohra le croyait, un homme totalement obnubilé par Heather, alors...

En même temps que Harry vit sa voiture, il aperçut une tache blanche derrière l'essuie-glace du côté gauche. Pourquoi ne songea-t-il pas que c'était un ticket de parking ou quelque trac publicitaire, il n'aurait su le dire. Penser à Zohra avait dû instiller en lui à son insu une angoisse que cet objet pâle et insignifiant semblait d'une certaine façon concrétiser. Sa main tremblait quand il s'en saisit.

C'était une enveloppe blanche à peine humide comme si elle n'était pas là depuis longtemps. Et il y avait quelque chose à l'intérieur. Harry tira dessus, recula jusque sous le lampadaire le plus proche et l'ouvrit.

C'était une photo. Une photo en noir et blanc qui prenait une couleur ambrée à la lumière du réverbère. C'était une allée d'un cimetière prise depuis un enchevêtrement de tombes. Deux personnes marchaient l'une derrière l'autre : une jeune femme aux cheveux noirs en duffel-coat et un homme à la cinquantaine grisonnante vêtu d'un anorak. C'était le cimetière de Kensal Green, trois jours plus tôt. La femme était Zohra Labrooy. Et l'homme était Harry, capté sur la pellicule une fraction de seconde avant qu'il n'entende le déclic de l'obturateur.

42

– Allô?

– Zhora! Dieu soit loué, vous allez bien?

– Harry? Mais que se passe-t-il?

– J'ai cru... enfin, j'ai eu l'impression... Ne vous inquiétez pas. L'attente a mis mes nerfs à rude épreuve, c'est tout.

– Il vous faut encore un peu de patience, j'en ai peur. Je n'ai pas eu la moindre occasion. Il était tout le temps sur ses gardes.

– Vous aussi, j'espère.

– Bien sûr. Cessez de vous inquiéter. Je vous préviendrai dès que j'aurai quelque chose.

Le jour le plus court de l'année paraissait interminable à Harry qui faisait les cent pas dans la maison de sa mère à Swindon, sans oser sortir de crainte de rater un appel de Zohra, gardant à chaque instant à l'esprit tous les risques qu'elle courait. Sa mère trouvait son comportement étrange mais elle tirait une satisfaction désabusée de son insistance à répondre lui-même au téléphone. Il pouvait ainsi se rendre compte qu'elle n'avait pas exagéré le nombre des coups de fil anonymes trop nombreux pour être mis sur le compte de personnes ayant composé un mauvais numéro.

– Allô?

– Harry? C'est Zohra.

C'était le lendemain, dans l'après-midi. Elle parlait d'une voix différente, prudente, embarrassée.

– J'ai ce que nous voulions.

Il ne pouvait y croire : elle avait réussi à photocopier les fiches.

– Est-ce que vous pouvez venir à Londres?

– Où ça et à quelle heure?

– Au bar Victoria and Albert, à la station Marylebone, à 18 heures. Ne m'adressez pas la parole. Ne me regardez pas. J'aurai les documents dans un sac en plastique que je poserai à côté de vous. Je prendrai un jus de fruits puis je partirai en laissant le sac. Nous pourrons parler plus tard.

– Pourquoi toutes ces précautions? Il y a eu un problème?

– Non. Tout s'est très bien passé. Je suis nerveuse, c'est tout, sans raison particulière. Il faut que je raccroche. A tout à l'heure, à 18 heures.

Au bar Victoria and Albert, il y avait du monde mais sans plus. Des employés de bureau qui s'étaient rassemblés par petits groupes plaisantaient et se racontaient les derniers potins avant de vider leurs verres pour attraper le train de 17 h 57 pour High Wycombe. D'autres étaient assis seuls devant un journal et un bock de bière qu'ils buvaient à petits coups, peu désireux, semblait-il, de se mettre en route. Harry choisit un tabouret au bar près d'un pilier. Il commanda une pinte de bière et s'assura qu'il pouvait voir la porte dans le miroir en face de lui.

Zohra arriva à 18 h 3. Harry la vit faire une pause avant de franchir le seuil. Elle observa la rangée de dos devant elle, et reconnut le sien mais personne n'aurait pu supposer qu'elle faisait autre chose que de jeter un regard circulaire dans la salle. Elle portait un imperméable et des chaussures plates, tenait le sac en plastique promis dans la main gauche et ne se démarquait pas des autres visages anonymes formant le flot de banlieusards. Elle s'approcha du bar, se glissa dans un espace libre à côté de Harry et posa son sac à terre. Harry souleva son verre à ses lèvres et garda les yeux fixés sur le miroir. Personne, que ce soit derrière ou autour d'eux, ne leur prêtait la moindre attention.

– Un Saint-Clément, s'il vous plaît, dit Zohra d'une voix calme et contenue.

– Quatre-vingt-dix-huit pence, ma jolie.

– Merci.

Zohra approcha un tabouret, commença à boire, déplia un journal du soir et étudia l'horoscope, termina son verre, rangea le journal et partit. Harry tourna les yeux vers l'horloge. Il était 18 h 6. Puis il regarda le sac à ses pieds. Une grande enveloppe brune était visible à l'intérieur. Il était sur le point de vider son verre et de partir quand il se rappela les consignes de prudence. Il prit son temps. Il était 18 h 17 quand il sortit du bar en portant nonchalamment le sac dans sa main droite. Et trois heures plus tard, il ouvrait l'enveloppe, dans l'intimité de sa chambre à Swindon.

La relation thérapeutique du docteur Kingdom avec Heather Mallender commençait par une lettre que lui avait adressée un membre de l'équipe soignante de l'hôpital de Challenbroke pour le remercier d'accepter de la suivre. La lettre était datée du 23 novembre 1987 et faisait référence à l'admission de Heather quinze jours plus tôt. Y était jointe une note de son généraliste, le docteur Lisle de Wellingborough. Heather avait enseigné à l'école primaire de Wellingborough. C'était là qu'elle avait eu un collapsus hystérique au cours d'un feu d'artifice organisé pour les enfants, le 5 novembre, jour anniversaire de la conspiration des Poudres. Kingdom répondit le 26 novembre pour confirmer qu'il acceptait le cas. Suivaient des notes cliniques sur l'incidence de certains symptômes et le dosage de divers médicaments, toutes choses incompréhensibles pour Harry à cause du jargon psychiatrique et des milligrammes pharmaceutiques. Au début du mois de décembre, il y avait une notation qui lui fit néanmoins froid dans le dos : « L'E.Choc ne donne pas de résultats positifs. » Harry avait une vague idée de ce que cela signifiait. Le docteur Lisle avait écrit vers la mi-décembre pour avoir des détails sur l'évolution de la maladie. La réponse de Kingdom était celle d'un médecin manifestant un intérêt tout professionnel pour sa patiente.

« L'hypothèse de départ d'un désordre psychologique dû à une trop forte tension n'a pas été confirmée. L'état de Heather me semble moins lié à son inadaptation au milieu scolaire qu'à un sentiment d'infériorité par rapport à sa sœur décédée. Il devait être si profondément ancré et si totalement refoulé avant la crise récente que le mettre en évidence nécessitera une cure longue et difficile. »

Mais au début du mois de janvier, dans une autre lettre à Lisle, Kingdom manifestait un certain optimisme :

« Heather a fait preuve d'une remarquable force de caractère en acceptant de voir en face le nœud de sa névrose, cause de sa

maladie. Elle reste encore attachée à certaines convictions de nature quasi hystériques, mais à un niveau comportemental, elle fait de rapides progrès. »

Et à la fin du mois de juin, il paraissait certain qu'elle serait bientôt prête à affronter le monde extérieur :

« J'ai dit à ses parents qu'il était essentiel qu'elle puisse bénéficier d'un environnement chaleureux dans lequel elle se sente en sécurité une fois qu'elle sera sortie. Il est hors de question qu'elle recommence à travailler dans l'enseignement et je ne voudrais pas non plus qu'elle subvienne seule à ses besoins. Mais ses parents semblent désireux qu'elle vive chez eux, et il a été question d'un emploi à mi-temps dans la société de son père. Je donne par conséquent mon accord pour qu'elle aille en visite le week-end chez ses parents pendant les mois de février et de mars. Après cela, je verrai ce qu'il en est. »

Tout avait dû bien se passer car le 10 mars, Kingdom avait adressé à Charlie et à Marjorie Mallender une lettre dont il avait envoyé une copie à Lisle, pour leur dire que Heather pouvait quitter l'hôpital de Challenbroke. « A condition, avait-il stipulé, qu'elle vienne me voir régulièrement pendant les six prochains mois afin que je puisse m'assurer de son bon rétablissement. » Etait-ce vraiment utile? se demanda Harry. Etait-ce le premier indice comme quoi il avait du mal à renoncer à voir Heather? Suivait une note d'un chef de clinique de l'hôpital de Challenbroke, datée du 18 mars 1988 : « Mlle Mallender, tout à fait rétablie, a quitté l'hôpital à 10 heures ce matin, accompagnée de ses parents. » A partir de là, commençait la phase de la relation entre Kingdom et Heather qui intéressait le plus Harry. Toutes les semaines, elle faisait le voyage jusqu'à Londres pour aller à ses séances. Et toutes les semaines, il notait ses progrès. Au bas de chaque feuille apparaissaient les initiales PRK/ZL qui apprenaient à Harry que Zohra avait tapé ses notes à la machine. Comme c'était prévisible, les observations restaient décentes et objectives. « Heather s'adapte bien chez ses parents. » « Heather aime l'idée de recommencer à travailler. » « Heather est de plus en plus détendue, plus sûre d'elle. » Soudain, le 12 juillet, les initiales de Zohra disparaissaient. Immédiatement, l'attention de Harry se resserra. S'il avait une chance de découvrir le vrai Peter Kingdom, c'était là où jamais.

Au début, le seul changement perceptible fut la qualité de la frappe. Si les notations étaient moins circonspectes et plus révélatrices, ce n'était qu'incidemment. Un commentaire de Kingdom attira néanmoins l'attention de Harry. « J'ai décidé de réexaminer l'affirmation de Heather selon laquelle sa sœur aurait été assassinée. C'est devenu pour elle une certitude, mais j'ai l'intention de lui prouver que c'est une production hystérique. » Pourquoi, se demanda Harry, Kingdom revenait-il sur ce problème douloureux ? Parce que cela lui offrait un moyen de nourrir une relation qui n'était plus nécessaire sur le plan médical ?

Deux semaines plus tard, rapportant une rencontre à Kew Gardens, Kingdom avait écrit : « Heather a fait remarquer que nous devions avoir l'air d'un couple d'amoureux à déambuler ainsi parmi les fleurs. Qu'elle se soit sentie capable de dire cela témoigne du sentiment d'égalité salutaire qui prévaut maintenant entre nous. » Salutaire pour qui ? Harry aurait aimé poser la question. Dans une note datée du 9 août, le docteur Kingdom annonçait sans commentaire que Heather avait annulé son rendez-vous. Quand elle revint une semaine plus tard, son soulagement évident était comparable à celui d'un amoureux découvrant qu'il n'avait pas été plaqué.

« Mes craintes étaient sans fondement. Heather n'est pas venue la semaine dernière à cause d'une dispute familiale ayant pour objet la découverte qu'elle aurait faite de pratiques de corruption à Mallender Marine. Elle est convaincue que cela concorde avec l'hypothèse de l'assassinat de sa sœur. Notion qui risque de prendre un caractère obsessionnel. »

Kingdom n'avait pas du tout conscience d'avoir en quelque sorte encouragé les pensées de Heather qu'il qualifiait à présent d'obsession.

« 23 août :

Nous avons discuté du bien-fondé de poursuivre l'enquête qu'elle mène sur la mort de sa sœur, à l'insu de sa famille. Je lui ai conseillé de commencer à nouer des relations d'amitié et à développer des centres d'intérêt en dehors des cercles de Weymouth et de Mallender Marine. Elle n'a pas eu, semble-t-il, d'amis proches en dehors du cercle familial depuis qu'une de ses collègues à l'école de Hollisdane avec qui elle était en excellents termes est partie enseigner à l'étranger, l'été dernier. Cette amitié aurait pu avoir sur elle un effet bénéfique. Elle a convenu que si elle avait des amis, cela l'aiderait à moins penser aux événements de l'année dernière. »

Derrière les observations de Kingdom commençait à se dessiner une stratégie. Pour l'aider à renoncer à son idée fixe : l'assassinat de Clare – obsession que Kingdom avait d'une certaine façon induite – Heather avait besoin d'un ami de confiance. Kingdom ne s'était-il pas mis en avant pour décrocher ce rôle? se demanda Harry. N'espérait-il pas devenir son ami? Ou même davantage?

Le 6 septembre, ils s'étaient de nouveau retrouvés à Kew Gardens. « Heather m'a demandé de l'accompagner dans un restaurant dans le Surrey, avait écrit Kingdom. Elle espère apprendre quelque chose qui doit lui permettre de comprendre ce qui est arrivé à sa sœur. » La phrase suivante était soulignée : « *Vu les circonstances tout à fait exceptionnelles, j'ai accepté.* » Chose curieuse, malgré la signification que Kingdom avait donnée à la requête de Heather, il n'avait pas commenté leur visite à Haslemere et Harry ne trouva aucune allusion à cette soirée dans les pages suivantes. Un commentaire lapidaire et ironique apprit à Harry que Heather avait annulé le rendez-vous suivant, et le bref compte rendu de leur entretien du 20 septembre laissait percer sa rancune, comme si Kingdom ne s'était pas remis de quelque rebuffade, d'une atteinte à sa fierté. Harry savait, bien sûr, que la raison avancée par Heather pour aller au Skein of Geese était bien celle qu'elle avait invoquée. Mais Kingdom avait pu penser que c'était un prétexte. Peut-être avait-il caressé l'espoir que Heather désirait se rapprocher de lui, devenir son amie. Dans ce cas, il avait dû éprouver une amère déception et se sentir blessé dans son amour-propre en découvrant qu'il s'était trompé. Ce qui suivait était pire.

« *11 octobre :*

Heather m'a annoncé qu'elle avait accepté l'invitation d'Alan Dysart à passer quelques semaines dans sa villa à Rhodes. Elle semblait un peu abattue, même déprimée. Elle ne croyait plus que sa sœur avait été assassinée.

Elle semble épuisée. Ce qu'il lui faut, c'est du repos et un changement d'air. Rhodes serait donc l'idéal mais théoriquement, elle a besoin de mon autorisation pour suspendre nos séances. J'ai exprimé certaines réserves, en mettant l'accent sur le fait qu'elle ne connaît personne sur l'île et risque d'être en proie à une solitude qui peut l'entraîner dans une nouvelle dépression. Elle m'a fait observer que les séances avaient duré six mois comme cela avait été convenu à sa sortie de l'hôpital et qu'elle ne voyait pas de motifs sérieux pour qu'elles se prolongent. »

Le docteur Kingdom non plus car il avait noté sans conviction : « Etant donné les circonstances, je me suis senti obligé d'accéder à sa demande. » Harry devinait ce que cachait de dépit ce consentement accordé à contrecœur. Neuf mois plus tôt, Heather était totalement dépendante de cet homme. Qu'avait-il éprouvé en la voyant s'éloigner de lui? Dans sa dernière remarque, seul un léger ressentiment était sensible.

« *Je reste très inquiet au sujet de Heather malgré son insistance à se dire autonome. A mon avis, elle se trompe. Il n'est pas impossible que je sois obligé d'intervenir ultérieurement.* »

C'était le dernier commentaire de la dernière page. Rien n'était résolu. Rien n'était exclu. Le 11 octobre, la seule chose que Kingdom avait laissé entendre était qu'une intervention ultérieure de sa part pourrait se révéler nécessaire. Quelle forme pouvait prendre cette intervention? Cela n'était pas dit. Harry savait seulement qu'un mois plus tard, Heather avait disparu.

– Allô?
– Zohra, c'est Harry.
Il y eut une pause, puis elle dit :
– Avez-vous lu ce que je vous ai donné?
– Oui. Et vous?
– Non. Je n'ai pas eu le temps. J'ai juste fait les photocopies.
– Alors, on doit se voir. Le plus vite possible.
– Passez ici samedi matin, à l'heure que vous voulez.
– Très bien. Mais, Zohra...
– Oui?
– D'ici là, faites attention à vous surtout.
– Vous avez l'air soucieux.
– C'est que je suis très inquiet, Zohra.

43

La veille de Noël, Harry roula de Kensal Green à Swindon en sachant qu'il allait devoir patienter quarante-huit heures avant de pouvoir faire de nouveaux progrès. Après avoir lu les notes de Kingdom sur Heather, Zohra était tombée d'accord avec Harry : il devenait difficile de croire que Kingdom s'était rendu à Lindos le 6 novembre, animé des meilleures intentions du monde. Mais apporter la preuve qu'il était retourné à Rhodes le 11 novembre, jour de la disparition de Heather, n'était pas aussi simple. Alan était la personne la mieux placée pour cette tâche et il avait invité Harry à venir dans sa maison de campagne du Devonshire, le lendemain de Noël. Comme Harry ne savait où le joindre dans l'intervalle, ce qu'il avait de mieux à faire était d'attendre. Zohra était aussi de cet avis. Elle était en vacances jusqu'au mercredi après Noël et ne serait pas obligée durant ce temps d'endurer une proximité gênante avec Kingdom.

Ce que Zohra ne savait pas, car Harry ne le lui avait pas dit, c'est que quelqu'un avait appris qu'ils faisaient équipe ensemble, quelqu'un qui avait payé l'homme à l'imperméable pour ne pas lâcher Harry d'une semelle et pour le photographier en compagnie de Zohra dans le cimetière de Kensal Green. Harry avait voulu lui en parler mais, au moment de le faire, il avait craint de déposer sur ses épaules un fardeau inutile. Tout en roulant vers Swindon, il se disait qu'il avait eu raison car, dans leur situation, un souci partagé ne serait qu'un souci de plus. Il était convaincu d'avoir agi pour le mieux jusqu'à ce que, de retour au domicile familial, il croisât sa mère dans le couloir jetant sur lui un regard apeuré et pressant un doigt sur ses lèvres.

– Il y a quelqu'un qui veut te voir, Harold, dit-elle tout bas en faisant un geste en direction de la porte fermée du salon.

– Qui est-ce?

La première pensée de Harry fut que Dysart n'avait pas tenu sa promesse de garder la police à distance.

– Celui qui t'a appelé la semaine dernière, le docteur Kingdom.

En entendant ce nom, son cœur se mit à sauter dans sa poitrine.

– Il y a quelque chose qui ne me plaît pas chez cet homme-là, ajouta-t-elle.

Dans l'humble salon, Peter Kingdom paraissait encore plus grand et plus élégant qu'à l'accoutumée. L'odeur poivrée de son after-shave faisait un curieux mélange avec l'arôme indéfinissable qui avait accueilli Harry de tout temps lorsqu'il ouvrait la porte de chez lui. Debout près du meuble d'angle, il feuilletait négligemment un album de photos, le vieil album corné recouvert de cuir dans lequel la mère de Harry avait collé méticuleusement toutes les photos de famille, bonnes ou mauvaises, sur d'épaisses pages noires, la première étant la photo de mariage de M. et Mme Stanley Barnett, devant la porte de l'église de Whitsun, en 1932.

Comme Harry refermait la porte derrière lui, Kingdom se retourna et sourit.

– Monsieur Barnett! Je suis heureux de vous revoir.

Il leva l'album.

– J'admirais ces photos de vous, enfant. Dites-moi, que signifie « C. A. »?

Harry était trop secoué pour répondre. Il avait lu les notes secrètes de Kingdom sur Heather et les conclusions qu'il en avait tirées concordaient mal avec l'air détendu et charmeur que cet homme affichait. Harry avança dans la pièce d'un pas mal assuré et il se retrouva à côté de Kingdom en train de regarder des photos de lui à onze ans, sur lesquelles il était difficilement reconnaissable : les sourcils froncés sur une jetée; souriant sur une plage; faisant la moue devant la fenêtre d'une pension. Au-dessous, la légende à l'encre blanche disait : « Voyage, Weston-Super-Mare, juillet 1946. »

– C'étaient les congés annuels pour les employés des chemins de fer de l'ouest. Je détestais ça.

– Vraiment? Pourquoi?

Pourquoi? Parce que Harry avait toujours eu en horreur la mentalité de troupeau. Chaque année, au mois de juillet, le village des cheminots se vidait et des trains spéciaux emmenaient sa population à la plage. Chaque année, le jeune Harry espérait qu'il ne serait pas obligé d'y aller. La gaieté forcée de toute la communauté lui était insupportable. Mais il n'avait pas envie de parler de ça au docteur Peter Kingdom, quarante ans après.

– Je suis sûr que vous n'êtes pas venu ici pour écouter mes souvenirs d'enfance malheureuse, dit-il sèchement.

Kingdom leva un sourcil.

– Malheureuse? dit-il puis il sembla se raviser. Excusez-moi, dit-il avec un sourire. C'est le métier qui remonte à la surface.

Il ferma l'album et le remit à sa place.

– Je suis venu pour vous demander si vous aviez pris une décision au sujet de ma proposition. Je veux parler des séances d'hypnose.

– Non. Je voudrais réfléchir encore un peu. J'avais l'intention de vous appeler après Noël.

Kingdom hocha la tête.

– C'est ce que je pensais.

Chaque seconde que Harry passait sous l'œil perçant de cet homme était pour lui, dans la situation présente, un véritable supplice. Il essaya de l'abréger.

– Dans ce cas, je ne comprends pas le sens de votre visite.

– A vrai dire, c'est une autre affaire qui m'amène ici. Si vous n'y voyez pas d'inconvénient, j'aimerais vous poser une question : depuis quand connaissez-vous ma secrétaire, Mlle Labrooy?

Le cœur de Harry cessa de battre.

– Mais pourquoi cette question?

– Vous êtes tout à fait en droit de me répondre de m'occuper de ce qui me regarde.

Le sourire qui accompagnait cette remarque lui donnait une note sarcastique.

– Qu'est-ce qui vous fait penser que je connais Mlle Labrooy?

– Une photographie, monsieur Barnett. Une photographie assez énigmatique. Je l'ai reçue hier matin par la poste. Jugez vous-même.

Kingdom tira une enveloppe d'une poche intérieure de sa veste et glissa son contenu dans la main de Harry. C'était la photo montrant Zohra et Harry dans le cimetière de Kensal Green.

– Il n'y avait pas de mot et l'adresse a été tapée à la machine, poursuivit Kingdom. On l'a postée de Londres EC1, le 20.

Le 20 : le jour où Harry avait trouvé la même photo glissée sous l'essuie-glace de sa voiture.

– Etrange, n'est-ce pas?

Un coup d'œil sur le visage de Kingdom suffit pour convaincre Harry : c'était sa façon à lui de le prévenir qu'il les avait à l'œil. L'homme en imperméable travaillait pour lui. Mais si Kingdom était au courant que Zohra et Harry étaient alliés, pourquoi avait-il laissé Zohra photocopier ses fiches sur Heather? Parce que peut-être, songea Harry avec angoisse, il se moquait désormais de ce qu'ils pouvaient apprendre.

– Je me demandais si vous pourriez me donner une explication quelconque, monsieur Barnett. L'incident m'a laissé perplexe.

– Non, je ne sais pas.

– Mais vous connaissez Mlle Labrooy?

– Non. Nous avons juste...

Harry devinait qu'aucun mensonge ne serait crédible, mais mieux valait mentir que dire la vérité.

– Nous nous sommes rencontrés par hasard... dans le cimetière de Kensal Green... samedi dernier.

– Vraiment? Et qui a pris cette photo, alors?

– Je ne sais pas. Mais... j'ai reçu la même.

– Ah oui? Je trouve ça tout à fait étrange. Qu'est-ce qu'en pense Mlle Labrooy?

– Je ne lui en ai pas parlé.

– Lui a-t-on aussi envoyé cette photo?

– Non.

Son cerveau avait fonctionné moins vite que ses réflexes.

– A vrai dire, je ne sais pas.

Kingdom fit glisser la photographie dans l'enveloppe et replaça celle-ci dans sa poche. Il fronçait les sourcils et scrutait de ses yeux pénétrants le visage de Harry.

– Quand avez-vous reçu cette photo, monsieur Barnett?

– Mardi.

– Par la poste?

– Non. En fait... je l'ai trouvée sous l'essuie-glace de ma voiture, dans une enveloppe.

Il le sait parfaitement, songea Harry : il cherche seulement à me mettre à bout.

– Ici, à Swindon?

– Non. J'étais à Londres.
– Pour rencontrer Mlle Labrooy, peut-être?
– Non. Je vous l'ai dit, nous nous sommes rencontrés par hasard, samedi dernier. Nous ne nous sommes pas revus depuis.
Personne ne les avait vus au bar Victoria and Albert, Harry en était certain. Et Kingdom ne pouvait pas savoir qu'il rentrait juste de Kensal Green. Avec ce mensonge, au moins, il ne risquait rien.
– Alors qu'est-ce qui vous fait penser qu'elle n'a pas reçu la même photo?
– Je l'ai eue au téléphone. Je crois qu'elle me l'aurait dit.
– Mais vous ne vous êtes pas senti obligé de lui en parler?
– Je ne voulais pas l'inquiéter.
– C'est très délicat de votre part.
Kingdom eut un regard ironique.
– Eh bien, je suppose qu'il n'y a aucune raison d'ennuyer Mlle Labrooy avec cette histoire alors qu'elle est en vacances. Mais mercredi quand elle reviendra, je la mettrai au courant.
– Comme vous voulez.
– Ce qui m'étonne le plus, monsieur Barnett, c'est que le fait de recevoir une photo de vous prise par un inconnu à votre insu ne semble pas vous étonner outre mesure. Puis-je vous demander pourquoi?
– J'ai mis quelques jours à m'en remettre.
– Cela a été un choc alors?
– Euh... oui.
– Mais vous n'avez rien fait?
– Que pouvais-je faire?
Kingdom ne répondit pas. Dans la minute de silence qui suivit, ses yeux restèrent fixés sur Harry. Tous les faux-semblants accumulés entre eux semblèrent se dissoudre dans l'intensité de son regard. Puis comme s'il avait la certitude qu'il n'apprendrait rien de plus, il détourna les yeux et marcha vivement vers la porte.
– J'espère que vous me ferez connaître votre décision avant la fin de la semaine prochaine, dit-il en marquant une pause sur le seuil, souriant comme s'ils venaient de discuter d'une affaire sans importance.
– Oui.
– Parfait. Je vous présente tous les vœux d'usage, monsieur Barnett, et j'attends de vos nouvelles.

Comme la porte se refermait derrière lui, Harry remarqua soudain que tous les muscles de son corps étaient tendus à l'extrême. Desserrant les poings, il découvrit que des gouttes de sueur perlaient sur ses paumes. Son premier mouvement fut de se précipiter sur le téléphone et de prévenir Zohra. Mais c'était sûrement ce que Kingdom attendait. Harry devait donc faire ce qui était le plus difficile dans de telles circonstances : ne rien faire. Il alla à la fenêtre et souleva le rideau. Kingdom montait dans sa voiture, garée un peu plus bas dans la rue.

– Vous aurez de mes nouvelles, docteur, s'entendit-il murmurer. Et peut-être plus tôt que vous ne le pensez.

44

Harry, qui n'avait pas passé les fêtes de Noël en Angleterre depuis dix ans, avait oublié à quel point cela pouvait être ennuyeux. Qu'il y ait des gens pour aimer le supplice annuel de la dinde et les vœux de la reine à la télévision dépassait son entendement. Il fit néanmoins un effort pour faire plaisir à sa mère : il lui assura qu'il avait justement besoin de trois paires de chaussettes en laine verte et que, pour rien au monde, il n'aurait voulu manquer le discours de la reine. Mais quand la nuit tomba et que sa mère commença à chercher un disque dans sa collection de chants de Noël de l'Armée du Salut, il sentit que sa patience avait atteint ses limites; il était temps de battre en retraite. Mais les rues de Swindon étaient vides, les pubs fermés et les scènes de son enfance avaient disparu ; il ne trouva dans le silence de la nuit ni réconfort ni courage. Sa seule consolation était de savoir que le lendemain, il repartirait à la recherche de Heather.

Les congés de 1949 – les derniers avant qu'il fût en âge de quitter l'école et d'échapper ainsi à ce qui était pour lui une torture – avaient eu pour cadre la ville de Paignton. Depuis, il n'était pas retourné dans le sud du Devonshire, excepté pour le mariage de Dysart. Le lendemain de Noël, comme il roulait dans le sud-ouest de l'Angleterre, ces deux lointains souvenirs se confondirent. C'était comme si un écolier taché de jus de fruits faisait irruption dans la réception de mariage et se frayait un chemin en jouant des coudes au milieu des invités buvant du champagne. Sa mémoire récalcitrante refusait de lui obéir.

Des images anciennes se pressaient dans sa tête en une ronde désordonnée, s'estompaient puis réaparaissaient sous d'autres formes.

La voiture aussi faisait des siennes. Devant ses trop nombreux signes de rébellion, Harry préféra quitter l'autoroute et rouler plus lentement. Il traversa des bourgs vides sommeillant dans l'extase de Noël. Une halte forcée pour laisser refroidir le radiateur allongea désagréablement la durée du voyage. Le jour déclinait déjà quand il arriva à Strete Barton après une succession de petites routes bordées de hautes haies, à mi-chemin entre Dartmouth et Kingsbridge.

Harry ne se souvenait de rien, ni de l'allée goudronnée entre des arbres aux branches nues, ni des vaches jersiaises bien soignées, mastiquant des orties dans des champs en pente douce. La dernière fois qu'il était venu, c'était le début de l'été, les arbres étaient verts et on entendait le chant des oiseaux; peut-être était-ce la seule différence. Il franchit une grille destinée à empêcher le bétail de passer puis un portail qui donnait sur une large cour déserte. D'un côté, se trouvait un hangar à récoltes ainsi qu'une grange en pierre, plus ancienne, servant de garage. Devant lui, abritée derrière une haie basse, s'élevait la maison. Elle avait un toit de tuiles, des murs en torchis, des fenêtres à meneaux et une porte abritée sous un porche. Des volutes de fumée montaient des cheminées. A côté de la maison, un chemin longeant un enclos pour chevaux menait à une écurie devant laquelle s'activait une silhouette pourvue d'un seau et d'un balai. Dans le garage, il y avait la Daimler de Dysart, une Range Rover tachée de boue et une voiture de sport rutilante rouge vif. L'ensemble de ce tableau montrait une des formes les plus tangibles de la richesse : la propriété foncière. Un regard sur la photo calée contre le tableau de bord confirma à Harry que c'était là que Heather avait pris sa treizième photo.

Au moment où il descendit de voiture, Dysart apparut sous le porche, le bras levé en manière de salut. Vêtu d'un vieux pull datant du temps où il était dans la marine sur un pantalon en serge, il avait les cheveux coiffés en arrière, et arborait un large sourire. Harry fut frappé de l'aisance avec laquelle il passait du rôle de mandarin en épingle de cravate à celui de rentier, heureux de le recevoir.

– Tu as fait bonne route, Harry?

L'accueil de Dysart – la vigoureuse poignée de main, la

tape sur l'épaule, le sourire radieux – laissant entendre qu'on entrait dans le cercle béni de ses intimes était toujours aussi chaleureux.

– Entre. Je crains malheureusement que Virginia ne soit pas encore revenue.

Comme ils traversaient le vestibule pour gagner l'arrière de la maison, Harry aperçut un grand salon richement meublé avec un arbre de Noël aux décorations somptueuses dressé à côté d'une cheminée où pétillait un beau feu.

– J'étais dans mon bureau quand j'ai entendu ta voiture. Un politicien ne s'arrête jamais, tu sais...

Le bureau était lambrissé de bois sombre et éclairé par une grande fenêtre donnant sur des prés vallonnés et des combes boisées avec dans le fond le clocher de l'église et les toits clairsemés des maisons du village le plus proche.

– Je te sers quelque chose à boire?

– S'il te plaît.

Harry regarda autour de lui les gravures et les étagères garnies de livres, le large bureau jonché de papiers disposé face au tableau toujours changeant de la campagne du Devonshire. Etait-ce là, se demanda Harry, le vrai Alan Dysart : l'homme en tweed, l'homme des traditions, des droits de chasse et des valeurs rurales? Ou n'était-ce qu'un rôle de composition pour ressembler à ce que les autres attendaient de lui? Un verre vint atterrir dans sa main.

– A ta santé! dit-il en portant le verre à sa bouche.

Le goût de Dysart pour le whisky pur malt était irréprochable.

– Qu'est-ce qu'il y a dans cette enveloppe? dit Dysart avec un geste du menton vers le paquet que Harry tenait.

– Quelque chose d'assez édifiant.

– Concernant notre ami Kingdom?

– Oui.

– Moi aussi j'ai appris des choses sur lui depuis notre dernière rencontre, dit Dysart en montrant un fauteuil à Harry. C'est étonnant ce qu'on peut découvrir avec l'aide d'Interpol.

– Où était-il le 11 novembre?

Dysart s'appuya contre le bord du bureau.

– Je te demande encore un peu de patience, Harry. Il faut d'abord que tu saches qu'en ce qui concerne Jack Cornelius, il semble qu'il n'y ait rien de louche. Il a pris dix jours de congé à cause du décès de son père. J'ai fait vérifier. Le 11 novembre, il était à son enterrement, à Dundalk.

– Et Kingdom?

– Ce n'est pas aussi simple. Les registres des compagnies aériennes confirment qu'il se trouvait à Lindos le 6. Le 5, il a pris l'avion à Genève à destination de Rhodes et il est rentré le 7.

– Et le 11?

– Néant. Son nom ne figure pas sur les registres des compagnies d'aviation. Nous n'avons donc pas la preuve qu'il est retourné à Rhodes. Mais en cherchant, Interpol a trouvé quelque chose d'intéressant.

Dysart saisit une feuille sur son bureau qu'il commença à lire.

– Un Anglais répondant au nom de King, dont le prénom commence par la lettre P, a voyagé sur Olympic Airways de Genève à Rhodes *via* Athènes, le jeudi 10 novembre. Il a quitté Rhodes le lendemain par le vol de 17 h 50 pour Athènes où il a passé la nuit puis il a pris un avion de Swissair pour Genève, le samedi 12.

Les dates et les heures coïncidaient mais le nom n'était pas le bon à moins que P. King et P. Kingdom ne soient une seule et même personne.

– Tu ne veux pas dire..., commença Harry.

– C'est possible. Dans les aéroports, on vérifie souvent séparément les passeports et les billets. Les douaniers font plus attention au passeport qu'au nom inscrit sur le billet. De plus, tu connais les Grecs aussi bien que moi. L'administration n'est pas leur fort. Selon la liste des passagers, le mystérieux monsieur King a voyagé seul jusqu'à Rhodes mais il serait revenu avec sa femme.

– Sa femme?

– Ou une compagne se faisant passer pour sa femme.

Enoncées ainsi posément par Dysart, ces informations ne semblaient pas porter à conséquence, mais si King était le nom de guerre de Kingdom, alors il se trouvait bien à Rhodes à l'heure exacte de la disparition de Heather. Et il n'en était pas reparti seul. L'intervention qu'il avait brandie comme une menace s'était concrétisée.

– Maintenant, dit Dysart, tu veux bien me dire ce qu'il y a dans cette enveloppe?

Harry pensait qu'il faudrait au moins une heure à Dysart pour lire les notes de Kingdom. Il en profita pour monter son sac dans sa chambre, ranger ses affaires et prendre un bain pour se détendre après la tension du voyage. Il faisait presque nuit quand il revint dans la cour avec le désir de prendre l'air. Il alluma une cigarette et décida de marcher un peu dans l'allée, savourant la paix et le silence qui l'entouraient, l'humidité qui s'accrochait à son haleine, l'odeur du bois qui brûle enveloppant les granges et les haies. Si l'Angleterre s'était montrée plus souvent à lui sous cet angle, il n'aurait pas été si pressé de la quitter. Dans la presque obscurité, se dessina la forme d'un cheval et de son cavalier remontant lentement l'allée dans sa direction : vision fantomatique qui rejoignit la réalité lorsque Harry perçut le claquement des sabots. C'était une grande jument marron crottée jusqu'aux jarrets et soufflant fort, montée par une femme en habit de chasse. Harry eut un choc en reconnaissant Virginia Dysart. Il s'aplatit contre la haie, certain qu'elle allait passer devant lui sans le reconnaître. Mais non : elle serra la bride pour que le cheval s'arrête à sa hauteur.

– Bonjour, Harry.

La jument était plus grande qu'il ne le pensait. Du haut de sa selle, Virginia posait sur lui un regard impérieux. Ses cheveux relevés et contenus dans une résille sous son chapeau exagéraient la sévérité de ses traits.

– Alan m'a dit que vous alliez venir, dit-elle. J'espère qu'il s'occupe bien de vous.

Harry devina qu'elle allait faire semblant d'ignorer leur rencontre chez Minter et le contraindre à faire de même. Levant les yeux vers elle, Harry se demanda comment cette femme fière, vêtue en chasseuse, pouvait être la maîtresse d'un colporteur de ragots dénué de scrupules.

– Cela me fait plaisir de vous revoir après tant d'années.

C'était le moment où jamais de lui jeter la vérité à la figure. Mais Harry garda le silence. Une telle impudence commandait le respect.

– C'est un plaisir pour moi d'être ici, s'entendit-il dire.

– Bien.

Ses yeux se rétrécirent, ses lèvres dessinèrent un petit sourire pincé.

– Je vous verrai au dîner.

Là-dessus, elle agita les rênes et la jument remonta l'allée au petit trot.

Dysart s'était assombri pendant l'absence de Harry. Il remplit deux verres puis arpenta la pièce en silence pendant une bonne minute avant de se laisser tomber dans le fauteuil derrière son bureau et de glisser les feuilles photocopiées dans leur enveloppe.

– Qu'est-ce que tu en penses? demanda Harry.

– Comment as-tu obtenu ces documents?

– Par la secrétaire de Kingdom. Elle connaissait bien Heather et elle se méfie de lui. Elle pense qu'il a prolongé inutilement la psychothérapie de Heather.

– Z. L., ce sont ses initiales?

– Oui. Zohra Labrooy.

Dysart se renversa dans son fauteuil et caressa son menton d'un air songeur.

– Et c'est elle qui a découvert que Kingdom était absent de l'institut Versorelli le 11 novembre?

– Oui.

– J'ai fait faire une enquête sur cet établissement. C'est une clinique psychiatrique privée. A en juger par ses tarifs exorbitants, elle est réservée à une clientèle fortunée. Elle accueille beaucoup de patients venant de l'étranger et elle est renommée pour sa discrétion. D'après ce qu'on m'a dit, l'institut Versorelli est le genre d'endroit où on peut se débarrasser moyennant finance d'un parent encombrant.

Harry imagina une grande maison à pignons au milieu de pins couverts de neige, des chiens-loups patrouillant dans la propriété et le visage effrayé de Heather à une fenêtre supérieure.

– Tu crois que Heather pourrait être enfermée là-bas? demanda-t-il.

– Je ne sais pas, Harry.

Dysart se redressa et il le regarda avec une concentration accrue.

– Tu as dit que Mlle Labrooy soupçonnait Kingdom de mal accepter le complet rétablissement de Heather. Comment expliques-tu cela?

– Il voulait qu'elle reste dépendante de lui.

– Très bien. Admettons que cela transparaisse légèrement dans ses notes. Une fois Heather partie, qu'a-t-il fait selon toi?

– Il a attendu le moment d'agir. Puis il a été la rejoindre à Rhodes et l'a persuadée de rentrer avec lui à Genève.

– Elle l'aurait accompagné de son plein gré, tu penses?

– Pour une raison ou une autre, elle a accepté de le rencontrer en secret sur le mont Prophitis Ilias. Pour la même raison, elle a pu accepter d'aller incognito en Suisse.

– Où elle se trouverait depuis ce moment-là?

– Oui.

Dysart fronça les sourcils et poussa un soupir.

– J'ai pensé la même chose, Harry. La personnalité de l'homme; son absence de l'institut le jour en question; ses notes; le mystérieux King. Tout cela m'a amené à la même conclusion que toi. Mais sans preuve, on reste dans le brouillard.

– Alors que faisons-nous?

Dysart fit pivoter son fauteuil et contempla par la fenêtre l'horizon presque noir.

– Bonne question.

Il se retourna vers le bureau et alluma une lampe.

– Il faut d'abord s'assurer que les Mallender ne savent vraiment pas où se trouve Heather.

– Tu veux dire que Kingdom aurait pu agir pour leur compte?

– C'est une possibilité. Je croyais connaître Charlie Mallender et savoir de quoi il était capable mais la pression qu'il a exercée sur moi en accord avec Roy pour le contrat Phormio m'a prouvé que je m'étais trompé. Nous savons qu'ils ont menacé Heather de la faire interner à l'hôpital de Challenbroke si elle ne se montrait pas plus docile. Ils ont pu passer à l'acte et demander à Kingdom de faire le travail. Ils préfèrent peut-être faire croire que Heather a disparu plutôt que d'avouer qu'elle est enfermée contre sa volonté dans un asile psychiatrique en Suisse.

– Si c'est vrai, ils ne l'admettront pas aussi facilement.

– Non.

Dysart eut un léger sourire.

– Mais je saurai s'ils mentent. J'ai téléphoné à Roy la semaine dernière et je lui ai fait comprendre qu'il ne devait pas s'acharner contre ton ami Mossop. J'ai pensé que je devrais peut-être aller les voir en personne pour donner plus de poids à mes paroles. Eh bien, le moment est venu de leur rendre visite.

– Quand iras-tu?

– Demain.

– Tu veux que je vienne avec toi?

– Non, Harry. Tes différends avec Roy ne pourraient que compliquer les choses. Je préfère que tu m'attendes ici. Je serai de retour dans la journée.

– Et alors ?

L'expression de Dysart se durcit.

– Alors, il ne sera plus temps de tergiverser, Harry. Il faudra agir.

45

Dysart partit pour Weymouth le lendemain matin à l'aube. Dans un demi-sommeil, Harry avait entendu le moteur de la Daimler. Une heure plus tard, Nancy, la femme de ménage, venait lui apporter le petit déjeuner. Elle confirma que son patron était parti inhabituellement tôt et expliqua à Harry comment se rendre au village tout proche de Blackawton. Après plusieurs tasses de café, trois tranches de bacon et deux œufs de la ferme, Harry se mit en marche. C'était une matinée lumineuse et douce, presque printanière. On ne se serait jamais cru au cœur de l'hiver. Flâner le long des petites routes humides et désertes par ce temps-là était un réel plaisir, mais Harry avait un but précis : trouver la scène de la quatorzième photo prise par Heather.

Au bout d'une demi-heure de marche, il arriva aux abords du village. Près de l'église dont le clocher lui avait permis de se repérer, il découvrit ce qu'il cherchait : un cimetière contenant une cinquantaine de tombes réparties dans un petit champ dévalant ensuite en pente raide et d'où la vue entre les vallons boisés s'étendait à perte de vue sur les terres cultivées. Il resta un moment parmi les tombes, laissant le vent ébouriffer ses cheveux et ses sens s'imprégner du paysage. On ne pouvait souhaiter cadre plus approprié pour le repos de son âme. Un humble champ exposé au vent, au soleil et à la pluie à l'entrée d'un paisible village. Qui pouvait préférer l'abbaye de Westminster après avoir vu cela?

FRANCIS DESMOND HOLLINRAKE. En regardant les lettres en or gravées dans le marbre noir, Harry se demanda ce qui avait pu pousser Heather à photographier cette pierre tombale. Ses autres photos avaient suivi une logique où le père de Virginia Dysart semblait ne jouer aucun rôle.

– Vous êtes vraiment un lève-tôt, dit une voix de femme derrière lui.

Il se retourna. Virginia Dysart avançait vers lui. Elle portait un jean, un tricot en jersey, une écharpe en soie rouge, une veste en peau de mouton et souriait de toutes ses dents. Il était difficile de reconnaître dans cette femme la cavalière au visage sévère ou même l'hôtesse silencieuse qui avait assisté au dîner de la veille.

– Pas autant que d'autres.

– Vous voulez parler de Dysart?

C'était une étrange façon de parler de son mari. Cela impliquait entre eux une distance qui la dispensait d'une explication.

– J'ai l'impression qu'il ne dort jamais. C'est un grand atout, je crois, quand on fait de la politique.

– Vous savez où il est allé?

– Oui.

Le sourire se crispa. Elle regarda la tombe.

– Qu'est-ce qui vous amène ici, Harry? Mon père est mort il y a quinze ans.

– Oui, je vois. Vous venez souvent sur sa tombe?

Elle eut une expression disant qu'elle n'avait pas envie de jouer les hypocrites.

– Presque jamais, répondit-elle.

– Alors puis-je à mon tour vous demander ce qui vous amène ici, ce matin?

– J'étais à peu près sûre de vous retrouver ici. Nancy m'a dit quel chemin vous aviez pris.

– Vous avez deviné que je viendrais ici?

– Non, l'intuition n'a rien à voir là-dedans.

Elle marqua une pause intentionnelle.

– La dernière fois que je suis venue ici, c'était avec Heather.

Harry se retourna vers les champs miniatures, et face à ce panorama, il aurait presque pu croire, l'espace d'un instant, que l'automne et l'hiver se confondaient; que Heather se trouvait à côté d'eux et que ces deux journées éloignées l'une de l'autre dans le temps n'en faisaient plus qu'une.

– Comment avez-vous su qu'elle est venue ici, Harry?

– Je ne le savais pas.

Elle ne répondit pas comme si elle n'attachait pas d'importance à ce qu'elle prenait manifestement pour une dénégation.

– Elle voulait que je lui parle de mon père. Mais vous savez déjà tout, bien sûr.

Lorsque Harry regarda Virginia, il n'aurait pas su dire si elle faisait allusion aux desseins de Heather ou au fait qu'elle trompait son mari.

– L'avez-vous amenée ici ?

– Oui. Elle me l'a demandé. Elle a pris une photo. J'ai trouvé ça étrange, macabre, même. Dans un album de famille, on trouve des photos de mariage et de baptême à la pelle, mais jamais de photos d'enterrement. L'amour, la naissance, oui ; la mort, non. Heather, elle, la mort, c'est tout ce qui l'intéressait. Vous n'êtes pas de cet avis ?

– Non.

Elle sourit.

– Vous voulez faire un tour avec moi en voiture, Harry ? Je l'ai laissée un peu plus haut, sur la route.

– Pour aller où ?

Un autre sourire.

– Là où j'ai emmené Heather, bien sûr. Où voulez-vous que ce soit ?

Virginia conduisait vite mais bien. La Mercedes quitta Blackawton et fila vers l'est, serrant de près les virages. Harry avait aperçu un panneau dans le village indiquant Dartmouth à sept kilomètres. En l'espace de quelques minutes, ils se retrouvèrent sur une longue ligne droite qui descendait vers la nappe bleue du port piquetée de mâts avec sur leur gauche, les pelouses immaculées du Royal Navy College qui dominait la ville.

– Heather a passé à Strete Barton son dernier week-end avant son départ à Rhodes, expliqua Virginia, ralentissant au moment où ils arrivaient en bas de la pente. Je devais aller à Dartmouth le samedi matin, alors je lui ai proposé de m'accompagner. J'étais loin d'imaginer ce qu'elle avait en tête. D'abord, l'arrêt au cimetière puis des questions à n'en plus finir. Au début, elle s'est montrée juste un peu curieuse puis à la fin, elle ne m'a plus lâchée comme si elle voulait tirer de moi le maximum d'informations.

Ils s'arrêtèrent devant le port et descendirent de voiture. Des gens promenant leur chien et des touristes déambulaient le long du large trottoir. Les canots se heurtaient doucement les uns contre les autres sous la houle de l'estuaire. Sur la rive opposée, les toits de chaumières s'échelonnaient sur les pentes très boisées. Virginia s'appuya contre le garde-fou et regarda le bâtiment carré du Royal Navy College en brique rouge qui se dressait au-dessus de la ville.

– Est-ce que Dysart vous a dit comment nous nous sommes rencontrés, Harry ?

– Non, je ne crois pas.

– Cela s'est passé là-haut.

Du menton, elle indiqua le Royal Navy College.

– C'était en 1968, au mois de septembre, à l'occasion d'un cocktail donné par une division. Dysart était élève officier, tout frais émoulu d'Oxford et moi j'étais l'une des jeunes filles à marier de la région invitées là pour que les officiers en herbe s'entraînent à la vie mondaine. J'avais dix-neuf ans, pas plus, dit-elle en soupirant. Trois mois plus tard, nous étions fiancés.

« Vous avez connu Dysart au moment où il était à Oxford, Harry. Vous n'aurez pas de mal à comprendre pourquoi je suis tombée si follement amoureuse de lui. Je le trouvais beau et intelligent comme un dieu. Moi, j'étais timide, nerveuse. Je portais quelque ridicule robe d'été. Quand il m'a adressé la parole, je croyais rêver. Aussi lorsqu'il m'a invitée à sortir avec lui... j'ai eu l'impression de vivre un véritable conte de fées. Il y a eu des réceptions, des promenades dans sa MG sur les routes de campagne à une allure grisante. Il est venu à la maison pour faire la connaissance de mon père. Et puis il y a eu le bal de fin d'année, la robe que je portais, les choses qu'il m'a dites, un verre de champagne près de l'une de ces grandes fenêtres, les lumières de Dartmouth au-dessous de nous. Mon cœur battait si fort que j'avais peur qu'il déborde. Il m'a demandé tout bas en mariage. J'ai dit oui en frémissant. J'étais si fière du défilé de sa promotion quelques jours plus tard. Si fière qu'il soit à moi. »

Elle secoua la tête.

– Vous devez penser que je suis folle de parler de cette façon. Vous devez penser que je n'ai jamais été la jeune fille vulnérable et naïve que je décris.

Harry se souvint d'une jeune et jolie mariée, grande et mince, distante, d'une poignée de main gantée et d'un sourire conventionnel. Des années plus tard, elle était venue à Lindos. Un matin de printemps, il l'avait vue marcher sur la plage dans un bikini blanc et il se rappelait qu'il l'avait trouvée majestueuse et hautaine avec sa tête rejetée en arrière et ses cheveux mouillés tombant sur ses épaules. Elle n'était jamais revenue. D'elle, songea-t-il tout à coup, il ne savait rien d'autre, en dehors de leur rencontre impromptue chez Minter.

– Pourquoi me racontez-vous tout cela?

– Parce que c'est ce que j'ai dit à Heather.

– Mais pourquoi à moi?

– Parce que Dysart me l'a demandé. Hier soir, il m'a demandé de vous répéter exactement tout ce que j'avais dit à Heather quand elle est venue chez nous et j'ai accepté de le faire.

Elle sourit.

– Mais c'est plutôt cocasse, ajouta-t-elle.

– Pourquoi?

– Parce qu'il ne sait pas ce que j'ai raconté à Heather.

Le Green Dragon, à Stoke Fleming, venait juste d'ouvrir ses portes lorsque Harry et Virginia arrivèrent. C'était un pub froid, mal aéré, vide, perdu au bout d'une petite rue, dans le premier village au sud de Dartmouth. Harry ne savait pas pourquoi ils étaient venus là mais il ne protesta pas. Il ne protesta pas non plus quand Virginia commanda et paya les boissons. Ils portèrent leur verre à une table près d'une fenêtre. Elle alluma une cigarette, avala longuement la fumée avec un plaisir manifeste, rejeta ses cheveux en arrière et regarda vers le bar avec une moue de dédain.

– Les divisions des élèves officiers avaient chacune leur pub, dit-elle après une première gorgée de vodka. Celui-ci était le repaire de la division de Dysart. Je l'ai souvent rencontré ici. Je m'asseyais à cette table et je le regardais faire la noce avec ses copains en attendant patiemment qu'il me paie un autre verre ou m'adresse quelques mots. J'étais on ne peut plus soumise à cette époque. J'étais exactement ce qu'on voulait que je sois. Nous étions toutes comme ça.

– Plus maintenant?

Elle sourit.

– Vous savez pourquoi je reste avec Dysart, Harry?

– Ce sont vos affaires.

– Je reste avec lui parce qu'il est le propriétaire de Strete Barton. C'est le plus comique de l'histoire : la maison de mes parents appartient à cet homme. Mon père, voyez-vous, a eu des problèmes financiers pendant des années sans que je le sache. Me payer des études, sans parler de mon mariage, n'a pas dû arranger les choses. Je suppose qu'il considérait Dysart comme un fils, l'homme qui pourrait racheter la ferme s'il était dans le besoin. Il s'est confié à lui, a suivi ses conseils, puis il s'est mis à lui emprunter de fortes sommes d'argent, et il a fini par hypothéquer toute la propriété. Ni l'un ni l'autre ne m'en ont jamais rien dit. Mon père devait avoir trop honte et il devait être persuadé qu'il pourrait rembourser Dysart un jour. Seulement voilà, il est mort. Il m'a légué la propriété mais son héritage ne signifiait rien puisqu'elle appartenait déjà à Dysart. Il a décidé de louer la terre cultivable aux voisins et de ne garder que la maison. C'est lui qui prend toujours toutes les décisions.

– Je suis sûr que vous auriez pu la cultiver vous-même.

Elle se mit à rire.

– Ne soyez pas idiot, Harry. Vous savez très bien ce que je suis, une garce gâtée. Dysart a fait ce qu'il fallait pour cela. Il m'a donné tout ce qui à mes yeux comptait plus que la liberté : de beaux vêtements, des bijoux, des chevaux de course, des voitures de sport, une bonne pension.

– Mais...

– J'aurais pu le quitter? dit-elle avec un sourire plein de dédain pour elle-même. Non, car dans ce cas, j'aurais tout perdu. Je n'ai pas parlé de cela à Heather, ajouta-t-elle, le regard perdu dans le vague. Je me suis mieux conduite avec elle. Et elle ne savait pas pour Jon.

Le nom était prononcé; le masque était levé.

– Jon est juste une petite vengeance provisoire.

– Provisoire?

– Il fera l'affaire en attendant que je trouve mieux.

– De quoi voulez-vous vous venger?

– De la vie que Dysart m'a fait mener.

A la vitesse à laquelle roulait Virginia, les hautes haies bordant les petites routes de campagne n'étaient plus qu'une succession de taches floues. Harry se demanda pourquoi, chaque fois qu'il marchait sur les traces de Heather, il ne trouvait que l'amertume et le désenchantement de vies gâchées. Il eut soudain besoin d'air frais. Il baissa la fenêtre et respira profondément.

– Où est Heather, Harry? demanda Virginia.

Harry regarda Virginia. Elle souriait.

– Ce n'est pas une question aussi stupide que ça. Ce que je veux dire, c'est : pensez-vous qu'elle soit quelque part?

– Bien sûr.

– Vraiment? Quelque part de précis, où elle respire comme

vous et moi, mange et dort? Vous le pensez? Moi, j'en doute. Heather m'a donné l'impression d'être une créature éthérée qui n'avait pas de prise sur le monde réel, comme si elle pouvait un jour s'effacer sans raison apparente.

– Vous parlez sérieusement?

– En tout cas, cela coïncide avec les faits. Un sommet de montagne est tout à fait l'endroit où il paraît presque normal que ce genre de personne s'évanouisse sans laisser de trace.

Harry se rappela la conversation qu'il avait eue avec Miltiades.

– Vous voulez dire une mort sans cadavre? murmura-t-il.

Virginia hocha la tête :

– C'est bien trouvé.

– Ce n'est pas très original.

– Peu importe. Une chose est sûre : Heather était tout l'opposé de sa sœur, aussi détachée de ce monde que Clare était...

– Vous connaissiez Clare?

– Bien sûr. Et avant que vous ne me posiez la question, oui, je savais qu'elle essayait de faire chanter Dysart. Elle est venue ici l'année dernière, quelques semaines avant sa mort, pour m'informer avec sa brusquerie habituelle qu'elle était enceinte.

Virginia freina brusquement pour faire tourner la voiture dans l'allée de Strete Barton.

– Vous l'avez crue? demanda Harry.

– Non. Il y avait quelque chose dans son histoire qui ne tenait pas debout. On aurait dit qu'elle récitait une leçon apprise par cœur. J'ai flairé le piège. C'est pour cela que je n'en ai pas parlé à Jon. Si je lui donne des informations à utiliser contre Dysart, je veux être sûre que ce soit du solide.

– Mais si vous en aviez été sûre?

– Alors je n'aurais pas hésité un instant.

Elle disait cela calmement, sans rougir. En la personne de Virginia, Dysart avait ce qu'aucun homme ne méritait de trouver chez une femme : une ennemie potentielle.

– Je vous choque? demanda-t-elle.

Avant de répondre, Harry pensa tout à coup que quelque chose ne collait pas. Clare serait venue à Strete Barton quelques semaines avant sa mort? Non, c'était impossible, à moins que...

– Quel jour exactement Clare est-elle venue vous voir?

– Voyons. C'était le 1er Mai. Dysart ouvrait une kermesse ou une foire aux bestiaux dans sa circonscription. Elle devait savoir qu'elle me trouverait seule.

– Le 1er Mai?

– Oui. Ce n'était pas déjà un jour férié quand vous êtes parti pour Rhodes?

Harry fronça les sourcils. Il y avait quelque chose qui n'allait pas. Dysart avait dit que Clare l'avait mis au courant de sa grossesse au Skein of Geese, le 16 mai. Il était impensable qu'elle ait d'abord montré son jeu à Virginia. Par conséquent, Virginia devait se tromper. C'était assez compréhensible. Il y avait deux jours fériés au mois de mai. Elle avait dû confondre. Comme la voiture franchissait la grille destinée à retenir le bétail, il allait la questionner davantage mais un violent coup de frein l'en empêcha. Nancy, dans tous ses états, accourait vers eux.

– Que se passe-t-il? dit Virginia comme ils descendaient de voiture.

– Je suis bien contente de vous voir de retour, madame Dysart, dit Nancy en respirant avec peine.

Il lui fallut un moment pour reprendre son souffle avant de pouvoir continuer.

– Pour ça, j'ai eu une peur bleue, je peux vous le dire.

– Et pourquoi donc, ma fille? demanda Virginia qui semblait plus agacée que véritablement intéressée.

– Eh bien, j'étais dans la cuisine à faire la vaisselle et à un moment, j'ai regardé par la fenêtre et qu'est-ce que je vois? Un type dans la cour qui m'observait comme s'il était là depuis un certain temps déjà. C'était pas un livreur. Il était trop bien habillé pour ça. Et il faisait rien, juste me regarder. Je me suis mise à trembler de la tête aux pieds. J'ai tourné la tête juste le temps de poser le pot que je tenais à la main et quand j'ai regardé de nouveau, il était plus là. Evanoui dans l'air. J'ai couru dehors mais j'ai rien vu.

– Il est peut-être reparti, dit Virginia d'un ton irrité.

– Non. Il aurait pas eu le temps. Et j'ai pas entendu de bruit de moteur. Je suis venue ici et j'ai regardé en bas de l'allée. Il y avait rien. J'ai marché jusqu'à l'écurie et j'ai rien trouvé non plus.

– Ce devait être un randonneur.

– C'était pas un randonneur. Il était pas habillé pour marcher. Il avait tout l'air d'un vrai citadin.

– En tout cas, il est parti maintenant?

– Il faut croire. Mais je sais ni où ni comment. J'ai regardé partout. Il y avait aucune trace. Alors j'ai pensé qu'il avait pu se cacher quelque part. Dans l'un des hangars, par exemple. Et ça m'a mise dans tous mes états.

– Cela s'est passé il y a combien de temps?

– Il y a environ un quart d'heure.

– Je suppose qu'il est parti maintenant mais je vais vérifier.

Là-dessus, Virginia s'éloigna à grands pas vers les étables.

– Elle trouvera rien, dit Nancy à Harry en secouant la tête d'un air sombre.

– Vous pourriez me décrire cet homme? demanda Harry en essayant de montrer un visage compréhensif.

– C'est un homme mince, dans les cinquante ans, quelques cheveux grisonnants sur le dessus du crâne, le teint jaune et des petits yeux de rat. Il portait un imperméable malgré...

Elle s'interrompit.

– Ça va pas, monsieur Barnett? Vous êtes tout pâle tout à coup.

46

Un profond silence enveloppait la maison. Cela faisait deux heures que Nancy avait été renvoyée chez elle pour se calmer et une heure que Virginia était partie pour sa promenade à cheval quotidienne. Luttant contre la brûlante envie de sauter dans sa voiture et de s'en aller, Harry avait fouillé une dernière fois l'étable, les granges et les hangars, mais il n'avait évidemment rien trouvé. De retour dans la maison, comme il sursautait à chaque craquement des vieilles poutres, il en était arrivé à cette conclusion que sa seule chance de ne pas céder à la panique était d'avoir recours au whisky pur malt de Dysart; et à présent, entre deux gorgées fébriles, il sentait monter dans son sang la chaleur réconfortante de l'alcool tandis qu'il contemplait par la fenêtre du bureau les champs sans rien voir d'autre que des moutons, de l'herbe, des haies et le vague reflet de son visage.

Qui était-il, cet observateur silencieux qui ne se laissait voir que lorsqu'il le voulait bien? Comment avait-il pu suivre Harry jusqu'à Strete Barton? Comment pouvait-il anticiper chacun de ses mouvements? Pour qui travaillait-il? Pour Kingdom? Harry prit une nouvelle lampée de whisky.

Abandonnant la fenêtre, il promena ses regards dans le bureau de Dysart. Bien que confortablement meublé, on aurait dit une pièce vide. La table de travail était rangée, les livres bien alignés. Il n'y avait pas de lettre inachevée sur le sous-main, pas de notes, pas de petits mots susceptibles de trahir le caractère de son propriétaire.

Sur le mur face au bureau, trois photographies étaient

accrochées côte à côte. Harry traversa la pièce et les inspecta l'une après l'autre.

Les élèves officiers de Dartmouth, septembre 1968, quartiers-maîtres de 2e classe. Dysart était au troisième rang, l'air posé. Il ne souriait pas, ne manifestait ni arrogance ni humilité. Il était fidèle à l'image qu'il avait toujours donnée à Harry, celle d'un homme extrêmement maître de lui. La deuxième photographie représentait l'équipage de l'*Atropos*, en avril 1971 : le capitaine C.V. Mallender, carré d'épaules et la mâchoire saillante, était assis au premier rang. Le lieutenant A.J. Dysart, le quatrième en partant de la gauche, n'était qu'une silhouette anonyme. Rien dans la pose ou l'expression de l'un ou de l'autre pouvait faire pressentir les liens qui les uniraient plus tard. Enfin, il y avait l'*Electra*, en juillet 1982, la frégate que Dysart avait commandée pendant la guerre des Falklands. Paraissant à peine plus âgé, le capitaine Dysart était assis au milieu de ses hommes, l'air détendu, mélange réussi d'un esprit à la fois hardi et discipliné.

Harry retourna lentement vers la fenêtre en laissant son regard errer sur la rangée de livres disposés sur l'étagère la plus proche. La politique, la littérature, la mer, étaient des thèmes qu'on pouvait s'attendre à trouver dans la bibliothèque d'un homme comme Dysart. Puis Harry s'arrêta et examina plus attentivement le dos d'un livre relié en cuir. Il lut à mi-voix le titre en lettres dorés : *Le Règne de Guillaume II le Roux*. Il prit le volume et l'ouvrit à la page de titre. *Le Règne de Guillaume II le Roux et L'Avènement d'Henry Ier Beauclerc*, par Edward A. Freeman, membre honoraire de Trinity College à Oxford. Publié en 1882, il était encore en excellent état : aucune page ne trahissait son vieil âge. Harry revint à la page de garde. A la lecture de la dédicace, il ne put réprimer un mouvement de surprise. Voici ce qui était écrit : « Pour Dysart, en souvenir de son entrée dans la société Tyrell, Breakspear College, Oxford, le 23 avril 1968. » Suivaient cinq noms, chacun écrit avec une écriture différente. Cornelius; Cunningham; Everett; Morpurgo; Ockleton. Ainsi cette soirée de la Saint-George avait-elle été le théâtre de la remise d'un cadeau, d'une défenestration, d'un geste de reconnaissance et d'une trahison. Mais qui était le traître? Six hommes connaissaient la réponse. L'un d'eux était mort, un autre ne valait pas beaucoup mieux. Et les quatre restant ne voulaient rien dire.

A ce moment-là, la sonnerie du téléphone déchira le silence comme un coup de klaxon. Harry posa le livre à côté sur le bureau et décrocha.

– B-Blackawton 753.

– Harry! C'est Alan Dysart. Virginia est là?

– Non. Elle est partie à cheval. Où es-tu?

– A Weymouth.

– Avec... avec les M-Mallender?

– Ça ne va pas, Harry? Tu n'as pas l'air dans ton assiette. Non, je ne suis pas avec les Mallender.

– Si si, ça va.

– Tu en es sûr?

– Oui.

– Tant mieux.

Il fit une pause puis ajouta :

– Les Mallender nagent autant que nous, Harry. On peut leur reprocher beaucoup de choses mais je suis sûr qu'ils n'ont pas demandé à Kingdom d'interner Heather en secret en Suisse.

Heather et le docteur Kingdom. Bien sûr. Pourquoi Harry ne pouvait-il se concentrer sur ce qui était important?

– Tu le crois vraiment? dit-il, l'esprit engourdi.

– Oui.

– Alors qu'est-ce qu'on fait?

– Charlie et moi pensons qu'il faudrait rencontrer Kingdom le plus tôt possible. Pas pour l'accuser, juste pour essayer de se faire une idée sur lui. Il est vital de savoir à quelle sorte d'homme nous avons affaire.

– Tu crois qu'il acceptera de vous rencontrer?

– Tout est arrangé. Charlie a téléphoné à Kingdom et il lui a demandé de nous retrouver ici demain. Il a accepté. On l'attend à Sabre Rise à 11 heures.

– Demain?

Harry voulait se révolter contre la vitesse à laquelle les événements se précipitaient. Il aurait voulu demander une trêve mais il se contenta de dire :

– C'est arrangé?

– Oui. Tu viens, bien sûr?

– Euh... oui.

– Bien. Je vais rester dormir ici. Dis à Virginia que je suis retenu par mon travail.

– Très bien.

– A demain, alors, Harry.

– A demain.

Comme Dysart raccrochait, l'arrêt de la tonalité ramena Harry au silence de la pièce où l'attendaient doutes et incertitudes. Il posa le récepteur. Le téléphone sonna de nouveau.

– Blackawton 753.

Pas de réponse.

– Allô?

Pas de réponse.

– Allô?

Un déclic, un faible changement de tonalité puis un mot :

– *Parakalo?*

Une voix grecque sur une ligne de téléphone dans le Devonshire! Harry paralysé par la peur était incapable d'articuler un son.

– *Parakalo?*

Etait-ce la voix qui lui avait souhaité bonne nuit en grec dans un wagon de métro à Londres? Il aurait été incapable de le dire.

– *Parakalo?*

Qui se cachait derrière tout ça? Parmi tous les hommes et les femmes qu'il connaissait, quel était celui ou celle qui lui faisait ça à lui?

– *Parakalo?*

Il ne dirait rien. Il ne mordrait pas à l'hameçon. Il ne leur donnerait pas cette satisfaction.

– *Parakalo?*

Il raccrocha. Le silence revint comme une main rassurante posée sur son front. Le silence qui lui épargnait de chercher une réponse. Il serait toujours temps, demain.

47

Ils formaient un curieux tableau, Harry aurait été le premier à en convenir. Bien que meublé à grands frais, le salon de Sabre Rise était aussi froid qu'une salle d'attente dans une gare. L'interrogatoire de Peter Kingdom se déroulait dans ce vaste espace moquetté avec toute la courtoisie et la retenue propres à un conseil d'administration d'une œuvre de bienfaisance. De son fauteuil près de la cheminée, Charlie Mallender le questionnait d'une voix bourrue sur l'état d'esprit de sa fille. Dans le fauteuil en face de lui, le docteur Kingdom refrénait son agacement en répétant une fois de plus son diagnostic. Près de la fenêtre, Alan Dysart marchait de long en large, le front plissé et concentré, tantôt demandant une précision, tantôt émettant une hypothèse d'un ton poli mais ferme. Assise sur le canapé à côté de Harry, Marjorie Mallender ne cessait de trembler. Et sur la table basse, au milieu de leur groupe embarrassé, la photographie de Marjorie avec Clare, Heather, Roy et Jonathan Minter, prise le jour des vingt et un ans de Clare, les observait en silence.

– Je ne peux que répéter plus ou moins ce que je vous ai déjà dit au moment où Heather a quitté Challenbroke. Je m'étonne que vous ayez besoin que je revienne là-dessus.

Il y avait une pointe d'exaspération dans la voix de Kingdom. Il parlait comme un éminent professeur exacerbé par la stupidité de ses élèves.

– On ne peut jamais garantir la guérison définitive d'un trouble mental. Une rechute brutale peut intervenir après plusieurs mois d'un comportement normal. C'est pour cette raison que mon opinion sur Heather le 11 octobre ne permet pas de savoir où elle en était le 11 novembre. Vous devez bien comprendre ça ?

– Bien sûr, dit Charlie. Mais nous nous sommes demandé si vous n'auriez pas eu de ses nouvelles après le 11 octobre. Une lettre, peut-être, ou un coup de téléphone, n'importe quoi qui pourrait...

– Non, il n'y a rien eu de ce genre.

Kingdom restait inflexible sur ce point. Que cachait son mensonge ?

– Sa disparition a été une totale surprise pour moi.

En disant cela, une moue cynique se forma un instant sur ses lèvres. Harry savait qu'il ne pouvait pas croire un mot de ce que racontait cet homme.

– Excusez-moi, dit Dysart, mais puis-je vous demander jusqu'où vous vous sentez tenu de garder le secret professionnel ?

– Que voulez-vous dire ?

– Simplement ceci : supposons, ce n'est qu'une hypothèse, bien sûr, que vous acceptiez à la demande expresse d'un patient, de cacher à ses proches certains aspects de sa maladie et la nature du traitement nécessaire...

– Ce serait totalement irrégulier !

– Mais pas inconcevable ?

– Peut-être pas, mais...

– Alors je vous pose la question suivante : qu'est-ce qui pourrait vous libérer de cet engagement envers un patient ?

– Que puis-je répondre à ça ? dit Kingdom en lançant à Charlie un regard furieux. Monsieur Mallender, je suis venu ici pour essayer de découvrir ce qu'il est advenu de Heather. Est-ce que cela ne devrait pas être votre principale préoccupation ?

– C'est notre principale préoccupation, dit Charlie en rougissant.

Sa voix avait une tonalité étrange comme s'il jouait un rôle pour lequel il était peu fait, ce qui était en effet le cas, Harry pouvait en témoigner.

– Nous vous sommes reconnaissants de votre coopération, docteur Kingdom, ajouta Charlie.

– Puis-je vous demander si l'absence de votre fils a une signification particulière ?

Harry savait que Roy n'était pas là parce qu'ils avaient eu

peur qu'il ne puisse se plier à la stratégie qu'ils avaient arrêtée : sous prétexte d'obtenir des informations pouvant faciliter la recherche de Heather, tenter d'établir si Kingdom avait pu jouer un rôle dans sa disparition.

– Mon fils a eu un empêchement de dernière minute, précisa Charlie lentement. Son absence parmi nous n'a pas de signification particulière.

– Je me demandais si le fait qu'il ne soit pas là n'avait pas un rapport avec la présence de M. Barnett, dit Kingdom avec un léger sourire accompagné d'un mouvement de la tête en direction de Harry.

– Pas du tout, répliqua Charlie. Roy reconnaît comme nous tous que M. Barnett n'est pour rien dans la disparition de Heather.

Quel beau numéro de faux-jeton, pensa Harry. On allait bientôt le présenter comme un ami de la famille!

– Dans ce cas, dit Kingdom, vous pourriez peut-être le persuader de se soumettre à quelques séances d'hypnose comme je le lui ai proposé. C'est le seul espoir qui me reste de faire quelques progrès.

– Harry en est tout à fait conscient, dit Dysart, mais avant d'accepter cette solution qu'il considère comme celle de la dernière chance, il veut être certain que nous avons tout essayé. Sa décision me paraît très sage.

– Nous avons tout essayé.

– C'est possible.

Sans un clin d'œil qui aurait pu trahir leur complicité, Dysart se tourna vers Harry.

– Qu'en penses-tu, Harry?

C'était le moment d'abonder dans son sens.

– J'ai l'impression qu'il faudra bien que j'en passe par là, dit-il avec un soupir.

– Vraiment? dit Kingdom, manifestement surpris. Vous accepteriez de faire un essai?

– Oui.

Kingdom le regarda avec une vive attention.

– Je suis ravi que vous vous soyez rendu à la raison, dit-il sans triomphalisme. Quel jour vous arrangerait?

– Un jour de la semaine prochaine?

– Pas plus tôt?

– J'aimerais mieux pas.

– Très bien.

Kingdom sortit un agenda.
– Alors disons... mardi prochain?
– Oui, mardi, dans l'après-midi.
– Très bien. A 14 h 30, à mon cabinet à Marylebone?
– Parfait.

Kingdom écrivit au crayon l'heure du rendez-vous puis il glissa son agenda dans sa veste.

– Bien entendu, l'expérience peut ne rien donner, dit-il. Vous en êtes conscient, je suppose.

– Oui, dit Dysart.

– C'est aimable à vous de bien vouloir vous charger de cette expérience, ajouta Charlie sur le ton monocorde de quelqu'un qui lit un discours. Ce ne doit pas être si courant dans votre pratique.

– Non, en effet, répondit Kingdom. Mais nous ne devons pas négliger la moindre chance de comprendre ce qui s'est passé.

Il parcourut la pièce du regard et ses yeux se fixèrent sur Harry.

– Je suis soulagé que vous ayez fini par vous rallier à mon point de vue, monsieur Barnett.

Ses yeux scrutaient le visage de Harry comme s'il tentait de découvrir ce qui pouvait expliquer son revirement.

– Espérons que l'expérience sera fructueuse.

– Oui, espérons-le, dit Harry.

Ouvrir sa pensée au docteur Kingdom serait pure folie mais cela ne l'engageait à rien de lui faire miroiter qu'il se soumettrait à ce genre d'expérimentation, surtout en sachant, comme tous ceux présents dans la pièce, à l'exception de Kingdom, qu'à 14 h 30 de l'après-midi, le mardi suivant, il serait très loin de Marylebone.

Dix minutes plus tard, le docteur Kingdom prenait congé après avoir assuré aux Mallender qu'il les tiendrait au courant de ce qu'aurait donné la « séance d'essai » avec Harry. Marjorie le raccompagna à sa voiture pendant que Dysart le regardait par la fenêtre. Lorsque le bruit du moteur se fit entendre, il se retourna vers Charlie et Harry.

– Est-ce que nous sommes d'accord? dit-il doucement.

– Ce type cache quelque chose, marmonna Charlie. C'est clair.

Ils cachaient tous quelque chose, songea Harry. Derrière

une solidarité de circonstance, ils dissimulaient de vieux différends et ils apaisaient leur conscience en se lançant avec un temps de retard à la recherche de la vérité. A peine un mois plus tôt, Charlie le mettait à la porte de chez lui et lançait la police à ses trousses. Et voilà qu'à présent il adoptait un profil bas et lui donnait sa confiance! On croyait rêver.

– Il faut absolument savoir le plus vite possible si Heather se trouve ou non à l'institut Versorelli, dit Dysart.

– Je suis d'accord avec toi, grogna Charlie.

– Tu penses que Mlle Labrooy accepterait de t'aider, Harry?

– Oui.

– Alors il faudrait qu'elle réécrive dans le style du docteur Kingdom la lettre que nous avons préparée.

Harry sortit de sa poche une feuille de papier pliée en quatre. Il la déplia et lut ce que Dysart avait écrit : « Au directeur de l'institut Versorelli », « Pourriez-vous recevoir M. Harold Barnett qui a de bonnes raisons de croire qu'une personne de sa famille disparue depuis quelque temps est peut-être l'une des patientes que je suis à l'institut. Je vous serais fort obligé de lui donner votre assistance. Votre dévoué... etc. P.R.K. »

– Je suis sûr qu'elle acceptera de le faire, dit Harry.

– A mon avis, si tu allais là-bas muni d'une lettre de ce genre, ils ne pourraient pas faire autrement que de te montrer les patientes de Kingdom, tu ne crois pas?

– Ils voudront peut-être s'assurer auprès de lui de l'authenticité de la lettre.

– C'est là que Mlle Labrooy intervient. Elle prend tous ses appels téléphoniques. Elle pourrait leur dire qu'on ne peut pas le joindre pour le moment, qu'il est parti en vacances quelque part, peu importe où, cela n'a pas vraiment d'importance.

Harry devait admettre que c'était joliment combiné. Pendant que Kingdom, à Marylebone, brûlerait d'impatience d'apprendre ce que Harry savait, celui-ci serait à Genève en train de percer son secret.

– Oui, dit-il, cela pourrait marcher.

– Cela marchera, dit Dysart avec enthousiasme. Je ne peux pas croire que les médecins de l'institut Versorelli se fassent les complices de fautes professionnelles. Si Kingdom a fait interner Heather, ils ont dû croire à l'explication qu'il aura été obligé de fournir. C'est pourquoi ils ne se méfieront pas et feront ce que Kingdom leur demande dans cette lettre.

– Oui, c'est possible.

– Nous ne pouvons pas te forcer, Harry. Mais c'est la seule solution. Si nous passons par la filière officielle, Kingdom sera prévenu immédiatement.

– Vous voulez que je rampe à vos pieds? dit Charlie qui avait changé de couleur et semblait avoir du mal à rester calme. Vous voulez que je vous supplie de nous aider? ajouta-t-il. Il y a beaucoup de choses dans ma vie dont je ne suis pas fier, y compris d'avoir menacé Heather de la renvoyer dans ce fichu hôpital, mais je n'ai jamais eu l'intention de lui faire de mal.

La porte se referma derrière Marjorie qui rentrait dans la pièce. Le ton de Charlie s'adoucit immédiatement.

– Je suis fidèle à ceux qui sont proches de moi, Barnett, quelles que soient leurs erreurs. Est-ce là un trait de caractère si méprisable?

Marjorie s'approcha de son mari et posa la main sur son épaule. Harry vit que ses doigts tremblaient.

– Nous n'avons pas le droit de vous demander cela, monsieur Barnett, dit-elle doucement. Vous ne nous devez rien.

– En fait..., commença Charlie d'une voix sourde. Sa fierté se refusait à admettre ce que sa conscience lui dictait. C'est nous qui vous devons...

Des excuses? Harry ne s'attendait pas à en recevoir. Il rencontra le regard de Dysart qui lui sourit comme s'il lisait dans ses pensées. C'était une alliance de circonstance, rien de plus. Mais l'urgence de la situation était réelle. Le regard de Harry se reporta sur la photo posée sur la table basse et il vit le jeune visage confiant de Heather. « *Je ne peux plus faire demi-tour, maintenant.* » Elle au moins aurait compris.

– Alors, Harry, que décides-tu?

– Je téléphonerai à Mlle Labrooy ce soir.

– Et si elle est d'accord?

– J'irai.

Harry et Dysart se dirent au revoir peu après dans l'allée de Sabre Rise. Un rideau de nuages gris était tiré sur le ciel clair du matin; le froid de l'hiver montait des collines et des champs alentour. Comme il ouvrait la portière, Harry vit que Marjorie le regardait depuis la fenêtre du salon. Il sentit qu'elle mettait tout son espoir en lui, mais ce n'était pas pour elle qu'il irait jusqu'au bout. C'était pour lui.

– Merci, Harry, dit Dysart en posant sur son épaule une main pleine de gratitude.

– Merci pour quoi ?

– Pour ne pas avoir cherché à te venger de Charlie.

– A quoi cela aurait-il servi ?

– La vengeance sert rarement à quelque chose mais Charlie a été suffisamment injuste envers toi pour que tu lui en veuilles. Même maintenant, alors qu'il sait très bien que tu pourrais lui dire en face ses quatre vérités, c'est plus fort que lui, il n'arrive pas à s'excuser.

– Je n'y comptais pas.

– Moi non plus.

Dysart sourit.

– Charlie n'est pas un si mauvais homme. Comme capitaine de navire, il avait mon respect et mon admiration. Il a virtuellement reconnu ses torts aujourd'hui : c'est la loyauté pour un fils corrompu qui l'a entraîné sur une mauvaise pente.

– Est-ce que Roy sait ce que nous faisons ?

– Non. Même Charlie a compris qu'il vaut mieux ne pas le mettre au courant.

Harry se demanda ce que Dysart avait bien pu dire à Charlie Mallender. L'avait-il traité de haut ou avait-il fait appel à sa raison ? Quelle que soit la méthode, il avait apparemment obtenu sa totale soumission.

– Tu me préviendras s'il y a des problèmes avec Mlle Labrooy ?

– Il n'y en aura pas.

– Et tu m'appelles dès que tu as la certitude que Heather se trouve à l'institut Versorelli ?

– Oui.

– Alors il ne me reste qu'à te souhaiter bonne chance.

Dysart lui donna une solide poignée de main et retourna vers la maison.

Comme il le regardait s'éloigner, Harry sentit ses défenses faiblir. Dans un instant, il allait se retrouver seul au volant de sa voiture. La route était longue jusqu'à Swindon, trop longue pour réussir à chasser de son esprit, tout le temps que durerait le voyage, l'élément nouveau qui l'obligeait à présent à faire ce que Dysart lui demandait. Bien sûr, il serait allé à

Genève de toute façon, par affection pour Heather ou par pitié pour Marjorie, ou peut-être encore par souci de rétablir sa réputation si une telle chose était encore possible. C'étaient là des raisons suffisantes mais ce n'étaient plus les seules.

Il monta dans la voiture et démarra. Il descendit la côte et, quand il eut rejoint la grand-route, il prit vers le nord en direction de Dorchester. A en juger par le ciel, il avait peu de chance d'atteindre Swindon avant la nuit. A cette pensée, il frémit car il savait que seule la lumière du jour pouvait tenir à distance le souvenir de la nuit précédente. Tant qu'il faisait jour, il pouvait faire comme si rien ne s'était passé. Mais avec le crépuscule, des images reviendraient le hanter. Après avoir mis à nu la trahison des uns et des autres, il avait trahi à son tour.

Harry ne savait pas ce qui l'avait réveillé aux premières heures du jour. Indifférente à l'absence de Dysart, Virginia l'avait emmené dîner au pub du village. Une ambiance conviviale et d'innombrables verres avaient aidé Harry à se persuader que Nancy avait peut-être été le jouet d'une hallucination et que les lignes des standards téléphoniques ruraux marchaient mal. Virginia avait fait de son mieux pour détendre l'atmosphère : elle amusait les gens du coin en leur faisant le récit des mésaventures de sa femme de ménage et parlait à Harry tout en jouant aux fléchettes. Ce fut une soirée réussie, la meilleure à vrai dire que Harry ait passée depuis son retour en Angleterre.

Mais il avait suffi de cinq minutes dans le noir d'une nuit sans lune livrée au vent pour tout anéantir. Le cadran lumineux de sa montre indiquait 2 h 30, l'heure la plus lugubre. Harry savait qu'il ne pourrait pas se rendormir avant une longue veille angoissée, alors il se leva, passa un peignoir et alla à la fenêtre. Il faisait si noir dehors qu'il avait du mal à distinguer la forme de l'écurie se découpant contre le ciel. Il faisait si noir qu'on eût dit que rien n'existait plus en dehors de Strete Barton. Il se retourna vers le lit et, au même moment, il entendit quelque chose.

Qu'est-ce que cela pouvait être? Quelque chose qui avait bougé? Un choc? Un tremblement dans la structure de la maison? Impossible, en tout cas, de faire comme s'il n'avait rien entendu. Quelque part au-dessous de lui, il y avait eu un léger craquement. Se hâtant d'agir avant que la peur ne le paralyse, il ouvrit doucement la porte et regarda sur le palier. Il n'y avait rien; pas de lumière pouvant faire penser que Virginia était réveillée; pas d'autre bruit pour confirmer le premier. Il se dirigea vers l'escalier.

Ses yeux s'étaient habitués à l'obscurité et, tandis qu'il faisait le tour des pièces du rez-de-chaussée, il était tout disposé à croire que ses sens l'avaient trompé. Dans les vieilles maisons, il y a toujours toutes sortes de petits bruits bizarres. Il devait se ressaisir. Terminant sa ronde par le bureau, il se dit qu'une rasade du whisky pur malt de Dysart pourrait l'y aider et lui permettre de se rendormir. Il alluma une lampe pour se guider mais, avant de voir la bouteille de whisky, son regard rencontra autre chose.

Le Règne de Guillaume II le Roux d'Edward A. Freeman était resté près du téléphone. Se maudissant de sa négligence, il le prit pour le remettre dans la bibliothèque. Au moment où il le glissait à sa place, il fut frappé par la familiarité de ce geste. Il l'avait rangé avant de quitter le bureau dans l'après-midi, il en était sûr et certain! Une angoisse le saisit.

Il faisait chaud dans la pièce. Il avait chaud, en tout cas. Il ressentait des picotements dans les membres et respirait avec difficulté. Et il y avait quelqu'un derrière lui. La porte était sûrement ouverte car il sentait un courant d'air alors qu'un instant auparavant, l'atmosphère était étouffante. Et une légère odeur de gardénias chatouillait ses narines. Une odeur ou un parfum?

Il fit volte-face. Virginia Dysart se trouvait à quelques pas de lui et elle le regardait intensément. Elle portait un déshabillé en soie pastel. Ses cheveux retombaient librement sur ses épaules. Elle respirait vite comme si elle avait craint qu'un cambrioleur ne se soit introduit dans la maison.

Pourquoi ne pouvait-il pas articuler un son? Pourquoi ne pouvait-il pas briser le charme que quelqu'un semblait leur avoir jeté? Une tension crépita dans l'air autour d'eux, et ils eurent chaud tout à coup comme s'ils se tenaient devant un brasier. Elle avança d'un pas. Il chercha le mot qui éteindrait les flammes de son désir. Mais elle posa un doigt sur ses lèvres pour lui commander de se taire.

– Vous étiez le Silène de Heather, n'est-ce pas, Harry?

Sa voix était épaissie par le désir ou l'audace. Il n'aurait su le dire. Elle fit glisser son doigt le long de son menton puis elle le laissa tomber sur sa poitrine.

Il fallait qu'elle arrête, sinon, bientôt il serait trop tard. La phrase avait agi comme un déclic « Vous étiez le Silène de Heather, n'est-ce pas? » Non. C'était faux. Il n'avait jamais été question de cela entre eux. Mais pourquoi ne pouvait-il chasser de son esprit la silhouette de Heather telle qu'il l'avait vue en rêve? Heather comme il ne pouvait s'empêcher de l'imaginer.

La main de Virginia glissa jusqu'au cordon du peignoir qu'il portait et le dénoua. Il ferma les yeux lorsque son peignoir s'ouvrit. Il savait qu'il ne servirait à rien de nier l'envie qu'il avait d'elle. Lentement de ses mains légères, elle caressa son corps.

– A-t-elle fait cela pour vous, Harry?

Lentement, elle fit glisser son peignoir sur ses épaules. Il l'entendit tomber à ses pieds. Il y eut un silence. Puis il ouvrit les yeux. Elle était tout près de lui, attendant avec une expression calme et arrogante qu'il croise son regard, les sourcils légèrement relevés, la tête rejetée en arrière, une moue jouant au coin de sa bouche, une main posée sur le nœud qui serrait son déshabillé à la taille.

– Vous étiez le Silène de Heather, Harry. Vous ne voulez pas être le mien?

D'un coup, la ceinture se défit. Puis d'un léger mouvement, elle dégagea les épaules de son vêtement. Harry entendit l'étoffe glisser à terre. Elle laissa ses yeux rivés aux siens pendant un instant encore, puis elle les baissa. Grande, plus grande que lui, plus musclée qu'il ne l'aurait cru après l'avoir entr'aperçue dans la serviette de bain de Minter, elle avait tout de l'amazone et de la guerrière.

Elle tomba à genoux, leva la tête vers lui. Il sentait sa respiration sur sa peau. Jetant un bref regard sur la fenêtre sans rideau, il vit se réfléchir sur l'écran noir du carreau une réalité à laquelle il se refusait de croire. Virginia à genoux devant lui, nue, la masse de ses cheveux ruisselante, l'agrippait par la taille. Un désir sauvage qu'il était impuissant à réprimer éclipsa l'horreur que lui inspirait la scène qui se jouait sous ses yeux.

Elle s'écarta de lui, s'assit à même le sol et le regarda. Il se baissa vers elle. Elle réitéra ses caresses puis elle lui prit les mains et les posa sur ses seins. En la dévorant des yeux, une foule de sensations envahit Harry : sa peau parfumée grenelée par la chair de poule; l'odeur âcre du désir; sa respiration saccadée; le bout de ses seins durci sous ses doigts; la beauté de sa chevelure dans la lumière de la lampe; la certitude de ce qui allait suivre.

Ils se laissèrent tomber par terre. Elle ébaucha un sourire quand il recula pour contempler son corps pâle que dorait le faisceau de lumière, la masse de ses cheveux en éventail. Il n'attendit pas plus longtemps. Elle respirait plus vite que lui, la tête courbée en arrière, le visage enflammé d'une joie secrète. Ils roulèrent l'un sur l'autre. Pendant un instant elle fut sur lui, imprimant à son corps un rythme qui l'emportait dans un plaisir ardent, les yeux fermés, la bouche entrouverte, des mèches de cheveux tombant sur son visage. Au plus fort de leur étreinte, il entendit les mots triomphants qui lui apprirent pourquoi elle avait jeté son dévolu sur lui, en cet endroit et à ce moment précis.

– Va te faire fiche... va te faire fiche... Dysart!

Ils roulèrent de nouveau l'un sur l'autre. Il était trop tard pour éviter la trahison qu'elle l'avait poussé à commettre. Dans un moment, il serait la proie du remords. Mais pour l'instant un désir infernal le tenaillait encore. Le mouvement insatiable de leurs deux corps grisés, accrochés l'un à l'autre, les menait irrémédiablement au paroxysme d'une jouissance dans laquelle ils allaient défaillir. Il était trop tard, beaucoup trop tard : ils avaient franchi le point de non-retour.

Cela dura quelques secondes, pas plus, quelques secondes dérisoires. Déjà leurs muscles se relâchaient, leur respiration retrouvait un rythme normal, leurs membres se dénouaient. Harry se sentit pris de dégoût à la pensée de ce qu'elle avait fait de lui.

Il roula sur le dos, réajusta son peignoir sur son ventre et regarda le plafond.

– Pourquoi... pourquoi avez-vous fait ça? murmura-t-il.

– Vous le savez bien.

Sa voix était rauque, voilée par une satisfaction terrifiante.

– Je ne peux pas y croire.

– Vous êtes son plus vieil ami, son meilleur ami, Harry. Vous êtes son porte-bonheur. C'est pour cela que j'ai fait l'amour ici avec vous, dans cette pièce où il écrit ses superbes discours. On aurait pu croire qu'il était là. Imaginez-le assis à son bureau en train de nous regarder et de nous entendre.

– Taisez-vous!

– Imaginez-le, Harry! C'est ce que j'ai fait. C'est cela qui m'a fait jouir.

– Qui vous a parlé de Silène?

Au lieu de répondre, elle se leva d'un bond. Il la vit au-dessus de lui qui se baissait pour ramasser son déshabillé. Il vit les cuisses entre lesquelles il s'était couché, les seins qu'il avait embrassés, les formes charnues qu'il avait saisies à pleines mains, la chair qu'il avait touchée. Puis le déshabillé serré autour de son corps, elle marcha d'un pas vif vers la porte.

– J'ai froid, dit-elle. Je vais me coucher.

Elle fit une pause sur le seuil et le regarda par-dessus son épaule.

– Si ça vous chante, vous pouvez venir me rejoindre. C'est comme vous voulez.

Puis elle disparut.

48

« Dr Peter R. Kingdom,
7, Lictor Place
Crawford Street
Londres – W1M 6QU

Le 30 décembre 1988,

Mon cher Konrad,
M. Harold Barnett qui te remettra cette lettre de ma part a des raisons de penser qu'une de mes patientes à l'institut est une parente à lui. Je te serais très reconnaissant de faire en sorte qu'il puisse s'en assurer et de lui apporter, le cas échéant, toute l'aide dont il peut avoir besoin.
Toutes mes amitiés,
Peter

Professeur K.V. Bichler
Directeur de l'institut Versorelli
Route de Chersoix
12295 Genève – Suisse »

– C'est parfait, dit Harry en pliant la lettre qu'il glissa ensuite dans l'enveloppe.

– J'ai fait de mon mieux, dit Zohra avec un sourire. Je ne savais pas que j'étais aussi douée pour faire des faux.

Harry essaya de lui rendre son sourire mais ses lèvres se refusèrent à lui obéir et les traits de son visage se figèrent dans une expression anxieuse.

– La fin justifie les moyens, mumura-t-il d'un ton solennel.
– Bien sûr. Je voulais seulement dire...

Zohra était confuse et Harry se sentit aussitôt désolé pour elle ; après tout, elle aussi prenait des risques.

– Quand partez-vous ?
– Demain, à 15 h 30. Lundi, j'irai reconnaître les lieux. Et mardi au milieu de la matinée, j'appellerai l'institut.
– Je serai là s'ils appellent le docteur Kingdom. Il ne devrait pas y avoir de problème : il a des rendez-vous toute la matinée.
– Bien. Je compte sur vous.
– Et moi sur vous. Faites attention surtout.
– Oui.

Comme il se levait, elle posa sa main sur son coude.

– Ça va, Harry ?

Elle le regardait, les yeux agrandis par l'inquiétude.

– Vous avez l'air épuisé.

Il essaya de sourire.

– Ce doit être la nervosité. Je ne suis pas habitué à jouer la comédie.
– Moi non plus.

Elle sourit de nouveau.

Harry remarqua que son sourire l'embellissait particulièrement. C'était comme si une ampoule dorée révélait un trésor enfoui, une beauté cachée, comme si... Mais non. De telles pensées étaient ridicules.

– Il faut que j'y aille.

Elle se leva soudain et l'embrassa légèrement sur la joue.

– Rappelez-vous ce que je vous ai dit, murmura-t-elle, les lèvres tout contre son visage. Soyez prudent. Très prudent.

Pauvre Zohra. Il la vit qui le regardait démarrer depuis l'étroit couloir sombre de la maison de sa logeuse. Elle ne souriait plus à présent et ses grands yeux se noyaient dans la pénombre. De toutes les connaissances de Heather, Zohra était la seule personne pour qui il avait du respect. Isolée dans une ville qui lui était hostile du fait de ses origines asiatiques, elle était prête par amitié à risquer son gagne-pain. Les autres, lui le premier, avaient été poussés par leur mauvaise conscience et la force des circonstances. Seule Zohra avait été réellement libre de rester en dehors et pourtant elle s'était engagée à fond. Il regrettait de ne pas lui avoir fait un geste d'adieu. Il regrettait... Mais à quoi servaient les regrets ?

Il prit la direction d'Acton et de la M 4, roulant lentement à travers des rues étrangement désertes. L'obscurité ambrée de Londres se resserrait autour de lui comme si la fragile Vauxhall était une capsule spatiale isolée du futur vers lequel il était propulsé et du passé qu'il fuyait. A quoi bon les désirs et les regrets! Mais pouvait-on vivre sans eux? Il repensa au baiser que lui avait donné Zohra et il se demanda si elle avait remarqué qu'il avait tressailli au moment où ses lèvres s'étaient posées sur sa joue. Quand bien même cela serait, elle ne pouvait en deviner la raison. Il passa la main sur son menton mal rasé. Pauvre Zohra. Dans toute cette histoire, elle possédait encore ce qu'il avait perdu : l'innocence.

Il n'avait pas revu Virginia pendant les dernières heures de son séjour à Strete Barton. Il avait attendu le lever du jour avec du whisky. Puis il avait fait sa valise, il l'avait chargée dans la voiture et il était parti sans un regard en arrière, de crainte qu'elle ne se tînt derrière une fenêtre pour lui rappeler ce qu'il ne risquait pas d'oublier.

Dans un snack près d'Exeter, il avait pris du café fort et des œufs pochés en guise de petit déjeuner. C'était de nouveau, contre toute attente, une matinée printanière mais il n'était pas en mesure d'apprécier la douceur du temps. Le remords lui nouait l'estomac, les regrets le rongeaient. Comment échapper à l'image odieuse de leurs deux corps haletants dans le noir lui criant qu'il avait trahi la confiance de son meilleur ami? Le temps et la distance étaient ses seules armes contre l'acidité de ses souvenirs. Il s'était mis en route avec l'espoir de leur échapper.

Il roulait plus vite à présent, longeant en direction du sud les ténèbres vides de Gunnersbury Park. Devant lui, les lumières de la M 4 formaient un halo jaune. Dans quelques heures, il s'envolerait pour la Suisse. Et il serait heureux de partir car Genève était suffisamment loin pour lui donner une chance d'oublier ce qui le suivait à la trace : sa conscience et le reste.

Le matin même, il avait trouvé près de la voiture garée dans Falmouth Street, juste à côté de la porte du conducteur, là où il était impossible de ne pas le voir, un paquet de cigarettes vide roulé en boule. Il avait tout de suite reconnu le motif rouge, blanc et or de la marque de cigarettes grecque : ΚΑΡΕΛΙΑ ΣΕΡΤΙΚΑ. C'étaient les cigarettes qu'il fumait sur le mont Prophitis Ilias et il n'en avait pas refumé depuis. Karelia Sertika. La marque qu'il achetait à Rhodes mais n'avait jamais vue en vente en Angleterre. Karelia Sertika. Le dernier avertissement.

49

Genève, mardi. Une petite gare sur la ligne de Lausanne, à l'endroit où la banlieue cossue cédait la place au paysage domestiqué des vignobles et des villages en bordure du lac. Le ciel était gris, l'air vif et pénétrant. Harry fut le seul passager à descendre. Il gravit péniblement la route qui montait entre des résidences aux volets clos tapies derrière des rideaux d'arbres en écoutant décroître le bruit des trains. Quand le silence fut totalement revenu, il écouta le bruit de ses pas qui le rapprochaient du but.

Les trente-six heures qu'il avait passées à Genève avaient renforcé ses préjugés sur la Suisse : la propreté confinait à la maniaquerie, la politesse y était horripilante, le sens de l'efficacité prodigieusement agaçant. Harry s'était promené dans la ville des accords internationaux en détestant tout ce qu'il voyait.

Il arriva à un croisement et tourna à droite. Il avait repéré les lieux la veille et savait par conséquent qu'il n'était plus très loin. Le haut mur d'enceinte de l'institut Versorelli, qui ne laissait voir que la cime des pins, apparut sur sa gauche. Un cheval de frise courait tout du long pour empêcher toute entrée illicite ou toute tentative d'évasion. Harry, saisi d'un frisson, accéléra l'allure.

Deux piliers en pierre flanquaient l'entrée. Les grilles étaient ouvertes mais une barrière automatique bloquait l'allée qui commençait derrière. Sur l'un des piliers, un grand écriteau fraîchement repeint annonçait : INSTITUT VERSORELLI. Au-dessous, il y avait quelques lignes en français dont Harry ne comprenait pas la signification. *Clinique psychiatrique*. Cela au moins, c'était clair. *Recherches psychiatriques. Directeur : Prof. K.V. Bichler, Université de Genève,* le nom sur la lettre. Il vérifia qu'elle était bien à sa place dans sa poche. Tout allait bien. Il avança entre les piliers et se dirigea vers la loge.

– Je voudrais voir le directeur. J'ai une lettre d'introduction.

Le portier posa sur lui un regard dénué de toute expression. Je n'ai rien à craindre, se dit Harry pour se rassurer, rien du tout. (Il portait un nouvel imperméable, une chemise et une cravate propres, une veste et un pantalon à peu près du même ton qui pouvaient passer pour un costume. Il était peigné et rasé de frais. Il était sobre et souriant. Il n'avait jamais eu l'air aussi respectable.) Le portier prit la lettre et y jeta un coup d'œil mais à l'évidence, la connaissance de l'anglais n'entrait pas dans ses compétences. Il téléphona, eut une brève conversation, raccrocha puis hocha la tête d'un air morne.

– Entrez, monsieur, dit-il en lui rendant la lettre.

Il appuya sur un bouton et la barrière se souleva.

Le parc de l'hôpital était très grand. Il y avait des allées qui s'enfonçaient sous les arbres, des pelouses et des parterres de fleurs qui attiraient le regard vers un château austère couleur crème. Derrière, on apercevait d'autres bâtiments moins hauts et de construction récente. Plusieurs dizaines de voitures étaient garées sur un parking à côté du château mais il n'y avait aucun signe de leurs occupants. Aucun patient ne se promenait sur les pelouses, aucun docteur ne se hâtait vers une tâche urgente, aucun jardinier ne poussait de brouette remplie de fleurs : le parc était silencieux et vide.

Lorsque Harry se trouva à quelques mètres du château, la porte s'ouvrit. Un jeune homme vif et longiligne, trente ans tout au plus, les cheveux épais, et des yeux brillants qui lui donnaient un visage de renard, sortit et l'attendit en haut du perron.

– Monsieur Barnett ?

Il parlait l'anglais presque sans accent et l'absence de blouse blanche était rassurante.

– Oui.

Ils se serrèrent la main.

– Vous êtes le professeur Bichler ?

– Le professeur Bichler est en vacances. Mon nom est Junod. Je suis l'assistant du professeur Bichler. Suivez-moi, je vous prie.

L'intérieur du château était clair et bien plus gai que Harry ne s'y attendait. La lumière coulait à flot d'un escalier monumental. Mais ici encore, il n'y avait aucun signe de vie, même pas une vague odeur de désinfectant prouvant qu'on était bien dans un hôpital. Prenant les devants, Junod s'engagea dans une galerie en marbre, ouvrit la troisième porte et s'effaça sur le seuil pour laisser passer Harry.

C'était une grande pièce où les apparats de l'administration étaient habilement dissimulés derrière des canapés luxueux, d'épais tapis et des urnes orientales géantes. Junod débarrassa Harry de son manteau, l'invita à prendre place sur l'un des canapés alors qu'il choisissait pour lui-même une chaise à dossier droit. Il garda le silence plusieurs secondes de l'air de quelqu'un qui attend puis, juste comme Harry allait prendre la parole, il déclara :

– Vous avez une lettre, je crois?

– Du docteur Kingdom, oui.

– Je connais bien le docteur Kingdom. Nous avons travaillé ensemble. Vous permettez?

Harry tendit la lettre et Junod la lut en fronçant les sourcils. Mais dès qu'il eut fini, le sourire revint sur ses lèvres.

– Merci, dit-il en la rendant à Harry.

Il fit une pause puis ajouta :

– Je suis surpris que le docteur Kingdom ne m'ait pas prévenu de votre visite.

Harry s'efforça de paraître surpris à son tour.

– Il ne l'a pas fait! J'avais cru comprendre qu'il allait vous écrire. La lettre n'est peut-être pas encore arrivée.

– Peut-être, mais peu importe. Nous sommes toujours désireux de lui rendre service. De quelle façon puis-je vous aider, monsieur Barnett?

– J'aimerais rencontrer les patientes du docteur Kingdom, si c'est possible.

Junod réfléchit.

– C'est une requête inhabituelle. Très inhabituelle.

– Les circonstances le sont aussi.

– Peut-être pourriez-vous m'expliquer en quelques mots en quoi elles sont si exceptionnelles, monsieur Barnett.

Harry s'attendait à cette question. Il avait préparé une réponse.

– Ma nièce a disparu il y a sept ans. Son père est mort peu après et sa mère, ma sœur, ne s'est jamais remise de la perte simultanée de sa fille et de son mari. J'ai essayé de l'aider en faisant tout mon possible pour découvrir si sa fille était encore vivante. Je n'ai rien trouvé mais il y a trois semaines, ma sœur a reçu un coup de téléphone. Elle est persuadée que c'était sa fille. La conversation a été brève et confuse mais ma nièce aurait dit se trouver en Suisse et être soignée par un certain docteur Kingdom. Comme ce n'est pas moi qui ai pris l'appel et comme ma sœur est tout à fait capable d'imaginer de telles choses, j'étais plutôt sceptique au début. Mais étant donné que le docteur Kingdom est psychiatre et qu'il travaille dans une institution en Suisse, j'ai tenu à lui en parler. Il a pensé comme moi que ma sœur devait se tromper, mais...

– Vous avez décidé que seule une visite pourrait vous permettre d'en avoir le cœur net.

– Oui.

Le front de Junod se plissa. Il caressa d'un air songeur le lobe de son oreille droite.

– Quel âge aurait votre nièce aujourd'hui, monsieur Barnett?

– Vingt-sept ans.

– Comment s'appelle-t-elle?

– Heather King.

– King?

– Oui. Cela pourrait expliquer que ma sœur ait mal compris, bien sûr. King, Kingdom, c'est très proche.

– En effet. Vous avez une photo d'elle?

– Oui.

Harry sortit la photo que Marjorie Mallender lui avait confiée : Heather vêtue d'un manteau en peau de mouton, en 1980, à Noël.

– Cette photo a été prise quelques mois avant sa disparition. Je suppose qu'elle a beaucoup changé. Elle doit être plus mince, et qui sait, elle a peut-être les cheveux teints.

Junod rendit à Harry la photo.

– Son visage ne me dit rien, monsieur Barnett. Mais comme vous dites, cela ne signifie rien. Quant à la probabilité qu'elle soit ici, je dirais qu'elle est nulle. Le docteur Kingdom vous a-t-il donné des détails sur nos patients?

– Non. Il a dit qu'il ne pouvait rien me dire sans trahir le secret professionnel mais il a ajouté que, si j'avais une bonne raison de penser qu'une de ses patientes était Heather, les choses seraient différentes, d'où ma visite.

– Hmm.

A présent, le docteur Junod triturait carrément le lobe de son oreille.

– Oui, je vois. Cela me semble très improbable, bien sûr. De plus, nos patients sont toujours accompagnés quand ils vont téléphoner. Mais même si...

Soudain il sembla avoir pris une décision.

– Attendez-moi ici, monsieur Barnett. Je ne serai pas long.

Là-dessus, il sortit de la pièce d'un air affairé.

Harry essaya de ne pas se demander où il avait bien pu aller. Il regarda la pendule. Il était 11 h 20; 10 h 20 à Londres. L'heure de la pause café à Marylebone; Zohra Labrooy était assise près du téléphone dans le cas où on téléphonerait de Genève. Allaient-ils appeler le docteur Kingdom? Comment savoir? Cinq minutes passèrent. Puis dix. Harry endurait un véritable supplice. Il était trop vieux pour jouer à ce petit jeu. Il faisait froid dans la pièce et pourtant il transpirait. Pourquoi Junod était-il aussi long? Pourquoi ne revenait-il pas? Il aurait peut-être mieux fait de boire un verre avant de venir. Peut-être même plusieurs.

La porte s'ouvrit : Junod était de retour, toujours aussi souriant, les yeux pétillants, un classeur sous le bras.

– Je suis désolé de vous avoir fait attendre, monsieur Barnett.

– Ce n'est pas grave.

Junod reprit sa place et ouvrit le classeur.

– J'avais une ou deux formalités à remplir.

Le sourire s'élargit encore. Harry ne comprenait pas.

– Le docteur Kingdom s'occupe de douze patients. Je suis allé chercher leurs dossiers.

Harry se sentit soulagé.

– Sur ces douze personnes, cinq sont des hommes. Sur les sept femmes, trois seulement sont dans le même groupe d'âge que votre nièce, mais aucune d'elles n'a vingt-sept ans. Celle dont l'âge se rapproche le plus de celui de votre nièce a vingt-neuf ans.

– Et les autres?

– Vingt-quatre et trente-trois ans.

– Puis-je les voir?

– Mais certainement. Venez avec moi, je vous prie.

Ils se levèrent et quittèrent la pièce. Lorsqu'ils se retrouvèrent dans le couloir, Harry sentit ses jambes sur le point de se dérober. Heather se trouvait peut-être à quelques mètres de lui, attendant dans l'une des innombrables salles qu'il la reconnaisse et la sorte des griffes de Kingdom.

– Vous comprendrez, monsieur Barnett, que je ne peux rien

vous dire sur ces patientes. Vous pourrez les voir. Vous pourrez leur adresser la parole. C'est tout.

– Je n'en demande pas plus.

Ils se dirigèrent vers l'escalier seigneurial, éclairé par de hautes fenêtres qui laissaient passer une lumière grise.

– Vous devez savoir aussi que ce sont des personnes très fragiles. Je vous demanderai de ne rien faire qui puisse les inquiéter. Ne criez pas et n'attendez pas trop d'elles.

– C'est entendu.

En haut de l'escalier, une cloison barrait le passage. Junod sortit une clef et ouvrit une solide porte en bois. Ils s'engagèrent dans un couloir sombre entrecoupé de taches de lumière venant des portes ouvertes. La peinture était celle des hôpitaux. L'odeur était pire que celle à laquelle il s'était attendu.

– Lucy passe presque tout son temps au salon. Par ici, je vous prie.

– Lucy ?

– Vingt-quatre ans, schizophrène, très suggestible, mais chaleureuse et généreuse. Peut-être trop.

Dans le salon, se trouvaient deux infirmières. Lorsqu'ils entrèrent, celle qui se trouvait près de la porte salua Junod de la tête. Il lui adressa quelques mots en français incompréhensibles pour Harry en dehors du prénom de Lucy. L'infirmière montra du doigt une fenêtre près de laquelle une jeune fille vêtue d'une robe-chasuble tachée était accroupie au-dessus d'un puzzle. Elle semblait beaucoup plus jeune que son âge avec ses longs cheveux blonds qui lui arrivaient à la taille. A leur approche, elle leva des yeux agrandis par l'appréhension. Puis elle rit sottement. Ce n'était pas Heather. Harry secoua la tête. Elle leur adressa des propos décousus sur le puzzle puis elle leur dit joyeusement au revoir. Ils la laissèrent.

– Juliet a trente-trois ans, monsieur Barnett. Elle est aussi schizophrène. Mais c'est une solitaire. Elle n'a pas le caractère doux de Lucy. Nous la trouverons dans sa chambre. Elle n'en sort jamais.

Ils grimpèrent un escalier aboutissant à un couloir dont toutes les portes étaient fermées. Arrivés au bout, ils frappèrent et une voix soumise répondit :

– Entrez.

Elle avait parlé en anglais. Harry reprit espoir.

S'il y avait eu un crucifix, on aurait pu se croire dans la cellule d'une religieuse. Un petit lit de camp, une commode, une table, une chaise, un lavabo, une fenêtre étroite ouverte malgré le froid dehors. Juliet était une créature anguleuse avec un cou de cygne et de longs cheveux bruns. Elle les observait d'un air dédaigneux depuis la tête du lit. Elle portait un pyjama à larges rayures roses et blanches trop grand pour elle.

– Vous n'avez pas froid, Juliet? demanda Junod.

La réponse lui fut jetée à la figure comme un verre d'eau glacée :

– Seulement quand je vous vois.

Son expression était calme, hostile et pourtant étrangement paisible. Elle n'avait pas la moindre ressemblance avec Heather.

– Connaissez-vous cet homme, Juliet?

Elle braqua sur Harry un regard glacial.

– Vous êtes anglais?

– Oui.

– C'est ce que je pensais. A cause des yeux, dit-elle en gloussant. Nous nous sommes rencontrés quelque part?

– A votre avis?

Un autre petit rire.

– Je vous ai connu une fois : au paradis.

– En avez-vous entendu assez, monsieur Barnett? dit Junod.

– Oui.

– Si nous nous revoyons, dit Juliet comme ils s'en allaient, je ne changerai pas de visage.

Junod ferma la porte. Ils longèrent de nouveau le couloir.

– Vous êtes certain que ni l'une ni l'autre n'est votre nièce? demanda-t-il d'une voix neutre.

– Absolument sûr.

– Alors il ne reste que Maureen, celle qui a vingt-neuf ans.

– L'âge qui se rapproche le plus de celui de Heather. Pourquoi ne l'avons-nous pas vue en premier?

– Parce qu'à mon avis, elle ne peut pas être votre nièce.

– Pourquoi?

Ils firent une pause en haut des marches.

– Du moins, ajouta-t-il, j'espère pour vous que vous ne la connaissez pas, monsieur Barnett.

– Que voulez-vous dire?

Le visage de Junod devint grave.

– Vous jugerez par vous-même.

Ils quittèrent le château par une porte de derrière et prirent un étroit sentier circulant entre des pins et un court de tennis.

Devant eux se dressaient plusieurs bâtiments d'un étage blanchis à la chaux, avec des toits plats et des barreaux aux fenêtres qui leur donnaient un aspect vaguement militaire. *Malades violents* annonçait un écriteau. *Entrée interdite.* Harry fut saisi d'un tremblement irrépressible. Etait-ce là que se trouvait Heather? Si loin, si loin de tout ce qu'elle avait aimé.

Ils prirent un petit chemin latéral conduisant au deuxième bâtiment et s'arrêtèrent devant la porte. Junod sortit un trousseau de clefs en faisant claquer sa langue pendant que Harry regardait autour de lui. Un brouillard glacé montait des conifères. Il sentit la tristesse collective des malades peser sur lui. C'était un endroit sinistre.

Junod ouvrit la porte. Ils entrèrent dans un vestibule nu qui sentait l'eau de Javel. Un homme dans un petit bureau fit un signe de tête à Junod qui alla à une porte à deux battants et frappa. Une femme au visage sévère jeta un regard dur à travers un panneau en verre armé protégé par des barreaux puis elle déverrouilla un des battants et l'entrouvrit juste assez pour leur laisser le passage.

La pièce contenait une douzaine de lits disposés de part et d'autre d'une allée centrale et séparés par de hautes cloisons. Sans les barreaux aux fenêtres et le trousseau de clefs qui cliquetaient sur la hanche de l'infirmière, on aurait pu se croire dans le dortoir d'un pensionnat de deuxième ordre. Il y avait de petits tapis à côté de certains lits, quelques plantes en pot mal en point sur le rebord d'une des fenêtres et on apercevait au bout de la pièce quelques fauteuils derrière un rideau. Il n'y avait ni photo ni livre pour apporter un peu de réconfort ou de chaleur.

Non que Harry eût l'esprit assez libre pour observer ce qui l'entourait car son odorat et son ouïe étaient sollicités à la limite du supportable. Une des malades riait d'un rire hystérique où toute gaieté était absente. C'était un roulement de notes perçantes et désespérées. Et il y avait une odeur fétide d'urine qui donna à Harry un haut-le-cœur. Il recula en chancelant.

– Ça va, monsieur Barnett? dit Junod.

– Oui... oui, ça va.

Junod échangea quelques mots avec l'infirmière, couverts par le rire de hyène. Harry chercha en vain à repérer dans quelle alcôve se trouvait celle qui riait ainsi. Une femme aux cheveux roux, étendue sur l'un des lits, lui sourit en rencontrant son regard. Par politesse, il lui rendit son sourire mais alors, à sa grande horreur, elle tira sur sa chemise de nuit et exhiba un de ses seins.

– Nous avons de la chance, monsieur Barnett, dit Junod. Maureen est dans l'un de ses bons jours. Par ici, je vous prie.

Ils s'avancèrent dans l'allée centrale. Harry gardait les yeux fixés sur le dos de Junod mais, en passant devant le lit de la femme rousse, il devina qu'elle lui faisait signe d'approcher. Quand ils furent arrivés presque au bout, Junod s'arrêta et sourit à l'occupante de l'un des lits sur la gauche.

– Bonjour, Maureen, dit-il de sa voix la plus affable. J'ai un visiteur pour vous.

Harry se retourna. Maureen avait le dos calé contre plusieurs oreillers. Les couvertures étaient ramenées autour d'elle et elle avait les mains posées sur le dessus-de-lit, paume ouverte, ses dix doigts étirés et espacés au maximum. Son visage était creux, la bouche comprimée, les yeux profondément cernés. Ses cheveux châtains tout ébouriffés lui arrivaient à hauteur des épaules. Peut-être, Harry ne pouvait le nier, peut-être avaient-ils été blonds de lin. Il se rapprocha. Il y avait des taches de sang sur le devant de sa chemise de nuit. Sa mâchoire tremblait légèrement comme si elle était sur le point de pleurer.

– Vous connaissez cet homme, Maureen? dit Junod.

Ses yeux se fixèrent sur Harry. C'étaient de grands yeux tristes et pénétrants. En cet instant, il en fut certain : ce n'était pas Heather. Pourtant lorsqu'elle leva une main et lui fit signe d'approcher, il fit ce qu'elle demandait. Elle ouvrit la bouche et essaya de parler. Il dut se pencher pour entendre ce qu'elle disait.

– S'il vous plaît, dit-elle d'une voix mal assurée, emmenez-moi. Faites-moi sortir d'ici.

– Je regrette, dit-il, c'est impossible.

Ses yeux douloureux lui lancèrent une dernière prière puis elle tourna la tête vers l'oreiller. Il recula.

– Eh bien? dit Junod.

– Non, ce n'est pas elle.

– Vous en êtes sûr?

– Oui. Est-ce que nous pouvons partir, maintenant?

Une fois à l'air libre, Harry aspira profondément. Une nappe de brouillard planait au-dessus des courts de tennis. Il se demanda pourquoi on n'entendait plus le rire de hyène et pourquoi ce dortoir plein de malades mentales abandonnées lui semblait à des kilomètres de là alors qu'il n'était qu'à une vingtaine de mètres derrière lui. Il essaya de chasser de son esprit toutes les réflexions qui conduisaient irrémédiablement à une conclusion désespérée. Mais Junod n'était pas disposé à le laisser faire.

– Elle n'est pas ici, monsieur Barnett, n'est-ce pas?

– Je ne sais pas.

– Que voulez-vous dire? Vous avez déclaré qu'aucune de ces trois jeunes femmes n'était votre nièce.

C'était vrai mais beaucoup plus difficile à accepter que ne l'imaginait Junod. Cela impliquait que Harry avait suivi une fausse piste en venant à Genève. Cela signifiait que Kingdom était innocent et que le mystère de la disparition de Heather restait entier. Harry s'insurgeait contre la logique.

– Et les autres patientes du docteur Kingdom? demanda-t-il.

– Elles sont trop vieilles, monsieur Barnett. Elles ont toutes plus de cinquante ans. L'une d'elles a même quatre-vingts ans passés.

– Il a pu y avoir une erreur sur leur âge.

– C'est impossible, voyons.

La tolérance de Junod diminuait rapidement. Son expression souriante avait disparu pour laisser place à un petit air pincé.

– Peut-être a-t-elle été enregistrée comme patiente d'un autre médecin.

– Monsieur Barnett! J'ai fait de mon mieux pour vous aider mais vous devenez déraisonnable. Vous devez vous rendre à l'évidence: votre nièce n'est pas ici.

– Elle est arrivée le 12 novembre. Il suffit de vérifier quelle malade a été hospitalisée ce jour-là.

– Vous n'aviez pas spécifié de date.

Un ton soupçonneux était venu s'ajouter à l'air irrité.

– Cela ne m'avait pas paru nécessaire.

– Cela nous aurait fait gagner du temps. Lucy, Juliet et Maureen sont ici depuis plusieurs années.

– Je suis désolé. Vous avez raison, j'aurais dû vous le dire. Alors vous voulez bien regarder à cette date?

Harry n'avait pas besoin de se forcer pour simuler le désespoir.

– Je vous en supplie.

L'expression de Junod se durcit.

– J'ai fait tout ce que le docteur Kingdom a demandé. Votre nièce n'est pas ici.

– S'il y avait la moindre chance...
– Il n'y a aucune chance!
– Alors pourquoi ne pas m'en apporter la preuve?
Junod parut aux prises avec un bref débat intérieur. Son énervement se transformait en exaspération.
– Très bien. Puisque vous insistez, monsieur Barnett, venez avec moi.

Ils retournèrent au château et longèrent d'un pas vif une suite de couloirs. Les talons de Junod frappaient avec colère le sol en marbre. Il ne dit rien et Harry non plus. Ils pénétrèrent dans une pièce où se trouvaient quatre femmes dans la cinquantaine, tapant chacune sur le clavier d'un ordinateur. Une des femmes leva la tête et sourit mais Junod ne fit pas attention à elle. Il alla directement à une porte, à l'autre bout de la pièce, fit une pause le temps de frapper un coup sec puis entra. Harry le suivit. Un homme en costume gris, grand, les cheveux argentés coupés ras et des lunettes aux montures en acier, assis devant un bureau bien rangé, leva les yeux. Junod échangea quelques mots avec lui. L'homme haussa les épaules, il ouvrit un tiroir à côté de lui, sortit un grand cahier relié cuir et le tendit à Junod.
– Voici notre main courante, monsieur Barnett, dit Junod avec humeur. C'est le registre de toutes les admissions.
Il le posa sur le bureau et chercha la page.
– Au mois de novembre, vous avez dit? De l'année dernière?
– Oui. Le 12.
Le doigt de Junod descendit le long de la marge; 3 novembre; 7 novembre; 15 novembre. Il regarda Harry.
– Il n'y a pas eu d'admission le 12, monsieur Barnett.
– Aucune?
– Ce n'est pas un hôtel. Il n'y a pas des arrivées et des sorties tous les jours. Je vous dis qu'il n'y a pas eu d'admission le 12.
– Plus tard, alors. Le 15?
Junod vérifia de nouveau dans le registre.
– C'était un homme.
– Quelle est la première patiente arrivée ici après le 12?
– C'était le 24 novembre. Une femme de quarante-huit ans, monsieur Barnett, veuve et habitant Munich.
– Et après elle?
Junod prit une profonde respiration et il referma le livre d'un geste sec.
– Cela suffit.

Il lança un regard furieux à Harry.

– Aucune femme de l'âge de votre nièce n'a été admise dans cet hôpital depuis le 12 novembre. Je pense que vous avez eu ce que vous vouliez.

– Non. Il doit y avoir une erreur. Vous...

– Il n'y a pas d'erreur! Votre nièce n'est pas ici. Votre nièce n'est jamais venue ici. Je dois vous demander de partir.

– Je ne peux pas partir sans...

– Si vous refusez de partir, j'appelle la police.

A voir l'expression de Junod, Harry comprit qu'il ne plaisantait pas.

– C'est ce que vous voulez?

– Non, bien sûr. Mais...

– Alors, partez, monsieur Barnett.

Harry regarda tour à tour Junod, résolu et inflexible, son compagnon, indifférent, et le registre fermé, puis de nouveau Junod. Il avait raison. Harry n'avait pas le choix. Heather n'était pas là. Une voix pessimiste lui soufflait qu'elle n'était nulle part, qu'elle était peut-être perdue pour toujours. Peut-être depuis le début. Sans un mot, il se retourna vers la porte.

– Je regrette que nous n'ayons pu vous aider, monsieur Barnett, dit Junod.

Harry ne répondit pas. Il eut vaguement conscience en traversant le bureau que les femmes s'arrêtaient un instant pour le regarder puis il se retrouva dans le couloir et se hâta vers la sortie. C'était fini. Il n'avait pas d'autre piste, pas de nouvel espoir auquel se raccrocher. Contrefaire l'écriture de Kingdom et venir à l'institut sous un faux prétexte n'avaient servi à rien. Il était aussi loin de Heather que sur le mont Prophitis Ilias, lorsqu'il était parti à sa recherche. Et elle était tout aussi loin de lui.

50

« Je suis absent pour le moment, énonça le répondeur d'Alan Dysart, mais vous pouvez me laisser un message après le bip sonore. »

– Alan, c'est Harry Barnett. Heather n'est pas à l'institut Versorelli. Nous nous sommes tous trompés. Je n'ai pas de raison de rester plus longtemps ici. Je rentre en Angleterre. Je t'appellerai dès mon arrivée.

Harry raccrocha, posa les pieds sur le lit et, las de tout, il s'adossa contre les oreillers. Il versa dans un verre le contenu de la mini-bouteille de whisky posée sur la table de nuit puis il but une gorgée en portant un toast à ses efforts inutiles pour retrouver la trace de Heather. Voilà comment cela se terminait, par un message à un répondeur-enregistreur depuis une chambre d'hôtel à Genève. Il avala une autre gorgée de whisky et regarda au plafond les points et le cercle lumineux projetés par la lampe de chevet.

– Au revoir, Heather, murmura-t-il pour lui-même.

Il posa le verre et ramassa les deux choses qui se trouvaient à sa portée : l'enveloppe de cartes postales et la pochette de photos. Il posa les cartes sur ses genoux et les regarda : Aphrodite, douce et malléable, détournant le visage; Silène, le membre viril aux proportions surhumaines impudemment dressé, la main levée; la dernière supplique du prisonnier Anthony Sedley gravée dans la pierre. La déesse, le satyre et l'homme trahi formaient à eux trois un rébus que Harry n'arrivait pas à déchiffrer.

– Au revoir, murmura-t-il.

Il sortit les photos de la pochette et les examina l'une après l'autre : Mallender Marine; la plaque funéraire de Clare; Nigel Mossop; Tyler's Hard; Breakspear College; le pub The Lamb Inn; la route de Cotswold; le Skein of Geese; l'abbaye de Hurstdown; l'église de Flaxford; l'hôpital de Challenbroke; Strete Barton; la tombe de Hollinrake. Il avait suivi fidèlement le chemin qui menait d'une photo à l'autre mais il était arrivé à une impasse. Les autres photos n'avaient rien à lui apprendre : Athènes; Rhodes; le Prophitis Ilias; Lindos; la villa ton Navarkhon; une photo de lui éméché; et la dernière photo : Heather qui riait.

Et pourtant! Et si jamais il avait abandonné trop tôt? Savait-il vraiment tout des autres photos? Il les regarda de nouveau jusqu'à la quatorzième, puis il passa lentement à la suivante. Tandis qu'il la considérait avec attention, tous les doutes qui l'avaient assailli depuis son départ de Rhodes disparurent comme par enchantement. A Lindos, il avait mis tout son espoir dans les photos et en rien d'autre. C'était la piste que Heather lui avait laissée.

– Fais-leur confiance, s'entendit-il dire tout haut.

La quinzième photo était une vue d'Athènes, pas de Genève ni de l'Angleterre ni de Rhodes. Mais bien sûr! C'était si évident, si simple qu'il en aurait pleuré. Il n'avait pas encore épuisé toutes les possibilités. Il restait encore une lueur d'espoir. Tout ce qu'il avait à faire était de continuer ce qu'il avait fait jusque-là : suivre les traces de Heather.

Il sauta du lit, attrapa l'annuaire, chercha le numéro qu'il voulait puis décrocha le combiné.

– Swissair, bonsoir.

– Bonsoir. Parlez-vous anglais?

– Oui, monsieur, bien sûr. Que puis-je pour vous?

– Je voudrais réserver une place d'avion.

– Pour aller où, monsieur?

– A Athènes, le plus tôt possible.

51

Il faisait froid au sommet du Lycabette, peut-être pas aussi froid que sur le Prophitis Ilias, mais on était loin de la chaleur chatoyante dans laquelle la capitale grecque était censée baigner. Il ne pouvait pas se plaindre : personne ne lui avait demandé de venir à Athènes au début du mois de janvier. Il monta les marches qui partaient de la plate-forme du funiculaire, remonta le col de son imperméable et embrassa du regard les banlieues grises qui étalaient leurs tentacules. Non, personne ne lui avait demandé de venir et maintenant qu'il se retrouvait sur le rocher du Lycabette, perdu au milieu de l'océan pollué de la ville d'Athènes, il se demandait ce qu'il faisait là.

Ses doutes étaient revenus la veille au soir. Arrivé de Genève au milieu de l'après-midi, il avait suivi les recommandations d'un chauffeur de taxi dont l'oncle tenait l'hôtel Ekonomical près de la place Omonia en se disant qu'après tout, un hôtel miteux ferait aussi bien l'affaire. Tandis que la nuit tombait rapidement, il avait fait la tournée des bars locaux chichement éclairés en sirotant chaque fois de l'ouzo qui eut sur lui un effet plus déprimant qu'à l'ordinaire. Résultat : il ne doutait plus d'avoir commis une nouvelle erreur en venant à Athènes.

Avec le jour, les choses s'étaient un peu arrangées mais ce n'était pas encore ça, songeait Harry en suivant le chemin qui contournait la petite chapelle au sommet de la colline et aboutissait à une plate-forme pavée d'où il contempla les rangs serrés des excroissances en béton autour des rues embouteillées d'Athènes. L'Acropole semblait abandonnée et perdue, un peu comme un menhir en plein centre de New York. Le ciel était clair mais le soleil trop pâle pour consumer les vapeurs jaunes de la pollution suspendues au-dessus de la ville moderne d'Athènes comme un reproche vivant de l'atmosphère. « Le lieu de naissance de la démocratie », mes enfants, comme disait Cameron-Hyde, « le berceau de la civilisation ». Et Cameron-Hyde avait perdu un œil dans la bataille de Crète pour prouver sa dévotion. Mais Cameron-Hyde n'était jamais monté sur le Lycabette.

Harry avait néanmoins une tâche à remplir. La différer ne rendrait pas son caractère inutile plus supportable. Il sortit les photos de sa poche et chercha celle qui l'intéressait. La quinzième : le Lycabette tel que Heather l'avait pris lors de sa halte à Athènes, pendant le week-end des 14 et 15 octobre. Il tint la photo levée, recula de six pas, vérifia de nouveau : il se trouvait à l'endroit exact où Heather avait pris la photo plusieurs semaines auparavant. Il regardait le point précis qu'elle avait fixé avec l'objectif.

Soudain, quelque chose le fit se retourner. Son cœur se mit à cogner à grands coups. Personne. Il maudit sa nervosité. Si seulement il y avait eu quelques touristes, sa solitude lui aurait paru moins pesante. Heather n'était certainement pas toute seule le jour où elle était venue. Il regarda la photo : des gens étaient assis sur le muret de la plate-forme de chaque côté de la tache floue de la ville. A gauche, se trouvait une femme vêtue d'une robe verte; à droite, une mère et un enfant qui pleurnichait. Harry devina qu'il aurait pu les regarder indéfiniment sans rien trouver de significatif dans la pose ou l'expression de ces trois personnages : l'enfant grognon, la mère au visage sévère, la femme qui contemplait la ville. Il passa à la photo suivante, la seizième. Ce n'était pas très différent : le Parthénon inondé de soleil fourmillait de touristes. On pouvait reconnaître trois Japonais portant des caméras vidéo, un groupe d'Américains coiffés de casquette de base-ball, un couple d'Allemands, un jeune homme isolé, deux femmes quelconques et un ouvrier grec. Comme le trio sur le Lycabette, ces gens avaient dû se trouver là par hasard au moment où Heather avait appuyé sur le déclencheur.

Harry se laissa tomber sur un banc et il tint les deux photos devant lui, chacune dans une main. Des sites antiques, des groupes de touristes : cela ne lui disait rien, rien du tout. Les examiner sur le Lycabette avec l'Acropole dans le fond ne changeait rien. Comment avait-il pu penser qu'il pourrait en être autrement? Le Lycabette; le Parthénon; les dates; les petits détails. Son regard allait d'un cliché à l'autre tandis que son cerveau s'évertuait à découvrir un indice révélateur. Une femme en robe verte; une mère et un enfant; trois Japonais; quatre Américains; deux Allemands (peut-être); un Australien (peut-être); deux femmes de nationalité indéterminée; un Grec qui avait l'air...

Soudain, un frémissement entre tous ces éléments lui permit l'espace d'un instant d'entrevoir la réponse qui déjà s'estompait mais Harry fut plus rapide. Il ne la laissa pas s'échapper.

Les deux femmes qui s'éloignaient du Parthénon en direction de l'appareil photo n'étaient pas ensemble. Du moins, rien ne le prouvait. L'une d'elles lui rappelait quelque chose. Le tee-shirt et le jean étaient différents, mais la silhouette, la coiffure, les sandales et les lunettes de soleil étaient les mêmes. Il n'y avait pas de doute. En vérité, il ne comprenait pas pourquoi il ne l'avait pas reconnue plus tôt : c'était la femme en robe verte du Lycabette.

La même femme sur les deux photos. Harry regarda ces deux images de la même personne. Cela ne pouvait pas être une coïncidence: la probabilité était trop faible. Heather devait la connaître. Une rencontre de hasard? Sûrement pas. Une amie, alors? Oui, ce devait être ça. C'était l'amie de Heather, une amie peut-être de longue date. Mais qui? Personne ne lui avait parlé d'une amie de Heather. On lui avait plutôt laissé entendre qu'elle n'en avait pas. C'était d'ailleurs un de ses problèmes. D'après Kingdom...

Kingdom, mais bien sûr! Il avait écrit quelque chose à ce sujet dans ses notes, à propos de l'isolement de Heather. Il avait parlé d'une de ses collègues à l'école Hollisdane. Qu'est-ce que c'était déjà? Sa mémoire le trahissait mais cela ne faisait rien; il avait laissé les notes de Kingdom à l'hôtel. Il lui suffisait de rentrer et de les relire : ainsi il saurait ce que ce brave docteur avait dit. La réponse était tombée du ciel.

« 23 août... Il semble qu'en dehors du cercle familial, elle n'ait pas eu d'amie proche depuis qu'une de ses collègues à l'école Hollisdane avec qui elle était en excellents termes est partie l'été dernier pour aller enseigner à l'étranger. »

La note de Kingdom était plus explicite que Harry ne l'avait espéré. Il faillit crier de joie. Il était sûr qu'elle était allée à

Athènes. Et maintenant il savait que Heather avait fait escale dans cette ville pour voir son amie.

Il décrocha le téléphone et, en déployant tout son charme, réussit à obtenir de la standardiste l'autorisation de téléphoner à l'extérieur, puis il appela l'Angleterre. Une voix acerbe, aussi claire que si elle venait de la pièce à côté, lui répondit :

– Les renseignements. Quelle ville demandez-vous?

– Wellingborough.

– Et le nom de la personne?

– Ecole primaire Hollisdane.

– Ne quittez pas... Hollisdane, vous avez dit?

– Oui.

– Le numéro est 0933 et pour Wellingborough, il faut faire le 28765.

– Merci.

Après un nouvel échange avec la standardiste, la sonnerie du téléphone retentit dans une école très loin en Angleterre. Harry ferma les yeux et pria lorsqu'il prit conscience que les vacances de Noël n'étaient pas terminées.

– Ecole primaire Hollisdane. J'écoute.

C'était une voix d'homme. Le ton était à la fois mesuré et autoritaire.

– Euh, allô, pourrais-je... Qui est à l'appareil, je vous prie?

– Le directeur. Que désirez-vous?

Un directeur consciencieux qui travaillait même pendant les vacances, songea Harry en bénissant le ciel.

– Vous ne me connaissez pas, mais j'étais... Eh bien, à vrai dire, j'essaie de retrouver une jeune femme qui était institutrice dans votre école. Elle est partie durant l'été 1987 pour aller enseigner à l'étranger.

– Oh oui, je me souviens. Vous voulez parler de Sheila Cox?

– Oui. C'est elle.

– Vous avez raison, monsieur...?

– Barnes. Horace Barnes.

– Eh bien, monsier Barnes, Mlle Cox nous a laissés en effet pour aller vivre à l'étranger mais je crains de ne pas avoir eu de ses nouvelles depuis. Dites-moi, dans quel pays est-elle partie déjà?

Etait-ce un piège? Dans ce cas, c'était un risque que Harry devait prendre.

– En Grèce dit-il en priant le ciel.

– Ah non, sûrement pas. Vous devez vous tromper. Je dirais plutôt l'Espagne ou le Portugal.

– Vous serait-il possible de vérifier?

– Je ne crois pas. Ma secrétaire est en vacances, voyez-vous et... oh! attendez un instant. Il y a peut-être un moyen. Ne quittez pas, je vous prie.

Il y eut un bruit sourd, un froissement de papiers, le claquement d'un tiroir que l'on ferme, encore un déplacement de feuilles, puis une voix :

– Nous avons de la chance, monsieur Barnes. C'est bien ce que je pensais, elle nous a quittés pour aller à Lisbonne.

Harry jura tout bas.

– Pardon?

– Rien.

– Ah bon! Eh bien, vous aviez raison pour la date, juillet 1987, mais pas pour la destination. Apparemment, oh! mais attendez : qu'est-ce que c'est? Ah! je vois.

– Qu'y a-t-il?

– Je vous dois des excuses, monsieur Barnes. Il semble que nous ayons tous les deux raison. Mlle Cox n'est restée qu'un an au Portugal. Puis elle est partie en Grèce. A Athènes, pour être précis. Pardon?

– Rien. La ligne est très mauvaise.

– Je vois. Eh bien, la directrice de sa nouvelle école nous a écrit pour demander des renseignements sur elle au printemps dernier quand elle leur a envoyé sa candidature. J'ai une copie sous les yeux.

– Une école à Athènes?

– Oui, c'est cela.

– Pourrais-je avoir le nom et l'adresse de cette école?

– Certainement. Rien de plus simple, monsieur Barnes.

La discrète école Shelley était située parmi les villas aux jardins clos de Kifissia, une des banlieues les plus huppées d'Athènes. Harry prit le métro vers le nord jusqu'à Kifissia, le terminus, puis il demanda son chemin à un vendeur de journaux. L'école se trouvait à une faible distance de là, sur une avenue tranquille bordée d'arbres. Harry se surprit à marcher de plus en plus vite et à ce rythme, il fut vite essoufflé. Il était partagé entre le désir d'apprendre la vérité et la crainte de savoir, l'envie d'aboutir et l'angoisse de ne plus rien avoir à chercher.

Seul un panneau sur le portail distinguait l'école des résidences voisines. C'était une grande maison avec une façade en pierre, des tuiles en terre cuite et des détails byzantins : fenêtres cintrées ; créneaux en dents-de-chien. Des sapins et des palmiers se balançaient sagement autour. Harry aperçut un bâtiment plus moderne derrière, un parking vide, un mât pour drapeau, un abri pour les vélos. L'atmosphère était celle d'une école bien fréquentée aux frais de scolarité élevés. Harry traversa prudemment l'avant-cour en s'attendant à entendre des voix d'enfants mais tout était silencieux.

Il gravit quelques marches en pierre et entra dans un vestibule haut de plafond. Une domestique astiquait le parquet avec vigueur. Sur sa gauche, il entendit la voix d'une femme engagée apparemment dans une conversation téléphonique. Elle s'exprimait en anglais, d'un ton sec.

– C'est inacceptable... Non... Certainement pas... C'est à vous de choisir... Cela a dû vous être notifié en temps utile...

Il suivit la voix jusqu'à sa source : une pièce brillamment éclairée. On aurait dit la double page centrale d'un catalogue de mobilier de bureau. La seule occupante, la femme au téléphone, était aussi soignée et stricte que sa voix. Elle portait des couleurs mauves chatoyantes, des bagues à chaque doigt et elle avait un visage d'aigle affamé.

– Comme vous voulez... Non, les arrhes seront perdues... Très bien... Au revoir, alors.

Elle jaugea Harry d'un coup d'œil.

– Que désirez-vous ?

– Je crois que Mlle Cox enseigne ici. Mlle Sheila Cox.

– C'est exact.

– Pourrais-je la voir ?

– L'école est fermée en ce moment. Mlle Cox n'est pas ici.

– Ah ! je vois. Dans ce cas, pourriez-vous me donner son adresse ?

– Ce serait contraire à notre politique. Je ne peux donner aucun renseignement touchant à la vie privée de nos professeurs. Mais si vous voulez laisser un message, je le transmettrai à Mlle Cox.

– Ah ! bien. Quand l'aura-t-elle ?

– La rentrée a lieu la semaine prochaine.

– La semaine prochaine ? Je ne peux pas, euh, je ne peux pas attendre si longtemps. N'y aurait-il pas un moyen de la joindre plus tôt ?

– Non.

Elle avait une expression qui convainquit Harry que les recettes habituelles, l'insistance, la flatterie, la douceur, la corruption, resteraient sans effet.

– Je regrette,...

La sonnerie du téléphone la força à s'interrompre.

– Excusez-moi... Ecole Shelley... Ah ! Monsieur Rossi... Oui, vous aussi... bien sûr... Vous ne saviez pas ? Non, c'est une réunion des professeurs qui a lieu avant la rentrée... Le bureau du principal, à 10 heures, demain... Vous êtes le bienvenu... Au revoir, monsieur Rossi.

Elle regarda de nouveau Harry.

– Malheureusement, je ne peux rien pour vous. Souhaitez-vous laisser un message ?

– Non merci, dit Harry en s'efforçant de réprimer un sourire. A la réflexion, ce n'est pas nécessaire.

52

Athènes, vendredi. Harry était assis au volant d'une voiture de location grise garée à l'ombre d'un faux poivrier, en face de l'école Shelley. Les villas et les artères de Kifissia somnolaient dans la pause silencieuse de la mi-journée et le soleil hivernal réchauffait le pare-brise. Harry avait énormément de mal à rester éveillé. Il avait passé la plus grande partie de la nuit à envisager tout ce qui pourrait arriver le lendemain et, à présent, l'association du metaxa et d'une nuit blanche ne le mettait pas dans les meilleures conditions pour exécuter le plan qu'il avait soigneusement mis au point. Dans une des salles de cette grande maison, de l'autre côté de la rue, Sheila Cox discutait avec ses collègues de problèmes d'emplois du temps et de dates d'examens. Il l'avait vue entrer, l'avait observée attentivement et avait comparé ses traits avec ceux de la jeune femme apparaissant sur les deux photos prises par Heather. Il en avait conclu que c'était bien la même personne. Tout ce qu'il avait à faire était de garder les yeux braqués sur sa voiture en attendant qu'elle réapparaisse.

Mais attendre n'était pas si facile. Harry regarda sa montre. Il était 11 h 30 : il était à son poste depuis deux heures déjà et il avait l'esprit engourdi. Il regarda une nouvelle fois les photos. Le visage de Sheila avait une expression qui lui était familière à force de l'avoir étudiée. Aurait-elle hébergé Heather ? Cela pouvait-il être aussi simple? Un autre coup d'œil à sa montre : 12 h 40. 9 h 40 à Londres. Que pensait Zohra en cette minute? se demanda-t-il. Qu'avait imaginé Dysart en ne le revoyant pas revenir de Genève? Il aurait dû les prévenir. Il aurait dû leur dire quel était son plan. Mais l'indice lui avait semblé si ténu, l'espoir si fragile. Comment aurait-il pu motiver un voyage qu'il était à peine capable de justifier à ses propres yeux?

Il n'était pas venu pour rien pourtant. De cela, il en était sûr. Comme il replaçait les photos dans sa poche et se massait les tempes pour sortir de sa torpeur, il eut soudain le pressentiment que le moment était arrivé. Un groupe d'hommes et de femmes sortit à la file de l'école Shelley et se dirigea sans se presser vers le parking. La réunion prétrimestrielle des professeurs était terminée.

Harry s'assit et regarda anxieusement chacun des membres du groupe. Elle n'était pas là. Il eut un instant de panique. Puis il la vit. Elle bavardait avec un collègue en haut des marches. Ses cheveux coupés plus court que sur les photos, son manteau en cuir et son petit sac de voyage lui donnaient un air soigné et compétent contrastant avec l'allure de son compagnon : un homme habillé à la six-quatre-deux qui marchait en traînant les pieds et tenait un porte-documents plein à craquer qu'il n'arrivait pas à fermer. Harry devina qu'il s'agissait de cet étourdi de M. Rossi.

Lorsque Sheila Cox arriva à sa voiture, les autres étaient presque tous partis, en voiture ou à pied. Rossi, quant à lui, ne semblait pas prêt à les imiter. Il discourait avec volubilité tout en s'évertuant à fermer son porte-documents. Il semblait intarissable. Sheila Cox ouvrit la portière de sa voiture mais elle ne monta pas dedans. Harry pensa qu'elle était trop polie pour interrompre brutalement la conversation. Soudain Rossi se montra plus exubérant encore. Il souriait et gesticulait tant et plus. Sans doute exprimait-il ainsi sa gratitude : elle avait dû lui proposer de le déposer quelque part. Rossi fit en effet le tour de la voiture et ils démarrèrent.

Sheila Cox était une conductrice pondérée; les rues étaient tranquilles; sa voiture jaune se remarquait facilement. Harry réussit par conséquent sans trop de difficultés à rester derrière, à une faible distance. Ils se dirigèrent vers le sud. La route lui était familière et elle le resta jusqu'à la station de métro. C'est là que Rossi descendit en faisant des signes de la main à n'en plus finir tout en se débattant avec son porte-serviettes. Par chance, dans la ronde bruyante des taxis et des autobus autour d'eux, il y avait peu de chance que Sheila Cox ait remarqué la voiture grise attendant qu'elle redémarre.

Délestée de son passager, elle se mit à conduire plus vite et, lorsqu'ils quittèrent Kifissia en direction du sud-ouest à travers des rues moins résidentielles, la circulation s'intensifia peu à peu. Harry fut forcé d'abandonner la carte avec laquelle il avait eu l'intention de repérer la route qu'ils suivaient pour se concentrer uniquement sur la petite voiture jaune. Entre les motos qui ne cessaient de se glisser entre eux et son manque d'habitude de la conduite à gauche, il avait beaucoup de mal à ne pas se laisser distancer.

Ils rejoignirent ce qui semblait être un axe important. Il y avait davantage de camions et de fourgonnettes, davantage de véhicules de toutes formes et de toutes tailles auxquels il fallait ajouter les travaux, la poussière, les feux rouges, les embouteillages, la confusion : Harry maudissait cette ville et son réseau routier absurde. Il était tellement énervé que sa connaissance de l'alphabet grec l'abandonnait. ΛΥΚΟΒΡΥΣΗ, annonçait un panneau. ΜΕΤΑΜΟΡΦΩΣΙΣ, ΗΡΑΚΛΕΙΟ. Cela ne l'aidait pas plus que si l'on avait écrit Vénus, Mars ou Jupiter. Mais le fait qu'il ne sache plus où il était n'était pas si important en fin de compte. Malgré toutes les manœuvres inconsidérées que la nervosité l'avait amené à faire et les quelques séparations qui lui avaient donné chaque fois un coup au cœur, il talonnait toujours la voiture jaune de Sheila Cox.

Ils avaient dû parcourir quatre ou cinq kilomètres avant de quitter la route principale et ils traversaient à présent une banlieue qui, tout en étant moins cossue que Kifissia, était manifestement réservée à une classe sociale favorisée dont pouvait faire partie un professeur bien payé. Les immeubles de trois à quatre étages y étaient plus fréquents que les villas mais ils étaient largement espacés et ombragés. Les voitures avaient l'air neuves, les boutiques étaient élégantes. Sheila Cox roulait dans des rues de plus en plus étroites. Elle approchait sûrement de sa destination.

Elle tourna dans une rue latérale et ralentit. Harry fit de même. Puis elle pila net et fit fonctionner son clignotant droit. Harry ralentit au maximum. Elle commença à faire marche arrière pour se garer dans un espace libre quand Harry remarqua une autre place, trois voitures derrière elle, où il se rangea maladroitement. La voiture formait un angle aigu avec le trottoir. Il arrêta le moteur, saisit la carte et jeta prudemment un coup d'œil par-dessus.

Sheila Cox descendit de voiture, puis se pencha à l'intérieur pour prendre son sac. De l'autre côté de la rue, il y avait un immeuble de trois étages avec des balcons blanchis à la chaux, des fenêtres panoramiques en verre teinté, des pins encadrant l'entrée. Si elle habitait là, elle avait de toute évidence un appartement confortable. Elle claqua la portière qu'elle ferma à clef et commença à traverser la rue puis elle s'arrêta au milieu de la chaussée et regarda vers le bout de la rue comme si quelque chose avait attiré son attention. Elle mit sa main en visière, regarda un moment droit devant elle d'un air incertain avant de faire un signe de la main. Harry regarda dans le rétroviseur mais il ne vit que le reflet du bouchon d'essence. Il allait risquer un regard par-dessus son épaule quand le timbre d'une sonnette de bicyclette résonna juste derrière la voiture. Puis une silhouette sur une bicyclette passa devant lui, freina, s'arrêta et mit pied à terre. C'était Heather!

« Prends les clefs, avait-elle dit, au cas où tu voudrais retourner à la voiture. » Harry avait le cœur qui lui manquait. Il était incapable de réfléchir, incapable de réagir. « Ne t'inquiète pas. » La sensation de panique qui l'avait oppressé en songeant qu'il ne pourrait peut-être pas la retrouver et l'angoisse qui l'avait submergé à la pensée qu'il pouvait l'avoir perdue pour toujours lui revinrent d'un coup. « Je resterai sur le chemin. » Et dans le sillage de ces émotions insupportables, il se rappela le chemin difficile qu'il avait suivi pour la retrouver. « Je ne serai pas longue. » Harcelé par les interrogations, les accusations, les doutes et les soupçons, chaque semaine sans nouvelles de Heather avait laissé en lui une blessure plus profonde chaque jour qui passait. « Je ne peux plus faire demi-tour, maintenant, n'est-ce pas? » Faire demi-tour? Comment aurait-il pu ne pas faire demi-tour? Sur le mont du Prophitis Ilias, le silence limpide et froid, le crépuscule menaçant de novembre, l'absence prolongée de Heather avaient eu raison de son sang-froid. Elle lui avait souri puis elle était partie. C'était la première fois qu'il la revoyait depuis ce jour.

Elle descendit de vélo à la hauteur de Sheila Cox et s'appuya contre le guidon, essoufflée et souriante. Elle portait un jean, des tennis, un pull blanc et non rouge mais la veste noire en velours et les gants noirs en laine étaient les mêmes. Ses cheveux de lin qu'il se souvenait d'avoir ou flotter sur ses épaules étaient courts à présent, et lui donnaient l'air plus jeune. Et elle riait, riait si étourdiment qu'il ne pouvait le supporter. Comme osait-elle être si détendue, si insouciante? Comment osait-elle être si normale? Il n'avait jamais supposé un instant un tel dénouement. Il n'avait jamais espéré ni redouté des retrouvailles dans des circonstances pareilles.

Les deux jeunes femmes traversèrent la rue en plaisantant. Sheila examinait ce qui se trouvait dans le panier de Heather, tâtant ici une miche de pain, là, un chou-fleur. Et Harry, humilié un peu plus à chacun de leurs gestes, restait paralysé. Descendre de voiture, se faire connaître, accuser, protester, demander des comptes, non, c'était impossible. Heather n'avait pas été assassinée ni enlevée ni attaquée. Elle n'avait pas disparu comme par enchantement. Elle n'avait pas perdu la mémoire ni la raison. Elle avait fait preuve au contraire d'un esprit méthodique. Elle avait tout préparé à l'avance. Et Harry dans cette histoire n'avait été qu'un laquais, le dindon de la farce destiné à égarer les enquêteurs, un témoin honnête qui ne saurait même pas qu'il mentait. Elle l'avait utilisé puis jeté. Elle s'était moquée de lui d'un bout à l'autre.

Heather cala la bicyclette contre un poteau, elle mit la chaîne puis sortit les provisions du panier et suivit Sheila jusqu'à la porte. Une clef apparut, un autre éclat de rire fusa. Elles entrèrent. La dernière chose que Harry vit de Heather comme la porte se refermait fut le sourire amusé d'une jeune fille écoutant l'anecdote d'une amie.

Harry aussi s'était cru son ami. A présent, il savait à quel point il s'était trompé. Elles avaient dû trouver cela facile, songea-t-il. Un signal convenu – peut-être le sifflement qui l'avait tant effrayé – une route solitaire de l'autre côté du Prophitis Ilias, puis un voyage rapide en voiture jusqu'à l'aéroport. Elles avaient pu être à Athènes avant même que l'alarme soit donnée. Elles avaient dû bien rire en lisant les journaux. La réussite de leur plan avait dû les faire jubiler. Et le plus comique dans tout ça? Eh bien, c'était le tour qu'elles avaient joué à Harry, bien sûr, ce benêt qui était assis seul dans une rue d'Athènes et regardait d'un air sombre la porte à présent refermée lui disant combien il avait été stupide. C'était l'homme que Heather avait dupé – mais moins qu'elle ne l'avait cru.

– Allô?

– Alan, c'est Harry Barnett.

– Harry! Où es-tu? Je me demandais quand j'aurais de tes nouvelles. J'ai eu ton message.

– Je suis à Athènes.

– Athènes? Mais que fais-tu là-bas?
– J'ai retrouvé Heather.
– Tu l'as trouvée? A Athènes?
– Oui. Elle est en bonne santé. Elle habite chez une jeune femme qui s'appelle Sheila Cox, une ancienne collègue à elle qui enseigne ici.
– Mais... c'est incroyable. Tu lui as parlé?
– Non. Mais je l'ai vue. Je ne sais pas pourquoi elle se cache et je ne sais pas pour combien de temps. Tout ce que je sais, c'est que pour moi, c'est une histoire terminée.
– Est-ce qu'elle sait que tu l'as trouvée?
– Non. Quand j'ai compris qu'elle était ici de son plein gré, je n'ai pas eu le courage de lui parler. Elle avait l'air si contente, si heureuse. J'ai été stupide, Alan. Je croyais qu'elle avait besoin de moi. J'ai pensé qu'elle voulait qu'on la trouve. Je me suis pris pour un chevalier au grand cœur volant au secours d'une damoiselle en détresse. Au lieu de ça... En tout cas, nous nous sommes trompés. Kingdom n'a rien à voir dans cette histoire. Heather a organisé elle-même sa disparition avec l'aide de son amie.
– Tu as l'air en colère.
– Je le suis. Pas toi?
– Je suis soulagé. Tu veux que je prévienne ses parents?
– Pourquoi pas? Ils ont le droit de savoir. Elle habite à...
– Attends, je prends un stylo. Bien : vas-y.
– 24 Odos Farnakos, appartement 3, Iraklio, Athènes. L'appartement appartient à Sheila Cox qui enseigne à l'école Shelley, à Kifissia.
– Je vais prévenir Charlie tout de suite. Que vas-tu faire maintenant?
– Je ne sais pas bien. Rentrer, je suppose. Mais il se peut que je reste encore ici quelques jours.
– Pour voir Heather?
– Non. Je ne veux plus jamais la revoir. Si je la revoyais... Non, la meilleure chose que je puisse faire est d'oublier tout ça.
– Tu crois que tu y arriveras?
– Probablement pas. Mais je vais toujours essayer.

53

« Statuette en bronze de Silène, particulièrement bien préservée (530-520), trouvée à Dodone. Silène passait pour posséder une grande sagesse et avoir été l'éducateur de Dionysos. On le voit ici, mi-homme mi-cheval, sauter avec enthousiasme, le bras gauche levé, le droit appuyé sur sa croupe. Les oreilles pointues, la longue queue et les sabots sont ceux d'un cheval alors que sa nature démoniaque est rendue par la laideur du visage, le nez camus, et le regard de taureau. Les boucles des cheveux et de la barbe sont représentées par des lignes incisées. Belle miniature de l'époque archaïque manifestant une grande maîtrise technique. Hauteur : 19,2 cm. »

Harry ferma son guide et examina à travers une fine paroi de verre l'original infâme de ce satyre dont il portait sur lui une reproduction depuis son départ de Rhodes. Ce témoignage de l'obscénité dans l'Antiquité était plus petit qu'il ne s'y attendait et d'une grande finesse d'exécution. Depuis plus de deux mille ans, il avait souri impudemment à tous ceux qui l'avaient regardé. Harry se dit qu'il ne devait pas être le premier à rougir à sa vue en se remémorant quelque souvenir honteux. Mais comment aurait-il pu quitter Athènes sans rendre visite à ce vieux démon lubrique? Souriant malgré lui, il fit demi-tour et se dirigea vers la sortie.

Le musée national était plein de touristes pour qui Silène n'était qu'un *post-scriptum* amusant à la gloire de la sculpture mycénienne. Harry se fraya un chemin à travers la foule, oublieux de ce qu'ils admiraient par ailleurs. Ce que Miltiades avait dit sur Silène lui revint en mémoire : « D'après Euripide, il était incapable de distinguer le vrai du faux. » Si Heather avait laissé cette carte à son intention pour souligner ce point, Harry avait largement démontré qu'elle avait vu juste.

En haut des marches, à l'entrée du musée, Harry s'arrêta un moment afin de respirer ce qui passait à Athènes pour de l'air frais. Quel idiot il avait été! Il s'était fait avoir comme un gamin. Il se demanda si Heather avait pensé qu'il se donnerait autant de mal pour la retrouver. Non, sans doute pas : elle ne pouvait pas deviner qu'il aurait ses photos, et sans les photos, il n'aurait eu aucune fausse piste à suivre. Il fallait lui rendre cette justice, même si ce n'était pas facile : elle n'avait sans doute pas eu l'intention qu'il découvre qu'elle s'était servie de lui. Elle n'avait pas cherché délibérément à l'humilier.

Il descendit les marches et s'assit sur l'un des bancs disposés autour de la pelouse circulaire devant le musée. Il sortit de sa poche l'enveloppe contenant les cartes postales de Silène et d'Aphrodite. Il les glissa dans sa main, les déchira soigneusement en quatre et jeta les morceaux dans l'une des boîtes à ordures placées à côté du banc. Miltiades aurait peut-être parlé de destruction de preuve mais Harry préférait penser que c'était un acte de résignation. Son rôle dans la vie de Heather et le rôle de Heather dans la sienne avaient pris fin. Il avait fait une croix sur leur prétendue amitié. Ce matin, cependant, il avait été sur le point de succomber à la tentation : rouler jusqu'à Iraklio pour demander à Heather de s'expliquer. Mais finalement, il avait décidé qu'il valait mieux rendre visite à son ancien *alter ego* au musée. Il était sûr d'avoir pris la décision la plus sage. S'il n'allait pas la voir, il devait l'oublier. En se défaisant des cartes postales qu'elle lui avait laissées, il pouvait espérer y parvenir.

Il y avait encore les photos, bien sûr. Elles revenaient de droit à Heather bien qu'elle ait dû en faire son deuil. Il les sortit et les examina une fois de plus, une dernière fois, en guise d'adieu. Vingt-quatre photos, de Mallender Marine à Heather riant à la villa ton Navarkhon, deux douzaines de clichés trompeurs qu'il avait suivis pas à pas. Il sourit tristement. Comme elles appartenaient à Heather, il était normal qu'elles lui reviennent. Il replaça les photos dans leur pochette avec les négatifs, glissa la pochette dans l'enveloppe vide, la cacheta et écrivit le nom et l'adresse de Heather. Il décida qu'il la posterait le jour où il quitterait Athènes. Elle reconnaîtrait son écriture et comprendrait la signification de son geste. A ce moment-là, ses parents auraient probablement déjà pris contact avec elle et les photos lui apprendraient comment ils l'avaient retrouvée. C'était une revanche, mesquine peut-être, mais c'était la seule qui lui restait : lui montrer l'erreur qu'elle avait commise.

Comme il glissait l'enveloppe dans sa poche, il remarqua, posée à côté de lui sur le banc, la carte postale qu'il avait achetée à l'église de Burford. Elle avait dû tomber au moment où il avait sorti les cartes de Silène et d'Aphrodite. Anthony Sedley. Prisonnier. Il éclata d'un petit rire piteux. C'était peut-être le seul souvenir illustrant de manière pertinente le rôle qu'il avait joué dans les plans de Heather. Harry Barnett. Prisonnier. Prisonnier de sa crédulité, de son incapacité de croire qu'elle pourrait l'avoir induit en erreur. Il ne pouvait pas lui reprocher d'avoir voulu échapper à son passé. Mais il ne pouvait pas lui pardonner de s'être servie de lui pour réussir sa sortie. Il ne pouvait pas lui imputer tous les revers de sa vie mais il ne pouvait pas lui pardonner ce dernier échec, le plus cuisant de tous. Il se leva avec un lourd soupir et s'éloigna d'un pas traînant.

Harry n'était à Athènes que depuis trois jours mais il était déjà en assez bons termes avec le barman à l'hôtel Ekonomical qui le dispensait des affreux dessous de verre et des coupes grasses d'amandes salées auxquels avaient droit les autres clients et il lui faisait grâce de ses plaisanteries mi-figue mi-raisin. Harry était pour ainsi dire livré à lui-même, ce qui se résumait depuis son retour du musée national à vider l'une après l'autre des bouteilles de bière blonde importées en regardant fixement son reflet de plus en plus congestionné dans le miroir derrière le bar.

Harry se mit à réfléchir à la question de son départ d'Athènes. Cela lui fit se poser la question du lieu de sa prochaine destination. Et cela l'obligea à admettre qu'il ne savait où aller. Retourner à Lindos serait aussi insupportable que rentrer à Swindon. Et c'était la seule alternative. Evidemment, il pouvait toujours dépenser ce qui lui restait d'argent dans les bars d'Athènes en espérant qu'il finirait par trouver l'inspiration. Oui, tout compte fait, c'était la seule solution acceptable.

Remarquant qu'un client qui venait de partir avait laissé, sur le tabouret à côté du sien, l'*Athens News*, l'unique quotidien de la ville en anglais, Harry se pencha pour le prendre en se disant qu'il pourrait au moins diminuer sa consommation d'alcool pendant qu'il le lirait même si cela n'avait aucun intérêt. La lecture attentive des premières pages n'eut pas l'effet escompté et il allait le reposer quand son regard fut attiré par une annonce prise en sandwich entre « Jeune femme séduisante recherche homme étranger de bonne famille » et « Appartement grand standing à Glyfada à louer ». Il ne pouvait dire ce qui avait retenu son attention. Un mot, pendant une fraction de seconde, lui avait paru familier, mais quel était ce mot, il ne s'en souvenait pas. Quelque chose de plus que la simple curiosité le poussa à la lire jusqu'au bout et alors il comprit.

« RECHERCHE *jeunes gens aimables et compétents pour travailler dans les îles de la mer Egée d'avril à octobre. Bonne connaissance de l'anglais ainsi que du français ou de l'allemand exigée. Les personnes sélectionnées suivront un stage de formation qui leur ouvrira une carrière de promoteur des ventes en multipropriété. Le recrutement aura lieu à l'hôtel Hilton d'Athènes, le samedi 7 et dimanche 8 janvier, entre 15 et 17 heures. Pour tout renseignement, téléphoner au 722 0201 et demander Barry Chipchase.* »

Il était presque 17 heures lorsque Harry arriva à l'hôtel Hilton qui dressait vers le ciel ses treize étages de marbre blanc à l'angle des avenues Vassilis Sofias et Léoforos Vasiléos Constantinou. A la vue des fanions voltigeant au vent et des fontaines, Harry se demanda s'il ne ferait pas mieux de tourner les talons et de renoncer à revoir Barry Chipchase, plus de seize ans après qu'une ultime trahison eut mis un terme à leur amitié déjà bien écornée.

En chemin, Harry s'était attardé sur un banc dans le Jardin national pour réfléchir à la question. Il s'était rappelé la chambrée pleine de courants d'air où ils avaient lié connaissance, Chipchase et lui. C'était en 1953. Harry était mal à l'aise dans l'armée et avait en horreur tous les aspects de la vie en uniforme tandis que Chipchase avait vite trouvé les bons filons pour s'éviter les corvées les plus pénibles. Il avait envoyé Harry ramasser des filles dans les pubs et les dancings de campagne. Il avait embauché Harry comme assistant pour acquérir et revendre sous le manteau du matériel de la Royal Air Force. Bref, il avait dégrossi Harry en l'initiant aux us et coutumes de ce monde. Comment, dans ces circonstances, n'avait-il pas deviné quel genre d'associé serait Chipchase restait pour Harry un mystère. Le bagout et l'esprit de repartie de Barry avaient à plusieurs reprises sauvé Barnchase Motors mais il y avait toujours eu chez lui une compulsion à en vouloir plus.

Dysart avait prévenu Harry que la cupidité de Chipchase serait leur perte et, au fond de lui, Harry savait qu'il avait raison. Non que la cupidité fût à ses yeux le plus grave défaut de Barry. Il aurait plutôt cité sa joie juvénile à réussir une magouille ou l'ennui qu'engendraient chez lui la stabilité et la sobriété, ou encore le besoin de forcer la chance jusqu'à ses dernières limites.

L'indolence de Harry était tout aussi condamnable. Il se rappelait, comme si c'était hier, le syndic de faillite au teint argileux le dévisageant depuis l'autre côté du bureau et demandant pour la énième fois : « Vous voulez vraiment dire, monsieur Barnett, que vous n'aviez aucune idée des intentions de M. Chipchase? » Oui, c'était la vérité. Après tout, Barry l'avait toujours encouragé à s'éclipser au pub, le Railway Inn, quand il fallait amadouer un client furieux ou un fournisseur non payé. Lorsque Harry comprit pourquoi, il était trop tard. Au moment où il avait pris conscience du prix que coûtait son ignorance délibérée, le mal était fait.

Harry était sorti du Jardin national en face du palais présidentiel et il avait observé pendant une demi-heure au moins le ballet des deux sentinelles dans leurs socques à pompons. Cela lui avait rappelé un mot de Chipchase à propos des rigueurs des exercices et de la tenue militaire : « Tu sais ce que je me dis chaque fois que ce salaud de Trench (un adjudant haï de tous) nous fait marcher au pas jusqu'au terrain d'aviation en gueulant ses ordres? Je me dis : profites-en, Trench, parce que bientôt tu sentiras mes bottes te passer sur les épaules, fils de pute. »

Lorsqu'il traversa le foyer de l'hôtel Hilton, parmi les hommes d'affaires en costume impeccable et les femmes élégantes lisant des magazines et buvant du thé, Harry se sentit l'air miteux et il se rappela que Chipchase s'était juré de connaître un jour la réussite matérielle. S'il pouvait se permettre de recruter son personnel à l'hôtel Hilton, il avait certainement tenu parole.

Barry n'était pas un nom inconnu pour la réceptionniste. Elle indiqua à Harry une salle de conférences au premier étage et, peu après, il se retrouva devant la porte en se demandant s'il ne ferait pas mieux de faire demi-tour. Voyant que la porte était entrouverte, il la poussa et jeta un coup d'œil à l'intérieur.

C'était une très grande pièce se déployant sur des mètres carrés de moquette, meublée de fauteuils en cuir orientés vers une fenêtre plus haute qu'un écran de cinéma. L'obscurité derrière était traversée par les serpents lumineux des phares surmontés au loin par les remparts illuminés de l'Acropole. D'un côté de la fenêtre, un employé empilait des chaises les unes sur les autres. Près d'une desserte, un homme petit, soigné de sa personne, disposait des diapositives dans des boîtes. Il y avait un projecteur sur la table à côté de lui et une pile de feuilles. Chaque fois qu'il avait rangé une diapositive, il glissait un coup d'œil nerveux vers un autre homme qui faisait les cent pas devant la fenêtre et parlait d'une voix haute et assurée :

– Si tu restes pendu à mes basques, Niko, tu es sûr de monter dans le train pour le paradis. J'ai ramassé un joli magot avec la multipropriété en Espagne et j'ai bien l'intention de continuer ici, dans les îles de la mer Egée. C'est obligé que ça marche. Le truc, c'est d'être le premier. Tu vois ce que je veux dire?

Niko ne voyait peut-être pas ce que cela voulait dire, mais Harry si, car Barry Chipchase n'avait pas changé de formule. Il avait simplement pris d'autres ingrédients. Les surplus de la Royal Air Force, les voitures d'occasion, les haciendas en carton-pâte : cela ne faisait pas de différence pour lui. Physiquement, il n'avait pas tellement changé non plus, beaucoup moins que Harry ne s'y attendait. Il avait pris quelques kilos, mais rien d'excessif. Ses cheveux noirs ondulés ne cassaient peut-être plus les dents des peignes mais beaucoup d'hommes de cinquante-trois ans auraient été fiers d'avoir une telle crinière. La voix était tombée d'une octave ou deux et elle était assez rauque pour faire penser qu'il fumait encore ses quarante cigarettes par jour. Quant à la tenue, costume léger, chemise et cravate assorties, égayés d'une pochette flamboyante, chaussures en alligator, l'éclat de l'or autour des poignets et des doigts, elle forçait Harry à regarder en face ce qui lui était le plus difficile à pardonner : Barry Chipchase s'en était incroyablement bien sorti.

– Ce n'est que le début, Niko, note bien ce que je te dis : la Turquie, l'Adriatique, l'Afrique du Nord, le ciel est sans limites. J'ai senti l'odeur de l'argent frais dans cette pièce cet après-midi. J'ai flairé les gros bénéfices. Tu sais comment on m'avait surnommé en Espagne? Barry le veinard.

Il était trop tard pour reculer maintenant. Harry s'avança dans la pièce d'un pas décidé.

– Alors comme ça, tu t'appelles le veinard, dit-il tout haut. Je croyais que ton deuxième prénom était Herbert.

La main avec laquelle Chipchase portait sa cigarette à sa

bouche se figea. Il se retourna lentement et regarda Harry d'un œil arrondi par l'étonnement. Pour une fois, il avait été pris au dépourvu et on pouvait lire sur son visage comme dans un livre.

– Harry, murmura-t-il. Bon Dieu!

– Salut, Barry. Ça me fait plaisir de voir que tu es en forme. Dommage qu'on ne soit pas lundi.

– Lundi?

– Le jour où je pensais te revoir. Je me souviens que tu as dit en quittant le garage : « A lundi. » Mais tu n'es jamais revenu. Tu as envoyé l'huissier à ta place.

Chipchase essaya de sourire. Harry poursuivit :

– Pourquoi tu ne me présentes pas à ton copain?

– Ben...

– Je m'appelle Barnett, Niko. Harry Barnett. Je suis l'un de ceux qui sont tombés du train juteux pour le paradis, pas longtemps après son départ de la gare.

54

– Tu devrais me remercier, Harry. Je t'ai facilité la tâche. J'étais sûr que tu clamerais sur les toits que tu ignorais que les choses allaient aussi mal ; que je t'avais caché la vérité et que j'avais fui en te laissant te débrouiller tout seul. C'était une histoire qui devait à tous les coups remporter l'Oscar du meilleur mélo. Alors ne me joue pas le numéro de la rancœur. Je ne te laisserai pas t'en tirer comme ça.

Deux heures s'étaient écoulées depuis l'arrivée de Harry au Hilton. Il était assis à présent à côté de Chipchase dans un coin sombre du bar panoramique. Sur la table basse devant eux, reposaient des bouteilles vides, des dessous de verre en carton, des cendriers et des coques de pistache. L'embarras de Chipchase avait cédé la place à un ton patelin. Il n'avait cessé de remplir le verre de Harry et d'exprimer ses regrets avec toute la candeur de l'homme soûl. Harry ne pouvait qu'admirer l'habileté de son compagnon qui réussissait à faire passer son détournement de fonds et sa fuite à l'étranger en compagnie de Jackie pour un acte de générosité.

– Tu vois, Harry, ton problème a toujours été le même. Tu n'aimes pas être au bas de l'échelle mais tu ne sais pas comment t'y prendre pour grimper les échelons. Tu as trop de scrupules et pas assez de cordes à ton arc. C'est une combinaison néfaste. Râler contre ton sort te donne plus de satisfactions que réussir. Alors c'est ce qui pouvait t'arriver de mieux que je te laisse dans la mouise à Barnchase Motors.

– Ce n'est pas l'impression que j'ai eue à l'époque.

– Peut-être pas, mais mets-toi à ma place. A quoi m'aurait

servi de payer les pots cassés avec toi? Avec ma fuite, tu pouvais jouer l'innocent et t'en tirer.

– Mais j'étais innocent.

– Ouvre l'autre bouteille, va, ça te détendra. On en recommandera une autre. Après tout, c'est la fête. Les vieux associés de nouveau réunis. Qui l'eût cru, hein?

– J'ai dû vendre ma maison.

– Oh, arrête de te plaindre pour l'amour du ciel! Au moins, tu n'as pas eu Jackie sur le dos. J'ai fait une grosse erreur en l'emmenant avec moi, je peux te le dire, peut-être la plus grosse de ma vie. J'ai pensé qu'elle m'aimait et qu'elle me serait fidèle. Je t'en fiche! Tu imagines ce vieux Chipchase aussi stupidement naïf? Dès qu'on est arrivé en Espagne, elle a commencé à faire de l'œil à tous ces basanés de Latins. Elle se dandinait sur les plages en attendant de se faire sauter. Elle n'a pas eu longtemps à attendre, tu peux me croire.

– Elle ne m'a pas raconté les choses sous cet angle-là.

– Ça t'étonne? Elle a toujours su raconter des salades, notre Jackie. Dans quoi elle est maintenant?

– La coiffure.

– Et mariée à un richard?

– Apparemment. Grande maison, grosse voiture, tous les signes extérieurs du succès.

– Ça prouve que j'ai raison, non? Une petite salope maligne comme un singe, notre Mlle Fleetwood. Je t'en veux de l'avoir embauchée. Bon, mais et toi, Harry? On dirait que tu as décroché le bon numéro à Rhodes avec ta villa ton Na quelque chose. Ça m'a tout l'air de la planque la plus pépère qu'on puisse dégoter.

– Alan a été très généreux, c'est vrai.

– Hein?

Chipchase se renfonça dans son fauteuil et fit un signe au serveur pour qu'il remplisse leurs verres puis il émit un petit ricanement sarcastique.

– Je te souhaite bonne chance avec Alan Dysart. Pour ma part, je ne lui ferais pas confiance pour un sou.

– C'est parce que tu n'aimes pas les politiciens, Barry?

– Non, c'est pas ça.

Un bref silence suivit pendant lequel le serveur s'affaira autour de la table, puis Chipchase reprit :

– Les politiciens cherchent à se remplir les poches comme nous. Mais ce n'est pas pour ça que je me méfie de notre ancien laveur de voitures qui est devenu le chouchou des médias.

– Pourquoi alors?

Chipchase souleva son verre de nouveau plein et but un coup.

– C'est une longue histoire, marmonna-t-il, une longue et vieille histoire. Mais parlons plutôt d'autre chose.

– Si c'est une vieille histoire, je devrais la connaître.

Chipchase laissa échapper un long soupir qui fit vibrer ses joues et il tira sur sa cigarette.

– Tu veux vraiment savoir?

– Oui. Je veux vraiment savoir.

– Eh bien, je ne l'ai jamais aimé, ce n'est pas un secret. Il faisait trop de minauderies pour démonter les moteurs. Il avait trop de matière grise pour ne pas remarquer ce qui se tramait dans notre commerce des voitures d'occasion. Et pour un étudiant, il y a tellement de moyens plus faciles de gagner un peu d'argent. Pourquoi s'est-il accroché à nous, Harry, hein? Pourquoi faisait-il tout ce chemin jusqu'à Swindon? pendant les vacances?

– Il avait une petite amie dans le coin, à Wootton Bassett.

– Une petite amie à Wootton Bassett, mon cul, oui. C'était une pure invention, j'en suis sûr.

– Qu'est-ce qui te fait dire ça?

– Puisque tu me le demandes, je vais te le dire, vieille noix.

Chipchase se pencha en travers de la table, les yeux brillants.

– Je te l'aurais bien dit à l'époque mais c'était juste avant que je mette les voiles. Toi et moi, on n'était pas particulièrement en très bons termes, à ce moment-là. Ce devait être en 1972, au mois de juillet. Tu te souviens que je suis allé à Birmingham pour changer les dates de notre crédit avec Cosway Tyres?

– Vaguement.

– Merveilleuse formule : changer les dates de notre crédit. Toujours est-il qu'au retour, je me suis perdu. Birmingham est un gigantesque labyrinthe. J'ai fini par m'arrêter quelque part dans le secteur de Solihull pour demander mon chemin. C'était une longue route rectiligne avec des maisons d'un côté, un cimetière de l'autre.

– Je ne vois pas...

– Bon Dieu, ne sois pas si impatient, Harry. J'en viens au fait. Un type intarissable m'avait indiqué comment rejoindre l'A 34 et j'allais repartir quand, à environ une centaine de mètres de l'autre côté de la route, qui je vois? Alan Dysart! Il descendait de sa voiture, tu sais cette Spitfire blanche qu'il avait. Il était tout vêtu de noir et portait une couronne mortuaire. On aurait dit qu'il allait à un enterrement. Sauf qu'il n'y avait pas d'enterrement, pas de fourgon mortuaire, pas de cercueil, pas de cortège funèbre. Il n'y avait qu'un cimetière désert qui montait de l'autre côté de la route. J'allais klaxonner ou l'appeler mais quelque chose d'étrange dans son attitude m'a retenu. Il a franchi la grille, il a remonté l'allée principale puis il a tourné et je l'ai perdu de vue au milieu des tombes.

– A ta place, je me serais dit...

– Bon sang, ne va pas plus vite que la musique, Harry! Ce que tu aurais pensé ou fait ne change rien. Moi, je me suis dit que c'était louche et j'ai attendu. J'ai allumé une sèche et j'ai eu le temps de la fumer. Et quand j'allais en allumer une autre, il est réapparu, sans la couronne. Il est monté dans sa voiture et il a mis les gaz.

– Nom d'un chien, Barry...

– Je viens au fait!

La voix de Chipchase se fit plus dramatique.

– Je n'étais pas pressé et j'étais méfiant, c'est dans ma nature. Aussi je suis descendu de voiture et je suis entré dans le cimetière. J'ai pris la direction que je lui avais vu prendre. Je me suis promené en cherchant la couronne qu'il avait apportée. Il n'y avait pas beaucoup de fleurs fraîches, alors cela n'a pas été difficile. C'étaient des lis blancs posés sur l'une des tombes. Et devine pour qui c'était?

– Comment le saurais-je? Sa tante Doris?

– Oh que non! ni pour une tante ni pour un oncle. Ni pour un frère ni pour une sœur. Ni pour ses parents.

Anticipant le plaisir de révéler un secret, le visage de Chipchase était fendu d'un large sourire.

– Alors c'était la tombe de qui?

– C'était sa tombe, Harry, sa tombe à lui.

Moins d'une demi-heure plus tard, Harry se trouvait dans un taxi filant vers le nord à travers les banlieues d'Athènes en direction d'Iraklio. Les lumières des autres voitures, le beuglement des avertisseurs et les gémissements des sirènes semblaient faire partie d'un autre monde. Il avait toujours devant les yeux le visage avide de Barry agité d'un tic nerveux et les mots qu'il avait choisis pour raconter cette histoire étrange avec une délectation maligne résonnaient encore à ses oreilles.

« Sa tombe à lui, Harry. La tombe d'Alan Dysart. Mort en avril, le... je ne sais plus combien, en 1952, à l'âge de cinq ans.

Tu dresses les oreilles, maintenant, hein? Tu as les yeux comme des soucoupes. C'est la vérité, Dieu m'est témoin. Il était tout ce qu'il y a de plus mort, trente-sept ans plus tôt, à l'âge de cinq ans. Cela lui ferait combien maintenant? »

Cela lui ferait l'âge de Dysart, exactement. Harry n'avait pas besoin de le dire. Il n'avait pas besoin de dire quoi que ce soit. Son incrédulité devait se lire sur son visage.

« Tu ne peux pas le croire, hein? Cela n'a aucun sens? Si Alan Dysart est mort, qui est l'Alan Dysart que nous connaissons, Harry, hein? Qui diable est-il? J'aimerais pouvoir te le dire. Je suis rentré chez moi à Swindon en réfléchissant à cette histoire et à la fin je me suis demandé si je n'avais pas eu une hallucination, alors j'y suis retourné. Environ deux semaines plus tard, j'ai pris un jour de congé. Je t'avais dit que je devais jouer au golf avec le directeur de la banque. En fait, je suis retourné à Solihull. J'ai retrouvé le cimetière et j'ai cherché la tombe. La pierre tombale avait disparu et l'inscription avec! »

Cherchant instinctivement à se dérober devant toutes les questions que soulevait le récit de Chipchase, Harry se recula tout au fond de la banquette. Dysart n'était pas Dysart. Alors qui était-il? Et pourquoi cette fausse identité?

« Il avait dû me repérer, Harry. C'est ce que je crois. C'était un rusé, notre soi-disant Dysart. Il avait dû deviner que j'avais repéré la pierre et que cela allait m'intriguer. Mais il était trop intelligent pour me laisser voir qu'il m'avait aperçu. Il a simplement fait en sorte que si je revenais, moi ou n'importe qui d'autre, il n'y aurait plus rien à découvrir. Il avait enlevé la pierre. Et ce n'est pas tout. J'étais abasourdi que la plaque tombale ne soit plus là, mais je n'étais pas disposé à croire que je m'étais trompé. Oh non! C'est trop me demander. Je suis allé trouver le gardien qui m'a dit d'aller voir un chef quelconque dans un autre cimetière plus important, de l'autre côté de Birmingham. J'y suis allé, j'ai demandé à voir le registre de cette année-là, on me l'a montré et... tu ne devineras jamais? »

Comme un rocher accélérant dans sa chute, comme une rivière en crue qui l'aurait encerclé par surprise, Harry comprit brusquement que Dysart l'avait trompé comme il avait trompé tous ceux qui l'avaient soutenu et admiré. « *J'ai été brillant, spirituel, savant, mais c'est juste une question d'entraînement.* » Il l'avait dit lui-même. Ce n'était pas uniquement une façon de parler : il le pensait. Il avait joué un rôle et tout le monde s'y était laissé prendre, jusqu'à ce jour.

« La page manquait, Harry. Cette foutue page manquait. Elle avait été coupée si près du bord que personne ne pouvait rien remarquer à moins de chercher précisément cette page. Le chef a failli en avoir une jaunisse, je te dis pas mais on ne pouvait rien faire. La pierre avait disparu, la page aussi et toutes les preuves avec. Tu vois, Dysart s'était arrangé pour que ce soit ma parole contre la sienne. Il n'y avait plus rien pour le contredire, pas une trace. »

Oh! mais si, il y en avait une. Harry savait quelque chose que Chipchase ignorait. La vérité lui était apparue, pâle et silencieuse comme une tombe sans inscription. C'était cela que Dysart avait voulu cacher au monde. C'était cela son secret, et non la corruption, le meurtre, ou les fantasmes d'une sœur invengée. Harry n'avait pas besoin de preuve. En apercevant la vérité, il se sentit terriblement coupable d'avoir douté de Heather. Elle savait tout cela. C'était pour cette raison qu'elle avait fui. Parce que connaître la vérité sur la véritable identité d'Alan Dysart, c'était courir un danger, comme Ramsey Everett, comme Willy Morpurgo, comme Clare Mallender. Il comprenait enfin pourquoi Heather avait cherché refuge à Iraklio. Ils étaient tous les prisonniers de Dysart, à présent.

« Alors j'ai laissé tomber, Harry. Que pouvais-je faire d'autre? A ce moment-là, j'avais d'autres chats à fouetter que le passé de Dysart. Je devais préparer une fuite de nuit avec Jackie et sa garde-robe. Une fois à l'étranger, j'ai tout oublié. Je n'y ai repensé que lorsque Dysart a joué les lord Nelson pendant la guerre des Falklands. A cette époque, il ne faisait pas bon être anglais en Espagne, je peux te l'assurer. Toute cette histoire m'est revenue. Je me suis souvenu de son charme, de son intelligence, de son brio. J'ai appris qu'il était député maintenant et ministre en plus de ça. Il paraît aussi que c'est un personnage si important que ces têtes brûlées d'Irlandais continuent de lui balancer des bombes. Ils ont peut-être raison. En tout cas, je n'aimerais pas avoir Alan Dysart comme patron. Je n'aimerais pas avoir quoi que ce soit à faire avec lui. Pour ce qui est de la fraude, je ne lui arrive pas à la cheville. Qu'est-ce qu'il y a de comparable entre vendre une baraque à Myconos en multipropriété et usurper un nom? Je ne sais pas qui est Dysart mais moi, à ta place, je me méfierais de lui comme de la peste. »

L'avertissement était venu trop tard. Car Harry avait fait confiance à Dysart. Et il lui avait donné beaucoup plus que son amitié ou sa loyauté. Il lui avait révélé l'endroit où se cachait

Heather. « *Attends. J'ai besoin d'un crayon. Voilà. Vas-y.* » Oui, Harry s'était fait piéger depuis le début, mais pas par Heather. Il le comprenait maintenant. « *Appartement 3, 24 Odos Farnakos, Iraklio, Athènes.* » C'était si simple, si précis. Dysart savait où trouver Heather.

Harry se pencha en avant, il toucha l'épaule du chauffeur de taxi et mit un billet de cinq mille drachmes dans sa main.

– *Pio grigora, parakalo.*

Le chauffeur de taxi lui jeta un coup d'œil puis il regarda le billet.

– *Endaksi,* murmura-t-il.

Il donna un brusque coup de volant à gauche pour doubler et appuya à fond sur l'accélérateur.

55

La rue Odos Farnakos était sombre et tranquille. Une brume froide et humide était suspendue dans le halo de lumière d'une demi-douzaine de porches éclairés. Harry avança avec précaution le long de l'étroit trottoir barré d'ombres. Arrivé au numéro 24, il regarda autour de lui en scrutant les gouffres noirs qui s'enfonçaient entre les murs blafards. Rien ne bougeait. Il n'avait devant lui qu'une normalité terne et silencieuse. Seuls ses nerfs tendus à l'extrême pouvaient lui faire penser le contraire. Il n'y avait rien à voir, rien à craindre, excepté ce qu'il avait déjà imaginé. Il remonta l'allée entre les sapins, respira leur odeur apportée vers lui par le vent et arriva à la porte. Il y avait six boutons, chacun d'eux éclairé par une minuscule ampoule; six noms tapés à la machine sur des cartes recouvertes de plexiglas; six grilles devant lesquelles plaider pour qu'on le laisse entrer. Sur la troisième carte, en capitales : ΚΟΞ, pas d'initiales, pas de situation de famille, pas de version anglaise. Harry remarqua que son doigt tremblait lorsqu'il pressa sur le bouton. Trente secondes passèrent qui lui semblèrent une éternité puis il y eut un grésillement derrière la grille et une voix qui disait : « *Pios inekei, parakalo ?* » C'était la voix de Heather. Il se rapprocha de la grille et essaya de parler, mais seul un son rauque sortit de sa gorge.

– *Ya sou?* dit-elle d'une voix inquiète tout à coup.

– C'est moi, dit-il enfin. Harry.

– Harry?

– Est-ce que je peux entrer? Il faut absolument que je te parle.

– Harry?

Elle semblait ne pas pouvoir y croire.

– Tu veux bien me laisser entrer?

Le grésillement cessa. La communication était interrompue mais la porte restait fermée. Puis il entendit un roulement sourd au-dessus de sa tête. Il y eut un papillonnement lumineux; les ombres autour de lui s'épaissirent. Il fit un pas en arrière et leva la tête vers le balcon du premier étage. Une silhouette debout derrière le parapet le regardait. Il plissa les yeux à cause de la lumière.

– Heather?

– Comment m'as-tu trouvée?

Elle parlait calmement mais d'une voix plus dure qu'il n'en avait gardé le souvenir.

– Je t'expliquerai. Mais ce n'est pas ça l'important.

– Que veux-tu?

Son visage n'était qu'une ombre sur le fond sombre du ciel. Il ne pouvait pas distinguer son expression.

– Parler. C'est tout.

– De quoi?

– J'ai besoin de savoir si j'ai commis une erreur. J'ai besoin de savoir si tu es en danger par ma faute.

– Comment serait-ce possible?

– En disant à quelqu'un que je savais où tu te cachais.

– A qui?

– A Dysart.

Elle fit un brusque mouvement en arrière comme si elle avait reçu un coup. Il crut l'entendre suffoquer. Sa main agrippa le bord du parapet.

– Heather?

Elle sembla vaciller au-dessus de lui, très près de tomber puis elle se ressaisit. Il l'entendit respirer profondément.

– Attends ici, dit-elle d'un ton décidé. Je vais t'ouvrir.

Quand il arriva sur le palier du premier étage, elle l'attendait sur le seuil de son appartement, simple silhouette se découpant dans l'entrée éclairée. Comme il approchait, elle se retourna et il la suivit dans un petit couloir qui menait à un vaste salon. D'épais tapis couvraient le parquet, les rideaux noirs de la porte-fenêtre étaient tirés, le mobilier était réduit au strict minimum, l'éclairage tamisé. Une cuisine était visible derrière une voûte, à l'autre bout de la pièce. Il y avait de la musique quelque part : un chanteur folk qu'il ne reconnaissait pas, et enfin à moins de un mètre devant lui, Heather.

Elle n'avait pas changé si ce n'était ses cheveux coupés court qui lui donnaient l'air plus jeune et un visage espiègle. Elle portait un tablier sur un jean et un pull. Les broderies de son tablier représentaient une rangée de pandas mâchonnant des pousses de bambou. Cette image pacifique fut un coup pour Harry. Mais au même moment, il remarqua qu'elle tremblait de tout son corps.

– Comment m'as-tu trouvée? dit-elle d'une voix mal assurée.

Il sortit les photos de sa poche et les lui tendit.

– Elles t'attendaient à Rhodes. J'ai trouvé le reçu et je suis allé les chercher. Les deux photos que tu as prises à Athènes m'ont conduit à Sheila Cox. Hier, je l'ai suivie de l'école Shelley jusqu'ici et je t'ai vue arriver. Où est-elle?

– Elle est sortie. Quand as-tu dit à Dysart que tu m'avais trouvée?

– Hier après-midi.

– Pourquoi?

– Pour qu'il puisse prévenir tes parents. Je ne voulais pas leur parler personnellement. Ils m'ont soupçonné de Dieu sait quoi après ta disparition. Ils t'ont appelée?

– Non.

Elle fit volte-face et saisit le dossier d'une chaise comme si elle avait besoin d'un appui.

– Je n'ai pas le temps d'exprimer mes regrets, Harry. Tu mérites des excuses, je sais, mais le problème, c'est que tu ne comprends pas ce que tu as fait en prévenant Dysart.

– Qu'est-ce que j'ai fait?

Elle le regarda, les traits déformés par la panique qui la gagnait. Quand elle parla, ce fut presque dans un cri.

– S'il me trouve, il me tuera.

– Mais non, tu te fais des idées, voyons.

Mais au fond de lui, Harry devinait qu'elle avait raison.

– Il se faisait tellement de soucis pour toi. Il espérait tellement que j'arriverais à te...

Heather regarda les photos qu'elle tenait dans sa main.

– Que tu fasses quoi, Harry? La réponse était là, mais tu n'as pas su la lire. Tu aurais pu déchiffrer son secret : c'est un assassin. Il a assassiné Clare.

– Mais c'est impossible.

– Tu n'as donc rien compris?

Elle se retourna et agita les photos sous son nez.
– Tu n'as aucune idée de ce que ces photos signifient?
– Si.
Il eut soudain le désir puéril de montrer de quoi il était capable.
– Si je sais : la société Tyrell, la défenestration de Ramsey Everett, l'accident de voiture, Willy Morpurgo, Cyril Ockleton, Rex Cunningham. J'ai refait le même chemin que toi. Je sais que Clare était enceinte. Je sais que ton frère a fait chanter Dysart pour qu'il donne à Mallender Marine le contrat Phormio. Mais rien ne prouve que Dysart ait assassiné Clare. Ou qu'il ait songé à te tuer.
– Je croyais la même chose au début.
Un sourire se profila sur ses lèvres.
– J'ai raconté ma théorie sauvage au docteur Kingdom et il y a répondu par un dédain poli. Je suis allée à Rhodes pour essayer d'oublier.
– Mais il t'a suivie ici. Pourquoi?
– Le docteur Kingdom? Oh! il est simplement venu pour s'assurer que tout allait bien pour moi. Comment as-tu...
– Et sa visite, quelques jours plus tard?
– Quelle autre visite? Je ne l'ai vu qu'une fois, le dernier dimanche que j'ai passé à Lindos.
– Pourtant il se trouvait à Rhodes le jour où tu as disparu.
– Non, il n'y était pas.
Heather fronça les sourcils.
– J'en suis sûre.
– Si, il est revenu. Et il n'est pas reparti seul. D'ailleurs d'après ses notes... il y a toutes les raisons de penser...
Il se tut. Il commençait à comprendre. Avait-il réellement vu les notes de Kingdom? Avait-il vu, de ses yeux vu, les rapports des compagnies d'aviation sur les voyages de Kingdom à Rhodes?
– Je ne me suis pas enfuie à cause du docteur Kingdom, Harry. Il m'avait convaincue que je n'avais rien à craindre. Il avait réussi à me persuader que ma théorie sur l'assassinat de Clare était une fantasmagorie, un symptôme dépressif. Mais ce n'est pas parce qu'il est venu à Lindos que j'ai changé d'avis.
– Pourquoi, alors?
– C'est à cause de ce qui s'est passé trois jours plus tard. J'ai pris le car pour aller à Rhodes, tu te rappelles?
– Le jour où tu as loué la voiture?

– Oui. Et là-bas, j'ai vu Jack Cornelius. Alors j'ai compris que le docteur Kingdom se trompait. Il ne pouvait y avoir qu'une explication à la présence de Cornelius à Rhodes. Moi, Harry. Il était venu pour préparer ma mort. Cela aurait été un nouvel attentat terroriste, une tragique méprise. C'est pour me prendre au piège que Dysart m'a offert d'habiter dans sa villa. Ils sont de mèche, lui et Cornelius. Ils ont tué Everett. Par leur faute, Morpurgo ne vaut pas mieux que s'il était mort. Ils ont tué Clare. Et maintenant ils veulent me tuer. Et toi, tu leur as dit où j'étais.

Dysart avait dit à Harry que le 11 novembre, Cornelius assistait à un enterrement en Irlande. Il lui avait assuré également que ce jour-là, Kingdom était à Rhodes. Ainsi donc Dysart n'avait cessé de lui mentir. Il avait dû penser que Kingdom, se doutant de quelque chose, avait pris la décision de mettre Heather en sécurité à l'institut Versorelli. Dysart s'était servi de Zohra Labrooy pour rendre crédibles les faux emplois du temps et falsifier les notes de Kingdom pour faire croire à sa culpabilité et amener Harry à aller là-bas à sa place. Mais Dysart avait fait un mauvais calcul : Heather n'était pas en Suisse. Alors où était-elle? Ce brave Harry lui avait donné la réponse juste au bon moment, en téléphonant d'Athènes. Cela faisait déjà plus de vingt-quatre heures.

– Je suis désolé, murmura-t-il d'un air contrit.

– Je dois partir d'ici, tout de suite, dit Heather sans écouter ses excuses. Dieu sait ce qu'ils préparent. En tout cas, il faut que je...

Il y eut un bruit dans le couloir derrière eux. La peur crispa le visage de Heather mais, en entendant le cliquetis d'un trousseau de clefs, elle se détendit. C'était un bruit qu'elle semblait reconnaître.

– Sheila? dit-elle en souriant, soulagée.

Lorsque Harry se retourna, il vit Sheila Cox debout dans la pièce, posant sur lui un regard étonné.

– Qui est-ce? demanda-t-elle.

– Harry Barnett, dit Heather. Ne t'inquiète pas. Nous n'avons rien à craindre de lui.

Sheila avait une expression disant qu'elle n'en était pas si convaincue.

– Mais c'est un ami de Dysart. Tu me l'as dit toi-même.

– Oui, et il a dit à Dysart où je suis. Mais...

– Ne nous énervons pas, intervint Harry. Cela ne sert à rien...

– Vous avez donné cette adresse à Dysart?

A la surprise succéda la colère.
– Oui, mais...
– Quand ? Depuis quand est-il au courant ?
Ce fut Heather qui répondit :
– Depuis hier après-midi.
– Mon Dieu ! Tu te rends compte de ce que cela signifie, Heather ?
– Oui. Cela veut dire que nous devons partir d'ici, tout de suite.
– Je ne suis pas sûr que ce soit aussi urgent, dit Harry.
Il entendit une note implorante dans sa voix et sut que Heather l'entendrait aussi. Mais il ne pouvait pas réparer le mal qu'il avait fait.
Sheila lança à Harry un regard hostile.
– Si vous ne travaillez pas pour Dysart, pourquoi lui avez-vous dit que Heather était ici ?
– Parce que je pensais qu'il voulait tout faire pour l'aider. Je croyais que la vraie menace venait du docteur Kingdom.
– Le docteur Kingdom ?
– Oui. Zohra Labrooy...
– Zohra ? dit Heather. Qu'est-ce qu'elle vient faire dans cette histoire ?
– Elle m'a dit que Kingdom était obsédé par toi et qu'il supportait très mal le fait que tu sois capable de te passer de lui.
– C'est absurde.
– Peut-être, mais je l'ai cru. Je pensais qu'elle était ton amie, bon Dieu !
– Zhora ! s'écria Heather. C'est vrai, elle a été mon amie, Harry, mais c'est aussi une ressortissante sri lankaise qui se bat contre un arrêt d'expulsion. Je l'ai présentée à Dysart il y a six mois parce que je pensais qu'il pourrait peut-être l'aider à obtenir un sursis. Elle m'a dit un peu plus tard qu'il s'occupait personnellement de son cas. Si elle t'a délibérément induit en erreur, c'est sûrement parce que...
– Parce que Dysart l'a fait chanter.
En finissant la phrase de Heather, Harry reconnut le goût amer de la trahison. Chaque ami se révélait un traître, chaque allié un imposteur. Il aurait dû se méfier de ceux à qui il s'était fié. Il aurait dû faire confiance à ceux dont il avait douté. Il aurait dû accuser ceux en qui il avait placé sa confiance.
– Vous avez raison, murmura-t-il. Nous devons partir d'ici tout de suite.

Pourtant il n'arrivait pas encore tout à fait à sentir l'urgence de la situation.

– Nous ne pouvons pas rester ici plus longtemps, dit-il comme pour chercher à s'en persuader.

– Oui, mais que pouvons-nous faire d'autre maintenant? dit Heather d'une voix pleine d'amertume. Tu as fermé ma dernière porte de sortie, Harry. Où nous proposes-tu d'aller? Qui nous croira? Qui nous écoutera? Qui nous protégera?

Harry prit soudain conscience que, dans cette histoire, il était finalement le plus traître de tous. Il n'avait pas été victime d'un chantage. Personne ne l'avait menacé. Il avait agi par fierté et par dépit. Il avait trahi Heather pour la simple raison qu'il avait voulu se venger d'une petite humiliation. Résultat : ils n'avaient plus d'abri sûr nulle part. Heather avait raison. Ils ne pouvaient s'enfuir nulle part et ils n'avaient personne vers qui se tourner. Pour leur bien à tous, il aurait mieux valu qu'il ne retrouve pas Heather, que le mystère de sa disparition ne soit jamais éclairci. La mort sans cadavre, comme Miltiades l'avait appelée, apparaissait en cet instant comme un moindre mal. Au moment où Harry repensait à cette phrase et à son inventeur, la réponse lui vint.

– Miltiades, dit-il brusquement. Nous devons aller chez Miltiades.

– Qui?

– C'est un inspecteur de police à Rhodes. C'est lui qui était responsable des recherches après ta disparition. J'ai été amené à bien le connaître. Nous avons même sympathisé. Il a rencontré Dysart et ton frère. Il est très intelligent et plein d'imagination. Il nous écoutera et je suis sûr qu'il nous croira.

– Tu veux dire, retourner à Rhodes?

– C'est le seul homme capable de nous aider. C'est le seul allié potentiel que je connaisse. Alors oui, je pense que nous devrions retourner à Rhodes.

Heather resta un moment immobile et silencieuse puis elle passa nerveusement sa langue sur ses lèvres et échangea un regard avec Sheila.

– Je ne suis pas sûre, dit-elle. Cela pourrait...

– Comment pouvons-nous vous faire confiance? intervint Sheila. Vous avez reconnu que vous étiez l'informateur de Dysart.

– Sans le savoir!

– Comment pouvons-nous être certaines que vous ne nous conduisez pas dans un piège?

Harry regarda Heather et Sheila l'une après l'autre. Il ne pouvait leur donner aucune preuve de sa bonne foi. Il n'avait aucun moyen de les persuader de sa sincérité, alors comment pouvait-il les convaincre de s'en remettre à lui ?

– Ce n'est pas un piège, murmura-t-il.

– Mais comment pouvons-nous en être sûres ? demanda Heather.

– Vous ne pouvez pas en être sûres, répondit-il.

– C'est bien le problème, dit Sheila.

– Mais si vous ne venez pas avec moi, poursuivit Harry, qu'allez-vous faire ? Rester là à attendre la suite des événements ?

– Nous pouvons aller à la police d'Athènes, dit Sheila.

Heather secoua la tête.

– Ils ne nous croiront pas.

Elle regarda Harry intensément.

– Tu penses réellement que Miltiades pourrait prendre notre histoire au sérieux ?

– Oui.

Elle hésita quelques instants, puis elle traversa la pièce et attrapa le téléphone.

– A qui téléphones-tu ?

– A Olympic Airways. Pour réserver trois places sur le prochain vol pour Rhodes.

– Ne fais pas ça ! cria Harry.

Le brusque souvenir de lignes embrouillées et d'appels anonymes lui fit prendre conscience que déjà peut-être, ils n'étaient plus à l'abri de regards ou d'oreilles indiscrets.

– Notre seul avantage est que personne ne devinera que notre destination est Rhodes. Nous devons faire en sorte qu'on ne l'apprenne pas. N'appelle personne. Nous irons en voiture jusqu'à l'aéroport. Nous achèterons nos billets sur place et nous attendrons là-bas. C'est plus sûr.

Il se tourna vers Sheila.

– Votre voiture est dehors ?

– Oui. Elle y est restée toute la journée.

– Dans ce cas...

Il s'interrompit sous l'effet d'une peur qui lui glaça le sang. La voiture de Sheila Cox était restée dehors toute la journée, obligeamment garée en face de l'adresse qu'il avait indiquée à Dysart. Sabotages, voitures piégées, accidents maquillés, il n'y avait pas de raison que la liste s'arrête là.

– Qu'y a-t-il?

Harry avala sa salive.

– Avez-vous utilisé la voiture depuis que vous êtes allée à l'école Shelley hier?

– Non. Ce matin, je suis allée à Athènes en métro.

– Tu crains qu'ils n'aient posé une bombe, n'est-ce pas Harry? dit Heather. Une bombe comme celle qui a tué Clare.

Sa voix monocorde et son expression impénétrable ne parvenaient pas à cacher sa terreur.

– Je n'ai pas peur. C'est une simple mesure de prudence.

Harry savait que par ce mensonge il cherchait autant à se rassurer qu'à rassurer Heather.

– Nous pouvons prendre un taxi.

– Téléphoner pour appeler un taxi? Marcher dans les rues, la nuit?

Harry secoua la tête.

– Non.

Il fit appel à tout son courage.

– Donnez-moi les clefs. Je vais descendre et la faire démarrer. Rejoignez-moi quand vous m'entendrez klaxonner. Pas avant. Il n'y a pas de raison de s'inquiéter. Personne ne pouvait savoir quelle était votre voiture. Mais au cas où...

– Vous pensez réellement qu'ils auraient pu..., commença Sheila.

– Je ne sais pas, dit Harry d'un air sombre. Je ne sais qu'une chose : je ferai de mon mieux pour vous sortir saines et sauves d'ici.

– De votre mieux?

– C'est tout ce que j'ai à offrir.

Dehors, rien n'avait changé. Odos Farnakos était toujours une rue résidentielle se consumant dans la nuit et la vie domestique. Debout sous les pins, Harry s'habituait peu à peu à l'obscurité. Son cœur battait la chamade, le sang martelait ses tempes. Il percevait avec une acuité exacerbée les plus légers sons parvenant jusqu'à lui. Un bébé pleurait dans le voisinage et ses pleurs se mêlaient de façon étrange au hurlement lointain d'une sirène. Un chien aboyait quelques immeubles plus loin. Il entendait les aiguilles de pin remuer doucement au-dessus de sa tête et il perçut le martèlement de ce qui ressemblait à des talons hauts dans la rue voisine. Une analyse rationnelle indiquait que tout était normal. Il prit une profonde inspiration et traversa d'un pas vif la rue en diagonale jusqu'à la voiture. Il sortit la torche de Sheila de sa poche, l'alluma et la pressa contre chacune des fenêtres. Tous les boutons de verrouillage étaient baissés. Jusque-là tout allait bien. Il regarda autour de lui : il n'y avait pas âme qui vive. Il alla sur le devant de la voiture et essaya de soulever doucement le capot; il était bien fermé. Il se baissa par terre, roula sur le côté et orienta la torche sous le dessous de la voiture. Il y avait une couche de crasse uniforme, pas de tache de lockheed suspecte, pas de signe de sabotage quelconque. C'était la même chose pour le moteur. C'était bien la première fois, lui semblait-il, qu'il se réjouissait de l'expérience qu'il avait acquise à Barnchase Motors. Il se remit debout et retourna à la portière du conducteur. Ne s'autorisant pas un instant de répit qui aurait pu avoir raison de sa détermination, il sortit la clef de la poche de son pantalon, la glissa dans la serrure et la tourna vers la droite. Le bouton de verrouillage se releva. Il retira la clef et posa la main sur la poignée, s'arrêtant un instant pour commander à sa main de cesser de trembler. A son grand étonnement, elle obéit. Il leva la poignée. La portière s'ouvrit en craquant comme la porte d'un cachot. Il éclaira l'intérieur avec la lampe de poche. Il y avait des papiers cornés et deux classeurs sur la banquette arrière, un paquet de bonbons à la menthe froissé sur le tableau de bord : les détritus que l'on trouve habituellement dans une voiture. Il avança la main, trouva le levier dont Sheila lui avait donné l'emplacement et fit glisser le siège vers le volant jusqu'au cran d'arrêt. Puis il grimpa à l'arrière, s'accroupit et dirigea le faisceau lumineux sous chacun des deux sièges avant. Il n'y avait rien non plus. Il ressortit et éteignit la lampe de poche.

L'air était froid mais Harry transpirait à grosses gouttes. Le canon de la torche était moite. Sa lèvre supérieure avait un goût salé. C'est absurde, se dit-il, il n'y a aucune raison de s'affoler ainsi. « Je ne peux pas faire demi-tour maintenant, hein? » murmura-t-il à la nuit en souriant.

Il remit le siège du conducteur à sa place et se glissa à l'intérieur, les bras tremblants tant il serrait fort la portière. Il aurait bien fumé une cigarette ou bu quelque chose. Il se demanda si Heather regardait. Il lâcha la portière et chercha à tâtons le contact et, quand il l'eut trouvé, il introduisit la clef dedans. Il n'entendit que le bruit rassurant du métal contre le métal, la réunion des dents et des rainures. Pourquoi y aurait-il quelque chose d'anormal? Oui pourquoi? Il n'y avait peut-être aucun danger en fin de compte. Il n'y avait peut-être qu'un énorme et grotesque malentendu. Il connaissait Dysart depuis plus de vingt ans. Il lui devait plus qu'il ne pourrait jamais lui rendre. Comment son meilleur ami pourrait-il être un assassin?

Il tourna la clef. Le volant se débloqua. Il posa le pied sur l'accélérateur. Tout ce qui lui restait à faire, c'était un tour supplémentaire. Un petit tour de plus et il pourrait respirer librement ou il serait mort. Il pouvait encore tout arrêter maintenant, bien sûr. Il pouvait descendre de voiture et s'en aller, se laver les mains de ce qui arriverait à Heather et à Sheila comme elles avaient fait avec lui. Mais était-il réellement libre? Avait-il encore le choix? Une fenêtre à Oxford. Une route de campagne près de Burford. Un estuaire dans le Hampshire. Cet acte n'était peut-être qu'un autre maillon de la chaîne, mais quoi qu'il en soit, il était devenu inévitable. L'instant présent le retenait prisonnier.

Il tourna doucement la clef. Le moteur toussa. Il recommença, d'une main plus ferme cette fois. Le moteur tourna et, lorsque Harry appuya sur l'accélérateur, il se mit à vrombir d'une façon ridicule mais quelle importance! Harry ne sentait rien d'autre qu'un soulagement extraordinaire et une ridicule envie de chanter. Il passa la marche arrière, recula puis traversa la rue pour aller sur le trottoir opposé en donnant plusieurs coups sur la pédale de frein avant de s'arrêter. Il souriait malgré lui, tirant sans doute une fierté puérile de ce qu'il venait de faire ainsi qu'une joie pathétique à l'idée qu'il ne s'était pas trompé sur toute la ligne. Lorsqu'il klaxonna, l'avertisseur résonna à ses oreilles comme un cri de triomphe.

56

– Par moments, j'avais envie de me confier à toi, dit Heather. Mais Dysart était ton meilleur et ton plus vieil ami. Comment pouvais-je te dire ce que je pensais de lui, Harry? Comment pouvais-je te faire confiance?

Harry ne répondit pas. Il scrutait la nuit qui collait au pare-brise, fouillant l'obscurité comme il l'avait déjà fait une demi-douzaine de fois. Dans la voiture garée au milieu du parking de l'aéroport, à une distance prudente des autres véhicules, ils attendaient le plus patiemment possible la fin de la nuit. L'avion pour Rhodes ne décollerait pas avant 5 h 40. Il n'y avait rien d'autre à faire qu'attendre. Sheila s'était endormie sur la banquette arrière, mais Harry et Heather ne pouvaient pas dormir.

– Je ne t'ai jamais vraiment soupçonné, ce n'est pas la question, poursuivit Heather. Tu me donnais plutôt l'impression d'être le plus honnête de tous ceux que j'ai été amenée à connaître depuis le début de cette histoire.

– C'est pour cela que tu m'as choisi comme témoin?

– Oui. Je suis désolée qu'ils t'aient fait passer un si mauvais quart d'heure, Harry, crois-moi. Tu aurais dû me parler de tes ennuis avec la Danoise. J'aurais pu trouver quelqu'un d'autre. Mais je n'arrive pas à croire que mes parents aient pu réellement penser que tu m'avais tuée. Il est vrai que je les connais mal, je ne sais pas bien à quoi ils croient vraiment dans la vie. J'ai l'impression de ne plus les connaître.

– A cause de Clare?

– A cause de ce qu'ils ont fait pour me persuader que Clare n'avait jamais été enceinte, oui. C'est ça qui m'a menée au bord de la dépression : le mur qu'ils ont érigé autour de sa mémoire. Et alors quand j'ai découvert de quoi il s'agissait vraiment...

Elle se tut pendant quelques instants puis reprit :

– J'étais contente plus qu'horrifiée en apprenant que Roy et mon père avaient eu le contrat Phormio grâce à la complicité de quelqu'un de haut placé. Cela me fournissait un bon moyen de me venger d'eux. Je pouvais aussi leur prouver que je n'étais pas la petite fille écervelée qu'ils voyaient en moi. Mais quelle a été leur réaction? La honte? Le repentir? Oh, non! Leur seule préoccupation était de trouver un moyen pour m'empêcher de parler. Ils se moquaient bien du retentissement que pouvait avoir sur moi cette découverte ou de ce que je pouvais penser d'eux après ça. Tout ce qu'ils voulaient, c'était me réduire au silence.

– C'est tout à ton honneur qu'ils n'y aient pas réussi.

– Oh! mais si, ils ont réussi, Harry. La peur de retourner à l'hôpital a été plus efficace qu'un bâillon. Mais cela ne m'a pas empêchée d'écouter ni de poser des questions et d'entendre les réponses.

– A commencer par Molly Diamond?

– Oui. J'avais toujours voulu penser plus ou moins que Clare avait été victime d'une conspiration. Selon le docteur Kingdom, c'était ma façon de venir à bout de mon chagrin : lui donner un sens pour combler l'angoisse et le vide engendrés par un attentat stupide. J'ai essayé de toutes mes forces de croire le docteur Kingdom, mais après avoir parlé à Mme Diamond, cela n'était plus possible. Il y avait toujours de nouveaux indices. Je ne pouvais pas ne pas suivre la piste qui s'ouvrait devant moi. Et peu à peu, j'ai compris ce qu'Alan Dysart essayait de cacher.

– Tu penses qu'il a tué Ramsey Everett?

– J'en suis sûre. Et je pense aussi qu'il a voulu tuer Willy Morpurgo. Soit Willy a vu ce qui s'est passé soit il en a vu assez pour savoir que la mort d'Everett n'était pas un accident. Il n'a rien dit au début sans doute par loyauté envers un membre de la société Tyrell. Mais il ne pouvait pas rester indéfiniment silencieux. Sa conscience devait le travailler. Il a dû décider de témoigner à l'enquête. Peut-être a-t-il prévenu Dysart de ce qu'il dirait. A moins que Dysart n'ait deviné. En tout cas, l'excursion à Burford a été arrangée à seule fin de le réduire au silence. Dysart et Jack Cornelius étaient déjà complices. Cornelius a proposé d'aller visiter l'église de Burford un jour où la voiture de Dysart était justement immobilisée au garage, alors Dysart s'est désisté. Mais est-il vraiment resté à Oxford? Je ne le pense pas. A mon avis, il a suivi le groupe jusqu'à Burford et saboté la voiture de Morpurgo pendant qu'ils se trouvaient tous au pub. Puis Cornelius a dit qu'il ne voulait pas rentrer avec eux. Le piège était prêt à fonctionner. Dysart et Cornelius savaient que Morpurgo conduisait vite. Et en plus, ce jour-là, il était complètement ivre. Ils pouvaient être à peu près sûrs qu'il aurait un accident quelque part sur la route du retour.

– Mais Cunningham et Ockleton?

– Eh bien, en éliminant Morpurgo, Dysart et Cornelius sacrifiaient du même coup Cunningham et Ockleton, ce qui montre bien que ce sont des gens prêts à tout et que leur loyauté ne vaut pas cher. Mais cela n'a pas marché exactement comme ils l'avaient prévu. Au lieu de rouler à toute allure sur l'A 40, Morpurgo s'est trompé de chemin. Il a percuté un tracteur sur une petite route de campagne et il a survécu. Mais il était trop amoché pour raconter son histoire et Dysart a dû s'estimer satisfait.

– Pour quelle raison Dysart aurait-il impliqué Cornelius dans cette histoire? Et pourquoi Cornelius aurait-il accepté de l'aider?

– J'ai mis du temps à comprendre. Ce que j'apprenais sur Cornelius ne collait pas. Je n'arrivais pas à croire qu'il était l'amant de Clare. Elle n'avait jamais prononcé son nom devant moi et tous les gens que j'ai vus étaient persuadés qu'ils n'étaient que de simples connaissances. Pourtant Cunningham avait vu Clare regarder une photo de Cornelius. « Le genre de photo qu'une femme amoureuse peut avoir sur soi », avait-il dit. Et la visite de Clare au révérend Waghorne semblait le confirmer.

Heather fit une nouvelle pause puis reprit :

– J'ai eu la réponse au cours du week-end que j'ai passé à Strete Barton à cause de la façon dont Virginia m'a parlé de Dysart, sa manie de l'appeler par son nom de famille, sa rancœur contre lui parce qu'il était le propriétaire de la ferme. Elle ne le détestait pas simplement : cela aurait été compréhensible. Elle le méprisait, Harry. Elle ne sentait pour lui qu'un immense mépris. Je me suis demandé pourquoi. Qu'est-ce que Dysart avait fait pour mériter le mépris de sa femme? Et pourquoi n'avaient-ils pas d'enfant? Dysart est ce genre d'homme dont on s'attend à ce qu'il veuille un fils, un héritier. Au début, ce n'était qu'une simple supposition mais la suite a vérifié mes soupçons. Cela explique pourquoi Cornelius a risqué sa vie pour aider Dysart à échapper à la justice. Cela explique pourquoi Clare a dit au révérend Waghorne qu'elle venait juste de se rendre compte que le père de l'enfant qu'elle portait était homosexuel. Le père n'était pas Cornelius mais bien Dysart comme elle l'avait dit.

– Tu veux dire...

– Il y a des choses que je n'ai jamais aimées chez Clare, des choses que j'ai préféré oublier. Sa rudesse, son habitude de tout planifier pour atteindre envers et contre tout le but qu'elle s'était fixé, même si d'autres devaient en souffrir. Mais cette fois, cela s'est retourné contre elle. A mon avis, elle a pensé que, si elle pouvait obliger Dysart à l'épouser, elle aurait du même coup l'argent et l'influence qui lui étaient nécessaires pour entamer une carrière politique. Mais Clare a mal jugé le caractère de Virginia. Au lieu de réagir comme une femme outragée en apprenant que son mari avait fait un enfant à une autre, Virginia a probablement éclairé Clare sur l'homosexualité de Dysart. Elle a même dû y prendre un certain plaisir. Après cela, Clare est allée à Hurstdown pour interroger Cornelius, non pas parce qu'il était le père de l'enfant qu'elle portait mais pour avoir la confirmation que Cornelius et Dysart étaient amants.

Maintenant que Heather le disait, Harry se demandait pourquoi il ne l'avait pas deviné plus tôt. Tous ces signes imperceptibles de complicité, toutes ces marques de quelque chose de plus fort que l'amitié rendaient plausible le raisonnement de Heather. Oui, c'était sans doute cela la réponse.

– Tu penses qu'ils sont amants depuis Oxford?

– Oui. Leur liaison, secrète et passionnée, a dû commencer à Breakspear et ils n'ont jamais rompu malgré de longues séparations et des carrières différentes. Cette relation étroite les a rendus plus ou moins indifférents aux autres. Ils ont dû se jurer de voler au secours l'un de l'autre en cas d'urgence. Et la révélation au grand jour de leur liaison était justement un cas d'urgence car cela aurait entraîné la ruine de Dysart et donné à Cunningham la réponse à la question qu'il se pose depuis vingt ans : qui a trahi qui à Burford? Cunningham avait raison de dire que la photo de Cornelius était le genre de photo que porte sur soi une femme amoureuse, mais il se trompait en croyant qu'elle appartenait à Clare. Je pense qu'elle a dû la trouver dans les affaires de Dysart : un porte-monnaie ou une veste, ou un endroit secret. Je pense qu'elle l'a volée avec l'intention de l'utiliser comme pièce à conviction pour prouver la relation existant entre Dysart et Cornelius. Mais dès l'instant où ils ont deviné ses intentions, ses jours étaient comptés. Le camouflage du meurtre de Clare en attentat terroriste contre Dysart a été un coup de maître. Ils l'ont fait très intelligemment. Selon la police, l'accident portait la signature de l'I.R.A. Ils ont même téléphoné pour revendiquer l'attentat. Qui est mieux placé qu'un ministre du gouvernement pour connaître les mots de code qu'un porte-parole de l'I.R.A. peut utiliser? Cela les mettait au-dessus de tout soupçon.

– C'était sans compter avec toi.

– En fait, tant que mes soupçons pouvaient être mis sur le compte de symptômes névrotiques, je ne constituais pas une réelle menace. De plus, je croyais vraiment que j'imaginais tout. Le docteur Kingdom avait réussi à m'en convaincre. Et Dysart aussi; il était si gentil, si pondéré, si différent de l'idée que je me faisais d'un meurtrier. Il a reconnu que Clare l'avait fait chanter en me cachant bien sûr la nature des faits qu'elle menaçait de révéler et il m'a persuadée que sa mort avait été une horrible coïncidence. J'ai essayé de toutes mes forces de le croire. J'ai accepté son invitation à séjourner dans sa villa. Je suis allée à Rhodes. Je t'ai rencontré. Et chaque jour, je me répétais : oublie tout; amuse-toi; détends-toi; prouve aux autres que tu as retrouvé toute ta raison. Tu ne peux pas savoir à quel point tu m'as aidée, Harry. Tu ne savais rien de tout cela. Avec toi, c'était facile de se sentir bien dans la réalité. Tu étais chaleureux, rassurant et humain.

Un peu comme un bon vieux labrador, songea Harry à part lui. C'était le petit rôle qu'il avait eu dans la vie de Heather. Ce n'était pas assez. Ce n'était pas ce à quoi il avait aspiré. Mais c'était tout ce qu'on lui avait attribué. Il était heureux que l'obscurité à l'intérieur de la voiture lui permette de dissimuler sa déception.

– Lorsque le docteur Kingdom est venu me voir, je ne croyais plus qu'il y avait quelque chose de louche dans la mort de Clare. Cela a dû le rassurer. Mais il n'a pas compris que c'était mon environnement qui avait changé ma façon de voir les choses, ni la logique ni la raison. A Rhodes, toute cette histoire m'a paru très loin, disproportionnée et irrationnelle. Je me suis dit que je me faisais du souci pour rien.

– Mais tu as changé d'idée quand tu as vu Cornelius?

– Oui, du tout au tout. Il lisait un journal sur un banc à l'extérieur de la poste. Quand je l'ai reconnu, mon cœur a failli s'arrêter. Jusque-là, je pouvais me dire que mes théories, quoique plausibles, étaient sans fondement. Mais Dysart avait téléphoné la veille pour m'annoncer qu'il allait venir à Rhodes pour une affaire officielle et qu'il serait à Lindos le lundi suivant. Sa venue et la présence de Jack Cornelius sur l'île ne pouvaient signifier qu'une chose : ils projetaient de me tuer. Ma seule chance, mon seul espoir, était qu'ils ignoraient que je m'en doutais. J'ai pensé qu'ils voulaient employer le même stratagème que pour Clare : un attentat terroriste contre Dysart tuant par erreur quelqu'un d'autre. Cela me laissait jusqu'au lundi pour préparer ma fuite. Mais fuir n'était pas suffisant. Cela ne ferait que retarder le jour où ils me retrouveraient. Une disparition inexpliquée m'a paru être la seule solution. J'avais tout raconté à Sheila au cours du week-end que j'ai passé avec elle avant d'aller à Rhodes et elle m'avait offert de m'héberger si besoin était. Elle a été la seule personne à prendre mes craintes au sérieux. Comme Dysart ne connaissait même pas son existence, j'ai pensé qu'il y avait de bonnes chances qu'il ne me retrouve jamais. J'ai appelé Sheila et elle a tout de suite accepté de m'aider. Elle a été une vraie amie, Harry, elle ne m'a pas laissée tomber.

– Pourquoi avoir choisi le Prophitis Ilias?

– J'y étais déjà allée. Je connaissais assez bien l'endroit. C'était relativement près de l'aéroport et on pouvait y accéder par plusieurs routes. Il y avait aussi une atmosphère particulière, plutôt angoissante. Tu l'as peut-être remarqué.

– Et comment!

– J'espérais que cela aiderait à penser qu'on m'avait tuée ou kidnappée. J'ai laissé mon écharpe au sommet dans ce but.

– Après ton départ, j'ai entendu un coup de sifflet. C'était Sheila?

– Oui. C'était son signal pour m'aider à la trouver. Elle attendait dans une voiture de location sur un chemin de l'autre côté de la montagne. A l'aller, elle a pris la route la plus longue qui passe par Embona et au retour, nous avons rejoint l'aéroport en faisant un détour par Appolona pour être sûres que personne ne remarquerait la voiture. Même ainsi, nous étions largement en avance pour le vol de 6 heures vers Athènes. Comme c'était un vol intérieur, je n'avais pas à montrer mon passeport ni à donner mon nom.

– Alors tu avais quitté l'île avant même que je donne l'alerte.

– Je suis désolé, Harry, vraiment. Ce n'était pas bien de te laisser le bec dans l'eau comme ça. Mais que pouvais-je faire d'autre? Il était exclu que je te mette au courant de mes plans car je ne pouvais pas laisser la moindre trace qui aurait permis à Dysart de me retrouver.

– Tu en as quand même laissé une.

– Les photos? Oui. C'était stupide. Je voulais conserver la trace des endroits où j'étais allée. Ces photos symbolisaient pour moi le cheminement de mon enquête et toutes les découvertes que j'avais faites mais dans la précipitation du départ, je les ai oubliées. Plus tard, j'ai fait une croix dessus.

– Et les cartes postales que tu as laissées dans la boîte à gants? Celles de Silène et d'Aphrodite.

– C'étaient juste deux cartes que j'avais achetées au hasard à Rhodes. Cela aurait pu être n'importe quoi. J'espérais que les laisser dans la voiture accréditerait l'idée que j'avais bien l'intention de revenir.

Harry ne savait pas s'il devait rire ou pleurer. Les cartes postales n'avaient aucune signification particulière. Elles ne contenaient aucun message. Elles ne détenaient aucun secret. C'était simplement deux détails mineurs de la charade dans laquelle il avait tenu l'emploi de l'idiot complaisant. Et maintenant que le dernier espoir d'avoir joué un rôle plus noble dans la vie de Heather était mort, il ne se sentait plus le cœur d'écouter ce qu'elle avait encore à dire.

– Tu sais ce qui me fait vraiment peur, Harry? Ce n'est pas de savoir qu'il me tuera s'il en a l'occasion mais de penser à ces meurtres échelonnés dans le temps. Clare n'a pas été la première. Avant Clare, il y a eu Willy Morpurgo. Il n'est pas mort, je sais, mais c'est tout comme. Et il y a eu Ramsey Everett. Qu'a-t-il fait pour que Dysart le tue, tu as une idée? Ockleton m'a dit qu'Everett était une sorte de dissident à l'intérieur de la société Tyrell : c'était un criminologiste amateur dont le passe-temps était de révéler au grand jour les secrets de ses camarades. Quelle erreur a-t-il commise? A-t-il découvert quelque chose que Dysart ne voulait pas qu'on sache? De quoi pourrait-il s'agir? De sa relation avec Cornelius? Ou de quelque chose d'autre?

Un sourire imperceptible vint sur les lèvres de Harry. Heather ignorait que l'identité même de Dysart était en jeu. Il avait pensé que Heather connaissait le secret de Dysart enterré dans un cimetière de Birmingham, mais non. Malgré toutes ses investigations, elle était plus éloignée de la vérité que lui.

– Je me suis souvent demandé quel genre d'individu était

capable de préméditer et de commettre de tels meurtres. Il me semble qu'il faut être à la fois ingénieux, calculateur, cruel, sûr de soi, cynique, impitoyable. Dysart est-il tout cela? Tu le connais mieux que moi, Harry. Qu'en penses-tu?

– Je ne sais pas.

Harry entendit sa voix comme si c'était celle d'un autre.

– Ce que tu me racontes sur Dysart est plausible mais il pourrait s'agir d'une autre personne, d'un étranger. Il me semble ne pas connaître celui dont tu parles, ne l'avoir jamais rencontré.

Dix minutes avaient passé. La voiture était toujours à la même place, isolée au milieu de la nuit mais Harry n'était plus à l'intérieur. Prétextant le besoin de se dégourdir les jambes et de prendre l'air, il avait laissé Heather et il se trouvait à présent à une trentaine de mètres de là, assis sur un petit mur en pierre, buvant le whisky qu'il avait acheté un peu plus tôt à la boutique de l'aéroport. Il avait promis à Heather de ne pas trop s'éloigner ni de perdre de vue la voiture et il tenait parole mais Heather aurait été moins confiante si elle avait su à quel point il se sentait peu sûr de lui.

Les noms de Ramsey Everett, de Willy Morpurgo et de Clare Mallender formaient une énigme incompréhensible, obsédante, presque insupportable. Il songeait à Alan Dysart éternellement jeune, les cheveux dorés et souriant. Il pensait à tout ce qu'il avait reçu de cet homme qu'il devait considérer maintenant comme un assassin. Il avait encore du mal à y croire. Et pourtant, à part Morpurgo, les deux autres étaient morts, c'était indiscutable. Et encore le compte n'y était pas. Il y en avait un autre dont Heather ignorait l'existence : Alan Dysart en personne, l'Alan Dysart dont Barry Chipchase avait vu la tombe.

Il but une longue rasade de whisky au goulot de la bouteille puis il la rangea dans sa poche. Il ne pouvait pas se permettre d'être soûl, malgré l'oubli délicieux que l'ivresse lui aurait procuré. Dans quelques heures, ils seraient à Rhodes. Ce serait une sorte de refuge. Mais après? Et même si Miltiades les croyait et acceptait de protéger Heather, que ferait Harry? Rester à Rhodes? Retourner en Angleterre et affronter Dysart? Il ne savait pas. Il avait beau retourner la question en tous sens, il ne pouvait trouver de réponse.

Il soupira et se frotta les yeux. Il repensa à la psarotaverna où il avait déjeuné avec Heather avant qu'ils se mettent en route pour le Prophitis Ilias. C'était la dernière fois qu'il s'était senti vraiment heureux. Depuis lors, sa vie qu'il avait tant cherché à mettre à l'abri du monde avait été empoisonnée par le doute, les soupçons et la pensée orgueilleuse qu'il pourrait trouver Heather tout seul et réfuter ses détracteurs. Il avait réussi mais à présent, il le regrettait.

Il frissonna de froid autant que de solitude dans cette nuit noire où soufflait un vent mordant venant de la mer. Pourtant il n'avait pas envie de retourner à la voiture. Il n'avait rien à dire à Heather et elle n'avait rien à lui dire. La peur et les circonstances les avaient rapprochés mais il n'y avait pas d'autre lien entre eux. Leur amitié n'avait existé que dans son imagination. Il chercha dans sa poche le paquet de cigarettes qu'il avait acheté en même temps que le whisky : des Karelia Sertika, bien sûr. Il tira une cigarette du paquet avec ses lèvres et eut un petit rire piteux. Heather pouvait compter sur lui. Même si elle ne le savait pas, elle pouvait compter sur lui. Il ferait de son mieux. Il lui montrerait. Il tapa ses poches à la recherche d'allumettes, les trouva et sortit la boîte.

Brusquement tout près de son visage, il perçut la lueur et la chaleur d'une petite flamme. L'allumette? Non, la boîte était toujours dans sa main, fermée. C'était la flamme bleu et jaune d'un briquet. Au moment où il allait se retourner, il devina juste derrière lui la présence d'une haute silhouette vêtue de couleurs sombres qui, penchée par-dessus son épaule, tenait le briquet allumé.

– Du feu, Harry? dit l'homme en s'inclinant vers lui.

Le visage creusé par l'ombre, il l'observait attentivement comme un rapace hésitant un instant avant de se jeter sur sa proie.

– Je peux vous appeler Harry, n'est-ce pas?

C'était Jack Cornelius. Et dans le sillage de son nom un flot d'angoisse submergea toutes les pensées de Harry.

57

Cornelius éteignit son briquet. Il posa une main sur l'épaule de Harry, grimpa par-dessus le mur et s'assit à côté de lui.

– Je vous serais extrêmement obligé, dit-il, de ne pas bouger et de ne pas crier.

Il y avait dans sa voix très douce une note sifflante qui n'admettait pas la contradiction.

– Heather pourra bien se passer de vous un petit moment, non?

Harry avait la gorge serrée par l'angoisse. Il eut l'idée de prétendre que, si Heather ne le voyait pas revenir, elle avait ordre de partir mais tout dans l'attitude de Cornelius lui fit comprendre qu'un mensonge serait inutile. Au même instant, la main musclée de Cornelius se posait sur son épaule comme pour confirmer que toute tentative de fuite de sa part était vouée à l'échec.

– Vous vous demandez peut-être depuis combien de temps je suis ici. Eh bien, je suis arrivé en même temps que vous. En fait, je vous suis depuis Iraklio. J'ai assisté à vos précautions contre un sabotage possible. C'était assez comique, je dois dire. J'étais déjà là quand vous avez débarqué pour votre mission de sauvetage. Je vous attendais, Harry. Vous ne m'avez pas déçu.

Harry ne pouvait articuler un son ni faire le moindre mouvement. Il était pétrifié par cette main sur son épaule, par le ton persifleur de Cornelius et par ce qu'il savait du sort qui avait été réservé à Clare Mallender et aux autres.

– Je n'ai pas beaucoup de temps, Harry, alors je passerai les préliminaires si vous voulez bien. Que vous a dit Heather sur Alan et sur moi et qu'avez-vous déduit tout seul?

Harry lutta pour trouver une réponse.

– Elle pense... Je... je pense... que... que vous étiez... que vous êtes...

– Quelle pudeur, voyez-vous ça! Eh bien, je vais vous épargner l'effort d'avoir à définir notre relation même si elle est restée secrète si longtemps qu'il me sera difficile de trouver les mots justes. Disons que j'aime Alan plus que n'importe qui au monde et que j'étais prêt à aller très loin pour le protéger.

– Jusqu'au meurtre?

– Oui. Jusqu'au meurtre. Je ne chercherai pas d'excuse à l'inexcusable, mais laissez-moi vous poser une question : avez-vous jamais aimé quelqu'un? Je n'en suis pas certain. Vous n'avez peut-être jamais su ce que c'est que de vouloir mourir pour la personne que l'on aime. Quand on éprouve cela, il suffit d'un pas de plus pour être prêt à tuer par amour. Un très petit pas que j'avoue ne pas avoir hésité à franchir. Vous savez très bien de quoi je veux parler. Vous le savez mais beaucoup de choses vous échappent encore, n'ai-je pas raison? J'aimerais que vous puissiez comprendre, Harry, vraiment.

Tant que Cornelius parlait, il restait un espoir de lui échapper. Harry s'accrocha à cet espoir.

– Pourquoi ne m'expliquez-vous pas? demanda-t-il le plus calmement possible.

– C'est bien mon intention, Harry. Par où commencerons-nous? Par Oxford, bien sûr, Breakspear College, là où Alan et moi nous sommes connus. Cette rencontre a été notre salut et notre perte. Quand je suis arrivé à Oxford, j'étais un moine défroqué. Ma nature avait brisé ma vocation. Alan était un jeune homme riche à millions mais d'une grande pauvreté émotionnelle. Pendant très longtemps, nous avons cherché de toutes nos forces à lutter contre l'attraction qui nous poussait l'un vers l'autre. Dès que nous avons cessé de résister à cette attirance, nous avons compris à quel point nous étions faits l'un pour l'autre. Nous sommes néanmoins convenus de garder notre relation secrète. Bien que nous partagions la même chambre et passions de longs moments ensemble, personne n'a jamais soupçonné que nous étions amants. Tant qu'Alan n'avait pas vingt et un ans, notre relation était illégale mais ce n'est pas pour cela que nous tenions à cacher notre liaison aux autres, c'était à cause des ambitions d'Alan. Il voulait devenir officier de marine puis politicien, deux carrières fermées à un homosexuel reconnu. J'avoue que, lorsque nos études à Oxford ont touché à leur fin, j'ai commencé à redouter notre séparation. J'ai soupçonné Alan de vouloir m'abandonner. Je pensais qu'il se sentirait obligé de renier son amour pour moi. Alors j'ai cherché quel lien pourrait nous unir de manière irrévocable même si nos chemins divergeaient. C'est pour cela, je suppose, que j'ai accepté de l'aider quand il m'a dit qu'il avait tué Ramsey Everett.

– Pourquoi l'a-t-il tué?

– Pourquoi? Parce que Ramsey Everett était un individu infâme. Il méritait de mourir. Il était jaloux de la popularité d'Alan, jaloux aussi de sa fortune. Il a fouillé dans le passé d'Alan puis il a essayé de le faire chanter avec ce qu'il avait appris. Une seule chose l'intéressait : l'argent. Tout ce qu'il voulait, c'était une grosse poignée de billets de banque poisseux. Alan a refusé. Everett lui a fixé un ultimatum : le dîner du soir de la Saint-George. Pendant que nous faisions bombance dans l'une des pièces, Everett a reçu sa réponse dans une autre. Ils ont discuté près d'une fenêtre ouverte, une lutte s'est ensuivie, Alan l'a poussé, il est tombé : si cela s'appelle un meurtre, je ne peux pas blâmer celui qui l'a commis, encore moins l'homme que j'aime. Hélas! Willy Morpurgo avait tout vu. Et à ses yeux, il ne faisait pas de doute que c'était un meurtre. Il a menacé de dénoncer Alan à l'enquête. Alan m'a supplié de l'aider. Nous sommes arrivés à cette conclusion que Willy tiendrait sa langue si l'on arrivait à lui faire suffisamment peur, d'où l'excursion à Burford. Nous avons saboté sa voiture dans l'intention de lui donner des sueurs froides, rien de plus. Alan voulait qu'il sache qu'un accident plus grave lui arriverait s'il persistait à vouloir dire ce qu'il savait. Comme vous l'avez appris, les choses ont mal tourné. Pauvre Willy. Mais il est assez satisfait de son sort, maintenant. Ce qui n'est pas le cas de la plupart d'entre nous.

– Si vous essayez de justifier...

– Non! Il ne s'agit pas de justifier quoi que ce soit. Je veux simplement vous expliquer. La mort d'un maître chanteur, un invalide, ma conscience pouvait s'en accommoder. De Clare Mallender aussi. Elle a fait chanter Alan tout comme Ramsey Everett. Et ce qu'elle menaçait de révéler était beaucoup plus grave.

– Vous avez trempé dans ce crime?

– J'ai fermé les yeux, ce qui l'a rendu possible. Par

conséquent, j'en porte la responsabilité tout autant qu'Alan. Je n'avais pas le choix. C'était la vie de Clare ou la mienne.

– Sûrement pas, il ne s'agissait que de votre réputation...

– Non, plus que ça. Beaucoup plus. Il est temps que vous en sachiez plus. Depuis Oxford, vingt ans ont passé, Harry, vingt ans pendant lesquels Alan et moi sommes restés fidèles à notre amour même si tout nous séparait aux yeux du monde. Alan est devenu un héros de guerre, ministre et porte-parole du gouvernement. Et moi? Qui suis-je? Un professeur dans la cinquantaine? Pas seulement, Harry. Je suis aussi quelque chose de tout à fait différent. Je suis un patriote irlandais.

– Eh bien?

– Je recrute des sympathisants; je passe des informations; je rassemble des informations; je forme les jeunes esprits; je renforce la cause de l'unité irlandaise; je participe à la lutte pour libérer mon pays de l'occupation britannique. Croyez-vous que l'I.R.A. aurait pu survivre et se développer durant toutes ces années sans le soutien de sympathisants cultivés et haut placés? Chaque année à Hurstdown, je dois m'occuper de douzaines de jeunes catholiques irlandais. Je prête une attention particulière à ceux qui font preuve d'imagination et de sensibilité. Je suis de près leurs progrès et, avant qu'ils nous quittent, j'explique à quelques-uns de quelle manière ils peuvent apporter leur aide à ceux qui combattent et meurent pour défendre leurs droits. Je pense que vous seriez étonné d'apprendre le nombre de ceux qui, tout en exerçant des professions très différentes, continuent de nous soutenir. Certains sont riches, d'autres éminents, d'autres encore influents; tous agissent à mon instigation.

La voix de Cornelius vibrait de fierté à l'évocation de sa mission secrète. Mais pour Harry se posait une question de plus en plus angoissante : pourquoi Cornelius lui révélait-il autant de choses?

– Est-ce que... est-ce qu'Alan le sait?

– Bien sûr. Comment serait-ce possible autrement? Il le savait avant que je vienne enseigner à Hurstdown. Il sait depuis toujours de quel côté penche mon cœur sur les questions touchant l'Irlande.

– Mais... mais il est ministre...

– Du gouvernement britannique. Justement, Harry, justement. Nous ne sommes pas dans le même camp. Nous devons faire allégeance à deux traditions différentes qui s'opposent. Et en même temps, nous avons juré de rester fidèles l'un envers l'autre. En principe, il est d'accord que les Anglais n'ont pas le droit de rester en Irlande, car il n'y a pas d'endroit qu'ils n'aient taché avec le sang irlandais. Mais en public, il doit professer une autre version. Je ne débattrai pas de cette question avec vous. Je ne ferai pas d'exposé pour défendre notre cause. J'imagine que, comme la plupart de vos concitoyens, vous en savez autant sur l'Irlande que sur Madagascar ou sur Mars. Alors arrêtons là. Ce sur quoi je voulais insister, c'est que, même pour mon pays, je ne trahirai pas Alan. Je n'ai jamais essayé de lui soutirer des informations. Je n'ai jamais cherché à exploiter notre relation pour le bénéfice de l'organisation que je sers si assidûment par ailleurs. Malheureusement mes compatriotes ne comprendraient pas. Ils considéreraient ma relation avec Alan comme une trahison. Ils supposeraient que, si je n'ai pas corrompu Alan, c'est lui qui a dû me corrompre. Voilà pourquoi je ne pouvais pas courir le risque de laisser Clare Mallender nous dénoncer. Non pas parce que ses divulgations auraient mis inévitablement un terme à la carrière politique d'Alan, mais parce que cela m'aurait désigné comme traître. Et pour les traîtres, il n'y a qu'un seul châtiment.

– La mort? dit Harry d'une voix rauque.

– Oui, répondit Cornelius d'un ton rêveur. Et dans un cas pareil, une mort ni rapide ni indolore. Comme j'ai encore aggravé mon cas, chaque membre de l'organisation n'aura de cesse que la sentence ne soit exécutée.

– Aggravé? Comment cela?

– J'ai fourni à Alan la sorte d'explosif et le type de mécanisme que l'I.R.A. emploie régulièrement. Je lui ai donné les mots de code avec lesquels nous avons fait croire à la police que l'I.R.A. était responsable de la mort de Clare. J'ai utilisé les secrets opérationnels de l'I.R.A. pour mes intérêts personnels. Bref, j'ai mélangé deux mondes que je m'étais évertué pendant dix-sept ans à ne pas mêler. J'ai voulu croire que je pourrais échapper aux conséquences de mon acte. J'ai été trop naïf.

Harry sentit l'étau se resserrer sur son épaule. Le sentiment de son isolement au milieu des ténèbres était total. Sa vie semblait s'être réduite au diamètre étroit de son champ de vision; il était tout entier dépendant de ce que l'homme à son côté dirait ou autoriserait. Il se força à reprendre la parole.

– Que voulez-vous faire?

Cornelius éclata d'un rire bref.

– Rien, Harry. Rien du tout. J'ai déjà fait ce qu'il fallait faire. J'ai remis les choses en ordre.

– Je ne comprends pas.

– Encore un peu de patience. Vous avez appris beaucoup de choses sur Alan en cherchant à retrouver Heather, n'est-ce pas? Moi aussi. Et ce que j'ai appris m'a amené à réviser mon jugement sur les circonstances de la mort de Ramsey Everett. Je crois que c'était un meurtre prémédité et que normalement Willy Morpurgo n'aurait pas dû réchapper de son accident de voiture. Vous me suivez, Harry? Vous voyez où je veux en venir?

– Je... non, pas vraiment.

– Il m'a trompé, Harry. Il est allé trop loin. L'homme que j'aime m'a trahi. Ramsey Everett et Clare Mallender étaient des maîtres chanteurs. Dans un sens, ils ont mérité leur sort. Mais pour Heather, c'est différent. Elle n'a rien fait. Elle n'a commis aucun crime. Elle n'a menacé personne.

Cornelius resta silencieux un moment puis reprit, d'une voix plus contenue :

– Je suis tout aussi coupable de la mort de Clare qu'Alan. Je ne le nie pas. Mais j'étais fermement décidé à ce que les choses en restent là. Dans mon esprit, il fallait que cela cesse. Clare devait être la dernière. Quand Alan a décidé que Heather se rapprochait trop de la vérité, il a pensé que nous pouvions recommencer la même chose. Je n'ai pas essayé de le dissuader. J'ai compris que rien ne pourrait le faire changer d'avis. Cela devait être un autre attentat à la bombe, à la villa cette fois, pendant son séjour à Rhodes, une autre sœur victime d'un tragique concours de circonstances. J'ai accepté de l'aider. J'ai proposé d'aller à Rhodes le premier pour préparer l'opération. Au lieu de ça, j'ai fait en sorte que Heather m'aperçoive.

– Vous avez fait exprès qu'elle vous voie?

– Bien sûr. Vous pensez vraiment que j'aurais pu être négligent au point de me laisser repérer? Je savais comment elle réagirait mais j'avoue que le côté théâtral m'a surpris. Ma visite à Rhodes était un avertissement. C'était ma façon de l'alerter du danger qu'elle courait.

Cornelius eut un petit ricanement.

– Je sais ce que vous pensez, Harry. Pourquoi quelqu'un qui a aidé un ami à commettre un meurtre et qui encourage les bains de sang en Irlande du Nord fait des manières à propos de l'exécution d'une petite Anglaise un peu trop curieuse? Pourquoi ma conscience s'accommode-t-elle si facilement des bombes à Belfast mais trouve à redire à un attentat à Lindos? Admettez que cela vous tracasse.

– Oui.
– Je vais vous donner la réponse bien que je ne m'attende pas à vous convaincre. L'organisation que je sers est engagée dans une guerre qui se justifie sur un plan moral. Mais le meurtre de Heather Mallender ne peut se défendre d'aucune façon. J'ai mon credo et je serai mon propre confesseur. Je ne cherche ni votre approbation ni votre réconfort. Rassurez-vous, elle n'a plus rien à craindre de moi.
– Alors... dans ce cas, pourquoi êtes-vous ici?
– Pour mettre un terme à votre fuite. Elle est devenue inutile. Peut-être aurais-je dû agir plus tôt mais je ne pensais pas que vous retrouveriez Heather. Pour être franc, je doutais de vos capacités. Alan a été meilleur juge que moi de vos mérites. Non qu'il m'ait tout dit des résultats de l'enquête que vous meniez pour lui. A mon avis, il a commencé à douter de ma loyauté dès le moment où Heather a disparu. Il a trouvé en vous quelqu'un de plus sûr et de plus malléable. S'il m'avait mis plus tôt dans la confidence, j'aurais pu lui dire que le docteur Kingdom n'hébergeait pas Heather et que vous le faire croire ne donnerait rien. En fait, ce n'est qu'hier qu'il m'a mis au courant de l'étendue de vos prouesses, peu après que vous lui avez donné l'adresse où se cachait Heather. Malgré ses soupçons, il avait besoin de mon aide pour voyager incognito, pour être ses yeux et ses oreilles, pour espionner Heather et préparer sa mort.
– Mais vous avez refusé?
– Non. Refuser n'aurait servi à rien. Si l'on n'est pas avec Alan, on est contre lui. Si on n'est pas son ami, on est son ennemi. Je voyais bien qu'il se méfiait, alors j'ai accepté en manifestant le plus d'enthousiasme possible. J'ai proposé spontanément de venir ici tout de suite et de suivre de près tous les mouvements de Heather jusqu'au moment où nous serions prêts à l'éliminer. A ce moment, il devait encore...
La voix de Cornelius se troubla. Il s'interrompit. Quand il reprit, Harry eut l'impression qu'il était au bord des larmes.
– Je lui ai promis que cette fois, tout se passerait bien. Je lui ai assuré qu'il n'y aurait pas de bavure. Et il n'y en aura pas.
Il relâcha son étreinte sur l'épaule de Harry.
– J'ai pris des dispositions pour assurer la sécurité de Heather. J'ai fait ce que j'aurais dû faire quand Clare est venue me voir l'année dernière. Mais elle était tout ce que sa sœur n'est pas : arrogante, gâtée et méprisante. Elle m'a menacé. Elle m'a offensé. Voilà quelle est mon excuse pour avoir accepté le scé-

nario proposé par Alan. A présent, je dois payer. Je voulais effrayer Heather pour qu'elle se cache et éviter ainsi d'avoir à recourir à des mesures désespérées mais à cause de vous, Harry, à cause de ce qu'Alan vous a amené à faire, la seule solution qui me restait était de lever le rideau sur le mensonge que nous vivions. Je crois que vous connaissez un journaliste peu recommandable du nom de Jonathan Minter?

– Euh... oui. Pourquoi?

– Il y aura demain, aujourd'hui maintenant, un article attribué à Minter en première page du *Courier* révélant une liaison de longue date entre un sous-secrétaire d'Etat du gouvernement britannique et un membre de l'I.R.A., c'est-à-dire entre Alan Dysart et moi.

Quelques minutes plus tôt, Harry craignait plus que tout l'homme qui se trouvait à son côté mais sa peur brusquement se dissipa. Et où finissait la peur commençait la surprise.

– Vous avez tout avoué à Minter?

– Suffisamment en tout cas pour ruiner la réputation d'Alan. J'ai remis à Minter certaines lettres qui ne laissent aucun doute sur la nature de notre relation et qui montrent clairement qu'Alan est au courant depuis longtemps de mes activités pour la cause républicaine. Il va être chassé de la scène politique et banni de son parti. Il ne sera plus qu'un paria, un homme désavoué. Je ne parle pas des meurtres qu'il a commis. Ce n'était pas nécessaire. Alan ne peut vivre sans l'admiration de ses pairs. Cette admiration était le moteur de sa réussite. C'est ce à quoi il tenait le plus. En être privé sera pour lui le plus dur des châtiments. Une fois qu'il aura perdu cela, Heather ne représentera plus une menace pour lui. Par conséquent, elle n'aura plus rien à craindre. Et vous non plus.

– Mais vous avez dit... vous avez dit que si l'I.R.A. découvrait un jour ...

– Ma peau ne vaudrait pas cher.

Cornelius prit une profonde aspiration et expira lentement.

– S'ils me trouvent, ils me tueront, Harry.

– Vous ne retournez pas en Angleterre?

– Non. Cela équivaudrait à un suicide. Vous avez devant vous un homme qui s'apprête à mener une existence de nomade. Je devrai me déplacer de ville en ville. Je serai obligé de déménager constamment. Je regarderai sans cesse par-dessus mon épaule.

– Pendant combien de temps serez-vous obligé de fuir ainsi?

– Toute ma vie. Aussi longtemps que je tiendrai du moins, ou le temps qu'il leur faudra pour me rattraper.

– Vous pensez qu'ils vous retrouveront?

– Oh oui! Lorsque je serai fatigué ou dès que je relâcherai un tant soit peu mon attention. Ou bien encore quand je n'aurai plus l'énergie nécessaire pour fuir sans cesse.

La nuit parut se faire plus noire encore. Harry sentit le caractère inexorable du destin de Cornelius qui allait être obligé de vivre comme une bête traquée.

– En faisant cela, vous avez perdu Alan, mais vous vous êtes condamné vous-même.

– D'une certaine façon, oui.

– Alors pourquoi avez-vous pris cette décision?

– Je n'avais plus le choix. Je ne pouvais pas laisser Alan continuer dans cette voie et je n'avais pas d'autre moyen de l'arrêter. Quand il m'a dit que vous aviez retrouvé Heather, j'ai compris qu'il n'y avait pas d'autre solution. Je devais absolument faire quelque chose. Minter a toujours détesté Alan. En voyant les documents que je lui apportais, il a réagi comme un gosse qui aurait reçu tous ses cadeaux de Noël et d'anniversaire en même temps. Il fera certainement du bon travail mais il ne comprendra jamais les tenants et aboutissants de l'affaire.

Cornelius avait raison. C'était probablement la seule façon de mettre un terme à l'impulsion meurtrière de Dysart. Et malgré toutes les raisons qu'il avait de mépriser l'homme qui se trouvait à son côté, Harry ne pouvait s'empêcher de l'admirer. La résolution qu'il avait prise réclamait une grande fermeté de caractère. Harry se demandait si, à sa place, il aurait été capable de faire la même chose. Rien n'était moins sûr.

– Pensez-vous que je sois courageux, Harry?

– Oui.

– Vous vous trompez. Il est facile d'avoir du courage quand on n'a pas le choix. Souvenez-vous d'Anthony Sedley, l'homme qui a gravé son nom sur les fonts baptismaux de l'église de Burford. Il avait peur parce qu'il savait que, s'il renonçait aux principes pour lesquels luttaient les « niveleurs », il pourrait avoir la vie sauve. Il n'était pas retenu prisonnier par une porte fermée à clef mais par sa propre peur. Lorsque l'espoir d'une évasion a disparu, la peur s'en va. C'est ce qui m'est arrivé quand j'ai compris que le meurtre de Clare Mallender n'était pas le premier des crimes qu'Alan avait prémédités et qu'il ne serait pas le dernier. J'avoue que ce qui m'a séduit chez Alan au premier abord, c'est ce côté hardi qui lui donne une sorte d'aura. Jamais je n'avais pensé que cette hardiesse s'exercerait dans un but criminel. Il était déjà trop tard quand j'ai compris que Clare aurait le même sort que Ramsey Everett. Savez-vous ce qu'Alan m'a dit la dernière fois que nous nous sommes vus le vendredi soir? Que commettre un meurtre qui n'est pas élucidé procure une jouissance qui dépassait tout ce qu'il avait connu jusque-là. Vous rendez-vous compte de ce que cela veut dire? Je n'ai saisi que plus tard la signification terrifiante de cette phrase. La raison profonde qu'il avait de pousser Everett par la fenêtre, de saboter la voiture de Morpurgo, et de faire exploser l'*Artémis* avec Clare à bord était secondaire. Le plaisir qu'il éprouvait à ne pas se faire prendre était une motivation bien plus forte.

– Mais quelle était sa raison au juste de les tuer? demanda Harry qui ressentit tout à coup un violent désir de connaître toute la vérité et de ne plus se contenter d'allusions.

– Pour Clare et Morpurgo, vous savez déjà. Quant à la révélation avec laquelle Everett a essayé de faire chanter Alan, c'était tout simplement une provocation.

– Mais encore?

– Je ne peux pas vous en dire plus.

– Pourquoi?

– Je suis lié par la promesse que j'ai faite à Alan il y a vingt ans; je lui ai promis de ne jamais révéler ce qu'Everett avait découvert.

– Mais...

– Non!

La voix de Cornelius était dure et autoritaire. Il ne se laisserait pas amadouer.

– Alan m'a forcé à le trahir mais ma trahison s'arrêtera là. Demandez-le-lui vous-même, il se peut qu'il vous réponde. Mais ce ne sera pas moi qui vous l'apprendrai.

Cornelius ne transigeait pas avec son code de l'honneur, aussi discutable fût-il. Le seul espoir de Harry d'en savoir davantage était de révéler le peu qu'il avait appris de Chipchase. Comme il réfléchissait au bien-fondé d'une telle révélation, Cornelius regarda le cadran lumineux de sa montre et fit claquer sa langue.

– L'heure tourne, Harry. Les presses du *Courier* se sont arrêtées. Les trains sortent des terminus de Londres pour expédier leur dose quotidienne de scandales aux quatre coins de l'Angleterre. Bientôt les camionnettes des grossistes fileront dans les rues désertes, de Penzance à Inverness, pour déposer leur charge à côté des caisses de lait, sur les pas de porte des marchands de journaux. Dans quelques petites heures, les plus matinaux des électeurs d'Alan ramasseront leurs journaux devant leur porte et ceux qui sont abonnés au *Courier* jetteront un regard nébuleux sur la première page en bâillant devant leur première tasse de thé. Ils avaleront de travers, ils se frotteront les yeux, regarderont de nouveau et comprendront qu'ils ne rêvent pas. C'est fini pour Alan, et pour moi aussi.

Il soupira et se mit debout.

– Il est temps que je me mette en route, Harry.

– Où comptez-vous aller?

– Dans beaucoup d'endroits. Il vaut mieux que vous ne le sachiez pas. Il vaut mieux que personne ne le sache. Mais je voudrais vous demander un service.

– Oui.

– Vous allez voir Alan, j'en suis sûr. Il faut que vous vous voyiez tous les deux. C'est pour cela que j'ai choisi de me confier à vous.

Comment Cornelius pouvait-il être certain qu'une telle rencontre aurait lieu? Harry ne le savait pas, mais il avait un ton assuré qui ne souffrait pas la contradiction.

– J'aimerais que vous lui transmettiez un message de ma part. Vous voulez bien?

– Oui, si je peux. Quel est ce message?

– Dites-lui simplement qu'il ne m'a pas laissé le choix.

– Rien d'autre?

– Non.

Cornelius aspira profondément, jeta les épaules en arrière et commença à s'éloigner. Au bout de quelques pas, il s'arrêta et regarda en arrière.

– Si, une chose encore.

– Oui?

– Dites-lui que je lui pardonne.

Avant que Harry pût ajouter un mot ou faire un geste, Cornelius s'était évanoui dans la nuit.

58

« Un sous-secrétaire d'État au ministère de la Défense entretient depuis de nombreuses années une relation homosexuelle avec un membre de l'I.R.A. Voilà la conclusion qui s'impose à la lecture des documents exclusifs que The Courier *offre à ses lecteurs en pages 2 et 3. La teneur scandaleuse de ces documents constitue une condamnation sans appel du laxisme du gouvernement et soulève une série de questions gênantes sur les problèmes de sécurité durant les dernières années. Le ministre Alan Dysart, ancien officier de marine décoré pour sa conduite pendant la guerre des Falklands... »*

Il n'était pas facile de s'entendre dans le tumulte qui régnait à la gare de Larissa à Athènes. Harry avait l'impression que la moitié de la ville prenait l'express pour Venise et que chacun emportait tous ses biens avec soi. De grosses valises attachées par des sangles étaient hissées à bord des wagons par de grandes femmes de Thessalonique escortées d'enfants grognons et de chiens augmentant le vacarme de leurs jappements aigus. Coups de sifflet, cris, vociférations et gestes de mauvaise humeur s'échangeaient entre un ramassis de chefs de train et de portiers se battant avec l'horaire et leur propre léthargie. Pendant ce temps, Harry, qui avait aussi peu de bagages que d'énergie, se tenait debout près d'une portière ouverte et disait au revoir à Heather en criant pour se faire entendre dans cette cacophonie.

– Tu me promets de téléphoner à tes parents?

– Oui, Harry, je les appellerai. Mais je ne te promets pas de les voir. Je leur dirai que je vais bien mais pour le moment, il se peut qu'on en reste là.

– C'est tout ce que je te demande.

– Je ne comprends pas pourquoi tu t'obstines à vouloir rentrer en train.

– L'argent, dit Harry avec un sourire. Tous ces voyages en avion m'ont mis sur la paille.

Mais Harry savait que le train avait un autre avantage sur l'avion : il mettrait au moins deux jours et demi pour atteindre l'Angleterre.

– Quand arriveras-tu?

– Mercredi après-midi.

Harry trouvait que c'était encore trop tôt. A ce moment-là, il devrait avoir décidé ce qu'il dirait à Alan Dysart, son ancien ami frappé de plein fouet par la disgrâce publique.

– Tu es triste pour lui, n'est-ce pas?

– Hein?

Heather le regarda attentivement.

– Malgré tout ce qu'il a fait, malgré tout ce que tu as appris sur lui, tu le plains, n'est-ce pas? Tu ne penses pas qu'il mérite toutes les choses cruelles que Jonathan a écrites sur son compte.

Heather leva son exemplaire du *Courier*.

– Il l'a mérité, dit Harry.

Mais il savait bien que Heather avait raison. Il n'avait jamais rencontré Ramsey Everett. Il n'avait jamais parlé à Clare Mallender. Ils restaient pour lui des êtres lointains et imaginaires, dépourvus de substance. Savoir qu'il avait été trompé et manipulé lui semblait même futile comparé à ce qui occupait toutes ses pensées : la fuite tragique de Cornelius et la chute de Dysart.

– C'est fini maintenant, j'espère, dit Heather. Il va être forcé d'admettre que c'est vrai. Il aura été obligé de donner sa démission.

– Oui, sans doute.

– Je suis contente. Heureuse qu'il souffre.

– Je sentirais la même chose, à ta place.

– Mais c'est différent pour toi, n'est-ce pas?

Oui, c'était différent pour Harry. Il se rappelait que Dysart l'avait ramené de Barnchase Motors chez lui un soir qu'il était soûl; il l'avait sauvé de la misère et de la faillite; sauvé du chômage et de l'apitoiement sur soi. Pour savoir ce qu'il devait à Alan Dysart, il lui suffisait de penser à ce qu'il serait devenu sans son aide, c'est pourquoi il ne pouvait tirer aucune satisfaction à la lecture de la double page sur laquelle Minter avait étalé ses accusations avec une jubilation manifeste.

– Je suis heureux que ce soit fini, dit Harry.

Il ne pouvait pas dire davantage.

– C'est pour cela que tu prends le train. Pour arriver quand le plus dur sera passé.

Une fusillade de coups de sifflet et de claquements de portière évita à Harry de répondre.

– Je dois y aller, dit-il, en montant dans le train.

Il ferma la porte et se pencha par la fenêtre ouverte.

– Au revoir, dit-il avec un sourire distant.

– Au revoir, Harry.

Heather se hissa sur la pointe des pieds pour l'embrasser et, l'espace d'un instant, il crut voir des larmes briller dans ses yeux.

– Et bonne chance.

– A toi aussi.

Harry se sentit soulagé lorsque le train s'ébranla.

– J'écrirai, je te le promets.

– Je l'espère bien.

– Et, Harry...

– Oui ?

– Je regrette, tu sais.

Cette fois, il n'y avait pas de doute : elle pleurait vraiment.

– Tu regrettes ? Mais quoi ?

– Tout.

Ce fut la dernière chose que Harry put saisir. Déjà le train prenait de la vitesse et d'autres adieux fusaient autour de lui. Il s'écarta de la fenêtre en sachant qu'il ne reverrait probablement plus jamais Heather, silhouette s'effaçant sur un sentier de montagne, visage s'estompant sur un quai de gare bondé ; du moins cette fois, comprenait-il ce qui se passait. Il avança en trébuchant dans le couloir à la recherche d'une place assise.

Harry suivit de loin les répercussions politiques immédiates de l'article du *Courier*. La distance avait pour effet d'atténuer quelque peu le choc de la chute de Dysart. Cela permettait à Harry de faire semblant de croire que l'homme dont il était question était un politicien disgracié qui lui était aussi étranger que n'importe quel passager de l'express de Venise.

Selon les journaux de Londres du lundi matin que Harry avait achetés pendant un arrêt d'une heure à Belgrade, Dysart avait donné très vite sa démission. On citait abondamment sa lettre au Premier ministre dans laquelle il exprimait « ses profonds regrets d'avoir été la cause de la gêne et de la consternation que l'article du *Courier* avait dû provoquer » en insistant sur le fait qu'à aucun moment, la sécurité des opérations civiles ou militaires en Irlande du Nord n'avait été compromise. Mais personne ne savait où était Dysart. Il n'y avait pas de photos de silhouette fugitive prise au téléobjectif, seulement des portraits officiels bien éclairés, des photos de son appartement fermé de Londres qui n'apprenaient rien, et le visage pensif de Virginia laissant tomber un laconique « pas de commentaire » sur le seuil de Strete Barton ; on parlait d'une réunion d'urgence de cabinet et de la section locale du parti auquel appartenait Dysart ; un tas d'analystes politiques et d'experts de la sécurité étaient consultés ; les éditoriaux étaient tous de la même veine : Dysart ne méritait qu'un mépris glacé. Il avait trahi son parti et son pays d'une façon que l'on pouvait qualifier de criminelle. Si dans les faits il n'était pas coupable de haute trahison, il l'était moralement. Quant à la révélation de son homosexualité, elle ne faisait que renforcer implicitement la noirceur du délit.

L'express de Venise arriva à destination le mardi après-midi. Harry prit alors un train pour Paris. Pendant un arrêt assez long à Milan, il réussit à avoir des nouvelles de ce qu'on avait surnommé l'« affaire Dysart ». Le cabinet s'était réuni et avait demandé l'ouverture d'une enquête sur les répercussions possibles de ladite affaire sur la sécurité. Pendant ce temps, Dysart avait annoncé par l'intermédiaire du président de son parti qu'il prendrait les mesures nécessaires pour démissionner de son siège de député et abandonner les affaires publiques.

« Beaucoup de loyaux travailleurs du parti se sentent trahis par M. Dysart, avait déclaré le président à une conférence de presse. Celui-ci a reconnu que c'était la seule porte de sortie qui lui était ouverte. »

De Dysart en personne, il n'y avait pas d'écho. Rien à Tyler's Hard ni à Strete Barton. Virginia restait muette après avoir confirmé qu'elle n'avait ni vu ni entendu son mari depuis que le scandale avait éclaté. Sur l'avenir de leur mariage, elle ne voulait pas se prononcer.

Dysart se cachant, la plupart des journaux avaient reporté leur attention sur l'instigateur de sa chute. Des photos de l'abbaye de Hurstdown étaient donc en bonne place. « L'école prestigieuse réservée à une jeunesse privilégiée face à son secret honteux » était l'une des légendes les plus mémorables. Cornelius avait disparu on ne savait où, et l'école qu'il avait trahie avait clairement l'intention de l'effacer de sa mémoire et de sa conscience avant que la perte d'un petit nombre d'élèves déjà retirés de l'école par leurs parents ne se transforme en une véritable hémorragie. Personne ne le connaissait; personne ne l'aimait; on ne pouvait trouver personne pour prendre sa défense.

Mercredi à midi, Harry était à bord d'un ferry qui allait le mener de Boulogne à Folkestone. Assis sur le pont où soufflait un vent froid qui lui assurait une grande tranquillité, il feuilletait une troisième série de journaux et était à même de constater à la fois un durcissement et une diminution de l'intérêt pour l'« affaire Dysart » qui avait quitté la une pour les pages intérieures. Ses protagonistes restant invisibles, on avait rappelé les photographes; l'enquête du gouvernement sur les problèmes de la sécurité avait débuté; les responsables avaient déjà déclaré que, à leur avis, ils ne trouveraient aucune preuve d'atteinte à la sécurité du pays; Downing Street confirmait la démission de Dysart de son siège de député; une élection législative partielle aurait lieu dès la fin des vacances parlementaires d'hiver. Des propos offusqués émanaient de politiciens protestants de l'Irlande du Nord qui exigeaient que Dysart soit privé de ses titres universitaires. Dans le courrier des lecteurs, cette idée trouvait un écho favorable parmi ceux qui souhaitaient tirer des leçons plus générales sur le relâchement des mœurs et le recul des valeurs civiques. Pendant ce temps, on avait retrouvé une poignée d'anciens élèves de Jack Cornelius; tous insistaient sur le fait qu'il n'avait jamais essayé de les recruter pour la cause républicaine, qu'il aurait perdu son temps et qu'ils ne l'avaient jamais beaucoup aimé. Quant à la réaction de l'I.R.A., elle n'avait été ni recherchée ni proposée.

Dans le train entre Folkestone et Londres, Harry prit une décision sur une question qui le tourmentait depuis son départ d'Athènes : il devait trouver Dysart. C'était une confrontation à laquelle il ne pouvait se soustraire. Il ne pouvait pas aller se terrer à Swindon et oublier tout ce qu'il avait souffert de par sa faute. Il ne pouvait pas se désolidariser de cet homme simplement parce qu'il était responsable de ce qui lui arrivait et ne méritait aucune compassion : ils devaient se rencontrer.

Mais une telle décision était plus facile à prendre qu'à réaliser. Une armée de journalistes n'avait pas réussi à retrouver la trace de Dysart et Harry n'avait pas leurs moyens. Il possédait néanmoins un avantage sur eux : le nom de la personne que Dysart avait utilisée en plus de Harry pour arriver à ses fins. Zohra Labrooy l'avait trompé sur l'ordre de Dysart : ce serait donc par elle qu'il commencerait. Elle devrait répondre de sa conduite et l'aiderait à le retrouver. Harry alla directement de la gare de Victoria à Marylebone.

La femme assise à la réception dans le cabinet du docteur Kingdom n'était pas Zohra Labrooy. Elle attendit que Harry ait fini ses explications pour dire :

– Mlle Labrooy ne travaille plus ici.

– Depuis quand?

– Depuis la semaine dernière, je pense. En tout cas, moi, j'ai commencé cette semaine.

– Mais pourquoi est-elle partie?

– Je ne sais pas.

– Comment...

Un coup d'œil oblique de la secrétaire fit taire Harry. Il se retourna et vit Kingdom debout dans l'encadrement de la porte de son bureau qui le regardait fixement.

– Auriez-vous l'obligeance d'entrer un moment dans mon bureau, monsieur Barnett?

– C'est que...

– Je ne vous retiendrai pas longtemps.

Harry acquiesça docilement car il ne pouvait pas trouver de bonne raison de refuser; Kingdom semblait aussi mesuré que d'habitude. Mais dès qu'ils furent seuls, il changea de ton :

– Vous avez un sacré culot de venir ici!

– Je voulais seulement...

– Voir votre complice, je sais. Votre visite à l'institut Versorelli m'a été rapportée, monsieur Barnett. Je ne comprends pas que vous ayez pu penser qu'elle ne le serait pas. Quant à Mlle Labrooy, je suis étonné qu'elle ait pu supposer qu'elle pourrait impunément falsifier ma signature. Je l'ai renvoyée sur-le-champ.

– Ah! je vois.

– Vraiment! Vous m'avez mis dans une situation terriblement embarrassante et vous m'avez causé beaucoup d'ennuis. Vous vous êtes rendu coupable de vol, de falsification et d'usurpation d'identité. Je serais en droit d'engager des poursuites contre vous, monsieur Barnett. Est-ce que vous en avez conscience?

– Pourquoi ne le faites-vous pas dans ce cas?

– Pour la raison que la mère de Heather m'a téléphoné ce matin. Heather se trouve à Athènes et elle va très bien, semble-t-il.

– Je sais. C'est moi qui l'ai retrouvée.

– C'est ce que Mme Mallender m'a dit. Dans ces conditions, je me demande pourquoi vous avez cru nécessaire de faire tout ce cinéma à l'institut Versorelli.

– Si vous reconnaissez que vous êtes allé voir Heather à Lindos cinq jours avant sa disparition, je vous répondrai peut-être.

– Mon Dieu...

Kingdom se tut. Il alla à la fenêtre d'un air digne et regarda dans la rue en gardant le dos tourné.

– Comment le savez-vous?

– Je vous ai vu.

– Et parce que je n'en ai jamais parlé, vous avez pensé que j'avais joué un rôle dans la disparition de Heather. Vous avez pensé que je l'avais fait disparaître comme par enchantement jusqu'à Genève?

– Oui.

– Vous allez me répondre que je n'ai à m'en prendre qu'à moi-même...

Kingdom se retourna, l'air irrité.

– Il est possible que vous ayez pensé agir pour le mieux. Comment avez-vous persuadé Mlle Labrooy de vous aider?

Ainsi Zohra n'avait pas révélé le rôle que Dysart avait joué. Peut-être était-ce aussi bien.

– Puisqu'elle ne vous l'a pas dit, je préfère me taire.

Kingdom regarda Harry avec un mélange d'étonnement et de dégoût.

– Que cachez-vous tous les deux? Maintenant que Heather est retrouvée et en bonne santé, pourquoi tous ces mystères?

Harry ne répondit pas. Dans un sens, Kingdom et lui se devaient mutuellement des excuses. Mais, dans les circonstances présentes, rien n'était plus difficile.

– Vous savez ce que je pense, monsieur Barnett? Je pense que dans cette affaire, la sécurité de Heather n'a peut-être jamais été le véritable enjeu. Peut-être était-ce simplement un écran de fumée qui cachait autre chose.

– Par exemple?

– Je ne sais pas. Mais je suis sûr que vous voyez très bien ce que je veux dire. Et, à mon avis, il y a un lien entre la réapparition de Heather et la disgrâce d'Alan Dysart.

Kingdom était près de la vérité mais Harry devina qu'il ne s'en approcherait pas davantage.

– Quoi qu'il en soit, vous ne me direz pas le fond de l'histoire, n'est-ce pas?

Harry sourit, savourant un instant la frustration de l'homme en face de lui.

– Non, dit-il. Je ne vous dirai rien.

En retournant à pied à la gare de Paddington, Harry songea à aller tout de suite jusqu'à Kensal Green pour sommer Zohra de s'expliquer mais il se sentait si fatigué qu'il y renonça. Disposant de quarante minutes avant l'arrivée du train pour Swindon, il fit la queue devant une cabine téléphonique au milieu de la cohue des heures d'affluence. Il n'y avait personne. Il composa une nouvelle fois le numéro. Zohra n'était pas chez elle. Alors il appela Mme Tandy.

– Allô?

– Madame Tandy? C'est Harry Barnett à l'appareil. Vous vous souvenez de moi?

– Bien sûr, monsieur Barnett. Comment allez-vous?

– Bien, je vous remercie. J'essaie de trouver Zohra.

– Elle est partie. Vous ne le saviez pas?

– Euh, non. Où est-elle partie?

– Chez un cousin à Newcastle, je crois. Pour être honnête, je ne sais pas vraiment.

– Quand revient-elle?

– Je n'en ai pas la moindre idée. Elle est partie précipitamment. Dans quelques jours, je suppose. Je ne pense pas qu'elle puisse s'absenter plus longtemps, ce n'est pas votre avis?

– Je ne sais pas, madame Tandy.

Ainsi Zohra semblait se cacher elle aussi. Trouver Dysart serait moins facile que Harry ne l'avait espéré.

– Tu veux dire, Harold, que la fille Mallender était comme un coq en pâte à Athènes depuis deux mois pendant que ses parents se rongeaient les sangs?

– Oui, mère.

– Comment a-t-elle pu laisser des journaux comme ce *Courier* insinuer que tu en savais plus que tu ne le disais et laisser la moitié des commères de cette rue suggérer que tu avais quelque chose à voir dans sa disparition?

– Eh bien, elle n'est pas responsable de la malveillance des gens, mais...

– Je ne comprends vraiment pas. Quelle façon est-ce là de se conduire pour une jeune fille de bonne famille?

– Je ne crois pas que son éducation soit pour quelque chose dans...

– Et Alan Dysart! Moi qui l'ai toujours trouvé si gentil et c'était un homme qui savait parler. Ce que j'ai lu sur son compte ces trois derniers jours m'aurait donné des cheveux gris si l'âge ne s'en était pas déjà chargé. En voilà du propre! Je préfère ne pas en parler. Penser qu'il se trouvait dans cette pièce il n'y a pas un mois, souriant et charmant comme tout. Je ne sais vraiment pas où va le monde!

– Moi non plus, mère.

– En tout cas, cela ne peut pas continuer comme ça, voilà ce que je dis.

– Non, mère, cela ne peut pas continuer comme ça.

59

Une longue période de repos forcé n'avait pas amélioré le caractère récalcitrant de la voiture de Harry qui quitta Swindon en protestant bruyamment. A en croire les journaux, Dysart n'avait pas reparu à son appartement londonien depuis la parution de l'article du *Courier*, le dimanche. On ne l'avait pas aperçu non plus à Tyler's Hard ou à Strete Barton. A peu près sûr de se casser le nez à la porte de l'appartement et de ne trouver personne à Tyler's Hard, en dehors de Morpurgo, Harry avait décidé de se rendre à Strete Barton, le seul endroit où il pouvait espérer recueillir quelques indices susceptibles de le mettre sur la piste de Dysart.

Il était midi quand Harry entra dans la cour. Seule la Range Rover se trouvait dans le garage. La Daimler de Dysart et la Mercedes de Virginia étaient invisibles. Comme Harry descendait de voiture, un profond silence l'entoura. Mais il y avait une fenêtre ouverte sur le devant de la maison, aussi gardait-il quelque espoir en se dirigeant vers la porte d'entrée qui s'ouvrit juste au moment où il arrivait.

– Monsieur Barnett !

C'était Nancy. Vêtue d'un tablier, un fichu sur la tête, elle tenait à la main un chiffon à poussière.

– Bonjour.

Harry s'arrêta et lui adressa un sourire embarrassé. Il prit conscience tout à coup qu'il lui fallait trouver un prétexte plausible à sa visite.

– J'ai... j'ai lu dans les journaux...

– Ah ben oui, ça a été terrible, vous savez.

Elle avait un air exténué qui donnait à penser que l'affaire Dysart l'avait réellement bouleversée.

– Est-ce... Est-ce que Mme Dysart est là ?

– Non. Elle en avait tellement assez de tous ces journalistes qui fouinaient partout qu'elle a pris des vacances. Elle fait du ski, qu'elle a dit. Elle est partie hier.

– Ah !

Ce n'était pas, songea Harry, le comportement d'une femme ayant à cœur de soutenir son mari dans la tourmente. Mais son absence était plutôt une bonne chose.

– Alors elle vous a laissé la garde de la maison ?

– Oui. Je fais un peu de ménage. Mon père m'a dit que je ne devrais plus travailler ici, pas après ce qui s'est passé. Mais je lui ai répondu qu'ils ont toujours été bons pour moi, alors que je vois pas pourquoi je les laisserais tomber.

– C'est une intention très louable. Avez-vous... euh... vu M. Dysart ?

– C'est que...

Sa voix tomba et Harry dut se rapprocher pour entendre.

– Il a fait une apparition hier, une heure ou deux après le départ de Mme Dysart. Il est juste entré et ressorti.

– Comment était-il ?

– A le voir, on n'aurait pas cru qu'il s'était passé quelque chose, monsieur Barnett. J' vous jure, on n'aurait pas cru. Il avait l'air tout pareil qu'avant. Comme si tout allait pour le mieux. Comment il peut faire pour supporter tout ça, je me le demande avec toutes ces choses que j'ai lues sur lui ces derniers jours. Remarquez...

– Oui...

– Je n'ai pas pu m'empêcher de penser qu'il avait attendu le départ de Mme Dysart, attendu que la voie soit libre en somme.

– Pour faire quoi ?

– Oh ! je sais pas. Il est resté à peine cinq minutes. Il est allé dans son bureau, il est revenu avec un sac et il est parti. Tout sourire il était. Comme toujours.

– Est-ce que je... pourrais jeter un coup d'œil dans le bureau ?

– Ben...

Nancy fronça les sourcils.

– Pourquoi pas ? Ça peut pas faire de mal. Vous ne touchez à rien, hein ?

– Non, Nancy, à rien.

Le bureau était tel que Harry l'avait quitté. Les photos de classe de Dysart à Dartmouth et les équipages de l'*Atropos* et de l'*Electra* ornaient toujours les murs, les livres sur les étagères étaient bien rangés et époussetés. Qu'était-il venu chercher? Qu'avait-il emporté?

Soudain, comme Harry promenait ses regards dans la pièce, le souvenir de ce qui s'était passé entre Virginia et lui se présenta à son esprit avec tant de netteté que, pendant une seconde, il eut l'impression de voir et d'entendre... Vacillant sur ses jambes, il s'agrippa au coin du bureau. A ce moment, il repensa au livre qu'il avait trouvé près du téléphone, cette nuit-là : *Le Règne de Guillaume II le Roux*. Il marcha jusqu'aux étagères et il le chercha parmi les autres. A l'endroit où il aurait dû se trouver, il n'y avait qu'un espace vide de l'épaisseur du volume. Peut-être... Alors cela lui revint. Cornelius, Cunningham, Everett, Morpurgo et Ockleton avaient apposé leur signature sur la page de garde du livre qu'ils avaient offert à Dysart pour la fête de la Saint-George, en 1968, le jour où Ramsey Everett était mort et où s'était enclenché le processus irréversible qui allait aboutir aux événements actuels. C'était ce livre que Dysart était venu prendre; cela et rien d'autre.

Au pub de Blackawton, l'affaire Dysart ne semblait pas passionner les clients qui plaisantaient et bavardaient au bar. Ou cela ne les intéressait déjà plus ou ils se rappelaient avoir vu Harry avec Virginia quinze jours plus tôt et se méfiaient de lui. Il alla s'asseoir sur une banquette près de la cheminée, but tristement sa bière à petites gorgées et, l'esprit las, chercha l'inspiration. Où était Dysart? Que pensait-il? Sa vie avait été bâtie sur le succès facile et la dissimulation. Comment un tel homme réagissait-il face à l'étalage au grand jour de son déshonneur? Que comptait-il faire?

Le regard de Harry se posa sur le mur à côté de la cheminée. Une affiche datant de la guerre appelait les habitants à se préparer à évacuer en vue des préparations pour le jour J. RÉUNIONS IMPORTANTES. *La zone décrite ci-dessous sera réquisitionnée pour des besoins militaires et devra être évacuée le 20 décembre 1943. Toutes les dispositions ont été prises pour...*

1943 : c'était il y a si longtemps. Ramsey Everett, Willy Morpurgo, Clare Mallender et Alan Dysart n'étaient pas encore nés. Et Harry? Il était juste un écolier en culottes courtes qui passait ses journées à se demander si une bombe allait tomber dans sa salle de classe. S'il avait su ce que serait sa vie, il aurait...

– A ce qu'il semble, l'évacuation est toujours d'actualité, dit une voix derrière Harry, une voix à l'intonation familière.

Harry tourna la tête et vit au-dessus de lui un homme grand et mince vêtu d'un imperméable, les traits anguleux, à figure de fouine, le cheveu gris et gras ramené sur un crâne dégarni, le teint de même couleur que l'affiche qu'il venait de contempler. C'était l'homme du train; l'homme du cimetière; l'homme que Nancy avait aperçu de la fenêtre de la cuisine à Strete Barton. Harry tressaillit en le reconnaissant.

– Je peux m'asseoir?

Il prit place sur le tabouret à côté de Harry, posa son verre sur la table et ses lèvres minces dessinèrent un sourire.

– Ils ont de la bonne bière ici, vous ne trouvez pas?

Il montra l'affiche du menton.

– J'ai vu que vous la regardiez. C'est plutôt comique, non?

– Quoi?

– Eh bien, comme je l'ai dit, que l'évacuation soit de nouveau à l'ordre du jour. A Strete Barton, je veux dire.

– Mais qui diable êtes-vous?

– Vigeon. Albert Vigeon. Huissier. A votre service pour tout un éventail de missions confidentielles : affaires matrimoniales, personnes disparues, filatures, photos. Je travaille en ce moment sur ce qu'on peut appeler des créances irrécouvrables.

– Vous m'avez suivi?

– Oui, mais pas ces deux dernières semaines. Cette rencontre est un pur effet du hasard même si nous sommes là pour la même raison.

– Laquelle?

– Pour trouver Dysart, je ne me trompe pas, monsieur Barnett?

Toute l'angoisse que cet homme lui avait inspirée se dissipa d'un coup. Il était de l'autre côté de la table, le visage terne, avec ses yeux de furet, sanglé dans un imperméable au col d'une propreté douteuse. Ce n'était pas un fantôme ni le messager d'un autre monde; il était fait d'une chair fade et de sang de navet; c'était Albert Vigeon, détective privé.

– Vous travaillez pour qui, monsieur Vigeon?

– Je travaillais pour Dysart.

– Plus maintenant?

– Non, dit-il avec le même petit sourire triste. Il ne m'a pas payé. Il a dû oublier avec tout ce qui lui est arrivé.

– Vous payer?

– Pour mes services.
– Quels services?
– Peu orthodoxes, je l'avoue, mais rentables. Vous êtes déjà au courant de pas mal de choses. Vous avez pu me voir car mon client m'avait demandé de me laisser repérer de temps en temps. Je devais vous suivre, passer des coups de téléphone anonymes, prendre des photos, apprendre un peu de grec, écrire sur un mur, lire un livre dans un train, vous souhaiter une bonne nuit, laisser une carte de visite dans votre chambre d'hôtel, glisser une photo sous l'essuie-glace de votre voiture, laisser traîner un paquet de cigarettes grecques devant chez vous, ce genre de choses, monsieur Barnett.

Les paroles de Vigeon dissipaient les mirages et exposaient les supercheries au grand jour. Les avertissements et les interventions, c'était lui. Et tout cela, à la demande de son client.

– Dysart vous payait pour me suivre? C'est lui qui vous a demandé de me harceler?
– Appelez cela comme ça si vous voulez. Pour moi, ce n'était qu'un travail comme un autre.
– Un travail, entrer dans ma chambre par effraction? Me poursuivre au téléphone? Ne pas cesser de me suivre? Bon Dieu, je ne sais pas ce qui me retient...

La main de Vigeon s'abattit sur l'avant-bras de Harry.

– Gardez votre sang-froid, monsieur Barnett, je vous en prie. Vous ne pouvez pas prouver que j'ai fait quoi que ce soit d'illégal. Je vous conseille par conséquent de vous contrôler. Je pensais que nous aurions pu nous aider.
– Vous? M'aider?
– Oui. A trouver Dysart. Il me doit de l'argent. Quant à ce qu'il vous doit, je ne tiens pas à le savoir.
– J'ai du mal à vous croire. Vous devez bien avoir une petite idée de ce à quoi tout ça rimait.

Harry put lire sur le visage de Vigeon qu'il avait piqué au vif son professionnalisme.

– Certainement pas. Je ne veux savoir que le strict minimum. Et ce qu'il me faut savoir en ce moment est l'endroit où mon dernier client se cache. Il me doit une grosse somme.
– C'est votre problème.
– Il n'est ni à Londres ni à Tyler's Hard. J'ai passé la journée d'hier là-bas et tout ce que j'ai pu récolter, c'est quelques propos incohérents de son jardinier.
– Apparemment, il n'est pas ici non plus.

Harry éprouvait une certaine satisfaction de savoir que Vigeon, le grand détective, avait perdu son temps à Tyler's Hard pendant que Dysart était à Strete Barton.

– Oui, on dirait. Où est-il alors?

– Je n'en ai aucune idée. A l'étranger, peut-être?

– Je ne pense pas.

– Alors votre intuition est aussi bonne que la mienne.

– Écoutez, monsieur Barnett, dit Vigeon en baissant la voix. Il est vital que je trouve Dysart. Je pense qu'il vous contactera tôt ou tard, alors...

– Pourquoi est-ce si important? Si c'est seulement une question d'argent...

– Ce n'est pas une simple question d'argent. D'autres... considérations sont en jeu.

Harry comprit soudain pourquoi Vigeon tenait tant à retrouver Dysart.

– Vous voulez dire un autre client. Vous travaillez pour quelqu'un d'autre maintenant, n'est-ce pas, monsieur Vigeon? Quelqu'un qui veut trouver Dysart.

– Eh bien...

– Qui est-ce? Qui est votre nouveau client?

– Je ne peux pas vous le dire, c'est impossible. Ce travail est absolument confidentiel.

Tout cela ne finirait-il donc jamais? Harry se sentait à bout de patience.

– Vous allez m'offrir de l'argent pour vous aider à retrouver Dysart, c'est ça?

– Peut-être.

– Ne vous fatiguez pas. Ça ne m'intéresse pas.

– Je suis sûr que nous pouvons...

– Non. Allez au diable, dit Harry en se penchant en travers de la table pour bien se faire comprendre. Et fichez-moi la paix. C'est tout ce que je vous demande. Je ne veux pas de votre argent ni de celui de votre client.

Vigeon pinça les lèvres.

– Votre intransigeance m'oblige à aborder un sujet douloureux, monsieur Barnett. Mes activités de photographe ne se sont pas limitées à quelques vues du cimetière de Kensal Green, j'en ai peur. J'ai aussi travaillé à Strete Barton dans la nuit du 22 décembre.

– Hein?

– La nuit, une fenêtre au rez-de-chaussée éclairée de l'intérieur pose peu de problèmes techniques. J'ai pu faire plusieurs clichés d'un érotisme sulfureux.

– Vous avez photographié...

– Mme Dysart et vous-même dans des poses on ne peut plus suggestives. Oui, monsieur Barnett, je le crains.

Vigeon baissa un peu plus la voix.

– Maintenant que je ne travaille plus pour Dysart, les négatifs m'appartiennent. Je peux les vendre un bon prix. Vous n'avez pas d'argent, je sais, mais une information sur l'endroit où se trouve Dysart ferait l'affaire. Vous me suivez?

– Oh oui! très bien.

– Parfait. Nous allons pouvoir nous entendre, alors.

Vigeon sourit.

– Je dois vous dire, monsieur Barnett que depuis que je fais des enquêtes matrimoniales c'est la première fois que j'assiste à quelque chose d'aussi époustouflant que votre petit numéro avec Mme Dysart...

Toute la bière qui restait dans le verre de Harry inonda le visage de Vigeon noyant le reste de ses paroles dans un bafouillage stupéfait. Il se mit debout en titubant et, toussant, jurant, chercha un mouchoir. Mais avant qu'il pût y voir clair, Harry s'était levé. Mis en rage par tout ce qu'il venait d'entendre, il détendit son poing avec une force dont il ne se serait pas cru capable. Vigeon, touché quelque part sous l'œil droit, alla rouler par terre au milieu de chaises renversées et de verres brisés. Sans un regard en arrière pour estimer les dégâts qu'il avait causés, Harry se précipita vers la sortie.

Dehors dans l'air froid et gris, il entendit des voix alarmées qui s'élevaient derrière lui. Au même moment, il ressentit un vif élancement à la main droite et une sensation de soulagement exaltante. Frapper Vigeon ne prouvait rien, bien sûr, mais se venger à travers lui de tout ce qu'il représentait, c'était déjà ça. Riant de son coup de folie, il traversa la route en vitesse pour rejoindre sa voiture.

60

La grève déserte de Chesil s'allongeait sous un ciel ténébreux. Les vagues fouettées par le vent déferlaient sur le rivage dans un bouillonnement d'écume. Face à l'océan déchaîné, haussant la voix pour se faire entendre dans les bourrasques qui leur cinglaient la figure et gonflaient leurs vêtements, Harry Barnett et Nigel Mossop étaient assis côte à côte en haut de la plage de galets.

– Heather m-m'a téléphoné il y a d-deux jours. J'ai été... surpris. Et s-soulagé, aussi. Pour Dysart, je ne sais pas plus que toi où il peut être, Harry.

– Je suis heureux qu'il t'ait aidé à sortir du pétrin dans lequel je t'avais mis.

– Tu n'y étais p-pour rien, Harry, m-mais oui, Dysart a g-glissé un mot en ma faveur au m-ministère de l'Agriculture, à Dorchester. Je c-commence la semaine prochaine. Je suis très heureux de qui-quitter...

– Mallender Marine? Cela ne me surprend pas. Je suis allé à Sabre Rise, ce matin, tu sais.

– Ah... oui?

– Mais évidemment, je n'ai pas vu Charlie. Marjorie m'a dit qu'il avait mal pris les révélations sur la double vie de Dysart. Il se sent trahi, lâché par quelqu'un qu'il croyait au-dessus de tout soupçon. C'est vraiment bizarre.

– Qu'est-ce qui est bi-bizarre?

– Qu'un père qui a traité sa fille aussi mal que Charlie, qu'un homme qui n'hésitait pas à soudoyer les autres pour résoudre ses problèmes financiers, ait le culot de se sentir trahi par quelqu'un.

– Oui, mais cela a qu-quand même dû être un choc.

– Oui, je sais mais n'empêche...

Harry regarda Mossop et sourit.

– Nous ferions mieux de retourner à la voiture, Nige. Tu trembles plus fort que tu ne bégaies.

Ils se mirent à descendre le chemin en direction de la voiture. Harry se disait qu'il allait être bredouille pour la deuxième journée consécutive. La veille, après avoir quitté Blackawton, il s'était rendu à Tyler's Hard. La maison était sombre et visiblement inoccupée. A la réflexion, Harry avait décidé de ne pas réveiller Morpurgo qui dormait au-dessus du garage. Il avait roulé jusqu'à Weymouth, demandé l'hospitalité à Ernie Love et passé la soirée à tromper son chagrin en buvant plus que nécessaire pendant qu'Ernie lui donnait son sentiment sur l'affaire Dysart au bar du Globe Inn. Le lendemain matin, il s'était mis en route pour Sabre Rise. Marjorie Mallender, gênée de le voir comme c'était prévisible, lui avait présenté du bout des lèvres des excuses de la part de son mari et de son fils pour toutes les fausses accusations qui avaient été portées contre lui; elle se préparait à rendre visite à Heather à Athènes; Charlie ne l'accompagnerait pas. Quant à Dysart, Marjorie disait n'éprouver pour lui ni sympathie ni mépris; le bien-être de sa fille était maintenant son unique souci. Espérant pour elle que Heather ne lui raconterait pas tout, Harry prit congé sans souhaiter opérer un rapprochement mais sans ressentiment non plus, avec plutôt pour la première fois un sentiment d'indifférence nouveau. Ce détachement envers les Mallender fut confirmé par sa réaction à la vue de Roy Mallender quittant Mallender Marine en voiture quelques heures plus tard; il n'arrivait même plus à le haïr; il en avait fini avec Roy; il en avait fini avec eux tous.

– Que... que vas-tu faire, maintenant? dit Mossop, comme Harry démarrait et reprenait la direction de Weymouth.

– Je ne sais pas bien, Nige. Chercher Dysart jusqu'à ce que je le trouve, je suppose.

– Mais il peut se t-trouver n'importe où!

– Je sais, mais je ne peux plus abandonner.

– Pourquoi?

Harry ne répondit pas. Il avait plusieurs raisons de vouloir retrouver Dysart: les explications que ce dernier lui devait, la promesse faite à Cornelius, sa volonté d'éclaircir l'attitude ambivalente de Dysart à son égard. Peut-être sentait-il confusément qu'il y avait une force plus profonde, plus fondamentale, qui le poussait mais il aurait été incapable de mettre un nom dessus. Ce n'était qu'en présence de Dysart qu'il pourrait comprendre de quoi il s'agissait.

61

Harry rentra à Swindon assez tôt dans la soirée. Sa mère avait son air inquiet des grands jours. Un certain M. Ellison, d'une politesse doucereuse et se présentant plus ou moins comme un personnage officiel avait demandé à parler à Harry il y avait plus d'une heure. Il avait insisté pour attendre son retour et il se trouvait encore dans le salon devant une théière, aussi patient et inflexible, que lorsqu'il avait sonné à la porte.

– Monsieur Ellison?

– Lui-même. Monsieur Barnett?

Ils échangèrent une poignée de main. Ellison avait la poigne franche et les épaules carrées du militaire, le regard languissant et la voix traînante de l'aristocrate. Son costume était aussi noir que ses cheveux; il avait un aspect soigné, d'une sévérité calculée relevée par un trait ironique dans le dessin de la bouche. Une serviette noire ornée d'armoiries frappées sur le rabat en or se trouvait posée à côté de sa chaise. Les rayures de sa cravate étaient la seule tache de couleur: vieille école, se dit Harry, sans bien savoir laquelle.

– Désolé de vous avoir attendu ainsi, mon cher. Mais il s'agit d'une affaire pressante.

– A propos de quoi?

– De votre ami, Alan Dysart.

Prudence, se dit Harry.

– Je ne suis pas sûr de comprendre.

– Allez, allez, dit l'homme avec un froncement fâché des sourcils. Je suis attaché au ministère de la Défense, monsieur

Barnett. J'ai été chargé de l'enquête sur l'affaire Dysart dont les journaux ont tant parlé ces derniers jours.

– Qu'est-ce que j'ai à voir dans cette histoire?

– Dans un sens, rien, mais on s'intéresse beaucoup en haut lieu... disons aux fréquentations compromettantes de M. Dysart. Cela passe forcément par le détail de toutes ses activités et de ses fréquentations. Je suis l'un des responsables de cette tâche et vous êtes l'un des éléments les plus déroutants.

– Vraiment?

Ellison fit le tour de la pièce à grands pas, contractant les sourcils et les narines devant le mobilier qui sentait le renfermé, la vitrine encombrée de bric-à-brac, le modèle de broderie pour débutant, le sac plein de pelotes de laine à côté du fauteuil. Puis il adressa à Harry un sourire en coin signifiant tout ce qu'il n'avait pas besoin de dire : le 37 Falmouth Street à Swindon était à mille lieues de l'univers de Dysart et Harry n'avait rien de commun avec les gens qui formaient son cercle habituel.

– Il a travaillé pour moi autrefois. Il m'a rendu plusieurs services. Nous sommes restés en contact. Qu'est-ce qu'il y a de mystérieux là-dedans?

Ellison se rapprocha.

– J'ai été forcé d'étudier de près la personnalité d'Alan Dysart, monsieur Barnett, d'un peu trop près à mon goût. J'ai épluché son mariage, ses finances et ses amitiés.

– Que cherchiez-vous?

– La clef du mystère, mon cher ami. La clef qui me permettrait de comprendre ce qui a pu créer et détruire un tel homme. Pas pour son bien, comprenez-moi, pas pour notre édification, mais afin d'éviter que les désagréments, si vous acceptez ce terme, que Dysart a infligés à ses amis politiques ne se reproduisent ou du moins les anticiper.

– Mais que voulez-vous au juste?

– J'y viens. Le nœud du problème, monsieur Barnett, c'est vous et ce que vous représentez pour Alan Dysart. Vous n'êtes allés ni à Oundle ni à Oxford ensemble. Vous n'avez pas servi dans l'armée ni fait d'affaires avec lui. Vous n'avez rien de commun avec son mode de vie. Vous êtes une contradiction, un illogisme, et par conséquent une énigme.

– Je suis désolé.

– Et il y a encore autre chose. Je crois savoir que vous avez permis récemment de rendre Mlle Heather Mallender à ses parents lesquels ont perdu leur fille aînée dans un attentat à la bombe de l'I.R.A. en 1987 qui visait Dysart.

– Oui.

– Eh bien, cela m'a inspiré deux réflexions, monsieur Barnett. Pourquoi le... disons l'ami de Dysart, qui était, de son propre aveu, dans les secrets de l'I.R.A., n'a pas averti Dysart de ce qui se tramait contre lui ? Et pourquoi le dit ami, qui est parti si soudainement samedi dernier, a-t-il choisi comme destination la ville où vous étiez justement occupé à chercher Mlle Mallender ?

Harry essaya de se montrer surpris.

– Cornelius a pris l'avion pour Athènes ?

– Oui. Vous ne l'avez pas vu, bien sûr ?

– Non.

– Et vous n'avez pas non plus une idée de l'endroit où il se trouve à l'heure qu'il est ?

– Encore à Athènes ?

– Non, mon cher ami, nous ne pensons pas qu'il soit encore à Athènes. Cornelius a disparu, tout comme son... ami. Bien sûr, vous ne savez pas non plus où se trouve Dysart ?

– Euh... non.

– Alors parlons plutôt de ce que vous devriez savoir. Pourquoi Dysart vous a-t-il fait un chèque de mille livres le 11 décembre dernier ?

Le cerveau de Harry refusait de lui fournir une réponse rapide et plausible. Il regarda Ellison avec des yeux vides, il ouvrit la bouche, hésita...

– Où est-il, monsieur Barnett ?

– Je ne sais pas.

– Je pense que si.

– Non.

– Il est absolument nécessaire que nous le trouvions.

– Pourquoi ?

– On ne peut pas laisser les choses ainsi. Vous devez comprendre cela. Il y a trop de points obscurs, trop... d'incongruités, pour tout dire. Où est-il, mon cher ? Il faut que vous me le disiez.

– Je ne sais pas.

– J'ai parlé aux vieux amis d'université de Dysart, Ockleton et Cunningham : ce n'est pas la loyauté qui les étouffe. La femme de Dysart qui cherche à se consoler dans les bras d'un moniteur de ski à Kitzbühel ne vaut pas mieux mais ils sont tous d'accord sur un point. En dehors de Cornelius, Dysart n'a confiance qu'en vous. En personne d'autre.

– Ils se trompent.

– Vraiment, monsieur Barnett? Qu'y a-t-il ici ou chez vous à quoi Dysart s'accroche? Une petite maison dans une ville anonyme, une vieille femme et son vaurien de fils. En toute logique, Dysart devrait n'en avoir rien à faire. Et pourtant il hait sa femme, il méprise ses amis, il exploite ses relations, il cache son amant mais vous...

Le regard noir d'Ellison fit le tour de la pièce avant de revenir à Harry.

– Qu'est-ce qui l'attache à vous, monsieur Barnett?

– Rien.

Ellison fit claquer sa langue et soupira.

– Mon cher monsieur, il vaudrait mieux que nous le trouvions avant que d'autres nous devancent.

– Quels autres?

– Voici ma carte...

Ellison la sortit de sa poche et la mit dans la main de Harry.

– Si vous changiez d'avis... si vous souhaitiez vous épancher, dirons-nous... vous pouvez me joindre à ce numéro à toute heure du jour ou de la nuit.

Il se détourna brusquement et récupéra sa serviette.

– Maintenant je dois partir. N'oubliez pas..., dit-il sans quitter Harry des yeux, il a besoin d'aide. Il a besoin de notre aide, et vite. Dans son intérêt, si vous vous souciez un tant soit peu de lui, appelez-moi.

Là-dessus, il partit d'un pas rapide et silencieux pendant que Harry se laissait tomber dans le fauteuil et regardait l'écran éteint du poste de télévision où il avait vu Dysart le premier soir de son retour de Rhodes. « J'ai été brillant, spirituel, savant. » Pas uniquement, semblait-il, pour l'œil de la caméra. Il avait joué toute sa vie un rôle. Et maintenant, c'était fini. La représentation était terminée. Le masque était levé. Mais la raison de son déguisement restait une inconnue. Le secret pour lequel il n'avait pas hésité à tuer restait un mystère.

– Il est parti? demanda la mère de Harry en entrant dans la pièce.

– Non, mère, il se cache derrière le poste de télévision.

– Tu trouves ça drôle?

– Non.

– Que voulait-il?

– Quelque chose que je ne pouvais pas lui donner. Quelque chose que je n'ai pas.

Harry sourit et ajouta :

– Pas encore.

62

A 10 heures le samedi matin, Harry trouva Jonathan Minter chez lui, pas rasé, les pieds dans des mules, vêtu d'un peignoir, la voix rauque. Il le suivit dans le couloir et entra derrière lui dans le grand salon au mobilier antiseptique qui donnait sur Tower Bridge. Se laissant tomber dans un fauteuil bas, Minter tendit la main vers la cigarette qu'il avait laissée se consumer dans un cendrier. Harry ressentit du mépris pour la jeunesse et l'arrogance de cet homme.

– Dieu sait pourquoi je vous ai laissé entrer, dit Minter. La curiosité, je suppose. Que voulez-vous?

– Je cherche Dysart.

– Prenez la queue. Nous le cherchons tous. C'est le nouveau sport national.

– Je pensais que vous auriez peut-être une idée de l'endroit où il se trouve.

– Même si je le savais, je ne vous le dirais pas. Je le garderais pour la une de demain.

– Vous avez fait les gros titres il n'y a pas très longtemps, ça ne vous suffit pas?

Minter sourit.

– Ce n'est jamais assez. Mais pourquoi cette question? Vous venez m'apporter un autre scoop? Vous venez me vendre un reste de Dysart?

Harry prit une profonde aspiration. La colère était inutile. Il regarda le ciel bleu derrière la fenêtre, l'absurde et déroutante majesté de la Tamise; il y trouva une certaine harmonie sinon une consolation. Il s'assit lentement sur le bord du canapé, en face de Minter.

– Si vous pouvez me donner un indice sur l'endroit où se trouve Dysart, je suis prêt à vous donner les informations que vous vouliez acheter il y a quelques semaines.

– Je ne marche pas, Harry. Je n'ai plus besoin de vous maintenant. J'ai tout fait tout seul. De plus, je ne peux pas marchander quelque chose que je n'ai pas. Je n'ai aucune idée de l'endroit où se terre Dysart.

– Et Virginia? Est-ce qu'elle le sait?

– Demandez-lui vous-même. Nous avons rompu. Elle pense que j'aurais dû la prévenir avant de publier l'histoire que Cornelius m'a donnée. Elle n'a pas apprécié qu'on parle d'elle comme la femme d'un pédé qui n'ose pas s'avouer tel. Elle voulait faire tomber Dysart mais mon style ne lui a pas plu.

– Votre style?

– A vrai dire, c'est plutôt le style de Cornelius. Dieu sait pourquoi il a décidé de déclarer la guerre à Dysart. Querelle d'amoureux, je suppose. Quelle que soit la raison, il m'a donné ce que je voulais : le moyen de faire tomber Dysart.

– Et vous êtes satisfait maintenant?

Minter tira une longue bouffée sur sa cigarette.

– Pas autant que je l'imaginais. C'est peut-être parce que cela a été trop facile. Un coup de téléphone tombé du ciel, une rencontre samedi dernier à la gare de Paddington et voilà!

Il jeta un coup d'œil à sa montre.

– Il était à peu près la même heure qu'aujourd'hui quand Cornelius m'a apporté toute l'histoire, une déposition signée, une confession tapée à la machine, des lettres compromettantes, et tout et tout. Je n'ai pas eu à mettre la main à la pâte.

Il bondit du fauteuil et alla d'un pas tranquille à la fenêtre.

– J'ai passé des années à me demander ce que ça me ferait de causer la perte de cet homme et maintenant je le sais.

– Qu'est-ce que ça vous fait?

– J'ai l'impression de m'être fait avoir, si vous voulez savoir. C'est un peu comme si j'avais dépensé énormément d'énergie pour battre un adversaire et comprendre après qu'il m'avait laissé gagner pour des raisons personnelles.

– Lesquelles?

– Je n'en sais rien. C'est ce qui me gâche mon plaisir. A quoi ça sert de remporter une victoire si on sait qu'on la doit à son adversaire. Vous avez déjà joué au whist-solo, Harry?

– Oui.

– Eh bien j'ai la même impression que si Dysart avait annoncé « misère ouvert » et gagné la main. Il m'a montré chacune de ses cartes. Il m'a mis au défi de l'empêcher de perdre chacun de ses plis. Et il est arrivé à ses fins. Qu'il aille se faire pendre!

– Où pensez-vous qu'il soit maintenant?

D'un geste de la main, Minter indiqua le ciel, la ville et le fleuve se déployant vers la mer.

– Quelque part par là.

– Il se cache?

– S'il ne se cache pas, il devrait. Certaines personnes ne le cherchent pas uniquement dans le but de lui apporter leur sympathie.

– Que voulez-vous dire?

– J'imagine que les services secrets aimeraient avoir une petite conversation avec lui. Et l'I.R.A. aussi. Ils doivent penser qu'il pourrait les conduire jusqu'à Cornelius. Il y a aussi les membres de mon auguste profession sans compter un ramassis de pigistes et de rancuniers. Rex Cunningham en fait partie. Il est venu me voir il n'y a pas longtemps pour me poser la même question que vous : où est Dysart? Il semble résolu à ressortir cette vieille histoire de défenestration à Oxford en complément à mon article, Dieu sait pourquoi.

Minter sourit.

– Vous venez loin derrière les autres, Harry.

– Vous pensez que je ne le trouverai pas.

– Je crois que personne ne le trouvera.

Minter tira sur sa cigarette.

– A moins qu'il ne le veuille bien.

63

Juste au moment où Harry commençait à penser que son détour par Kensal Green avait été inutile, Mme Tandy ouvrit la porte, fronça les sourcils en levant la tête vers la fenêtre des locataires du premier étage d'où s'échappait un flux de musique reggae, puis elle le regarda avec son plus délicieux sourire, comme s'il était un écolier venu présenter ses respects à une grand-tante.

– Monsieur Barnett! Qu'est-ce qui vous amène ici?

– Je... je passais par là et... je me demandais si vous aviez des nouvelles de Zohra.

– Vous avez de la chance. Elle est rentrée hier soir.

– Elle est là?

– Non. Elle est partie il y a une demi-heure faire des courses pour moi. Elle est si gentille, si serviable, notre Zohra, vous ne trouvez pas, monsieur Barnett?

– Euh, si, si.

– Mais la voici justement qui arrive! dit Mme Tandy dont le visage s'éclaircit. Elle a dû deviner qu'on voulait la voir.

Lorsqu'il se retourna, Harry vit Zohra à quelques mètres de lui, le col de son manteau remonté. Elle ne sourcilla pas et à son expression impassible, il semblait que cette rencontre la laissât indifférente. Mais la main droite qui tenait la bandoulière de son sac était agitée d'un léger tremblement.

– Je ne m'attendais pas à vous revoir, dit-elle d'une voix neutre.

– J'ai retrouvé Heather, vous savez, dit Harry. A Athènes. Il marqua une pause puis ajouta :

– C'est un peu grâce à vous.

Zohra ne montra aucun signe de confusion. Elle jeta un coup d'œil à Mme Tandy puis regarda de nouveau Harry.

– Pourquoi ne montez-vous pas? Nous pourrions parler un peu.

Zohra passa devant lui. Elle ouvrit la porte de son appartement, la referma derrière eux, ôta son manteau et le rangea soigneusement, alluma la flamme du gaz et commença à préparer du café, tout cela en gardant obstinément le silence.

– Heather pense que Dysart a dû vous faire chanter, dit Harry en la suivant dans la kitchenette, qu'il vous a obligée à m'induire en erreur.

Il ne reçut pas de réponse; Zohra regardait fixement la flamme bleue léchant les bords de la bouilloire sur le réchaud à gaz devant elle.

– Pour ma part, je ne sais pas ce que je dois croire.

Toujours pas de réponse.

– Mais vous m'avez menti, n'est-ce pas?

Quelques autres secondes s'écoulèrent; l'eau dans la bouilloire commençait à frémir.

– N'est-ce pas?

Zohra tendit lentement la main pour éteindre le gaz.

– Oui, dit-elle en se retournant vers lui. Je vous ai menti!

– Les soupçons que vous disiez avoir sur l'honnêteté du docteur Kingdom envers Heather?

– Faux.

– Les contradictions relevées dans son emploi du temps à l'institut Versorelli?

– Inventées.

– Et les notes sur Heather?

– Falsifiées.

– En fait, toute l'histoire du docteur amoureux de sa patiente était un tissu de mensonges?

– Oui.

– Et vous avez fait tout cela sur l'ordre de Dysart?

– Oui.

– Vous a-t-il expliqué ce qu'il voulait?

– Non. Mais j'ai deviné. Il était convaincu que le docteur Kingdom cachait Heather à l'institut Versorelli. Il avait besoin de vous pour la faire sortir. Et il avait besoin d'une preuve tangible pour vous persuader d'aller à Genève.

– Et vous l'avez aidé en sachant ce qu'il ferait à Heather si jamais il la trouvait?

– Oui. Mais j'étais sûre qu'il faisait fausse route. J'étais convaincue que vous ne trouveriez pas Heather, ni à l'institut Versorelli ni ailleurs.

– C'est votre façon de vous excuser? Est-ce que cela peut justifier vos mensonges et votre double jeu?

– Non. Rien ne peut excuser ma conduite.

– Très bien. Oublions les excuses. Passons aux explications. Pourquoi avez-vous accepté de faire ce qu'il vous demandait?

– Je n'avais pas le choix.

– Est-ce que Heather a raison de penser que Dysart vous faisait chanter?

– Dans un sens.

– Il vous menaçait d'expulsion?

– Oui.

– Alors pour ne pas être renvoyée au Sri Lanka, vous étiez prête à mettre la vie de Heather en danger et à me raconter n'importe quoi?

Enfin elle baissa les yeux, son menton tomba. Harry ressentit un étrange élan de sympathie. Puis Zohra se ressaisit, rejeta la tête en arrière et le regarda en face.

– Tout ce que vous dites est vrai, Harry. Tout ce que vous pouvez me dire est grandement mérité. J'ai trahi Heather. Je vous ai trompé. J'ai abusé de votre confiance. Je regrette, j'ai honte de ce que j'ai fait. J'ai dit que je n'avais pas le choix, mais c'est faux, bien sûr. J'aurais pu refuser les conditions de Dysart. J'aurais pu le défier.

– Pourquoi ne l'avez-vous pas fait?

– Parce que j'avais peur. Voilà, c'est dit. La peur a été plus forte que la loyauté et l'amitié.

Elle trembla.

– Il fait froid ici. Venez vous asseoir près du feu.

Harry la suivit dans le salon; elle s'assit avec lassitude dans un fauteuil placé devant le chauffage au gaz. Harry, gardant ses distances, resta debout en attendant qu'elle continue.

– Mon permis de travail expirait à la fin du mois de juin, l'année dernière. On m'avait déjà fait savoir qu'il ne serait pas renouvelé : le ministère de l'Intérieur voulait que je quitte le pays. Je n'ai rien dit au docteur Kingdom parce que j'avais peur qu'il me donne congé tout de suite s'il apprenait que je serais peut-être obligée de partir subitement. J'ai parlé de mes difficultés à Heather. Sachant que sa sœur travaillait pour un député, j'ai pensé qu'elle pourrait peut-être influencer les autorités compétentes. Elle s'est montrée très compréhensive et m'a présentée à Alan Dysart. Il a été très gentil lui aussi et il m'a promis de faire ce qu'il pourrait. En fait cela a été efficace car on m'a immédiatement accordé un délai supplémentaire de trois mois. Je lui ai demandé quelles étaient mes chances d'avoir une prolongation et c'est alors qu'il a commencé à faire pression sur moi. Il disait que j'avais de bonnes chances si j'acceptais de l'aider.

– A faire quoi ?

– A espionner le docteur Kingdom. Il voulait des copies de toutes les notes que prenait le docteur Kingdom et des lettres relatives au cas de Heather. Il voulait que je lui rapporte tout ce qu'il disait sur elle et tout ce qu'il me disait.

– Et vous avez accepté ?

– Oui. Cela ne me semblait pas porter à conséquence au début. Et j'ai été récompensée par une nouvelle prolongation de mon permis de séjour. Puis Heather a disparu. J'ai essayé de me persuader que les informations que je fournissais à Dysart n'avaient rien à voir avec ça. A ce moment-là, il s'est mis à suspecter une complicité entre le docteur Kingdom et Heather. Quand vous lui avez dit que vous aviez vu le docteur Kingdom à Lindos, quelques jours avant la disparition de Heather, ses doutes se sont changés en certitude. J'avais ordre de faire germer dans votre esprit l'idée que le docteur Kingdom la détenait contre sa volonté à l'institut Versorelli. Je n'ai jamais demandé aux secrétaires les dates et les heures de ses rendez-vous là-bas. J'ai simplement indiqué les dates et les heures que Dysart estimait les plus susceptibles de faire naître vos soupçons. Quant aux notes, Dysart y avait ajouté de petites phrases destinées à soutenir sa théorie de la culpabilité de Kingdom. Nos entretiens fébriles et nos rendez-vous secrets devaient renforcer cette impression.

Harry se rappela le double de Heather que Miltiades avait envoyé derrière lui à Rhodes. C'était comme si, depuis ce moment, il n'avait fait que courir après des ombres.

– Lorsque nous avons conduit Mme Tandy au cimetière, dit-il, sans chercher à déguiser son amertume, un homme nous a photographiés. Vous le saviez ?

– Oui. Dysart m'avait prévenue. Mais je ne savais pas à quoi cela devait servir.

Zohra ne savait pas, mais Harry pouvait deviner. Il avait cru que Kingdom les faisait surveiller : c'était ce qu'on voulait qu'il croie.

– Quelle a été votre récompense, cette fois ?

– Un permis de séjour permanent.

– Cela justifiait votre peine.

– A mes yeux, à ce moment-là, oui.

– Alors vous êtes contente, vous au moins?

– Non, pas vraiment.

Pour la première fois depuis qu'elle s'était assise, elle le regarda droit dans les yeux.

– Non, je n'ai pas eu ce que je voulais, Harry. Dysart avait peut-être l'intention de tenir sa promesse, mais après ce qui s'est passé, il n'est plus en mesure de la tenir. Mon dossier est irrémédiablement associé à son nom à présent et par conséquent mal vu du ministère de l'Intérieur. Résultat : je coule avec lui. Vous voyez cette lettre sur la cheminée?

Il y avait une enveloppe en papier kraft froissé calée contre un crocodile en porcelaine.

– Oui, dit Harry.

– Prenez-la.

Il ramassa l'enveloppe et sortit la feuille qui se trouvait à l'intérieur.

– C'est un arrêt d'expulsion, dit Zohra. Il faut que je sois partie à la fin du mois. Et croyez-moi, ce n'est pas un faux.

Harry regarda la feuille de papier qu'il tenait entre les mains et parcourut des yeux la prose administrative. « Vous êtes priée de quitter le Royaume-Uni le 31 janvier... En aucun cas, il ne pourra être fait appel... En cas de refus d'obéissance, nous aurons recours à l'expulsion par la force dans votre pays d'origine... » Harry replaça la lettre dans son enveloppe et il croisa le regard de Zohra.

– C'est vraiment si grave?

– Oh oui! Harry, c'est grave. J'ai un cousin éloigné du côté de ma mère, qui est avocat. J'ai été le voir cette semaine dans l'espoir que je pourrais contester cette décision ou au moins aller ailleurs qu'au Sri Lanka. Mais mon cas est désespéré et il doute qu'un autre pays m'acceptera.

– Alors vous allez retourner au Sri Lanka?

– Il le faut. Je n'ai pas d'autre solution.

– Eh bien, je suis sûr que vous vous habituerez vite...

– Vous ne comprenez pas. Mon frère Arjuna est un membre important du mouvement séparatiste tamoul. Le gouvernement le considère comme un dangereux terroriste. Ils sont prêts à tout pour l'obliger à se rendre. Si je rentre là-bas, je deviendrai leur otage. Depuis qu'Arjuna est entré dans la clandestinité, il y a trois ans, j'essaie d'éviter un retour au Sri Lanka – pour mon bien et pour le sien. C'est pour cela que j'étais prête à faire ce que Dysart demandait. Si cela n'avait pas été aussi grave...

Elle détourna le regard.

– Mais peu importe ce que j'aurais pu être amenée à faire ou ce que j'aurais dû faire. Cette lettre est la conséquence de mes actes. C'est ma juste récompense.

Maintenant c'était Harry qui cherchait à éviter son regard. Ce que Zohra venait de dire ne pouvait pas excuser sa conduite mais cela suffisait à planter dans son esprit une pensée dérangeante : qu'aurait-il fait dans la même situation ? Il remit la lettre à sa place sur la cheminée et regarda les yeux espiègles du crocodile en porcelaine. Elle avait essayé de le mettre en garde. A sa façon, elle lui avait recommandé la prudence. « Faites attention », lui avait-elle dit comme il se préparait à partir pour Genève. « Faites attention à vous. »

Le téléphone sonna. La source de la sonnerie semblait située très loin, mais en fait l'appareil se trouvait juste à l'autre bout de la pièce, et sa note grêle se força un chemin à travers les pensées de Harry. Il entendit Zohra se lever et marcher lentement pour aller répondre, si lentement qu'il s'attendait à ce que la sonnerie s'arrête avant, mais non, elle insistait.

– Allô ?... Pardon ?...

Quelque chose dans le ton de sa voix poussa Harry à se retourner et à la regarder. Elle était pâle et tremblante.

– Oui, mais... Très bien.

Elle regarda Harry.

– C'est Dysart. Il veut vous parler.

Comme il traversait la pièce et prenait le téléphone des mains de Zohra, ils échangèrent un regard qu'il aurait eu du mal à définir. Mais dès qu'il entendit Dysart, son univers se limita au timbre de cette voix lointaine. En dehors de cela, rien n'existait plus au monde.

– Harry ?

– Comment as-tu su que j'étais ici ?

– Je t'ai vu entrer. Je t'ai suivi depuis l'appartement de Minter. Depuis Swindon, en fait.

– Où es-tu ?

– Pas très loin. Mais cela n'a pas d'importance. Tu ne pourrais pas me trouver si tu essayais.

– Que veux-tu ?

– Te voir, c'est tout. Parler. Nous comprendre.

– Où et quand ?

– A Tyler's Hard. A 4 heures, cet après-midi. Tu pourras y être ?

– Oui, mais...

– Pas un mot de plus jusque-là. Je te fais confiance, Harry. Viens seul et sois à l'heure.

64

Il était 4 heures. La campagne était silencieuse, le ciel sans nuage. La lumière déclinait emportant avec elle les couleurs et la chaleur de cette journée qui avait connu quelques moments d'une grande douceur et abandonnant au froid les arbres figés, l'eau immobile, la route sinueuse et les champs déserts. Harry entendait uniquement le bruit de ses pas en marchant vers Tyler's Hard. La jetée étirait son doigt d'ombre dans l'estuaire, la maison noire et silencieuse était tapie à l'écart du monde, close et pourtant dans l'expectative.

Le portail était ouvert. Harry regarda autour de lui, nota l'absence de voiture et de feu de bois. Une solitude froide planait au-dessus des nappes noires des fenêtres et des cheminées sans fumée. Il franchit le portail et se dirigea vers la maison. Tout était tranquille. Il n'y avait pas un bruissement, pas un tremblement, pas la moindre trace d'une présence humaine. Pourtant Harry avait la certitude qu'on l'observait. « *Viens seul et sois à l'heure.* » Il avait respecté la consigne et il savait que, cette fois, il ne serait pas trompé dans son attente.

La porte était entrouverte. Elle craqua quand il la poussa puis le silence retomba. Du couloir, il pouvait voir un escalier, une cuisine au fond, une porte de chaque côté, toutes les deux entrebâillées. Soudain, un bruit se fit entendre, du bois contre du bois, comme un couvercle que l'on aurait baissé doucement dans la pièce qui se trouvait sur sa gauche. C'est par là qu'il se dirigea comme dans un rêve et, comme il pénétrait dans la pièce, il eut l'impression de se réveiller très loin de l'endroit où il s'était endormi, comme s'il redécouvrait un lieu où il n'était encore jamais allé.

C'était un petit salon au mobilier conventionnel plongé dans la grisaille du crépuscule qui filtrait à travers les rideaux et annonçait la tombée de la nuit. Harry aperçut Dysart debout dans un coin, une seconde avant qu'il allume le lampadaire près de lui, sa silhouette droite et immobile noyée dans un brusque flot de lumière.

– Bonjour, Harry.

Sa voix était inchangée, assurée et douce. Ses vêtements étaient impeccables : chaussures cirées, pantalon bien repassé, chemise d'un blanc immaculé. Ses cheveux blonds étaient peignés en arrière et il souriait. Seul dans le regard un rien indécis, à peine moins confiant, pouvait-on discerner une trace de changement.

– C'est gentil à toi d'être venu comme je te l'ai demandé.

En approchant, Harry vit que Dysart se tenait près d'un meuble surmonté d'une vitrine dans laquelle étaient exposées des médailles sur un tapis vert matelassé. C'était sans doute le couvercle qu'il avait entendu se refermer depuis le couloir, se dit-il en portant son attention sur ce qui se trouvait derrière.

– La plupart de ces médailles appartiennent à mon grand-père maternel, dit Dysart. Il commandait un croiseur au Jutland. Il est mort avant ma naissance mais les récits de ses exploits m'ont donné envie de le suivre dans la marine. Je pense qu'il aurait été fier de ma carrière mais ce n'est pas certain. Il m'en aurait peut-être voulu de ne pas être son vrai petit-fils.

C'était dit. Harry abandonna les rubans colorés et leurs médailles et tourna la tête vers Dysart qui souriait encore comme pour l'envelopper de la chaleur d'une amitié qu'il avait trahie mais à laquelle il n'avait pas renoncé.

– J'ai rencontré Barry Chipchase à Athènes, dit Harry lentement de façon à bien se faire comprendre, par hasard.

– Et il t'a parlé de la tombe à Solihull?

– Oui.

Dysart eut un petit rire.

– J'aurais dû prévoir que même le hasard se retournerait contre moi.

– Tu n'es pas le fils de Gordon Dysart?

– Ils m'ont adopté, Harry, après que leur fils unique, Alan, est mort de poliomyélite. Ils m'ont adopté et ils m'ont donné son nom. Ils m'ont fait ressembler à un petit garçon qui était mort. Et ils ne m'ont jamais dit que je n'étais pas le fruit de leur union, ni leur véritable héritier. Un mois après mon entrée à Oxford, mon père est mort, me laissant toute sa fortune, sa maison, son empire commercial... et une lettre cachetée de son avocat m'informant après tant d'années de la vérité. J'avais construit et planifié dans le moindre détail ce que devait être mon avenir pour un Dysart de ma génération et du jour au lendemain, j'ai découvert que cela n'avait aucun sens. Je n'étais pas un Dysart et je ne pourrais jamais le devenir.

– Le fils de qui es-tu?

– D'après la lettre, mon père l'ignorait. J'étais un orphelin de parents inconnus. C'est toute l'information qu'il a daigné me donner. Peut-être pensait-il que je n'avais pas besoin d'en savoir plus. Il me restait mon héritage bien sûr, inépuisable et inattaquable. J'étais riche, capable et très envié. Pourtant au fond de moi, j'avais l'impression d'être un vulgaire mendiant, le bénéficiaire par hasard de la charité d'un homme riche.

– C'est cela qu'Everett a découvert?

– Oui. Il a découvert que je n'étais pas un Dysart, que je n'étais pas ce que je proclamais être.

– Et tu l'as tué pour qu'il ne le répète pas aux autres?

– Ramsey Everett était un salaud, Harry. C'était un être cruel et vindicatif. Il a pensé que j'étais prêt à payer cher pour éviter la gêne que ses révélations pourraient me causer. Il vivait audessus de ses moyens et voulait que je rembourse ses créanciers en échange de son silence. Je n'ai pas projeté de le tuer. Je n'avais rien prémédité. C'est arrivé comme ça dans le feu de l'action. Et cela a été si simple. Il se tenait debout près d'une fenêtre basse qui était grande ouverte, m'énumérant les détails sordides qu'il crierait sur les toits si je refusais de faire ce qu'il me demandait. Pour toute réponse, je lui ai envoyé mon poing dans la figure et il a basculé dans la nuit. Il avait un air si surpris qu'à mon avis, il ne devait toujours pas croire à ce qui lui arrivait au moment où il a frappé les pavés.

Dysart s'avança de quelques pas dans la pièce comme si une certaine distance était soudain nécessaire pour avouer ce qu'il avait gardé si longtemps secret. Pourtant, lorsqu'il regarda de nouveau Harry, l'ombre d'un sourire flottait sur ses lèvres.

– Le reste, les autres meurtres, ou les tentatives de meurtre, ont été la conséquence de cet acte impulsif. Mais ai-je besoin de te l'expliquer, Harry? Je suppose que Jack t'a tout raconté. Tu l'as rencontré à Athènes, n'est-ce pas?

– Oui.

– Je m'en doutais. Je pensais qu'il choisirait de se confier à toi. Dis-moi, t'a-t-il donné un message pour moi ?

– C'est pour cela que tu voulais me voir ?

– Non. Il y avait d'autres raisons plus essentielles. Mais j'aimerais quand même savoir s'il m'a laissé un message.

– Il m'a demandé de te dire que tu ne lui avais pas laissé le choix.

– Il a peut-être raison. C'est tout ?

– Il te pardonne.

Une sorte de spasme qui ressemblait à un sanglot étouffé altéra les traits lisses de Dysart. Portant la main à son front, il alla à la cheminée et s'appuya contre le rebord en marbre. Puis il sembla se ressaisir. Il redressa les épaules et regarda Harry.

– J'ai fait avec Jack le pacte de ne jamais révéler ce que nous signifions l'un pour l'autre. Je ne le briserai pas.

Là-dessus, il secoua les épaules comme pour secouer une faiblesse inopportune.

– Il t'a tout dit, j'imagine : notre plan pour dissuader Willy de dire à l'enquête ce qu'il savait sur la mort d'Everett ; ce que nous avons fait pour mettre un terme au chantage de Clare ; ce que j'ai proposé pour empêcher Heather de découvrir la vérité sur la mort de Clare.

– Oui.

– Et comment je me suis servi de toi pour retrouver Heather.

– Oui, cela aussi.

– C'est abominable, n'est-ce pas ? Abject, impardonnable. Et tu te demandes sans doute pourquoi j'ai fait tout ça. Comment j'ai pu en arriver là. J'ai tué Everett dans le feu de l'action. Mais saboter la voiture de Willy, piéger l'*Artémis* et inventer un stratagème pour faire monter Clare à bord, c'était prémédité.

Dysart inclina la tête, écrasé par le poids de trop lourds souvenirs.

– C'est étrange ce qu'on découvre sur soi quand on est au pied du mur. Lorsque j'ai cessé de regarder la fenêtre par laquelle je venais de faire tomber Everett, sûr d'en avoir fini, j'ai vu Willy ; il se tenait debout sur le seuil et me regardait avec horreur. Dès ce moment, j'ai su que je devrais le réduire au silence d'une façon ou d'une autre et que rien ne m'arrêterait. Bien sûr, j'ai cru une nouvelle fois que cela cesserait avec lui. Plus tard, j'ai même essayé d'apaiser ma conscience en l'installant ici. Et j'ai fait en sorte d'effacer toutes les traces qui auraient pu permettre de découvrir mes véritables origines. Lorsque j'ai jeté la pierre tombale de mon homonyme enterré à Solihull, j'ai pensé que mon secret était définitivement préservé. Mais Clare a essayé de se servir de moi pour réaliser ses ambitions politiques et tu connais la suite.

– Elle était vraiment enceinte de toi?

– Oui, une sottise. J'étais fatigué et déprimé à l'époque et sacrément soûl. Elle a bien choisi son moment, je ne peux pas le nier. Mais je n'aime pas qu'on me menace, Harry. Ceux qui ont essayé ce petit jeu avec moi l'ont regretté.

– Heather t'avait menacé?

– Non.

Dysart soupira.

– Elle aurait été la première victime totalement innocente.

– Et je devais te conduire jusqu'à elle?

– Oui, je suis désolé, Harry, mais tu étais la seule personne à qui je pouvais me fier.

– La seule que tu pouvais manipuler?

– Oui, peut-être. La renommée est un handicap, vois-tu. Heather disparue, j'ai supposé le pire : qu'elle avait percé à jour mes intentions; qu'elle se cachait quelque part avec la complicité de Kingdom en attendant d'avoir réuni suffisamment de preuves contre moi. Je ne pouvais pas prendre le risque de la laisser disparaître dans la nature. Je devais la trouver avant qu'elle porte l'affaire devant un tribunal. Pourtant je ne pouvais pas la chercher moi-même. J'étais trop connu, trop voyant. J'avais besoin que quelqu'un la cherche à ma place. Tu étais le substitut idéal : tu avais une raison personnelle de vouloir la retrouver et tu me faisais totalement confiance.

– Alors pourquoi me faire suivre par Vigeon?

– Parce que j'avais besoin d'être sûr que tu ne me cachais rien. Je voulais être certain que tu me disais tout ce que tu savais et en même temps je ne pouvais pas courir le risque que tu te décourages ou que tu soupçonnes que Heather avait voulu disparaître de son plein gré. Rien ne pouvait mieux te stimuler que le fait de savoir qu'on essayait de t'arrêter. Les messages, les coups de téléphone anonymes et les photos étaient faits pour cela. C'est pour cela aussi que Vigeon s'est laissé voir. Et l'avertissement de la police ne venait pas de Charlie Mallender mais de moi.

– Et Zohra Labrooy?

– C'était une simple auxiliaire, utile pour te garder sur la piste que je croyais être la bonne.

– Tu sais qu'elle risque d'être expulsée?

– Oui. C'est malheureux mais il n'est plus en mon pouvoir de lui éviter cela. L'ironie du sort a voulu que les services que je lui ai demandés se sont révélés inutiles. Le docteur ne savait rien, en fait. Ce qui rend ta découverte de Heather encore plus remarquable. Comment as-tu fait?

– Tu veux vraiment le savoir?

– Non, peut-être pas. Mais dis-moi, Harry, peux-tu suivre l'exemple de Jack : peux-tu me pardonner?

– Non, je ne le pense pas.

– Pourquoi? Parce que j'ai tué? Ou parce que je t'ai trompé?

C'était une question épineuse. Harry trouvait malaisé de se mettre en colère au nom d'inconnus défunts, facile en revanche de vouloir venger sa fierté outragée.

– Je ne peux te pardonner ni l'un ni l'autre.

– Tu me pardonneras. Attends un peu.

– Je ne comprends pas.

– Encore un peu de patience, Harry. Ce que je dois te dire avant et que je n'ai encore jamais avoué à personne, pas même à moi, te fera mieux comprendre pourquoi j'ai fait toutes ces choses. Ma naissance, ma vie, ma famille, étaient bâties sur un mensonge : on me prenait pour quelqu'un d'autre. Eh bien, j'étais décidé à vivre toute ma vie conformément à ce mensonge, à me conduire comme quelqu'un dans ma position devait se conduire, à croire aux valeurs qui étaient celles de mon milieu social. J'ai fait mon chemin à Oxford, puis dans la marine et enfin dans le gouvernement de Sa Majesté en m'aidant de mes sourires et de ma servilité. Tout m'a réussi ; je n'ai jamais connu l'échec. Et sais-tu ce que m'ont appris toutes ces petites victoires et ces triomphes faciles? Que j'étais loin d'être le seul à combler le vide de mon existence par des mensonges. L'honneur, la loyauté, l'intégrité, le patriotisme, la moralité, le mérite sont des mots vides de sens. L'hypocrisie nous gouverne et le semblant est notre réalité quotidienne. C'est pourquoi je n'ai aucun regret à décevoir la meute d'idiots et de bandits qui réclament ma tête maintenant qu'on m'a démasqué. Ce que mon secret infamant révèle sur eux les fait plus enrager que ce qu'il leur dit sur moi. Toute cette admiration, tout ce respect qu'ils me marquaient, leur reste en travers de la gorge et égratigne leur suffisance. Ce qui pour eux est le plus pénible dans ma disgrâce, c'est qu'elle démontre que tout est pourri dans la société qu'ils dirigent.

– Tout est du toc, alors? Même l'amitié?

– Non.

Dans les yeux de Dysart, passa comme une supplication démentant la dureté de ses paroles.

– Pas l'amitié. Tu ne peux pas dire que je n'ai pas été un ami pour toi.

– Non, mais...

– Je le serais resté jusqu'au bout, quoi qu'il arrive.

– Et si j'en étais arrivé à la même conclusion que Heather? Si j'avais compris que tu avais tué sa sœur et Everett?

Dysart sourit.

– Même dans ce cas, je serais resté ton ami.

– Tu es sûr que tu n'aurais pas arrangé un autre accident fatal à mon intention?

– J'en suis sûr, Harry, je te le jure.

Son visage prit une expression à la fois charmeuse et mélancolique.

– Tu vois, dans un sens, c'est bizarre, mais tout ce que j'ai fait, je l'ai fait pour toi.

– Pour moi?

– Il y a encore une chose que je dois te dire. Ramsey Everett n'a pas seulement appris que je n'étais pas le fils de Gordon Dysart. Il a découvert qui était mon père. Si j'en suis venu à des actes aussi extrêmes, ce n'était pas pour cacher que j'étais un enfant adopté, mais le fait que ma mère était une criminelle.

– Une criminelle?

De nouveau ce même sourire triste et réfléchi.

– Paul et Gwendolen Stobart, ce ne sont que des noms, bien sûr, mais c'étaient les noms de mes vrais parents. Je vais te dire le peu que je sais sur eux. Paul Stobart travaillait à Londres comme docker mais le plus souvent, il était sans travail. Il passait sa vie à boire et à se bagarrer. Gwendolen, sa femme, venait du sud du pays de Galles. Ils vivaient dans une petite maison à Bermondsey. Mon arrivée a probablement aggravé leur situation matérielle et exacerbé les tensions qui existaient entre eux. Paul Stobart avait l'habitude, paraît-il, de battre sa femme et il est possible qu'elle se soit fait du souci pour ma sécurité et pour la sienne. Toujours est-il que quelques jours après ma naissance, au plus fort d'une dispute entendue des voisins, Gwendolen a frappé son mari à mort avec un tisonnier et un couteau à pain. Puis elle s'est enfuie en m'emmenant avec elle. Pendant plusieurs mois, on a perdu sa trace, puis un jour une femme qui s'était suicidée au gaz dans un appartement à Cardiff fut identifiée comme étant Gwendolen Stobart. La recherche était terminée.

– Et... et toi?

– A ce moment-là, je me trouvais dans un orphelinat. Personne ne savait qui étaient mes parents. Mais Gwendolen Stobart avait laissé un mot disant où et quand elle m'avait abandonné, ce qui a permis d'élucider le mystère de mon identité. Puisque je n'avais pas d'autres parents ni du côté paternel ni du côté maternel, il fut décidé que je resterais au pensionnat. Et comme les Stobart ne m'avaient pas donné de prénom et n'avaient pas déclaré ma naissance à l'état civil, on pensa que le mieux pour moi était que je reste un enfant sans nom. Lorsque les Dysart, qui cherchaient un enfant du même âge et du même sexe que leur fils Alan, ont jeté leur dévolu sur moi, personne n'a cru nécessaire de leur dire la vérité sur mes origines. Mes parents adoptifs ont vécu et sont morts dans une ignorance bienheureuse. Il a fallu toute la ténacité et l'ingéniosité de Ramsey Everett pour déterrer mon histoire des archives. Sais-tu quelle est l'une des dernières choses qu'il m'a dites, Harry? Sais-tu comment il essayait de remuer le couteau dans la plaie? J'entends encore sa voix haut perchée et sarcastique : « Je pourrais faire de ton histoire le point central de ma thèse, vieux. » Imagine, Harry, ce que cela peut faire d'être obligé d'entendre ça? Ou encore : « On pourrait proposer comme thème de débat : l'instinct meurtrier est-il héréditaire? en citant ton cas comme exemple. » Bon sang, est-ce que tu peux me jeter la pierre d'avoir réagi comme je l'ai fait?

Vingt ans après le visage de Dysart reflétait encore la fureur qu'Everett avait déchaînée. Les mots vibraient d'une violence non éteinte.

– Peut-être pas, dit Harry réduit au silence par la véhémence de Dysart. Mais... les autres...

– Les autres?

Dysart secoua la tête comme pour écarter une pensée gênante.

– Pour eux, je ne peux pas plaider les circonstances atténuantes. Everett avait peut-être raison en parlant d'hérédité. C'était peut-être une parole prophétique. Ou peut-être, comme je l'ai prouvé, le deuxième meurtre est-il plus facile que le premier, le troisième plus facile que le deuxième, et ainsi de suite...

Il regarda Harry dans les yeux en cherchant, semblait-il, son approbation.

– Jack a eu raison de me couper l'herbe sous le pied. Il fallait que cela cesse. Il n'aurait pas pu choisir un meilleur moyen pour m'arrêter. Jack parti, il n'y a plus rien que je puisse désirer au point de tuer. Le jeu est fini. La chasse est...

Il s'interrompit soudain et posa un doigt sur ses lèvres pour faire signe à Harry de se taire comme s'il avait entendu quelque chose. Il resta un moment immobile puis alla rapidement jusqu'au lampadaire, l'éteignit, tira les rideaux et regarda par la fenêtre.

– Qu'y a-t-il?

– Je ne sais pas. Quelque chose dehors. Une voiture sur la route, je pense.

– Mais pourquoi...

– C'est Willy! dit Dysart d'une voix où perçait une inquiétude tandis que sa main se raidissait sur le rideau. Je me demandais où il était. Il ne va jamais très loin en général.

Harry tendit le cou par-dessus l'épaule de Dysart et aperçut la silhouette voûtée de Morpurgo qui venait du portail. Il était habillé comme la dernière fois, avec son béret et son bleu de travail, et bien qu'il fît trop noir pour voir s'il portait la cravate de Breakspear College, Harry eut la conviction qu'il l'avait.

– Morpurgo ne peut pas conduire, murmura-t-il.

– Tu as raison, Harry. Quelqu'un a dû le déposer.

– Il va aller directement chez lui? demanda Harry qui sans savoir pourquoi espéra que c'était ce qu'il allait faire.

– Ça n'a pas l'air. On dirait qu'il vient par ici.

Dysart recula d'un pas.

– Attends-moi, ici. Je vais aller lui parler. Ne viens pas, cela risquerait de l'effrayer.

Dysart sortit rapidement de la pièce, laissant Harry seul dans la pénombre. Lorsqu'il regarda de nouveau par la fenêtre, il ne pouvait plus voir Morpurgo. Au même instant, la voix de Dysart lui parvint par la porte d'entrée entrouverte.

– Bonjour, Willy. Où étais-tu?

Pas de réponse.

– Je me faisais du souci.

– ...

– Tu as eu de la visite?

Alors Harry reconnut la voix familière de Morpurgo, zézayante et entrecoupée.

– Rex – est – venu – me – voir.

– Rex Cunningham?

Le ton affable de Dysart sonna faux.

– Que voulait-il?

– Il – m'a – dit – des – choses.

– Quelles choses?

– Sur – l'accident – de – voiture.

– Quel accident de voiture?

Le silence tomba bien que Harry, l'oreille tendue, eût l'impression qu'il pouvait percevoir la respiration des deux hommes : celle de Dysart rapide et légère, celle de Morpurgo, nasale et déformée. Quel regard, quel signe d'intelligence ou quel sous-entendu passa entre les deux hommes, il n'aurait su le dire. Son esprit repensait désespérément à tout ce qu'il avait appris depuis qu'il était arrivé à Tyler's Hard moins d'une demi-heure auparavant. « *Tout ce que j'ai fait, je l'ai fait pour toi.* » Que voulait dire Dysart? Quel rôle Harry avait joué dans le sombre record de sa vie? Soudain la voix de Morpurgo retentit de nouveau et l'attention de Harry fut ramenée au présent.

– C'est – vrai?

– Qu'est-ce qui est vrai, Willy?

– Ce – que – Rex – a – dit.

– Qu'a-t-il dit?

– Sur – l'accident – de – voiture.

– Je ne sais pas ce que tu veux dire.

– Si – tu – le – sais. Je – le – vois – bien. Je – le – vois – dans – tes – yeux.

Il y eut un autre silence rompu cette fois sans nul doute possible par la respiration haletante de deux hommes remplis d'effroi. Harry avança vers la porte, puis s'arrêta. Non, il n'avait pas le droit d'intervenir. Dysart devait répondre à l'accusation de son mieux.

– C'est – vrai?

– Je me suis toujours bien occupé de toi, Willy. Tu as toujours eu tout ce que tu voulais ici.

Mais Morpurgo n'était pas prêt à se laisser amadouer.

– C'est – vrai? répéta Morpurgo en revenant à la charge de sa voix heurtée.

Il y eut un temps de réflexion, puis Dysart sembla perdre patience.

– Et même si c'était vrai? dit-il en ricanant. Qu'est-ce que tu peux faire, Willy, hein? Qu'est-ce que ça change?

– Tu...

La voix de Morpurgo se brisa dans un cri de douleur puis la

porte d'entrée claqua avec une force qui ébranla toute la maison. Près de la fenêtre, Harry pouvait entendre Morpurgo pleurer en longs sanglots déchirants qui prirent fin brusquement dans un gémissement. Un bruit de pas lourds et titubants écrasa le gravier en s'éloignant dans l'allée. Le silence retomba. Il était parti.

– Je suis désolé, dit Dysart en revenant dans la pièce avec un sourire étrange.

– Que lui a dit Cunningham?

– A ton avis? La vérité, plus ou moins, je suppose. Maintenant que Rex connaît la vérité sur Jack et sur moi, il est tout à fait capable de déduire ce qui s'est passé à Burford. Et capable, apparemment, de reporter le fardeau de la vérité sur les épaules de ce pauvre Willy.

– Que va faire Morpurgo?

– Faire?

Le regard de Dysart sembla se fixer sur un point lointain à l'extérieur de la pièce.

– Je ne sais pas.

Son regard revint sur Harry.

– Bon, où en étions-nous?

– Mais tu as reconnu implicitement que tu étais responsable de son infirmité.

Mais Dysart suivait son idée.

– Est-ce que tu as reconstitué les faits?

– Comment?

– Est-ce que les pièces du puzzle commencent à s'ordonner dans ta tête?

– Quel puzzle?

Le sourire s'élargit.

– Celui de notre vie, Harry, la tienne et la mienne.

– Je ne comprends pas ce que tu veux dire.

– Vraiment? Tu me déçois. Un indice pourra t'aider. Paul Stobart a été tué le mardi 20 mars 1947, dans la nuit. Gwendolen Stobart s'est enfuie avec son fils juste après et on a perdu sa trace. Son fils ne se trouvait pas avec elle quand elle s'est suicidée à Cardiff quatre mois plus tard. Elle l'avait abandonné en chemin.

– En chemin?

– Il serait plus juste de dire... « sur la voie ferrée ».

Quarante années d'une vie se soulevèrent comme un rideau. Harry n'était plus dans un cottage du Hampshire, il ne ressentait plus la lassitude et la compassion de la cinquantaine. Soudain, il avait de nouveau onze ans et il revenait de l'école, avec sa casquette de guingois, échevelé, un bouton en moins sur son blazer perdu sur une palissade, les genoux frottant sur le bas de sa culotte courte, les chaussures éraflées, le cartable sur le dos, la cravate enfoncée dans sa chemise. Il soufflait sur ses mitaines pour les réchauffer, mouillait son crayon avec sa langue et ouvrait son indicateur des chemins de fer, accroupi près du trou dans la barrière séparant le cimetière de St. Mark et les voies de chemin de fer. Il était à Swindon. La nuit commençait à tomber en cette première journée du printemps de l'an de grâce 1947 qui avait connu le froid et la neige, ignorant du meurtre qui avait été commis à Bermondsey la veille, ignorant que le hasard allait s'ingénier à faire se croiser son chemin et celui d'un enfant sans nom qui deviendrait Alan Dysart.

Non, ce n'était pas un tas de neige. C'était une boîte en carton calée contre le rail extérieur de la ligne sur laquelle devait passer l'express de Cardiff. Il allait réduire en miettes cette boîte en carton sans que le conducteur remarque quoi que ce soit. Mais... on aurait dit qu'il y avait quelque chose dans la boîte qui remuait, et qui, oui, qui pleurait. Un petit visage rouge et le reste emmailloté de blanc, ce ne pouvait être qu'un... Le train prenait de la vitesse, rassemblant ses forces au sortir de la gare, crachant la fumée comme un nuage d'orage. La vapeur voletait tels des embruns autour des pistons en action et les roues motrices à moitié cachées ; la mécanique de fer et de feu s'était mise en branle et rien ne pouvait plus l'arrêter. Elle fonçait sur une petite boîte en carton et son occupant sans défense. Dans une minute, tout serait fini. Un bébé serait mort.

Il n'avait pas le temps de réfléchir, pas le temps de calculer. Un réflexe d'écolier courageux poussa Harry à se faufiler à travers la brèche de la clôture. Il traversa l'étroite bande d'herbe recouverte de neige et, sans balancer car il sentait qu'une seconde d'hésitation serait fatale, il franchit les trois voies qui le séparaient de la boîte, sautant lestement d'un rail à l'autre, les sentant qui vibraient de plus en plus fort, les oreilles remplies du grondement du train mais uniquement occupé d'arriver à temps, priant avec ferveur pour ne pas glisser ni trébucher. Puis après un dernier bond, il ramassa au vol la boîte et son contenu, sauta deux rails plus loin et alors seulement il s'arrêta et se retourna pour rencontrer le visage blême du conducteur qui le fusillait du regard, trop choqué pour crier, trop abasourdi pour comprendre ce qui se passait.

Harry se laissa lentement tomber sur ses talons et posa doucement la boîte dans un endroit sûr entre les rails pendant que les wagons du train passaient devant lui à toute allure dans un bruit de ferraille. Le bébé le regardait. Il avait les doigts et les joues bleuis par le froid mais apparemment le fait d'avoir frôlé la mort ne l'avait pas perturbé. A vrai dire, en regardant mieux, Harry eut l'impression que le bébé souriait d'un léger mais authentique sourire d'une beauté inattendue.

« *Un écolier de Swindon a sauvé hier la vie d'un bébé abandonné.* » Lorsque Harry regarda Dysart, il vit qu'il souriait toujours quarante ans après. « *La police a engagé la mère à venir le plus tôt possible.* »

– C'était toi, murmura-t-il.

« *Ils ont félicité le jeune Harold pour sa conduite et l'ont décrit comme un jeune garçon courageux, vif et débrouillard.* »

– C'était toi, le bébé dans la boîte?

– Oui, Harry. C'était moi.

« *Qu'y a-t-il, monsieur Barnett? Qu'y a-t-il ici ou chez vous à quoi Dysart s'accroche? Qu'est-ce qui le lie à vous?* » Les paroles d'Ellison résonnèrent de nouveau aux oreilles de Harry tandis qu'il regardait le visage souriant de Dysart. Fils d'une criminelle, il avait survécu et battu le triste record de sa mère. Harry Barnett avait sauvé la vie d'Alan Dysart.

– C'est pour cela que je suis venu à Barnchase Motors et que je t'ai soutenu chaque fois que c'était possible. C'est pour cela que j'ai persuadé Charlie Mallender de t'engager. Et pour cela aussi que je t'ai choisi pour garder la villa ton Navarkhon. Je n'ai jamais oublié ce que je te dois, Harry. Je n'ai jamais cessé d'essayer de m'acquitter de la dette que j'ai envers toi. Mais comment peut-on récompenser quelqu'un de vous avoir donné la vie?

– Pourquoi ne m'en as-tu jamais parlé?

– Je pensais que tu préférais l'amitié à la gratitude et la générosité à la récompense.

– Mais... pendant toutes ces années...

– Je savais ce que tu ne savais pas : que sans toi, je serais mort.

Le corollaire de la proposition frappa Harry avec une intensité douloureuse.

– Et tes victimes seraient encore vivantes.

– Oui, dit Dysart d'une voix solennelle en hochant la tête. C'est l'ironie...

La porte s'ouvrit toute grande comme sous un coup de bélier et elle alla cogner contre le mur en faisant tomber une pluie de plâtre. Morpurgo rouge, tremblant, la respiration sifflante, fulminant de rage, regardait Dysart de son œil unique, tenant levé dans ses mains comme pour frapper un râteau.

Pendant quelques secondes d'un silence de mort, personne ne bougea. Puis Dysart, d'une main dans son dos faisant signe à Harry de reculer dans un coin de la pièce, avança d'un pas et sourit gentiment.

– Salut, Willy. Qu'est-ce que tu...

Le râteau lancé à toute volée le frappa à la tête. Dysart chancela sous le coup qui l'envoya contre le mur. Du sang coulait sur son front et rougissait les dents du râteau : des gouttes sombres maculaient le tapis. Pendant un moment, Harry regarda la scène, bouche bée, incapable de croire ce qu'il voyait : Dysart se penchant en avant, prenant appui sur le mur de la main gauche, se tenant le front de la main droite ; et Morpurgo, sifflant entre ses dents comme un piston, l'œil rouge et fixe, faisant un moulinet avec le râteau. *Une chose armée d'un râteau qui paraît vouloir me frapper*. Cette phrase revint tout à coup à la mémoire de Harry avec une intensité douloureuse comme pour se railler de lui : « Est-ce que tu ne l'avais pas prévu ? Est-ce que tu n'avais pas compris que cela finirait ainsi ? »

Morpurgo frappa de nouveau, de haut en bas, cette fois, avec une force sauvage qui arracha Dysart du mur en l'atteignant au côté gauche du visage. Du sang gicla sur la chemise de Harry, sur sa poitrine et ses épaules mais aussi autre chose, pire que du sang. Dysart, chancelant sur ses jambes au milieu de la pièce, geignait doucement les bras tendus sur le côté et la tête levée comme s'il ne cherchait plus à se protéger ni à étancher ses blessures. Comme à travers un brouillard, Harry, incrédule, entrevit, à l'endroit où s'étaient trouvés l'œil et la joue gauches de Dysart, un cratère de chair tuméfiée et d'os. Il était l'égal de Morpurgo. Et de son œil unique embué de larmes, Dysart fixait Harry, reconnaissant l'ironie du sort et acceptant la justice de ce qu'il endurait.

Un troisième coup tombant d'un point très haut au-dessus de la tête de Morpurgo fit pénétrer profondément le métal denté dans la chair de sa victime dans un grincement et un bruit de succion épouvantables. Ce fut une éclaboussure de chair et de sang accompagnée de gémissements et de gargouillements hideux. Et Dysart, basculant lentement en arrière, alla s'aplatir contre une haute bibliothèque qui occupait le mur du fond, tandis que les vases et les livres dégringolaient sur lui comme les derniers rochers d'une avalanche.

Morpurgo avança dans la pièce, le râteau brandi au-dessus de sa tête. Dysart roula sur le dos, plissant l'œil droit enfoncé dans ce qui, quelques secondes plus tôt, était un visage lisse. Comme il essayait de parler ou de sourire, les contours de sa bouche frémirent. Sa main gauche tremblait. Harry, dont les membres acceptaient enfin de lui obéir, se rua en avant pour arrêter Morpurgo. Mais la force de Morpurgo était celle d'un homme possédé. D'un simple coup de son bras gauche, il envoya Harry rouler à terre. Levant les yeux, Harry vit au-dessus de lui la forme ramassée de Morpurgo et l'ombre du râteau s'étirant sur le mur derrière lui, puis disparaissant, et comme l'arme s'abattait sur sa cible, frappant encore et encore, le bruit des coups dépassa en horreur le spectacle de ce massacre.

Puis enfin cette violence frénétique cessa. Cela avait duré deux minutes à peine. Dysart était mort. Haletant, Morpurgo lança le râteau dans un coin avec un cri de triomphe. Il jeta un dernier regard à sa victime puis tourna les talons et sortit de la pièce.

Harry se mettant à genoux découvrit le corps massacré d'Alan Dysart. Une rage vieille de vingt ans avait été assouvie. Ce que le train avait épargné, le râteau en avait eu raison. La vie que Harry avait sauvée, Morpurgo l'avait détruite. Alan Dysart était mort.

Ouvert par terre à côté de lui, ses pages froissées et déchirées, gisait le livre qu'il était allé chercher spécialement à Strete Barton trois jours plus tôt : *Le Règne de Guillaume II le Roux*. Harry le tira vers lui et l'ouvrit à la page de garde. Sur l'inscription et la signature des cinq donateurs, une tache de sang, le sang de Dysart, formait un cercle indélébile.

65

Au milieu du service funèbre, Harry songea que c'était le premier enterrement auquel il assistait depuis celui d'oncle Len quelque quarante ans plus tôt. On n'aurait pu imaginer deux cérémonies plus différentes. Pour l'oncle Len, il y avait eu des hymnes, un discours interminable du pasteur, un cortège avançant à pas lents jusqu'au cimetière, des lamentations au bord de la fosse poussées par l'une des grand-tantes de Harry, puis une réunion à Falmouth Street autour du thé et d'un jambon cuit. Pour Alan Dysart, trois personnes et un prêtre marmonnant entre ses dents étaient rassemblés dans l'atmosphère aseptisée du crématorium de Southampton avec en fond sonore une musique électronique et l'impression d'avoir à s'acquitter le plus rapidement possible d'une tâche désagréable.

Le service prit fin alors même qu'il semblait venir tout juste de commencer. Le cercueil avait glissé sans bruit derrière le rideau, la musique était arrivée au bout de la bande enregistrée, une dernière prière avait été bredouillée et l'assemblée éparse avait commencé à se diriger vers la sortie. Ellison avait pris les devants d'un pas lent tandis que Cyril Ockleton qui fermait la marche à côté de Harry parlait avec animation.

– Il y a bien peu de monde. Cela ne m'était pas très facile de quitter Oxford en début de trimestre mais je suis venu quand même, en dépit de l'horrible scandale qui a secoué le collège et de l'obligation d'annuler trois cours de travaux dirigés. Par sens du devoir, comprenez, rien de plus. Et voilà toute l'assemblée! Enfin, avec tout le respect que je vous dois, à vous et à cet... cet... il indiqua de la main la silhouette qui quittait la chapelle.

– Ellison, ministère de la Défense.
– Ah! J'aimerais tout de même bien savoir où se trouve Mme Dysart.
– A Kitzbühel. Elle n'a pas voulu interrompre ses vacances.
– Et les autres membres de sa famille?
– Il n'en avait pas.
– Et ceux avec qui il a servi dans la marine?
– Ils ont envoyé une couronne de fleurs en forme d'ancre. Vous la verrez dehors.
– Et ses amis politiciens?
– Ils ne veulent plus entendre parler de lui.
– Mon Dieu!

Ils sortirent de la chapelle et passèrent sans s'arrêter devant les deux misérables couronnes. Devant eux, Ellison remerciait le prêtre, pendant que son chauffeur plaisantait tout bas avec les hommes de l'entrepreneur des pompes funèbres.

– Et Rex? Je m'attendais vraiment à le trouver ici. A-t-il envoyé un message au moins?
– Pas à ma connaissance.
– C'est troublant, monsieur Barnett, pour ne pas dire affligeant. Toute cette histoire m'a littéralement bouleversé. Alan mort, Willy arrêté et Jack... Dites-moi, est-ce vrai ce qu'on a raconté dans les journaux? On n'a vraiment aucune idée de ce qui a pu pousser le pauvre Willy à s'acharner avec tant de sauvagerie sur Alan?
– Non.

Ockleton secoua la tête.

– Cela lui ressemble tellement peu... J'aurais aimé que Rex soit là aujourd'hui. Bon, eh bien, je présume qu'il me faut présenter mes respects au pasteur. Excusez-moi, monsieur Barnett. J'ai été ravi de vous revoir.

Et, après une rapide poignée de main, Ockleton s'éloigna.

Soulagé de se retrouver seul, Harry respira à pleins poumons l'air humide en s'éloignant lentement du hall du crématorium jusqu'à un point offrant une vue dégagée sur l'allée du cimetière. Là, il s'arrêta et regarda du côté de la grand-route pendant plusieurs minutes avec une attention si grande qu'il n'entendit pas Ellison approcher. Sa voix douce résonna soudain derrière lui.

– Finalement, on s'en tire plutôt à bon compte, monsieur Barnett.
– De quoi parlez-vous?

– Une incinération paisible, pas de journalistes, pas de caméras de télévision, pas de voyeurs et presque personne.

– Vous auriez préféré qu'il n'y ait carrément personne?

– Non, cela aurait été plus voyant d'une certaine façon. Tandis qu'ainsi... Ellison soupira. D'un point de vue officiel, la mort de Dysart est un don du ciel, bien sûr, car l'homme qui l'a tué est fou à lier, ce qui nous évite l'embarras d'un procès. Je ne peux pas dire pourtant que cette conclusion à mon enquête me satisfasse.

– Pourquoi?

– Parce que vous continuez de m'intriguer, monsieur Barnett, vous et votre excellent ami défunt, Alan Dysart.

Harry ne dit rien. Il regardait toujours droit devant lui.

– Oh! ne vous inquiétez pas. L'affaire est close. Votre secret restera à l'abri, enterré, si j'ose dire.

Harry jeta un coup d'œil autour de lui.

– L'entrepreneur des pompes funèbres m'a dit que vous aviez demandé ses cendres. Pourrais-je savoir ce que vous comptez en faire?

– Je les disperserai sur une voie de chemin de fer.

Ellison fronça les sourcils. Il était clair qu'il soupçonnait Harry de se moquer de lui, et clair aussi qu'il n'aimait pas faire les frais d'une plaisanterie.

– Je vois, dit-il lentement. Eh bien, je vous dis au revoir, monsieur Barnett. Je ne crois pas que nous aurons l'occasion de nous revoir.

Sans tendre la main, il se retourna et s'éloigna.

Cinq minutes plus tard, Harry, toujours à la même place, regardait trois automobiles descendre l'allée du crématorium. La voiture officielle d'Ellison suivie par l'étrange véhicule d'Ockleton, et enfin le corbillard. Au moment où celui-ci tournait dans la grand-rue et disparaissait à sa vue, surgit un autre véhicule qui semblait avoir attendu ce triple départ pour apparaître. C'était un taxi. Il s'arrêta au milieu de l'allée. Dès qu'il eut reconnu la personne qui descendit du taxi et se mit à marcher dans sa direction, Harry leva la main en manière de salut.

– Je pensais que vous ne viendriez pas, dit-il quand il fut à portée de voix.

– J'ai failli ne pas venir, répondit Zohra. Il m'a semblé que nous nous étions tout dit.

– En effet.

– Alors qu'est-ce qui a changé?

– Faisons quelques pas dans le jardin. Je vais vous le dire.

Autour du crématorium, des chemins de gravier serpentaient à travers des clairières boisées. Les couronnes fanées calées contre des troncs d'arbre rappelaient constamment ce qui rassemblait les gens en un tel lieu. Harry marcha un moment en silence, écoutant le gravier crisser sous ses pas et le bourdonnement de l'autoroute non loin de là. On aurait pu croire, se dit Harry, étant donné la façon dont ils étaient habillés – il portait quelque chose qui s'apparentait à un costume sombre et Zohra, un imperméable et un béret noirs – qu'ils évoquaient la mémoire d'un ami ou d'un parent disparu. Personne n'aurait pu deviner le véritable enjeu de leur discussion. Au sommet d'une petite colline dominant la chapelle, Harry s'arrêta et se tourna vers Zohra.

– J'ai une idée, dit-il prudemment.

– Sur quoi?

– Votre situation difficile.

Zohra rougit.

– Si vous m'avez fait venir ici juste pour le plaisir de jubiler...

– Tout ce que je veux, c'est vous aider.

Elle fronça les sourcils.

– Pourquoi?

D'un geste Harry désigna la fumée qui montait de la cheminée du crématorium.

– Parce que tout le monde a perdu : Heather, Dysart, Cornelius, Morpurgo, vous, moi. Nous nous sommes tous avilis par des lâchetés et des trahisons et personne n'y a gagné. Vous aviez raison. Nous avons eu ce que nous méritions.

– Alors?

– Alors je veux réparer une partie des torts qui ont été faits, sauver quelque chose du naufrage.

– En m'aidant?

– Oui.

– Mais c'est impossible, Harry. Personne ne peut plus m'aider, maintenant.

– Je pense que si. Si vous pouviez obtenir tout de suite la citoyenneté britannique, on vous permettrait de rester, n'est-ce pas?

– Oui, mais cela ne sert à rien de revenir là-dessus. J'ai tout essayé.

– Il reste un moyen que vous n'avez pas essayé.

– Lequel?

– Eh bien...

Il eut un sourire incertain.

– Vous pourriez m'épouser.

Elle posa sur lui un regard incrédule.

– Je me rends bien compte que je ne suis pas un parti formidable. J'ai le double de votre âge, je suis sans emploi, je n'ai pas d'argent, et pire encore. D'un autre côté...

– Taisez-vous!

– Aujourd'hui, nous sommes le 20, Zohra. Vous avez encore onze jours devant vous avant d'être forcée de partir. Cela nous laisse amplement le temps d'arranger un mariage civil. Votre cousin, avocat à Newcastle, pourrait confirmer que cela vous tirerait d'affaire.

– Vous me proposez un mariage blanc pour m'éviter une expulsion?

– Peut-être pas si blanc que ça si nous devons convaincre les autorités qu'il ne s'agit pas d'une ruse. Il se peut que nous soyons obligés de vivre ensemble au moins quelque temps. Après quoi... Eh bien, cela dépendrait. Oui, voilà ce que je vous propose.

– Pourquoi feriez-vous cela? Vous ne me devez rien.

– Je vous l'ai dit.

– Mais quelle est la véritable raison?

La véritable raison se trouvait enfouie dans un passé vieux de quarante-deux ans, sur une voie de chemin de fer à Swindon, dans l'acte de bravoure de Harry terni à jamais par ce qui en était résulté. Si Harry avait pu lire dans l'avenir juste avant de courir à la rescousse d'un bébé abandonné dans une boîte en carton, il se serait abstenu. S'il avait su ce que son geste entraînerait pour lui et pour les autres, il aurait passé son chemin et laissé le destin suivre son cours. Zohra était l'un des fruits de la graine plantée ce jour-là, mais nullement le plus amer, et il offrait à Harry sa seule chance de salut. Seulement cette fois, ce n'était pas lui qui pouvait prendre la décision.

– Je ne vois pas pourquoi tout le monde devrait payer, dit-il. C'est tout.

– Je pourrais être l'heureuse exception?

– Oui. Nous pourrions l'être tous les deux. Maintenant, cela dépend uniquement de toi.

Cet ouvrage a été réalisé par la
SOCIÉTÉ NOUVELLE FIRMIN-DIDOT
Mesnil-sur-l'Estrée
pour le compte des Éditions Belfond
en juin 1993

Imprimé en France
Dépôt légal : juin 1993
N° d'édition : 3024 – N° d'impression : 23814